La communauté du Sud
7 et 8

CHARLAINE HARRIS

LA CONSPIRATION

LA COMMUNAUTÉ DU SUD – 7

Traduit de l'américain par Frédérique Le Boucher

Revu par Anne Muller

PIRE QUE LA MORT

LA COMMUNAUTÉ DU SUD – 8

Traduit de l'américain par Frédérique Le Boucher

Revu par Anne Muller

ÉDITIONS FRANCE LOISIRS

Titre original : ALL TOGETHER DEAD
Ace Books, New York. Published by The Berkley Publishing Group, a division of Penguin Putnam Inc.

Titre original : FROM DEAD TO WORSE
Ace Books, New York. Published by The Berkley Publishing Group, a division of Penguin Putnam Inc.

Édition du Club France Loisirs,
avec l'autorisation des Éditions J'ai lu

Éditions France Loisirs,
123, boulevard de Grenelle, Paris
www.franceloisirs.com

ISBN : 978-2-298-03599-5

La conspiration

La communauté du Sud - 7

Je dédie ce livre à quelques-unes des femmes
que je suis fière d'appeler mes amies :
Jodi Dabson Bollendorf, Kate Buker,
Toni Kelner, Dana Cameron,
Joan Hess, Eve Sandstrom,
Paula Woldan et Betty Epley.
Chacune de vous a joué un rôle différent
mais important dans ma vie.
J'ai vraiment de la chance de vous connaître.

REMERCIEMENTS

Il est quelques personnes que j'ai déjà remerciées mais, qui ont, une fois de plus, droit à ma reconnaissance : l'ancien policier devenu écrivain Robin Burcell, et l'agent du FBI George Fong, qui m'ont merveilleusement éclairée sur la sécurité et le déminage. J'ai également apprécié l'apport de l'écrivain Sam Saucedo, ancien présentateur d'actualités, qui m'a initiée aux subtilités des manœuvres politiques et de la stratégie des alliances.

Je dois aussi remercier S. J. Rozan, qui a volontiers répondu à mes questions concernant l'architecture, quoique la partie vampiresque lui ait fait un choc. Il se peut que j'aie fait mauvais usage des informations fournies, mais c'était pour la bonne cause. Comme toujours, je dois une fière chandelle à mon amie Toni L. P. Kelner, qui a lu mon premier jet sans me rire au nez. Et ma nouvelle scripte, Debi Murray, a droit à un grand coup de chapeau. Dorénavant, si je commets des erreurs, je saurai à qui m'en prendre. Je dois beaucoup aux nombreux lecteurs qui visitent mon site (www.charlaineharris.com). Merci de me manifester votre intérêt et de me laisser des messages d'encouragement. Vous êtes formidables. Merci aussi à Beverly Batillo, la présidente de mon fan-club, qui m'a plus d'une fois remonté le moral quand j'avais le cafard.

CHAPITRE 1

Le *Fangtasia* n'allait pas ouvrir de bonne heure. J'étais en retard et au lieu de me diriger vers l'arrière du bâtiment, j'avais roulé vers l'entrée principale, côté rue, et je m'étais retrouvée nez à nez avec une grosse pancarte en carton blanc rédigée en belles lettres gothiques rouge sang : « Nous vous attendrons, toutes canines dehors, dès 20 heures, et nous vous prions de nous excuser pour cette ouverture tardive. » C'était signé : « L'équipe du *Fangtasia*. »

On entamait la troisième semaine de septembre, il faisait pratiquement nuit noire et la flamboyante enseigne au néon du bar à vampires de Shreveport était déjà allumée. J'ai pris le temps de goûter la douceur du soir, avec cette discrète odeur de vampire qui flottait toujours dans l'air autour du club, puis j'ai fait le tour et je me suis garée à côté des autres véhicules en stationnement, devant l'entrée de service. Je n'avais que cinq minutes de retard, mais tout le monde semblait m'avoir devancée. J'ai frappé à la porte et j'ai attendu.

Je m'apprêtais déjà à recommencer quand Pam m'a ouvert. Bras droit d'Eric, Pam travaillait principalement au bar, tout en gérant bien d'autres attributions au sein des différentes affaires de son patron.

Les vampires avaient beau avoir fait leur *coming out* et se montrer depuis sous leur meilleur jour, ils n'en demeuraient pas moins extrêmement discrets sur la provenance de leurs fonds. J'en venais parfois à me demander dans quelle mesure une bonne partie du territoire américain n'était pas déjà tombée entre leurs mains. Pour ce qui était de cultiver le mystère, le propriétaire du *Fangtasia* n'avait rien à envier à ses pairs. Cela n'était pas étonnant : c'était une question de survie, quand on avait, derrière soi, une aussi longue existence que lui.

— Mais entrez donc, chère amie télépathe, m'a lancé Pam avec un grand geste théâtral.

Elle portait son uniforme, ce long fourreau noir vaporeux balayant le plancher auquel tous les touristes semblaient condamner les vampires de sexe féminin (quand Pam avait le choix, elle faisait plutôt dans le twin-set pastel). Pam avait les cheveux blonds les plus raides et les plus clairs que l'on puisse imaginer : la beauté éthérée dans toute sa splendeur... avec un petit côté femme fatale, tout de même. C'était justement ce côté-là qu'il valait mieux ne pas oublier avec elle.

— Comment ça va ?

J'avais décidé de me montrer polie.

— Exceptionnellement bien. Eric nage dans le bonheur.

C'était Eric Northman, shérif de la Cinquième Zone, qui avait fait de Pam un vampire. Elle était donc son obligée et était tenue d'obéir à ses ordres. C'était le prix à payer pour revenir d'entre les morts : un vampire restait éternellement sous l'emprise de son créateur. Mais Pam m'avait répété plus d'une fois qu'Eric était un patron en or et qu'il la laissait partir lorsqu'elle le souhaitait. En fait, elle vivait dans le Minnesota avant qu'Eric n'achète le *Fangtasia* et ne l'appelle à la rescousse pour gérer l'établissement avec lui.

La Cinquième Zone englobait pratiquement tout le nord-ouest de la Louisiane, autant dire la moitié la plus économiquement défavorisée de l'État. Avant Katrina, du moins, car, avec le passage du cyclone, un mois auparavant, la balance avait tragiquement basculé, et l'équilibre des pouvoirs s'en était trouvé changé, surtout chez les vampires.

— Comment va ce garçon délicieux qui te tient lieu de frère, Sookie ? Et le métamorphe qui te sert de patron ?

— Le bruit court dans Bon Temps que mon frère délicieux va se marier.

— Tu sembles un peu déprimée, a-t-elle alors remarqué, en penchant la tête sur le côté, tel un gentil petit moineau examinant le ver de terre dont il fera son dîner.

— Eh bien… peut-être un peu sur les bords.

— Il faut que tu t'occupes. Plus on est occupé, moins on a le temps de ruminer.

Pam adore « Chère Abby ». Un tas de vampires épluchent quotidiennement les conseils qu'elle donne dans sa chronique, la plus reprise par les médias de tout le continent nord-américain. Les solutions qu'ils proposent à certains problèmes exposés s'avèrent pour le moins déroutantes. Pam m'avait déjà obligeamment indiqué qu'on ne pouvait me marcher sur les pieds que si je me laissais faire et m'avait invitée à me montrer plus sélective dans le choix de mes amis. J'avais droit à des séances de psychothérapie gratuites. De la part d'une vampire.

— Mais je le suis. Occupée, je veux dire. Déjà, je bosse. Ensuite, j'ai toujours ma colocataire de La Nouvelle-Orléans à la maison et, en plus, je dois me rendre à une *bridal shower*, demain. Pas pour le mariage de Jason et Crystal. C'est celui d'un autre couple.

Pam s'était figée, la main sur la poignée.

— Une *bridal shower* ? Qu'est-ce que c'est ? Ça me dit quelque chose, mais... non. J'ai pourtant déjà entendu cette expression... Ah, oui ! Une femme se plaignait auprès d'Abby parce qu'elle n'avait même pas eu droit à un petit mot de remerciement, en dépit de sa généreuse contribution. On... on offre des présents ?

— Gagné ! En fait, c'est une fête qu'on organise pour quelqu'un qui va se marier. Parfois pour le couple, et dans ce cas tous deux sont présents. Mais généralement seulement pour la future mariée. N'y sont alors invitées que des femmes. Chacune apporte un cadeau. Le but étant de permettre au couple de démarrer dans la vie avec tout ce qui lui faut. Et la même chose existe à l'occasion de la naissance d'un bébé.

— La même chose pour un bébé, a répété Pam, avec un petit sourire à vous glacer le sang. Tous autour du berceau, comme dans les contes ? C'est tout à fait fascinant.

Elle a frappé à la porte du bureau avant d'entrer.

— Eric, peut-être qu'un jour une de nos serveuses va se marier. Nous pourrons alors lui organiser une *bridal shower*. En soirée.

— C'est... passionnant, Pam.

Plongé dans la paperasse qui jonchait son bureau, Eric a relevé la tête. En me voyant, il m'a jeté un regard noir, avant de m'ignorer ostensiblement. Nous étions en froid.

La nombreuse assistance déjà présente avait beau attendre manifestement qu'il daigne lui accorder son attention, cela ne l'a pas empêché de poser calmement son stylo et de se lever pour étirer toute la longueur de son corps d'apollon – à mon intention ? Comme d'habitude, il portait un jean moulant et un tee-shirt arborant, sur fond noir, le logo du bar : une paire de longues canines blanches stylisées avec *Fangtasia* écrit en travers des pointes acérées, en lettres sanguinolentes, comme sur l'enseigne extérieure. Je savais que dans son dos on lisait : « Le Bar qui a du Mordant » – Pam m'avait donné un de ces tee-shirts quand Eric s'était lancé dans les produits dérivés.

Le moins qu'on puisse dire, c'est qu'il mettait sa marchandise en valeur. Et je ne me souvenais que trop de ce qu'il y avait en dessous...

Je me suis arrachée à ce troublant spectacle pour jeter un regard circulaire. Des vampires, uniquement des vampires. Et tous serrés comme des sardines dans l'espace exigu. Pourtant, ils étaient si silencieux et d'une immobilité si parfaite que, du couloir, on n'aurait jamais pu soupçonner leur présence. Clancy, le chef barman, s'était attribué une des deux chaises réservées aux visiteurs devant le bureau. Si Clancy avait réchappé de justesse de la Guerre des Sorcières, l'année précédente, il n'en était pas sorti indemne pour autant. Les sorciers l'avaient pratiquement saigné à blanc. Quand, suivant sa trace au flair, Eric l'avait découvert dans un cimetière de Shreveport, le vampire aux cheveux roux était à deux doigts d'une mort définitive. Sa longue convalescence l'avait rendu hargneux et amer. Cependant, pour l'heure, il me souriait, découvrant des crocs d'une longueur tout à fait respectable.

— Tu peux t'asseoir sur mes genoux, Sookie, m'a-t-il proposé en se tapotant les cuisses.

Je lui ai rendu son sourire sans grande conviction.

— Non, merci, Clancy.

Clancy avait toujours été un peu rasoir sur les bords, quand il draguait. Mais maintenant, le rasoir s'était quelque peu affûté, et ces bords-là tranchaient. En clair, Clancy faisait partie de ces vampires avec lesquels je préférais ne pas me retrouver seule. Il gérait très bien le bar et n'avait jamais posé la main sur moi. Mais dès qu'il m'approchait, toutes mes sirènes d'alarme se déclenchaient. Je ne peux pas lire dans les pensées des vampires – c'est bien pour cela que je trouve leur compagnie tellement reposante, d'ailleurs –, mais quand cette alerte-là retentissait, je me prenais à souhaiter de pouvoir faire un petit tour sous le crâne de Clancy pour savoir ce qui lui trottait dans la tête.

Felicia, la dernière arrivée des barmaids, était assise sur le canapé, à côté d'Indira et de Maxwell Lee : une vraie réunion du comité de soutien à SOS Racisme, version vampire. Felicia était le fruit d'un heureux mariage entre Afrique et Occident, et comme elle faisait plus d'un mètre quatre-vingts, on pouvait dire, au sens propre comme au sens figuré, qu'elle était d'une très grande beauté. Maxwell Lee était l'homme le plus noir que j'aie jamais vu, et la petite Indira était fille d'immigrés indiens.

Il y avait encore quatre autres personnes dans la pièce – si tant est qu'on prenne « personnes » au sens large –, et chacune d'elles me mettait mal à l'aise, quoiqu'à des degrés divers.

L'une d'entre elles n'a même pas eu droit à un salut de ma part. Reprenant à mon compte une des règles de conduite des loups-garous, je traitais cet individu comme un renégat de ma meute personnelle : je l'avais répudié. Je ne prononçais jamais son nom, je ne lui adressais plus la parole, j'ignorais jusqu'à son existence (je veux évidemment parler de mon ex, Bill Compton, qui boudait dans son coin même si je ne le voyais absolument pas).

Adossée au mur, à côté de lui, se tenait Thalia. Aussi menue qu'Indira et dotée de longs cheveux noirs crantés, elle était peut-être encore plus vieille qu'Eric, et d'une grossièreté sans nom. À mon grand étonnement, certains humains trouvaient ça très excitant. Thalia avait même sa cour de fidèles dévoués qui semblaient aux anges quand elle leur disait, dans son plus bel anglais guindé, d'aller se faire pendre ailleurs (et je suis polie). J'avais d'ailleurs découvert qu'elle avait un site web, créé et alimenté par ses fans. Allez comprendre. Laisser Thalia s'installer à Shreveport, c'était comme « enfermer un pitbull dans son jardin », m'avait dit Pam. Certes, Eric avait accepté, mais elle désapprouvait cette décision.

Tous ces braves citoyens d'outre-tombe habitaient la Cinquième Zone. Afin de vivre et travailler sous la protection d'Eric, ils lui avaient prêté allégeance. Ils étaient donc tenus de lui consacrer une partie de leur temps, même s'ils n'étaient pas employés au bar. Conséquence de Katrina, il y avait quelques vampires en plus, à Shreveport, en ce moment. Comme nombre d'humains, ils avaient bien été obligés d'aller quelque part. Eric n'avait pas encore décidé ce qu'il allait faire de tous ces réfugiés. Ils n'avaient pas été conviés à la réunion, en tout cas.

Il y avait cependant deux invités au *Fangtasia*, ce soir-là, dont un que la hiérarchie vampirique plaçait au-dessus d'Eric : André, garde du corps personnel de Sophie-Anne Leclerq, reine de Louisiane – laquelle reine n'était plus, à présent, qu'une réfugiée parmi tant d'autres, à Baton Rouge. Avec sa tête de môme à l'épaisse tignasse blonde, il semblait n'avoir que seize ans. Il avait pourtant vécu un très respectable nombre d'années – entièrement vouées au service de sa souveraine, celle qui l'avait vampirisé et arraché à son triste sort. N'étant pas de faction, il ne portait pas son sabre, pour une fois. Mais j'étais sûre qu'il était armé, d'un poignard ou d'une arme à feu quelconque. De toute façon, André était déjà une arme létale en soi, avec ou sans accessoires.

Juste au moment où il s'apprêtait à m'adresser la parole, une voix de basse s'est élevée derrière lui.

— Hé, Sookie !

C'était le second invité : Jake Purifoy. Je me suis efforcée de rester stoïque, alors même que tout en moi me hurlait de prendre mes jambes à mon cou. C'était idiot de paniquer ainsi. Si je ne m'étais pas enfuie en hurlant dès que j'avais aperçu André, pourquoi m'inquiéter de Jake Purifoy ? Je me suis obligée à saluer mon interlocuteur, qui avait encore tout d'un charmant jeune homme dans la fleur de l'âge. Mais je savais que je ne devais pas avoir l'air naturel : Jake me remplissait de pitié autant que d'effroi.

Loup-garou de naissance, il avait été attaqué par un vampire et saigné à blanc. L'ayant découvert à l'article de la mort, ma cousine Hadley, vampire elle aussi, l'avait fait passer de l'autre côté, dans un geste de compassion probablement malvenu. On aurait pu considérer qu'il s'agissait d'une bonne action. Mais personne n'avait apprécié cette généreuse initiative, pas même le principal intéressé. Nul n'avait jamais entendu parler d'un loup-garou vampirisé : les loups-garous se méfiaient des vampires et les détestaient cordialement – et réciproquement. Les choses n'étaient donc pas très faciles pour Jake, seul habitant d'un *no man's land* inexploré. Personne d'autre n'ayant voulu se dévouer, la reine s'était résignée à l'engager.

À son réveil, pris de frénésie et assoiffé de sang, Jake s'en était pris à moi. La belle cicatrice que j'avais encore au bras le prouvait.

Cette soirée s'annonçait décidément charmante.

— Mademoiselle Stackhouse, m'a dit André, en se levant pour s'incliner devant moi.

Il me rendait ainsi publiquement hommage, ce qui m'a un peu remonté le moral.

Je me suis empressée de l'imiter.

— Monsieur André.

D'un signe de la main, il m'a alors galamment offert son siège. Comme, justement, je ne savais pas où m'asseoir, j'ai accepté sans hésiter, ce qui a manifestement contrarié Clancy. D'un rang inférieur à son voisin, il aurait dû me céder sa place. Par son geste, André avait rendu criant son manque flagrant de courtoisie. J'ai eu du mal à cacher mon sourire.

— Comment va Sa Majesté ?

J'essayais simplement de faire preuve d'autant d'affabilité qu'André. Je n'éprouvais pas vraiment de sympathie pour Sophie-Anne mais je la respectais, assurément.

— C'est précisément la raison de ma présence ici, m'a répondu ce dernier. Pouvons-nous commencer, maintenant, Eric ?

Élégante façon de dire à son hôte qu'il lui avait déjà fait perdre assez de temps.

— Oui, puisque, désormais, nous sommes au complet. Allez-y, André. Vous avez la parole, lui a répondu Eric en s'installant confortablement dans son fauteuil, les pieds posés sur son bureau. Il semblait très satisfait de s'exprimer de façon aussi moderne.

Pam s'est accroupie au pied de ma chaise.

— La reine est actuellement en résidence chez le shérif de la Quatrième Zone, à Baton Rouge, nous a annoncé André. Gervaise a eu l'amabilité de lui offrir l'hospitalité.

Pam a haussé les sourcils et m'a jeté un regard entendu. S'il s'y était refusé, Gervaise aurait très littéralement perdu la tête...

— Mais vivre chez Gervaise ne peut être, pour elle, qu'une solution provisoire, poursuivait André. Nous sommes retournés plusieurs fois à La Nouvelle-Orléans depuis la catastrophe, et voici le rapport que nous avons établi sur place.

Bien qu'aucun des vampires n'ait bougé, j'ai senti un regain d'attention dans la salle.

— Le quartier général de la reine a perdu la majeure partie de sa toiture. Il en est résulté d'importants dégâts des eaux au premier et dans les combles. Sans compter que le toit d'un autre bâtiment a atterri à l'intérieur de l'édifice royal, provoquant, entre autres, d'énormes trous dans les murs et un amoncellement de gravats. L'intérieur est en cours d'assèchement, mais le toit est toujours couvert de bâches en plastique. C'est en partie ce qui m'amène ici : il faut trouver un entrepreneur qui s'occupe de refaire la toiture immédiatement. Jusqu'à présent, je n'en ai trouvé aucun. J'ai besoin de votre aide. Si vous pouvez user de votre influence auprès d'un humain spécialisé dans ce domaine... Le rez-de-chaussée a également souffert de nombreux dommages, quoique superficiels, sans parler des pillages.

— Peut-être que la reine devrait rester à Baton Rouge, alors, a suggéré Clancy avec un certain sens de l'humour. Je suis sûr que Gervaise serait fou de joie de la voir s'installer chez lui à demeure.

Clancy était un crétin suicidaire.

André a préféré l'ignorer.

— Une délégation de personnalités de La Nouvelle-Orléans s'est rendue à Baton Rouge auprès de la reine, a-t-il enchaîné. Les notables humains pensent que le retour des vampires à La Nouvelle-Orléans pourrait relancer le tourisme. En attendant, la reine a pris contact avec les quatre autres shérifs pour s'entretenir avec eux du coût de la restauration.

André fixait à présent son regard froid sur Eric. Celui-ci lui a adressé un imperceptible hochement de tête. Impossible de dire comment il prenait ce prélèvement obligatoire pour réparations royales.

Depuis que la réalité avait dépassé la fiction, donnant ainsi raison à Anne Rice, tous les vampires dignes de ce nom – ou tout fan de ces derniers qui se respectait – se devaient d'aller à La Nouvelle-Orléans. Cette ville était devenue un vrai Disneyland version vampire. Mais Katrina avait balayé tout cela – et tant d'autres choses. Même notre petite ville perdue se ressentait encore des effets du cyclone : Bon Temps était toujours envahi par les sinistrés qui avaient fui au nord de l'État.

— Et qu'en est-il de sa résidence secondaire ? s'est enquis Eric.

La reine avait fait l'acquisition d'un ancien monastère, aux abords du Garden District, où elle donnait de grandes réceptions, réservées aux vampires ou non. Bien qu'entourée d'un haut mur d'enceinte, cette propriété n'était pas jugée suffisamment sûre pour héberger Sa Majesté. Classés monuments historiques, les bâtiments ne pouvaient subir la moindre altération, et il était impossible de calfeutrer et de sécuriser les fenêtres. C'était un peu la salle des fêtes personnelle de Sophie-Anne Leclerq.

— Elle n'a pas été trop endommagée. Mais là aussi, il y a eu des pillards. Nous avons immédiatement repéré leurs empreintes olfactives, naturellement.

Les loups-garous exceptés, il n'y a pas plus fins limiers que les vampires.

— L'un d'entre eux a tué le lion, a cru bon de préciser André.

Ça m'a fait de la peine. Je l'aimais bien, moi, ce lion. Enfin, de loin.

— Avez-vous besoin de renforts pour les appréhender ? lui a proposé son hôte.

André a haussé un sourcil hautain.

— Je posais juste la question à cause de votre réduction d'effectifs, a aussitôt ajouté Eric.

— Non, le problème est déjà réglé.

J'ai préféré ne pas imaginer comment, surtout en voyant le petit sourire qu'esquissait André.

— En dehors des pillages, dans quel état sont les bâtiments ? a insisté Eric, histoire de remettre la conversation sur les rails.

— La reine peut y séjourner, le temps de faire le tour de ses autres propriétés, mais guère plus d'une nuit ou deux.

Discrets acquiescements à la ronde.

— Quant aux pertes d'effectifs que nous avons effectivement essuyées... a repris André, qui suivait manifestement son ordre du jour à la lettre.

À ces mots, une légère tension a envahi la pièce. Même Jake, le petit nouveau, m'a semblé crispé.

— Comme vous le savez, nos premières estimations étaient modestes. Nous nous attendions à voir nombre de disparus se manifester, une fois le gros de la tempête passé. Mais seuls dix ont refait surface : cinq ici, trois à Baton Rouge et deux à Monroe. Il semble que nous ayons perdu trente des nôtres, rien qu'en Louisiane. Le Mississippi déplore au moins dix disparus.

La nouvelle a provoqué une perceptible, bien qu'infime, agitation dans l'assistance. Le nombre de vampires en résidence ou de passage à La Nouvelle-Orléans était élevé. Si Katrina avait frappé une autre ville avec la même violence, les pertes auraient été bien moindres.

J'ai levé la main.

— Et Bubba ? ai-je demandé, après avoir reçu l'accord d'André.

Je n'avais pas revu Bubba, ni eu d'échos de lui depuis Katrina. N'importe qui le reconnaîtrait au premier coup d'œil. On l'a retrouvé mort sur le carrelage de sa salle de bains, à Memphis, en 1977. Enfin, presque mort. Le problème, c'est que son cerveau était très endommagé lorsqu'il a été vampirisé. Il ne fait pas un vampire très présentable.

— Bubba est toujours en vie. Il s'est caché dans une crypte et a survécu en buvant le sang de petits mammifères. Cependant, il ne va pas très bien, mentalement, et la reine a préféré l'envoyer dans le Tennessee se reposer quelque temps dans la communauté de Nashville.

— André m'a apporté la liste des disparus, est intervenu Eric. Je l'afficherai à la fin de la réunion.

J'avais aussi fait la connaissance de certains des gardes de la reine et j'aurais bien aimé savoir ce qu'ils étaient devenus. Mais ce n'est pas pour ça que j'ai de nouveau levé la main.

Le coup d'œil que m'a jeté André me l'a fait regretter, mais j'ai tenu bon.

— Oui, Sookie ?

— Il y a une question qui me turlupine. Je me demande si un des rois ou reines qui assisteront à ce congrès… euh… sommet, enfin, ce que vous voudrez, bref, s'il n'aurait pas un prévisionniste météo, ou quelqu'un comme ça, à son service.

Les regards fixés sur moi sont demeurés sans expression. André a pourtant semblé intéressé. Je ne me suis donc pas démontée et j'ai enchaîné :

— Parce que, au départ, le sommet, ou je ne sais quoi, était bien programmé au printemps, non ? Et puis, on repousse, on repousse, on repousse, et patatras ! Katrina. Si le sommet avait commencé à la date prévue, la reine aurait pu jouer les grands manitous : elle aurait eu un beau trésor de guerre dans ses caisses et un sacré paquet de guerriers derrière elle. Peut-être qu'on n'aurait pas été si pressé de la poursuivre en justice pour la mort du roi de l'Arkansas. Elle aurait sans doute eu tout ce qu'elle voulait, à ce moment-là. Alors que maintenant, elle y va en…

J'ai failli dire « en faisant la manche », mais je me suis reprise à temps.

— Enfin, elle n'y va pas en position de force.

J'avais imaginé qu'ils me riraient tous au nez, mais le silence qui a suivi mon intervention m'a vite détrompée.

— Cela fait justement partie des choses que vous devrez découvrir au sommet, m'a répondu André. Et, maintenant que vous m'y faites penser, cela ne me paraît pas impossible qu'un des souverains ait engagé un expert météo. Eric ?

— Oui, je crois que l'idée est à creuser, a approuvé Eric en me dévisageant d'un air songeur. On peut toujours compter sur Sookie pour offrir un point de vue novateur.

Pam m'a adressé un sourire rayonnant.

— Et la plainte déposée par Jennifer Cater, qu'est-ce que ça donne ? a lancé Clancy.

Il paraissait de moins en moins à l'aise sur la chaise qu'il croyait avoir si habilement accaparée. On aurait pu entendre une mouche voler. Je ne savais pas de quoi le vampire roux voulait parler, mais il était clair que ça n'aurait pas été une très bonne idée de poser la question. Je n'allais sans doute pas tarder à le découvrir, de toute façon.

— Elle est toujours en cours.

— Jennifer Cater était en passe de devenir le bras droit de Peter Threadgill, m'a discrètement murmuré Pam. Elle gérait ses affaires dans l'Arkansas quand les violents événements que tu sais ont éclaté.

J'ai hoché la tête pour remercier Pam de m'avoir mise au courant. Bien qu'ils n'aient essuyé aucun cyclone, les vampires de l'Arkansas avaient connu une sérieuse réduction de leurs effectifs, eux aussi. Et grâce à leurs petits copains de Louisiane.

— La reine a invoqué la légitime défense, a poursuivi André. Elle n'en a pas moins proposé de participer au fonds commun, en guise de dédommagement.

— Pourquoi ne pas indemniser directement l'Arkansas ? ai-je chuchoté à l'intention de Pam.

— Parce que, Peter étant mort, la reine considère qu'en vertu du contrat de mariage, l'Arkansas lui revient. Elle ne peut pas se dédommager elle-même. Si Jennifer Cater gagne son procès, non seulement la reine perdra l'Arkansas, mais elle devra lui payer une amende colossale. Sans compter les autres compensations demandées…

Aussi silencieux qu'un fantôme, André s'était mis à déambuler dans la pièce, seule manifestation tangible de son mécontentement.

— Est-ce qu'on a seulement de quoi payer, après Katrina ?

Décidément, Clancy les collectionnait !

— La reine espère que la plainte sera retirée, a poursuivi André, ignorant une fois de plus le gaffeur.

Son visage d'éternel adolescent demeurait de marbre.

— Mais apparemment, la cour est prête à instruire le procès. Jennifer accuse la reine d'avoir délibérément attiré Threadgill à La Nouvelle-Orléans, hors de son territoire. Elle prétend qu'elle avait prévu de lui déclarer la guerre et prémédité son assassinat depuis le début.

J'entendais André derrière moi, à présent.

— Mais c'est complètement faux ! ai-je protesté.

Et Sophie-Anne n'avait pas tué le roi. J'étais bien placée pour le savoir : j'étais là quand il était mort. Le vrai coupable se tenait juste dans mon dos. Et, sur le moment, j'avais estimé qu'il était dans son droit.

C'est alors que j'ai senti les doigts glacés d'André dans mon cou. Comment ai-je su que c'était André ? Impossible à expliquer. Mais cet effleurement, cette fraction de seconde où il m'a touchée m'ont brusquement fait prendre conscience d'une terrible évidence : à l'exception de la reine et d'André, j'étais le seul et unique témoin du décès.

Je n'y avais jamais songé et, sur le coup, je vous jure que mon cœur s'est arrêté. Et, à cet instant précis où il cessait de battre, je suis devenue le point de mire d'au moins la moitié des vampires présents. Eric m'a regardée, et j'ai vu ses yeux s'écarquiller. Puis mon cœur s'est remis à cogner dans ma poitrine. L'instant fatidique était passé. Mais je savais qu'Eric n'oublierait pas cette fraction de seconde et qu'il voudrait savoir de quoi il retournait.

— Vous croyez donc que le procès aura lieu ? a-t-il demandé à André, relançant une fois de plus la conversation.

— Si la reine avait assisté au sommet en tant que souveraine de Louisiane – la Louisiane d'avant Katrina, j'entends –, le tribunal aurait sans doute cherché à obtenir un accord à l'amiable entre elle et Jennifer Cater, quelque chose comme une promotion à un poste à haute responsabilité pour Jennifer, sans compter une prime substantielle. Mais les choses étant ce qu'elles sont…

Un silence éloquent s'est fait dans la salle tandis que nous terminions la phrase en silence : la Louisiane et La Nouvelle-Orléans n'étaient plus ce qu'elles avaient été et ne le redeviendraient peut-être jamais. Quant à Sophie-Anne, elle n'était plus qu'un canard boiteux, désormais.

— ... et l'acharnement de Jennifer aidant, je pense que le tribunal va instruire le procès, a conclu André.

— Nous savons tous que les allégations de cette femme sont sans fondement, a alors proclamé une voix glaciale qui s'élevait du coin de la pièce.

J'avais tout fait pour ignorer la présence de mon ex et, jusqu'alors, je m'en étais plutôt bien tirée. Non sans mal.

— Eric était là, poursuivait le vampire, ou plutôt Monsieur Personne. J'étais là. Sookie était là.

C'était vrai. L'accusation de Jennifer Cater, qui prétendait que la reine avait attiré Threadgill, le roi de l'Arkansas, à sa soirée pour le tuer, ne tenait pas debout, pour la bonne et simple raison que le bain de sang avait été provoqué par la décapitation d'un des hommes de la reine de la main de l'un des fidèles serviteurs de Peter Threadgill, justement.

J'ai vu Eric sourire au souvenir de cette mémorable bataille.

— J'ai tué celui qui avait lancé les hostilités, a-t-il précisé. Le roi avait tout fait pour prendre la reine au piège, mais, grâce à notre Sookie, il n'y est pas parvenu. Voyant que son plan avait échoué, il a tout simplement attaqué à découvert. Je n'ai pas revu Jennifer depuis plus de vingt ans, a-t-il ajouté. Elle semble avoir gravi les échelons à une vitesse phénoménale. Elle doit avoir un tempérament impitoyable.

André s'était déplacé sur ma droite et avait réapparu dans mon champ de vision. À mon grand soulagement. Il a hoché la tête. Une fois de plus, tous les vampires présents ont réagi avec un léger mouvement, à l'unisson – enfin, pas tout à fait, mais presque. C'était d'un effet légèrement dérangeant. Je m'étais rarement sentie aussi différente des autres : le seul être au sang chaud dans une pièce remplie de créatures mortes animées.

— Oui, a approuvé André. En temps ordinaire, la reine aurait exigé le soutien de son armée au grand complet. Mais l'économie de moyens à laquelle nous sommes contraints nous oblige à limiter les effectifs à un contingent très restreint.

Une fois encore, André s'est approché de moi jusqu'à me frôler. Il m'a juste effleuré la joue.

Tout à coup, j'ai eu un déclic. C'était donc cela que ressentaient les gens normaux : je n'avais pas la moindre idée des véritables intentions de mes petits camarades ni des objectifs qu'ils poursuivaient. Et c'était ainsi que les vraies gens vivaient leur vie de tous les jours. C'était à la fois effrayant et excitant, comme s'il fallait marcher, les yeux bandés, dans une pièce bondée. Comment les autres faisaient-ils pour supporter ce suspense quotidien ?

— Quoi qu'il en soit, étant donné que d'autres humains seront présents au sommet, la reine veut cette femme à ses côtés pendant les assemblées, a enchaîné André.

« Cette femme », c'était moi, mais il s'adressait exclusivement à Eric.

— Elle veut savoir ce qu'ils pensent. Stan vient d'ailleurs avec son propre télépathe. Vous le connaissez ?

— Hé ! Je suis là, ai-je marmonné dans mon coin.

Non que quiconque ait fait attention à moi – sauf Pam qui m'a, une fois de plus, adressé un sourire éclatant. Et puis, brusquement, tous ces regards glacés se sont rivés sur moi, et je me suis rendu compte qu'ils attendaient ma réponse, qu'André me posait directement la question, en fait. Je m'étais tellement habituée à ce que les vampires fassent comme si je n'étais pas là que je m'étais laissé surprendre.

— Je n'ai rencontré qu'un seul autre télépathe dans ma vie, et il vivait à Dallas, ai-je répondu. J'en déduis que c'est probablement le même : Barry. Il travaillait comme groom au bar à vampires de Dallas quand j'ai détecté son... euh... don.

— Que savez-vous de lui ?

— Il est plus jeune et moins expérimenté que moi. Il l'était à l'époque, du moins. Il n'avait toujours pas appris à s'accepter, contrairement à moi.

J'ai haussé les épaules. C'était tout ce que je pouvais dire sur le sujet.

— Sookie accompagnera la reine, a affirmé Eric. Elle est la meilleure dans sa partie.

C'était flatteur... sauf que je me rappelais vaguement avoir entendu Eric dire qu'il n'avait rencontré qu'un seul autre télépathe dans toute son

– interminable – existence. C'était rageant aussi, parce qu'il semblait prendre tout le crédit de mon « talent » à son compte.

J'avais beau être impatiente de voir autre chose, de sortir de mon trou perdu, je me suis prise à souhaiter de pouvoir annuler ce fameux voyage à Rhodes. Mais, plusieurs mois auparavant, j'avais accepté d'assister au sommet des vampires en tant qu'employée rémunérée de Sa Majesté. Et je cumulais les heures supplémentaires au *Merlotte* depuis un mois pour que les autres serveuses ne rechignent pas à me remplacer pendant ma semaine de congé. Mon patron m'avait même aidée à les comptabiliser sur un petit graphique.

— Clancy restera ici pour tenir le bar, a annoncé Eric.

— Je vais devoir rester alors que l'humaine va y aller ? a protesté le vampire roux. Je vais tout rater ?

— C'est exactement ça, oui, lui a aimablement confirmé Eric.

Si Clancy avait eu l'intention de se rebeller davantage, un seul coup d'œil à l'expression d'Eric a suffi à l'en dissuader.

— Felicia restera pour t'aider. Bill, tu ne viendras pas non plus, a poursuivi le shérif.

— Si, lui a posément rétorqué la voix glaciale du coin de la pièce. La reine a besoin de moi. J'ai travaillé d'arrache-pied sur cette base de données, et elle m'a demandé de la commercialiser pour se renflouer.

Pendant une minute, Eric a paru changé en statue. Puis la statue s'est animée : un léger haussement de sourcils.

— Ah, oui ! J'avais oublié tes compétences en informatique, a-t-il concédé d'un air totalement détaché, montrant que le fait n'avait qu'une importance négligeable à ses yeux.

— J'imagine que tu vas devoir venir avec nous, en effet, a-t-il conclu. Maxwell ?

— Si tel est ton désir, je resterai, a répondu l'intéressé, manifestement décidé à montrer qu'il savait ce qu'être un sous-fifre signifiait.

Il a d'ailleurs enfoncé le clou en jetant un regard circulaire qui se voulait édifiant. Eric a hoché la tête. Maxwell allait sans doute avoir un joli jouet pour Noël, alors que Bill – oups ! Personne – n'aurait que ses yeux pour pleurer.

— Tu resteras donc ici. Et toi aussi, Thalia. Mais tu dois me promettre de bien te tenir au bar.

Quand Thalia accomplissait son temps de présence obligatoire au *Fangtasia* – ce qui se limitait pour elle à rester assise et à jouer les vampires mystérieuses et énigmatiques un ou deux soirs par semaine –, il y avait parfois des... incidents de parcours.

Aussi maussade et renfrognée qu'à l'accoutumée, Thalia a acquiescé d'un signe de tête.

— Je n'ai aucune envie d'y aller, de toute façon, a-t-elle marmonné.

Ses yeux ronds et noirs n'exprimaient que mépris pour le reste du monde. Elle en avait décidément trop vu, au cours de sa vie, et j'avais l'impression qu'elle n'avait trouvé aucun plaisir à vivre depuis des siècles. J'essayais d'éviter Thalia au maximum.

J'étais même étonnée qu'elle condescende à fréquenter ses semblables : elle avait le profil type du renégat, d'après moi.

— Elle n'a aucune ambition, m'a soufflé Pam à l'oreille. Elle veut juste qu'on lui fiche la paix. Elle a été expulsée de l'Illinois parce qu'elle se montrait un peu trop agressive après la Grande Révélation.

La Grande Révélation. C'était ainsi que les vampires appelaient cette fameuse nuit où ils étaient apparus sur tous les écrans de la planète pour nous annoncer, non seulement qu'ils existaient réellement, mais aussi qu'ils avaient décidé de sortir de l'ombre et entendaient bien s'intégrer, à tous les niveaux, à notre société.

— Eric laisse Thalia faire ce qui lui chante tant qu'elle respecte les règles du jeu et qu'elle effectue ses heures au bar, poursuivait Pam d'une voix à peine audible. Elle sait parfaitement ce qui l'attend si elle franchit la limite. Elle semble parfois l'oublier, pourtant. Elle devrait lire Abby. Ça lui donnerait des idées, de quoi s'occuper.

Voyons, quand on commence à voir la vie en noir, il faut… Ah, oui ! Se rendre utile, aider son prochain, se trouver un nouveau passe-temps ou quelque chose dans le genre. C'est bien la recette habituelle, dans ces cas-là, non ? J'ai soudain imaginé Thalia se portant volontaire pour assurer le service de nuit dans un hospice, et j'ai été prise de frissons. L'idée de Thalia se mettant au tricot, deux longues aiguilles pointues entre les mains, m'a fait frémir de plus belle. Ce n'était pas moi qui allais la pousser à suivre les conseils d'Abby !

— Donc, les seuls qui assisteront au sommet seront André, notre vénérée reine, Sookie, moi, Bill et Pam, a récapitulé Eric. Sans compter Cataliades, l'avocat royal ; sa nièce, qui lui sert de coursier ; Rasul, qui viendra en tant que chauffeur, et Sigebert, bien sûr. Ah, oui ! J'oubliais Gervaise, de la Quatrième Zone, et son humaine – faveur accordée d'autant plus facilement que Gervaise a si aimablement accepté d'héberger Sa Majesté. Voilà notre délégation au complet. Je sais que certains d'entre vous sont déçus. Espérons simplement que l'année prochaine sera plus favorable à la Louisiane – et à l'Arkansas, que nous pouvons désormais considérer comme faisant partie de notre territoire.

— Je crois que nous avons fait le tour de la question, en ce qui vous concerne, a conclu André.

Quant aux autres questions qu'il comptait aborder avec Eric, elles seraient discutées en privé.

André ne m'avait plus touchée, ce dont je m'accommodais fort bien : sous ses dehors de gentil blondinet, il me faisait peur, jusqu'au bout de mes ongles vernis. Cela dit, j'aurais dû ressentir la même chose avec tous ceux qui m'entouraient. Si j'avais eu deux sous de jugeote, j'aurais déménagé dans le Wyoming, l'État qui avait le taux de déterrés le plus bas de tout le pays : deux. Il y avait eu un article sur eux dans *American Vampire*. Certains jours, ce n'était pas l'envie qui me manquait d'aller m'exiler là-bas.

J'ai sorti un petit bloc-notes de mon sac tandis qu'Eric nous annonçait nos dates de départ et de retour, l'heure à laquelle notre charter d'Anubis Air arriverait à Shreveport et la liste des tenues dont nous aurions besoin pour le sommet. Je me disais avec dépit que j'allais encore devoir emprunter ce qui me fallait à mes amies quand Eric a ajouté :

— Sookie, ces vêtements entrant dans la catégorie des frais professionnels, j'ai pris la liberté d'appeler ton amie Tara. Tu as donc un crédit dans sa boutique. Fais-en bon usage.

Je me suis sentie rougir. Sookie, la cousine pauvre de la famille, était de retour. Mais Eric a précisé :

— Il y a bien un compte ouvert pour le personnel dans deux ou trois magasins de Shreveport, mais ce ne serait pas très pratique pour toi.

J'ai senti la tension dans mes épaules se dénouer. J'espérais qu'il disait vrai. En tout cas, personne n'a cillé.

— Ce n'est pas parce que nous avons été victimes d'une catastrophe que nous devons passer pour des déshérités, a insisté Eric en veillant à ne pas m'adresser un regard trop appuyé.

« Ne pas avoir l'air minable », me suis-je empressée de noter sur mon petit carnet.

— C'est compris ? Notre but, en assistant à ce congrès, est de soutenir notre reine alors qu'elle se voit obligée de se laver de ces ridicules accusations, mais aussi de rappeler à tous que nous venons d'un État prestigieux. Aucun des vampires de l'Arkansas qui étaient venus en Louisiane avec leur roi n'est plus là pour raconter ce qui s'est passé, de toute façon, a conclu Eric avec un sourire qui n'avait rien d'avenant.

Tiens donc.

Comme c'était pratique.

CHAPITRE 2

— Puisque tu épouses un policier, Halleigh, tu vas peut-être pouvoir me dire... s'il a une grosse matraque.

Personne parmi cette assemblée de dames on ne peut plus B.C.B.G. n'a semblé autrement surpris d'entendre Elma Claire Vaudry, honorable institutrice d'une quarantaine d'années et collègue de Halleigh, poser cette question pour le moins scabreuse.

J'étais, quant à moi, assise à côté de la future mariée, Halleigh Robinson, puisqu'on m'avait assigné la tâche – ô combien importante – de faire la liste des cadeaux et de leurs donatrices, à mesure que la reine de la fête ouvrait les paquets dans un déluge de papier argenté et de bolduc frisotté.

— Comment le saurais-je ? a répondu Halleigh, avec un air naïf de parfaite petite fille sage, déclenchant un véritable concert de gloussements et autres ricanements incrédules.

— Eh bien, et les menottes, alors ? a insisté Elma Claire. Vous les avez déjà essayées ?

Un aimable brouhaha de voix féminines, à l'accent du Sud prononcé, s'est élevé dans le salon de Marcia Albanese, laquelle avait accepté de prêter sa maison pour abriter la fête d'Halleigh. Les autres organisatrices s'étaient contentées de pourvoir au buffet.

— Vous exagérez, Elma Claire, a protesté Marcia, sans quitter son poste à la table des rafraîchissements.

Mais elle souriait. Elma Claire s'était attribué le rôle de la délurée de service, et les autres n'avaient été que trop contentes de le lui laisser.

Elma Claire ne se serait jamais permis une telle vulgarité en présence de Caroline Bellefleur. Socialement parlant, Miss Caroline était la gardienne du temple, à Bon Temps. En dépit de son âge canonique, Miss Caroline se tenait aussi droite qu'un général à la parade. Seul quelque chose d'exceptionnel l'aurait empêchée d'assister à un événement familial important. Or, ce quelque chose était effectivement arrivé : à la stupeur générale, Caroline Bellefleur avait eu une crise cardiaque.

Ses proches, eux, n'avaient pas été surpris. En fait, le grand double mariage des Bellefleur (celui de Halleigh et d'Andy, et celui de Portia avec son comptable), initialement prévu au printemps précédent, avait été organisé en toute hâte parce que l'état de santé de Caroline Bellefleur s'était brusquement détérioré. Et voilà que, devançant même la date de ces mariages précipités, Miss Caroline avait été fauchée par cette crise cardiaque. Puis, comme si ça ne suffisait pas, elle s'était fracturé la hanche.

En accord avec sa sœur et son futur beau-frère, Andy avait donc décidé de repousser la cérémonie fin octobre. Mais j'avais entendu dire que Miss Caroline ne se remettait pas aussi bien que ses petits-enfants l'avaient espéré. On disait même que plus jamais elle ne serait ce qu'elle avait été.

Les joues tout empourprées, Halleigh se débattait avec le ruban d'une grosse boîte. Je lui ai tendu les ciseaux. La tradition voulait qu'on ne coupe pas le ruban – une histoire de prédiction du nombre d'enfants à venir –, mais j'étais prête à parier que Halleigh ne serait pas contre une petite entorse au règlement. Elle a quand même coupé le ruban face à elle, pour que personne ne remarque ce manquement délibéré à la coutume, et m'a remerciée du regard. Nous étions toutes sur notre trente et un, bien sûr, et Halleigh était ravissante dans son tailleur-pantalon bleu ciel avec des roses roses sur la veste. Elle arborait aussi un petit bouquet à la boutonnière.

J'avais l'impression d'observer une tribu exotique dans un quelconque pays lointain. Une tribu qui, comme par hasard, parlait justement ma langue. Je suis serveuse, donc plusieurs échelons en dessous de Halleigh sur l'échelle sociale, et il se trouve que je suis aussi télépathe, quoique les gens aient tendance à l'oublier – d'abord parce que c'est plutôt difficile à croire, et ensuite parce que j'ai l'air normale, en apparence. Comme je figurais néanmoins sur la liste des invitées, j'avais fait un effort vestimentaire pour ne pas détonner. Je pensais avoir assez bien réussi. Je portais un petit haut blanc cintré sans manches, un pantalon jaune et des sandales orange et jaune. J'avais détaché mes cheveux, qui tombaient sous mes épaules en un beau carré long bien lisse. De petites boucles d'oreilles jaunes et une chaîne en or parachevaient le tableau. On avait beau être fin septembre, il faisait encore une chaleur d'enfer, et toutes ces dames avaient mis leurs plus belles robes d'été, à l'exception de quelques-unes, qui avaient courageusement revêtu les teintes automnales.

Je connaissais tout le monde, forcément. Bon Temps n'est pas Chicago. Et puis, cela fait pratiquement deux siècles que des générations de Stackhouse s'y succèdent. Mais connaître les gens ne veut pas nécessairement dire se sentir à l'aise avec eux. Et j'étais bien contente que Marcia Albanese m'ait attribué ce rôle de gratte-papier. Elle était plus futée que je ne l'aurais pensé.

En tout cas, j'en apprenais, des choses ! Je faisais pourtant de mon mieux pour ne pas prêter attention aux pensées de ces dames, et ma tâche était suffisamment prenante pour m'y aider, mais j'étais littéralement bombardée.

Halleigh était sur un petit nuage : on la couvrait de cadeaux, et elle allait épouser un garçon formidable. Je me disais qu'elle ne devait pas connaître son fiancé si bien que ça. Je ne doutais pas qu'Andy ait de très bons côtés… même si je ne les avais encore jamais remarqués. Une chose était sûre, néanmoins : il avait plus d'imagination que le citoyen moyen de Bon Temps. Mais je savais aussi qu'il cachait en lui des peurs et des désirs profondément enfouis.

La mère de Halleigh était venue de Mandeville pour assister à la petite fête, naturellement, et elle arborait son plus beau sourire pour faire honneur à sa fille. J'étais sans doute la seule à savoir qu'elle détestait la foule, même une foule aussi réduite que celle-ci. Chaque minute passée dans le salon de

Marcia était un vrai calvaire pour Linette Robinson. À l'instant, alors même qu'elle riait de la dernière boutade d'Elma Claire, elle aurait donné n'importe quoi pour être chez elle, avec un bon bouquin et un verre de thé glacé bien frais.

Je m'apprêtais déjà à lui dire que ce serait fini dans... – j'ai jeté un coup d'œil à ma montre – une heure, une heure et quart au plus tard, mais je me suis rappelé juste à temps que je ne ferais que l'affoler davantage. J'ai griffonné : « Selah Pumphrey : torchons » et j'ai attendu posément la suite des événements. Selah s'était attendue que je fasse un esclandre en la voyant arriver, simplement parce qu'elle sortait depuis des semaines avec le vampire que j'avais répudié. Selah s'imaginait toujours que j'allais lui sauter à la gorge. Elle avait une mauvaise opinion de moi, alors qu'elle ne me connaissait pas du tout. En tout cas, elle ne se rendait manifestement pas compte que le vampire en question avait tout bonnement disparu de mon écran radar depuis un moment. Elle avait dû être invitée parce qu'elle avait aidé Andy et Halleigh à trouver la petite maison qu'ils avaient achetée récemment. Elle était agent immobilier.

« Tara Thornton : body en dentelle », ai-je écrit, avant de sourire à ma copine Tara, qui avait choisi le cadeau de Halleigh dans le stock de sa boutique. Elma Claire avait, bien évidemment, des tas de choses à dire sur la guêpière, pour le plus grand plaisir de toutes – en apparence, du moins. Certaines, en réalité, ne goûtaient pas son humour débridé, d'autres pensaient que son pauvre mari avait bien du mérite, et d'autres encore souhaitaient juste qu'elle se taise. Parmi ces dernières se trouvaient Linette Robinson, sa fille et moi.

La directrice de l'école où Halleigh enseignait lui avait offert de ravissants sets de table, et la sous-directrice les serviettes assorties. J'ai noté ça avec application et jeté le papier cadeau dans le sac-poubelle, à mes pieds.

— Merci, Sookie, m'a murmuré Halleigh, pendant qu'Elma Claire se lançait dans une énième plaisanterie, laquelle évoquait très explicitement le déroulement de la nuit de noces. Je vous suis vraiment reconnaissante de votre aide.

— De rien...

J'étais un peu surprise quand même.

— Andy m'a dit qu'il vous avait demandé de cacher ma bague de fiançailles, quand il m'a demandé ma main, a-t-elle poursuivi en souriant. Et vous m'avez aussi aidée en d'autres circonstances.

Andy lui avait donc tout raconté à mon sujet ?

— C'est bien naturel, ai-je bredouillé, un peu embarrassée.

Elle a jeté un coup d'œil en direction de Selah Pumphrey, assise à deux chaises de distance.

— Fréquentez-vous toujours ce très bel homme que j'avais aperçu chez vous ? m'a-t-elle alors demandé en haussant le ton. Ce beau brun ténébreux ?

Halleigh avait vu Claude quand celui-ci m'avait déposée devant la petite maison que Sam m'avait provisoirement louée en ville. Claude, le frère de Claudine, ma bonne fée – oui, oui, littéralement –, était effectivement à tomber, et il pouvait se montrer vraiment charmant (avec les femmes) pendant au moins une minute trente-cinq sans interruption. Il avait fait un effort, lors de cette rencontre avec Halleigh, et je ne pouvais que l'en remercier, maintenant que je voyais la tête que tirait Selah Pumphrey, qui avait immédiatement dressé les oreilles comme un vrai chien d'arrêt.

— Je l'ai revu il y a environ trois semaines, mais nous ne sortons plus ensemble, ai-je avoué.

Nous n'étions jamais sortis ensemble, d'ailleurs, vu que, pour plaire à Claude, il aurait fallu que j'aie une barbe de trois jours et certains attributs dont je serai toujours dépourvue. Mais tout le monde n'avait pas besoin de le savoir, n'est-ce pas ?

— Je sors avec quelqu'un d'autre, en ce moment, ai-je cru bon d'ajouter avec la plus parfaite modestie.

— Ah, oui ?

L'air non moins innocent, Halleigh affichait à présent la plus vive curiosité. Décidément, cette fille m'était de plus en plus sympathique.

— Oui, un consultant de Memphis.

— Il faudra nous l'amener au mariage, alors. N'est-ce pas, Portia ?

Oups. Portia Bellefleur, la sœur d'Andy et deuxième future mariée du double mariage, m'avait demandé d'assister à la réception, mais pour servir les boissons avec mon boss, Sam Merlotte. Maintenant, elle était coincée. Jamais elle ne m'aurait conviée à ses noces en tant qu'invitée (je n'avais pas reçu de carton pour sa fête, en tout cas). Je me suis tournée vers l'intéressée avec un sourire radieux.

— Mais bien sûr, a répondu Portia avec un naturel confondant – après tout, en tant qu'avocate, elle avait des années de plaidoiries derrière elle. Nous serions ravis que vous veniez avec votre ami, Sookie.

J'ai eu une réjouissante vision de Quinn se transformant en tigre en pleine réception, et mon sourire s'est encore élargi.

— Je vais voir s'il peut se libérer.

— Et maintenant, votre attention, s'il vous plaît, a alors demandé Elma Claire. Mon petit doigt m'a dit de noter tous les commentaires de la future mariée quand elle a déballé ses cadeaux, parce que, vous savez, ce sont ceux qu'elle fera au cours de sa nuit de noces.

Elle agitait un petit carnet. Tout le monde s'est aussitôt tu : signe d'une impatience – ou d'une appréhension – manifeste.

— Voici la première chose qu'elle a dite : « Oh ! Le joli paquet ! »

Concert de petits rires polis.

— Ensuite, elle a dit… voyons… « C'est exactement la bonne taille. J'ai hâte d'essayer ! »

Gloussements.

— Et puis encore : « Oh ! Voilà qui me sera bien utile ! »

Hilarité générale.

Puis nous sommes passées aux gâteaux, au punch, aux cacahuètes et au *cheese ball*. Tenant assiettes et verres en équilibre périlleux, nous regagnions toutes nos places quand Maxine Fortenberry a lancé :

— Comment va ta nouvelle copine, Sookie ? Cette fille de La Nouvelle-Orléans ?

Maxine avait beau se trouver à l'autre bout de la pièce, sa voix portait sans aucune difficulté. La cinquantaine finissante, solide et pleine d'entrain, Maxine avait toujours été une vraie mère pour Jason, qui était aussi le meilleur ami de son fils, Hoyt.

— Amelia va bien.

Consciente d'être devenue le point de mire de l'assemblée, j'avais affiché mon grand sourire nerveux habituel.

— C'est vrai qu'elle a perdu sa maison dans les inondations ? a poursuivi Maxine.

— Son locataire lui a dit qu'il y avait eu de gros dégâts, oui. Alors, Amelia attend des nouvelles de l'assurance pour décider ce qu'elle doit faire.

— Heureusement qu'elle était chez toi quand le cyclone est arrivé !

La pauvre Amelia devait avoir entendu ça des milliers de fois, depuis le mois d'août, et elle devait aussi en avoir plus qu'assez d'essayer de jouer celle qui avait eu de la chance.

— Oh, oui ! ai-je reconnu, conciliante.

L'arrivée d'Amelia Broadway avait délié les langues, à Bon Temps. C'était compréhensible.

— Donc, pour l'instant, Amelia va rester chez vous ?

Halleigh venait à mon secours.

— Le temps qu'il faudra, oui.

— C'est drôlement gentil à vous, a approuvé Marcia.

— Oh, vous savez, Marcia, j'ai tout un étage dont je ne me sers pas. Amelia l'a aménagé, en plus.

Elle a fait mettre l'air conditionné et c'est beaucoup mieux qu'avant. Ça ne me dérange pas du tout.

— N'empêche, il y a plein de gens qui ne voudraient pas de quelqu'un chez eux aussi longtemps. Je me dis bien que je devrais accueillir un de ces malheureux qu'on a logés au *Days Inn*, mais je n'arrive pas à me faire à l'idée de laisser un inconnu vivre chez moi.

— Moi, j'aime bien. Ça me fait de la compagnie.

Et c'était vrai, la plupart du temps.

— Amelia est-elle retournée voir sa maison ?

— Une fois seulement.

Amelia s'était contentée d'un bref passage à La Nouvelle-Orléans, de peur de se faire repérer par ses consœurs. Elle n'était pas en odeur de sainteté auprès des sorcières de sa communauté.

— En tout cas, elle adore son chat, est alors intervenue Elma Claire. Elle était avec son gros matou, l'autre jour, chez le vétérinaire, quand j'y ai amené Houppette.

Houppette, le persan blanc d'Elma Claire, devait bien avoir quelques millions d'années au compteur.

— Je lui ai demandé pourquoi elle ne le faisait pas castrer, a poursuivi la bavarde impénitente, et vous savez quoi ? Elle lui a aussitôt couvert les oreilles, comme s'il pouvait m'entendre. Et elle m'a suppliée de ne pas parler de ça devant lui. À l'entendre, on aurait cru qu'elle parlait d'un être humain !

— Elle lui est très attachée, lui ai-je répondu, sans trop savoir si j'avais plus envie de rire ou de vomir à l'idée de Bob se faisant castrer par le vétérinaire.

— Comment l'as-tu connue, cette Amelia, au fait ?

Maxine ne désarmait pas.

— Vous vous souvenez de ma cousine Hadley ?

Hochements de tête unanimes, à l'exception des nouvelles : Halleigh et sa mère.

— Eh bien, quand Hadley vivait à La Nouvelle-Orléans, elle louait à Amelia l'étage au-dessus de chez elle. Et lorsque Hadley est décédée – nouveaux hochements de tête à la ronde, plus solennels, cette fois –, je suis allée à La Nouvelle-Orléans pour mettre de l'ordre dans ses affaires. C'est comme ça que j'ai rencontré Amelia. On est devenues amies, et elle a décidé de venir me rendre visite à Bon Temps.

Toutes ces dames me regardaient, impatientes de connaître la suite. Parce qu'il fallait bien qu'il y ait une explication rationnelle à cette visite, n'est-ce pas ?

Il y avait effectivement une explication, mais à mon avis, elles n'étaient pas prêtes à l'entendre – Amelia, après une nuit d'amour échevelée, avait accidentellement changé Bob en chat en voulant expérimenter de nouveaux jeux érotiques. Je n'avais jamais demandé à Amelia de me décrire les circonstances exactes de l'accident en question. Je n'avais pas vraiment envie d'avoir une vision de la scène. Cependant, tout le monde attendait toujours une explication. N'importe laquelle, mais une explication.

— Amelia a eu une rupture difficile avec son petit ami, ai-je donc expliqué, sur le ton de la confidence.

Expressions de curiosité et de compassion mêlées, dans l'assistance.

— C'était un mormon.

Eh bien… Bob ressemblait assurément à un mormon, avec son pantalon noir et sa chemisette blanche. Il était même arrivé chez Amelia à vélo. En fait, Bob était un sorcier et faisait partie du clan d'Amelia.

— Il a frappé à sa porte et il est immédiatement tombé… amoureux.

« Tombé dans son lit » plutôt. Mais, en l'occurrence, ça ne changeait pas grand-chose à l'histoire.

— Ses parents étaient-ils au courant ?

— Ses frères mormons l'ont-ils découvert ?

— Est-ce qu'ils n'ont pas le droit d'avoir plusieurs femmes ?

Les questions pleuvaient, tout à coup. J'ai attendu que les mitraillettes soient à court de munitions. Je n'étais pas habituée à échafauder des scénarios et je commençais à manquer d'éléments plausibles sur lesquels asseoir le reste de mon histoire.

— Je n'y connais pas grand-chose en matière de mormons, ai-je répondu à la dernière question (rien n'était plus vrai.) Mais je ne crois pas que les mormons modernes aient plus d'une femme. En tout cas, ce qui s'est passé, c'est que les parents de Bob ont découvert le pot aux roses. Ils sont devenus fous de rage parce qu'ils estimaient qu'Amelia n'était pas assez bien pour lui. Alors, ils sont venus le chercher pour le ramener de force chez lui. D'où le départ d'Amelia. Elle voulait quitter La Nouvelle-Orléans pour se changer les idées, oublier le passé, vous comprenez…

Toutes ont hoché la tête avec un bel ensemble, fascinées par la tragédie de cette malheureuse Amelia.

Je me suis sentie un peu coupable. Pendant une ou deux minutes, tout le monde a donné son avis sur le drame. Finalement, Maxine Fortenberry a résumé la situation.

— La pauvre ! s'est-elle exclamée. Il aurait dû leur tenir tête.

J'ai alors tendu à Halleigh un nouveau paquet à ouvrir.

— En tout cas, vous êtes sûre que ça ne risque pas de vous arriver, Halleigh, ai-je enchaîné pour changer de sujet. Andy est fou de vous. Ça crève les yeux.

Elle a rougi.

— Nous aimons tous Andy, a affirmé sa mère.

Nous en revenions enfin à nos moutons.

La conversation a ensuite dérivé sur le menu du mariage, puis sur les repas que chacune des différentes confessions organisait à tour de rôle pour les réfugiés. Le lendemain, c'était celui des catholiques, et Maxine a paru soulagée lorsqu'elle a annoncé que le nombre de convives était tombé à vingt-cinq.

En rentrant, j'étais épuisée. Je n'étais pas habituée à tant de mondanités. Et il me restait encore à mettre Amelia au courant de son tout nouveau passé. Puis j'ai aperçu un pick-up garé dans ma cour, et toutes ces pensées se sont subitement envolées.

Quinn était là. Quinn, le tigre-garou qui gagnait sa vie en organisant des événements pour le monde de l'étrange. Mon Quinn adoré. J'ai pratiquement sauté de la voiture – après m'être garée derrière la maison et avoir jeté un coup d'œil anxieux dans le rétroviseur pour m'assurer que mon maquillage n'avait pas coulé.

Quinn s'est rué au-dehors par la porte de derrière, au moment où je montais les marches de la véranda quatre à quatre. Je lui ai sauté au cou. Il m'a soulevée de terre et m'a fait tourner comme une toupie. Quand il m'a reposée, il m'a embrassée en tenant mon visage entre ses grandes mains de géant.

— Tu es magnifique, a-t-il dit dans un souffle. Et tu sens drôlement bon, a-t-il ajouté, toujours pantelant.

Et il a recommencé à m'embrasser.

Hélas, tout a une fin.

— Oh ! Ça fait tellement longtemps ! me suis-je écriée, rayonnante. Je suis si contente de te trouver ici !

Je n'avais pas vu Quinn depuis des semaines. La dernière fois, il avait fait un petit crochet par Shreveport, alors qu'il se rendait en Floride avec un chargement de matériel pour la cérémonie d'initiation de la fille d'un chef de meute.

— Tu m'as manqué, bébé, m'a-t-il répondu avec un sourire, découvrant ses superbes dents blanches.

Son crâne rasé scintillait aussi dans la lumière du soleil, rasante à cette heure tardive.

— Ta coloc a eu le temps de me raconter les dernières nouvelles, pendant que tu étais à ta petite fête. Comment c'était ?

— Comme toutes les fêtes de ce genre : cadeaux et bavardages à tous les étages. C'est le deuxième auquel j'assiste pour cette fille. Et je ne me suis pas moquée d'elle : je lui ai offert une assiette de son service comme cadeau de mariage.

— On peut aller à plusieurs fêtes de ce genre pour la même personne ?

— Dans une petite ville comme ici, oui. Et Halleigh est rentrée à Mandeville, cet été, pour en faire une autre, avec un dîner en prime. J'en déduis qu'elle et Andy ne manqueront vraiment de rien.

— Je croyais qu'ils devaient se marier en avril dernier.

Je lui ai raconté la crise cardiaque et la fracture de Caroline Bellefleur.

— Et chaque fois, les médecins pensaient qu'elle ne s'en remettrait pas. Mais elle est toujours là ! Donc, le mois prochain, Andy et Halleigh et Portia et Glen vont avoir le mariage mondain le plus attendu de l'année et le plus couru de Bon Temps. Et tu es invité, ai-je conclu.

— Ah, oui ?

Nous avions déjà pris le chemin de la cuisine. J'avais hâte de me déchausser et de voir ce que ma colocataire fabriquait. Je me creusais la tête pour trouver quelque course à lui confier qui l'éloignerait un petit moment. J'avais trop rarement l'occasion de voir Quinn, qui était, comme qui dirait, mon petit copain, si je pouvais encore utiliser cette expression, vu mon grand âge (vingt-quatre ans). Enfin, je me disais qu'il pourrait devenir mon petit copain, s'il ralentissait assez pour avoir le temps de s'attacher – à moi, de préférence.

Mais ses obligations professionnelles – il travaillait pour Special Events, une filiale de E(E)E, Extreme (ly Elegant) Events – couvraient un vaste territoire, au sens propre comme au figuré. Depuis notre enlèvement par des loups-garous à La Nouvelle-Orléans, je n'avais revu Quinn que trois fois. La première quand il s'était arrêté à Shreveport, un week-end, pour aller je ne sais où – il m'avait invitée à dîner dans un restaurant cajun à la mode, *Ralph and Kacoo's*, et nous avions passé une merveilleuse soirée, mais il m'avait ramenée à la maison et était rentré se coucher seul parce qu'il devait se lever tôt le lendemain. La deuxième fois, il était venu au *Merlotte* pendant que je travaillais. Comme c'était une soirée calme, j'avais pu m'asseoir à sa table et discuter avec lui une petite heure. La troisième fois, je lui avais tenu compagnie pendant qu'il chargeait son camion. C'était en plein été : nous ruisselions de sueur, sans parler de la poussière, des entrepôts, des camions qui passaient... Pas très romantique, comme ambiance.

Et même si Amelia descendait à présent obligeamment l'escalier avec son sac en bandoulière, dans la manifeste intention d'aller faire un tour en ville pour nous laisser un peu d'intimité, ça n'avait franchement rien d'exaltant d'imaginer qu'on allait devoir saisir cette brève occasion pour concrétiser notre relation.

— Au revoir ! nous a lancé Amelia, avec un sourire jusqu'aux oreilles.

Comme elle avait les dents les plus blanches du monde, on aurait dit le chat d'*Alice au pays des merveilles*. Amelia avait des cheveux courts en pétard (elle prétendait que personne n'était fichu de les lui couper correctement à Bon Temps), et son visage hâlé ne portait pas la moindre trace de maquillage. Elle avait tout de la jeune maman de province avec un siège auto à l'arrière de son monospace, le genre de maman qui fait régulièrement son petit footing, sa petite séance à la piscine et sa petite partie de tennis. En fait, Amelia courait vraiment trois fois par semaine et pratiquait le tai-chi dans ma cour. Mais elle avait horreur de l'eau et estimait que le tennis était « pour les crétins finis ». Pour ma part, j'ai toujours eu de l'admiration pour les tennismen. Mais quand Amelia avait quelque chose dans le crâne, elle n'en démordait pas.

— Je vais au centre commercial de Monroe, nous a-t-elle précisé. Des courses à faire.

Et, tout en agitant la main avec un petit air du genre « je suis une coloc trop sympa », elle a sauté dans sa Mustang et elle a disparu... nous laissant, Quinn et moi, nous regarder en chiens de faïence.

— Sacrée Amelia ! ai-je commenté, follement inspirée.

— Il n'y en a pas deux comme elle, a renchéri Quinn, guère à l'aise.

— Le truc, c'est que... ai-je commencé, au moment même où il disait : Écoute, je crois qu'on devrait...

Nous nous sommes tous les deux arrêtés net. Il a fait un geste du style « les dames d'abord ».

— Tu es là pour combien de temps ? lui ai-je alors demandé.

— Je dois repartir demain. Évidemment, je pourrais coucher à Monroe ou à Shreveport, mais...

Nouvelle tournée de regards attentifs. Je ne lis pas dans les pensées des métamorphes comme dans celles des humains ordinaires, mais je peux quand même avoir une petite idée de ce qu'ils ont en tête.

Et je discernais nettement les intentions de Quinn, des intentions... intenses.

— Donc, si tu es d'accord... a-t-il enchaîné, avant de mettre un genou à terre.

Je n'ai pas pu m'empêcher de sourire. Mais j'ai détourné les yeux.

— Le truc, c'est que... ai-je répété, en me disant que ce genre de conversation serait bien plus facile pour Amelia, qui était d'une franchise à toute épreuve. Enfin, comme tu le sais, entre nous, le... euh...

J'ai fait un geste de la main qui nous unissait l'un à l'autre.

— Courant ? a-t-il suggéré.

— C'est ça. Le courant passe très, très bien. Mais si on ne doit pas se voir plus souvent qu'au cours de ces derniers mois, je ne suis pas très sûre de vouloir sauter le pas.

Cela m'écorchait la bouche d'avoir à le dire, mais je ne pouvais pas faire autrement. Inutile de me mettre toute seule dans une situation qui risquait de me faire plus de mal que de bien.

— J'éprouve pour toi... du désir, lui ai-je avoué. Un désir très fort. Mais je ne suis pas une fille d'un soir.

— Après le sommet, je prends des vacances, m'a-t-il alors annoncé – avec une sincérité absolue que je pouvais détecter. Un mois de vacances. Je suis venu te demander si je pouvais les passer avec toi.

— Vraiment ?

C'était plus fort que moi. J'avais tellement de mal à le croire que j'ai répété :

— Vraiment ?

Il m'a souri. Quinn a le teint mat, un nez arrogant, un sourire qui dessine de petites fossettes aux coins de sa bouche et des yeux violets comme une pensée au printemps. Il est aussi baraqué qu'un catcheur professionnel et tout aussi impressionnant. Il a soudain levé sa main puissante, comme s'il prêtait serment.

— Je le jure sur une tonne de bibles.

— Bon... lui ai-je répondu, après avoir pris le temps de faire l'inventaire des réserves que je pouvais avoir pour m'assurer qu'elles étaient insignifiantes.

Et puis, je ne suis peut-être pas équipée d'un détecteur de mensonges, mais je l'aurais senti s'il s'était dit : « Qu'est-ce que je ne ferais pas pour la mettre dans mon lit ! » Les pensées des hybrides sont difficiles à décrypter pour moi – elles sont comme noyées dans une purée de pois –, mais ce genre de chose ne m'aurait pas échappé.

— ... alors, d'accord.

— Waouh.

Son sourire a illuminé tout le salon. Mais dans la seconde qui a suivi, ses yeux ont pris ce regard fixe qu'ont les hommes quand ils n'ont plus qu'une idée en tête : le sexe. Puis il s'est levé, et je me suis retrouvée collée contre lui, ligotée par ses bras qui m'enserraient comme des cordes.

Sa bouche a fondu sur la mienne, et nous avons repris là où nous en étions restés. Sa langue était chaude et agile, et ses mains, qui ne l'étaient pas moins, n'ont pas tardé à explorer ma topographie avec soin : descente de la vallée dorsale pour épouser la courbe des hanches, remontée vers les épaules pour venir cueillir mon visage et redescente le long du cou avec effleurements stratégiques du bout des doigts. Puis ces mêmes mains ont trouvé mes seins et, après avoir sorti mon corsage de mon pantalon, se sont aventurées sur un territoire qu'elles n'avaient fait que survoler précédemment. Quinn a semblé aimer ce qu'il découvrait – si tant est que « mmm » soit un commentaire éloquent. Pour moi, ça en disait plus long que bien des discours.

— Je veux te voir, a-t-il alors murmuré. Je veux tout voir.

Je n'avais encore jamais fait l'amour en plein jour. Est-ce que ce n'était pas franchement scandaleux (et très excitant) de se débattre avec des boutons de pantalon alors que le soleil n'était même pas encore couché ? Encore une chance que j'aie mis cette si jolie lingerie en dentelle blanche avec son mini-slip sexy. Quand je m'habille, je n'aime pas faire les choses à moitié : ça va du manteau jusqu'aux sous-vêtements.

— Oh ! s'est exclamé Quinn en découvrant mon soutien-gorge, qui faisait avantageusement ressortir mon bronzage. Nom de Dieu.

Tout en lui reflétait l'admiration la plus profonde. J'avais déjà enlevé mes chaussures et, heureuse initiative, le matin même, j'avais renoncé aux mi-bas – pratiques mais pas vraiment glamour –, leur préférant le hâle naturel de mes jambes nues. Quinn a passé un bon moment à me mordiller le cou tout en se frayant un chemin à coups de baisers vers le soutien-gorge en question, pendant que je me battais avec sa ceinture. Mais comme il se penchait pendant que j'essayais d'ouvrir la boucle récalcitrante, ça ne fonctionnait pas très bien.

— Défais ta chemise.

Ma voix était presque aussi rauque que la sienne.

— Tu m'as enlevé mon haut, tu dois enlever le tien, ai-je argué – pressée, mais logique.

— Pas de problème.

Aussitôt dit, aussitôt fait. La chemise a atterri sur le canapé. On aurait pu s'attendre à un torse velu. Eh bien, non. En revanche, Quinn était fabuleusement musclé. Il était aussi très bronzé, ce qui n'avait rien de surprenant, vu la saison. Il avait la pointe des seins étonnamment foncée et (moins étonnant) toute dure. Et juste au niveau de mes yeux... Il a commencé à s'occuper de sa maudite ceinture, tandis que je me penchais sur ces tentations ambulantes, embrassant l'une tout en caressant l'autre. Tout son corps s'est alors brusquement raidi, et il a cessé de faire ce qu'il faisait pour plonger ses doigts dans mes cheveux et me plaquer la tête contre lui. Il a poussé un profond soupir, qui tenait plutôt du grondement : une vibration sourde qui montait de l'intérieur. De ma main libre, j'ai tiré sur son pantalon, et il a recommencé à défaire sa ceinture, mais avec un manque évident de conviction. Distraitement, je dirais.

— Allons dans la chambre.

Ce n'était pas une suggestion calme et mesurée de ma part, plutôt une exigence impérieuse et haletante.

Il m'a soulevée de terre, et j'ai noué mes bras autour de son cou pour embrasser cette si belle bouche dont je ne me lassais pas.

— Pas juste, a-t-il marmonné. J'ai les mains prises.

— Le lit.

C'est tout ce que j'ai trouvé à lui répondre. Après m'avoir délicatement déposée à l'endroit indiqué, il est retombé sur moi.

— Les fringues, lui ai-je rappelé.

Mais il avait la bouche pleine – de dentelle blanche, entre autres –, et il n'a pas réagi.

— Oh.

Il se peut que j'aie répété cela encore plusieurs fois, et quelques « oui » aussi. Puis, tout à coup, une idée m'a traversé l'esprit, me ramenant brutalement à la réalité.

— Quinn, est-ce que tu as… tu sais…

Étant donné que les vampires ne peuvent pas mettre une fille enceinte, ni lui transmettre une maladie, je n'avais encore jamais eu besoin de ce genre de chose.

— Pourquoi crois-tu que j'aie encore mon pantalon ? a-t-il rétorqué en sortant un petit carré argenté de sa poche arrière.

Son sourire s'était fait, cette fois, nettement plus carnassier.

— Génial !

Et j'étais on ne peut plus sincère. Je crois que je me serais jetée par la fenêtre si nous avions dû nous arrêter.

— Tu pourrais peut-être enlever ton pantalon, maintenant…

J'avais déjà vu Quinn dans le plus simple appareil, mais dans des circonstances un peu stressantes : en plein bayou, sous une pluie battante, alors que nous étions pourchassés par des loups-garous.

Debout à côté du lit, Quinn a ôté ses chaussures et ses chaussettes, puis son pantalon et enfin le reste, sans se presser, pour me laisser le temps d'admirer le paysage. Sous son boxer – quelque peu déformé – il avait la fesse ferme et haut perchée. La ligne de ses hanches me mettait l'eau à la bouche. Il avait aussi une myriade de petites cicatrices, de fins traits blancs un peu partout, mais elles semblaient tellement faire partie de lui qu'elles ne déparaient en rien le magnifique corps d'athlète que je contemplais, à genoux sur le lit.

— À toi, maintenant, m'a-t-il ordonné.

J'ai dégrafé mon soutien-gorge et j'ai fait glisser les bretelles le long de mes bras.

— Oh ! mon Dieu. Je suis le plus heureux des hommes.

Il a marqué une pause, puis il a ajouté :

— Le reste.

Je me suis levée et j'ai fait glisser la petite chose en dentelle sur le tapis.

— C'est comme quand on se retrouve devant un buffet, a-t-il murmuré. On ne sait pas par où commencer.

J'ai désigné mes seins.

— L'entrée, lui ai-je suggéré.

Quinn avait une langue un peu plus râpeuse que le commun des mortels. Je haletais déjà en émettant des sons inarticulés quand il est passé du sein droit au sein gauche, comme s'il essayait de savoir lequel il préférait. Il a eu du mal à se décider, ce qui m'allait très bien. Quand il s'est finalement fixé sur le droit, j'en étais déjà à me plaquer contre lui et, bien qu'inarticulés, les sons que j'émettais ne pouvaient être qualifiés que de désespérés.

— Je crois que je vais sauter le plat de résistance et passer directement au dessert, a-t-il soufflé d'une profonde voix de basse, avec un débit quelque peu haché. Tu es prête, bébé ? À t'entendre, tu en as l'air. Et d'après ce que je sens, aussi.

— Je suis plus que prête, lui ai-je confirmé, en refermant la main sur lui.

Il a tressailli de tout son corps et s'est empressé de mettre le préservatif.

— Maintenant, a-t-il grondé. Maintenant !

Je l'ai guidé en moi et je me suis cambrée pour venir à sa rencontre.

— Oh ! Depuis le temps que j'en rêve… a-t-il soupiré en s'enfonçant en moi de toute sa longueur.

Après ça, nous n'avons plus été capables de dire quoi que ce soit, ni lui ni moi.

Quinn avait un appétit à la mesure de ses étonnantes proportions.

Il a tellement apprécié le dessert qu'il en a redemandé…

Chapitre 3

Nous étions dans la cuisine quand Amelia est rentrée. Pour la remercier de s'être éclipsée, j'avais donné à manger à son chat. Enfin, à Bob. Mais celui-ci ignorait souverainement sa pâtée, préférant regarder Quinn frire du bacon, tandis que je coupais des tomates. J'avais sorti le fromage et la mayonnaise, la moutarde et les pickles : tout ce dont, dans mon esprit, un homme pouvait avoir envie pour agrémenter son sandwich au bacon. J'avais mis un short en jean élimé et un tee-shirt, et Quinn, après être allé chercher son sac dans son pick-up, avait enfilé sa propre tenue d'intérieur – débardeur et vieux short en coton molletonné.

Amelia a reluqué Quinn de haut en bas pendant qu'il avait le dos tourné. Puis elle m'a regardée, un sourire jusqu'aux oreilles.

— Alors, on a bien fêté les retrouvailles ? a-t-elle demandé, tout en balançant ses sacs de shopping sur la table.

Je l'ai arrêtée tout de suite.

— Non, non, non. Dans ta chambre, s'il te plaît.

Sinon, elle allait vouloir nous détailler le moindre truc qu'elle avait acheté. Elle a fait la moue, mais elle a récupéré ses sacs et les a montés au premier.

Tout en mettant la table, j'ai savouré secrètement l'agréable sensation qui se concentrait au-dessous de mon nombril et la formidable et suprême détente qui m'envahissait. J'ai sorti des verres du placard, puis je me suis dirigée vers le réfrigérateur et j'ai oublié ce que je venais y faire parce que Quinn a reculé au même moment pour me donner un petit baiser. Il avait les lèvres si chaudes, si fermes... Ça m'a rappelé autre chose qui était chaud et ferme. J'ai eu un flash : ce moment de stupeur quand Quinn était entré en moi, la première fois. Une vraie révélation ! Mes précédents partenaires ayant été des vampires, qui plongeaient résolument dans les minima, question température corporelle, imaginez le choc que ça m'avait fait de me retrouver avec un amant pourvu de poumons fonctionnant à plein régime, d'un cœur qui battait et d'un sexe à 37 °C au bas mot. En fait, les hybrides sont un peu plus chauds que les humains normaux. Et même avec le préservatif, je l'avais senti.

— Qu'est-ce qu'il y a ? Pourquoi tu me regardes comme ça ?

Quinn me souriait, l'air intrigué. Je lui ai rendu son sourire.

— Je pensais juste à ta température.

Son sourire s'est fait franchement canaille.

— Tu savais que j'étais chaud, non ? Et mes pensées, ça ne t'a pas posé de problème, de les entendre ? a-t-il ajouté, sérieux tout à coup.

Le fait qu'il se soit simplement posé la question m'a profondément touchée.

— Rien à redire, de ce côté-là, lui ai-je répondu, hilare – c'était plus fort que moi. Tout ce que j'ai pu distinguer, c'est : « Oh, oui, oui, oui. Encore, encore, encore. » Je ne pense pas qu'on puisse considérer ça comme une pensée.

— Pas de problème, alors ? en a-t-il conclu, pas embarrassé pour deux sous.

— Aucun problème. Tant que tu te sens bien et que tu es heureux, moi je suis heureuse.

— Alors c'est génial ! s'est-il exclamé en se retournant vers la cuisinière. Vraiment super.

Je trouvais aussi.

En moins d'une minute, Amelia était de retour et demandait à Quinn s'il y avait assez de bacon pour elle.

— Bien sûr, lui a répondu l'intéressé, en rajoutant obligeamment quelques tranches dans la poêle.

Ça me plaît qu'un mec sache cuisiner.

Amelia a mangé son sandwich avec appétit, puis elle a pris Bob sur ses genoux pour lui donner les petits morceaux de bacon qu'elle avait gardés pour lui. Le gros chat noir et blanc s'est mis à ronronner.

— Alors, comme ça, c'est le type que vous avez malencontreusement changé en chat ? a soudain lancé Quinn, son sandwich également englouti.

— Ouais, a reconnu Amelia en grattant Bob derrière les oreilles. C'est lui.

Assise en tailleur sur sa chaise – posture absolument impossible pour moi –, Amelia semblait complètement captivée par son chat.

— Hein, mon joli minou ? s'est-elle mise à roucouler. Hein, mon gros matou d'amour ?

Quinn a eu l'air très légèrement dégoûté. Mais je dois bien avouer que j'étais tout aussi gâteuse quand j'étais en tête à tête avec Bob. Sous sa forme humaine, Bob le sorcier était un type petit et un peu bizarre, au charme d'ado attardé, avec une tête de premier de la classe. Amelia m'avait dit qu'il était coiffeur. Mais à voir son look un peu désuet, j'en avais conclu que ce devait être pour les pompes funèbres.

— Et alors, comment allez-vous faire ? lui a demandé Quinn.

— Pour l'instant, j'étudie. J'essaie de trouver mon erreur pour la corriger. Évidemment, ce serait plus simple si je pouvais...

Elle a laissé sa phrase en suspens, l'air coupable.

— Contacter ton mentor ? ai-je suggéré, compatissante.

— Ouais. Si je pouvais consulter ma conseillère.

— Et pourquoi vous ne le faites pas ? s'est enquis Quinn.

— D'abord, parce que je n'étais pas censée faire usage de sorts de métamorphose. Et ensuite, parce que je l'ai cherchée sur le Net depuis Katrina – j'ai consulté tous les forums et les sites de messagerie utilisés par les sorcières – et que je n'ai pas retrouvé sa trace. Elle s'est peut-être réfugiée quelque part, chez ses enfants ou chez des amis. Peut-être aussi qu'elle a péri dans les inondations...

— Et pour l'argent ? Vous tirez vos ressources essentiellement de la location de votre immeuble, non ? Comment allez-vous faire, à présent ? Dans quel état est le bâtiment ?

Quinn a pris mon assiette et la sienne pour les mettre dans l'évier. Le moins qu'on puisse dire, c'est qu'il ne faisait pas dans la dentelle ce soir. Je n'en attendais pas moins la réponse d'Amelia avec curiosité. Je brûlais de savoir ce genre de chose depuis le début, mais il y a des questions indélicates qu'on ne pose pas – du style : « De quoi peux-tu bien vivre, alors, maintenant ? » Quoiqu'elle ait travaillé à mi-temps chez mon amie, Tara Thornton, dans sa boutique Tara's Togs, pour remplacer son assistante en arrêt maladie, je ne voyais pas d'où Amelia tirait son argent. Soit elle disposait de comptes en banque déjà bien remplis, soit elle avait une autre source de revenus. À La Nouvelle-Orléans, elle tirait les cartes et pouvait compter sur le loyer de l'appartement qu'elle possédait, mais c'était terminé, maintenant. Sa mère lui avait laissé de l'argent, m'avait-elle dit. Beaucoup d'argent apparemment.

— Je suis retournée une fois à La Nouvelle-Orléans, depuis le cyclone. Vous connaissez Everett, mon locataire ?

Quinn a hoché la tête.

— Dès qu'il a eu accès à un téléphone, il m'a fait part de l'état de l'immeuble. Il y avait des arbres abattus, des branches à terre et, bien sûr, l'électricité et l'eau ont été coupées pendant une semaine ou deux. Mais, Dieu merci, le quartier n'a pas été trop touché, par rapport à d'autres. Et quand l'électricité a été rétablie, je suis allée jeter un œil.

Elle a respiré un bon coup. Je pouvais capter son appréhension : elle n'avait pas vraiment envie de s'aventurer sur ce terrain-là.

— J'ai… hum… Je suis allée voir mon père pour lui parler des réparations de la toiture. Pour l'instant, on est condamnés au toit bleu, comme la moitié de la ville.

Le plastique bleu qui recouvrait les toits endommagés était devenu la norme, à La Nouvelle-Orléans.

Il était rare qu'Amelia évoque sa famille devant moi. J'avais plus appris, à ce sujet, en faisant un petit tour dans sa tête que d'après ce qu'elle avait bien voulu m'en dire – je devais d'ailleurs prendre soin de ne pas mélanger les deux sources, au cours de nos conversations. Je pouvais voir que son père était présent dans son esprit. Dans les pensées qui le concernaient, amour et rancune étaient intimement liés pour former un amalgame confus.

— Votre père a pris en charge les réparations ? lui a distraitement demandé Quinn.

Il semblait moins intéressé par sa réponse que par le contenu du Tupperware dans lequel je stocke tous les petits gâteaux qui franchissent ma porte, ce qui n'arrive pas très souvent, car j'ai tendance à prendre du poids dès qu'il y a des sucreries à la maison. Amelia, qui ne connaissait pas ce problème, avait rempli ladite boîte avec deux ou trois sortes de cookies et invité Quinn à se servir.

Elle a acquiescé, apparemment plus fascinée que jamais par la fourrure de Bob.

— Ouais, il a fait venir des ouvriers.

Première nouvelle.

— Et c'est qui, votre père ? lui a alors demandé Quinn.

Difficile de faire plus direct. Jusqu'alors, cela lui avait plutôt bien réussi. Amelia s'est trémoussée sur sa chaise, tant et si bien que Bob lui a jeté un coup d'œil réprobateur.

— Copley Carmichael, a-t-elle marmonné.

Nous sommes tous les deux restés sans voix. Au bout d'une minute de silence, elle a fini par relever les yeux vers nous.

— Eh bien quoi ? nous a-t-elle lancé d'un ton de défi. D'accord, il est connu. D'accord, il est riche. Et alors ?

— Pourquoi est-ce que vous ne portez pas le même nom de famille ? me suis-je étonnée.

— J'ai pris celui de ma mère. J'en avais marre de voir les gens changer de comportement dès qu'ils découvraient qui j'étais, a-t-elle expliqué avec un regard appuyé.

Nous nous sommes regardés, Quinn et moi. Copley Carmichael n'était pas n'importe qui, en Louisiane. Il trempait dans tout un tas d'affaires plus ou moins louches, et il avait le bras long. Mais c'était juste un homme d'affaires un peu véreux à l'ancienne : il sentait peut-être l'argent sale, mais ne dégageait pas la moindre odeur de surnaturel. Un humain de base, en somme.

— Est-ce qu'il sait que tu es une sorcière ?

— Il n'y croit pas deux secondes, a répondu Amelia d'un ton plein de rancœur et de regret. Il pense que je suis une petite velléitaire paumée qui traîne avec des gens bizarres et se contente de petits jobs miteux rien que pour le faire enrager. Il ne croirait même pas à l'existence des vampires, s'il n'en avait pas vu de ses propres yeux.

— Et votre mère ? a demandé Quinn.

Je me suis servi une tasse de thé. Je connaissais la réponse à cette question.

— Morte. Il y a trois ans. C'est à ce moment-là que j'ai quitté la maison pour m'installer au rez-de-chaussée de l'immeuble de Chloe Street. Mon père m'en avait fait cadeau pour mon bac, pour que j'aie mon indépendance financière. Mais il m'en a confié la gestion parce qu'il a estimé que ce serait une bonne expérience pour moi.

J'ai trouvé qu'il s'agissait d'un bon compromis.

— C'était plutôt bien, non ? On apprend mieux par soi-même, ai-je ajouté d'un ton hésitant.

— Ouais, a-t-elle reconnu. Mais quand je suis partie, il a voulu me verser de l'argent de poche. À mon âge ! Moi, je savais qu'il fallait que je me débrouille toute seule. Et avec le loyer, l'argent que je touchais en tirant les tarots et les petits jobs que je décrochais dans le domaine de la magie, je m'en sortais bien.

Elle avait relevé la tête, apparemment toute fière d'elle.

Elle ne semblait pas se rendre compte que le loyer en question provenait d'une propriété que lui avait donnée son père et non d'un vrai travail. Amelia était vraiment très contente d'elle parce qu'elle estimait ne rien devoir à personne. Ma nouvelle amie, que j'avais rencontrée presque par hasard, était un paradoxe ambulant. Comme elle faisait partie de ce que j'appelle les « puissants émetteurs », je recevais ses pensées cinq sur cinq. Habituellement, quand j'étais seule avec Amelia, j'étais obligée de me barricader derrière des barrières mentales en béton armé. Mais comme j'étais avec Quinn, je m'étais un peu laissée aller. Je n'aurais pas dû. C'était « tempête sous un crâne », chez Amelia.

— Et votre père ne pourrait pas vous aider à retrouver votre mentor ? a suggéré Quinn.

Le visage d'Amelia est demeuré sans expression, comme si elle réfléchissait.

— Je ne vois pas comment, a-t-elle finalement répondu. Ce n'est pas n'importe qui, c'est vrai, mais il a autant de problèmes que les autres, depuis Katrina.

Sauf qu'il avait beaucoup plus d'argent et que, contrairement à la grande majorité des habitants de La Nouvelle-Orléans, il pouvait prendre de petites vacances ailleurs et revenir quand ça lui chantait. J'ai décidé de garder cette réflexion pour moi et j'ai changé de sujet.

— Au fait, Amelia, tu ne crois pas qu'il y a des gens qui cherchent Bob ?

Elle a eu l'air un peu effrayée, ce qui ne lui ressemblait pas.

— C'est bien ce qui m'inquiète. Je ne connaissais pas très bien Bob, avant qu'on... enfin, tu vois. On se parlait, mais c'était tout. Je sais qu'il avait – qu'il a – de très bons amis dans le monde de la magie. Je ne pense pas qu'aucun soit au courant de notre relation. Cette nuit-là, la veille du bal où ça a explosé entre les vamp's de l'Arkansas et les nôtres, Bob et moi, on est rentrés chez moi, après avoir laissé Terry et Patsy à la pizzeria. Nous avions, disons, fêté notre succès avec enthousiasme et Bob s'est fait porter pâle, le lendemain. Il a passé la journée avec moi.

— Mais sa famille doit être à sa recherche depuis des mois et se demander s'il est mort ou vif !

— Hé, du calme ! Je ne suis pas grave à ce point-là. Bob a été élevé par sa tante. Mais ils ne s'entendent pas du tout. Ça fait des années qu'il n'a plus aucun contact avec elle, ou presque. Je me doute bien qu'il a des amis qui se font de la bile pour lui et j'en suis vraiment, vraiment désolée. Mais même s'ils savaient ce qui s'est passé, ce n'est pas ça qui aiderait Bob, si ? De toute façon, depuis Katrina, tout le monde croule sous les problèmes, à La Nouvelle-Orléans.

C'est à ce moment de la discussion que le téléphone a sonné. Quand j'ai décroché, la voix de mon frère semblait crépiter d'excitation.

— Sookie, il faut que tu te ramènes à Hotshot dans une heure.

— Pourquoi ?

— Crystal et moi, on se marie. Surprise, surprise !

Quoique ce ne soit pas vraiment un choc pour moi (Jason sortait avec Crystal Norris depuis plusieurs mois), cette cérémonie précipitée m'a alarmée.

— Crystal est de nouveau enceinte ? lui ai-je demandé, prise de soupçons.

Crystal avait fait une fausse couche quelques mois auparavant.

— Oui ! s'est exclamé mon frère, comme si c'était la meilleure nouvelle de l'année. Et cette fois, on sera mariés quand le bébé arrivera.

Comme il avait de plus en plus tendance à le faire, Jason ne voulait pas regarder la réalité en face. En fait, Crystal avait déjà été enceinte au moins une fois, avant de connaître Jason, et elle avait aussi perdu l'enfant. La communauté de Hotshot payait le prix de générations d'unions consanguines.

— D'accord. J'y serai. Est-ce qu'Amelia et Quinn peuvent venir aussi ?

— Bien sûr. Crystal et moi, on sera fiers de les avoir à nos noces.

— Il faut que j'apporte quelque chose ?

— Non. Calvin et les autres préparent le repas. On va faire ça dehors. On a déjà suspendu les lampions. Je crois qu'il y aura une grande marmite de *jambalaya*[1], du riz et du *coleslaw*. Moi et mes potes, on se charge de la boisson. Fais-toi belle et ne traîne pas, surtout ! On se voit à Hotshot dans une heure.

Je suis restée un moment immobile, le téléphone à la main. C'était tout Jason, ça – « Viens dans une heure à une cérémonie organisée au dernier moment, pour la pire des occasions imaginables, et ne sois pas en retard, hein ! ». Il ne m'avait pas demandé d'apporter la pièce montée. C'était déjà ça.

— Ça va, Sookie ? s'est inquiété Quinn.

— Mon frère se marie ce soir, ai-je répondu en m'efforçant de garder mon calme. On est invités à la noce. Et on doit y être dans une heure.

Je m'étais bien doutée que Jason épouserait une femme dont je ne raffolerais pas : il avait toujours

1. Le *jambalaya* est un mélange exotique de jambon coupé en cubes, de chorizo, de crevettes, légumes et épices, servi avec du riz (*N.d.T.*).

fait preuve d'un penchant pour les garces. Les sales garces, de préférence. Et ça, c'était du Crystal tout craché. Crystal également une panthère-garou et donc membre d'une communauté jalouse de ses secrets. En fait, s'étant fait mordre plusieurs fois par un rival qui lui disputait les attentions de Crystal, mon frère était lui-même récemment devenu un homme-panthère.

Mais Jason était plus vieux que moi, et Dieu sait que, question femmes, il avait eu sa part. On pouvait donc en déduire qu'il devait savoir celle qui lui convenait.

Quand je me suis arrachée à ces mornes pensées, Amelia me regardait. Elle avait l'air à la fois stupéfaite et ravie. Elle adorait sortir et faire la fête. Or, les occasions de s'amuser étaient plutôt rares, à Bon Temps. Quinn, qui avait déjà rencontré Jason un jour qu'il passait chez moi, haussait un sourcil sceptique.

— Oui, oui, je sais, ai-je maugréé. C'est n'importe quoi. Mais Crystal est de nouveau enceinte, et il ne veut rien entendre. Vous voulez m'accompagner, tous les deux ? Vous n'êtes pas obligés, vous savez. Mais moi, je dois commencer à me préparer dès maintenant.

— Oh, super ! Je vais pouvoir mettre ma nouvelle robe ! s'est exclamée Amelia, avant de se précipiter au premier pour arracher les étiquettes.

— Tu veux que je vienne, bébé ? m'a demandé Quinn.

— Oui, s'il te plaît.

Il est venu me prendre dans ses bras, me blottissant contre lui. Cela m'a réconfortée, même si j'y voyais assez clair dans son esprit pour savoir qu'il pensait que Jason était un imbécile.

J'étais assez d'accord avec lui.

Chapitre 4

Les nuits étaient encore chaudes en cette fin septembre, mais tout de même moins étouffantes. Je portais une robe blanche à fleurs rouges sans manches que je n'avais mise qu'une fois, pour un rendez-vous avec Bill (auquel je ne pensais plus du tout). Pure vanité de ma part, j'avais enfilé mes sandales rouges à hauts talons – pas très indiquées pour un mariage en pleine campagne, je sais. Je me suis maquillée pendant que Quinn prenait sa douche. Je n'étais pas mécontente du résultat. Rien de tel qu'une « sexualité épanouie » pour « exalter la beauté de la femme », comme disent les magazines. J'ai jeté un coup d'œil à la pendule du couloir en sortant de la chambre. Il ne fallait pas qu'on tarde.

Amelia était déjà prête. Pour l'occasion, elle avait revêtu une robe à manches courtes beige à petits motifs bleu marine. Amelia adorait s'acheter des vêtements et se prenait pour une bête de mode, mais curieusement, ses goûts se cantonnaient strictement à ceux d'une petite bourgeoise de banlieue. Elle avait des sandales plates bleu marine aux pieds, avec des petites fleurs sur les lanières : nettement plus approprié que mes échasses.

Juste au moment où je commençais à m'inquiéter, Quinn est sorti de ma chambre, habillé d'une chemise en soie couleur tabac et d'un pantalon de toile.

— Cravate ? m'a-t-il demandé. J'en ai une dans mon sac.

J'ai songé au cadre, à la marmite de *jambalaya* et à la simplicité des gens de Hotshot.

— Je ne crois pas que ce soit nécessaire.

Il a paru soulagé.

Nous sommes tous montés dans ma voiture et nous avons filé vers l'ouest, avant de bifurquer vers le sud. J'ai profité du trajet pour faire un rapide topo à mes compagnons, tous deux nouveaux dans la région, sur la petite communauté de panthères-garous et leurs petites maisons nichées au fin fond du Comté de Renard. J'avais pris le volant parce que c'était le plus simple. Passées les anciennes voies ferrées, les maisons se sont faites de plus en plus rares. Encore trois ou quatre kilomètres, et nous nous sommes retrouvés dans le noir complet. Puis, aux abords d'un croisement, nous avons aperçu des voitures, des lumières : nous étions arrivés.

Hotshot est un coin perdu au milieu de nulle part, un modeste hameau terré au creux d'une vaste cuvette perdue dans un paysage vallonné aux reliefs trop plats pour mériter le nom de collines. Quand on approche de ces maisonnettes agglutinées autour de leur carrefour isolé, on commence à ressentir d'étranges vibrations : il y a de la magie dans l'air. Une magie puissante, ancienne. Amelia l'a immédiatement perçue : plus la distance s'amenuisait, plus son expression se faisait attentive, alerte. Même Quinn s'était mis à respirer à pleins poumons, comme pour humer cette atmosphère chargée de mystère. Quant à moi, quoique je puisse parfaitement la détecter, elle ne m'affectait en rien.

Je me suis garée sur le bord de la route, derrière le camion de Hoyt Fortenberry. Hoyt était le meilleur ami de Jason et le suivait comme son ombre depuis toujours. Je l'ai aperçu qui marchait à pas lourds juste devant nous. J'avais donné une lampe de poche à Quinn et à Amelia et j'en avais gardé une pour moi.

— Hoyt !

J'ai accéléré le pas pour le rattraper – autant que mes hauts talons me le permettaient, du moins.

— Hé ! Ça va ? lui ai-je demandé en voyant sa mine sombre.

Hoyt n'était ni beau ni très intelligent, mais il était fidèle, droit et capable de voir au-delà du moment présent, assez en tout cas pour se faire une vague idée des conséquences de ses actes, ce dont mon frère s'était toujours montré incapable.

— Je n'arrive pas à croire qu'il soit sur le point de se faire passer la corde au cou, Sook. Dans ma tête, moi et Jason, on était célibataires à vie, j'imagine, s'est-il lamenté, en essayant malgré tout d'en sourire.

Je lui ai donné une petite tape compatissante. Tout aurait été pour le mieux dans le meilleur des mondes si j'étais tombée amoureuse de Hoyt, créant ainsi un lien quasi indestructible entre mon frère et lui. Mais je n'avais jamais éprouvé la moindre attirance pour Hoyt, et réciproquement.

Il émanait de lui une détresse sourde. Il était sûr qu'à compter de ce jour, son existence allait être chamboulée. Il s'attendait à voir Jason se ranger et rester bien sagement auprès de sa petite femme, en gentil mari accompli, au point d'en oublier tout le reste.

J'espérais de tout cœur qu'il avait raison.

En rejoignant le gros des invités, Hoyt est tombé sur Catfish Hennessey, le patron de mon frère, et ils ont commencé à plaisanter bruyamment sur Jason qui avait fini par se faire avoir. Je comptais un peu sur cette bonne vieille complicité virile pour aider Hoyt à passer le cap de la cérémonie. J'ignorais si Crystal aimait sincèrement mon frère, mais je n'avais aucun doute sur les sentiments de Hoyt à l'égard de Jason.

Quinn m'a pris la main et, entraînant Amelia dans notre sillage, nous nous sommes frayé un chemin à travers la petite foule des invités jusqu'aux stars de la soirée.

Jason était magnifique dans un costume flambant neuf, d'un bleu à peine plus sombre que celui de ses yeux. Crystal portait, quant à elle, une robe panthère, aussi décolletée qu'une robe peut l'être sans devenir inexistante. Cet imprimé était-il la preuve d'un certain sens de l'humour de sa part ou l'expression de ses goûts en matière de mode ? Je n'aurais pas osé me prononcer, mais je craignais fort que ce ne soit la deuxième solution.

L'heureux couple trônait au centre d'un espace dégagé, en compagnie de Calvin Norris, chef de la petite communauté. L'assistance se tenait à distance respectueuse, décrivant autour d'eux un cercle irrégulier.

Calvin m'a souri. Son bouc était bien taillé et il avait sorti son beau complet du dimanche, mais il était le seul, avec Jason, à avoir mis une cravate. Ce détail vestimentaire n'a pas échappé à mon cavalier, qui, tout à coup, s'est senti plus léger.

Jason m'a aperçue deux secondes après Calvin et m'a fait signe d'approcher. Je me suis avancée, prenant soudain conscience que j'allais manifestement avoir un rôle à jouer dans la cérémonie. J'ai serré mon frère dans mes bras et senti son parfum musqué. Pas d'odeur d'alcool, en revanche. J'avais craint que Jason n'ait voulu se donner du courage avec un ou deux verres. Dieu merci, il était resté sobre. Ma tension s'est un peu relâchée.

Je me suis retournée pour voir où étaient passés mes compagnons. J'ai donc tout de suite perçu le moment où les panthères-garous se sont rendu compte de la présence de Quinn, ce qui s'est traduit par un silence religieux, suivi d'un murmure : j'ai entendu son nom courir dans leurs rangs, telle une vague poussée par le vent.

— Vous avez amené Quinn ? m'a chuchoté Calvin à l'oreille, du ton qu'il aurait pris pour parler du Père Noël ou de quelque autre créature mythique du même genre.

— Ça pose un problème ?

Je me demandais bien pourquoi son arrivée faisait à ce point sensation.

— Oh, non ! m'a-t-il aussitôt répondu. C'est lui, votre homme, maintenant ?

Calvin avait une telle expression sur le visage – un mélange de stupeur et de révérence, comme si l'opinion qu'il avait de moi venait d'être brusquement réévaluée à la hausse et qu'il essayait d'en tirer des conclusions à mon sujet – que j'ai commencé à m'interroger sur mon nouvel « homme ».

— Eh bien… euh… si on veut, ai-je répondu, sur la défensive.

— Nous sommes très honorés de l'accueillir, m'a alors assuré Calvin.

— Quinn ! a lâché Crystal dans un souffle.

Elle avait les pupilles dilatées, et j'ai senti ses pensées se focaliser sur mon cavalier avec une espèce d'adoration, façon groupie. J'avais envie de lui taper dessus. *Hé ! Tu es là pour épouser mon frère, tu te rappelles ?*

Jason semblait tout aussi perplexe que moi. Il n'était panthère que depuis quelques mois, et il lui restait encore beaucoup à apprendre sur sa nouvelle communauté.

À moi aussi.

Crystal a fait un effort visible pour se ressaisir. Elle savourait le fait de se trouver au centre de l'attention, mais elle a quand même pris deux secondes pour revoir le jugement qu'elle portait sur sa future belle-sœur. L'estime qu'elle avait pour moi, pratiquement inexistante jusqu'à présent, venait de passer le mur du son.

— Comment procède-t-on ? ai-je alors demandé d'un ton un peu brusque, pour tenter de ramener tout ce joli petit monde sur terre.

Calvin a aussitôt recouvré son pragmatisme habituel.

— Puisqu'on a des invités humains, on a un peu adapté la cérémonie, m'a-t-il expliqué à mi-voix. Voilà comment ça va se passer : vous vous portez garante pour Jason, puisque vous êtes sa seule et unique parente et qu'il n'a personne de plus âgé que lui. Et comme je suis le parent le plus âgé de Crystal, c'est moi qui me porte garant pour elle. Nous nous engageons à payer pour eux si jamais ils fautent.

Oh-oh. Je n'aimais pas ça, mais alors pas du tout. J'ai jeté un coup d'œil en coin à mon frère, qui ne semblait pas douter une seconde que je sois prête à me porter caution pour lui. Typique.

— Puis le pasteur s'avance, et l'office se déroule comme pour n'importe quel autre mariage, poursuivait Calvin. S'il n'y avait pas d'étrangers ici, ce soir, ce serait bien différent.

Non que je ne sois pas curieuse d'en savoir davantage sur le sujet, mais ce n'était pas vraiment le moment de poser des questions. Certaines exigeaient pourtant une réponse.

— Quel genre de prix est-ce que je m'engage à payer ? Et qu'est-ce que vous entendez exactement par « fauter » ?

Jason a poussé un soupir exaspéré. Le regard doré de Calvin a rencontré le mien. Il était plein de compréhension.

— Voilà en quoi consiste votre vœu, m'a-t-il dit, d'un ton parfaitement calme mais empreint de gravité, en nous faisant signe de nous rapprocher. Jason, écoute-moi bien. On en a déjà parlé, mais je ne crois pas que tu y aies vraiment prêté toute l'attention qu'il fallait.

Jason était attentif, à présent. Mais je sentais qu'il perdait patience.

— Se marier ici, a repris Calvin en désignant d'un geste la petite communauté de Hotshot, ça veut dire jurer fidélité à son mâle ou sa femelle, à moins que l'un des membres du couple ne se voie obligé de s'accoupler pour assurer la survie du groupe. Comme on ne peut plus vraiment considérer Crystal dans la course à ce niveau-là, Jason, ça sous-entend qu'elle doit t'être fidèle, et réciproquement, puisque tu n'es pas soumis aux obligations de reproduction des panthères pur sang.

En se voyant rappeler qu'il était d'un statut inférieur – il n'était pas génétiquement un hybride, il ne l'était devenu que parce qu'il avait été mordu –, Jason a baissé les yeux. Le rouge lui est monté au front.

— Donc, a enchaîné Calvin, si Crystal te trompe et qu'un membre de la communauté le prouve, et si, pour une raison ou pour une autre, elle ne peut pas subir le châtiment encouru – parce qu'elle est enceinte, malade ou qu'elle a un enfant à charge –, je devrai payer à sa place. Et que les choses soient claires : je ne parle pas d'argent, tu comprends ?

— Vous parlez d'un truc physique, d'un châtiment corporel, a confirmé Jason.

— Oui. Quant à toi, tu dois non seulement promettre de lui être fidèle, mais aussi de garder notre secret.

Mon frère a acquiescé.

— Et d'aider les autres membres de la communauté en cas de besoin.

Jason a froncé les sourcils.

— Par exemple ? ai-je demandé.

— Si Maryelizabeth a besoin de refaire sa toiture, on pourrait tous avoir à mettre la main à la poche pour acheter le matériel et à sacrifier un peu de nos loisirs pour faire le travail. Si un gosse a besoin d'un endroit où aller, ta maison devient sa maison. On s'entr'aide.

— Je vois, a affirmé Jason. Et je suis d'accord.

Il serait obligé de prendre un peu sur le temps qu'il consacrait aux copains. J'ai plaint Hoyt. Je dois avouer que j'étais un peu triste pour moi aussi : je ne gagnais pas une sœur, je perdais mon frère – enfin, d'une certaine façon.

— Ne dis pas ça à la légère, Jason. Sois sincère ou laisse tomber tout de suite, lui ai-je soufflé. Tu m'impliques là-dedans aussi. C'est ma vie que tu mets en jeu, mon vieux. Es-tu sûr de pouvoir tenir les promesses que tu fais à cette fille et aux siens, oui ou non ?

Jason a dévisagé Crystal un long moment, et comme, en dépit de l'envie que j'en avais, je ne me reconnaissais pas le droit d'aller y regarder de plus près, j'ai orienté mes sens ailleurs, attrapant au vol quelques pensées, ici ou là. Je n'ai rien découvert de bien surprenant : un mélange d'excitation à l'idée d'assister à un mariage, de satisfaction de voir le célibataire le plus endurci du coin se lier pour la vie à une sacrée délurée et de curiosité pour les rites de Hotshot, ce bled bizarre perdu au milieu de nulle part. Si bizarre même que les deux mots étaient presque devenus synonymes, par ici : j'avais toujours entendu dire « louche comme un gars de Hotshot ». Et les gamins de Hotshot, qui allaient à l'école à Bon Temps, n'étaient pas à la fête. Jusqu'à ce qu'éclatent les premières bagarres dans la cour de récréation…

— Je tiendrai parole, a assuré Jason d'une voix enrouée.

— Moi aussi, a dit Crystal.

La différence, c'était que, même si je doutais qu'il soit de taille à honorer ses promesses, Jason était sincère. Alors que, pour Crystal, c'était plutôt le contraire.

— Tu n'en penses pas un mot, lui ai-je craché.

— Mais de quoi tu te mêles ? a-t-elle rétorqué, l'injure au bord des lèvres.

— Je ne me mêle pas de la vie des autres, en général, ai-je repris, en faisant un effort pour ne pas hausser le ton. Mais l'affaire est trop sérieuse pour que je me taise, en l'occurrence. Je peux voir ce que tu as dans la tête, Crystal. Ne l'oublie jamais.

— Je n'oublie jamais rien, a-t-elle martelé pour que chaque mot porte bien. Et ce soir, je vais épouser Jason Stackhouse.

J'ai regardé Calvin. Il paraissait troublé, mais il a fini par hausser les épaules.

— On ne peut plus rien y faire, maintenant, a-t-il soupiré.

Pendant deux secondes, j'ai été tenté de me rebeller contre cet accès de fatalisme caractérisé. Je me disais : « Et pourquoi pas ? Si je passais un bon savon à cette garce, devant tout le monde, si je lui collais une gifle, peut-être que ça suffirait à tout arrêter. » Puis je me suis ravisée. Après tout, le mariage est un contrat passé entre deux adultes consentants. Et si c'était vraiment ce que Jason et Crystal voulaient, je ne pourrais pas les en empêcher. Ils se marieraient ailleurs et un autre jour. Alors, j'ai baissé la tête et fait taire mes craintes.

— C'est vrai. Et si on passait à la suite ? ai-je suggéré, avec ce sourire radieux que j'affiche toujours si je me sens angoissée.

J'ai aperçu Quinn dans l'assistance. Il me regardait, manifestement alarmé par toutes ces messes basses. Quant à Amelia, elle bavardait joyeusement avec Catfish, qu'elle avait rencontré au bar. Hoyt était dans son coin, juste sous un des lampions qu'on avait suspendus pour l'occasion. Il avait les mains enfoncées dans les poches. Je ne l'avais jamais vu aussi sérieux. Il y avait quelque chose d'étrange dans ce spectacle. Au bout d'un moment, j'ai fini par comprendre quoi : c'était l'une des premières fois que je voyais Hoyt seul.

J'ai pris le bras de mon frère, et Calvin celui de sa nièce. Le pasteur s'est avancé au milieu du cercle, et la cérémonie a commencé. J'ai eu beau m'efforcer de faire bonne figure, j'ai eu du mal à retenir mes larmes tandis que mon frère devenait le mari d'une fille insoumise, sauvage et dangereuse.

Après, il y a eu le bal, un gâteau de mariage, et de l'alcool à gogo. Le buffet était gargantuesque, et les énormes containers à ordures débordaient d'assiettes en plastique, de canettes et de serviettes en papier. Certains avaient apporté des caisses de bière et des bouteilles de vin, d'autres des alcools forts. Personne ne pourrait dire, après ça, que Hotshot ne savait pas recevoir.

Les gens dansaient dans la rue sur les morceaux d'un groupe de zarico venu de Monroe : de la musique cajun pur jus. Les chansons résonnaient bizarrement, à travers la ténébreuse immensité des champs. J'ai eu des frissons en me demandant quelles créatures pouvaient bien nous regarder, là-bas, tapies dans le noir.

— Ils sont bons, hein ? m'a demandé Jason. Les musicos ?

— Oui.

Il rayonnait, empourpré de bonheur. Crystal dansait avec un de ses cousins.

— C'est pour ça qu'on a précipité le mariage, m'a-t-il expliqué. Quand elle a découvert qu'elle était enceinte, on s'est dit qu'on allait le faire. Et son groupe préféré était libre ce soir. On a décidé ça comme ça, a-t-il fanfaronné en claquant des doigts. Carrément.

J'ai hoché la tête, atterrée par l'impulsivité de mon aîné. Puis je me suis rappelé que je ferais peut-être mieux de ne pas manifester trop ouvertement ma désapprobation : la belle-famille risquait de ne pas apprécier.

Quinn dansait bien, mais j'ai quand même dû lui montrer quelques pas cajuns. Comme toutes les belles du village voulaient l'avoir pour cavalier, j'ai aussi fait un tour de piste avec Calvin, Hoyt et Catfish. Quinn s'amusait vraiment, je le sentais, et dans un certain sens, moi aussi. Mais, vers 2 h 30, nous nous sommes consultés du regard. Quinn devait partir le lendemain, et je voulais passer un peu de temps avec lui. Et puis, j'en avais assez de distribuer des sourires à la ronde.

Pendant que Quinn remerciait Calvin pour « cette merveilleuse soirée », j'ai regardé Jason et Crystal danser. Ils avaient l'air ravis. Je savais, pour le lire dans ses pensées, que Jason était mordu : il craquait pour cette fille, pour cette culture propre au milieu d'où elle venait et pour la grisante nouveauté qui faisait de lui une créature surnaturelle, un SurNat. Je savais, par les mêmes moyens, que Crystal exultait. Elle s'était bien juré de ne jamais épouser un type de Hotshot. Non, elle se marierait avec quelqu'un de l'extérieur, un mec qui saurait la faire grimper aux rideaux et serait capable de lui tenir tête, à elle, mais aussi à tous les siens. Et voilà, elle avait réussi ! Elle le tenait, son homme !

Je me suis frayé un chemin jusqu'aux jeunes mariés pour les embrasser. Après tout, Crystal faisait désormais partie de la famille. Il faudrait bien que je l'accepte et que je laisse ces deux-là faire leur vie, tout seuls, comme des grands. J'ai aussi dit au revoir à Calvin. Il m'a retenue un instant dans ses bras, avant de me donner une petite tape dans le dos pour me rassurer. Catfish m'a fait virevolter comme une toupie, et Hoyt était tellement imbibé qu'il a repris la conversation là où on l'avait laissée, quatre heures avant, sans ciller. J'ai eu du mal à les convaincre que je voulais vraiment m'en aller, mais j'ai finalement réussi à me dégager pour regagner la voiture.

Comme je déambulais avec Quinn entre les invités, j'ai aperçu Amelia qui dansait avec un des beaux gosses du cru. Ils étaient tous les deux très gais, et l'alcool y était indubitablement pour quelque chose. Je l'ai appelée pour lui dire qu'on partait.

— Je me ferai raccompagner plus tard, m'a-t-elle lancé.

J'étais contente qu'elle s'amuse, bien sûr, mais je me faisais quand même du souci pour elle. Décidément, c'était la soirée. Enfin, s'il y avait quelqu'un qui savait se débrouiller seul, c'était bien Amelia.

Quand nous sommes rentrés, nous tournions tous deux un peu au ralenti. Je n'ai pas vérifié l'esprit de Quinn mais, pour ma part, j'avais le cerveau légèrement embrumé. La musique, le bruit, le brouhaha de ces dizaines de pensées autour de moi et toutes ces émotions fortes m'avaient un peu sonnée. La journée avait été longue. Et, pour une certaine partie, excellente, d'ailleurs. Tout en m'en remémorant les meilleurs passages, je me suis prise à sourire à Bob. Le gros chat se frottait langoureusement contre mes chevilles et miaulait, d'une façon... interrogative.

Oh, mince !

Je me suis sentie obligée de lui expliquer pourquoi Amelia n'était pas là. Je me suis accroupie et, tout en lui grattant la tête – et avec un sens aigu du ridicule de la situation –, je me suis lancée.

— Écoute, Bob, Amelia va vraiment revenir très tard, ce soir. Elle est encore au mariage, en train de danser. Mais ne t'inquiète pas : elle va rentrer.

Le chat m'a tourné le dos et s'est éloigné d'un pas hautain. Je ne savais pas trop quelle part d'humanité son petit cerveau de félidé avait conservée. J'espérais qu'il allait oublier notre conversation étrange et simplement s'endormir.

À cet instant, Quinn m'a appelée dans la chambre, et j'ai bien vite oublié Bob et les questions que je me posais à son sujet. Après tout, c'était notre dernière nuit avant peut-être plusieurs semaines.

Pendant que je me lavais les dents et que je me démaquillais, j'ai été prise d'un brusque regain d'inquiétude pour mon frère. *Comme on fait son lit...* J'espérais que Jason pourrait se coucher confortablement dans le sien. Un certain temps, du moins. « Il est majeur et vacciné ! » n'ai-je cessé de me répéter, avant d'entrer dans la chambre, vêtue de ma plus belle nuisette.

— Ne t'inquiète pas, bébé, m'a dit Quinn en m'attirant contre lui. Ne t'inquiète pas...

Épousant de la main la courbe de son crâne rasé, j'ai banni l'image de mon frère de mon esprit. Puis j'ai fait glisser ma paume dans sa nuque et j'ai laissé descendre lentement mes doigts dans son dos.

Il a frissonné. Mon cœur a chaviré.

Chapitre 5

Je marchais comme une somnambule. Encore une chance que je connaisse le *Merlotte* comme ma poche, sinon j'aurais joué aux autos tamponneuses avec toutes les tables du bar. En prenant la commande de Selah Pumphrey, je bâillais à m'en décrocher la mâchoire. Selah, comme je l'ai déjà dit, m'énervait prodigieusement. Elle sortait avec Personne, mon ex, et même si je ne voyais plus Ex, elle ne risquait pas de faire partie de mes clients favoris.

— On manque de sommeil, mademoiselle Stackhouse ? a-t-elle fait, cassante.

— Oh, pardon ! Je suis allée au mariage de mon frère, hier. Quelle sauce sur cette salade, déjà ?

— Ranch.

Elle me dévisageait avec ses grands yeux noirs, comme si elle voulait ma photo. Elle brûlait de tout savoir sur le mariage de Jason, mais elle ne se serait pas abaissée à m'interroger. On ne recule pas devant l'ennemie. Quelle bécasse.

Mais, à bien y réfléchir, qu'est-ce que Selah faisait là ? Elle n'était encore jamais venue sans Bill. Et puis, elle habitait Clarice. Non que ce soit si loin – une vingtaine de minutes, en voiture –, mais qu'est-ce qu'un agent immobilier de Clarice venait... Ah. Elle devait avoir une maison à vendre dans le coin, voilà tout. Mon cerveau tournait effectivement au ralenti.

— OK. Ça arrive tout de suite.

Je me tournais déjà vers les cuisines quand elle m'a retenue par le bras.

— Écoutez, permettez-moi d'être franche avec vous.

Oh-oh. D'après mon expérience, cela voulait dire : « Permettez-moi d'être immonde avec vous. »

J'ai pivoté sur mes talons, en m'efforçant de ne rien montrer de mon exaspération. Ce n'était vraiment pas le jour. J'avais des soucis par-dessus la tête. Amelia, entre autres. Elle n'était pas rentrée de la nuit, et quand j'étais montée voir ce que devenait Bob, j'avais découvert qu'il avait vomi sur le lit de sa maîtresse. Or, le lit en question était recouvert par la courtepointe de mon arrière-grand-mère. J'avais donc dû procéder à la corvée de nettoyage et mettre le dessus-de-lit à tremper. Sans parler du départ matinal de Quinn, qui m'avait profondément attristée. En outre, j'étais toujours préoccupée par le mariage de Jason. Une vraie bombe à retardement.

J'aurais encore pu rallonger la liste (jusqu'au robinet qui gouttait dans la cuisine). Ce n'était pas une bonne journée.

— Je ne suis pas là pour papoter avec vous, Selah : je travaille.

Aucun effet.

— Je sais que vous partez en voyage avec Bill, m'a-t-elle lancé. Vous essayez de me le reprendre. Depuis combien de temps préparez-vous votre coup, petite garce ?

Je devais ouvrir la bouche comme un four : je ne l'avais vraiment pas vue venir, celle-là. Quand j'étais fatiguée, ma télépathie faiblissait, de même que mon temps de réaction et mes capacités de réflexion. Et puis, évidemment, au travail, je dressais les barrières mentales les plus lourdes qui soient. J'avais donc été complètement prise au dépourvu. Mon sang n'a fait qu'un tour. Je l'aurais giflée si une poigne de fer n'avait retenu ma main : Sam était derrière moi. Je ne l'avais même pas entendu arriver. Décidément, tout me dépassait, aujourd'hui.

— Vous allez devoir déjeuner ailleurs, mademoiselle Pumphrey, lui a-t-il annoncé posément.

Évidemment, tout le monde nous regardait. Je percevais tous ces esprits en alerte. Ils ne perdaient pas une miette de la scène, engrangeant les moindres détails : de quoi alimenter les potins locaux pour la semaine. J'ai senti le rouge me monter aux joues.

— J'ai parfaitement le droit de déjeuner ici, si je le veux, a répliqué Selah en élevant la voix avec arrogance.

Erreur monumentale. En une seconde, tous les spectateurs avaient pris mon parti. J'ai eu l'impression qu'une énorme vague de sympathie me submergeait. J'ai pris un air de chien battu, avec de grands yeux de poulbot – je n'ai pas eu à me forcer beaucoup. Sam a passé un bras autour de mes épaules, jetant à Selah un regard où se lisait la plus profonde déception. Il semblait écœuré par son attitude.

— Et moi, j'ai le droit de vous dire de partir, lui a-t-il rétorqué. Je ne peux pas vous laisser insulter mon personnel.

Selah ne risquait pas d'insulter Arlene, Holly ou Danielle. C'était à peine si elle avait remarqué leur existence : Selah n'était pas le genre de femme à s'intéresser à une simple serveuse. Elle n'avait toujours pas réussi à digérer le fait que Bill m'ait fréquentée avant de la rencontrer. « Fréquenter » étant un euphémisme poli pour « avoir des relations sexuelles enthousiastes et répétées avec », pour Selah.

Elle a jeté sa serviette d'un geste rageur et s'est levée si brusquement que, sans l'intervention de Dawson – un loup-garou solide comme un roc qui tenait un atelier de réparation de motos –, elle aurait renversé sa chaise. Elle a attrapé son sac sur la table et est sortie quasiment au pas de l'oie, évitant de justesse mon amie Tara, qui arrivait au même moment – spectacle qui a semblé amuser Dawson au plus haut point.

— Tout ça pour un vamp', a-t-il soupiré. Ça doit drôlement leur faire de l'effet, la viande froide, à ces petites dames, pour qu'elles se mettent dans un état pareil !

— Quel état ? ai-je répliqué en me redressant, tout sourire, pour bien montrer à Sam que la scène m'avait laissée indifférente.

Je doute qu'il s'y soit laissé prendre – il me connaît trop bien pour ça –, mais il a parfaitement compris où je voulais en venir et il est retourné derrière son comptoir comme si de rien n'était. Tandis que le brouhaha des conversations provoquées par cette scène croustillante s'élevait dans la salle, je me suis dirigée vers la table où Tara s'installait, JB du Rone pendu à ses basques.

— Hé ! Tu es beau comme un astre, JB ! me suis-je joyeusement exclamée, en leur tendant un menu à chacun.

Mes mains tremblaient, mais je ne crois pas qu'ils s'en soient rendu compte. JB m'a souri et m'a remerciée de sa voix de baryton. JB est beau, tout simplement beau. Mais franchement limité. Cela dit, ça lui donne un certain charme. Celui de la simplicité, justement. Nous avions veillé sur lui à l'école, Tara et moi, parce que, une fois remarquée par les autres garçons, nettement moins séduisants que lui, cette charmante simplicité avait valu à JB quelques déboires. Il avait passé plus d'un sale quart d'heure, surtout au collège. Comme Tara et moi n'étions pas mieux logées, question cote de popularité, nous avions toujours essayé de le protéger du mieux possible. En échange, JB avait bien voulu me servir de cavalier à une ou deux fêtes auxquelles je tenais absolument à aller, et sa famille avait hébergé Tara une ou deux fois, quand je ne pouvais pas.

Tara avait couché avec JB en cours de route. Moi pas. Mais ça n'avait rien changé à nos relations.

— J'ai aidé JB à décrocher un nouveau job, m'a fièrement annoncé Tara, rayonnante.

C'était donc pour cela qu'elle était venue. Notre amitié battait un peu de l'aile, ces derniers mois.

Mais elle savait que je serais la première à partager sa satisfaction d'avoir fait une bonne action pour JB.

C'était une très bonne nouvelle. Et un excellent moyen de ne plus penser à Selah Pumphrey et au fardeau de colère qu'elle traînait avec elle.

— Où ça ? ai-je demandé à JB, qui examinait le menu comme s'il ne l'avait encore jamais vu.

— Au club de gym de Clarice, m'a-t-il répondu en levant les yeux vers moi, radieux. Deux jours par semaine, je suis assis derrière le bureau et je porte ça.

Il désignait du doigt le polo à rayures marron et prune qui lui moulait le torse et son pantalon au pli impeccable.

— Je m'occupe de pointer les membres et de préparer des boissons super vitaminées. Je nettoie le matériel, aussi, et je fournis les serviettes de toilette. Le reste de la semaine, je suis en salle, en tenue de sport, et je peux faire de l'œil à toutes ces dames.

— Ça a l'air génial, ai-je commenté, frappée par la parfaite adéquation du poste avec les qualifications limitées de JB.

Avec sa musculature irréprochable, sa belle gueule, et son sourire éblouissant, JB était une véritable pub ambulante pour la culture physique. Sans compter qu'il était doté d'un heureux caractère et très soigneux de nature.

Tara me regardait, attendant les félicitations du jury. Je l'ai dûment applaudie.

— Tu as fait du beau boulot ! Tope là !

— Maintenant, Sookie, a dit JB, il ne manque plus qu'une chose à mon bonheur : que tu m'appelles un soir.

Personne ne pouvait émettre un désir pur et dur comme JB.

— Merci beaucoup, JB, mais j'ai quelqu'un, en ce moment.

Je n'avais pas baissé le ton. Après la scène provoquée par Selah Pumphrey, j'avais besoin de me vanter un peu.

Tara a haussé les sourcils.

— Oh, oh ! Le fameux Quinn ?

J'avais dû lui en parler, une fois ou deux. J'ai hoché la tête, et nous nous sommes tapé dans la main de nouveau.

— Il est en ville ? m'a-t-elle demandé à mi-voix.

Je lui ai répondu avec la même discrétion :

— Il est parti ce matin.

— Je veux un cheeseburger mexicain, a claironné JB.

— Eh bien, c'est ce que je vais t'apporter, lui ai-je assuré.

Et, après avoir pris la commande de Tara, je me suis dirigée vers les cuisines. Non seulement j'étais ravie pour JB, mais j'étais contente d'avoir retrouvé un peu de mon ancienne complicité avec Tara. Moi qui avais besoin qu'on me remonte le moral, je pouvais les remercier, elle et JB : ils venaient justement de me donner le petit coup de pouce qu'il me fallait.

Quand je suis rentrée à la maison, un sac de courses pendu à chaque bras, ma cuisine étincelait comme un sou neuf : Amelia était rentrée. Quand l'ennui ou le stress menaçait, Amelia briquait – un vrai don du Ciel, chez une colocataire, surtout quand on n'a pas l'habitude d'en avoir une. Moi aussi, j'aime bien avoir une maison propre, et il m'arrive d'être prise de crises de ménage, mais, comparée à Amelia, je me faisais l'effet d'une souillon.

J'ai jeté un regard appuyé à mes vitres immaculées.

— On se sent coupable ? lui ai-je lancé.

Assise à la table de la cuisine, une grande tasse d'infusion fumante devant elle – encore une de ses décoctions étranges –, Amelia s'est brusquement voûtée, comme si toute la misère du monde lui tombait sur les épaules.

— Ouais, a-t-elle grommelé, maussade. J'ai vu que le dessus-de-lit était sale. J'ai frotté la tache. Il est étendu dehors.

Comme je l'avais vu en arrivant, je me suis contentée de hocher la tête.

— Bob s'est vengé, ai-je expliqué.

— Ouais.

J'ai failli lui demander avec qui elle avait passé la nuit, puis je me suis dit que ça ne me regardait pas. De toute façon, Amelia était une émettrice hors pair, et trois secondes plus tard, je savais qu'elle avait couché avec le cousin de Calvin, Derrick, que, sexuellement parlant, ça n'avait pas vraiment été très inspiré, que les draps de Derrick étaient franchement sales et que ça l'avait rendue folle. Sans compter que, quand il s'était réveillé, Derrick l'avait informée que, dans sa vision des choses, une nuit passée ensemble faisait d'eux un couple. Elle avait eu toutes les peines du monde à le convaincre de la raccompagner. Il voulait à tout prix la garder à Hotshot.

J'ai rigolé doucement.

— Tu as eu peur ? ai-je dit en mettant la viande que j'avais achetée au réfrigérateur.

C'était mon tour de cuisiner cette semaine, et j'allais nous faire de la viande hâchée assaisonnée et cuisinée en sauce avec des oignons, des pommes de terre au four et des haricots verts.

Elle a hoché la tête, avant d'avaler une gorgée de son mystérieux breuvage, un remède anti-gueule de bois maison qu'elle expérimentait pour la première fois et qui la faisait frissonner d'horreur.

— Ouais. Ils sont un peu bizarres, ces types de Hotshot.

— Certains, oui.

Amelia s'était vite habituée à ma télépathie. Je n'avais encore jamais rencontré personne qui s'y soit aussi bien adapté. Étant franche et extravertie de nature – beaucoup trop, parfois –, elle devait estimer qu'elle n'avait rien à cacher.

— Qu'est-ce que tu comptes faire ? lui ai-je demandé, en m'asseyant en face d'elle.

— Eh bien, ce n'est pas comme si je sortais avec Bob depuis des lustres, tu vois, m'a-t-elle répondu, allant droit au but, sans s'embarrasser de préambules – elle savait que je suivrais. On a passé une seule nuit ensemble, et crois-moi, ça a été génial. J'étais vraiment accro. C'est pour ça qu'on a commencé à... euh... à varier les plaisirs...

J'ai essayé de me montrer compréhensive. Mais, dans mon esprit, « varier les plaisirs », c'était… eh bien, disons, découvrir une nouvelle zone érogène ou essayer une position qui vous donne des crampes à la cuisse. Ça ne vous amenait pas à changer votre partenaire en chat – ou en n'importe quoi d'autre, d'ailleurs. Je n'avais encore jamais eu le cran de demander à Amelia à quoi Bob et elle avaient voulu jouer exactement. C'était une des rares informations que son esprit ne révélait pas.

— Il faut croire que tu as un faible pour les félins, ai-je conclu, suivant le fil de mes pensées. Enfin, Bob est un chat, je veux dire, et de tous les mecs qui auraient adoré passer la nuit avec toi, il a fallu que tu choisisses Derrick, qui est une panthère-garou.

— Ah, bon ? s'est étonnée Amelia. Parce qu'il y en avait d'autres à qui je plaisais ?

Si, en tant que sorcière, Amelia avait une nette tendance à se surestimer, en tant que femme, c'était plutôt le contraire.

— Un ou deux, oui, ai-je précisé en réprimant un fou rire.

C'est à ce moment-là que Bob est venu s'entortiller autour de mes jambes en ronronnant. Dans la mesure où il évitait Amelia comme il aurait contourné une crotte de chien, la manœuvre ne pouvait être plus éloquente.

Amelia a poussé un gros soupir.

— Écoute, Bob, il faut me pardonner, a-t-elle plaidé. Je me suis laissé entraîner. Le mariage, quelques bières, le bal au clair de lune, un cavalier exotique… Je suis désolée. Vraiment, sincèrement désolée. Et si je te promettais de rester chaste jusqu'à ce que j'aie trouvé le moyen de rompre le sort que je t'ai jeté ?

Quiconque pouvait lire dans les pensées d'Amelia un jour ou deux savait que, pour elle, c'était un énorme sacrifice. Amelia était une fille saine et une femme plutôt directe. Sans compter qu'elle avait des goûts très variés...

— Enfin... euh... a-t-elle corrigé, après coup. Et si je promettais de ne plus sortir avec aucun homme, plutôt ?

Bob s'est assis et a enroulé sa queue autour de ses pattes. Tel qu'il était là, levant vers Amelia ses grands yeux lumineux, il était franchement adorable. Il a eu l'air de réfléchir à la question et a fini par émettre une sorte de « mrroww » guttural qui a illuminé le visage d'Amelia.

— Tu prends ça pour un « oui » ? me suis-je étonnée, incrédule. Dans ce cas, je dois te rappeler que je ne sors qu'avec des garçons, OK ? Alors, ne t'avise pas d'avoir des vues sur moi.

— Oh, ça ne risque pas !

Est-ce que j'ai déjà mentionné le manque de tact d'Amelia ?

— Et pourquoi donc ? ai-je rétorqué, vexée.

— Je n'ai pas choisi Bob par hasard, m'a-t-elle expliqué, en s'efforçant d'avoir l'air embarrassée – pas évident, pour elle. Mes partenaires, je les aime bruns et plutôt secs.

— Bon. Je vais devoir me faire une raison, ai-je répondu en feignant la plus cruelle déception.

Elle m'a lancé à la tête une boule à thé, que j'ai rattrapée au vol.

— Sacrés réflexes, s'est-elle extasiée, surprise.

J'ai haussé les épaules. Cela faisait des lustres que je n'avais pas pris de sang de vampire, mais mon organisme devait en avoir conservé le souvenir : j'avais toujours eu une santé de fer, mais maintenant, je ne savais même plus ce qu'était un mal de tête. Et j'étais plus rapide que la plupart des gens. Je n'étais pas la seule à bénéficier de ces effets secondaires, d'ailleurs. Désormais notoires, ils avaient fait passer les vampires du statut de prédateurs à celui de proies. Recueillir ce sang aux vertus singulières et le vendre au marché noir était à présent une activité très lucrative – et extrêmement périlleuse. Ce matin encore, j'avais entendu à la radio qu'un dealer en liberté conditionnelle avait disparu de son appartement. La patience des vampires est infinie, et leur temps éternel : il vaut mieux ne pas se les mettre à dos.

— C'est peut-être à cause du sang de faé ? s'est interrogée à haute voix Amelia, en me considérant d'un air songeur.

De nouveau, j'ai haussé les épaules, plutôt agacée, cette fois. J'avais récemment appris qu'une faé avait dû batifoler avec l'un de mes ancêtres, et ça ne me réjouissait pas plus que ça. J'ignorais de quel côté me venait ce charmant héritage et, à plus forte raison, à qui je le devais. Tout ce que je savais, c'était qu'à un moment quelconque, dans un passé plus ou moins lointain, un membre de ma famille avait eu des accointances plutôt intimes avec un ou une faé. J'avais passé des heures à étudier les arbres généalogiques jaunissants et l'histoire familiale que ma grand-mère s'était donné tant de mal à reconstituer, mais je n'avais pas trouvé le moindre indice.

Comme si cette seule pensée l'avait invoquée, Claudine a frappé à ma porte à cet instant précis. Elle n'avait pas agité ses ailes diaphanes pour venir jusqu'à moi : elle avait pris sa voiture. Non qu'une faé pur souche comme elle n'ait pas d'autres moyens de se déplacer dans l'espace, mais elle ne les employait qu'en cas d'extrême urgence. Grande brune aux yeux noirs, elle cachait, sous ses longs cheveux qui cascadaient jusqu'aux fesses, des oreilles pointues d'elfe de légende. Contrairement à son frère jumeau Claude, elle n'avait pas eu recours à la chirurgie esthétique pour les faire arrondir.

Claudine m'a serrée dans ses bras avec chaleur, mais n'a adressé qu'un vague signe de main à ma colocataire. Amelia et elle ne s'apprécient pas particulièrement. Amelia a acquis ses caractéristiques magiques, alors que, chez Claudine, elles sont innées. D'où leur méfiance réciproque.

En temps ordinaire, Claudine est la personne la plus enjouée que je connaisse. Adorable, généreuse, elle est toujours prête à rendre service. D'une part parce que c'est dans sa nature, et d'autre part parce qu'elle essaie de gravir les échelons pour devenir un ange. Mais, ce soir-là, son visage semblait singulièrement grave. Oh, non… Pitié, pas de mauvaises nouvelles – je voulais aller me coucher, je voulais pleurer le départ de Quinn en paix et je voulais me remettre de la crise de nerfs que j'avais failli piquer au *Merlotte*.

Claudine s'est assise en face de moi et m'a pris les mains. Elle n'a daigné accorder un regard à ma colocataire que pour lui balancer :

— Va voir ailleurs, la sorcière !

Je ne m'y attendais pas.

— L'autre chienne avec ses oreilles de chat, a marmonné Amelia en se levant, sa tasse à la main.

— Espèce de mante religieuse, lui a rétorqué Claudine.

— Il n'est pas mort ! a protesté Amelia. Il est juste… différent.

— Humpf !

Je n'aurais pas pu mieux dire. De toute façon, j'étais trop fatiguée pour faire la morale à Claudine et lui reprocher son impolitesse sans précédent. En outre, elle me serrait les mains un peu trop fort pour ma tranquillité d'esprit.

— Alors ? lui ai-je demandé.

Amelia est sortie de la cuisine en tapant des pieds. Je l'ai entendue marteler les marches jusqu'au grenier.

— Pas de vampire dans les environs ?

Claudine avait parlé d'une voix anxieuse. Et pour cause. Vous voyez ce que ressent un accro au chocolat devant une coupe de glace au caramel, noyée dans un coulis de chocolat ? Eh bien, c'est ce qu'éprouvent les vampires en présence d'une faé.

— Non. En dehors d'Amelia, de Bob et de moi, la maison est vide.

Je n'allais pas contester le fait que Bob était une personne à part entière, même si, parfois, j'avais du mal à m'en souvenir. En particulier quand il fallait changer sa litière.

— Tu vas à ce sommet ?

— Oui.

— Pourquoi ?

Bonne question.

— Parce que la reine me paie pour ça.

— Tu as tellement besoin de cet argent ?

J'ai d'abord été tentée de ne pas la prendre au sérieux. Puis j'ai réfléchi. Claudine avait fait beaucoup pour moi. La moindre des choses, c'était que je prête un minimum d'attention à ce qu'elle avait à me dire.

— Je pourrais faire sans.

Après tout, il me restait encore un peu de ce qu'Eric m'avait versé pour l'avoir caché chez moi, quand il avait une bande de sorcières à ses trousses. Mais une bonne partie avait déjà disparu – c'est fou ce que l'argent file entre les doigts. L'assurance n'avait pas couvert tous les dommages occasionnés par l'incendie qui avait détruit ma cuisine, l'hiver précédent, j'avais modernisé mes appareils ménagers et j'avais aussi fait un don important aux pompiers volontaires – ils étaient venus si vite et ils s'étaient tellement battus pour tenter de sauver ma cuisine et ma voiture. Ensuite, Jason avait eu besoin d'un petit coup de pouce pour payer le médecin, quand Crystal avait fait sa fausse couche.

Depuis, il me manquait cette marge de sécurité, celle qui fait toute la différence entre être solvable et être fauché. Je voulais la regonfler, la bétonner. J'avais toujours mené ma barque tant bien que mal, financièrement parlant, et je voulais avoir de quoi me renflouer, au cas où.

— Je pourrais faire sans, ai-je répété d'une voix plus assurée. Mais je préfère faire avec.

Claudine a soupiré. Elle avait l'air atterrée.

— Je ne peux pas t'accompagner. Tu sais comment sont les vampires avec nous. Je ne pourrai même pas y faire un saut.

— Je comprends, lui ai-je répondu, un peu surprise tout de même.

L'idée qu'elle vienne ne m'avait même pas traversé l'esprit.

— Et je crois qu'il va y avoir des problèmes là-bas, a-t-elle ajouté.

— Quel genre de problèmes ?

La dernière fois que j'avais assisté à une soirée vampire mondaine, il y avait assurément eu des problèmes. De monstrueux problèmes. De sales problèmes. Très sales et très sanglants.

— Je ne sais pas. Mais je le sens, et je pense que tu devrais rester chez toi. Claude est du même avis.

Claude se moquait royalement de ce qui pouvait m'arriver, mais Claudine était trop généreuse pour ne pas inclure son jumeau dans son universelle bonté. À mon avis, le seul intérêt que présentait Claude, en ce bas monde, c'était son aspect décoratif. C'était un fieffé égoïste, un rustre, un mufle et… la beauté faite homme.

— Je suis navrée, Claudine, et tu me manqueras quand je serai à Rhodes. Mais je me suis engagée à y aller.

— Tu vas faire partie de la cour d'une reine vampire, a-t-elle ajouté d'un air sombre. Autant dire que tu seras définitivement cataloguée comme l'une des leurs. Plus jamais tu ne seras considérée comme une simple sympathisante. Trop de créatures sauront, après cela, qui tu es et où te trouver.

Ce n'était pas tant ce qu'elle disait que le ton sur lequel elle le disait qui me donnait la chair de poule. Elle avait raison, aussi n'ai-je rien répliqué – quoique, d'après moi, je sois déjà trop impliquée dans le monde des vampires pour pouvoir faire marche arrière.

Assise là, dans ma cuisine, avec le soleil tardif qui dardait ses derniers rayons par la fenêtre, j'ai alors eu une illumination. De celles qui changent votre vie à jamais. Amelia s'était faite discrète au premier. Bob était revenu s'asseoir devant sa gamelle et fixait Claudine. Elle scintillait dans la lumière qui la frappait de plein fouet, une lumière oblique qui aurait accentué le moindre défaut d'une personne ordinaire, mais qui ne faisait que la magnifier. Claudine : la perfection incarnée.

Je n'étais pas certaine de comprendre un jour Claudine et sa conception du monde, et je savais encore bien peu de choses de sa vie. Mais j'étais absolument convaincue qu'elle s'était vouée, Dieu sait pourquoi, à mon bonheur et qu'elle avait vraiment peur pour moi. Et pourtant, je savais que j'irais à Rhodes avec la reine, Eric, Celui que j'avais répudié et le reste de la délégation des vampires de Louisiane.

Pourquoi ? Par curiosité, tout simplement, parce que j'avais envie de savoir comment se déroulait un sommet de vampires ? Parce que je voulais attirer encore plus l'attention des morts-vivants ? Avais-je envie qu'on me reconnaisse en tant que fangbanger, ces humains qui vouent une adoration aux morts-vivants ? Ou bien est-ce qu'au fond de moi je brûlais de me retrouver auprès de Bill sans avoir besoin d'aller le chercher, parce que je m'entêtais à vouloir trouver une explication acceptable à sa trahison ? À moins que ce ne soit d'Eric qu'il s'agissait ? À mon insu, étais-je amoureuse du fougueux Viking, si beau, si bon amant et si redoutable tacticien, tout à la fois ?

Il y avait assurément là assez d'intrigues pour alimenter une série télé une saison durant.

— La suite au prochain épisode...

Comme Claudine m'adressait un regard interrogateur, j'ai pris mon courage à deux mains.

— Claudine, j'ai le regret de te dire que je vais faire quelque chose qui n'a vraiment aucun sens, à bien des égards, mais je veux cet argent et je l'aurai. Je reviendrai. Ne t'inquiète pas, je t'en prie.

C'est à ce moment-là qu'Amelia est revenue dans la cuisine se faire une nouvelle infusion. Elle allait finir par se liquéfier.

Claudine l'a délibérément ignorée.

— Mais je vais m'inquiéter, m'a-t-elle affirmé. L'orage gronde, ma tendre amie, et il va éclater juste au-dessus de ta tête.

— Mais tu ne sais ni quand ni comment ?

— Non. Je sais seulement qu'il va éclater.

— Regarde-moi dans les yeux, a marmonné Amelia. Je vois un grand homme brun...

Je lui ai cloué le bec.

— La ferme, Amelia.

Elle nous a tourné le dos et s'est affairée à retirer les feuilles mortes de ses plantes.

Claudine est partie peu après. À aucun moment elle n'avait recouvré sa gaieté habituelle. Elle n'a plus dit un mot à propos de mon départ.

Chapitre 6

Le surlendemain du mariage de Jason, je me sentais déjà beaucoup mieux. Avoir une mission à remplir, ça aide. Or il fallait que je sois chez Tara's Togs dès l'ouverture, à 10 heures. Je devais choisir les vêtements dont, au dire d'Eric, j'avais besoin pour le sommet. On ne m'attendait pas au *Merlotte* avant 17 h 30. J'avais donc pratiquement toute la journée devant moi : le bonheur !

— Hé, ma belle !

Tara a traversé la boutique pour venir me dire bonjour. Son assistante à temps partiel, McKenna, m'a jeté un coup d'œil en biais, avant de reprendre son rangement. Je suppose qu'elle remettait en place les articles que les clientes avaient déplacés. Les vendeuses semblent passer leur temps à faire ça, dans les magasins de fringues. McKenna ne m'a pas adressé la parole. Il m'a semblé qu'elle m'évitait, ce qui m'a fait de la peine : j'étais allée la voir à l'hôpital, quinze jours avant, quand elle s'était fait opérer de l'appendicite. De plus, je lui avais apporté un petit cadeau.

— Le secrétaire de M. Northman, Bobby Burnham, m'a appelée pour m'informer que tu aurais besoin de quelques tenues pour un prochain voyage, m'a annoncé Tara d'un ton soupçonneux.

J'ai hoché la tête, en essayant d'avoir l'air le plus naturel possible.

— Style décontracté, ou il te faut plutôt des tailleurs, genre femme d'affaires ?

Elle m'a gratifiée d'un grand sourire parfaitement faux. Je savais qu'elle m'en voulait parce qu'elle se faisait du souci pour moi.

— McKenna, vous pouvez aller poster le courrier, a-t-elle lancé à son assistante, d'une voix qui m'a paru un peu cassante.

McKenna s'est précipitée vers la porte de l'arrière-boutique, le courrier sous le bras.

— Écoute, Tara, ce n'est pas ce que tu crois.

— Écoute, Sookie, ça ne me regarde pas, a-t-elle répliqué du tac au tac, en affichant un air détaché.

— Je pense que si. Tu es mon amie, et je ne veux pas que tu t'imagines que je pars faire un petit tour avec une bande de vampires histoire de m'amuser un peu.

— Pourquoi, sinon ?

— Je vais être payée pour accompagner une poignée de vampires de Louisiane à un très important congrès. Je suis chargée d'être leur... compteur Geiger sur pattes. De les avertir si on essaie de les gruger, si tu préfères. Je pourrai leur rapporter ce que les humains au service des autres vampires ont en tête. C'est juste pour cette fois, Tara.

Je ne pouvais pas être plus explicite. Tara s'était retrouvée immergée dans le monde des vampires plus profondément qu'elle ne l'aurait aimé, et elle avait bien failli y rester. Depuis, elle ne voulait plus en entendre parler. Comment l'en blâmer ? Cela ne lui donnait pas pour autant le droit de me dire ce que j'avais à faire. J'avais procédé à ma petite introspection là-dessus, avant même que Claudine ne vienne me mettre en garde, et je n'avais pas l'intention de laisser qui que ce soit me faire la leçon, maintenant que j'avais pris ma décision. Me faire habiller aux frais de la princesse ne me posait pas de problème, travailler pour les vampires non plus... tant que je ne leur livrais pas d'autres humains pour qu'ils les trucident.

D'une voix calme et posée, Tara a alors repris :

— Sookie, ça fait des lustres qu'on est copines, toi et moi. On a tout partagé, les bons comme les mauvais moments. Je t'adore, Sookie. Je t'aimerai toujours. Mais ça, c'est vraiment un mauvais moment.

La vie n'avait pas été tendre, avec Tara, et elle en avait vu de dures. Elle ne voulait tout simplement pas s'en prendre plus qu'elle ne pouvait en encaisser. Elle préférait me lâcher. Elle se disait qu'elle allait passer un petit coup de fil à JB, ce soir, histoire de renouer leurs relations charnelles. Et ce serait presque en souvenir de moi.

Étrange épitaphe que ma grande amie s'apprêtait à m'écrire là. Un peu prématurée, peut-être ?

— J'ai besoin d'une robe du soir, d'une robe de cocktail et de quelques tenues plutôt élégantes pour la journée, lui ai-je lancé, quittant le registre personnel pour passer sans transition à l'échange purement commercial.

Je n'allais pas perdre mon temps avec elle. Je ne la laisserais pas me gâcher mon plaisir. Elle finirait par changer d'attitude.

J'allais profiter de l'occasion de m'acheter des vêtements sans regarder à la dépense. J'ai commencé par les tenues habillées, puis j'ai pris deux tailleurs, genre femme d'affaires mais pas trop (je me voyais mal en marine strict), et deux ensembles pantalons. Et aussi des collants et des mi-bas. Et une ou deux chemises de nuit. Et de la lingerie.

Je balançais entre culpabilité et pure et simple délectation. Mes dépenses dépassaient assurément le budget strictement nécessaire à mes frais de représentation. Et si Eric demandait à voir ce que j'avais acheté ? Je me sentirais plutôt mal, non ? Mais c'était comme si j'avais été prise d'un accès de fièvre acheteuse. Je dévalisais les rayons, grisée par le plaisir que ça me procurait, mais aussi parce que j'étais en colère contre Tara, et pour étouffer la peur que j'éprouvais à la perspective d'accompagner une bande de vampires dans une ville inconnue.

Finalement, avec un soupir de regret, j'ai reposé la lingerie et les chemises de nuit sur leurs étagères. Pas vraiment indispensables... Ça me chagrinait d'y renoncer, mais, l'un dans l'autre, je me sentais plutôt mieux de ne pas abuser. Acheter des vêtements parce que les circonstances l'exigeaient, c'était une chose – un peu comme s'acheter à manger. Mais se payer des dessous, c'en était une autre – un peu comme craquer pour une pâtisserie ou des friandises : bon sur le coup, mais très mauvais pour vous.

Le prêtre local, qui, depuis quelque temps, assistait aux réunions de la Confrérie du Soleil, m'avait dit que se lier d'amitié avec des vampires, ou même travailler pour eux, c'était « une façon d'exprimer une pulsion de mort ». Il m'avait lancé ça entre deux bouchées de hamburger, la semaine précédente. Plantée devant la caisse, pendant que Tara faisait joyeusement crépiter les codes-barres de mes coûteux achats – achats qui seraient, justement, payés avec l'argent des vampires –, j'ai médité cette réflexion. Est-ce que j'avais envie de mourir ? J'ai secoué la tête. Absolument pas. Et je pensais que la Confrérie du Soleil, le mouvement d'extrême droite anti-vampires dont l'influence ne cessait de croître de façon alarmante aux États-Unis, était une vaste fumisterie. Sa condamnation systématique de tout humain qui avait le moindre contact avec les vampires, voire qui avait le malheur de mettre les pieds dans un commerce qui leur appartenait, frisait le ridicule.

Mais pourquoi me sentais-je si attirée par le monde des vampires ?

La vérité, c'était que je n'avais jamais pu profiter du même style de vie que mes camarades de classe. Le genre de vie que j'avais été élevée à considérer comme idéal n'avait jamais été à ma portée. Alors n'importe quelle autre vie me semblait intéressante, si c'était moi qui la construisais. Si je ne pouvais pas avoir un mari et des enfants, m'inquiéter de ce que j'allais emporter à la kermesse ou du fait que notre maison avait besoin d'une nouvelle couche de peinture, j'allais me concentrer sur la façon dont mes talons vertigineux, associés à trois kilos de paillettes, affecteraient mon sens de l'équilibre.

Pendant que McKenna, qui était revenue de la poste entre-temps, portait mes sacs dans ma voiture, Tara a réglé la question de ma note avec le secrétaire d'Eric, Bobby Burnham. Elle avait l'air contente quand elle a raccroché.

— Est-ce que j'ai explosé le budget ?

J'étais curieuse de savoir combien Eric était prêt à investir dans ma petite personne.

— Même pas écorné. Tu veux allonger l'addition ?

Mais la fièvre était tombée.

— Non. J'ai ce qu'il me faut.

J'ai été prise d'une furieuse envie de lui dire de tout remballer. Mais il aurait été trop mesquin de lui jouer un tour pareil.

— Merci de tes conseils, Tara.

— Tout le plaisir était pour moi.

Son sourire était un peu plus chaleureux, plus sincère aussi. Tara avait toujours été une femme d'argent, et elle n'avait jamais réussi à rester fâchée avec moi très longtemps.

— Il faut que tu ailles au Monde de la Chaussure, à Clarice, pour trouver des sandales assorties à ta robe du soir. Ils font des soldes, en ce moment.

J'ai pris mon courage à deux mains. Maintenant que j'étais lancée, je n'allais pas m'arrêter en si bon chemin. Prochain arrêt : le Monde de la Chaussure.

Il ne restait plus qu'une semaine avant mon départ. Je n'ai pas vu la soirée passer, tellement j'étais excitée à cette idée. Et la pression ne faisait que monter.

Je n'étais jamais allée aussi loin – Rhodes se trouvait tout là-haut, à côté de Chicago. À vrai dire, je n'avais même jamais franchi la ligne Mason-Dixon, la fameuse ligne de démarcation entre le Nord et le Sud. Et je n'avais pris l'avion qu'une fois. Et encore, pour un saut de puce de Shreveport à Dallas. J'allais avoir besoin d'une valise, le modèle à roulettes. En fait, j'allais avoir besoin de… tout un tas de choses. Je faisais déjà une liste mentalement. Il y avait des sèche-cheveux, dans certains hôtels. Est-ce que ce serait le cas, au *Pyramid of Gizeh* ? Le *Pyramid* était l'un des établissements les plus réputés, parmi ceux qui privilégiaient la clientèle des vampires, établissements qui avaient poussé comme des champignons dans toutes les grandes villes d'Amérique, ces derniers temps.

J'avais déjà réglé avec mon patron le problème de ma semaine de congé. Il ne me restait donc plus qu'à lui annoncer la date de mon départ. Sam était assis derrière son bureau quand j'ai frappé à sa porte – enfin, au chambranle, puisqu'il la laisse toujours ouverte. Il a levé les yeux de sa pile de factures, ravi d'être interrompu. Lorsqu'il fait les comptes, Sam a tendance à s'arracher les cheveux, au sens propre comme au figuré. Résultat : quand je suis arrivée, avec sa crinière d'un blond cuivré en pétard, il avait tout l'air du type qui vient de mettre deux doigts dans la prise. Sam aurait largement préféré s'occuper du bar plutôt que de la comptabilité. Mais il s'était fait remplacer pour la soirée afin de mettre les comptes à jour, justement.

— Entre, Sookie. Comment ça se passe, de l'autre côté ?

— On ne chôme pas. Je n'ai pas plus de deux secondes, mais je voulais te dire que je pars jeudi prochain.

Sam a ébauché un sourire, qui a vite tourné à la grimace.

— Tu es vraiment obligée d'y aller ?

— Hé ! On a déjà discuté de ça.

C'était une mise en garde très claire.

Il s'est aussitôt rattrapé.

— Eh bien, tu vas me manquer. Et puis, je vais un peu m'inquiéter aussi. Toi et tous ces vampires…

— Mais il y aura d'autres humains là-bas, comme moi.

— Non, Sookie, pas comme toi. Il y aura des fangbangers, des fanatiques complètement accros aux vampires et à tout ce qui touche à leur univers, ou des chercheurs d'os, de ceux qui espèrent s'en mettre plein les poches sur le dos des déterrés. Ces gens-là ne sont pas très sains, et aucun n'a une très longue espérance de vie devant lui.

— Sam, il y a encore deux ans, je n'avais pas la moindre idée de ce à quoi ressemblait véritablement le monde autour de moi. Je ne savais pas ce que tu étais vraiment. Je ne savais pas que les vampires étaient aussi différents les uns des autres que les humains. Je ne savais pas que les faé existaient. Je n'aurais même jamais pu imaginer tout cela, ai-je soupiré en secouant la tête. Dans quel monde vit-on, Sam ! Un monde merveilleux et terrifiant. Chaque jour apporte son lot de surprises. Jamais je n'aurais cru réussir un jour à me construire une vie, toute seule comme une grande. Et pourtant, maintenant, c'est bel et bien ce que je fais.

— Ce n'est pas moi qui vais te reprocher de vouloir te faire ta place au soleil, Sookie.

Sam souriait, mais l'ambiguïté de sa formule ne m'a pas échappé.

Pam est venue à Bon Temps, ce soir-là. Air blasé, allure décontractée, elle portait un ensemble pantalon en jersey vert Nil gansé de marine et... des mocassins à pompon bleu marine. Je ne plaisante pas. Je ne savais même pas que ça se vendait encore. Le cuir brillait comme un sou neuf. Elle a attiré tous les regards en entrant – admiratifs, pour la plupart. Elle s'est assise du bout des fesses dans mon rang et a patiemment attendu, les mains croisées sur la table. Comme elle s'était mise « en veille » – un état un peu particulier qui a de quoi déstabiliser, quand on n'est pas prévenu, je le reconnais : yeux ouverts mais regard éteint, corps parfaitement immobile, visage inexpressif –, j'ai pris le temps de servir quelques clients avant de m'occuper d'elle. Je me doutais de la raison pour laquelle elle était venue, et je n'étais pas pressée de voir mes soupçons confirmés.

— Qu'est-ce que je te sers, Pam ?

— Que se passe-t-il avec le tigre, exactement ?

Aussi directe qu'un égorgeur : droit à la jugulaire.

— Je sors avec Quinn maintenant, lui ai-je répondu avec la même franchise. On ne passe pas beaucoup de temps ensemble à cause de son job, mais on compte bien se voir à Rhodes.

Quinn avait été engagé pour organiser la plupart des événements et des cérémonies rituelles du sommet. Il serait sans doute très occupé, mais je pourrais toujours le croiser entre deux portes. Je m'en faisais déjà une fête.

— On doit passer un mois ensemble après le sommet, ai-je cru bon d'ajouter.

Oh-oh. Peut-être que j'aurais dû garder pour moi cette information. Le sourire de Pam s'est effacé.

— Sookie, je ne sais pas à quoi vous jouez, Eric et toi, mais ce n'est pas bon pour nous.

— Mais je ne joue à rien ! Rien du tout !

— Toi, peut-être pas. Mais lui, si. Il n'est plus le même depuis qu'il a séjourné chez toi.

— Je ne vois pas ce que je peux y changer.

— Moi non plus. Mais j'espère qu'il va réussir à régler le problème, parce que ça commence à bien faire. Eric n'aime pas les dilemmes, et il n'aime pas se sentir lié. Je me demande bien où est passé le vampire insouciant qu'il était.

J'ai haussé les épaules.

— Pam, on ne peut pas être plus clair que je l'ai été avec lui. Peut-être qu'il y a autre chose qui le préoccupe. Tu exagères l'importance que je peux avoir pour lui. S'il éprouve un amour éternel pour moi, il n'en montre rien. Je ne le vois jamais. Et il est au courant, pour Quinn.

— Il a forcé Bill à avouer, non ?

— Eh bien… Il était là, oui, ai-je reconnu d'un ton incertain.

— Penses-tu vraiment que Bill t'aurait fait une telle confession, si Eric ne l'y avait pas obligé ?

J'avais tout fait pour oublier cette maudite nuit. Mais, au fond de moi, je m'étais bien dit que Bill n'avait pas choisi ce moment pour passer aux aveux par hasard. Je n'avais tout simplement pas voulu y réfléchir.

— Pourquoi Eric s'intéresserait-il aux ordres que Bill avait reçus et plus encore aux conséquences que cela pouvait avoir pour une vulgaire humaine – au point même de le contraindre à les révéler à l'humaine en question –, à moins d'éprouver pour cette dernière des sentiments tout à fait incompréhensibles et pour le moins indécents ?

Le fait est que je n'avais jamais vu les choses sous cet angle. La révélation de Bill m'avait tellement blessée – la reine l'avait envoyé à Bon Temps pour me séduire (si besoin était) afin de gagner ma confiance – qu'à aucun moment je n'avais réfléchi aux motivations d'Eric. Effectivement, pourquoi avoir poussé Bill à me dévoiler le piège dans lequel j'étais si naïvement tombée ?

— Je ne sais pas, Pam. Écoute, je suis là pour bosser et tu es censée consommer. J'ai d'autres clients qui m'attendent.

— O négatif, alors. TrueBlood.

Je me suis empressée de sortir une bouteille du réfrigérateur et je l'ai mise au micro-ondes, puis je l'ai bien secouée pour homogénéiser la température. Le liquide enrobait la paroi en produisant un effet désagréable, mais il avait toute l'apparence et le goût du sang. J'en avais versé quelques gouttes dans un verre, un jour, chez Bill, histoire de me faire une idée. Pour autant que je puisse en juger, il n'y avait aucune différence entre le sang de synthèse et le vrai. Bill l'avait toujours apprécié, en tout cas. Quoiqu'il m'ait fait remarquer, plus d'une fois, que ce n'était pas tant la saveur qui comptait que ce qu'on éprouvait en enfonçant ses crocs dans la chair, en sentant la vie palpiter sous la peau... Voilà ce qui faisait le bonheur d'un vampire, et descendre une bouteille de TrueBlood n'avait rien de comparable.

J'ai posé la bouteille et un verre ballon sur la table de Pam, avec une petite serviette en papier, naturellement.

— Sookie ?

Tiens ! Amelia était de sortie. Ma colocataire venait souvent au bar, mais j'ai été surprise de l'y voir, ce soir-là.

— Quoi de neuf ?

— Euh... salut ! a lancé Amelia en se tournant vers la vampire.

J'ai détaillé sa tenue – pantalon à pinces, polo blanc et tennis assorties –, puis j'ai regardé Pam. Je ne l'avais jamais vue ouvrir des yeux pareils.

— C'est ma colocataire, Pam, Amelia Broadway. Amelia, je te présente Pam. Pam la vampire.

— Enchantée, a soufflé Pam.

— Hé ! Joli, l'ensemble ! l'a complimentée ma colocataire.

— Vous n'êtes pas mal non plus, lui a répondu Pam, manifestement flattée.

— Vous faites partie des vamp's du coin ?

Difficile de faire plus direct qu'Amelia.

— Je suis le bras droit d'Eric. Vous connaissez Eric Northman ?

— Bien sûr. Le beau blond torride de Shreveport ?

Pam a souri. Ses crocs pointaient... Un seul coup d'œil de l'une à l'autre m'a suffi. Ça alors !

— Vous aimeriez peut-être venir voir le bar, un soir ? lui a proposé Pam.

— Pourquoi pas ?

Polie, mais sans plus. Amelia avait décidé de faire la difficile. Elle tiendrait bien dix minutes, telle que je la connaissais. Je les ai abandonnées pour aller servir un client qui me faisait signe à une autre table. Du coin de l'œil, j'ai vu Amelia s'asseoir avec Pam et papoter quelques minutes, avant d'aller m'attendre au comptoir.

— Qu'est-ce que tu viens faire ici exactement ? lui ai-je lancé, un peu trop brutalement peut-être.

Cela m'a valu un froncement de sourcils réprobateur. Je ne me suis pas excusée pour autant.

— Je voulais juste t'avertir que tu avais eu un coup de fil.

— De ?

— De Quinn.

J'ai senti un grand sourire illuminer mon visage – un vrai sourire, celui-là, pas mon sourire commercial que j'affiche au travail.

— Qu'est-ce qu'il a dit ?

— Qu'il te verrait à Rhodes. Que tu lui manquais déjà.

— Merci, Amelia. Mais tu aurais pu me téléphoner pour me prévenir, ou attendre que je sois rentrée.

— Je m'ennuyais un peu.

Tôt ou tard, ça devait arriver. Amelia avait besoin d'un travail, et d'un travail à temps plein. Sa ville et ses amis lui manquaient, naturellement. Même si elle avait quitté La Nouvelle-Orléans avant Katrina, depuis que le cyclone avait dévasté la ville, elle ne cessait d'y penser. Et puis, la sorcellerie aussi lui manquait. J'avais espéré qu'elle se lierait avec Holly – une autre serveuse du *Merlotte* et une wiccan convaincue. Je les avais présentées l'une à l'autre, mais après trois ou quatre discussions avec elle, Amelia m'avait dit d'un air morne que Holly et elle n'étaient pas du tout le même genre de sorcière. Elle était, quant à elle, « une vraie sorcière », alors que Holly n'était « qu'une wiccan ». Amelia éprouvait un mépris à peine voilé pour les wiccans et leurs croyances. À une ou deux reprises, elle avait participé à une réunion du groupe auquel appartenait Holly, en partie pour ne pas perdre la main, et en partie parce qu'elle avait désespérément besoin de fréquenter d'autres praticiennes.

Mais, dans le même temps, ma chère colocataire était terrorisée à l'idée que les sorcières de La Nouvelle-Orléans puissent la retrouver et, donc, lui faire payer le prix fort pour avoir changé Bob en chat. Et pour ajouter encore une couche à ce mille-feuille émotionnel, depuis Katrina, Amelia craignait pour la vie de ses anciennes consœurs. Mais elle ne pouvait enquêter sur leur compte sans risquer d'être découverte à son tour.

Malgré tout, je savais bien qu'un jour viendrait (plutôt une nuit, en l'occurrence) où elle ne supporterait plus de rester enfermée chez moi avec son chat.

J'ai essayé de ne pas trop faire la grimace en la voyant rejoindre Pam. Après tout, Amelia était assez grande pour savoir ce qu'elle avait à faire. Enfin, sûrement. Mais je m'étais moins inquiétée pour elle la nuit précédente, à Hotshot.

Tout en me remettant à travailler, j'ai repensé au coup de fil de Quinn. J'ai regretté de ne pas avoir mon nouveau téléphone portable sur moi (grâce au petit loyer que me versait Amelia, j'avais enfin pu m'en offrir un). Mais je trouvais que ce n'était pas correct de l'emporter au travail. Quinn devait se douter que je ne l'avais pas pris et que, de toute façon, à moins d'être disponible pour lui répondre, je l'aurais coupé. J'aurais tellement aimé qu'il m'attende à la maison quand je rentrerais !

J'aurais bien voulu me laisser griser, m'abandonner à cette excitation propre à toute nouvelle relation. Mais je me suis dit qu'il était temps de revenir sur terre et de me mesurer à la dure réalité. Je me suis donc concentrée sur mon service, souriant et bavardant aimablement, comme j'étais censée le faire. J'ai renouvelé la commande de Pam une ou deux fois, mais, en dehors de ça, je l'ai laissée à son tête-à-tête avec Amelia.

Enfin, l'heure de la fermeture est arrivée, et le bar s'est vidé. J'ai exécuté mes corvées habituelles, comme les autres serveuses. Après m'être assurée que salières, poivrières et distributeurs de serviettes en papier étaient pleins et prêts pour le lendemain, j'ai emprunté le petit couloir qui menait à la réserve pour aller mettre mon tablier dans le grand panier à linge sale. Après nous avoir entendues nous plaindre pendant des années de l'absence de miroir pour le personnel, Sam avait fini par craquer. J'ai surpris mon reflet, comme pétrifié, dans la glace. Je me suis secouée et j'ai dénoué mon tablier. Arlene était en train de faire bouffer sa chevelure flamboyante. Arlene et moi n'étions plus très amies, ces derniers temps. Elle s'était laissé embrigader par la Confrérie du Soleil. Bien que se présentant comme une organisation à but purement informatif censée dévoiler « la vérité sur les vampires », la Confrérie comptait, dans ses rangs, une foule de gens pour lesquels les vampires étaient le mal incarné et devaient être éliminés par tous les moyens – violents, de préférence. Les plus radicaux du lot passaient leur colère et leur peur sur les humains qui fréquentaient les vampires.

Les humains comme moi.

Arlene a essayé de croiser mon regard dans la glace. Sans résultat.

— Cette vampire qui était au bar, c'est une de tes... copines ?

Je n'ai pas aimé le ton qu'elle a pris pour dire ça.

— Oui.

Pam aurait-elle été ma pire ennemie que j'aurais encore prétendu le contraire. La Confrérie du Soleil – et tout ce qui s'y rapportait – me faisait dresser les cheveux sur la tête.

— Tu devrais éviter les morts et t'investir davantage auprès des vivants, m'a-t-elle alors assené.

Sa bouche n'était plus qu'un trait, et ses yeux lourdement fardés deux fentes brûlantes. Arlene n'avait jamais été portée sur la réflexion. J'étais cependant à la fois stupéfaite et atterrée de voir à quelle vitesse elle s'était laissé contaminer par la propagande de la Confrérie.

— Je suis avec des vivants quatre-vingt-quinze pour cent du temps, Arlene.

— Tu devrais arrondir à cent pour cent.

— Mais Arlene, en quoi ça te regarde ?

Ma patience avait largement atteint ses limites.

— Tu te coltines toutes ces heures sup' parce que tu vas avec une bande de vamp's à un genre de congrès, c'est ça, hein ?

— Je te le répète : en quoi ça te regarde ?

— On a été amies un bail, Sookie, avant que ce Bill Compton mette les pieds au bar. Maintenant, tu es tout le temps fourrée avec des vamp's et il y a des gens bizarres chez toi.

— Je n'ai pas de comptes à te rendre.

C'est là que la corde a cassé. Je pouvais lire dans son esprit la satisfaction et la condescendance qu'elle éprouvait, l'arrogance de qui est persuadé de détenir la vérité. Ça m'a fait mal. Ça m'a écœurée. J'avais gardé ses enfants ; je l'avais consolée à chaque fois qu'un pauvre type l'avait abandonnée ; j'avais rangé sa caravane, essayé de l'inciter à fréquenter des hommes bien, à ne pas se laisser marcher sur les pieds par des crétins. Et voilà qu'elle me regardait avec de grands yeux, surprise, oui, oui, surprise de me voir prendre le mors aux dents.

— Il faut vraiment que ta vie soit sacrément vide pour que tu aies besoin de la remplir avec les foutaises de la Confrérie, lui ai-je craché. Il n'y a qu'à voir les super jules que tu te dégotes pour te faire épouser.

Sur ces bonnes paroles, fort peu charitables, il est vrai, j'ai tourné les talons. Par chance, j'avais déjà récupéré mon sac dans le bureau de Sam : j'aurais raté ma sortie si j'avais dû revenir sur mes pas au moment de claquer la porte.

Et, tout à coup, Pam est apparue. Elle avait franchi la distance qui nous séparait à une telle vitesse que je ne l'avais même pas vue arriver. J'ai jeté un coup d'œil par-dessus mon épaule. Défigurée par la colère et le chagrin, Arlene était restée collée au mur. Ma pique avait porté. Il faut dire qu'un des petits copains d'Arlene avait filé en emportant l'argenterie. Quant à ses maris... je ne saurais même pas par où commencer !

Nous étions déjà dehors que je n'avais pas encore eu le temps de réagir à l'apparition de Pam à mes côtés.

— Je n'aurais pas dû dire ça, ai-je murmuré, tendue comme un arc, encore sous le choc de l'attaque d'Arlene et de ce que je lui avais rétorqué. OK, un de ses maris était un assassin. Mais ce n'était pas une raison pour être odieuse avec elle.

Seigneur ! Je croyais entendre ma grand-mère ! Ça m'a fait rire... jaune. Pam, qui est un peu plus petite que moi, a levé la tête pour me regarder d'un air perplexe, pendant que j'essayais de recouvrer mon sang-froid.

— C'est une catin, celle-là, a-t-elle soudain lâché.

J'ai sorti un Kleenex de mon sac pour me tamponner les yeux. Je pleure souvent quand je suis en colère. Je déteste ça. Les larmes sont toujours un signe de faiblesse, quel que soit le facteur déclencheur.

Pam m'a pris la main et a essuyé mes joues. Bon, le geste affectueux a été un peu gâché quand elle a léché son pouce. Mais c'est l'intention qui compte.

— Je ne dirais pas ça d'elle, mais c'est vrai qu'elle devrait faire plus attention aux mecs avec qui elle sort, ai-je admis.

— Pourquoi la défends-tu ?

— Par habitude. On est amies depuis des lustres.

— Qu'a-t-elle fait pour toi ? Comment t'a-t-elle prouvé son amitié ?

— Elle…

J'ai quand même été obligée de réfléchir.

— J'imagine que j'étais déjà contente de pouvoir dire que j'avais une amie. J'aime bien ses gosses, et je me suis un peu occupée d'eux. Quand elle ne pouvait pas venir bosser, je faisais ses heures, et lorsqu'elle travaillait à ma place, je rangeais sa caravane en échange. Elle est venue me voir quand j'étais malade, et elle m'a apporté à manger. Et, surtout, elle ne m'a jamais reproché ma différence.

— Elle s'est servie de toi, et tu lui en es reconnaissante ?

Avec son visage impassible de vampire, je ne pouvais rien déceler de ce que Pam ressentait.

— Écoute, Pam, ce n'était pas comme ça.

— Alors c'était comment, Sookie ?

— Son affection pour moi était sincère, ai-je insisté. On a vraiment partagé de bons moments ensemble.

— Elle est paresseuse. Et cela s'étend à tous les domaines, y compris l'amitié. Si la relation est simple, elle sera facilement ton amie. Mais si le vent tourne, elle tournera avec lui. Et je pense que pour toi, le vent souffle dans la mauvaise direction. Elle a trouvé une nouvelle manière de faire son intéressante : en haïssant les autres.

— Pam !

— Ce n'est pas vrai, peut-être ? J'ai eu des années pour observer les humains : je les connais.

— Toutes les vérités ne sont pas bonnes à dire.

— Avoue plutôt qu'il est certaines vérités que tu préférerais que je ne dise pas.

— Eh bien… oui, c'est vrai.

— Bon, alors, je vais te laisser là et rentrer à Shreveport.

Et elle m'a tourné le dos pour se diriger vers sa voiture.

— Pam ?

Elle s'est retournée.

— Oui ?

— Pourquoi tu es venue ce soir ?

Bizarrement, elle a souri.

— Tu veux dire, à part pour te questionner sur tes relations avec mon créateur et pour avoir le plaisir de rencontrer ta délicieuse colocataire ?

— Ah. Euh... oui, oui. À part ça.

— Je suis venue te parler de Bill. De Bill, et d'Eric.

Chapitre 7

— Je n'ai rien à dire là-dessus.

J'ai ouvert la portière de ma voiture, lancé mon sac à l'intérieur, puis j'ai pivoté vers Pam – ce n'était pourtant pas l'envie de filer directement chez moi qui me manquait.

— Nous n'étions pas au courant, a-t-elle affirmé en s'avançant vers moi lentement – pour que j'aie le temps de la voir arriver, cette fois.

Sam avait laissé deux chaises pliantes devant sa caravane, qui faisait un angle droit avec le bar, côté entrée du personnel. Je les ai tirées jusqu'à ma voiture. Pam a accepté l'invitation tacite, se juchant sur l'une pendant que je m'installais sur l'autre.

J'ai pris une profonde inspiration. La question me travaillait depuis mon retour de La Nouvelle-Orléans : tous les vampires de Shreveport connaissaient-ils la véritable raison pour laquelle Bill était sorti avec moi ?

— Je ne te l'aurais pas dit, m'a avoué Pam sans détour. Même si j'avais su que Bill était en service commandé, je ne te l'aurais pas dit. Parce que… eh bien, les vampires d'abord.

Et elle a accompagné cette évidence d'un haussement d'épaules désinvolte.

— Mais je te jure que je ne le savais pas, a-t-elle néanmoins insisté.

J'ai senti quelque chose se détendre en moi. Comme je ne trouvais rien à répondre, je me suis contentée de hocher la tête.

— Je dois dire, Sookie, que tu as semé une sacrée zizanie dans notre zone.

Cela ne semblait pas la perturber. C'était juste une constatation. De toute façon, je n'allais certainement pas présenter mes excuses.

— Ces temps-ci, Bill n'est plus que haine, a-t-elle repris, et il ne sait pas sur qui passer sa colère. Il se sent coupable, ce qui n'est agréable pour personne. Quant à Eric, il ne supporte pas de ne pas se rappeler ce qui s'est passé quand il a séjourné chez toi. D'autant qu'il a conscience d'avoir une dette envers toi, sans toutefois savoir précisément de quoi il s'agit. En outre, il est furieux que la reine t'ait annexée pour parvenir à ses propres fins, et en se servant de Bill, de surcroît. Il estime qu'elle a marché sur ses plates-bandes. Sans même parler de Felicia, qui te prend pour le Grand Méchant Loup, avec tous les barmen du *Fangtasia* qui ont disparu en ta présence : Long Shadow, Chow…

Elle m'a adressé un petit sourire en coin.

— … sans oublier ton ami, Charles Twining.

— Mais je ne suis pour rien dans ces disparitions, moi !

J'étais en proie à une agitation croissante. Il n'est pas très conseillé de se mettre les vampires à dos.

Felicia, la petite nouvelle du *Fangtasia*, était beaucoup plus forte que je ne le serais jamais, et c'était pourtant le modèle bas de gamme – à l'échelle des vampires, du moins.

— Je ne vois pas ce que cela change, a répondu Pam d'une voix étonnamment douce. Grâce à André, nous savons maintenant que tu as des origines faériques, ce qui pourrait tout expliquer. Mais je ne crois pas que ce soit la clé du problème. J'ai connu nombre d'humains qui comptaient des faé parmi leurs ancêtres, et aucun n'était télépathe. Non, je pense que cela vient de toi, Sookie. Évidemment, sachant que tu as ce sang de faé dans les veines, on ne peut s'empêcher de se demander quel goût tu aurais si… J'ai assurément apprécié le petit échantillon que j'ai testé, quand la ménade t'a lacéré le dos – bien que la dégustation ait été gâchée par son poison. Ceux de mon espèce aiment beaucoup les faé, tu sais.

— À mort, oui, ai-je marmonné en sourdine.

— Parfois, a-t-elle reconnu avec un petit sourire.

Sacrée Pam.

— Et alors, c'est quoi le fin mot de l'histoire ?

J'avais hâte de rentrer chez moi et de me retrouver enfin seule avec moi-même, simple être humain avec des désirs d'être humain : dormir, notamment.

— Quand je dis que nous n'étions pas au courant de l'accord entre Bill et la reine, cela comprend Eric, a-t-elle simplement précisé.

J'ai préféré regarder mes pieds, contrôlant mon expression avec effort.

— S'il y a une chose qui rend Eric furieux, c'est bien cette histoire, a-t-elle enchaîné, en choisissant ses mots avec soin. Il en veut à Bill parce que Bill a passé un accord avec la reine sans le consulter. Il s'en veut parce qu'il n'a pas su percer à jour les plans de Bill. Il t'en veut parce que tu l'as exaspéré. Il en veut à la reine parce qu'elle est plus retorse que lui – sinon, elle ne serait pas reine, n'est-ce pas ? Eric ne sera jamais roi, s'il n'apprend pas à mieux se maîtriser.

— Tu te fais vraiment du souci pour lui ?

Je n'avais encore jamais vu Pam s'inquiéter pour qui que ce soit.

Comme elle acquiesçait en silence, je lui ai demandé :

— Tu l'as rencontré quand, Eric ?

La question m'avait toujours titillée, et comme, pour une fois, Pam semblait encline aux confidences...

— Je l'ai rencontré à Londres, la dernière nuit de ma vie.

Sa voix s'élevait dans la pénombre, calme, posée. Je pouvais distinguer son profil, éclairé par le lampadaire. Elle semblait parfaitement sereine.

— Tu vas rire : j'ai tout risqué par amour.

J'avais autant envie de rire que de me pendre.

— J'étais très délurée, pour l'époque. Les jeunes filles de bonne famille telles que moi n'étaient pas censées rester seules en compagnie d'un gentleman – ni d'aucun autre homme, d'ailleurs. Rien à voir avec les mœurs d'aujourd'hui !

Elle a eu une petite moue ironique.

— Mais j'étais romantique et je n'avais pas froid aux yeux, a-t-elle poursuivi. Une nuit, je suis sortie en catimini de la maison. J'avais un rendez-vous avec le cousin de ma meilleure amie, la fille des voisins. Le cousin en question était venu de Bristol pour les vacances, et nous étions très attirés l'un par l'autre. Mes parents ne le considérant pas comme un parti acceptable, je savais qu'ils ne l'autoriseraient pas à me courtiser. Je savais aussi que, si jamais j'étais surprise seule avec lui, à plus forte raison la nuit, c'en serait fini de moi. Adieu le beau mariage, sauf si mes parents pouvaient le forcer à m'épouser. Je n'aurais plus aucune perspective d'avenir.

Elle hochait la tête d'un air songeur.

— Incroyable, quand on y songe maintenant. En ce temps-là, les femmes n'avaient pas le choix. L'ironie de l'histoire, c'est que notre rendez-vous était tout ce qu'il y a d'innocent. Quelques chastes baisers, le bla-bla sentimental habituel, les vœux d'amour éternel, chabadabada, chabadabada…

Je lui ai souri, mais elle ne me regardait pas.

— En rentrant chez mes parents, je suis tombée nez à nez avec Eric. Moi qui faisais tant d'efforts pour traverser le jardin à pas de loup ! Mais, bien sûr, je n'avais aucune chance de lui échapper.

Elle s'est tue un long moment.

— Et là, c'en a vraiment été fini de moi.

— Pourquoi t'a-t-il vampirisée ?

Je me suis calée contre le dossier de ma chaise et j'ai croisé les jambes. Cette conversation avait pris un tour aussi captivant qu'inattendu.

— Il devait se sentir seul, j'imagine, a-t-elle répondu, une pointe d'étonnement dans la voix. Sa dernière compagne avait décidé de voler de ses propres ailes. Les nouveaux vampires ne peuvent pas demeurer très longtemps avec leurs créateurs, de toute façon. Au bout de quelques années, le jeune vampire doit prendre son indépendance, quoiqu'il puisse revenir auprès de son mentor. C'est même une obligation, si ce dernier l'appelle.

— Tu n'étais pas en colère contre lui ?

Elle a paru fouiller dans sa mémoire.

— Au début, j'ai surtout été choquée. Après m'avoir saignée à blanc, il m'a recouchée dans mon lit. Naturellement, mes parents ont cru que j'avais été frappée par quelque mal mystérieux et m'ont inhumée. Eric m'a déterrée pour que je ne me réveille pas dans mon cercueil. Sans lui, j'aurais été obligée de m'en extraire toute seule. Il m'a été d'un grand secours, à cet égard. Il m'a tenue dans ses bras, m'a soutenue, m'a tout expliqué. Jusqu'alors, sous mes allures de fille délurée, j'étais restée très attachée aux convenances. J'étais habituée à superposer tout un tas de vêtements. Si tu voyais la toilette dans laquelle je suis morte, tu n'en croirais pas tes yeux. Les manches ! Les parements ! Rien qu'avec le tissu de la jupe, tu aurais pu te faire au moins trois robes !

Elle semblait avoir gardé de bons souvenirs de sa métamorphose et n'exprimait rien d'autre qu'un agréable moment d'un lointain passé presque oublié.

— Une fois réveillée, j'ai découvert que devenir vampire avait libéré quelque chose en moi.

— Mais après ce qu'Eric t'avait fait, tu n'avais pas envie de le tuer ?

— Non. J'avais envie... de lui. Et je me suis servie. Plein, plein de fois ! a-t-elle déclaré avec un petit sourire espiègle. La relation avec son créateur n'est pas nécessairement sexuelle. Mais, entre nous, elle l'était. Cependant, rapidement, mes goûts en la matière se sont diversifiés. Je voulais tout essayer, tout ce qu'on m'avait interdit pendant ma vie de parfaite jeune fille rangée.

— Alors, ça te plaisait, en fait, d'être un vampire ? Tu étais contente ?

Elle a eu un haussement d'épaules nonchalant.

— Oui, j'ai toujours aimé être ce que je suis. Il m'a certes fallu plusieurs jours pour comprendre ma véritable nature : je n'avais même jamais entendu parler des vampires, avant d'en être un.

Je ne parvenais pas à imaginer le traumatisme qu'elle avait dû ressentir à son réveil. La vitesse à laquelle elle disait s'être adaptée à sa nouvelle existence me stupéfiait.

— Et tu n'es jamais retournée voir ta famille ?

Ce n'était pas très délicat de ma part. Je n'avais pas plus tôt achevé ma phrase que je la regrettais déjà.

— Je les ai vus de loin, une dizaine d'années plus tard. Il faut bien garder à l'esprit que, il n'y a pas si longtemps, pour un nouveau vampire, la première chose à faire, c'était de quitter sa région. Sinon, il risquait d'être reconnu et pourchassé. De nos jours, on peut parader où l'on veut à sa guise. Mais en ce temps-là, nous devions nous montrer discrets, prudents. Eric et moi avons quitté Londres aussi vite que possible, et après avoir séjourné un petit moment dans le nord de l'Angleterre, le temps pour moi de m'habituer à mon état, nous sommes partis pour le continent.

C'était une horrible histoire. Horrible, mais fascinante.

— Tu étais amoureuse de lui ?

Cette question a semblé la laisser perplexe. Une petite ride d'expression était apparue sur son front lisse.

— Amoureuse ? Non. Nous étions bons camarades, et j'aimais beaucoup coucher avec lui. Chasser avec lui, aussi. Mais je n'étais pas amoureuse de lui.

À la lumière des lampadaires, j'ai vu le visage de Pam recouvrer sa perfection juvénile.

— Je lui dois allégeance, m'a-t-elle expliqué. Je suis tenue de lui obéir. Mais je le fais volontiers. Eric est intelligent, ambitieux et de très bonne compagnie. Je serais réduite en poussière dans ma tombe, aujourd'hui, s'il ne m'avait guettée au retour de mon rendez-vous avec ce jeune homme écervelé. J'ai suivi mon propre chemin pendant de très longues années. Mais j'ai été ravie d'avoir de ses nouvelles, quand il a ouvert le *Fangtasia* et m'a appelée pour venir l'aider.

Pouvait-il exister, sur cette planète, une autre personne capable de prendre son propre assassinat avec un tel détachement ? Pam adorait sa vie de vampire, c'était flagrant, et elle ne semblait plus éprouver qu'une condescendance amusée pour les humains. Quand Eric avait commencé à me témoigner certains sentiments, elle avait trouvé cela hilarant. La

Pam d'aujourd'hui pouvait-elle être à ce point différente de la jeune fille d'autrefois ?

— Tu avais quel âge, Pam ?

— Quand je suis morte ? Dix-neuf ans, a-t-elle répondu, sans la moindre trace d'émotion sur son beau visage. Je portais des coiffures très sophistiquées, à cette époque...

À ce souvenir, elle a semblé se départir un peu de sa froideur habituelle.

— Il me fallait l'aide de ma femme de chambre pour me coiffer. On glissait de gros boudins dans mes cheveux pour donner du volume aux chignons. Oh ! Et les sous-vêtements que je portais ! Tu te roulerais par terre rien qu'à me voir les enfiler.

Si passionnante que soit cette conversation, j'étais fatiguée et j'avais hâte de rentrer.

— Donc, le fin mot de l'histoire, c'est que tu es très loyale envers Eric et que tu veux que je sache que vous ignoriez tous les deux que Bill était en service commandé quand il a débarqué à Bon Temps ?

Pam a hoché la tête.

— Et tu es venue pour ?

— Te demander d'avoir pitié d'Eric.

L'idée qu'Eric puisse avoir besoin de ma pitié ne m'aurait même jamais effleurée.

— C'est presque aussi comique que tes sous-vêtements de grand-mère. Pam, je sais que tu te crois redevable envers Eric, même s'il t'a tuée – parce qu'il t'a tuée, chérie, je te signale –, mais moi, je ne lui dois absolument rien.

Pour la première fois, son ton s'est durci.

— Il ne t'est pas indifférent, je le sais, a-t-elle répliqué. Jamais je ne l'ai vu à ce point empêtré dans ses émotions. Jamais il ne s'est retrouvé dans une telle position d'infériorité.

Elle se redressait. J'en ai déduit que notre petite conversation touchait à sa fin. Nous nous sommes levées en chœur, et j'ai remis les chaises de Sam à leur place.

Je ne savais pas quoi lui répondre.

Coup de chance, je n'ai pas eu besoin de réfléchir trop longtemps. Émergeant de l'obscurité qui cernait le parking, M. Northman en personne a fait son apparition.

— Pam, a-t-il grondé d'une voix d'outre-tombe. Tu tardais tellement que j'ai suivi ta trace pour m'assurer que tout allait bien.

— Maître.

C'était bien la première fois que j'entendais ce mot dans la bouche de Pam. Elle a mis un genou à terre dans le gravier – ce qui devait être douloureux.

— Pars ! lui a-t-il ordonné.

En un clin d'œil, elle a disparu. Littéralement.

J'ai gardé le silence. Eric dardait sur moi ce regard fixe des vampires. J'étais presque sûre qu'il était en colère. Mais pourquoi ? Contre qui ? À quel point ? Impossible de le lire dans ses pensées : son esprit m'était irréductiblement fermé. D'où l'intérêt de fréquenter les vampires, d'ailleurs. L'intérêt, mais aussi le danger.

Eric a dû estimer que des actes en diraient plus long que bien des discours. Soudain, il s'est retrouvé devant moi. Il m'a soulevé le menton de l'index, levant mon visage vers le sien. Ses yeux, sombres dans la pénombre, se sont rivés aux miens. L'intensité de son regard me gênait et m'embrasait tout à la fois. Vampires et sentiments ambivalents : je commençais à connaître la chanson.

Je n'ai pas été franchement étonnée lorsqu'il m'a embrassée. Quand on a plus de mille ans d'entraînement, on peut devenir très bon, à ce petit jeu-là, et je mentirais si je prétendais que je suis restée insensible au baiser d'un maître de l'art. Ma température est montée en flèche : au moins dix degrés d'un coup. J'ai eu toutes les peines du monde à me retenir de lui passer les bras autour du cou et de me frotter contre lui. Pour un homme mort, il manifestait une sacrée vitalité. Et apparemment, mes hormones se montraient on ne peut plus réceptives, après ma nuit avec Quinn… Quinn ! Ça m'a fait l'effet d'une douche froide.

Je me suis détachée d'Eric, avec un tel regret que c'en était presque douloureux. Il avait sur le visage l'air concentré de quelqu'un qui vient de goûter un grand cru et se demande s'il vaut mieux le mettre en cave ou le consommer tout de suite.

— Eric…

Ma voix tremblait.

— … je ne sais pas ce que tu viens faire ici et je ne comprends pas à quoi rime tout ce cinéma.

— Tu appartiens à Quinn, maintenant ? m'a-t-il demandé en plissant les yeux.

— Je n'appartiens à personne. C'est moi qui choisis.

— Et tu as choisi ?

— Tu ne manques pas d'air, Eric Northman ! On n'est pas ensemble, que je sache. Et tu n'as jamais cherché à me faire comprendre que tu pouvais en avoir envie. Tu ne m'as jamais montré que j'avais la moindre importance pour toi, que j'avais la moindre place dans ta vie. Je ne dis pas que j'aurais été ouverte à de telles éventualités. Je dis seulement qu'en leur absence, je me suis sentie libre de trouver un autre... euh... compagnon. Et, jusqu'à maintenant, Quinn remplit parfaitement ce rôle.

— Tu ne le connais pas plus que tu ne connaissais Bill.

De l'art d'appuyer là où ça fait mal.

— Oui, mais au moins, je sais qu'on ne lui a pas ordonné de me mettre dans son lit pour faire de moi un atout stratégique !

— Il valait mieux que tu saches, pour Bill.

— Oui, il valait mieux. Mais ça ne signifie pas pour autant que j'ai apprécié.

— Je savais que ce serait dur pour toi. Mais il fallait que je l'oblige à avouer.

— Et pourquoi ?

Ah. Apparemment, je venais de lui poser une colle. Je ne vois pas comment exprimer cela autrement. Il a détourné les yeux, plongeant un regard incertain dans l'obscurité des bois.

— Ce n'était pas bien, a-t-il finalement lâché.

— C'est vrai. Mais peut-être aussi que tu voulais t'assurer que je ne me remettrais jamais avec lui, non ?

— Peut-être. L'un n'empêche pas l'autre.

Il y a soudain eu un silence pesant, comme si quelque créature énorme retenait son souffle.

L'instant commençait à ressembler à une séance de psychothérapie.

— Bon, ai-je soupiré. Écoute, Eric, depuis des mois, tu fais la tête dès que tu me vois. Depuis que tu... enfin, tu sais, quand tu n'étais plus toi-même. Qu'est-ce qui t'arrive ?

— Depuis cette nuit où on m'a jeté un sort, je ne cesse de me demander pourquoi je me suis retrouvé à courir sur cette route. La route qui mène chez toi.

J'ai reculé d'un pas pour le dévisager, essayer de trouver un indice sur son visage, le moindre signe qui aurait pu me dévoiler ce qu'il pensait. Peine perdue.

La question qu'il venait de me poser ne m'avait jamais traversé l'esprit. Les circonstances dans lesquelles j'avais trouvé Eric ce matin du 1er janvier – tout seul, à moitié nu, complètement désorienté – avaient été enfouies sous l'avalanche d'événements ahurissants qui m'étaient arrivés depuis la Guerre des Sorcières.

— As-tu réussi à trouver une réponse ?

Les mots n'avaient pas franchi mes lèvres que je me rendais déjà compte de la stupidité de la question.

— Non, a-t-il sifflé, tel un serpent. Et la sorcière qui m'a ensorcelé est morte : plus personne ne peut me dire ce que ce sort impliquait. Étais-je censé me précipiter vers la personne que je haïssais le plus ? Vers celle que j'aimais le plus ? Est-ce par hasard que je me suis retrouvé sur cette route, à courir au beau milieu de nulle part ? Sauf que ce nulle part menait tout droit chez toi...

Petit silence gêné côté Stackhouse. Je ne savais pas quoi dire. Or, Eric attendait manifestement une réponse.

— Ce doit être à cause du sang de faé, ai-je suggéré, alors même que j'avais passé des heures à me répéter que j'avais si peu de sang de faé dans les veines qu'il ne pouvait exercer qu'une attraction infime sur les vampires.

— Non.

Et, sans crier gare, il s'est volatilisé dans les airs.

— Eh bien, ai-je marmonné, d'une voix que j'aurais voulue moins chevrotante. Pour une sortie, c'est une sortie !

Pas vraiment évident d'avoir le dernier mot, avec un vampire.

CHAPITRE 8

— Mes bagages sont prêts ! ai-je chantonné.

— Si tu crois que je vais pleurer parce que tu me laisses tomber !

Amelia avait gentiment accepté de me conduire à l'aéroport. Mais j'aurais dû lui faire signer une extension de garantie prolongeant cette démonstration d'amabilité jusqu'à mon départ. Elle s'était montrée maussade pendant tout le temps que j'avais passé à me maquiller.

— Si seulement je pouvais venir avec toi !

Ah ! On y était ! Je savais pertinemment que ça lui était resté en travers de la gorge, et ce bien avant qu'elle ne finisse par l'avouer. Mais je ne pouvais absolument rien y faire.

— Ce n'est pas moi qui lance les invitations, Amelia. Je ne suis qu'une pièce rapportée. Je fais partie du petit personnel.

— Je sais, a-t-elle bougonné. Ne t'inquiète pas. Je ramasserai le courrier, j'arroserai les plantes et je brosserai Bob. Hé ! J'ai entendu dire que l'agent de la Bayou State Insurance cherchait une réceptionniste. Il paraît que la mère de celle qu'il employait a été évacuée de La Nouvelle-Orléans et qu'elle a besoin d'une aide à domicile à plein temps. Alors, sa fille a démissionné.

— Oh ! Présente donc ta candidature. Tu vas a-do-rer.

Mon agent d'assurance jetait des sorts aux biens qu'il assurait pour les protéger de tout dommage.

— Je suis sûre que Greg Aubert va te plaire. Tu le trouveras très intéressant, tu verras.

Je voulais qu'elle ait une bonne surprise lors de l'entretien. Elle m'a jeté un regard en coin, un petit sourire entendu sur les lèvres.

— Ah, ah ! C'est un beau célibataire ? Il est si craquant que ça ?

— Non, non. Mais il a d'autres atouts. Et puis, n'oublie pas que tu as promis à Bob de ne plus regarder les mecs, tu te rappelles ?

— Ouais, a-t-elle marmonné, maussade. Hé ! Et si on jetait un œil à ton hôtel ?

Amelia m'apprenait à me servir de l'ordinateur de ma cousine Hadley. Je l'avais rapporté de La Nouvelle-Orléans en pensant le vendre, mais Amelia avait réussi à me convaincre de l'installer à la maison. Cela faisait bizarre de le voir sur le bureau, dans la partie la plus ancienne de la maison – la pièce qui correspondait maintenant au salon. Amelia payait une ligne de téléphone supplémentaire réservée à Internet pour son portable, qu'elle utilisait à l'étage. Novice fébrile, j'en étais toujours au b.a.-ba.

La page d'accueil de Google s'est affichée, et Amelia a tapé : « Hôtel *Pyramid of Gizeh.* » Nous avons examiné l'image qui est apparue à l'écran quand elle a sélectionné la réponse. Situés pour la plupart dans les grands centres urbains tels que Rhodes, les hôtels à vampires faisaient également partie des attractions touristiques. Comme on pouvait s'y attendre, l'établissement avait la forme d'une pyramide. Il était tout en verre miroir de couleur bronze, sauf à l'un des étages inférieurs, plus transparent.

— Ce n'est pas vraiment ça, hein ?

La tête penchée sur le côté, Amelia considérait l'édifice d'un air dubitatif.

— Il n'est pas assez incliné.

— C'est ça. On dirait qu'ils ont voulu construire une pyramide, mais qu'ils n'avaient pas besoin d'autant d'étages pour en faire une vraie. L'angle n'est pas assez aigu pour lui donner la grandeur voulue.

— En plus, il y a une excroissance rectangulaire au niveau du socle.

— J'imagine que ce sont les salles de conférences.

— Pas de parking ?

— Oh ! Il doit se trouver au sous-sol. Ils peuvent les construire comme ça, dans le Nord.

— Il est au bord du lac pourtant… Hé ! Je vais voir le lac Michigan ! Regarde, il y a juste un petit parc entre le lac et l'hôtel.

— Et une route avec pas moins de six voies.

— Aussi, oui.

— Mais il est près du centre-ville : idéal pour le shopping.

— « Et pourvu d'un étage réservé aux humains », ai-je lu à haute voix. Je parie que c'est la ligne plus claire, en bas. Je pensais que c'était juste pour la déco, mais non. C'est pour que les petites natures que nous sommes voient la lumière du jour. Il paraît qu'on a besoin de notre dose quotidienne.

— Oui mais, surtout, c'est la loi, a renchéri Amelia. Quoi d'autre ? « Salles de réunion, bla-bla-bla... Verre opaque à tous les étages, sauf celui réservé à la clientèle humaine... Suites d'un rare raffinement dans les étages les plus élevés, bla-bla-bla... Personnel rompu au service des vampires et spécialement entraîné à satisfaire leurs moindres désirs... » Ça veut dire qu'ils sont tous donneurs de sang et d'orgasmes volontaires, tu crois ?

Quelle cynique, cette Amelia. Cela dit, maintenant que je connaissais le nom de son père, cela ne m'étonnait pas vraiment.

— J'aimerais bien voir la chambre tout en haut, celle qui forme la pointe de la pyramide.

— Impossible. Ils disent que ce n'est pas un « espace d'accueil », que c'est, en fait, le système d'air conditionné qui est installé là.

J'ai jeté un coup d'œil à ma montre.

— Hé ! Bon sang ! Mais il est temps d'y aller !

— Ah, bon ? a fait Amelia d'un ton morne, sans quitter l'écran des yeux.

Amelia faisait partie de ces gens qui n'aiment vraiment pas rester seuls.

J'ai essayé de la consoler.

— Je ne serai absente qu'une petite semaine.

Nous sommes sorties mettre mes bagages dans la voiture, et nous avons pris la route.

— J'ai le numéro de l'hôtel, en cas d'urgence. Et j'ai noté ton numéro de portable aussi. Tu as pris ton chargeur ?

Elle tournait au bout de ma longue allée pour emprunter Hummingbird Road. Nous allions contourner Bon Temps pour gagner l'autoroute.

— Mais oui.

Et ma brosse à dents, mon dentifrice, mon rasoir, mon déodorant, mon sèche-cheveux (au cas où), ma trousse de maquillage, tous mes nouveaux vêtements et quelques autres en prime, des chaussures à la pelle, ma chemise de nuit, le réveil de voyage d'Amelia, des sous-vêtements, quelques bijoux, un sac à main de rechange et deux livres de poche.

— Merci de m'avoir prêté ta valise.

Amelia avait mis à ma disposition sa grande valise à roulettes rouge vif et la housse à vêtements assortie, plus un sac cabine dans lequel j'avais fourré un roman, un recueil de mots croisés, un baladeur CD avec son casque et une pochette range-CD.

Nous n'avons pas beaucoup parlé pendant le trajet. Ça me faisait un drôle d'effet de laisser Amelia toute seule dans ma vieille maison de famille – les Stackhouse étaient dans la place depuis plus de cent soixante-dix ans tout de même.

Quand nous sommes arrivées à l'aéroport, notre conversation, plutôt sporadique, s'était déjà éteinte depuis un moment. Nous étions juste à côté du terminal principal de Shreveport, mais c'est vers un petit hangar que nous nous sommes dirigées. Si Eric ne s'y était pas pris des semaines à l'avance pour affréter un charter, il aurait été dans de beaux draps, maintenant : le sommet mettait assurément les capacités d'Anubis Air à rude épreuve. Tous les États de la Division Centre des États-Unis envoyaient des délégations à Rhodes. Or, la division en question couvrait un territoire impressionnant, du golfe du Mexique à la frontière canadienne.

Quelques mois plus tôt, il aurait fallu réserver deux avions rien que pour la Louisiane. À présent, un seul suffirait, d'autant que plusieurs membres du groupe étaient partis plus tôt. J'avais lu la liste des vampires disparus, après la réunion au *Fangtasia*, et à mon grand regret Mélanie et Chester y figuraient. Je les avais rencontrés au Q.G. de la reine, à La Nouvelle-Orléans, et même si nous n'avions pas eu vraiment le temps de faire ami-ami, il m'avait semblé qu'ils étaient de bons vampires.

Il y avait une clôture autour du hangar, une barrière qui fermait la clôture et un homme en uniforme qui gardait la barrière. Il a vérifié mon permis de conduire et celui d'Amelia, avant de nous laisser passer. C'était un policier humain qui prenait ce poste en dehors de ses heures de service, mais il paraissait attentif et compétent.

— Tournez à droite. Il y a de la place pour se garer près de la porte, le long du mur est, nous a-t-il indiqué.

Amelia s'est un peu penchée sur le volant, les yeux plissés sous l'effet de la concentration. On pouvait pourtant difficilement la rater, cette porte. Et puis, il y avait d'autres véhicules en stationnement. Il devait être dans les 10 heures, et bien qu'il fasse un temps splendide, le fond de l'air était frais : un petit avant-goût d'automne. Après notre été torride, c'était un vrai bonheur. Il ferait plus froid à Rhodes, m'avait avertie Pam. Elle avait jeté un œil aux températures prévues pour la semaine à venir, sur Internet, et m'avait appelée pour me dire d'emporter un pull. Au ton de sa voix, elle m'avait paru presque emballée : un événement, pour Pam. J'avais l'impression qu'elle commençait à donner des signes d'impatience, depuis un moment, qu'elle s'ennuyait à Shreveport, qu'elle en avait un peu assez du bar. Mais je me faisais peut-être des idées.

Amelia m'a aidée à sortir mes bagages de la voiture. Elle avait dû rompre tout un tas de sorts, avant de me prêter sa panoplie Samsonite. J'ai préféré ne pas lui demander ce qui se serait passé, si elle avait oublié. J'ai tiré sur la poignée du sac à roulettes et pris le sac cabine en bandoulière. Amelia s'est chargée de la housse et a ouvert la porte du hangar.

Je n'avais encore jamais mis les pieds dans un hangar d'aéroport. C'était exactement comme dans les films : énorme. Plusieurs petits appareils étaient parqués à l'intérieur mais, conformément aux instructions de Pam, nous avons traversé tout le hangar pour rejoindre la large ouverture ménagée dans le mur ouest. Le jet d'Anubis stationnait devant. Les employés de la compagnie chargeaient les cercueils sur le tapis roulant. Ils portaient tous l'uniforme noir d'Anubis Air, avec la tête de chacal stylisée sur la poitrine : une simagrée qui avait le don de m'exaspérer. Ils nous ont jeté un coup d'œil au passage, mais aucun ne nous a arrêtées, ni n'a demandé à voir nos papiers, jusqu'à ce que nous atteignions la passerelle qui menait à l'avion.

Bobby Burnham se tenait au pied des marches, une liste à la main. C'était un humain – forcément, puisqu'il faisait grand jour –, mais son visage était si pâle, si fermé qu'on aurait presque pu le prendre pour un vampire. J'avais beau ne l'avoir jamais rencontré, je savais qui il était. Lui aussi m'avait parfaitement identifiée, d'ailleurs. Je venais de pêcher l'information dans son cerveau. Cela ne l'a pas empêché de me demander mes papiers d'identité et de vérifier que mon nom figurait bien sur sa fichue liste, le tout sans cesser de jeter des regards suspicieux à Amelia, comme si elle avait le don de le changer en crapaud – c'était le cas, d'ailleurs, et elle était tentée de le faire en ce moment même.

— Croa croa, lui ai-je discrètement murmuré.

Elle a réprimé un fou rire.

Bobby s'est présenté. Comme nous hochions la tête en chœur, il a ajouté :

— Votre nom est bien sur la liste, mademoiselle Stackhouse, mais pas celui de mademoiselle Broadway. J'ai bien peur que vous ne soyez obligée de monter vos bagages toute seule.

Le petit chef dans toute sa splendeur.

Mais, déjà, Amelia marmonnait quelque chose en sourdine.

Soudain, Bobby s'est mis à bredouiller avec empressement :

— Attendez ! Je… je vais me charger de la grosse valise, mademoiselle Stackhouse. Croyez-vous pouvoir porter les autres sacs ? Sinon, je reviens dans une seconde pour vous les monter.

L'air ahuri qu'il avait en s'entendant parler valait son pesant d'or. J'ai dû réprimer ma jubilation – Amelia lui jouait tout de même un sale tour.

— Merci. Je vais me débrouiller, lui ai-je assuré, en prenant la housse des mains d'Amelia pendant qu'il montait la valise – qu'il cognait à chaque marche, pour tout arranger.

— Amelia, quelle peste tu fais !

Mais j'avais du mal à ne pas rigoler.

— C'est qui, ce crétin ? m'a-t-elle demandé.

— Bobby Burnham, le secrétaire d'Eric. Il le représente pendant la journée.

Tous les vampires d'un certain rang en avaient un. Bobby était une récente acquisition d'Eric.

— Et qu'est-ce qu'il fait ? Il époussette les cercueils ?

— Non, il traite les affaires courantes : il va à la banque, au pressing, dans tous les services administratifs qui ne sont ouverts qu'en journée, etc.

— C'est un coursier, quoi.

— Eh bien, si on veut. Mais un coursier important : le coursier d'Eric.

Bobby redescendait les marches, toujours étonné, semblait-il, de s'être montré si serviable, si poli.

— N'en rajoute pas, ai-je ordonné à ma voisine, sachant pertinemment qu'elle y songeait déjà.

J'ai vu ses yeux étinceler, mais elle a obéi.

— C'est mesquin, je le reconnais. Mais je ne supporte pas les petits chefs.

— Moi non plus. Allez, je te laisse. On se revoit dans une semaine, OK ? Et merci de m'avoir accompagnée.

— De rien, a-t-elle grommelé en m'adressant un petit sourire mélancolique. Profites-en bien. Et ne t'avise pas de te faire tuer, ni mordre, ni rien, hein ?

Sur une impulsion, je l'ai prise dans mes bras et, après un premier moment de surprise, elle m'a serrée dans les siens.

— Prends bien soin de Bob, lui ai-je lancé, avant de gravir l'escalier.

Je ne pouvais pas m'empêcher d'être un peu anxieuse. Le fait de couper temporairement les ponts avec mon train-train habituel, sans doute.

— Choisissez votre place, mademoiselle Stackhouse, m'a aimablement proposé l'hôtesse d'Anubis Air.

Elle m'a débarrassée de la housse à habits d'Amelia et s'est éloignée dans l'allée. La cabine de l'appareil n'avait rien à voir avec celle des avions standards. C'était du moins ce que prétendait le site Internet d'Anubis. La flotte de la compagnie avait été conçue et aménagée pour le transport des vampires pendant leur sommeil. Les passagers humains passaient au second plan. Il y avait des alcôves pour les cercueils, sortes d'énormes coffres à bagages alignés tout le long du fuselage, et à l'avant, trois rangs de sièges – trois à droite de l'allée centrale et deux à gauche – pour les pauvres mortels comme moi. Ou, du moins, pour les gens qui seraient de quelque utilité aux vampires, durant cette conférence au sommet. Pour l'heure, seules trois autres personnes occupaient ces places. Enfin, un autre humain et deux semi-humains.

— Bonjour, monsieur Cataliades.

Un homme tout en rondeurs s'est levé pour me saluer, rayonnant.

— Chère mademoiselle Stackhouse ! s'est-il exclamé avec chaleur – c'était sa façon de parler. Je suis absolument ravi de vous revoir.

— Moi aussi, maître.

Je me demandais s'il avait un prénom. Assise à côté de lui se trouvait une jeune fille avec une chevelure rouge vif coiffée en piques : sa nièce Diantha. Diantha portait toujours des tenues invraisemblables, et ce jour-là, elle s'était surpassée, affublant son mètre soixante et sa silhouette filiforme d'un corsaire moulant orange vif, de sabots en plastique bleu électrique, d'une minijupe blanche à volants et d'un débardeur imprimé d'un motif batik tie-dye. Elle était littéralement éblouissante.

Diantha ne voyait pas la nécessité de respirer en parlant.

— Contentedevousrevoir.

— Moi aussi, lui ai-je répondu, tout aussi lapidaire.

Comme elle n'esquissait aucun mouvement, je me suis contentée d'un simple hochement de tête – certains SurNat vous serrent la main, d'autres pas. Il s'agit donc de ne pas commettre d'impair.

Je me suis tournée vers le dernier passager. Puisqu'il s'agissait d'un autre être humain, je me suis crue en terrain familier et lui ai tendu la main. Après une hésitation perceptible, l'homme m'a mollement pressé la paume et a aussitôt retiré sa main, comme s'il venait de toucher un poisson mort. J'ai eu l'impression qu'il refrénait l'envie de s'essuyer la main sur le pantalon de son beau costume.

— Mademoiselle Stackhouse, je vous présente Johan Glassport, grand spécialiste en droit des vampires.

— Monsieur Glassport, ai-je poliment salué l'intéressé.

J'essayais de me raisonner pour ne pas prendre la mouche.

— Johan, voici Sookie Stackhouse, la télépathe de Sa Majesté, a poursuivi maître Cataliades avec son affabilité coutumière, une petite étincelle ironique dans les yeux.

Maître Cataliades avait autant d'humour que d'embonpoint. Il ne fallait pas pour autant oublier que, s'il était (très) partiellement humain, il était avant tout un démon. Diantha était déjà à moitié démoniaque, mais son oncle l'était plus encore.

Johan m'a jeté un bref coup d'œil, me détaillant de haut en bas – tout juste s'il n'a pas eu un reniflement méprisant –, puis s'est plongé dans le livre ouvert sur ses genoux.

Au même moment, l'hôtesse a commencé à nous débiter le laïus habituel. J'ai bouclé ma ceinture. Peu après, nous avions décollé. J'étais tellement écœurée par le comportement de Johan Glassport que je n'ai même pas eu le temps d'avoir peur.

Je crois que je n'avais encore jamais croisé quelqu'un qui m'ait craché sa grossièreté au visage de cette façon. En Louisiane du Nord, nous ne sommes peut-être pas très riches, nous avons peut-être un taux élevé de grossesses chez les mineures et tout un tas d'autres problèmes, mais, bon sang, nous, au moins, nous sommes polis !

— C'est un sale con, a décrété Diantha.

Sans s'émouvoir le moins du monde de ce jugement éclairé, l'intéressé a tourné une page de son livre.

— Merci, ma chérie, l'a félicitée maître Cataliades. Et maintenant, mademoiselle Stackhouse, dites-moi donc où vous en êtes.

Je suis allée m'asseoir de l'autre côté du trio.

— Je n'ai pas grand-chose de nouveau à raconter, vous savez. J'ai reçu le chèque, comme je vous l'ai écrit, et je vous remercie d'avoir réglé les derniers détails de la succession de Hadley. Si vous acceptiez de revenir sur votre décision et de m'envoyer vos honoraires, je serais ravie de payer la facture.

Ravie, pas vraiment. Mais soulagée de ne plus avoir de dette envers lui, oui.

— Non, mon enfant. C'était la moindre des choses. Il a plu à Sa Majesté de vous exprimer sa reconnaissance par ce biais – quoique la soirée ne se soit pas tout à fait déroulée comme elle l'avait escompté.

— Personne ne pouvait se douter qu'elle se terminerait de cette façon, évidemment.

J'ai repensé à la tête de Wybert traversant la salle de bal dans un jet de sang et j'en ai frissonné d'horreur.

— Vous êtes le témoin, a lâché Johan tout à coup.

Il a glissé un marque-page dans son livre et l'a refermé, avant de river sur moi ses yeux délavés et un peu globuleux à travers ses lunettes. Du statut de crotte de chien maculant sa chaussure, j'étais subitement devenue un personnage passionnant qui méritait toute son attention.

— Oui, je suis le témoin.

— Alors, nous avons à parler. Maintenant.

— Vous représentez la reine dans un procès aussi important et vous n'avez pas trouvé le moyen de me parler avant ? J'avoue que je suis un peu étonnée, lui ai-je fait remarquer, d'un ton aussi mesuré que possible.

— La reine a eu du mal à me contacter, et je devais en terminer avec mon précédent client, a-t-il argué.

Sans avoir vraiment changé d'expression, son visage lisse semblait s'être quelque peu crispé.

— Johan était en prison, a alors lâché Diantha, à très haute et très intelligible voix ! pour une fois.

— Oh ! mon Dieu. me suis-je exclamée.

— Bien entendu, les charges portées contre moi étaient totalement infondées, a posément précisé Johan.

— Bien entendu, a répété maître Cataliades, sans la moindre inflexion dans la voix.

— Oh, oh ! Et quelles étaient donc ces charges totalement infondées ? ai-je demandé, sceptique.

Johan m'a de nouveau regardée, avec un peu moins d'arrogance, m'a-t-il semblé.

— On m'a accusé d'avoir frappé une prostituée au Mexique.

Je ne savais pas vraiment comment la loi était appliquée hors de nos frontières, mais il me paraissait absolument incroyable qu'un Américain puisse être arrêté et emprisonné au Mexique uniquement pour avoir frappé une prostituée. À moins qu'il n'ait beaucoup d'ennemis...

— Est-ce que par hasard vous aviez quelque chose dans la main quand vous l'avez frappée ? ai-je insisté, un grand sourire aux lèvres.

— Je crois que Johan tenait un couteau, m'a répondu maître Cataliades avec gravité.

J'ai senti mon sourire s'évanouir.

— Vous étiez donc en prison au Mexique pour avoir poignardé une femme.

Qui était de la crotte de chien, maintenant ?

— Une prostituée, a-t-il rectifié. C'était le chef d'accusation, mais, bien sûr, j'étais complètement innocent.

— Bien sûr, ai-je soufflé.

— Quoi qu'il en soit, ce n'est pas mon cas qui est à l'ordre du jour, mademoiselle Stackhouse, m'a-t-il rappelé. J'ai pour tâche de réfuter les très lourdes accusations portées contre la reine, et vous êtes un témoin important.

— Je suis le seul témoin, ai-je précisé.

— Absolument... du décès du roi...

— Il y a eu plusieurs décès, ce soir-là.

— Le seul qui importe, dans le cadre de ce sommet, est celui de Peter Threadgill.

J'ai soupiré en revoyant la tête de Wybert valser.

— Oui, j'étais là.

Johan était peut-être une ordure de la plus belle espèce, mais il connaissait son affaire. J'ai subi une séance approfondie de questions-réponses. À la fin, il en savait plus que moi sur ce qui s'était passé cette fameuse nuit. Maître Cataliades nous a écoutés avec le plus grand intérêt et, de temps à autre, est intervenu pour éclaircir un point précis ou expliquer le plan du monastère de la reine à La Nouvelle-Orléans.

Diantha a suivi un moment, puis elle s'est assise par terre pour jouer une demi-heure aux osselets, avant de reprendre sa place, d'incliner son siège et de s'endormir.

Durant ces trois heures de vol vers le Nord, l'hôtesse d'Anubis est venue à intervalles réguliers nous proposer collations et rafraîchissements. Après mon interrogatoire par le défenseur de la reine, je me suis levée pour aller aux toilettes – une expérience nouvelle pour moi – puis, au lieu de regagner mon siège, j'ai marché vers l'arrière de l'avion, examinant chaque cercueil au passage. Il y avait des étiquettes à bagage attachées aux poignées. Avec nous voyageaient Eric, Bill, la reine, André et Sigebert. J'ai aussi repéré le cercueil de Gervaise – celui qui hébergeait si aimablement la reine – et de Cleo Babbitt, le shérif de la Troisième Zone. Celui de la Deuxième Zone, Arla Yvonne, avait été chargé de veiller sur le royaume en l'absence de Sa Majesté.

Hormis celui de la reine, incrusté de nacre, les cercueils étaient tous d'une grande sobriété : en bois verni, sans fioritures. Pas de version moderne en métal pour ces messieurs-dames. J'ai passé la main sur celui d'Eric, tout en l'imaginant allongé à l'intérieur, sans vie. J'en avais la chair de poule.

— L'humaine de Gervaise est partie en éclaireur, cette nuit, avec Rasul, par la route, pour s'assurer que tout serait prêt pour l'arrivée de Sa Majesté, m'a annoncé la voix de maître Cataliades au niveau de mon épaule droite.

J'ai sursauté et poussé un hurlement, pour la plus grande joie de l'avocat royal. Il en a rosi de plaisir et s'est mis à pouffer sans pouvoir s'arrêter.

— Coup de maître, ai-je ironisé, aussi acide qu'un citron pressé.

— Vous vous demandiez où se trouvait le cinquième shérif.

— Oui, mais vous aviez peut-être une ou deux pensées de retard.

— Contrairement à vous, je ne suis pas télépathe, ma chère. Je ne faisais qu'interpréter les expressions de votre visage et votre langage corporel. Vous avez compté les cercueils et commencé à lire les étiquettes.

— Donc, la reine ne gouverne pas seulement son royaume : elle est aussi le shérif de sa propre zone.

— Oui. Cela évite les confusions. Tous les souverains n'optent pas pour cette solution, mais la reine trouvait lassant de toujours devoir consulter un autre vampire avant de pouvoir bouger le petit doigt.

— Ça lui ressemble assez.

J'ai jeté un coup d'œil à nos compagnons de voyage. Ils étaient tous les deux très occupés : Diantha dans les bras de Morphée, et Johan avec son bouquin. Je me suis demandé si c'était un manuel de dissection illustré ou un inventaire des crimes de Jack l'Éventreur, avec photos à l'appui. Ça ne m'aurait pas étonnée, de la part de ce brave Johan.

— Comment se fait-il que la reine ait pris un avocat comme lui ? ai-je murmuré. Il paraît vraiment... minable.

— Johan Glassport est un brillant avocat, un avocat qui prend les affaires dont les autres ne veulent pas, m'a répondu maître Cataliades. Et c'est aussi un meurtrier. Mais ne le sommes-nous pas tous ?

Ses petits yeux noirs en boutons de bottine plongeaient droit dans les miens. J'ai soutenu son regard un long moment.

— Pour défendre ma vie ou celle de quelqu'un qui m'est cher, je serais prête à tuer un agresseur, oui, ai-je rétorqué, pesant bien mes mots.

— Qu'en termes élégants ces choses-là sont dites, mademoiselle Stackhouse. Je dois reconnaître que je suis moins civilisé que vous. Parmi les créatures que j'ai tuées, il en est certaines que j'ai déchiquetées par pur plaisir.

Beurk ! Je me serais bien passée de telles confidences.

— Diantha aime chasser le cerf, et elle a déjà tué plusieurs personnes pour me défendre. Elle et sa sœur ont même abattu un ou deux vampires renégats.

Je me suis promis de traiter Diantha avec plus de respect à l'avenir. Tuer un vampire n'est pas chose facile. En outre, elle était diaboliquement douée pour jouer aux osselets.

— Et Johan ?

— Il vaudrait peut-être mieux que je passe les penchants de M. Glassport sous silence, pour l'instant. Après tout, tant qu'il sera avec nous, il restera dans le rang. Êtes-vous satisfaite de son travail, de la façon dont il vous a briefée ?

— Parce que c'est ce qu'il a fait ? Eh bien, oui, je suppose que oui. Il n'a omis aucun détail. C'est ce que vous attendez de lui, j'imagine ?

— Absolument.

— Pouvez-vous me dire à quoi ressemblera ce sommet ? Ce que la reine me demandera ?

— Allons nous asseoir. Je vais tenter de vous l'expliquer.

Pendant toute l'heure qui a suivi, il a parlé et je l'ai écouté ; j'ai posé des questions et il a répondu.

Quand Diantha s'est redressée en bâillant, je me sentais déjà un peu mieux préparée à affronter tous les nouveaux défis que la lointaine ville de Rhodes recelait pour moi. Johan Glassport a fermé son livre et nous a regardés. Monsieur était-il disposé à discuter, maintenant ?

— Êtes-vous déjà allé à Rhodes, Johan ? lui a demandé maître Cataliades.

— Oui. J'ai même exercé là-bas. En fait, je faisais la navette entre Rhodes et Chicago. J'habitais à mi-chemin.

— Quand êtes-vous parti pour le Mexique ? ai-je enchaîné.

— Oh ! Il y a un an ou deux. Mes associés et moi avons eu quelques petits différends, et le moment m'a paru bien choisi pour…

— Lever le camp ? ai-je suggéré, pleine de sollicitude.

— Filer en quatrième vitesse ? a proposé Diantha.

— Prendre l'argent et faire le mort ? a ajouté maître Cataliades.

— Les trois, a répondu Johan Glassport, un imperceptible sourire aux lèvres.

Chapitre 9

Nous avons atterri à Rhodes en milieu d'après-midi. Un camion à tête de chacal nous attendait à l'aéroport pour transporter les cercueils jusqu'à l'hôtel *Pyramid of Gizeh*. Pendant tout le trajet à travers la ville, je n'ai pas décollé le nez de la vitre de la limousine. Même si on y retrouvait les mêmes enseignes qu'à Shreveport – les incontournables chaînes de grands magasins –, je percevais la différence : pas de doute, j'étais bel et bien ailleurs. Bâtiments de brique rouge, densité du trafic urbain, maisons de ville en enfilade, aperçus du lac… J'essayais de regarder dans toutes les directions à la fois. Finalement, nous sommes arrivés en vue de l'hôtel. Il n'y avait malheureusement pas assez de soleil pour faire étinceler les grands miroirs de la façade, mais le bâtiment n'en était pas moins impressionnant. Comme je l'avais vu sur Internet, il y avait un parc de l'autre côté de la six-voies – bourdonnante de circulation – et, au-delà, le lac, immense.

Pendant que le camion d'Anubis contournait l'hôtel pour aller décharger sa cargaison, la limousine s'est dirigée vers l'entrée principale. En descendant de la voiture, à la suite des autres « oiseaux de jour » de la délégation, je ne savais plus où poser les yeux, sur le lac qui s'étendait à perte de vue ou sur les ornements de l'édifice lui-même.

Actionnées par une myriade d'employés en uniforme beige et marron, les portes du *Pyramid* étaient également surveillées par de silencieuses sentinelles : deux superbes reproductions de sarcophages égyptiens se dressaient de part et d'autre de l'entrée, montant la garde. J'aurais bien aimé avoir le temps de les admirer, mais, déjà, le personnel s'activait autour de nous. Pendant qu'un employé tenait la portière, un deuxième vérifiait notre identité pour s'assurer que nous étions bien des clients enregistrés à la réception – et non des reporters, des curieux ou des fanatiques de tout poil – et un troisième nous ouvrait la porte de l'hôtel pour nous inviter à y pénétrer.

J'avais déjà séjourné dans un hôtel à vampires. Je m'attendais donc aux vigiles en armes et à l'absence de fenêtres au rez-de-chaussée. Cependant, par rapport au *Silent Shore* de Dallas, le *Pyramid* s'efforçait davantage de ressembler à un hôtel standard. Bien que la décoration murale soit fortement inspirée de l'art funéraire égyptien, le hall était inondé de lumière artificielle et animé par une épouvantable musique d'ambiance – « The Girl from Ipanema » dans un hôtel pour vampires !

Il y régnait aussi une plus vive agitation qu'au *Silent Shore* : quantité d'humains et d'autres créatures arpentaient le hall à grands pas avec un air affairé, la réception était prise d'assaut, et le comptoir d'accueil, installé par le nid de vampires de la ville organisatrice, bourdonnait d'activité. J'étais allée avec Sam à un salon de fournitures pour débits de boissons à Shreveport, un jour qu'il cherchait une nouvelle pompe à bière, et je reconnaissais l'organisation générale. J'étais certaine qu'il y avait, quelque part, un grand hall avec des stands et un programme de tables rondes, d'ateliers et de conférences.

J'espérais trouver un plan de l'hôtel avec une liste des manifestations et des endroits où elles se dérouleraient dans notre plaquette d'information. À moins que les vampires ne se soient crus au-dessus de ça... Mais non. Il y avait un plan encadré et éclairé que les clients pouvaient consulter, et même un planning de visites guidées. Dans cet hôtel, les étages étaient numérotés à l'envers : le plus élevé, la suite présidentielle, portait le numéro un ; celui réservé à la clientèle mortelle, le plus vaste et le plus proche du rez-de-chaussée, le numéro quinze. Une mezzanine séparait ce dernier du hall de réception. Les salles de conférences étaient regroupées dans une annexe accolée au flanc nord du bâtiment – la hernie rectangulaire dépourvue de fenêtres qui nous avait paru si incongrue sur Internet, à Amelia et à moi.

J'ai observé les gens qui s'activaient dans le hall : femmes de chambre, gardes du corps, grooms, petits humains fébriles courant en tous sens, travaillant d'arrache-pied pour que tout soit fin prêt pour les congressistes d'outre-tombe (est-ce qu'on pouvait parler de « congressistes », alors qu'on annonçait la chose comme un « sommet » ? Y avait-il une différence entre « sommet » et « congrès », d'ailleurs ?). J'éprouvais, je l'avoue, une certaine amertume.

C'était le monde à l'envers. Jusqu'à récemment, c'étaient les vampires qui couraient se cacher. Et dans un coin sombre, là où ils pourraient se faire oublier. Je me suis donné une gifle, psychologiquement parlant. Autant rejoindre les rangs de la Confrérie, si telle était vraiment ma façon de penser. J'avais remarqué les manifestants, dans le petit parc de l'autre côté de la rue, en face du *Pyramid* – que certaines banderoles appelaient « La Pyramide des Gisants ».

À propos de gisants… Je me suis empressée de me renseigner auprès de maître Cataliades.

— Et les cercueils ?

— On les monte directement du sous-sol dans les chambres.

En franchissant le seuil de l'hôtel, nous étions passés au détecteur de métaux, qui s'était mis à hurler comme une sirène d'alarme au passage de Johan Glassport. J'avais fait de gros efforts pour détourner les yeux quand il avait dû vider ses poches.

— Les cercueils ne passent pas au détecteur ?

— Non non. Nos vampires ont certes des cercueils de bois, mais tous les ornements sont en métal, et on ne peut tout de même pas sortir leurs occupants pour vérifier qu'ils n'ont pas d'objets métalliques dans les poches ! m'a répondu maître Cataliades, qui, pour la première fois, donnait des signes d'impatience. Sans compter que certains vampires ont opté pour les modèles récents de bronze, de cuivre ou d'acier inoxydable.

— Ces manifestants, là, dehors, ils me filent la trouille, lui ai-je confié à mi-voix. Qu'est-ce qu'ils ne donneraient pas pour réussir à se faufiler ici !

Cette réflexion a fait sourire le démon – spectacle digne d'un film d'horreur.

— Aucun intrus ne réussira à se faufiler ici, mademoiselle Stackhouse. Il y a des vigiles que vous ne pouvez pas voir.

Je me tenais aux côtés du bedonnant avocat, pendant qu'il remplissait nos fiches à la réception, et j'en ai profité pour jeter un coup d'œil aux autres clients de l'hôtel : des gens très bien habillés... qui parlaient tous de nous. Les regards qu'ils nous lançaient me rendaient nerveuse, et le brouhaha de toutes ces pensées simultanées, tant du personnel que des rares invités humains, ajoutait encore à mon anxiété. Nous faisions partie de l'entourage de la reine de Louisiane, l'un des personnages les plus puissants d'Amérique – dans la version nocturne du genre, s'entend. Avant Katrina, du moins. Maintenant, non seulement Sophie-Anne était en position d'infériorité, économiquement et politiquement, mais elle allait passer en jugement pour le meurtre de son époux. Il y avait certes de quoi attiser la curiosité des autres larbins de service – moi aussi, je nous aurais trouvés intéressants –, mais cela me mettait mal à l'aise. Je ne cessais de penser à mon nez qui devait briller comme un phare et de me lamenter intérieurement de ne pas pouvoir me retrouver seule, ne serait-ce que quelques instants.

Le réceptionniste mettait délibérément un temps fou à vérifier nos réservations. À croire qu'il faisait exprès de nous garder le plus longtemps possible pour nous exhiber comme des phénomènes de foire. Maître Cataliades faisait preuve, à son égard, de la courtoisie un peu guindée qui lui était familière, mais au bout de dix minutes cette dernière a commencé à paraître un peu forcée.

Jusque-là, je l'avais laissé gérer les opérations, mais quand je me suis rendu compte que le réceptionniste – un type d'une bonne quarantaine d'années, père de trois enfants, qui s'offrait un petit pétard de temps en temps pour se détendre – s'amusait à nous faire tourner en bourrique, je me suis rapprochée. J'ai posé la main sur le bras de l'avocat pour lui signaler que je voulais prendre part à la conversation. Il s'est interrompu et a tourné vers moi un regard intrigué.

— Vous allez nous donner nos clés et nous dire où sont nos vampires, sinon je vais raconter à votre patron que c'est vous qui vendez des petits souvenirs de l'hôtel sur e-Bay. Et si vous vous avisez de soudoyer une femme de chambre pour qu'elle porte seulement la main sur la culotte de la reine – je ne parle même pas de la voler –, je lâche Diantha sur vous.

Diantha revenait justement avec la bouteille d'eau qu'elle était allée chercher. En m'entendant, elle a docilement donné à mon interlocuteur un petit aperçu de ses dents de requin. Un sourire mortel.

Le réceptionniste est d'abord devenu tout blanc, puis tout rouge, nous offrant ainsi une intéressante démonstration des différents modes de fonctionnement de la circulation sanguine dans le corps humain.

— Ou… oui, madame, a-t-il bredouillé.

Je me suis même demandé s'il n'allait pas mouiller son pantalon. Ce qui ne m'aurait inspiré aucune compassion, après ce que j'avais vu sous son crâne.

Quelques minutes plus tard, nous avions tous nos clés et la liste des chambres où reposaient « nos » vampires, et le groom nous apportait nos bagages dans un de ses beaux chariots rutilants. Cela m'a rappelé quelque chose.

Barry ? Barry, tu es là ?

Oui, a répondu une voix qui était bien loin des balbutiements effrayés que j'avais entendus la première fois.

Sookie Stackhouse ?

Elle-même. On est à la réception. Je suis à la 1538. Et toi ?

À la 1576. Comment ça va ?

Moi, ça va. Mais la Louisiane… On a eu droit au cyclone, et on a un procès sur le dos. Je suppose que tu es au courant ?

Ouais. Ça a pas mal bougé dans ton coin.

On peut dire ça comme ça, lui ai-je répondu, en me demandant si mon sourire passait aussi avec mes pensées.

Oui, oui. Cinq sur cinq.

Maintenant, j'avais une petite idée de ce que les gens devaient ressentir quand ils se retrouvaient face à quelqu'un comme moi.

On se voit plus tard. Au fait, c'est quoi, ton vrai nom de famille ?

Tu n'imagines pas ce que tu as déclenché en faisant sortir mon don au grand jour, m'a-t-il confié. *Je m'appelle Barry Horowitz, mais maintenant, je me fais juste appeler Barry Bellboy. C'est le nom que j'ai donné à la réception, si jamais tu oublies mon numéro de chambre.*

D'accord. Je passerai te voir avec plaisir.

Plaisir partagé.

Après ça, Barry et moi avons tourné notre attention ailleurs, et cette espèce de chatouillis que produisait notre communication mentale a disparu.

Maître Cataliades avait découvert, à la réception, que les humains – enfin, les non-vampires – de notre groupe devaient tous faire chambre commune avec un binôme. Certains vampires avaient même des compagnons de chambre, eux aussi. L'avocat n'avait pas été ravi d'apprendre que Diantha partageait la sienne. Mais l'hôtel était plein à craquer, lui avait dit le réceptionniste. Il lui avait peut-être raconté tout un tas de salades, mais, sur ce point, il avait manifestement raison.

Quant à moi, je partageais ma chambre avec l'humaine de Gervaise. En insérant ma carte magnétique dans la fente de la porte, je me suis demandé si elle était déjà là. Eh oui ! Je m'étais attendue à trouver une fangbanger, comme celles qui traînaient au *Fangtasia*, mais Carla Danvers était d'un tout autre genre.

— Hé ! Salut ! m'a-t-elle lancé en me voyant entrer. J'étais justement en train de me dire que tu ne devrais pas tarder, vu qu'on vient d'apporter tes bagages. Je suis Carla, la petite amie de Gervaise.

— Enchantée.

Je lui ai serré la main. Carla avait tout de la reine du bal de fin d'année. Je ne dis pas qu'elle l'avait été, au sens propre. Peut-être qu'elle n'avait même pas été pom-pom girl. Mais elle était sûrement descendue sur le terrain. Carla avait de grands yeux marron, de beaux cheveux châtain foncé coupés au carré et des dents si blanches et si parfaites qu'elles étaient une véritable publicité ambulante pour son orthodontiste. Ses seins étaient siliconés, ses oreilles et son nombril percés. Elle avait aussi un tatouage au creux des reins : des vrilles noires en V avec deux ou trois roses et des feuilles vertes au milieu. Je le savais parce que Carla était nue comme un ver et ne semblait pas se douter le moins du monde que je n'avais pas nécessairement envie de faire si amplement connaissance avec elle.

— Ça fait longtemps que vous sortez ensemble, Gervaise et toi ? lui ai-je demandé pour dissimuler mon embarras.

— J'ai rencontré Gerry... voyons... ça fait sept mois. Il a dit qu'il valait mieux qu'on ne partage pas la même chambre parce qu'il risquait d'avoir des rendez-vous d'affaires dans la sienne, tu comprends ? Et puis, je compte bien faire les boutiques pendant que je suis ici – c'est ma thérapie personnelle ! Et qui dit grandes villes dit grandes marques ! Alors je voulais un endroit où stocker mes achats. Sinon, il risquerait de me demander ce que ça a coûté...

Elle a ponctué cette sortie d'un clin d'œil que je n'hésiterai pas à qualifier de roublard.

— Ah, oui ! ai-je vaguement marmonné. C'est bien, ça.

Non, ce n'était pas bien. Mais le programme de Carla ne me regardait pas.

J'ai ouvert ma valise et commencé à ranger mes affaires. J'ai remarqué, au passage, que la housse d'Amelia, qui contenait toutes mes plus belles tenues, était déjà dans la penderie. Carla m'avait laissé très exactement la moitié de l'armoire et la moitié des tiroirs. C'était plutôt gentil de sa part. Et comme elle avait apporté vingt fois plus de vêtements que moi, elle n'en avait que plus de mérite.

— Et toi, tu es la copine de qui ?

Carla se faisait les ongles de pied. Quand elle a changé de pied, quelque chose de métallique a accroché la lumière du plafonnier entre ses jambes. J'ai plongé dans la penderie pour défroisser ma robe du soir sur son cintre. Je ne savais plus où me mettre.

— Je sors avec Quinn.

J'ai jeté un coup d'œil par-dessus mon épaule – en veillant à regarder au-dessus de la ligne d'horizon...

Aucune réaction.

— Le tigre-garou, ai-je précisé. C'est lui qui est responsable de l'organisation des événements pendant le sommet.

Vague lueur dans les prunelles de Carla.

— Un grand type au crâne rasé, ai-je insisté.

Son visage s'est brusquement éclairé.

— Ah, oui ! Je l'ai vu ce matin ! Il prenait son petit- déjeuner au restaurant, quand je suis arrivée.

— Parce qu'il y a un restaurant ?

— Oui, oui. Minuscule, évidemment. Mais il y a toujours le *room service*.

— Tant mieux. Dans les hôtels à vampires, c'est plutôt rare qu'on trouve des restaurants.

C'était juste histoire de lui faire la conversation. J'avais lu un article là-dessus dans *American Vampire*.

— Oh ! Eh bien, c'est complètement débile, a décrété Carla en attaquant sa deuxième rangée d'orteils.

— Pas pour un vampire.

Elle a froncé les sourcils.

— Je sais qu'ils ne mangent pas. Mais nous, si. Et c'est chez nous, ici, non ? C'est comme ne pas apprendre l'anglais quand on émigre aux États-Unis.

Je me suis retournée pour être bien sûre qu'elle parlait sérieusement. Si si. Elle était on ne peut plus sérieuse.

— Carla…

Je me suis interrompue. Comment faire comprendre à cette fille que, pour un vampire vieux de quatre siècles, les besoins alimentaires d'une humaine de vingt ans n'étaient pas franchement au centre de ses préoccupations ? Mais Carla attendait la suite.

— Eh bien… c'est cool qu'il y ait un restaurant ici.

Pitoyable, je le reconnais.

— Ouais, a-t-elle approuvé avec un hochement de tête convaincu. Parce que je ne sais pas comment je ferais sans mon café du matin. Je ne peux tout simplement pas m'en passer. Bon, évidemment, quand on sort avec un vampire, le matin commence plutôt vers les 15 ou 16 heures, a-t-elle ajouté en s'esclaffant.

— C'est vrai.

J'avais fini de ranger mes affaires, alors je suis allée jeter un coup d'œil par la fenêtre. Le verre teinté était si foncé qu'on avait du mal à distinguer l'extérieur, mais on y voyait quand même. Située sur la façade ouest de l'hôtel, ma chambre ne donnait pas sur le lac Michigan, malheureusement. Je n'en ai pas moins examiné les immeubles d'en face avec curiosité. Je n'avais pas souvent l'occasion d'aller en ville, et je n'avais encore jamais visité une grande métropole du Nord. Le ciel s'assombrissait rapidement et, entre ça et le verre teinté, au bout de dix minutes, je n'y voyais plus grand-chose. Les vampires n'allaient pas tarder à se réveiller, et ma journée de travail à commencer.

Quoique de façon plutôt sporadique, Carla n'a pas cessé d'entretenir la conversation. Elle ne m'a pourtant pas demandé ce que je venais faire au sommet. Elle présumait que j'étais là à titre purement décoratif, et je n'ai rien fait pour la détromper. Pour l'heure, son ignorance me convenait parfaitement.

Lorsque Carla a entrepris de s'habiller (Dieu merci), j'ai pu constater qu'elle faisait plutôt dans le style « call-girl ». Elle portait une robe de cocktail d'un vert scintillant – pratiquement une jupe, le haut étant réduit à sa plus simple expression – et des talons aiguilles d'amazone du bitume. Quant aux sous-vêtements, ils se limitaient à un string transparent. Mais après tout, à chaque job son uniforme, n'est-ce pas ?

Bon, après cette critique en règle, je n'étais pas très fière de moi. J'étais peut-être un peu jalouse. Ma tenue était si conservatrice, par rapport à la sienne : pour ma première soirée, j'avais choisi une robe mouchoir en dentelle chocolat. J'ai mis mes grosses boucles d'oreilles or, enfilé mes escarpins marron, fardé mes lèvres et brossé mes cheveux avec application.

Conformément aux instructions de maître Cataliades, tout en glissant ma clé magnétique dans ma pochette, je me suis dirigée vers la réception pour savoir dans quelle suite se trouvait la reine. J'avais vaguement espéré tomber sur Quinn en chemin. Espoir déçu. Entre lui, avec son emploi du temps surchargé, et moi qui devais partager ma chambre, ce sommet risquait fort de ne pas remplir toutes ses promesses.

En me voyant arriver, le réceptionniste a blêmi et s'est empressé de vérifier que Diantha n'était pas dans mon sillage. Tandis que, d'une main tremblante, il inscrivait le numéro de chambre de la reine sur une feuille de son calepin, j'en ai profité pour inspecter plus attentivement les environs.

Des caméras de surveillance étaient installées dans les endroits les plus évidents, certaines dirigées vers l'entrée, d'autres vers la réception. Il m'a également semblé en apercevoir une pointée vers les ascenseurs. Les habituels gardes en armes étaient à leur poste – habituels pour un hôtel à vampires, j'entends, sécurité et discrétion étant les principaux arguments de vente de tout hôtel à vampires qui se respecte. Sinon, les vampires pouvaient toujours séjourner, à moindres frais et avec l'avantage d'être près du centre-ville, dans les hôtels classiques disposant de chambres spécialement aménagées pour eux – même la chaîne *Motel 6* en avait une dans presque tous ses établissements. Quand je pensais aux manifestants dehors, j'espérais vraiment que les agents de sécurité du *Pyramid* étaient à la hauteur de la situation.

En rejoignant le pilier central qui abritait la batterie d'ascenseurs, j'ai tout de même croisé une autre humaine à qui j'ai adressé un signe de tête. Visiblement, plus on prenait de la hauteur, plus le standing des chambres augmentait, puisqu'il y en avait de moins en moins par étage. La reine occupait une des suites du quatrième. Elle avait réservé longtemps à l'avance, bien avant Katrina – et probablement du vivant de son mari. Il n'y avait que huit portes dans le couloir, mais je n'ai pas eu besoin de regarder les numéros pour trouver celle de Sophie-Anne : Sigebert montait la garde devant. Sigebert était un véritable colosse et, comme André, il veillait sur la reine depuis des centaines d'années. Le vampire séculaire semblait bien seul sans son frère, Wybert. À part ça, il n'avait pas changé. C'était toujours le même guerrier saxon que j'avais rencontré à La Nouvelle-Orléans, avec sa barbe broussailleuse, son physique de grizzly, sa queue de cheval et toutes ses dents – autrement dit, deux. Mais les principales, pour un vampire.

Sigebert m'a souri : vision d'horreur.

— Mam'zelle Zookie, a-t-il ânonné en guise de salut.

— Sigebert, lui ai-je répondu, en veillant bien à prononcer « Si-ye-berte ». Comment ça va ?

Je voulais lui témoigner ma sympathie sans tomber dans le pathos pleurnichard.

— Mon frère, mort en héros, m'a-t-il dit avec fierté. Au combat.

J'ai bien pensé lui répondre : « Il doit tellement vous manquer après mille ans de complicité fraternelle. » Puis j'ai trouvé que ce serait exactement comme les reporters qui demandent aux parents d'enfants disparus : « Que ressentez-vous ? »

— Wybert était un grand guerrier, ai-je finalement murmuré.

C'était exactement ce que Sigebert voulait entendre. Il m'a donné une grande claque dans le dos qui a failli m'aplatir sur la moquette. Et puis, tout à coup, il a pris un air absent, comme quelqu'un qui a l'esprit ailleurs.

J'avais soupçonné la reine de pouvoir parler aux vampires de sa lignée par télépathie, et quand Sigebert m'a ouvert la porte sans ajouter un mot, j'ai su que j'avais vu juste. Encore une chance qu'elle ne puisse pas communiquer par ce biais avec moi ! C'était vraiment intéressant, de pouvoir discuter avec Barry, mais si nous devions rester constamment ensemble, cela deviendrait vite lassant. Sans compter que Sophie-Anne était effroyablement plus redoutable.

La suite de la reine était somptueuse. Je n'avais jamais rien vu d'aussi luxueux. La moquette, d'un blanc cassé immaculé et aussi épaisse qu'une peau de mouton, rivalisait de raffinement avec les meubles recouverts d'un tissu dans les teintes bleu et or. Le panneau de verre trapézoïdal qui donnait sur l'extérieur ne laissait pas filtrer le moindre rai de lumière. Je dois avouer que ce grand mur d'obscurité me rendait un peu nerveuse.

Au milieu de ce déploiement de splendeur, lovée sur un canapé, trônait Sophie-Anne. Menue et généralement d'une pâleur extrême, ses cheveux bruns lustrés rassemblés en un impeccable chignon, la reine portait ce soir un tailleur de shantung framboise gansé de noir, des escarpins de croco noir et de lourds bijoux aux lignes épurées en or massif.

On l'aurait davantage imaginée dans une tenue L.A.M.B., la collection créée par Gwen Stefani. Elle devait avoir quinze ou seize ans quand elle était morte. À son époque, cela faisait d'elle une adulte et une mère de famille. À la nôtre, cela faisait d'elle une gamine abonnée aux centres commerciaux. À nos yeux, ses choix vestimentaires auraient mieux convenu à une femme d'affaires dans la quarantaine. Mais il aurait fallu être suicidaire pour oser le lui dire. Sophie-Anne était l'adolescente la plus dangereuse du monde, titre qu'elle soufflait de justesse à celui qui se tenait juste derrière elle, comme toujours. Après m'avoir examinée de la tête aux pieds et avoir vérifié que la porte se refermait bien dans mon dos, André est venu s'asseoir à côté de Sa Majesté, signifiant ainsi que je faisais partie du club. Lui et sa reine avaient chacun une bouteille de TrueBlood vide devant eux, d'où leur teint frais et rose. Ils avaient presque l'air humains, en fait.

— Votre chambre vous convient-elle ? m'a poliment demandé la reine.

— Parfaitement. Je suis avec une... amie de Gervaise.

— Avec Carla ! Mais pourquoi donc ?

Ses sourcils s'étaient envolés comme des oiseaux noirs dans un ciel sans nuages.

— L'hôtel est plein. Mais ce n'est pas un problème. Je suppose qu'elle sera avec Gervaise la plupart du temps, de toute façon.

— Et quel est votre avis sur Johan ?

J'ai senti mon visage se crisper.

— Je pense que sa place est en prison.

— Mais il m'évitera d'y aller.

J'ai tenté d'imaginer à quoi une cellule pour vampire pouvait bien ressembler. En vain. Comme je ne pouvais pas abonder dans son sens, je me suis contentée de hocher la tête en silence.

— Vous ne me dites toujours pas ce que vous avez découvert à son sujet.

— Il est très tendu et plein de contradictions.

— Explication.

— Il est anxieux. Il est terrifié. Il ne sait pas à quel saint se vouer. Il ne veut qu'une chose : s'en sortir vivant. Tout ce qui lui importe, c'est sa petite personne.

— Un humain comme les autres, en somme, a résumé André.

Cette saillie a fait frémir les lèvres de sa voisine. Quel pitre, cet André.

— La plupart des humains ne poignardent pas les femmes, lui ai-je rétorqué, aussi posément que possible. Et ils n'y prennent pas plaisir.

Sophie-Anne n'était peut-être pas complètement indifférente à la mort violente qu'avait causée Johan Glassport, mais, naturellement, elle se sentait un peu plus concernée par la façon dont il entendait la défendre. C'était du moins ce que je pouvais déduire de son attitude. Quand il s'agissait de vampires, je devais m'appuyer sur les subtilités du langage corporel puisque je ne disposais pas de sources plus fiables au sein de leur esprit.

— Il va assurer ma défense. Je vais le payer. Après cela, il reprendra le cours de sa vie, a dit la reine. Qui sait ce qui pourra lui arriver, alors ?

Elle m'a lancé un regard éloquent.

Pigé, Majesté.

— Vous a-t-il soumise à un interrogatoire en règle ? Avez-vous eu l'impression qu'il savait ce qu'il faisait ? a-t-elle enchaîné, revenant à l'essentiel.

— Oui, madame, me suis-je empressée d'acquiescer. Il semblait vraiment compétent.

— Cataliades vous a-t-il dit ce que l'on attendait de vous ?

— Oui, madame.

— Bien. En plus de témoigner au procès, il faut que vous assistiez avec moi à toutes les réunions qui se dérouleront en présence d'humains.

C'était pour ça qu'elle me payait le prix fort.

— Euh... avez-vous déjà un planning des réunions ? Ça me permettrait d'être prête au bon moment, si je savais quand vous avez besoin de moi.

Avant qu'elle ait eu le temps de répondre, on a frappé à la porte. André s'est levé. Aussi souple et silencieux qu'un chat, il a gagné le seuil de la pièce en un clin d'œil, son épée à la main – je n'avais même pas vu qu'il en avait une. Le battant s'est légèrement entrouvert, et j'ai entendu la voix de basse de Sigebert.

Au terme d'un bref échange entre les deux vampires, la porte s'est ouverte en grand, et André s'est effacé en annonçant :

— Le roi du Texas, ma Dame.

J'ai cru percevoir un soupçon infime d'agréable surprise dans l'inflexion de sa voix. Autant dire qu'André sautait au plafond. En rendant visite à la reine de Louisiane, le monarque texan lui manifestait publiquement son soutien. Aucun des vampires présents au sommet ne s'y tromperait.

Stan Davis a fait son entrée, un cortège de vampires et d'humains à sa suite. Stan était le type même du geek dans toute sa splendeur – on se serait attendu à voir un étui à stylos dépasser de sa poche de chemise. On discernait encore les traces de son dernier coup de peigne dans ses cheveux blonds, et il portait des lunettes aux verres épais – accessoire parfaitement inutile : tous les vampires sont dotés d'une vue et d'une ouïe exceptionnelles. Stan était vêtu d'une chemise blanche infroissable de chez Sears, sur un Dockers bleu marine. Et il avait chaussé des mocassins marron. Aïe aïe aïe ! Stan n'était encore que shérif, quand je l'avais rencontré. Devenir roi ne l'avait pas empêché de rester fidèle à son style.

Derrière lui venait son bras droit, Joseph Velasquez. Petit et trapu, le vampire latino-américain aux cheveux hérissés en piques ne souriait jamais. À ses côtés se tenait une vampire rousse. Je me souvenais parfaitement d'elle : Rachel. Elle aussi, je l'avais rencontrée, lors de mon séjour à Dallas. C'était une féroce, et elle n'aimait pas du tout coopérer avec les humains. Dans leur sillage venait Barry. Il avait fière allure avec son jean griffé, son tee-shirt en soie taupe et sa discrète chaîne en or autour du cou. Il avait terriblement mûri, depuis la dernière fois que je l'avais vu, et si rapidement que c'en était presque effrayant. Il n'était encore qu'un beau gosse d'environ dix-sept, dix-huit ans, un peu empoté, quand je l'avais repéré au *Silent Shore* de Dallas, où il travaillait comme groom. Maintenant, il avait les mains manucurées, une très bonne coupe de cheveux et le regard circonspect de qui a déjà frayé avec les requins.

Nous nous sommes souri avant de nous saluer mentalement.

Content de te voir, m'a-t-il lancé. *Tu es superbe, Sookie.*

Merci. Toi aussi, Barry.

André se chargeait des salutations d'usage – verbales, en l'occurrence : on ne se serre pas la main, chez les vampires.

— Nous sommes très heureux de vous voir, Stan. Mais qui nous avez-vous donc amené ?

Avec une galanterie inattendue, Stan s'est incliné pour faire le baisemain à Sophie-Anne, en la qualifiant de « reine à l'incomparable beauté », avant de passer aux présentations.

— Mon bras droit, Joseph Velasquez. Ma sœur de nid, Rachel. Et cet humain est mon télépathe, Barry Bellboy. C'est d'ailleurs à vous que je le dois, indirectement. Soyez-en remerciée, Majesté.

Sophie-Anne a lâché un sourire.

— Vous m'en voyez ravie. Comme vous le savez, c'est toujours un plaisir pour moi de vous rendre service quand je le peux, Stan, lui a-t-elle aimablement répondu, en l'invitant d'un geste à s'asseoir en face d'elle.

Joseph et Rachel ont pris position de part et d'autre de leur vénéré souverain.

— Quel bonheur de vous accueillir ici, dans ma suite ! a poursuivi Sophie-Anne. Je craignais fort de n'avoir aucun visiteur.

Sous-entendu : « Puisque je suis accusée du meurtre de mon époux et que, de surcroît, je nage en plein marasme économique. »

— Soyez assurée de ma sollicitude et recevez toutes mes condoléances, lui a répondu Stan d'une voix parfaitement monocorde. Vous avez subi d'énormes pertes. Si nous pouvons vous être de quelque utilité... Je sais que les humains de mon État ont aidé ceux du vôtre. Il est donc naturel que les vampires en fassent autant.

— Merci, c'est très aimable à vous.

L'amour-propre de la reine devait en prendre un sacré coup. Tout forcé qu'il était, ce même sourire avenant n'en est pas moins réapparu sur ses lèvres.

— Je pense que vous connaissez André. Et vous connaissez tous notre Sookie, je crois.

C'est à ce moment-là que le téléphone a sonné. Comme j'étais la plus proche de l'appareil, c'est moi qui ai répondu.

— Vous faites partie de la suite de la reine de Louisiane ? a demandé une voix bourrue.

— Oui.

— On a une valise qui vous appartient, au sous-sol. L'étiquette est illisible. Il faut envoyer quelqu'un la chercher dans la zone de déchargement.

— Oh ! Bon, d'accord.

— Le plus tôt sera le mieux.

— Bien.

Le type a raccroché. « Bourru », en effet.

Comme la reine attendait que je lui dise qui avait appelé, je lui ai transmis le message. Elle a semblé aussi perplexe que moi, pendant une fraction de seconde.

— Plus tard, a-t-elle tranché avec dédain.

Entre-temps, les yeux du roi du Texas s'étaient rivés sur moi. De vrais rayons lasers. Je lui ai adressé un petit signe de tête en espérant que c'était la réponse appropriée. Apparemment oui. J'aurais dû étudier le protocole avec André, avant que la reine ne commence à avoir de la visite. Mais, pour être tout à fait honnête, je m'étais dit que personne ne viendrait frapper à sa porte, encore moins un type aussi puissant que Stan Davis. C'était probablement de bon augure pour elle. Mais peut-être que c'était aussi une façon subtile de l'humilier. Avec les vampires, tout était possible… Je n'allais certainement pas tarder à le savoir, de toute façon.

Au même moment, j'ai senti l'esprit de Barry chatouiller le mien.

Elle est cool, comme boss ? m'a-t-il demandé.

Je ne lui rends service que ponctuellement. J'ai toujours un job de jour.

Il m'a regardée, manifestement étonné.

Tu plaisantes ? Tu pourrais t'en mettre plein les poches, en Ohio ou dans l'Illinois ! Là-bas, il y a vraiment du fric à se faire.

J'ai haussé les épaules.

J'aime bien mon bled.

Puis nous avons pris conscience que nos employeurs respectifs suivaient cet échange silencieux. Nos visages devaient changer d'expression, comme pendant une discussion ordinaire. Sauf que celle-ci s'était déroulée dans le silence le plus complet.

— Pardon, ai-je murmuré, confuse. Je ne voulais pas me montrer impolie. Mais je n'ai pas très souvent l'occasion de rencontrer des gens comme moi, et c'est vraiment une fête pour moi de communiquer avec un autre télépathe. Je vous prie de m'excuser.

— Je pouvais presque vous entendre ! s'est extasiée la reine. Barry vous est-il réellement utile, Stan ? a-t-elle demandé à son visiteur.

Sophie-Anne pouvait s'entretenir mentalement avec les vampires qu'elle avait créés. Mais c'était une faculté aussi rare chez les vampires que chez les humains, semblait-il.

— Très utile, lui a confirmé Stan. Le jour où votre chère Sookie a porté son existence à mon attention est vraiment à marquer d'une pierre blanche. Barry sait quand les humains mentent. Il connaît leurs véritables intentions. C'est un atout majeur.

J'ai lorgné vers Barry. Lui arrivait-il de se considérer comme un traître envers l'espèce humaine ou estimait-il qu'en bon fournisseur, il ne faisait que répondre à la demande ? Nos regards se sont croisés. Bien sûr qu'il avait des états d'âme, sous ses airs imperturbables, à l'idée de servir un vampire, de révéler les secrets des humains à son employeur. Il m'arrivait, à moi aussi, d'avoir ce genre de scrupules, de temps à autre.

— Mmm... Sookie ne travaille pour moi que très occasionnellement, a déclaré Sophie-Anne en m'observant.

Si j'avais dû qualifier l'expression de son visage lisse, j'aurais dit qu'elle paraissait songeuse. Quant à André, il avait manifestement quelque chose derrière sa jolie petite tête d'ado bon teint. J'allais devoir m'en méfier. Il n'était pas seulement songeur, lui. Il était... intéressé... séduit même, disons, faute d'un mot plus approprié.

— C'est Bill qui l'avait amenée à Dallas, lui a fait observer Stan, avec peut-être une petite pointe d'interrogation dans la voix.

— Il était son protecteur, à l'époque, a précisé Sophie-Anne.

Silence dans la salle.

Barry a coulé vers moi un regard... intéressé, lui aussi, mais dans un tout autre registre. Je lui ai lancé un regard très clair : « dans tes rêves ! ». Mais pour dire vrai, je lui aurais volontiers sauté au cou pour m'avoir distraite de ce silence assourdissant.

— Avez-vous encore besoin de nous, dans la mesure où il n'y a pas d'autres humains ? ai-je demandé. Lire dans nos pensées respectives risque de ne pas être très productif.

Pour une fois, Joseph Velasquez n'a pu s'empêcher de sourire.

Après avoir marqué un temps de réflexion, Sophie-Anne a hoché la tête, vite imitée par Stan. La reine Sophie et le roi Stan, me suis-je rappelé. Barry s'est incliné avec une élégance de courtisan confirmé, et j'ai eu envie de lui tirer la langue. J'ai fait une sorte de courbette et j'ai filé sans demander mon reste.

Sigebert nous a dévisagés en fronçant les sourcils.

— La reine, plus besoin de vous ?

— Pas pour le moment. Ce truc-là vibrera si elle a besoin de moi, ai-je ajouté pour le rassurer, en tapotant le pager qu'André m'avait remis à la dernière minute.

Sigebert a reluqué l'appareil d'un œil méfiant.

— Je pense, ce serait mieux si vous restez ici, a-t-il insisté.

— La reine dit que je peux partir, elle, lui ai-je rétorqué.

Sans plus attendre, j'ai foncé vers les ascenseurs, Barry sur les talons. Nous sommes descendus dans le hall et nous sommes mis en quête d'un coin tranquille où personne ne pourrait nous tomber dessus.

Je n'avais jamais discuté avec quelqu'un uniquement par la pensée, et Barry non plus, si bien que nous avons joué à ce petit jeu-là un bon moment : Barry devait me raconter sa vie, pendant que je tentais de bloquer toutes les autres pensées parasites autour de moi. Ensuite, je devais essayer de l'écouter, tout en captant les autres pensées alentour.

C'était vraiment amusant, en fait.

Barry s'est révélé meilleur que moi pour trouver qui pensait quoi, dans la masse de gens en perpétuel mouvement. Mais j'étais un peu plus douée que lui pour discerner les nuances et les détails, souvent difficiles à percevoir dans les pensées. Mais nous nous recoupions sur un certain nombre de choses : quand nous voulions détecter les meilleurs « émetteurs » présents, nous tombions d'accord. Autrement dit, la qualité de notre « réception » était la même. Il me montrait quelqu'un (par exemple Carla, qui se trouvait là), et nous lisions tous les deux dans ses pensées. Ensuite, chacun lui donnait une note de un à cinq – cinq correspondant aux émetteurs les plus forts et les plus clairs. Carla, à l'unanimité, a eu un trois. Nous avons noté d'autres personnes, et il s'est trouvé que nous étions presque toujours du même avis.

C'était absolument fascinant.

Et si on essayait en se touchant, lui ai-je suggéré.

Il n'a même pas ricané. Il était totalement absorbé par nos découvertes, lui aussi. Sans plus de cérémonie, il m'a pris la main, et nous avons regardé tous les deux dans des directions pratiquement opposées.

Les voix nous parvenaient si nettement que c'était comme tenir une conversation à plein volume avec tous les gens présents dans le hall à la fois, comme monter le son sur un DVD avec les basses et les aigus parfaitement balancés. C'était terriblement exaltant et merveilleusement effrayant. Alors que je tournais le dos à la réception, j'ai clairement entendu une femme s'enquérir de l'arrivée des vampires de Louisiane. J'ai surpris ma propre image dans l'esprit du réceptionniste, lequel était manifestement ravi à l'idée du sale tour qu'il allait me jouer.

Des ennuis en perspective, m'a avertie Barry.

Je me suis retournée. Une vampire châtain clair aux cheveux raides fonçait droit sur moi, et elle n'avait pas l'air commode. Ses yeux noisette flamboyaient. Elle était mince comme un fil et mauvaise comme une teigne.

— Enfin ! Quelqu'un de la délégation de Louisiane ! s'est-elle écriée. Les autres se cachent ? Dites à votre sale pute de reine que je vais la coincer. Elle a tué mon roi et elle ne s'en tirera pas comme ça ! J'aurai sa peau. Elle finira un pieu dans le cœur, et je la laisserai griller au soleil sur le toit même de cet hôtel !

Elle m'a tellement énervée que je lui ai dit la première chose qui me passait par la tête.

— Oh ! Le cinéma, avec moi, ce n'est pas la peine ! lui ai-je lancé. Et au fait, vous êtes qui, vous ?

Ce ne pouvait être que Jennifer Cater, forcément. Je lui aurais bien dit que son roi avait été en dessous de tout, mais je trouvais que ma tête était bien là où elle était, et comme il n'aurait manifestement pas fallu la pousser beaucoup…

Elle savait vous fusiller du regard, je devais lui reconnaître ça.

— Je vous saignerai à blanc, a-t-elle rétorqué, hargneuse.

À ce stade de la conversation, nous commencions déjà à attirer pas mal l'attention.

— Hou la la ! ai-je raillé, exaspérée au point d'oublier toute prudence. C'est fou ce que j'ai peur. Je suis sûre que les autorités seraient ravies d'entendre ça. Corrigez-moi si je me trompe, mais est-ce que… Attendez ! Mais oui ! La loi n'interdit-elle pas aux vampires de menacer les humains de mort, ou est-ce que j'ai mal lu ?

— La loi des humains ? Pff ! Je m'en fiche comme de ma première chemise !

Mais, déjà, la fureur dans ses yeux s'éteignait un peu. Elle venait de se rendre compte que tout le hall de l'hôtel écoutait notre aimable entretien et qu'il s'y trouvait pas mal d'humains et sans doute quelques vampires qui n'auraient été que trop heureux de la voir débarrasser le plancher.

— Sophie-Anne Leclerq sera jugée selon la loi de notre peuple, a-t-elle lancé en guise de flèche du Parthe. Et elle sera jugée coupable. Je garderai l'Arkansas et j'en ferai un grand État.

— Ce serait une première ! lui ai-je répliqué.

À juste titre, d'ailleurs : l'Arkansas, la Louisiane et le Mississippi se blottissaient les uns contre les autres, comme les parents pauvres qu'ils étaient, et se refilaient à tour de rôle le bonnet d'âne dans presque tous les domaines : seuil de pauvreté, grossesses chez les mineures, morts par cancer, illettrisme…

Jennifer a tourné les talons et vidé les lieux au pas de charge. Elle ne semblait pas avoir l'intention d'y revenir. Elle était déterminée et brutale, mais Sophie-Anne n'aurait aucun mal à déjouer tous ses tours, à mon avis. Si j'avais dû parier, c'est sur la Française que j'aurais misé. J'étais sûre que c'était le bon cheval.

Barry et moi avons eu un haussement d'épaules fataliste. L'incident était clos. Nous nous sommes repris la main.

Encore des ennuis, m'a annoncé Barry, l'air résigné.

J'ai orienté mon esprit dans la direction que ses pensées avaient prise. J'ai alors entendu un tigre-garou très, très pressé qui se dirigeait vers nous à grands pas. J'ai lâché la main de Barry et j'ai pivoté d'un bloc, les bras tendus, tournant déjà vers Quinn un visage rayonnant.

— Quinn !

D'abord incertain, il a marqué un temps d'arrêt. Puis, brusquement, il m'a fait virevolter dans ses bras. Je l'ai serré contre moi de toutes mes forces, et il m'a rendu mon étreinte avec tant d'enthousiasme que j'ai cru entendre mes côtes craquer. Ensuite, il m'a embrassée, et j'ai dû en appeler à tout mon *self-control* pour rester dans les limites de la bienséance.

Ce n'est que lorsque nous nous sommes séparés pour reprendre notre souffle que je me suis souvenue de la présence de Barry. Planté à quelques pas de là, le malheureux paraissait ne plus savoir sur quel pied danser.

Assez gênée, je me suis empressée de faire les présentations.

— Quinn, voici Barry, dit Barry Bellboy, le seul autre télépathe que je connaisse. Il travaille pour Stan Davis, le roi du Texas.

Quinn a tendu la main à Barry qui, je m'en suis rendu compte tout à coup, était cent fois plus gêné que moi. Et pour cause : nous avions diffusé nos émotions de façon, disons, très visuelle. J'ai senti le rouge me monter aux joues. Le mieux était encore de prétendre n'avoir rien remarqué. C'est donc ce que j'ai fait. Mais j'avais du mal à réprimer mon sourire, et Barry avait une petite étincelle dans les yeux qui ne trompait pas.

— Ravi de vous connaître, Barry, a grondé Quinn.

— C'est vous le responsable de l'organisation des manifestations ? lui a aussitôt demandé Barry.

— Moi-même.

— J'ai entendu parler de vous : Gladiator. Vous vous êtes taillé une sacrée réputation chez les vamp's, mec.

J'ai penché la tête sur le côté. Il y avait un truc qui m'échappait, là.

— Gladiator ?

Quinn s'était rembruni. Sa bouche n'était plus qu'un trait.

— Je t'expliquerai ça plus tard.

Barry me regardait. Il avait l'air abasourdi. Puis il a dévisagé Quinn et s'est rembruni, lui aussi. J'ai même été surprise de lui voir un regard aussi dur, une expression aussi farouche.

— Il ne t'a rien dit ? s'est-il étonné, avant de lire la réponse directement dans mes pensées. Hé, mec ! Ça ne se fait pas, ça, a-t-il lancé à Quinn. Elle devrait savoir.

— Je lui en parlerai bientôt, a grogné Quinn.

— Bientôt ? Genre maintenant ?

Mais, au même moment, une femme a traversé le hall dans notre direction. C'était la femme la plus terrifiante que j'aie jamais vue – et, des terrifiantes, j'en avais déjà vu un certain nombre. La tête couronnée de petites boucles serrées d'un noir de jais, elle faisait sans doute près d'un mètre quatre-vingts et portait, sous le bras, un casque assorti à son armure. D'un noir mat, cette dernière tenait de la tenue de receveur de baseball, mais version haute couture : protège-poitrine, protège-cuisses, protège-tibias, le tout additionné de poignets de force en épais cuir renforcé recouvrant tout l'avant-bras. Elle était aussi chaussée de lourdes bottes et armée d'une épée, d'un pistolet et d'une petite arbalète, bien rangés dans leurs étuis respectifs.

J'en suis restée bouche bée.

— Vous êtes le dénommé Quinn ? a-t-elle demandé en s'arrêtant à un mètre de nous.

Elle avait un fort accent que je ne parvenais pas à identifier.

— C'est moi, oui, a calmement répondu l'intéressé.

Il ne semblait pas particulièrement perturbé par l'arrivée de cette femme fatale, au sens propre du terme.

— Je suis Batanya. Vous êtes donc la personne en charge des manifestations événementielles. Cela comprend-il la sécurité ? Je voudrais vous parler des besoins spécifiques de mon client.

— Je pensais que c'était justement votre boulot, la sécurité, lui a rétorqué Quinn.

Batanya a souri – ce qui m'a glacé le sang.

— Oh, oui ! C'est mon boulot. Mais il me serait plus facile de le protéger si…

Quinn l'a interrompue.

— Je ne m'occupe que des cérémonies et du protocole.

— Très bien, a-t-elle répondu, son accent donnant à cette simple formule quelque chose d'éminemment menaçant. Alors, à qui dois-je m'adresser ?

— À un type qui s'appelle Todd Donati. Son bureau se trouve dans la partie réservée au personnel, derrière la réception. Un des employés vous l'indiquera.

— Excusez-moi… ai-je fait.

— Oui ?

Elle m'a regardée du haut de son long nez droit comme un *i*. Mais elle ne semblait ni hostile ni dédaigneuse, juste préoccupée.

— Je suis Sookie Stackhouse, ai-je enchaîné. Pour qui travaillez-vous, mademoiselle Batanya ?

— Le roi du Kentucky. Il m'a fait venir ici à grands frais. C'est d'autant plus dommage que je ne puisse pas l'empêcher de se faire tuer, dans l'état actuel des choses.

Cette dernière remarque m'a surprise et alarmée.

— Euh… qu'est-ce que vous entendez par là, exactement ?

Elle semblait sur le point de me l'expliquer quand nous avons été interrompues.

— Batanya !

Un jeune vampire se précipitait vers nous, sa coupe en brosse et son look noir style gothique soudain risibles, à côté de la formidable amazone.

— Le maître vous demande, lui a-t-il annoncé, revêche.

— J'arrive, lui a répondu Batanya. Je sais où est ma place. Mais je tenais à m'élever contre la façon dont cet hôtel me complique la tâche.

— Pour vous plaindre, prenez sur votre temps libre, lui a rétorqué le petit jeune, cassant.

Batanya lui a décoché un regard que j'ai trouvé purement terrifiant. Puis elle s'est inclinée devant chacun de nous.

— Mademoiselle Stackhouse, m'a-t-elle saluée, en me serrant la main.

J'ignorais jusqu'alors qu'on pouvait dire d'une main qu'elle était athlétique.

— Monsieur Quinn.

Elle a également serré la main de Quinn, mais Barry n'a eu droit qu'à un simple hochement de tête, puisqu'il ne s'était pas présenté.

— Je vais contacter le Todd Donati en question. Désolée de vous avoir ennuyés avec mes histoires, alors que vous n'y êtes pour rien.

— Waouh ! ai-je soufflé en la suivant des yeux.

Le cuir de sa combinaison la moulait comme une seconde peau, à tel point qu'on voyait chacune de ses fesses se contracter et se relâcher alternativement. Une véritable leçon d'anatomie. La demoiselle avait du muscle dans le pantalon.

— Elle vient de quelle galaxie ? a demandé Barry d'une voix lointaine, comme en transe.

— Pas galaxie, a corrigé Quinn. Dimension. C'est une britlingan.

Barry et moi nous sommes tournés vers lui, interrogateurs, attendant la suite de la leçon.

— C'est un garde du corps. Un garde du corps d'élite, nous a-t-il expliqué. Il n'y en a pas de meilleurs que les britlingans. Mais il faut être immensément riche pour louer les services d'une sorcière assez puissante pour les invoquer. Et la sorcière doit encore négocier les termes de la transaction avec leur guilde. Et, quand ils ont rempli leur mission, elle doit les renvoyer d'où ils viennent. On ne peut pas les laisser ici. Leurs principes sont à des années-lumière des nôtres.

— Tu veux dire que le roi du Kentucky a claqué une fortune pour faire venir cette… femme dans notre… dimension ?

J'avais entendu un tas de choses hallucinantes, au cours de ces deux dernières années, mais là, c'était le bouquet.

— C'est un ultime recours. Je me demande bien ce qui lui fait si peur. Le Kentucky ne roule pas vraiment sur l'or.

— Peut-être qu'il a misé sur le bon cheval… ai-je répondu pensivement, en songeant que j'avais également une souveraine à protéger. Bon, Quinn, il faut que je te parle.

— Écoute, bébé, il faut que je retourne bosser, m'a-t-il rétorqué d'un ton d'excuse, avant de fusiller Barry du regard. Je sais que nous avons à parler, tous les deux, mais j'ai des jurés à dénicher pour le procès et un mariage à organiser. Les négociations entre le roi de l'Indiana et le roi du Mississippi ont finalement abouti, et ils veulent profiter de ce que tout le monde est là pour convoler en justes noces.

— Russell se marie !

Je n'ai pas pu m'empêcher de sourire. Qui allait porter la culotte dans le nouveau couple ? Peut-être les deux, finalement.

— Oui, mais garde ça pour toi. Ils ne l'annonceront officiellement que ce soir.

— Bon, alors, c'est pour quand, cette discussion ?

— Je passerai te voir quand les vampires dormiront. Tu as quel numéro de chambre ?

— Je suis avec une autre fille.

Mais je lui ai donné le numéro quand même.

— Si elle est là, on se débrouillera. On trouvera un autre endroit, m'a-t-il assuré, en jetant un coup d'œil à sa montre. Écoute, bébé, ne t'inquiète pas. Tout va très bien.

Parce que j'aurais dû m'inquiéter ? Du coup, je me suis demandé de quoi. Je me suis demandé aussi où se trouvait cette mystérieuse dimension et s'il était vraiment si difficile de faire venir des gardes du corps de là-bas. Je me suis demandé pourquoi le roi du Kentucky avait dépensé tant d'argent. Non que Batanya n'en vaille pas la peine, mais il fallait avoir une peur bleue pour en arriver là. Que craignait-il donc ? Ou qui ?

J'ai soudain senti ma taille vibrer : j'étais de nouveau convoquée dans la suite de Sa Majesté. Le pager de Barry s'est déclenché au même moment. Nous nous sommes regardés.

C'est reparti, a-t-il commenté en se dirigeant avec moi vers les ascenseurs. *Au fait, je suis désolé si j'ai semé la pagaille entre toi et Quinn.*

Tu n'en penses pas un mot.

Il a eu la décence de prendre l'air contrit.

J'ai bien peur que non. En fait, je m'étais fait un film. Je m'imaginais déjà comment ce serait, toi et moi. Et puis Quinn a débarqué, et patatras ! Il n'était pas vraiment prévu dans la distribution.

Ah ! Euh...

Pas de panique, Sookie. Ne te casse pas la tête pour trouver quelque chose à dire. C'était juste un fantasme.

Ah !

J'ai été déçu. Mais ce n'était pas une raison pour jouer les trouble-fêtes. Excuse-moi.

Euh... Oh, je suis sûre qu'on va très bien gérer ça, Quinn et moi.

J'ai réussi à garder mon fantasme pour moi, alors ?

J'ai hoché la tête avec conviction.

Tant mieux. C'est déjà ça.

Je lui ai souri.

Chacun son fantasme. Le mien est de découvrir où le roi du Kentucky a trouvé tout ce pognon et qui il a engagé pour faire venir cette femme ici. Est-ce que ce n'est pas la créature la plus terrifiante que tu aies jamais vue ?

Non, m'a répondu Barry, à ma grande surprise. *La créature la plus terrifiante que j'aie jamais vue... Enfin, bref, ce n'était pas Batanya.*

Après cela, il a fermé la porte de communication entre nos deux esprits. Sigebert ouvrait justement celle qui donnait sur la suite de la reine : les choses sérieuses reprenaient.

Après le départ de Barry et compagnie, j'ai vaguement agité la main pour faire comprendre à la reine que j'avais quelque chose à lui dire – si tant est qu'elle veuille bien m'écouter : elle et André étaient en grande conversation, essayant de deviner ce qui avait bien pu pousser Stan à leur rendre cette petite visite si symbolique. Ils se sont interrompus en même temps, comme si j'avais appuyé sur le bouton pause. L'effet était saisissant. Ils avaient la tête penchée du même côté, se tenaient exactement dans la même attitude et, avec leur extrême pâleur et leur parfaite immobilité, ils semblaient avoir été changés en statues de marbre blanc. *Nymphe et Satyre au repos*, ou quelque chose d'approchant.

— Vous savez ce que sont les britel… britlingans ? leur ai-je demandé, butant sur le mot étranger.

La reine a opiné du bonnet. André s'est contenté d'attendre la suite.

— Je viens d'en voir une.

La reine s'est brusquement redressée.

— Qui s'est donné les moyens de se payer une britlingan ? s'est interrogé André.

J'ai éclairé sa lanterne. À la fin de mon récit, la reine a paru… Eh bien, difficile à dire. Un peu inquiète, peut-être ? Intriguée ?

— Jamais je n'aurais cru que ça me serait aussi utile, d'avoir une humaine à mon service, s'est-elle félicitée, s'adressant à André. Les autres humains parlent sans réserve devant elle, et même les britlingans ne se méfient pas.

Un tantinet jaloux, André ? Ce n'était pas impossible, si j'en croyais son expression.

J'ai préféré tempérer l'enthousiasme royal.

— Vous savez, je n'ai aucun contrôle sur quoi que ce soit. Je peux juste vous rapporter ce que j'ai entendu, et ça n'a rien de top secret.

— Où Kentucky a-t-il trouvé l'argent ? a marmonné André.

La reine a secoué la tête : elle n'en avait pas la moindre idée, et ça n'avait pas l'air de la préoccuper outre mesure.

— Avez-vous vu Jennifer Cater ? m'a-t-elle alors demandé.

— Oui, madame.

— Que vous a-t-elle dit ? s'est enquis à son tour André.

— Elle a dit qu'elle me saignerait à blanc et qu'elle veillerait à ce que Sa Majesté finisse avec un pieu dans le cœur, sur le toit de cet hôtel, en plein jour.

Il y a eu un silence.

— Qu'elle est bête, a finalement murmuré Sophie-Anne. Quelle était cette expression qu'utilisait toujours Chester ? Ah, oui ! Attraper la grosse tête. C'est exactement ce qui arrive à cette pauvre Jennifer. Et si je lui envoyais un messager ? Je me demande si elle accepterait de le recevoir...

André et sa voisine se sont regardés un long moment en silence. J'en ai déduit qu'ils s'accordaient un petit entretien télépathique de leur cru.

— J'imagine qu'elle occupe la suite qu'Arkansas avait réservée...

Sa Majesté réfléchissait à haute voix.

André a aussitôt décroché le téléphone pour s'en assurer auprès de la réception. Ce n'était pas la première fois que j'entendais appeler un roi ou une reine par le nom de l'État sur lequel ils régnaient, mais cela semblait quand même une façon très impersonnelle de parler de son époux décédé, si violente qu'ait pu être la manière dont le mariage s'était terminé.

— Oui, a-t-il confirmé, renseignement pris.

— Peut-être devrions-nous lui rendre visite ? a alors suggéré la reine.

Elle a recommencé son dialogue silencieux avec André. Cela devait faire à peu près le même effet aux autres, quand on nous regardait, Barry et moi.

— Elle nous laissera entrer, assurément. Je ne doute pas qu'elle ait quelques petites choses à me dire en particulier.

Sophie-Anne a alors pris le téléphone. Mais elle a soulevé le combiné comme si c'était un geste qu'elle n'avait pas l'habitude de faire. Et elle a composé elle-même le numéro : un événement, probablement.

— Jennifer ? a-t-elle chantonné de son ton le plus avenant.

Puis elle a écouté un torrent d'invectives. Je ne l'entendais pas très clairement, mais Jennifer ne semblait pas de meilleure humeur que lorsque je l'avais vue dans le hall.

— Jennifer, nous avons à parler.

La reine redoublait d'amabilité, mais son ton s'était fait beaucoup plus autoritaire. Il y a eu un blanc à l'autre bout du fil.

— Il reste encore de la place pour la discussion ou la négociation, Jennifer, a assuré Sophie-Anne. De mon côté, du moins. Et du vôtre ?

Il m'a semblé percevoir la voix de la harpie.

— Parfait. C'est merveilleux, Jennifer. Nous descendons.

Après avoir raccroché, la reine a gardé un moment le silence.

À mon avis, il n'était pas très judicieux de sa part d'aller voir Jennifer Cater, alors même que celle-ci lui faisait un procès et l'accusait du meurtre de Peter Threadgill. Mais André a approuvé d'un hochement de tête.

Sophie-Anne ayant conclu cet accord avec son ennemie, je pensais que nous allions nous rendre directement dans la suite de la délégation de l'Arkansas. Cependant, la reine n'était peut-être pas aussi sûre d'elle qu'elle avait bien voulu le laisser croire. Elle semblait chercher à retarder l'épreuve de force : elle s'est pomponnée, a changé de chaussures, a passé toute sa chambre au peigne fin à la recherche de sa clé magnétique, et ainsi de suite. Ensuite, elle a reçu un appel au sujet des dépenses de *room service* que les humains de sa délégation étaient autorisés à mettre sur son compte. Résultat : il s'est passé un bon quart d'heure avant que nous ne quittions la suite. Sigebert, qui refermait la porte de l'escalier de service derrière lui quand nous sommes sortis, a rejoint André devant l'ascenseur.

Jennifer Cater et sa délégation étaient au septième. Personne ne gardait la porte de leur suite : j'imagine que Jennifer ne se payait pas un garde du corps perso. C'est André qui s'est chargé de frapper, pendant que Sophie-Anne se redressait, se préparant à la confrontation. Sigebert se tenait en retrait. J'ai essayé de ne pas tressaillir en voyant le sourire édenté qu'il m'adressait.

La porte a tourné silencieusement sur ses gonds. Il faisait noir à l'intérieur de la suite.

L'odeur qui en émanait était caractéristique : impossible de s'y tromper.

— Eh bien, a lâché la reine d'un ton vif, Jennifer est morte.

Chapitre 10

— Allez voir, m'a ordonné la reine.

— Quoi ? Mais vous êtes tous beaucoup plus forts que moi ! Et vous n'êtes pas morts de trouille, vous !

— Et nous sommes aussi ceux que Jennifer a assignés en justice, m'a fait sèchement remarquer André. Nous ne devons laisser aucune empreinte, pas même olfactive. Sigebert, va voir.

Sigebert s'est avancé dans l'obscurité.

Une des portes de l'étage s'est soudain ouverte, et Batanya est apparue dans le couloir.

— Il y a une odeur de mort, ici, a-t-elle constaté. Que s'est-il passé ?

— On est venu rendre une petite visite de courtoisie, lui ai-je expliqué. Mais la porte était déjà ouverte. Il y a quelque chose d'anormal.

— Vous ne savez pas quoi ?

— Non. Sigebert est parti voir. On attend.

— Je vais appeler mon bras droit. Je ne peux pas laisser la porte de Kentucky sans protection, nous a-t-elle expliqué, avant de se retourner. Clovache !

C'est du moins ce que j'ai entendu.

Une sorte de Batanya junior a fait son apparition – même armure, mais quelques tailles en dessous, plus jeune, moins terrifiante, mais... encore terriblement impressionnante.

— Reconnaissance du terrain, lui a ordonné Batanya, en désignant la suite de Jennifer Cater.

Sans poser de question, Clovache a dégainé son épée et s'est introduite dans la pièce, tel un cauchemar silencieux. Dans le couloir, tout le monde retenait son souffle – enfin, moi, en tout cas. Les vampires n'ont pas de souffle à retenir, et Batanya semblait d'un calme olympien. Glaive au poing, elle avait pris position entre les deux portes pour pouvoir surveiller à la fois celle, ouverte, de Jennifer Cater et celle, fermée, du roi du Kentucky.

Le visage de la reine semblait presque tendu – à moins qu'elle ne fût simplement impatiente. Enfin, elle était un peu moins impassible que d'habitude. Sigebert est ressorti et a secoué la tête en silence. Clovache s'est ensuite encadrée dans la porte.

— Aucun survivant, a-t-elle annoncé à Batanya.

Celle-ci paraissait attendre la suite.

— Décapités. La femme était en... mmm... six morceaux, a dûment précisé Clovache, après un rapide calcul.

— Mauvaise nouvelle, a commenté la reine, juste au moment où André disait : Bonne nouvelle !

Ils ont échangé un regard excédé.

— Des humains ? ai-je demandé d'une toute petite voix.

Je n'avais aucune envie de me faire remarquer. Mais il fallait que je sache.

— Non, que des vampires, m'a répondu Clovache, après avoir reçu l'aval de Batanya : un hochement de tête martial. J'en ai dénombré trois. Mais ils se désagrègent rapidement.

— Rentre et appelle ce Todd Donati, lui a alors ordonné Batanya.

Clovache est retournée dans la suite du Kentucky pour passer le coup de fil demandé, lequel a eu l'effet d'un électrochoc : en moins de cinq minutes, les ascenseurs ont déversé une foule d'individus d'espèce et d'apparence variées.

Un homme, vêtu d'une veste bordeaux avec « Sécurité » brodé sur la poche poitrine, semblait vouloir prendre les choses en main : Todd Donati, probablement. Donati avait été policier, mais il avait quitté les forces de l'ordre parce qu'il y avait beaucoup d'argent à gagner en offrant ses services aux vampires – ce qui ne voulait pas dire qu'il les aimait. Pour le moment, Donati était en colère. Il était furieux que les ennuis commencent si tôt, avant même le début du sommet ; des ennuis qui allaient lui demander plus de boulot qu'il ne pouvait en assumer. Donati était atteint d'un cancer. Ça, je le lisais nettement dans son esprit. Il voulait travailler aussi longtemps qu'il le pourrait pour que sa famille ait de quoi vivre après sa disparition, et il pestait contre le stress et les efforts que cette enquête allait lui demander, l'énergie qu'elle allait lui pomper. Mais il était fermement résolu à faire son boulot. Et jusqu'au bout.

J'ai reconnu son patron dès son arrivée. Quelques mois auparavant, le directeur du *Pyramid of Gizeh* avait fait la couverture de *V.I.P.* (*Vampire International Press*, une sorte de *People* version vampire). Christian Baruch était né en Suisse et avait fait une brillante carrière dans l'hôtellerie, en tant que manager et designer des plus prestigieux établissements de toute l'Europe de l'Ouest. Lorsqu'il avait dit à un vampire dans sa partie que, s'il « passait de l'autre côté » (non seulement de la vie, mais aussi de l'Atlantique), il saurait créer une chaîne d'hôtels magnifiques et extrêmement rentables au profit d'un consortium de vampires, il avait été immédiatement exaucé. À tous les niveaux.

Maintenant, Christian Baruch pouvait profiter d'une vie éternelle (s'il évitait consciencieusement les objets de bois pointus), et le syndicat des hôtels à vampires ramassait la monnaie, et à la pelle. Cependant, il n'était ni agent de sécurité, ni expert juridique, ni policier. Certes, il savait comme personne refaire la décoration d'un palace et dire à l'architecte combien de suites doter d'une kitchenette, d'une salle de fitness ou d'un jacuzzi, mais en quoi pouvait-il se montrer utile dans une telle situation ? Son larbin humain le regardait avec aigreur. Baruch portait un costume qui, même pour une fille comme moi qui n'y connaissait rien, semblait le *nec plus ultra* du genre et lui avait, à coup sûr, coûté les yeux de la tête.

J'avais été repoussée par la foule contre le mur du couloir. Juste à côté de la porte de la suite du Kentucky, ai-je réalisé tout à coup. Elle ne s'était pas rouverte. Les deux britlingans allaient avoir fort à faire pour veiller à la sécurité de leur client avec le monde qui se pressait dans le secteur.

— Vous croyez vraiment que c'est une bonne idée de laisser tous ces gens se regrouper ici ? ai-je demandé à une femme en uniforme qui se trouvait près de moi (le même modèle que l'ex-policier, la cravate en moins).

Non que j'aie voulu lui apprendre son métier, mais, bon sang ! Elle ne regardait donc jamais *Les Experts* ?

Madame Sécurité m'a jeté un regard noir.

— Qu'est-ce que vous faites ici, vous ? m'a-t-elle rétorqué, comme si là était la question.

— Je suis ici parce que j'étais avec ceux qui ont découvert les corps.

— Eh bien, vous feriez mieux de vous taire et de nous laisser travailler, m'a-t-elle craché d'un ton dédaigneux.

— Travailler ? Vous n'avez pourtant pas l'air de faire grand-chose.

OK. Peut-être que je n'aurais pas dû dire ça. Mais c'était vrai qu'elle ne faisait strictement rien. À mon avis, elle aurait au moins dû…

C'est à ce moment-là qu'elle m'a plaquée contre le mur et m'a passé les menottes. J'ai laissé échapper un couinement de surprise.

— Ce n'est pas vraiment à ça que je pensais, lui ai-je fait remarquer – avec quelque difficulté, puisque mon visage était écrasé contre la porte de la suite.

Un grand silence s'est installé derrière nous.

— Chef, j'ai là une femme qui trouble l'ordre public, a précisé Madame Sécurité.

Le bordeaux ne lui allait pas du tout, soit dit en passant.

— Landry, qu'est-ce que vous êtes en train de faire exactement ? a demandé une voix masculine, de ce ton excessivement raisonnable qu'on prend avec un enfant irrationnel.

— Elle me disait ce que je devais faire, a répondu Madame Sécurité.

Déjà, la baudruche se dégonflait.

— Et qu'est-ce qu'elle vous disait de faire, Landry ?

— Elle se demandait ce que toutes ces personnes fabriquaient ici, monsieur.

— N'est-ce pas une question pertinente, Landry ?

— Monsieur ?

— Ne croyez-vous pas qu'on devrait faire circuler une bonne partie de ces personnes ?

— Si, monsieur. Mais elle a dit qu'elle était là parce qu'elle se trouvait avec ceux qui ont découvert les corps.

— Dans ce cas, il ne faut pas qu'elle parte.

— Non, monsieur.

— Essayait-elle de s'enfuir, Landry ?

— Non, monsieur.

— Vous l'avez pourtant menottée.

— Euh…

— Enlevez-lui tout de suite ces fichues menottes, Landry ! a finalement rugi Donati.

— Bien, monsieur.

La baudruche n'était plus qu'une crêpe aplatie.

À mon grand soulagement, j'ai été libérée, ce qui m'a permis de me retourner. J'étais dans une telle colère que j'aurais bien aplati Landry contre le mur à son tour. Comme je risquais toutefois de me retrouver de nouveau menottée pour ma peine, je me suis retenue. Sophie-Anne et André se sont frayé un chemin dans la foule. En fait, c'était plutôt la foule qui s'ouvrait devant eux. Vampires autant qu'humains, tous estimaient prudent de s'écarter devant la reine de Louisiane et son garde du corps attitré.

Sophie-Anne a jeté un coup d'œil à mes poignets, a constaté qu'ils n'étaient même pas éraflés et en a donc fort justement déduit que c'était surtout mon orgueil qui avait été blessé.

— Cette femme est à mon service, a-t-elle posément déclaré, s'adressant apparemment à Landry, mais parlant assez fort pour que tout le monde l'entende. Lui porter atteinte, que ce soit moralement ou physiquement, c'est porter atteinte à ma personne.

Landry n'avait pas la moindre idée de l'identité de Sophie-Anne, mais elle savait tout de même reconnaître un danger quand elle en voyait un. Et André était tout aussi terrifiant que Sa Majesté. Je pense bien qu'ils étaient les deux adolescents les plus effrayants que la Terre ait jamais portés.

— Oui, Madame. Landry lui fera des excuses par écrit, a promis Todd Donati d'une voix posée. Maintenant, pouvez-vous me dire ce qui s'est passé ?

La foule s'était tue, attentive. J'ai cherché Batanya et Clovache des yeux, mais je ne les ai vues nulle part.

— Vous êtes le chef de la sécurité ? a tout à coup demandé André d'une voix étonnamment forte.

Sophie-Anne en a profité pour se pencher vers moi et me chuchoter à l'oreille :

— Ne mentionnez pas les britlingans.

— Oui, monsieur, a répondu l'ex-policier en lissant sa moustache. Je suis Todd Donati. Et voici mon supérieur, M. Christian Baruch.

— Je me présente : André Paul. Et voici Sa Majesté, Sophie-Anne Leclerq, reine de Louisiane. Cette jeune femme est notre employée : Sookie Stackhouse.

Puis André s'est tu, attendant la suite des opérations.

Christian Baruch m'a totalement ignorée. Mais il a adressé à Sophie-Anne un regard de carnivore planté devant une côte de bœuf.

— Votre présence dans cet hôtel nous honore, a-t-il murmuré, ce qui m'a permis d'entrevoir ses crocs.

Il avait une très forte mâchoire. Il était très grand et très brun aussi. Mais il avait de petits yeux, des yeux d'un gris polaire.

Sophie-Anne n'a pas relevé le compliment. Elle a cependant froncé les sourcils une fraction de seconde. Montrer les dents n'était pas la manière la plus subtile de dire : « Vous me plaisez. » Un ange est passé. Après ce silence, bref mais si pesant qu'il m'a paru durer un siècle, j'ai lancé :

— Vous allez appeler la police ou quoi ?

— Je pense qu'il nous faut réfléchir à ce que nous allons leur dire, a répondu Baruch, d'une voix lisse et sophistiquée qui ridiculisait mon accent de pauvre provinciale du Sud rural. Monsieur Donati, voudriez-vous aller voir ce qu'il y a dans cette suite ?

Todd Donati s'est à son tour frayé un chemin à travers la foule – à coups d'épaules, quant à lui. Sigebert, qui avait pris son poste de vigile devant la porte ouverte, s'est effacé pour le laisser passer. Le colosse saxon est ensuite venu reprendre sa place auprès de sa souveraine avec un soulagement manifeste.

Pendant que Donati examinait ce qui restait de la délégation de l'Arkansas, Christian Baruch s'est tourné vers les spectateurs.

— Combien d'entre vous sont venus ici après avoir appris qu'il s'était passé quelque chose ?

Une quinzaine de personnes ont levé la main ou simplement hoché la tête.

— Auriez-vous l'amabilité de vous rendre au *Draft of Blood*[1], au rez-de-chaussée, où nos serveurs vous réserveront un accueil privilégié ?

Les quinze intéressés nous ont rapidement quittés. Baruch connaissait son monde d'assoiffés. Enfin, de vampires assoiffés.

— Combien d'entre vous n'étaient pas présents quand les corps ont été découverts ? a repris Baruch, après le départ du premier groupe.

Tout le monde a levé la main, sauf la reine, André, Sigebert et moi.

— Vous avez toute liberté de retourner à vos occupations, a-t-il déclaré avec amabilité, comme s'il s'agissait d'une invitation et non d'un ordre déguisé.

1. Littéralement « gorgée de sang ».

Les derniers curieux ont obtempéré. Landry a hésité, ce qui lui a valu un regard propre à lui faire dévaler l'escalier de service à toute vitesse.

La partie du couloir devant les ascenseurs semblait beaucoup plus spacieuse, tout à coup.

Donati est ressorti de la suite. Il n'avait pas l'air écœuré, mais il avait néanmoins perdu un peu de sa belle assurance.

— Il n'en reste pas grand-chose, mais il y en a partout. Des... résidus ? J'imagine qu'on peut appeler ça comme ça. Je crois qu'ils étaient trois. Mais l'un d'eux est si... dispersé qu'ils n'étaient peut-être que deux, en fait.

— Quels noms figurent sur le registre ?

Donati a consulté un petit appareil électronique qui tenait dans la paume de sa main.

— Jennifer Cater, de l'Arkansas. Cette suite était occupée par la délégation des vampires de l'Arkansas. Enfin, certains des derniers vampires de l'Arkansas.

Le mot « derniers » avait été légèrement accentué : Donati n'ignorait manifestement rien de l'histoire de la reine de Louisiane.

Christian Baruch a haussé un sourcil broussailleux.

— Je suis au courant. Je connais les miens, Donati.

— Oui, monsieur.

Sophie-Anne aurait-elle délicatement froncé le nez ? Elle devait penser : « Les miens, mon œil ! » Baruch n'était qu'un gamin d'à peine quatre ans, chez les vampires.

— Qui a découvert les corps ? s'est-il enquis.

— Ni la reine ni moi, s'est empressé de répondre André. Nous n'avons pas mis un pied dans cette suite.

— Qui, alors ? a insisté Baruch.

— La porte n'était pas fermée, et l'odeur ne trompait pas. Mais, étant donné la tension actuelle entre Sa Majesté et les vampires de l'Arkansas, nous n'avons pas jugé prudent d'y aller nous-mêmes, a expliqué André. Nous avons envoyé Sigebert, le garde royal.

André avait simplement oublié de mentionner la visite de Clovache. Nous avions donc un point commun, André et moi : nous pratiquions le mensonge par omission. Il se montrait magistral dans cet exercice.

Pendant que les questions se succédaient – sans réponse, pour la plupart, ou sans réponse constructive –, j'ai commencé à m'interroger : le procès de la reine aurait-il lieu, maintenant que sa principale accusatrice était morte ? Et à qui appartenait l'Arkansas, désormais ? Il n'était pas déraisonnable de supposer que le contrat de mariage procurait à la reine certains droits sur les biens de son défunt époux, et Dieu sait que Sophie-Anne avait besoin de toutes les sources de revenus qu'elle pouvait récupérer, après Katrina. Aurait-elle toujours des droits sur l'Arkansas, puisque c'était André qui avait tué Peter ? Je ne m'étais pas vraiment rendu compte de toutes ces épées de Damoclès qui se balançaient au-dessus de sa tête à l'occasion de ce sommet.

Il n'en demeurait pas moins que le problème le plus urgent n'était toujours pas réglé : qui avait tué Jennifer Cater et sa suite ?

Et, question subsidiaire, combien de vampires pouvait-il bien rester en Arkansas, après la bataille rangée de La Nouvelle-Orléans et le massacre qui venait d'avoir lieu ? L'Arkansas n'était déjà pas un très grand État, et il n'était pas densément peuplé.

Je suis revenue sur terre en voyant le regard de Christian Baruch se fixer sur moi.

— Vous êtes l'humaine qui lit dans les pensées ? a-t-il soudain lâché.

Je ne m'y attendais tellement pas que j'ai sursauté.

— Oui, ai-je répondu, laconique.

J'en avais assez de donner du « monsieur » et du « madame » à tout va.

— Avez-vous tué Jennifer Cater ?

Je n'ai pas eu besoin de jouer la stupéfaction.

— Là, vous me surestimez. Vous croyez vraiment que j'aurais pu l'emporter face à trois vampires ? Non, je ne l'ai pas tuée. Elle m'est tombée dessus dans le hall et m'a chauffé les oreilles avec ses salades, mais c'est la première et la dernière fois que je l'ai vue.

Il a eu l'air un peu désarçonné, comme s'il s'attendait à une autre réponse ou, peut-être, à plus d'humilité de la part d'une simple mortelle.

La reine s'est alors avancée pour prendre place à mes côtés, et comme André l'a aussitôt imitée, je me suis bientôt retrouvée encadrée par deux vampires marquant plus d'une dizaine de siècles au compteur. Quelle agréable et réconfortante sensation ! Mais je savais qu'il s'agissait simplement de faire comprendre à l'hôtelier que j'étais leur propriété et qu'il n'avait pas intérêt à me harceler.

Sur ces entrefaites, un vampire a fort opportunément surgi de l'escalier de service et s'est rué comme une fusée sur la porte de la suite de l'Arkansas. Tout aussi rapide, Baruch lui a immédiatement barré la route, mais, emporté par son élan, le nouvel arrivant lui a foncé dedans et a rebondi, pour finalement se retrouver au tapis. Il s'est relevé si vite que mes yeux n'ont même pas eu le temps de capter le mouvement. Il faisait des efforts désespérés pour forcer le passage.

Lorsqu'il s'est aperçu qu'il n'y parviendrait pas, le petit vampire a reculé d'un pas. S'il avait été humain, il aurait été hors d'haleine, après tant d'efforts inutiles, mais, les choses étant ce qu'elles étaient, il tremblait juste d'énergie contenue. Il avait les cheveux bruns, une courte barbe et portait un costume standard. Il ressemblait au pékin moyen, jusqu'à ce qu'on voie son regard halluciné de dément.

— Alors, c'est vrai ? a-t-il demandé d'une voix tendue.

— Jennifer Cater et sa suite sont tous morts, lui a confirmé Christian Baruch, d'un ton qui n'était pas dénué de compassion, je dois le reconnaître.

Le petit vampire s'est soudain mis à hurler à la mort. J'en ai eu la chair de poule. Il est tombé à genoux et a commencé à se balancer d'avant en arrière, ivre de douleur.

— J'imagine que vous faites partie de sa délégation ? lui a demandé la reine.

— Oui, oui ! a beuglé le malheureux.

— Dans ce cas, je suis, dorénavant, votre souveraine, et je vous offre une place à mes côtés.

Le type a immédiatement cessé de hurler, comme si on l'avait débranché.

— Mais vous avez fait tuer notre roi ! a-t-il protesté.

— J'étais l'épouse de votre roi et, en tant que telle, je devais légalement hériter de son royaume s'il venait à décéder, lui a posément expliqué Sophie-Anne, avec un regard presque lumineux de bienveillance dans ses yeux sombres. Et il est assurément décédé.

— C'est ce que les clauses spécifiaient, a-t-on subitement murmuré à mon oreille.

J'ai étouffé un cri. Je n'avais jamais cru à cette histoire de gros lourds qui ont le pied léger. Pour moi, les gros lourds avaient le pied lourd, point. Mais maître Cataliades avait la légèreté d'un papillon, et je n'avais même pas soupçonné qu'il était dans les parages avant qu'il vienne me parler.

— Dans le contrat de mariage ? ai-je tout de même réussi à articuler.

— Oui. Et l'avocat de Peter l'a étudié à fond, je peux vous l'assurer. La réciproque était vraie, d'ailleurs : Sophie-Anne lui léguait son royaume au cas où elle décéderait.

— J'imagine qu'il y avait tout un tas d'autres clauses sur le sujet.

— Quelques-unes, oui. L'une d'entre elles spécifiait qu'il devait y avoir au moins un témoin dudit décès.

— Oh, oh ! C'est moi, ça.

— Absolument. Si la reine tient à vous garder à l'œil et sous sa coupe, c'est qu'elle a une excellente raison pour cela.

— D'autres conditions à la cession en question ?

— Il ne devait exister aucun successeur désigné susceptible de prendre la tête de l'État concerné, bras droit ou régent quelconque. En d'autres termes, un terrible accident devait arriver un jour ou l'autre...

— Et il est arrivé.

— Il semblerait, en effet.

Ce qui paraissait ravir le replet avocat au plus haut point.

J'avais le cerveau comme une de ces boules qu'on fait tourner à la foire pour tirer les numéros de la loterie.

— Je m'appelle Henrik Feith, a déclaré le petit vampire. Et il ne reste plus maintenant que cinq vampires en Arkansas. Je suis le seul encore vivant à Rhodes et je n'ai survécu que parce que j'étais descendu me plaindre, à la réception, des serviettes de toilette.

J'ai été obligée de plaquer la main sur ma bouche pour ne pas pouffer, ce qui aurait été un peu déplacé, vu les circonstances. André a gardé les yeux fixés sur le type agenouillé devant nous, mais ça ne l'a pas empêché de me pincer. Ce petit rappel à l'ordre m'a coupé toute envie de rire. En fait, j'aurais bien hurlé de terreur.

— Quel était le problème avec les serviettes de toilette ? s'est aussitôt alarmé Baruch, qui, blessé dans son orgueil de parfait hôtelier, s'écartait manifestement du sujet.

— Il n'y en avait pas assez, a commencé Henrik. Jennifer en avait utilisé trois à elle toute seule, alors…

Mais Sophie-Anne a coupé court à ces fascinantes explications.

— Merci, Henrik. Suivez-nous dans notre suite. Monsieur Baruch, nous comptons sur vous pour nous tenir au courant de l'évolution de la situation. Monsieur Donati, avez-vous l'intention de prévenir la police de Rhodes ?

Belle marque de courtoisie de sa part que de s'adresser à Donati comme s'il avait son mot à dire dans l'histoire.

— Non, madame, lui a répondu l'intéressé. Cette affaire me semble concerner les vampires. En outre, les corps se sont désagrégés. La police n'aurait donc ni cadavre à examiner, ni film à visionner puisqu'il n'y a pas de caméra de surveillance à l'intérieur de la suite, et si vous regardez là-haut…

Tout le monde a obtempéré.

— … vous constaterez que quelqu'un a obstrué l'objectif de celle du couloir avec un bout de chewing-gum. On l'a lancé, ou bien un vampire a pu sauter pour le coller directement. Bien entendu, je vais étudier les enregistrements, mais vu la vitesse à laquelle un vampire se déplace, il y a de grandes chances pour qu'on ne puisse pas identifier l'individu qui a collé ce chewing-gum. Pour le moment, il n'y a pas de vampire dans la brigade criminelle de la police locale. Je ne vois donc pas qui on pourrait appeler. La plupart des humains portant l'uniforme des forces de l'ordre ne veulent pas enquêter sur les crimes de vampires, à moins qu'ils n'aient un vampire dans leur équipe pour assurer leurs arrières.

— Bien. Je ne vois pas ce que nous pouvons faire de plus, a conclu la reine d'un ton indifférent. Si vous n'avez plus besoin de nous, nous allons nous rendre à la cérémonie d'ouverture.

Elle avait déjà consulté plusieurs fois sa montre au cours de la conversation.

— Monsieur Henrik, si vous vous sentez en état, accompagnez-nous. Sinon – ce que je comprendrais fort bien –, Sigebert va vous emmener dans notre suite, où vous pourrez vous reposer.

— J'aimerais aller dans un endroit calme, a larmoyé Henrik Feith avec un air de chien battu.

Sophie-Anne a fait un signe de tête à Sigebert, qui n'a pas eu l'air ravi de recevoir un tel ordre. Mais il devait obéir, bien sûr, et il a entraîné à sa suite le petit vampire qui représentait, à lui tout seul, un cinquième de tout ce qu'il restait de la communauté vampirique de l'Arkansas.

J'avais tant de choses à penser en même temps que mon cerveau commençait à patiner. Et, juste au moment où je me disais que j'avais eu mon content d'événements pour la journée, les portes de l'ascenseur se sont ouvertes avec un « ding ! » sonore, et Bill… euh… Personne en a jailli comme un diable de sa boîte. Il n'a pas fait une entrée aussi théâtrale que Henrik, mais une entrée remarquée tout de même. Il s'est arrêté net, le temps d'analyser la situation. Nous voyant tous là, parfaitement calmes, il s'est rapidement ressaisi.

— J'ai cru comprendre qu'il y avait eu des problèmes ici ?

Il a lancé ça à la cantonade – pour que n'importe qui puisse répondre, sans doute.

J'en avais assez de le surnommer Personne. C'était quand même Bill, malgré tout. Je pouvais bien haïr jusqu'au dernier atome de cette carcasse honnie, il n'en était pas moins devant moi, en chair et en os. Je me suis demandé si les loups-garous parvenaient vraiment à faire disparaître ceux qu'ils répudiaient de leur écran radar et comment ils s'y prenaient. Quant à moi, je n'étais manifestement pas très douée.

— Il y a des problèmes, en effet, a reconnu la reine. Mais je ne vois pas en quoi ta présence pourrait y changer quoi que ce soit.

Je n'avais encore jamais vu Bill décontenancé. Voilà qui était fait.

— Pardonnez-moi, ma reine. Si vous avez besoin de moi, je serai à mon stand, dans l'enceinte du salon.

Dans un silence de mort, les portes de l'ascenseur se sont refermées sur mon premier amour. Il n'était pas impossible qu'en se ruant à la rescousse au lieu de gagner de l'argent pour renflouer les caisses de la reine, comme il était censé le faire, Bill ait tenté de me prouver qu'il tenait toujours à moi. Mais si cette action d'éclat avait pour but de m'attendrir, c'était raté.

— Y a-t-il quelque chose que nous puissions faire pour vous aider dans votre enquête ? a demandé André, s'adressant à Donati, alors qu'en réalité il faisait cette proposition à Christian Baruch. La reine étant la légitime héritière de l'Arkansas, nous sommes à votre disposition.

— Je n'en attendais pas moins d'une aussi jolie reine, dont la beauté n'a d'égale que le légendaire sens des affaires et la ténacité, a répondu Baruch en s'inclinant devant Sophie-Anne.

André lui-même n'en croyait pas ses oreilles – il a cligné des paupières. Quant à Sa Majesté, elle a dévisagé Baruch entre les fentes de ses yeux plissés. Je me suis, pour ma part, empressée d'étudier la plante du couloir avec le plus grand intérêt. J'avais trop peur de ricaner. Avec Baruch, l'art de manier la brosse à reluire atteignait des sommets inégalés.

Après une telle déclaration, qu'aurait-on pu ajouter ? Je suis montée dans l'ascenseur avec les vampires, et maître Cataliades nous a emboîté le pas. Personne n'avait fait le moindre commentaire, pas même le loquace avocat.

Comme l'ascenseur s'ébranlait, il s'est tourné vers la reine.

— Majesté, vous devez vous remarier sans plus tarder.

Cette fois, Sophie-Anne et André ont carrément écarquillé les yeux – pendant une seconde entière.

— Épousez n'importe qui : le Kentucky, la Floride, et j'ajouterais même le Mississippi, s'il n'était pas déjà en pourparlers avec l'Indiana. Mais vous avez besoin d'une alliance solide, du soutien de quelqu'un de mortellement dangereux. Sinon, les chacals comme ce Baruch vont commencer à vous tourner autour, prêts à tout pour attirer votre attention.

— Le Mississippi est hors course, Dieu merci. Je crois que je n'aurais pas pu supporter tous ces hommes. Une fois de temps en temps, passe encore. Mais à longueur de journée, et par dizaines, ça non !

C'était la réaction la plus naturelle et la plus spontanée que j'aie jamais vue chez la reine. Elle avait presque l'air d'une femme ordinaire. André a appuyé sur le bouton pour arrêter l'ascenseur entre deux étages.

— Je t'aurais bien conseillé le Kentucky, a-t-il dit. Mais quiconque a besoin de britlingans a déjà trop de problèmes à régler.

— L'Alabama est charmante, a observé Sophie-Anne. Mais elle fait preuve de certaines préférences au lit que je réprouve.

Lassée de me trouver dans cet ascenseur ainsi que d'être prise pour un simple objet de décoration, j'y suis allée au culot.

— Est-ce que je peux poser une question ? ai-je demandé.

Après un instant de silence, Sophie-Anne a hoché la tête.

— Comment se fait-il que, contrairement aux autres vampires, vous gardiez les vampires de votre lignée auprès de vous pendant des siècles ? Est-ce que la relation entre vampire et vampirisé n'est pas censée être de courte durée ?

— La majorité des nouveaux vampires ne restent pas avec leurs créateurs, en effet. Et il est extrêmement rare de les voir demeurer auprès de ces derniers aussi longtemps qu'André et Sigebert l'ont fait avec moi. C'est mon don de les retenir ainsi, d'avoir cette intimité avec eux. Tous les vampires possèdent un talent particulier : certains volent, d'autres sont de fines lames... Moi, je sais garder les miens à mes côtés. Nous pouvons communiquer entre nous comme vous le faites avec Barry. Et nous pouvons nous aimer physiquement.

— Dans ce cas, pourquoi ne nommez-vous pas tout simplement André roi de l'Arkansas ? Il ne vous resterait plus qu'à l'épouser.

Le silence qui a suivi m'a paru interminable. Sophie-Anne a bien ouvert la bouche une ou deux fois, comme pour m'expliquer que ce n'était pas possible, mais, chaque fois, elle l'a refermée. André me dévisageait avec une telle intensité que je m'attendais presque à sentir le brûlé. Maître Cataliades semblait juste assommé, comme s'il venait d'entendre un singe lui parler en alexandrins rimés.

— Mais oui. Pourquoi pas, en effet ? Pourquoi ne prendrais-je pas pour époux mon plus cher ami et amant ? a finalement reconnu Sa Majesté, soudain radieuse. Le seul inconvénient, c'est que tu devras passer quelque temps loin de moi, André, quand tu te rendras en Arkansas pour t'occuper des affaires du royaume. Mon premier, le plus fidèle entre tous, le veux-tu ?

— Que ne ferais-je pas pour toi, ma reine ? lui a répondu André, le visage transfiguré par l'amour.

Nous avons eu droit à notre petit moment d'émotion. Je dois avouer que j'ai eu moi-même la gorge un peu nouée.

Puis André a appuyé de nouveau sur le bouton, et tout ce petit monde est descendu.

Quoique je ne sois pas insensible aux histoires d'amour – loin de là –, d'après moi la reine aurait mieux fait de chercher qui avait tué Jennifer Cater et les deux autres vampires de l'Arkansas. Elle aurait dû cuisiner Monsieur Serviette de Toilette : Henrik Machin-chose. Elle n'aurait pas dû se promener dans les réunions à faire des ronds-de-jambes. Mais Sophie-Anne ne m'a pas demandé mon avis, et je m'étais déjà suffisamment fait remarquer pour la journée.

Le hall de l'hôtel était bondé. Immergés dans une telle foule, normalement, mon cerveau aurait dû saturer, sauf extrême concentration de ma part. Mais la foule en question étant, dans son immense majorité, constituée de vampires, je me suis retrouvée avec un hall plein à craquer de vide – en dehors de quelques palpitations humaines. Cela faisait un drôle d'effet de voir toute cette agitation dans un silence quasi complet. Reposant. Sauf que je n'étais pas payée pour me reposer. J'ai donc bien gentiment déployé mes sens et passé au radar toutes les créatures présentes qui avaient du sang chaud dans les veines et un cœur pour le pomper.

Un sorcier, une sorcière, un amant-donneur de sang – en d'autres termes, un fangbanger, mais haut de gamme. Quand j'ai remonté sa piste, j'ai découvert un superbe dandy : un jeune et très beau garçon qui était une véritable publicité ambulante pour tout ce que la mode compte de marques prestigieuses, y compris au rayon sous-vêtements. À côté du roi du Texas se tenait Barry – en plein travail, comme moi. J'ai espionné quelques employés de l'hôtel qui vaquaient à leurs occupations habituelles. Les gens n'ont pas toujours en tête des pensées aussi renversantes que : « Ce soir, je participe à l'assassinat du directeur », même si c'est le cas. Ils pensent plutôt à des trucs du style : « Plus de savon à la 11, un des chauffages de la 58 en panne, il faut aller chercher le chariot du *room service* au quatrième... »

Au cours de mon tour d'horizon, je suis tombée sur une prostituée. Ah ! Voilà qui était intéressant ! La plupart de celles que je connaissais faisaient dans l'amateurisme. Mais, cette fois, j'avais affaire à une vraie professionnelle. Ça m'a suffisamment intriguée pour que je la cherche des yeux. Plutôt attirante. Joli visage, en tout cas. Mais elle n'aurait jamais pu se présenter à l'élection de Miss America, ni même se faire couronner reine de la promo au bal de fin d'année. Elle n'avait pas vraiment le look de la fille d'à côté, à moins d'habiter dans un quartier chaud. Ses cheveux blond platine étaient artistiquement ébouriffés, genre saut du lit revu et corrigé. Elle pratiquait le bronzage intégral, avait des yeux bruns assez allongés, des seins siliconés, de grosses boucles d'oreilles, des talons aiguilles et des lèvres du même rouge vif que les quelques centimètres carrés de paillettes qui lui tenaient lieu de robe : au moins, elle annonçait la couleur, on ne pouvait pas dire le contraire. Elle accompagnait un type qui avait été vampirisé au seuil de la cinquantaine. À la façon dont elle se cramponnait à son bras, on aurait pu penser qu'elle était incapable de marcher sans béquille. Je me suis demandé si c'était à cause des talons aiguilles ou si elle s'accrochait à lui parce qu'il aimait ça.

J'étais si fascinée – elle était prostituée jusqu'au bout des ongles, et elle irradiait la sensualité avec une telle force – que je me suis faufilée à travers la foule pour la suivre. Concentrée comme je l'étais, je n'ai même pas songé qu'elle pouvait s'en apercevoir. Mais elle a dû sentir mon regard sur elle, et elle s'est retournée. Le type avec qui elle était discutait avec un autre vampire. Elle a donc eu tout loisir de me dévisager d'un œil soupçonneux. Je m'étais immobilisée à quelques pas d'elle, pour mieux lire dans ses pensées. Pure curiosité – et manque flagrant de politesse – de ma part, je l'avoue.

Drôle de fille... pas de la partie... Elle le veut ? Qu'elle le prenne ! Je ne supporte pas ce truc qu'il fait avec sa langue... et après ça, il faut que je le lui fasse aussi, puis à son copain... Seigneur ! Est-ce-que j'ai pris des piles de rechange ? Mais elle ne pourrait pas aller voir ailleurs et arrêter de me mater comme ça, celle-là ?

— Si, si, bien sûr, ai-je bredouillé, honteuse, avant de replonger dans la mêlée.

Ensuite, je me suis occupée des extras engagés par l'hôtel. Tandis qu'ils louvoyaient à travers la foule, avec leurs plateaux chargés de verres de sang et de quelques boissons plus banales pour les rares humains éparpillés dans le hall, ils pensaient surtout à éviter les invités qui s'agitaient en tous sens, à ne pas renverser leurs plateaux, à leur mal de dos, à leurs pieds en compote... ce genre de chose. J'ai échangé un signe de tête avec Barry. Puis j'ai attrapé au vol une pensée qui traînait. Le nom « Quinn » y était associé. J'ai remonté le fil jusqu'à ce que je tombe sur une employée de E(E)E. Il n'était pas difficile de l'identifier : elle portait le tee-shirt de la société. Elle était jeune, avec des cheveux très courts et des jambes très longues. Elle s'entretenait avec un des serveurs, et il était clair qu'il n'avait pas voix au chapitre. Au sein de cette assemblée aussi élégante, elle détonnait, avec son jean et ses baskets.

— ... et une caisse de boissons bien fraîches, disait-elle. Un plein plateau de sandwichs et des chips. D'accord ? Dans la salle de réception, dans moins d'une heure.

Elle a fait volte-face et s'est retrouvée nez à nez avec moi. Elle m'a toisée de haut en bas et n'a pas eu l'air impressionnée par ce qu'elle voyait.

— Alors, on escorte un de ces messieurs, Blondie ? m'a-t-elle lancé d'une voix qui m'a paru cassante, avec son accent sec de la côte Est.

— Non, je sors avec Quinn, lui ai-je rétorqué. Et Blondie vous-même.

Sauf que moi, j'étais une vraie blonde – enfin, améliorée –, alors que cette fille avait de la paille sur la tête... si tant est que la paille ait des racines foncées.

Ça ne lui a pas plu du tout. Quoique je ne sache pas vraiment ce qui lui déplaisait le plus dans l'histoire.

— Il ne m'avait pas dit qu'il en avait une nouvelle.

Elle n'aurait pas pu prendre un ton plus insultant. Je ne me suis donc pas gênée pour aller faire un petit tour dans sa tête. J'y ai trouvé une très profonde affection pour Quinn. À ses yeux, aucune femme n'était assez bien pour lui. Elle pensait aussi que j'étais une de ces pauvres demeurées du Sud qui avaient besoin des hommes pour les protéger.

Étant donné que cette fine conclusion résultait d'une conversation de moins d'une minute, je pouvais encore lui pardonner son erreur. Je pouvais même lui pardonner d'aimer Quinn. Mais ce mépris souverain… Non, ça, vraiment, ça ne passait pas.

— Quinn n'a pas de comptes à vous rendre sur sa vie personnelle.

En fait, j'aurais bien voulu lui demander où se trouvait Quinn, justement. Mais il n'était pas question de lui donner l'avantage. J'ai donc préféré garder ma question pour moi.

— Si vous voulez bien m'excuser, ai-je enchaîné, j'ai du travail qui m'attend. Et vous aussi, je pense.

Elle m'a foudroyée du regard et elle a tourné les talons. Elle faisait au moins dix centimètres de plus que moi, était très mince, et comme elle ne s'était pas donné la peine de mettre un soutien-gorge, les deux petites prunes qui sautillaient sous son tee-shirt attiraient l'œil. Elle devait certainement s'attacher à toujours, disons, dominer la situation… Je n'étais pas la seule à la regarder traverser la pièce : Barry avait déjà changé d'héroïne dans son fantasme préféré, apparemment.

Voyant qu'André et la reine quittaient le hall pour pénétrer dans l'enceinte du salon, je me suis empressée de les suivre. Deux magnifiques urnes contenant d'énormes compositions de fleurs séchées maintenaient ouverte la grande porte à double battant de l'immense salle d'exposition.

— Tu es déjà allée à un congrès. Un congrès normal, je veux dire ? m'a lancé Barry en me rejoignant.

— Non, lui ai-je répondu, tout en essayant de continuer à scruter la foule (mais comment font les agents secrets ?). Enfin, si, avec Sam. Le salon des fournitures pour débits de boissons. Mais je n'y suis pas restée plus d'une heure ou deux.

— Et tout le monde portait un badge, non ?

— Oui, si on peut appeler « badge » un truc qui pendouille au bout d'un cordon qu'on se trimbale autour du cou.

— C'est comme ça que les vigiles à la porte s'assurent qu'on a bien payé l'entrée et que les gens non autorisés n'entrent pas.

— Oui. Et alors ?

Barry est soudain passé en mode silencieux.

Alors, tu vois quelqu'un avec un badge, toi, ici ? Tu vois quelqu'un qui contrôle quoi que ce soit ?

Personne, sauf nous. Et si ça se trouve, la prostituée, là, est une espionne envoyée par les vampires de la côte Est. Ou pire encore, ai-je ajouté plus sérieusement.

Les vamp's ont l'habitude d'être les plus forts, les plus dangereux, a repris Barry. *Ils se craignent mutuellement, mais ils ne prennent pas vraiment les humains au sérieux. Encore moins quand ils sont entre eux.*

Je voyais où il voulait en venir. La présence des britlingans m'avait déjà alertée, mais les réflexions de Barry ne faisaient qu'accroître mon inquiétude.

Je me suis tournée vers l'entrée de l'hôtel. Maintenant qu'il faisait nuit, des vampires en armes avaient pris le relais des humains aux postes de garde. À la réception aussi, des vamp's portant l'uniforme de l'hôtel avaient remplacé le personnel de jour. Et tous ces vampires contrôlaient chaque personne qui franchissait le seuil : la sécurité de l'établissement n'était pas aussi laxiste qu'on aurait pu le penser. Un peu plus détendue, j'ai décidé de faire le tour des stands.

Il y en avait un pour des implants dentaires. Les crocs proposés étaient déclinés en ivoire naturel, en argent ou en or, et les plus chers se rétractaient grâce à un mécanisme que l'on déclenchait en appuyant sur un petit bouton logé dans la bouche par une simple pression de la langue.

— Impossible de faire la différence avec des vrais, assurait un homme assez âgé à un vampire à longue barbe et cheveux tressés. Et pour être pointus, ils sont pointus !

Je ne voyais pas vraiment qui cela pouvait intéresser. Un vampire avec une canine en moins ? Un humain qui voulait jouer les revenants aux dents longues ?

Au stand suivant, on vendait des CD de musiques de différentes époques. Par exemple : *Chansons populaires russes du* XVIIIe *siècle* ou *Musique de chambre italienne, première période*... Là, les affaires marchaient fort – on revient toujours à la musique de sa jeunesse, même si la jeunesse en question remonte à plusieurs siècles.

Le stand voisin était celui de Bill. Il arborait une grande enseigne en arc de cercle s'appuyant sur chacune des cloisons de sa « cahute » : « Identification, disait-elle simplement. Retrouvez la trace de n'importe quel vampire, n'importe où, n'importe quand. » « Ce qu'il vous faut ? Un traqueur informatique », assurait un autre panneau plus petit. Bill parlait avec une vampire qui lui tendait sa carte de crédit, et Pam glissait un CD dans un petit sachet plastique. Elle a surpris mon regard et m'a fait un clin d'œil. Elle portait un costume genre danseuse du ventre très *kitsch*. Jamais je n'aurais cru qu'elle accepterait de faire une chose pareille. Sans doute appréciait-elle ce changement dans son train-train quotidien.

« Les éditions Happy Birthday présentent : *Du sang dans la soupe* », disait la pancarte au-dessus du stand suivant, tenu par une vampire esseulée avec une pile de livres devant elle. Elle avait l'air de s'ennuyer ferme.

Le stand d'après occupait plusieurs emplacements et n'avait pas besoin de banderole.

— Vous devriez vraiment vous moderniser, assurait avec le plus grand sérieux un vendeur, d'un ton convaincu, à une vampire noire aux cheveux tressés et attachés avec des centaines de liens de toutes les couleurs.

Elle l'écoutait attentivement, tout en examinant un des cercueils miniatures ouvert en face d'elle.

— Certes, le bois est plus traditionnel et c'est un matériau biodégradable. Mais qui cela intéresse-t-il ? Comme mon père disait toujours : « Ton cercueil, c'est ta maison. »

Et il y avait encore beaucoup d'autres stands, dont celui d'Extreme (ly Elegant) Events : une simple table couverte de brochures et d'albums photo ouverts pour appâter le chaland. J'allais y jeter un œil quand j'ai remarqué qu'il était tenu par Mademoiselle J'te-Snobe, la prétentieuse aux interminables jambes. Je n'avais aucune envie de lui parler et j'ai poursuivi ma visite, tout en veillant à ne jamais perdre la reine de vue. Un des serveurs humains admirait son... sa chute de reins, disons. Mais ce n'était quand même pas un crime passible de mort et j'ai laissé passer l'affaire.

Entre-temps, Sophie-Anne et André avaient rencontré les shérifs Gervaise et Cleo Babbitt. Gervaise faisait à peine un mètre soixante-dix et on ne lui aurait pas donné plus de trente-cinq ans – une bonne centaine d'années de plus, et on n'était pas loin du compte. Ces dernières semaines, Gervaise avait dû héberger la reine, subvenir à ses besoins et s'efforcer de la distraire. Et ça se voyait. Sa réputation d'élégance et d'extrême raffinement le précédait, et le fait est que, la seule fois où je l'avais aperçu, pas une mèche ne dépassait. Mais maintenant, il était carrément échevelé, son beau costume aurait eu bien besoin d'un petit tour au pressing, et ses chaussures Richelieu d'un bon coup de cirage. Robuste, carrée, le cheveu noir corbeau, la face large et les lèvres pleines, Cleo Babbitt n'avait que cinquante ans d'ancienneté chez les vampires, ce qui expliquait qu'elle fasse usage de son nom de famille, contrairement aux plus âgés.

Il manquait un shérif à l'appel.

— Où est Eric ? s'est enquis André.

Cleo a éclaté de rire, un de ces rires de gorge qui font se retourner tous les hommes.

— Il a été réquisitionné. Le prêtre ne s'est pas manifesté, et comme Eric a suivi la formation, c'est lui qui va officier.

Même André a souri.

— Voilà qui promet. Et en quel honneur ?

— Ils ne vont pas tarder à l'annoncer, a répondu Gervaise.

Quelle Église avait bien pu vouloir d'Eric pour prêtre ? L'Église du Saint-Profit ? Je me suis discrètement éclipsée vers le stand de Bill et j'ai fait signe à Pam.

— Eric est prêtre ? lui ai-je soufflé.

— Oui, de l'Église du Saint-Esprit, m'a-t-elle répondu, en emballant trois copies du CD de Bill pour les tendre à un fangbanger dépêché par son maître. Il a suivi les cours en ligne, avec l'aide de Bobby Burnham, et il a été ordonné comme ça. Il peut célébrer des messes de mariage.

Ayant miraculeusement réussi à éviter tous les invités qui l'entouraient, un serveur fasciné par Sophie-Anne s'est soudain approché de la reine avec un plein plateau de verres de sang remplis à ras bord. En un clin d'œil, André s'est interposé, et le serveur a tourné les talons, prenant immédiatement une autre direction.

J'ai bien essayé de lire dans ses pensées, mais il avait la tête vide. André avait pris le contrôle de son esprit pour le soumettre à sa volonté et l'avait envoyé voir ailleurs. J'espérais que le pauvre type s'en remettrait. J'ai suivi sa trace jusqu'à ce qu'il franchisse une petite porte dérobée vers la cuisine. Bien. Incident clos.

Il y a soudain eu un léger mouvement de foule, comme une onde parcourant le public du salon, et en regardant par-dessus mon épaule j'ai vu le roi du Mississippi et celui de l'Indiana faire leur entrée, main dans la main : les négociations matrimoniales avaient apparemment abouti. Mince, séduisant, Russell Edgington aimait les hommes – uniquement les hommes. Énormément. Il était courtois, de bonne compagnie et, à l'occasion, savait aussi se battre. Je l'aimais bien. J'appréhendais tout de même de le revoir, car quelques mois auparavant, je lui avais laissé un cadavre dans sa piscine. Bon, si on regardait le bon côté des choses, le cadavre étant celui d'un vampire, il avait dû se désagréger avant que la bâche qui recouvrait la piscine n'ait été ôtée au printemps.

Russell et Indiana se sont arrêtés devant le stand de Bill. Indiana était un grand aux allures de taureau et aux cheveux bruns bouclés, avec la tête même du type à qui il ne faut pas en conter.

Je me suis discrètement approchée. L'entrevue risquait de mal tourner.

— Bill. Vous avez l'air en pleine forme, lui a lancé Russell. Mes employés m'ont dit que vous en aviez vu de rudes, chez moi. Vous semblez vous en être parfaitement remis. Je ne sais pas vraiment comment vous vous en êtes sorti, mais je m'en réjouis.

Si Russell comptait sur une réaction de la part de Bill, il a dû être déçu. Mon ex est demeuré aussi impassible que s'il lui avait parlé de la pluie et du beau temps, et non de ses séances de torture.

— Lorena était votre créateur. Je ne pouvais donc pas intervenir, a repris Russell, avec ce même calme qu'affichait son interlocuteur. Et vous voilà ici, à vendre ce petit machin informatique de votre invention que Lorena voulait à toutes forces vous arracher. Comme disait Shakespeare, tout est bien qui finit bien.

Seul symptôme de son anxiété, Russell s'était montré singulièrement loquace : il redoutait la réaction de Bill. Et, de fait, quand ce dernier a pris la parole, sa voix me faisait penser à de la soie glacée, courant sur du cristal.

— N'y pensez plus, Russell, a-t-il cependant répondu. J'ai cru comprendre que des félicitations s'imposaient ?

Russell a adressé un émouvant sourire à son fiancé.

— Oui, Mississippi et moi, on va se passer la bague au doigt, a déclaré le roi de l'Indiana.

Il avait une profonde voix de basse. On l'aurait bien imaginé en train de rosser un mauvais payeur dans une impasse sombre ou assis au comptoir d'un saloon.

Russell a paru tout remué. Qui sait ? C'était peut-être un mariage d'amour.

Puis il m'a repérée.

— Bart, il faut absolument que je te présente cette jeune personne.

J'ai failli en avoir une crise cardiaque. Mais je ne voyais pas comment échapper à cette entrevue, et je n'ai même pas essayé de m'éclipser. Russell a entraîné son promis par la main.

— Cette jeune femme s'est fait agresser, quand elle était à Jackson. Il y avait plusieurs membres de la Confrérie au club, et l'une de ces brutes lui a planté un pieu dans le flanc.

Bart a eu l'air stupéfait – enfin, autant que peut l'être un vampire.

— Vous avez survécu, apparemment, a-t-il fort justement observé. Comment avez-vous fait ?

— Monsieur Edgington en personne m'a trouvé un traitement très efficace, lui ai-je répondu. En fait, il m'a sauvé la vie.

Russell a tenté de jouer les modestes et a bien failli y parvenir. Il voulait faire bonne impression devant son futur : un comportement tellement humain que j'avais du mal à le croire.

— Il me semble toutefois que vous avez emporté quelque chose en partant, m'a-t-il dit en m'agitant son index sous le nez d'un air sévère.

J'ai scruté son visage pour savoir sur quel pied danser. Il avait raison : j'étais partie avec une couverture et quelques vêtements qu'un des charmants jeunes gens du harem de Russell avait laissés traîner. Et puis, j'avais aussi emmené Bill, qui était alors retenu prisonnier dans un des bâtiments du domaine royal. C'était sans doute à lui que Russell faisait allusion…

— Oui, monsieur. Mais j'ai laissé quelque chose derrière moi en échange, ai-je rétorqué, lassée de jouer au chat et à la souris.

D'accord, d'accord. J'avais délivré Bill et tué Lorena – plus ou moins accidentellement. Et j'avais jeté ce qui restait de cette garce dans la piscine.

— Je me disais bien qu'il y avait quelque chose de gluant au fond de la piscine quand on l'a nettoyée pour l'été, a murmuré Russell en me considérant d'un œil songeur. Vous êtes une jeune femme pleine de ressources, mademoiselle…

— Stackhouse. Sookie Stackhouse.

— Ah, oui ! Je m'en souviens, à présent. N'étiez-vous pas au *Club Dead* avec Alcide Herveaux ? C'est un loup-garou, mon chéri, a expliqué Russell en se penchant vers Bart.

— Si, monsieur.

J'aurais vraiment préféré qu'il oublie ce petit détail.

— N'ai-je pas entendu dire que son père s'était présenté à l'élection de chef de meute à Shreveport ?

— C'est exact. Mais il… euh… il ne l'a pas emporté.

— C'est donc le jour où papa Herveaux est passé de vie à trépas.

— C'est ça.

Bart était tout ouïe. Il caressait en un va-et-vient incessant le bras de Russell : petit geste de désir très humain, lui aussi.

Comme je me faisais cette réflexion, Quinn est soudain apparu à mes côtés et a passé un bras protecteur autour de mes épaules. J'ai distinctement vu Russell Edgington écarquiller les yeux.

— Messieurs, a annoncé Quinn, s'adressant aux futurs mariés, je crois que votre cérémonie de mariage est prête. On n'attend plus que vous.

Les deux rois se sont souri.

— Pas trop frileux, au moment de sauter le pas ? a demandé Bart à son cher et tendre.

— Pas tant que tu seras là pour me réchauffer, lui a répondu Russell avec un sourire à faire fondre un iceberg. En outre, nos avocats nous tueraient, si nous dénoncions ces contrats.

Ils ont tous les deux adressé un hochement de tête à Quinn, qui a aussitôt filé vers l'estrade, à l'autre extrémité de la salle. Il s'est planté face au micro et a écarté les bras en croix. Sa belle voix grave a résonné à travers toute la salle.

— Votre attention, s'il vous plaît. Mesdames et messieurs, têtes couronnées et simples sujets, vampires et humains, vous êtes tous conviés à assister à l'union de Russell Edgington, roi du Mississippi, avec Bartlett Crowe, roi de l'Indiana, dans la Salle des Rituels. Le mariage sera célébré dans dix minutes. La Salle des Rituels se trouve de l'autre côté de la porte à double battant, côté est, dans le hall.

D'un geste majestueux, Quinn indiquait la porte en question.

J'ai eu le temps d'examiner sa « tenue de travail » pendant qu'il parlait : large ceinture dorée de catcheur et bottes de cuir noires avec pantalon bouffant rouge sang glissé à l'intérieur. Comme, en plus, il était torse nu, il avait tout du génie émergeant de sa bouteille – une très grosse bouteille.

— C'est votre nouvel ami ? s'est enquis Russell. Quinn, j'entends.

J'ai acquiescé en silence. Il a eu l'air impressionné. Sur un coup de tête, je lui ai alors demandé :

— Je sais que vous avez autre chose à penser, vu que vous allez vous marier dans dix minutes, mais je voulais juste vous dire : j'espère qu'on est quittes, vous et moi, hein ? Vous n'êtes pas en colère contre moi ? Vous ne m'en voulez pas ni rien ?

Bart recevait les félicitations de ses frères vampires. Russell lui a jeté un coup d'œil en coin. Puis il a eu l'amabilité de reporter son attention sur moi.

— Je n'éprouve aucune rancune à votre égard, m'a-t-il assuré. Heureusement pour vous, j'ai un grand sens de l'humour et je détestais cordialement Lorena. Je lui louais une chambre dans l'ancienne écurie parce que je la connaissais depuis un siècle ou deux. Mais c'était une garce, et elle l'avait toujours été.

— Alors, puisque vous n'êtes pas fâché contre moi, laissez-moi vous poser une question : pourquoi est-ce que tout le monde semble tellement impressionné par Quinn ?

— Vous tenez le tigre par la queue et vous ne le savez pas ? Vraiment ? s'est-il étonné.

Il semblait intrigué, mais aussi follement amusé.

— Je veux rejoindre mon futur époux, aussi n'ai-je pas le temps de vous raconter toute l'histoire, a-t-il enchaîné. Mais je vais vous dire une bonne chose, mademoiselle Sookie : votre homme a fait gagner beaucoup d'argent à beaucoup de gens.

Je l'ai remercié, un peu déconcertée tout de même.

— Et tous mes vœux de bonheur à vous et à... euh... M. Crowe, ai-je ajouté. J'espère que vous serez très heureux.

Comme les vampires ne se serrent pas la main, je me suis inclinée devant lui et je suis sortie à reculons – autant en profiter pendant que nous étions encore en bons termes.

C'est à ce moment-là que Rasul a surgi juste à côté de moi. Il a souri en me voyant sursauter. Ces vampires ! On ne peut pas s'empêcher d'apprécier leur sens de l'humour.

J'avais toujours vu Rasul en uniforme type SWAT et, déjà, je lui avais trouvé fière allure. Ce soir-là, il portait encore une tenue de style militaire, mais plutôt d'inspiration cosaque, cette fois : tunique à manches longues et pantalon de couleur prune, gansés de noir et ornés de boutons dorés. Avec son teint mat, ses cheveux et ses grands yeux d'un noir de jais, il semblait débarquer tout droit du Moyen-Orient.

— Je savais que vous deviez venir au sommet et je suis ravie de tomber sur vous, lui ai-je dit en guise de salut.

— La reine nous a dépêchés en éclaireurs, Carla et moi, m'a-t-il expliqué, avec son bel accent venu d'ailleurs. Vous êtes plus jolie que jamais, Sookie. Alors, ce sommet ? Vous vous amusez bien ?

Très drôle. J'ai préféré ne pas relever.

— On a tombé l'uniforme ?

— Si vous entendez par là : « Qu'est-ce que c'est que cet accoutrement ? », c'est la nouvelle livrée de Sa Majesté. Elle remplace l'armure noire de rigueur, quand on ne patrouille pas en extérieur. Pas mal, hein ?

— Très stylé, ai-je approuvé.

— Allez-vous assister à la cérémonie ? m'a-t-il demandé.

— Oui, bien sûr. Je n'ai jamais vu de mariage entre vampires. Mais je... Écoutez, Rasul, je suis désolée pour Chester et Mélanie.

Ils faisaient équipe avec lui, quand j'étais allée à La Nouvelle-Orléans. Toute trace d'humour a brusquement déserté son visage.

— En plus, maintenant, à leur place, je me coltine la Bévue Velue, a-t-il grommelé après un bref moment de silence tendu, avec un discret mouvement du menton derrière moi.

Jake Purifoy s'avançait vers nous. Il portait effectivement le même uniforme que Rasul et il avait l'air passablement esseulé. Il n'avait pas encore appris à cacher ses sentiments derrière cette immuable impassibilité qui semblait le propre des morts-vivants confirmés.

— Salut, Jake ! lui ai-je lancé.

— Salut, Sookie ! m'a-t-il répondu d'un ton morne – mais avec une perceptible pointe d'espoir dans la voix.

Rasul s'est incliné et éclipsé aussitôt, me laissant avec Jake sur les bras. Il me faisait penser à un gamin qui serait arrivé mal habillé à l'école avec un déjeuner bizarre dans sa *lunch box*. La transformation de Jake en vampire-garou avait anéanti toutes ses chances de se faire accepter par l'un ou l'autre camp – un peu comme pour un champion de baseball du lycée qui aurait adopté le style gothique.

— As-tu réussi à voir Quinn ? lui ai-je demandé, faute de mieux.

Jake travaillait pour Quinn avant que sa vampirisation intempestive ne le mette définitivement hors circuit.

— Je lui ai dit bonjour en passant, m'a-t-il répondu d'un air maussade. Quand même ! Ce n'est vraiment pas juste !

— Quoi ?

— Que lui soit accepté, avec tout ce qu'il a fait, alors que moi, on m'ostracise.

Je savais très bien ce que ce mot signifiait, parce qu'il avait figuré dans les mots du jour de mon calendrier, mais mon cerveau butait sur la portée de sa remarque, qui me bouleversait quelque peu.

— « Avec tout ce qu'il a fait » ? Qu'est-ce que tu veux dire par là ?

— Eh bien, tu es au courant, pour Quinn.

J'ai bien cru que j'allais lui sauter dessus et, si possible, avec un gros gourdin.

— La cérémonie commence ! a justement annoncé la voix amplifiée de Quinn.

La foule s'est dirigée comme un seul homme vers la porte qu'il avait précédemment indiquée. Jake et moi avons suivi le mouvement. Postée à l'entrée, l'assistante de Quinn – celle aux prunes qui tressautaient sous son tee-shirt – tendait à chacun une petite bourse en tulle remplie de pot-pourri, certaines avec un ruban bleu et or, les autres avec un ruban bleu et rouge.

— Pourquoi la différence de couleur ? lui a demandé la prostituée au passage.

La question tombait bien : je me posais exactement la même.

— Rouge et bleu pour le drapeau du Mississippi, et bleu et or pour l'Indiana, lui a répondu la fille avec un sourire de commande.

Elle l'avait encore aux lèvres lorsqu'elle m'a remis mon sachet parfumé, mais il s'est évanoui en moins de temps qu'il n'en faut pour le dire quand elle m'a reconnue.

Nous avons joué des coudes pour nous trouver une bonne place, et nous nous sommes retrouvés devant, légèrement sur la droite. Hormis quelques rares éléments de décor, l'estrade était vide, et il n'y avait pas de chaise. Apparemment, la chose n'était pas censée se prolonger.

— Réponds-moi, bon sang ! ai-je sifflé entre mes dents. Dis-moi pour Quinn !

— Après la cérémonie, a promis Jake en s'efforçant de réprimer un petit sourire satisfait.

Cela faisait des mois que Jake n'avait eu le dessus sur personne, et il avait du mal à cacher son plaisir. Puis il a jeté un coup d'œil derrière moi. J'ai vu ses yeux s'écarquiller et j'ai regardé par-dessus mon épaule. À l'autre bout de la pièce était dressé un buffet... un peu spécial. Les canapés de rigueur avaient été remplacés par du sang sur pattes : une vingtaine de femmes et d'hommes au garde-à-vous, bien alignés de part et d'autre de la fontaine de sang artificiel. Tous portaient un badge avec, pour toute inscription, « donneur volontaire ». J'en ai eu un haut-le-cœur. C'était légal, ça ? Mais après tout, ils étaient tous majeurs et consentants. Personne ne les empêchait de s'en aller, s'ils le voulaient. Mieux encore : la plupart semblaient plutôt impatients de « donner leur sang ». J'ai fait une rapide incursion dans leurs pensées pour m'en assurer : eh oui ! Ils ne demandaient même que ça.

Je me suis retournée vers l'estrade sur laquelle Mississippi et Indiana venaient de monter. Ils avaient tous les deux revêtu de magnifiques parures que je me rappelais avoir déjà vues dans l'album d'un photographe spécialisé dans l'événementiel des SurNat. Sur son costume de ville, Russell portait une sorte de grande robe de cour ouverte sur le devant, taillée dans un lourd brocart de fils d'or sur lequel ressortaient des motifs bleus et rouges. Le roi de l'Indiana portait une tenue similaire d'un brun cuivré, rebrodée de vert et d'or.

— Leurs tenues d'apparat, a murmuré Rasul à mon oreille.

Une fois de plus, il s'était matérialisé à mes côtés sans que je l'aie vu arriver. Et, une fois de plus, j'ai sursauté et surpris ce même petit sourire goguenard au coin de ses lèvres sensuelles. Sur ma gauche, Jake s'est rapproché, comme s'il essayait de se cacher derrière moi pour éviter Rasul.

Mais j'étais plus intéressée par la cérémonie que par ce jeu de cache-cache. Un ânkh géant, la croix égyptienne symbole de vie, trônait au centre de la scène. D'un côté, on avait placé une table sur laquelle étaient posés deux grands parchemins et deux stylos à plume bien alignés. Une vampire en tailleur de femme d'affaires veillait sur la table en question. Maître Cataliades se tenait derrière elle, arborant un air débonnaire, les mains croisées sur son ventre rebondi.

À l'autre bout de l'estrade, Quinn, mon amoureux (dont j'avais bien l'intention de découvrir les secrets à très brève échéance), avait pris place, toujours dans son costume de génie des *Mille et Une Nuits*. Il a attendu que le silence se fasse dans l'assistance. Quand les derniers murmures se sont tus, il a désigné d'un grand geste théâtral le personnage qui montait les marches à droite de la scène. Ce dernier était enveloppé d'une cape de velours noir, les traits dissimulés par un profond capuchon bien rabattu sur le visage. L'ânkh était brodé en fils d'or sur les épaules de la mystérieuse silhouette, laquelle s'est placée entre les futurs époux, tournant le dos à la monumentale croix égyptienne, et a levé les bras au ciel.

— Que la cérémonie commence ! a décrété Quinn. Que tous soient les témoins muets de cette union sacrée !

Quand on dit à un vampire de se taire, on peut être sûr que le silence sera absolu. Contrairement aux simples mortels que nous sommes, les vampires ne s'agitent pas, ne soupirent pas, ne reniflent pas, ne toussent pas, ne s'éclaircissent pas la gorge, ne se mouchent pas. J'avais l'impression de faire un bruit assourdissant rien qu'en respirant.

C'est donc dans un silence de mort que le capuchon du personnage est tombé. J'ai soupiré en découvrant Eric. Ses longs cheveux couleur de blé mûr ruisselaient comme une coulée d'or sur le velours noir de sa cape, et son visage, avec cet air solennel et souverain qu'il arborait, inspirait le respect.

— Nous sommes réunis aujourd'hui pour assister à l'union de deux souverains, a-t-il déclaré, chacune de ses paroles portant jusqu'aux coins les plus reculés de la vaste salle. Engageant leur honneur et leur foi, tant verbalement que par écrit, Russell Edgington et Bartlett Crowe ont conclu une alliance séculaire entre leurs deux royaumes. Pendant cent ans, ils ne pourront contracter aucune autre union matrimoniale. Pendant cent ans, ils ne pourront conclure aucune autre alliance stratégique, à moins que ladite alliance ne soit agréée et ratifiée par les deux parties. Chacun des époux sera tenu à un minimum d'une visite conjugale annuelle. Seule la prospérité de son propre royaume l'emportera, aux yeux de Bart, sur celle du royaume de Russell. Seule la prospérité de son propre royaume l'emportera, aux yeux de Russell, sur celle du royaume de Bart. Russell Edgington, roi du Mississippi, consentez-vous à cette union ?

— Oui, j'y consens, a alors distinctement articulé Russell, en tendant la main vers son fiancé.

— Bartlett Crowe, roi de l'Indiana, consentez-vous à cette union ?

— Oui, a répondu Bart de sa grosse voix, en prenant la main de Russell.

Quinn s'est ensuite avancé et s'est agenouillé entre les nouveaux époux en levant, de ses mains jointes, une coupe d'or. Un poignard est tout à coup apparu dans le poing d'Eric. En deux gestes brefs – impossibles à distinguer l'un de l'autre pour un œil humain –, il avait entaillé le poignet des mariés. Argh !

Tandis que le sang des deux rois s'écoulait dans le calice, je me suis raisonnée : j'aurais dû me douter qu'un mariage entre vampires impliquerait un pacte de sang.

Et, de fait, les entailles n'étaient pas refermées que, déjà, Russell portait le calice à ses lèvres pour prendre une gorgée du liquoreux breuvage. Il l'a présenté ensuite à Bart, qui l'a vidé. Puis ils se sont embrassés, Bart enlaçant tendrement son époux plus petit. Un baiser qui s'est prolongé, devenant de plus en plus passionné. De toute évidence, ce cocktail maison leur faisait de l'effet.

J'ai surpris le coup d'œil de Jake et distinctement compris les mots que formaient ses lèvres en silence :

— Hé ! Prenez une chambre !

J'ai baissé la tête pour cacher mon fou rire.

Les deux souverains ont quand même fini par passer à l'étape suivante : la signature officielle du contrat. La femme d'affaires en tailleur se trouvait être une vampire avocate de l'Illinois, le contrat de mariage ne pouvant être établi que par un juriste d'un autre État que celui des époux. Quant à maître

Cataliades, il exerçait en Louisiane, ce qui garantissait sa neutralité. Il a donc pu apposer sa signature sur les documents, tout comme les deux rois et l'avocate aux dents longues avant lui.

Pendant tout ce temps, drapé dans sa cape de velours noir, Eric n'avait pas bougé. Les stylos à plume ayant regagné leurs élégants étuis, il a repris la parole.

— Ce mariage est consacré pour les cent prochaines années ! a-t-il solennellement déclaré, déclenchant les acclamations de la foule.

Les vampires n'étant pas très enclins aux acclamations, ce sont surtout les humains et les SurNat qui s'en sont chargés. Mais les vampires ont cependant émis quelques murmures approbateurs. Évidemment, ce n'est pas vraiment la même chose, mais j'imagine qu'ils ne peuvent pas faire mieux.

Ce n'était pas l'envie de découvrir comment Eric avait bien pu devenir prêtre qui me manquait, mais il n'était pas question de laisser filer Jake avant qu'il m'ait révélé ce que j'ignorais sur Quinn. Il essayait justement de me fausser compagnie en se faufilant à travers la foule. Je n'ai pourtant pas tardé à le rattraper. Il n'était pas un vampire assez expérimenté pour réussir à me semer.

— Maintenant, crache le morceau, lui ai-je aussitôt ordonné.

Il a tenté de faire celui qui ne voyait pas de quoi je voulais parler. Mais il a vite compris à mon expression que ça ne marcherait pas avec moi.

Donc, pendant que l'assistance se dirigeait vers le buffet – en essayant quand même de ne pas se jeter sur les « boissons gratuites » –, j'ai attendu que Jake se décide à vider son sac.

— Je n'arrive pas à croire qu'il ne t'en ait pas parlé lui-même, a-t-il fini par lâcher.

Je l'ai fusillé du regard pour bien lui faire comprendre que je commençais à perdre patience.

— D'accord, d'accord, a-t-il maugréé. J'ai appris tout ça quand j'étais encore un loup-garou. Quinn est une sorte de rock star chez les hybrides, tu sais. Il est l'un des derniers tigres-garous vivants et l'un des plus féroces.

J'ai hoché la tête. Jusque-là, rien de bien nouveau pour moi.

— La mère de Quinn s'est fait capturer par un groupe de chasseurs, une nuit de pleine lune, alors qu'elle venait de se métamorphoser, a-t-il enchaîné, entrant sans préambule dans le vif du sujet. Ils espéraient prendre un ours pour pimenter leurs combats de chiens – une pratique totalement illégale, bien sûr –, juste histoire d'attirer de nouveaux parieurs et de faire monter les enchères. Ça se passait quelque part dans le Colorado, et il neigeait. Sa mère était toute seule, et Dieu seul sait comment, elle est tombée dans le piège.

— Et son père ?

— Quinn a perdu son père tout petit. Il avait à peine quinze ans quand sa mère a été capturée.

Je sentais que le pire était encore à venir. La suite m'a donné raison.

— Voyant qu'elle ne rentrait pas, il s'est changé en tigre, lui aussi, et a suivi sa piste jusqu'au bivouac des chasseurs. Traumatisée par sa capture, sa mère avait recouvré forme humaine. Quand Quinn est arrivé, l'un des chasseurs était en train de la violer.

Jake a pris une profonde inspiration.

— Il n'a pas fait de quartier.

J'ai baissé les yeux. Je ne savais pas quoi dire.

— Ensuite, il a fallu… nettoyer le terrain. Quinn n'avait pas de meute pour lui prêter main-forte – les tigres ne vivent pas en bande –, et sa mère était grièvement blessée et en état de choc. Alors, Quinn s'est adressé aux vampires du nid le plus proche. Ils ont accepté de faire le travail pour lui, à condition qu'il leur consacre trois ans de sa vie. Il n'avait pas vraiment le choix, a conclu Jake avec un haussement d'épaules fataliste.

— Mais il s'engageait à quoi exactement ?

— À descendre dans la fosse. À se battre jusqu'à la mort durant trois ans – à supposer qu'il survive jusqu'au terme des trois années, évidemment.

J'ai soudain eu la sensation que des doigts glacés remontaient le long de ma colonne vertébrale. André n'y était pour rien, cette fois-ci.

— La fosse ? ai-je soufflé.

S'il n'avait pas été doté de l'ouïe exceptionnelle des vampires, Jake ne m'aurait pas entendue.

— Les combats clandestins font l'objet de très nombreux paris, m'a-t-il expliqué. C'est un peu comme les combats de chiens que les chasseurs voulaient pimenter avec un ours. Les humains ne sont pas les seuls à aimer regarder les animaux s'entretuer. Certains vampires adorent ce genre de spectacle. D'autres SurNat aussi.

Je n'ai pas pu réprimer une moue de dégoût. J'en avais presque la nausée.

Jake m'observait, un peu étonné par ma réaction, mais aussi parce qu'il voulait me laisser le temps de me préparer : l'histoire ne s'arrêtait pas là.

— Quinn a survécu, a-t-il finalement repris. Il est l'un des rares à avoir atteint une telle longévité.

Jake m'a adressé un regard en coin.

— Il remportait victoire sur victoire, a-t-il murmuré. C'était l'un des plus farouches combattants qu'on ait jamais vus. Il se battait contre des ours, des lions...

— Mais est-ce que ces SurNat-là ne sont pas en voie de disparition ?

— Oh si ! Mais même les hybrides en voie d'extinction ont besoin d'argent, j'imagine. Et on peut se faire un sacré paquet avec les combats clandestins, quand on a amassé assez de fric pour miser sur soi-même.

— Pourquoi a-t-il arrêté ?

Je commençais à regretter amèrement ma curiosité. Je me disais que j'aurais dû attendre que Quinn me révèle ses secrets de lui-même. J'espérais qu'il l'aurait fait, du moins. Jake a attrapé au vol un verre de sang synthétique sur le plateau d'un serveur qui passait et l'a vidé d'un trait.

— Il avait fait ses trois ans. Et puis, il devait s'occuper de sa sœur.

— Sa sœur ?

— Oui. Sa mère est tombée enceinte, cette nuit-là, et la blonde décolorée qui nous a donné ces trucs en tulle à l'entrée est le résultat du viol en question. Frannie a l'art d'attirer les ennuis, et sa mère n'arrive pas à la tenir. Alors, elle l'a envoyée faire un petit séjour chez son frère. Frannie a débarqué ici hier soir.

J'en avais assez entendu. Sans ajouter un mot, j'ai tourné les talons et planté là Jake Purifoy. Il n'a pas essayé de me retenir.

Chapitre 11

J'étais tellement pressée d'échapper à la foule que, dans mon élan, j'ai heurté un vampire. Avant que je comprenne ce qui m'arrivait, il m'avait déjà agrippée par les épaules. Il avait une longue moustache à la Fu Manchu et une crinière qui aurait fait honneur à une paire de mustangs, le tout d'un noir de jais assorti à son costume. À un autre moment, je ne dis pas que je n'aurais pas été tentée de m'attarder. Mais là, je voulais juste qu'il dégage.

— Pourquoi tant de hâte, gente demoiselle ? s'est-il enquis, lyrique.

— Écoutez, monsieur, lui ai-je répondu – la politesse due au grand âge : il devait être plus vieux que moi, forcément –, je n'ai vraiment pas le temps. Excusez-moi de vous avoir bousculé, mais il faut impérativement que je parte.

— Vous ne seriez pas donneuse volontaire, par hasard ?

— Non, non, désolée.

Il m'a brusquement lâchée, à mon grand soulagement. J'ai continué mon chemin, avec un peu plus de prudence, cependant. J'avais eu chaud.

— Ah ! Vous voici, Sookie ! s'est exclamé André d'un ton quelque peu mécontent. La reine vous demande.

Je ne devais pas oublier que j'étais là pour travailler. Que je sois en train de vivre un drame personnel ou non ne changeait rien à l'affaire. J'ai suivi André docilement. La reine était en grande conversation avec un groupe de vampires et de simples mortels.

— Bien sûr que je suis avec vous, Sophie ! disait une vampire en robe longue asymétrique, fermée sur l'épaule par une énorme broche tout étincelante de diamants.

Les pierres étaient peut-être des cristaux de Swarovski, pour ce que j'en savais, mais j'aurais parié que c'étaient de vrais diamants. La mousseline rose pâle faisait très joliment ressortir sa peau satinée couleur café au lait.

— Arkansas était un crétin fini, de toute façon. J'ai déjà été absolument stupéfaite que vous l'épousiez.

— Donc, si je passe en justice, vous serez clémente avec moi, Alabama ?

À l'entendre, on aurait juré que Sophie-Anne venait de fêter son seizième anniversaire. Le visage lisse et ferme qu'elle levait vers son interlocutrice était d'une fraîcheur toute juvénile, ses grands yeux brillaient et elle paraissait à peine maquillée. En plus, elle avait lâché ses cheveux, chose plutôt rare chez elle.

La vampire a paru s'attendrir.

— Mais bien sûr !

Pendant ce temps, son familier – ou, disons, son humain de compagnie –, le fangbanger habillé à la dernière mode que j'avais repéré un peu plus tôt dans le hall, se disait : « Je ne lui donne pas dix minutes pour retourner sa veste. Et elle recommencera à comploter avec les autres, comme d'habitude. Oh ! Certes, ils prétendent tous aimer les feux de camp et les longues balades en bord de mer au clair de lune, mais dès que vous allez à une soirée, c'est manigances, mensonges et compagnie. »

Le regard de Sophie-Anne a croisé le mien. J'ai imperceptiblement secoué la tête. Alabama a pris congé pour aller féliciter les jeunes mariés, son chien-chien humain sur les talons. Craignant des oreilles indiscrètes, à l'ouïe beaucoup plus fine que la mienne, j'ai articulé un « plus tard » muet qui m'a valu un acquiescement silencieux d'André.

Le dragueur suivant n'était autre que le roi du Kentucky, le type qui se payait des britlingans en guise de gardes du corps. Kentucky avait tout d'un Davy Crockett en goguette. Il lui manquait la peau d'ours et la toque de trappeur à queue de raton-laveur, mais il portait un pantalon de cuir, une veste et des bottes de daim à franges et un grand foulard de soie noué autour du cou. C'était peut-être pour se protéger de la police de la mode qu'il avait engagé les britlingans, tout compte fait.

Pas de Batanya ni de Clovache à l'horizon, d'ailleurs. J'en ai conclu qu'elles étaient restées dans sa suite. C'était bien la peine de faire venir à prix d'or des gardes du corps d'une autre dimension, s'ils n'étaient pas assez près du corps en question pour le garder ! Et puis, comme je n'avais pas de nouveaux cerveaux à fouiller pour m'occuper, j'ai fini par remarquer un élément bizarre : quelque compact que soit le flot passant à proximité, il restait toujours un espace vide derrière le roi du Kentucky. Les gens le contournaient, comme s'ils évitaient un obstacle invisible. Les britlingans devaient être de service, en définitive.

— Ah ! Sophie-Anne, vous êtes un vrai plaisir pour les yeux ! s'est exclamé Kentucky, avec un accent à couper au couteau, visqueux comme du miel.

Il avait pris soin de laisser pointer ses crocs pour bien montrer à quel point c'était un plaisir. Beurk.

— Isaiah ! C'est toujours une joie pour moi de vous voir, lui a répondu l'intéressée, avec cette voix calme et ce visage impassible dont elle ne se départait jamais.

Impossible de déterminer si Sophie-Anne savait que les britlingans étaient juste derrière lui. En m'approchant un peu, je me suis rendu compte que, tout en étant incapable de les voir, je pouvais détecter leur signature mentale. La magie qui les enveloppait physiquement étouffait également les ondes qu'elles émettaient, mais je parvenais tout de même à percevoir une vague résonance pour chacune d'elles. Du coup, comme une idiote, je leur ai souri. Et ce n'était vraiment pas malin de ma part, parce que le roi du Kentucky s'en est aperçu. J'aurais dû me douter qu'il était moins bête qu'il n'en avait l'air.

— Sophie-Anne, j'aimerais bien vous causer, mais il va falloir éloigner cette petite blonde, là, pendant le temps que ça durera, a-t-il déclaré avec un grand sourire, avant de me désigner du menton. Sans blague, elle me fiche les jetons.

La reine s'est inclinée.

— Mais bien sûr, Isaiah. Sookie, pourriez-vous aller chercher la valise dont parlait cet employé au téléphone, tout à l'heure ? m'a-t-elle demandé, toujours aussi imperturbable.

— Tout de suite, ai-je aussitôt acquiescé, loin d'être vexée de devoir jouer les coursiers.

J'avais presque oublié l'appel du type bourru, en début de soirée. Je trouvais stupide qu'on nous oblige à descendre dans les sous-sols de l'hôtel au lieu d'envoyer un groom récupérer la valise en perdition pour nous la rapporter directement dans la suite. Mais au *Pyramid* comme partout ailleurs, le règlement, c'était le règlement.

Comme je me retournais pour partir, j'ai croisé le regard d'André. Son visage était toujours aussi inexpressif. Pourtant, alors que je m'éloignais, je l'ai entendu dire :

— Excuse-moi, Sophie, mais nous n'avons pas transmis à la fille ton programme pour la nuit.

Et, par un de ces mouvements éclair auxquels je ne parvenais décidément pas à me faire, il s'est retrouvé juste à côté de moi, la main posée sur mon bras. Je me suis demandé s'il avait reçu un de ces petits messages télépathiques dont la reine usait pour communiquer avec lui – tout comme elle venait de le faire avec Sigebert, qui avait déjà remplacé André, se postant derrière sa maîtresse, un peu en retrait.

— J'ai à vous parler, m'a dit André.

En un clin d'œil, il m'a propulsée vers la sortie la plus proche. Nous avons atterri dans les coulisses de l'hôtel : un couloir beige non identifié qui filait tout droit, sur une dizaine de mètres, avant de tourner sur la droite. Un plateau à la main, deux serveurs sont apparus à l'angle et nous ont croisés en nous adressant un coup d'œil intrigué. Un seul regard d'André a suffi à les faire détaler.

— Les britlingans sont à leur poste, ai-je aussitôt annoncé à André, pensant que c'était la raison pour laquelle il m'avait attirée à l'écart. Elles sont juste derrière le roi du Kentucky. Est-ce que tous les Britlingans peuvent se rendre invisibles ?

Mais, déjà, André avait bougé, un geste si vif que mon œil avait tout juste pu capter une vague traînée colorée. Son poignet était devant ma bouche, dégoulinant de sang.

— Buvez ! m'a-t-il ordonné.

En même temps, j'ai senti qu'il essayait de forcer mes barrières mentales.

— Non !

J'étais non seulement révoltée par l'injonction elle-même et, plus encore, par le procédé, mais cette violence, la vue de ce sang qui coulait…

— Pourquoi ?

J'ai essayé de reculer, mais il n'y avait aucune échappatoire et aucun secours à l'horizon.

— Il nous faut un lien plus fort avec vous. Nous avons besoin de nous attacher vos services par plus qu'un simple chèque. Vous vous êtes déjà montrée beaucoup plus utile que nous ne l'avions imaginé. Ce sommet est d'une importance capitale pour nous.

Notre survie en dépend. Nous devons jouer tous nos atouts. Or, vous en faites partie.

Quelle franchise !

— Mais je ne veux pas que vous ayez la moindre emprise sur moi, lui ai-je rétorqué (c'était terrible d'entendre ma voix trembler comme ça). Si je bois votre sang, vous saurez ce que je ressens, et ça, je le refuse. J'ai été engagée pour ce job, mais après, je reprends ma vie normale.

— Vous n'avez plus de vie normale.

Il n'avait pas l'air agressif, non, ni même un tant soit peu méchant. C'était bien ça le plus affolant, le plus terrifiant. Il disait ça avec un naturel désarmant.

— Mais si ! C'est vous les aliens, pas moi !

Je ne savais pas trop ce que j'entendais par là, mais André a semblé comprendre où je voulais en venir.

— Je me moque de ce que vous projetez de faire de votre petite existence de mortelle, m'a-t-il lancé en haussant les épaules.

Ta vie, ma fille ? Une peccadille !

— Nous consoliderons notre position, si vous buvez mon sang. Alors, vous n'avez pas le choix, a-t-il insisté. Et ne vous plaignez pas : je vous ai fourni des explications, ce que je ne me serais pas donné la peine de faire si je ne respectais pas vos dons.

J'ai tenté de me dégager, mais autant essayer de repousser un éléphant : ça ne marche que si l'éléphant veut bien bouger. Or, André, lui, ne voulait pas. Son poignet s'est encore rapproché. J'ai serré les lèvres. Mais j'étais persuadée qu'il n'hésiterait pas une seconde à me casser les dents, s'il le fallait. Et si jamais j'avais le malheur de crier, j'aurais son sang dans la bouche avant d'avoir eu le temps d'émettre le moindre son.

Tout à coup, une troisième présence s'est matérialisée dans le couloir : Eric. Toujours drapé dans sa grande cape de velours noir, son capuchon rejeté en arrière, il se tenait juste à côté de nous, une expression incertaine sur le visage – ce qui ne lui ressemblait pas.

— Pourquoi faites-vous cela, André ? a-t-il demandé d'une voix encore plus grave qu'à l'accoutumée.

— Oserais-tu critiquer les ordres de ta reine ?

En intervenant dans l'exécution des ordres de Sa Majesté, Eric se mettait en fâcheuse posture – je supposais, du moins, que la reine était au courant de la démarche d'André. Mais je priais de toutes mes forces pour qu'il reste, pour qu'il m'aide. Je l'implorais du regard.

André était bien le dernier vampire avec lequel j'aurais accepté d'avoir un lien de sang. Et dire que c'était moi qui avais donné à Sophie-Anne l'idée de l'épouser après l'avoir nommé roi de l'Arkansas ! Une très bonne idée, d'ailleurs. Et voilà comment j'étais récompensée ? J'ai eu mal. C'était idiot, je le savais, mais c'était plus fort que moi. Ça m'apprendrait à considérer les vampires comme des êtres humains.

— André, laissez-moi vous faire une suggestion, a proposé Eric d'un ton plus calme et plus posé.

Parfait. Il gardait la tête froide. Cela en faisait au moins un sur nous deux.

— Il ne faut pas contrarier Sookie, sinon elle ne voudra plus coopérer.

Oh, bravo ! Si c'était ça, sa brillante suggestion, j'étais mal partie ! Mais je ne m'attendais pas non plus à un « Lâche-la ou je te brise la nuque ». Eric était bien trop futé pour ça. Mais pourquoi John Wayne n'était-il jamais là quand on avait besoin de lui ? Où était Bruce Willis ? Matt Damon ? J'aurais pleuré de joie de voir Jason Bourne devant moi à cet instant précis.

— Nous avons déjà échangé notre sang, Sookie et moi. Et plusieurs fois. À vrai dire, nous avons même été amants, a continué Eric en avançant d'un pas. Je pense qu'elle ne se montrerait pas si récalcitrante, si c'était moi le donneur. Le résultat serait le même, puisque je vous ai prêté allégeance, a-t-il argué en s'inclinant respectueusement.

Il se montrait prudent, extrêmement prudent. Ma terreur vis-à-vis d'André est encore montée d'un cran.

Tout à sa réflexion, André m'avait lâchée. Sa plaie au poignet s'était déjà pratiquement refermée, de toute façon. J'ai pris quelques bonnes bouffées d'air. Mais ma respiration était saccadée et mon cœur battait à tout rompre.

André a regardé Eric. J'ai cru déceler de la méfiance dans ses prunelles. Puis il s'est tourné vers moi.

— Vous avez tout du lapin qui tremble sous son buisson en sentant le renard approcher, a-t-il commenté.

Il a marqué un long temps d'arrêt.

— Vous nous avez rendu grand service, à la reine et à moi, à plusieurs reprises, a-t-il finalement admis. Puisque l'objectif final sera atteint, pourquoi pas ?

Je m'apprêtais déjà à lui dire : « Et n'oubliez pas que je suis le seul témoin de la mort de Peter Threadgill », mais mon ange gardien m'a fait taire. Enfin, ce n'était peut-être pas mon véritable ange gardien, plutôt mon inconscient, mais dans un cas comme dans l'autre, je lui en étais reconnaissante.

André a fini par céder.

— D'accord, Eric. Tant qu'elle est liée à quelqu'un de notre royaume... Je n'ai eu qu'une seule goutte de son sang, pour savoir si elle avait des origines faériques. Mais si vous avez pratiqué plusieurs échanges, il existe déjà une relation très forte entre vous. Répond-elle bien lorsque tu l'appelles ?

Quoi ? Quel appel ? Quand ça ? Eric ne m'avait jamais « appelée ». Pour tout dire, j'avais même carrément défié son autorité. Et plus d'une fois.

— Oui, elle obéit au doigt et à l'œil, a répondu Eric sans ciller.

J'ai failli m'étouffer. Mais ça lui aurait cassé son effet. Alors, je me suis contentée de baisser la tête, comme si j'avais honte de ma condition d'obéissante esclave.

— Bon, eh bien, faites donc ! a ordonné André avec un geste agacé.

— Ici ? Je préférerais un endroit plus discret, a protesté Eric.

— Ici et maintenant.

André n'allait manifestement pas transiger davantage.

— Sookie, a murmuré Eric en rivant sur moi un regard d'une éloquente intensité.

Je lui ai rendu son regard. Je savais ce que cela signifiait : je n'allais pas y couper. Inutile de crier, de lutter, de tenter de m'opposer à ce que, désormais, plus rien ne pouvait empêcher. Eric m'avait certes épargné la soumission à André, mais il ne pourrait pas aller au-delà.

Il a haussé les sourcils : sa manière à lui de me dire que c'était la meilleure solution, qu'il essaierait de me ménager, qu'il valait nettement mieux pour moi être attachée à lui plutôt qu'à André.

Je le savais. Non seulement parce que je ne suis pas aussi bête que j'en ai l'air, mais aussi parce que ce lien dont il avait parlé à André existait bel et bien entre nous. Eric comme Bill avaient bu mon sang, et moi le leur. Pour la première fois, je saisissais le sens réel de l'« attachement » que ça impliquait. Est-ce que je n'avais pas une furieuse tendance à oublier qu'ils étaient des vampires, à les considérer comme des humains ? N'avaient-ils pas le pouvoir de me faire souffrir plus que quiconque ? Et ce n'était pas uniquement la relation intime que j'avais eue avec eux qui nous liait. C'était le pacte que nous avions signé en échangeant nos sangs. Certes, sans doute grâce à ma généalogie un brin fantaisiste, je n'étais pas à leur merci : ils ne pouvaient pas contrôler ma volonté, ni lire dans mes pensées. La réciproque était vraie. Mais il y avait bel et bien quelque chose de fort entre nous. Combien de fois n'avais-je pas perçu ce léger bourdonnement en fond sonore, sans comprendre que c'était eux que j'entendais vivre ?

Heureusement, on met beaucoup moins de temps à penser tout ça qu'à le raconter.

— Eric, lui ai-je répondu, en inclinant docilement la tête sur le côté.

Inutile d'en dire davantage. Il ne s'y est d'ailleurs pas trompé. Il s'est approché et s'est penché vers moi en tendant les bras pour déployer sa cape autour de moi et nous procurer un semblant d'intimité. Le geste était un peu ambigu et ne servait pas à grand-chose, mais l'intention y était.

— Pas de sexe, Eric, lui ai-je tout de même ordonné, avec autant de fermeté que je le pouvais.

Tant que ça n'aurait rien à voir avec la morsure d'un amant, je pourrais encore le supporter. Mais il était hors de question que j'aie une relation sexuelle devant qui que ce soit. Déjà, les lèvres glacées d'Eric se posaient au creux de mon cou ; son corps se plaquait contre le mien. Je lui ai passé les bras autour du cou, tout simplement parce que c'était plus facile. Puis il m'a mordue. Je n'ai pu retenir un hoquet de douleur.

Ça ne l'a pas empêché de continuer – heureusement, parce que j'avais hâte qu'on en finisse. D'une main, il me caressait le dos, comme s'il cherchait à me réconforter.

Au bout de quelques interminables secondes, il m'a léché le cou pour s'assurer que les deux petites plaies vives se refermeraient rapidement – sa salive avait des vertus cicatrisantes.

— À toi, Sookie, m'a-t-il murmuré à l'oreille.

À moins d'être allongée sur lui ou de l'obliger à se plier en deux, je ne pouvais pas atteindre son cou.

J'ai bien vu qu'il s'apprêtait à m'offrir son poignet, mais il aurait fallu qu'on change de position. C'était trop compliqué. Alors, j'ai déboutonné sa chemise et dénudé son torse. Là, j'ai eu un temps d'hésitation. J'ai toujours eu horreur de ce moment. Nos dents d'humain de base ne sont pas assez pointues. Je me disais : « Ça va être de la boucherie. » C'est alors qu'Eric a fait quelque chose d'inattendu : il a sorti le poignard rituel dont il s'était servi au mariage des deux rois vampires et, avec cette même dextérité dont il avait alors fait preuve, il s'est entaillé la poitrine juste sous le sein gauche. Le sang, épais, s'est lentement écoulé de la blessure. J'en ai profité pour jouer les sangsues. C'était un geste affreusement indécent, je le reconnais. Encore une chance que je n'aie pas eu à regarder André et qu'il n'ait pas pu me voir.

Je sentais Eric bouger et j'ai compris qu'il n'était pas insensible à l'érotisme de la situation. Je ne pouvais rien y faire, à part maintenir cette distance cruciale de quelques centimètres entre nous. J'ai aspiré de toutes mes forces et j'ai entendu Eric laisser échapper un gémissement étouffé. J'essayais seulement d'en finir au plus vite. Le sang de vampire est presque sucré, mais lorsqu'on a conscience de ce qu'on est en train de faire et qu'on n'est pas à deux doigts de l'orgasme, je vous jure que ça n'a rien d'une partie de plaisir. Quand j'ai estimé que le supplice avait assez duré, je me suis redressée. J'ai refermé la chemise d'Eric d'une main tremblante, persuadée que l'incident était clos et que j'allais pouvoir aller me terrer quelque part jusqu'à ce que les battements affolés de mon cœur veuillent bien se calmer.

C'est alors qu'une porte a claqué contre un mur et que Quinn a fait irruption.

— Mais qu'est-ce que vous fabriquez, exactement ? a-t-il rugi.

— Ils obéissent aux ordres, lui a sèchement répondu André.

— Ma femme n'a d'ordres à recevoir de personne !

J'ai ouvert la bouche pour protester. Mais, étant donné les circonstances, je me voyais mal répliquer que je n'appartenais à personne et que j'étais parfaitement capable de me débrouiller toute seule.

Je ne savais pas trop comment me sortir d'une situation pareille. Il n'existait aucun manuel de savoir-vivre qui prévoyait une telle calamité. Même l'imparable règle de bienséance que ma grand-mère recommandait en toute occasion (« fais ce qui gênera le moins les gens ») ne pouvait pas, même de très, très loin, s'appliquer à une catastrophe de cette ampleur. Je me suis demandé ce que cette chère Abby en aurait dit.

— André, ai-je dit en m'efforçant de prendre un ton décidé et un air résolu, et non soumis et terrifié. Je vais terminer le job que j'ai commencé parce que je m'y suis engagée. Mais plus jamais je ne travaillerai ni pour vous, ni pour la reine. Eric, merci d'avoir essayé de me rendre la chose aussi agréable que possible (quoique le mot « agréable » n'ait pas été le plus approprié, en l'occurrence).

L'intéressé s'était décalé d'un pas mal assuré pour s'adosser contre le mur. Sa cape s'était ouverte, et la tache sur son pantalon crevait les yeux.

— Oh ! Pas de problème, a-t-il murmuré.

Il avait pris une voix rêveuse, ce qui n'a rien arrangé. Je l'ai même soupçonné de l'avoir fait exprès. J'ai senti le rouge me monter aux joues.

— Quinn, on discutera plus tard, comme convenu, ai-je poursuivi, cassante. Enfin, si tu veux toujours me parler.

Et, regardant droit devant moi, je me suis forcée à remonter ces dix mètres d'une banalité absolue, à tourner à l'angle et à passer la porte battante qui donnait directement… dans les cuisines. Ce n'était assurément pas là où je voulais aller, mais, au moins, je m'étais débarrassée des trois types du couloir.

À la première personne portant l'uniforme de l'hôtel que j'ai rencontrée, j'ai demandé :

— Je cherche l'endroit où on récupère les bagages oubliés.

La serveuse était en train de charger son énorme plateau de verres de sang artificiel. Elle ne s'est pas interrompue, mais elle a désigné du menton une porte sur laquelle un panneau indiquait « Sortie ».

La sortie en question donnait sur une volée de marches qui descendaient vers les niveaux inférieurs, probablement les sous-sols de la pyramide. On n'a pas de cave, dans ma région (à cause du niveau de la mer), et c'est avec une certaine appréhension que je me suis enfoncée sous terre.

Jusque-là, j'avais cavalé comme si quelque chose me poursuivait – ce qui, au sens figuré, n'était que la plus stricte vérité – et je m'étais concentrée sur cette fichue valise pour m'empêcher de penser. Mais, arrivée au bas de l'escalier, je me suis brusquement arrêtée.

Maintenant que j'étais vraiment seule, qu'il n'y avait plus personne pour me voir, je pouvais m'accorder un petit moment de répit. Je suis restée sans bouger, appuyée d'une main contre le mur, et je me suis enfin autorisée à réagir à ce qui venait de se passer. Je me suis mise à trembler de tout mon corps et, machinalement, j'ai porté la main à mon cou. Mon col avait une texture étrange. J'ai tiré dessus pour l'examiner. Il était taché de mon sang. Les larmes me sont montées aux yeux. Alors, je me suis laissée glisser le long du mur de ce sinistre escalier, dans les soubassements d'une ville inconnue, loin de chez moi, et j'ai pleuré.

Chapitre 12

Je ne parvenais tout simplement pas à m'expliquer ce qui s'était passé. Cela ne collait pas du tout avec l'image que j'avais de moi, ni avec ma façon de me comporter. *Ça devait arriver*. C'était la seule chose qui me venait à l'esprit. *Ça devait arriver*. Mais ça ne suffisait pas à me consoler.

Puis je me suis dit : « D'accord, Sookie, mais comment aurais-tu pu faire autrement ? » La réponse s'imposait : je n'étais pas de taille à lutter contre André, et je n'avais aucun moyen de pression sur lui. Eric aurait pu lui tenir tête, lui. Il avait cependant d'excellentes raisons de s'y refuser. Premièrement, il ne voulait pas perdre l'éminente position qu'il occupait auprès de Sa Majesté ; deuxièmement, rien ne prouvait qu'il aurait eu le dessus sur André. Sans compter que, même si, par chance, il l'avait emporté, l'amende aurait été drôlement salée : les vampires ne se battent pas pour une simple mortelle.

C'est vrai aussi que j'aurais pu la jouer héroïque : plutôt mourir que de me rendre. Mais si je ne voyais pas vraiment comment j'aurais pu m'y prendre, ce que je voyais très bien, en revanche, c'est que je n'avais absolument aucune envie de renoncer à la vie.

En clair, je n'aurais tout bonnement rien pu faire. En tout cas, rien ne m'est venu à l'esprit pendant que j'étais là, accroupie au pied de cet escalier beige, à pleurer.

Je me suis secouée. J'ai tiré un mouchoir en papier de ma poche pour me tamponner les yeux, je me suis vaguement recoiffée et je me suis redressée. J'étais en bonne voie de recouvrer mon estime de moi. Pour le reste, on verrait plus tard.

J'ai poussé la lourde porte métallique et je me suis retrouvée dans une vaste zone bétonnée. Plus je m'enfonçais dans les entrailles de l'hôtel, plus le décorum le cédait au fonctionnel. À cette profondeur, j'avais atteint le degré zéro de l'esthétique.

Comme personne ne faisait attention à moi, j'en ai profité pour examiner les lieux – il faut dire aussi que je n'étais pas franchement pressée de retourner auprès de Sa Majesté. Au centre de l'immense cave s'élevait une énorme cage d'ascenseur de type industriel. L'établissement avait été conçu pour offrir le minimum d'ouvertures sur l'extérieur, de façon à prévenir toute intrusion, tant d'humains indésirables que de l'ennemi juré des vampires : le soleil. L'hôtel se devait cependant de posséder au moins un accès pour le chargement et le déchargement des cercueils, ainsi que pour le ravitaillement. Et cet ascenseur remplissait cet office. C'était ici qu'arrivaient les cercueils, avant d'être montés dans les chambres. Deux hommes en uniforme armés de fusils le gardaient. Mais ils avaient l'air de s'ennuyer ferme et ne ressemblaient en rien aux vigiles du hall qui, eux, donnaient l'impression d'être constamment sur les dents.

Dans un coin, près du mur du fond, à gauche de l'ascenseur, tout un tas de sacs et de valises étaient parqués dans une sorte d'enclos délimité par ces plots à ruban extensible qu'on utilise dans les aéroports pour canaliser les voyageurs. Comme aucun préposé ne semblait s'en occuper, je suis allée voir ça de plus près – une vraie traversée du désert – et j'ai commencé à lire les étiquettes. Il y avait déjà un jeune type à lunettes en costume, un autre larbin envoyé, comme moi, récupérer un bagage égaré.

— Qu'est-ce que vous cherchez ? lui ai-je demandé. Si jamais je tombe dessus, je peux le sortir du lot.

— Bonne idée. On nous a appelés pour nous signaler qu'une de nos valises était restée ici. Alors, me voilà. L'étiquette devrait être au nom de Phoebe Golden, reine de l'Iowa, ou quelque chose comme ça. Et vous ?

— Sophie-Anne Leclerq, Louisiane.

— Waouh ! Vous travaillez pour elle ? Alors, c'est elle qui a trucidé le roi de l'Arkansas ?

— Non. Et je suis bien placée pour le savoir : j'y étais.

Le type, déjà intrigué, est devenu carrément dévoré de curiosité. Mais comme il était clair que je n'en dirais pas plus, il a détourné les yeux.

J'étais effarée par le nombre de valises en souffrance.

— Pourquoi ne peuvent-ils pas simplement les monter dans les chambres, comme les autres bagages ? me suis-je étonnée auprès du jeune binoclard en costume.

Il a haussé les épaules.

— On m'a dit que c'était une question de responsabilité, qu'on devait reconnaître nos bagages en personne, pour qu'ils puissent certifier que ce sont bien les bons clients qui sont venus les chercher. Hé ! Voilà le mien ! Je ne peux pas lire le nom, mais c'est clairement écrit « Iowa ». Il appartient donc à quelqu'un de notre délégation. Bon, eh bien, au revoir. Ravi de vous avoir rencontrée, m'a-t-il lancé, avant de s'éloigner en tirant un grand sac noir à roulettes derrière lui.

L'instant d'après, j'ai décroché la timbale à mon tour : une grosse valise en cuir bleu avec une étiquette portant la mention : « Shérif... Zone. » Impossible de déchiffrer les pattes de mouche – les vampires utilisent toutes sortes d'écritures, selon l'époque à laquelle ils sont nés et l'éducation qu'ils ont reçue. En revanche, le mot « Louisiane » était parfaitement lisible. J'ai pris la vieille valise et je l'ai soulevée pour lui faire franchir la clôture improvisée. Même de plus près, je n'arrivais pas à lire l'étiquette. J'ai décidé de suivre l'exemple de mon homologue de l'Iowa : monter le bagage en perdition dans la suite de la reine et la placer en vue jusqu'à ce que quelqu'un se décide à le réclamer.

Un des gardes en faction s'est alors tourné vers moi.

— Où vous allez avec ça, ma jolie ? m'a-t-il lancé.

— Je travaille pour la reine de Louisiane. C'est elle qui m'a envoyée chercher cette valise.

— Votre nom ?

— Sookie Stackhouse.

Il a interpellé un collègue, un gros costaud assis derrière un immonde bureau sur lequel trônait un ordinateur préhistorique.

— Hé, Joe ! Regarde donc si tu as une Stackhouse, tu veux ?

— OK, lui a répondu Joe, quittant des yeux le jeune type de l'Iowa qui disparaissait à l'autre bout du sous-sol pour me soumettre au même examen silencieux.

En s'apercevant que je le regardais, il a baissé la tête pour taper sur son clavier avec une mine coupable, rivant les yeux à son écran comme si ce dernier allait lui révéler tout ce qu'il avait toujours voulu savoir sur... ce qu'il voulait savoir. Enfin, pour ce qui était du job qu'on lui avait confié, c'était sans doute vrai.

— C'est bon, a-t-il braillé à l'intention du garde en faction. Elle est bien sur la liste.

C'était la même voix bourrue que j'avais eue au téléphone. Il a recommencé à me reluquer, avec une telle insistance que cela m'a intriguée. J'ai décidé d'aller voir dans son cerveau de quoi il retournait. Des trois ou quatre humains perdus dans ces oubliettes bétonnées, aucun ne pensait à rien de particulier. Ils avaient tous l'esprit vacant, des idées neutres. Tous... sauf Joe. Il n'avait pas l'esprit vacant, lui. Il avait l'esprit... sécurisé. Je n'avais jamais rien rencontré de tel. Quelqu'un lui avait mis une espèce de casque mental. J'ai essayé de le forcer, de le contourner, de passer en dessous : rien à faire. Pendant que je tâtonnais pour parvenir à lire dans ses pensées, Joe me regardait, et il n'avait pas l'air commode. Je ne crois pas qu'il ait soupçonné ce que je faisais. Je crois plutôt que j'avais affaire à un mauvais coucheur-né.

— Excusez-moi, ai-je lancé, m'époumonant pour qu'il puisse m'entendre. Est-ce que vous avez une photo à côté de mon nom, sur votre liste ?

— Non, a-t-il répondu avec un reniflement dédaigneux, comme si je venais de lui poser une question idiote. On a une liste de tous les invités au sommet et des gens qu'ils amènent avec eux.

— Alors, comment savez-vous que je suis moi ?

— Hein ?

— Comment savez-vous que je suis Sookie Stackhouse ?

— Pourquoi, c'est pas vous ?

— Si.

— Alors, qu'est-ce que vous avez à râler ? Allez, dégagez avec cette foutue valise !

Sur ces bonnes paroles, Joe a recommencé à regarder son PC, et le garde s'est retourné pour reprendre son poste face à l'ascenseur. *Ça doit être ça, la légendaire amabilité nordiste !* ai-je ironisé en moi-même.

La valise n'avait pas de roulettes – allez savoir depuis combien de temps son propriétaire la traînait ! J'ai donc dû la porter jusqu'à l'escalier de service. C'est alors que j'ai remarqué un autre ascenseur près de la porte métallique. Il ne faisait même pas la moitié de l'autre – celui qui communiquait avec l'extérieur –, et s'il pouvait transporter des cercueils, ce ne devait pas être plus d'un à la fois.

J'avais déjà la main sur la poignée quand je me suis rendu compte qu'en passant par l'escalier, j'allais être obligée d'emprunter le couloir fatidique. Et si André, Eric et Quinn y étaient encore ? Et s'ils s'étaient entre-tués ? J'avoue que, sur le moment, ce genre de scénario ne m'aurait pas foncièrement déplu, mais j'ai préféré limiter au minimum les risques d'une rencontre impromptue : j'ai pris l'ascenseur. Ce n'était sans doute pas très courageux de ma part, mais chacun ses limites. Or, j'avais atteint les miennes.

Cet ascenseur-là était assurément pour les tâcherons : les parois étaient capitonnées pour ne pas abîmer le chargement, et il ne desservait que les quatre premiers étages – sous-sol, hall, mezzanine et étage des humains. Au-delà, vu la forme pyramidale de l'hôtel, il fallait aller au centre du bâtiment pour trouver un ascenseur montant jusqu'au sommet. Cela devait être la croix et la bannière pour transporter les cercueils, avec tous ces transferts : le personnel du *Pyramid* ne volait pas son salaire.

J'ai décidé d'emporter la valise directement dans la suite royale. Je ne savais pas vraiment quoi en faire.

Arrivée à l'étage de la reine, j'ai trouvé le palier désert. Les vampires et leur staff étaient probablement encore à la soirée, en bas. Quelqu'un avait laissé une canette traîner dans une énorme urne aux motifs très voyants qui contenait un petit arbre – sans doute un palmier, pour rester dans la thématique égyptienne. L'urne se trouvait contre le mur, entre les deux ascenseurs. Cette fichue canette m'a énervée. Certes, il y avait des services d'entretien dont le rôle était précisément de nettoyer et de veiller à la propreté de l'hôtel. Mais c'était plus fort que moi : déformation professionnelle. On avait fait de cet endroit un véritable palace, et voilà qu'un abruti balançait ses déchets sans se gêner. Je me suis baissée pour attraper la maudite canette, avec la ferme intention de la jeter dans la première poubelle venue.

Elle était bien trop lourde.

J'ai posé la valise pour examiner l'objet de plus près. Les couleurs, le design en faisaient presque une canette de Dr Pepper ordinaire. Presque, mais pas tout à fait. C'est alors que les portes de l'ascenseur se sont rouvertes. Batanya en est sortie, un fusil bizarre dans une main, une épée dans l'autre. Toujours dans la cabine, le roi du Kentucky m'a jeté un coup d'œil intrigué par-dessus l'épaule de son garde du corps attitré.

Batanya a paru un peu surprise de me trouver plantée devant l'ascenseur. Elle a examiné les alentours et n'a rien remarqué d'inhabituel. Elle a abaissé son pistolet avec soin, mais a gardé l'épée à la main.

— Pourriez-vous vous écarter sur la gauche ? m'a-t-elle poliment demandé. Le roi voudrait rendre visite aux occupants de l'une de ces chambres.

Elle désignait du menton les portes à ma droite.

Incapable d'articuler le moindre mot, je n'ai pas bougé d'un pouce. Elle a observé une seconde ma posture, mon expression, puis elle a dit d'un ton compatissant :

— Je ne comprends pas comment vous faites, vous, les humains, pour ingurgiter ces boissons gazeuses. Quand j'ai essayé, ça m'a ballonnée, moi aussi.

— Ce n'est pas ça.

— Il y a un problème ?

— Ce n'est pas une canette vide.

J'ai vu le visage de Batanya se figer.

— Et... ce serait quoi, selon vous ? a-t-elle alors demandé, lentement et très, très calmement.

— Ça pourrait être... une caméra cachée ? ai-je suggéré, saisie d'un fol espoir. Ou, eh bien... je me disais que ça pouvait être une bombe. Parce que ce n'est pas une vraie canette. C'est trop lourd. Et puis, il n'y a pas de liquide dedans.

Rien n'avait bougé à l'intérieur quand j'avais saisi la canette.

— Je comprends.

Toujours ce même calme olympien. Elle a alors appuyé sur son armure, au niveau de la poitrine. Un petit rectangle bleu de la taille d'une carte de crédit s'est soudain allumé sous ses doigts.

— Clovache ? Objet non identifié au quatrième. Je ramène le roi sur-le-champ.

— Taille de l'objet ? a demandé Clovache avec un accent à consonance russe (enfin, c'est ce que mes oreilles d'Américaine qui n'a jamais mis les pieds hors de ses frontières ont cru déceler).

— La taille d'une de ces boîtes cylindriques contenant un sirop pétillant.

— Ah ! Les boissons qui font roter.

Bravo, Clovache ! Excellente mémoire.

— Oui. C'est la fille blonde dénommée Stackhouse qui l'a trouvée, a avoué Batanya d'un air sombre. Elle l'a en ce moment même entre les mains.

— Eh bien, dis-lui de la poser par terre, lui a conseillé Clovache, comme si c'était une évidence.

Derrière son garde du corps venu d'ailleurs, le roi du Kentucky commençait à manifester de l'anxiété. Batanya lui a jeté un coup d'œil par-dessus son épaule.

— Fais venir une équipe de déminage de la police locale, a-t-elle ordonné à Clovache. Je redescends avec le roi.

— Le tigre est là, lui a appris Clovache. C'est son humaine.

Avant que j'aie eu le temps de dire : « Pour l'amour du Ciel, ne le faites pas monter ici ! », le petit rectangle s'était éteint.

— Je dois assurer la sécurité du roi, m'a annoncé Batanya.

À son ton, on aurait presque pu penser qu'elle s'excusait. Elle a reculé dans l'ascenseur, a appuyé sur le bouton et m'a adressé un petit signe de tête qui m'a terrifiée : ce n'était pas là un simple salut, c'était un adieu. Les portes se sont refermées dans un soupir.

Et je me suis retrouvée toute seule, à l'étage désert, clouée sur place, avec un engin de mort entre les mains. Peut-être.

Aucun des deux ascenseurs ne donnait le moindre signe de vie. Personne ne sortait de l'une des suites du quatrième et personne ne tentait d'y entrer. La porte de l'escalier de service demeurait désespérément fermée. Il s'est écoulé ainsi un long moment pendant lequel je n'ai fait que rester plantée là, à tenir une fausse canette de Dr Pepper. J'ai tremblé un peu aussi, mais pas trop.

Soudain, Quinn a poussé la porte de l'escalier de service avec un tel fracas que j'ai failli en lâcher ma canette. À en croire son souffle court, il venait de monter les marches quatre à quatre. J'avais autre chose à faire que de chercher à savoir ce qu'il avait en tête, mais son visage affichait le même parfait sang-froid qu'avait arboré Batanya. Todd Donati, le responsable de la sécurité, le suivait de près. Ils ont pilé à environ quatre pas de moi.

— L'équipe de déminage est en route, m'a annoncé Donati, qui avait manifestement décidé de commencer par les bonnes nouvelles.

— Repose cette canette où elle était, bébé, a murmuré Quinn.

— Oh, mais je ne demande que ça, moi, de la reposer ! lui ai-je répliqué. Je suis juste trop morte de trouille pour m'y risquer.

Je n'avais pas bougé un muscle depuis au moins trois milliards d'années et je commençais à fatiguer. Mais je restais immobile, à regarder fixement cette maudite canette entre mes mains. Je me suis juré que plus jamais je ne boirais de Dr Pepper de ma vie. Et pourtant, avant cette nuit-là, j'adorais ça.

— Bon, d'accord, a dit Quinn. Alors, donne-la-moi.

Rien ne m'aurait fait plus plaisir.

— Pas tant qu'on ne sait pas ce que c'est, lui ai-je répondu. Si ça se trouve, c'est une caméra, ou bien un appareil photo. Peut-être qu'un journal à scandale essaie de décrocher un scoop sur le sommet des vampires vu de l'intérieur.

J'ai vaguement tenté de sourire.

— Peut-être que c'est un ordinateur miniature qui fait le décompte des vampires et des humains quand ils passent devant. Peut-être que c'est une bombe que Jennifer Cater avait planquée là avant d'être assassinée. Peut-être qu'elle voulait faire exploser la reine.

J'avais eu tout le temps de cogiter là-dessus.

— Et peut-être qu'elle va t'arracher la main, m'a-t-il répliqué. Laisse-moi la prendre, bébé.

— Tu es sûr que tu veux faire ça, après ce qui s'est passé ce soir ?

Je n'en menais pas large.

— Ne t'inquiète pas pour ça. On en reparlera plus tard. Donne-moi juste cette satanée canette.

J'ai remarqué que Donati ne se portait pas volontaire, lui. Il était pourtant atteint d'une maladie incurable. N'avait-il pas envie de finir en héros ? Puis j'ai eu honte d'avoir seulement osé penser une chose pareille. Donati avait une famille, et il voulait profiter de chaque minute qu'il lui restait à passer avec elle.

L'ex-policier transpirait abondamment, et il était aussi pâle qu'un vampire. Il avait une oreillette et il était en train de faire son rapport à... quelqu'un.

— Non, Quinn. C'est un type qui porte un de ces équipements spéciaux qui doit la prendre, ai-je déclaré. Je ne bouge pas. La canette ne bouge pas. Tout va bien. On attend qu'un de ces mecs arrive. Ou une de ces nanas, ai-je aussitôt précisé, par esprit d'équité.

Je me sentais un peu groggy. Les chocs en série de la nuit commençaient à faire leur effet. J'ai même été saisie de tremblements. En outre, je commençais à trouver qu'il était vraiment stupide de ma part de m'entêter ainsi. Et pourtant, je m'entêtais.

— Il y a quelqu'un ici qui possède la vision infrarouge ? ai-je tenté de plaisanter. Où est donc ce planqué de Superman quand on a besoin de lui ?

— Qu'est-ce que tu cherches exactement ? À jouer les martyrs ? Tu veux te sacrifier pour ces fichus machins ? s'est emporté Quinn.

J'ai présumé que les « fichus machins » désignaient les vampires.

— Mais bien sûr, c'est ça ! ai-je raillé. Il faut dire qu'ils m'adorent, hein ? Tu en vois combien, toi, de vampires ici ?

— Un, a répondu Eric en émergeant de l'escalier de service. Nous sommes un peu trop étroitement liés, désormais, à mon goût, Sookie.

Il était manifestement tendu. Je ne me rappelais pas l'avoir jamais vu aussi anxieux.

— Je suis venu exploser avec toi, on dirait, a-t-il soupiré.

— Oh, bon sang ! Il ne manquait plus que ça ! Pour couronner cette saleté de journée, revoilà Eric le Viking !

Et si mon ton était un brin sarcastique, j'avais des excuses.

— Vous êtes tous complètement dingues ! Mais fichez donc le camp d'ici !

— Eh bien, moi, je vais le faire, a annoncé tout à coup Donati. Vous ne voulez laisser personne prendre l'objet suspect, vous refusez de le poser, et il ne vous a pas encore pulvérisée. Je pense donc que je vais descendre attendre l'équipe de déminage dans le hall.

D'une logique imparable.

— Merci d'avoir appelé les renforts, lui ai-je lancé, comme il atteignait l'escalier.

Je pouvais lire dans ses pensées à livre ouvert. Il avait horriblement honte de m'abandonner à mon triste sort sans avoir été capable de m'aider davantage. Il avait l'intention de descendre un étage et de prendre l'ascenseur pour ménager ses forces. La porte de service a claqué derrière lui, et je me suis retrouvée seule avec Eric et Quinn. Jolie figure triangulaire. Comment fallait-il l'interpréter ?

J'avais la tête qui tournait.

Eric s'est alors avancé vers moi, tout doucement, à pas comptés – sans doute pour ne pas m'affoler. Bientôt, il est parvenu à mes côtés. Un peu plus loin, sur ma droite, Quinn avait le cerveau en ébullition. Il cherchait désespérément ce qu'il pouvait bien faire pour moi et, bien sûr, il avait un peu peur de ce qui risquait d'arriver.

Quant à Eric, comment savoir ce qu'il avait en tête ? Mes sens pouvaient maintenant le localiser facilement, mais rien de plus.

— Tu vas me donner ça et t'en aller, Sookie, m'a-t-il ordonné.

Il utilisait ses propres facultés pour faire pression sur mes barrières, et il poussait de toutes ses forces.

— Ça ne marchera pas, ai-je marmonné. Ça n'a jamais marché.

— Tu es une femme butée.

— Certainement pas ! ai-je protesté, au bord des larmes.

D'abord on m'accusait de vouloir jouer les martyrs, et maintenant les fortes têtes !

— Je ne veux pas la remuer, c'est tout ! me suis-je défendue. C'est trop dangereux !

— Certains pourraient se dire que tu as des tendances suicidaires.

— Oui, eh bien, certains peuvent se mettre leur idée où je pense !

— Bébé, remets-la où elle était. Pose-la tout doucement, m'a alors conseillé Quinn d'une voix caressante. Après ça, je t'offrirai un verre plein d'un tas d'alcools très forts. Tu es vraiment une sacrée nana, tu sais ça ? Je suis très fier de toi, Sookie. Mais si tu ne la poses pas et si tu ne fiches pas le camp d'ici dans la seconde qui suit, je te préviens que je vais piquer une colère noire, tu m'entends ? Je ne veux pas qu'il t'arrive quelque chose. Ce serait trop bête, tu ne crois pas ?

L'entrée en scène d'une quatrième entité m'a épargné les prolongations.

Quand les portes se sont ouvertes, nous avons tous les trois sursauté. Nous étions si absorbés dans notre drame que nous n'avions pas entendu l'ascenseur arriver. J'étais dans un tel état de nerfs que j'ai carrément pouffé en voyant le petit robot débarquer sur le palier. J'ai eu le réflexe de lui tendre la canette, mais je me suis dit qu'il n'était sans doute pas censé la prendre. Il semblait téléguidé. Il s'est légèrement tourné vers la droite pour me faire face. Il est resté immobile une ou deux minutes, comme s'il voulait m'examiner soigneusement, moi et ce que je tenais dans les mains. Puis, ce minutieux examen achevé, il a reculé dans la cabine. Son bras articulé s'est levé avec un mouvement saccadé pour appuyer sur le bon bouton, les portes se sont refermées, et il a disparu.

— Je hais la technologie moderne, a posément déclaré Eric.

— Faux. Tu raffoles de tout ce que les ordinateurs peuvent t'apporter. Tu te rappelles comme tu étais content quand tu as vu ce tableau des emplois du temps du *Fangtasia*, avec toutes ces cases horaires si bien remplies ?

— C'est le côté impersonnel de la technologie que je n'aime pas. Mais j'aime le savoir qu'elle détient.

Cette conversation était décidément trop psychédélique pour que je puisse la poursuivre, dans de telles circonstances.

— Quelqu'un monte, nous a alors annoncé Quinn, en allant ouvrir la porte de l'escalier de service.

Et, au milieu de notre petit groupe, s'est avancé le démineur chargé de récupérer l'engin suspect. Les effectifs de la police de Rhodes ne comptaient peut-être aucun vampire, mais il y en avait dans l'équipe de déminage. Le vampire en question portait une tenue qui lui donnait un faux air de cosmonaute. Un petit marrant avait écrit « Boum ! » sur sa combinaison, à l'emplacement du badge réglementaire. Hilarant.

— Bon, les civils, va falloir nous abandonner le terrain, à la petite dame et à moi, a déclaré Boum en s'approchant lentement. Dégagez, les mecs, a-t-il insisté en voyant qu'ils ne bougeaient pas.

— Non, a répliqué Eric.

— Certainement pas ! a rétorqué Quinn.

Pas facile de hausser les épaules avec une combinaison pareille. Pourtant, Boum y est parvenu. Il tenait à la main une sorte de cube. J'ai attendu qu'il soulève le couvercle et qu'il le place juste sous la canette, puis j'ai déposé celle-ci dans la boîte capitonnée avec mille précautions. Puis j'ai retiré mes mains, envahie d'un soulagement indescriptible. Boum a alors remis le couvercle. Derrière son masque transparent, il souriait joyeusement. Je grelottais de partout, et mes bras tremblaient d'avoir dû garder la pose si longtemps.

Ralenti par sa combinaison, Boum s'est retourné et a fait signe à Quinn de lui ouvrir la porte de l'escalier. Quinn a aussitôt obtempéré, et le démineur a commencé à descendre les marches à pas lents, prudents et réguliers. Peut-être a-t-il souri tout le long du chemin. Il n'a pas explosé – nous sommes restés suffisamment longtemps muets comme des carpes et complètement tétanisés pour le savoir.

— Waouh ! ai-je fini par souffler.

Effectivement, ce n'était pas très brillant comme dialogue mais, émotionnellement, j'étais en mille morceaux. Mes jambes ont déclaré forfait. Quinn s'est précipité pour me prendre dans ses bras.

— Espèce d'idiote ! a-t-il soufflé. Espèce d'idiote !

C'était comme s'il disait : « Merci mon Dieu ! » Blottie contre mon tigre-garou préféré, je me suis frotté la joue contre son tee-shirt E(E)E pour sécher mes larmes.

Quand j'ai jeté un coup d'œil sous son bras, il n'y avait plus personne à l'horizon : Eric s'était volatilisé. J'ai donc pu jouir de ce moment d'intimité, du bonheur d'être enlacée, de savoir que Quinn tenait encore à moi, que ce qui s'était passé avec André et Eric n'avait pas étouffé dans l'œuf les sentiments qu'il commençait à éprouver pour moi. J'ai alors savouré pleinement le soulagement suprême d'avoir échappé à la mort.

Puis, tout à coup, les portes de l'escalier et des ascenseurs se sont ouvertes en même temps, déversant un flot de gens qui voulaient tous me parler.

CHAPITRE 13

Le chef de la sécurité ne s'est pas embarrassé de préambule : à peine assis dans la suite royale, il a balancé son pavé dans la mare.

— C'était une bombe. Une petite bombe artisanale rudimentaire. J'en saurai plus quand la police l'aura examinée. Je l'espère, du moins.

J'avais enfin réussi à caser la maudite valise bleue, le long d'un des deux lits, et j'étais contente d'en être débarrassée. Sa Majesté ne s'était pas donné la peine de me remercier. Le contraire m'aurait étonnée. C'est bien pour ça qu'on a des larbins, non ? S'il fallait les remercier chaque fois qu'on leur demande quelque chose... Je n'étais même pas sûre que cette antiquité lui appartienne, de toute façon.

— Ça va me coûter ma place, poursuivait Donati. Surtout après les meurtres du septième.

Son ton était calme, presque résigné, mais, intérieurement, il ruminait son amertume. Il ne voulait pas perdre l'assurance-maladie à laquelle son travail lui donnait droit.

— Et comment cette canette est-elle arrivée à l'étage de la reine ? Et justement à la sortie des ascenseurs ?

André se fichait éperdument de la situation professionnelle de Todd Donati. Il dardait son regard bleu glacial sur l'ex-policier. Celui-ci lui rendait la pareille, d'ailleurs, mais il y avait de la lassitude dans ses yeux.

— Pourquoi diable seriez-vous renvoyé juste parce que quelqu'un a réussi à s'introduire ici et à poser une bombe ? À moins que... vous ne seriez pas chargé d'assurer la sécurité des clients de l'hôtel, par hasard ?

Gervaise donnait volontiers dans le sarcasme, apparemment. Je ne le connaissais pas très bien, mais je commençais à me dire que ce n'était pas plus mal. Cleo lui a donné une tape sur le bras, suffisamment forte pour qu'il fasse la grimace.

Donati a manifestement préféré ne pas relever.

— Récapitulons, a-t-il repris sans se démonter. De toute évidence, quelqu'un est venu jusqu'ici et a posé une bombe dans cette plante, à côté des ascenseurs. Elle pouvait donc être destinée à la reine, puisque la porte de sa suite est la plus proche. Mais elle pouvait tout aussi bien viser n'importe quel autre occupant de l'étage. Et elle a même pu être posée au quatrième par hasard. Je pense donc que la bombe et le massacre des vampires de l'Arkansas sont deux affaires complètement différentes. Au cours des interrogatoires que nous avons menés, nous avons découvert que Jennifer Cater ne s'était pas fait que des amis : votre reine n'était pas la seule à avoir des raisons de lui en vouloir, quoique ces dernières aient indubitablement été les plus sérieuses. Il n'est pas impossible que Jennifer Cater ait posé cette bombe avant d'être assassinée ou ait payé quelqu'un pour le faire.

J'ai discrètement lorgné vers Henrik Feith. Assis dans un coin, le dernier survivant de la délégation de l'Arkansas secouait la tête avec un frémissement de barbe pathétique. J'ai essayé de l'imaginer en train de se faufiler dans les couloirs de l'hôtel, une bombe à la main : impossible. Le petit vampire semblait, quant à lui, convaincu d'avoir atterri dans un nid de vipères. Il devait déjà amèrement regretter d'avoir accepté la protection de la reine. Pour l'heure, ce n'était assurément pas une position très confortable.

— Il faut battre le fer pendant qu'il est chaud, a tranché André.

Plongé dans ses pensées, il suivait vraisemblablement le fil de ses déductions personnelles.

— Ce n'était pas très sensé de la part de Christian Baruch de menacer de vous licencier maintenant, alors qu'il a plus que jamais besoin de vos services, a-t-il concédé.

— Ce type est un peu soupe au lait, a commenté Donati, avec un tel accent que j'ai soudain réalisé qu'il n'était pas de Rhodes.

Plus il était stressé, plus son accent natal reprenait le dessus. Il n'était pas originaire de Louisiane, non... Du Tennessee, peut-être ?

— Le couperet n'est pas encore tombé, a-t-il repris. Et si on réussit à découvrir le fin mot de l'histoire, je garderai peut-être mon boulot. Les candidats ne se bousculent pas, pour ce genre de job.

Tant dans la police que dans les sociétés de sécurité privées, il y a beaucoup de gens qui n'aiment pas…

Bosser avec ces fichus vampires. Donati a gardé la fin pour lui – et pour moi – et s'est vivement rappelé à l'ordre : « Tu ferais mieux de t'en tenir à l'affaire en cours. »

— … n'aiment pas les horaires et ne sont pas prêts à assumer la charge de travail nécessaire, a-t-il achevé à haute voix, à l'intention des vampires. Mais il me plaît bien, à moi, ce boulot.

Et mes gosses auront besoin de ma pension quand je mourrai. Encore deux mois, et ils seront couverts après mon décès.

Voilà ce que pensait Todd Donati. Il était venu dans les appartements de la reine de Louisiane pour me parler de l'incident de la canette de Dr Pepper (tout comme la police et l'omniprésent Christian Baruch avant lui), mais à présent, il s'attardait pour bavarder. Bien que les vampires n'aient pas l'air de s'en rendre compte, Donati se montrait plutôt loquace. Cette volubilité n'était en fait qu'un effet secondaire des puissants antalgiques qu'on lui prescrivait. J'avais de la peine pour lui, mais, en même temps, je me disais qu'un type qui avait tant à gérer, dans sa vie privée, ne devait pas être à cent pour cent de ses capacités dans son travail. Quelque chose avait pu échapper à sa vigilance, au cours de ces derniers mois, à mesure que sa maladie progressait. Peut-être qu'il n'avait pas engagé les bonnes personnes. Peut-être qu'il avait omis une étape cruciale pour assurer la protection des clients de l'hôtel. Peut-être que…

J'ai soudain été submergée par une vague de chaleur : Eric approchait.

Je n'avais jamais ressenti aussi intensément sa présence. Il avait dû vraiment forcer la dose, lors de notre dernier échange. J'en ai eu un coup au cœur. Si ma mémoire était bonne, c'était la troisième fois qu'Eric me donnait son sang. Or, trois n'est jamais un chiffre anodin. Dès qu'il était à proximité, je le sentais, mais désormais, c'était avec une acuité décuplée. Et la réciproque devait être vraie. Ça ne s'arrêtait probablement pas là, qui plus est : maintenant que le lien qui nous unissait s'était encore resserré, il fallait s'attendre à d'autres effets que je ne connaissais pas encore. J'ai fermé les yeux, atterrée.

On a frappé à la porte, et quand, après avoir jeté un coup d'œil soupçonneux par le judas, Sigebert a ouvert, Eric se tenait sur le seuil. Je n'arrivais même pas à le regarder. Quant à le saluer, j'en étais incapable. J'aurais pourtant dû lui être reconnaissante de ce qu'il avait fait pour moi. En un certain sens, je l'étais, d'ailleurs. Comment seulement m'imaginer en train de sucer le sang d'André ? Je n'aurais jamais pu le supporter. Non, je retire ce que je viens de dire. Il aurait bien fallu que je le supporte. Ç'aurait juste été à vomir. Il n'en demeurait pas moins qu'on ne m'avait pas demandé mon avis, et ça, je n'étais pas près de l'oublier.

En voyant Eric s'asseoir à côté de moi, j'ai bondi du canapé comme si j'avais été piquée par un serpent, et j'ai traversé la pièce pour aller me servir un verre d'eau. Mais, où que j'aille, je sentais sa présence. Et, pour ne rien arranger, je me suis rendu compte que ce rapprochement avait quelque chose de réconfortant, comme si je me sentais plus en sécurité de le savoir près de moi.

Super.

Tous les autres sièges étant occupés, j'ai repris, la mort dans l'âme, ma place auprès du beau Viking, qui détenait à présent un peu de moi. Je devais avouer qu'avant cette nuit-là, j'avais toujours été plutôt contente de le voir, et que je pensais d'ailleurs un peu trop à lui – il n'est pas très sain pour une femme de penser trop souvent à un être qui lui survivra pendant des siècles.

J'étais néanmoins bien obligée de me rappeler que ce n'était pas la faute d'Eric. Le shérif de la Cinquième Zone avait beau être un arriviste intrigant et un redoutable politique, fermement décidé à devenir le numéro un, je ne voyais pas comment il aurait pu deviner les intentions d'André et faire en sorte d'arriver au bon moment pour raisonner ce dernier. Donc, quel que soit l'angle sous lequel on considérait la chose, je devais bel et bien une fière chandelle à Eric. Ce n'était cependant pas devant la reine, et encore moins devant André, que j'allais le remercier.

— Bill est toujours occupé à vendre ses petits CD en bas, m'a discrètement annoncé Eric.

— Et alors ?

— Alors, je me disais que tu te demandais peut-être pourquoi il ne s'était pas montré quand tu étais en fâcheuse posture.

— Ça ne m'a même pas traversé l'esprit.

En revanche, je me demandais bien pourquoi il mettait ça sur le tapis.

— C'est moi qui l'ai obligé à rester en bas, m'a-t-il avoué. Après tout, je suis son chef de zone, non ?

J'ai haussé les épaules.

— Il avait envie de me frapper, a-t-il poursuivi en esquissant un sourire. Il aurait voulu t'arracher la bombe des mains, être ton sauveur. Quinn était prêt à le faire également, d'ailleurs.

— Je me souviens parfaitement qu'il me l'a proposé.

— Moi aussi.

Il paraissait avoir du mal à s'en remettre.

— Je n'ai pas envie d'en parler, ai-je déclaré fermement.

L'aube approchait, et j'avais eu une nuit pour le moins éprouvante. J'ai discrètement attiré l'attention d'André et je lui ai désigné Donati du menton. J'essayais de lui faire comprendre que le chef de la sécurité n'était pas dans son état normal. Pour tout dire, le pauvre avait un teint de cendre.

— Si vous voulez bien nous excuser, monsieur Donati... Nous apprécions votre compagnie, mais nous avons encore beaucoup de choses à voir pour organiser notre soirée de demain, a alors déclaré André.

Il avait eu beau se montrer diplomate, Donati ne s'en est pas moins raidi : il venait de se faire congédier et il l'avait parfaitement compris.

— Mais bien sûr, monsieur André, lui a répondu le chef de la sécurité. J'espère que vous allez tous profiter d'une bonne journée de sommeil. Nous nous verrons demain soir.

Il s'est levé avec un effort manifeste, réprimant à grand-peine une grimace de douleur.

— Mademoiselle Stackhouse, j'espère que vous vous remettrez très vite de cette mauvaise expérience, a-t-il ajouté.

— Merci.

Déjà, Sigebert avait ouvert la porte pour l'inviter à sortir.

Donati n'avait pas franchi le seuil qu'à mon tour, je me levais.

— Si vous voulez bien m'excuser, je vais regagner ma chambre.

La reine m'a lancé un regard perçant.

— Quelque chose vous aurait-il contrariée, Sookie ?

Pure formule de politesse de sa part, à mon avis : elle ne paraissait pas vraiment avoir envie de connaître la réponse.

— Contrariée ? Oh ! Pourquoi est-ce que je serais contrariée, on se le demande ! J'adore qu'on me fasse faire des trucs contre mon gré.

Sous mon crâne, la pression n'avait cessé de monter, et les mots jaillissaient à présent de ma bouche comme la lave d'un volcan en éruption, en dépit des instances de cette petite partie de moi qui m'exhortait, pas si bête, à me taire.

— Alors, forcément, après, ai-je embrayé, obstinément sourde à la voix de la raison, j'adore rester à papoter avec ceux qui ont forcé ma volonté. C'est encore plus marrant !

Je perdais en cohérence ce que je gagnais en violence. J'ignore jusqu'où je serais allée si Sophie-Anne n'avait levé sa petite main blanche. Elle semblait « un tantinet » perturbée, comme aurait dit ma grand-mère.

— Vous présumez que je sais de quoi vous parlez et que je peux tolérer les vociférations d'une humaine à mon encontre ? a-t-elle rétorqué.

Les grands yeux bleus d'Eric brillaient comme éclairés de l'intérieur, et il était si beau que j'aurais voulu me noyer dans son regard – *mon Dieu, aidez-moi !* Je me suis forcée à regarder André, lequel m'examinait comme s'il numérotait mes abattis. Quant à Gervaise et Cleo, ils ne manifestaient qu'un intérêt poli.

— Pardonnez-moi, ai-je murmuré, revenant brutalement à la réalité.

Il était si tard, j'étais tellement éreintée et la nuit avait été si mouvementée que j'ai cru, l'espace d'un instant, que j'allais tourner de l'œil. Mais on ne s'évanouit pas, chez les Stackhouse, ni chez les faé, je suppose. C'était le moment de rendre grâce à cette infime portion de mon patrimoine génétique, d'ailleurs : en un moment pareil, je lui devais sans doute beaucoup plus que je ne l'imaginais.

— Je suis très fatiguée, ai-je plaidé.

Tout esprit de révolte m'avait brusquement désertée. Je ne souhaitais plus qu'une chose : me coucher. Je me suis traînée jusqu'à la porte dans un silence de mort. Mais alors que je la refermais derrière moi, j'ai entendu la reine dire :

— André. Explications.

Quinn m'attendait près de la porte de ma chambre. Je ne savais même pas si j'étais contente ou triste de le voir et je n'avais plus la force de me poser la question. J'ai sorti ma clé magnétique et j'ai ouvert la porte. Après avoir vérifié que ma compagne de chambre n'était pas là (je me demandais bien où elle était, puisque Gervaise était toujours chez la reine), j'ai fait signe à Quinn que la voie était libre.

— J'ai une idée, m'a-t-il posément annoncé.

Trop épuisée pour parler, je me suis contentée de hausser les sourcils.

— Si on dormait ? a-t-il suggéré.

— C'est la meilleure proposition qu'on m'ait faite de toute la journée.

Même dans mon état, il avait réussi à m'arracher un sourire. Et tout à coup, j'ai compris comme il me serait facile de tomber amoureuse de Quinn. Pendant qu'il s'éclipsait aux toilettes, je me suis déshabillée et j'ai enfilé mon pyjama – très court, rose et soyeux…

Quinn est ressorti de la salle de bains en slip, mais j'étais tout bonnement trop exténuée pour admirer le spectacle. Il s'est mis au lit pendant que j'allais me démaquiller et me brosser les dents. Comme je me glissais sous les draps, il s'est tourné sur le côté et m'a ouvert les bras. Je m'y suis blottie sans hésiter. Nous ne nous étions pas douchés, mais j'ai adoré son odeur : une odeur d'être vivant, débordant d'énergie. Il sentait bon la vie.

— Belle cérémonie, hier soir, ai-je malgré tout pensé à lui dire, après avoir éteint la lampe de chevet.

— Merci.

— D'autres en vue ?

— Oui, pour le procès de ta reine – enfin, maintenant que cette garce de Cater a disparu de la circulation, qui sait s'il aura lieu ? Et demain, il y a le bal.

— Ah ! Je vais pouvoir porter ma jolie robe ! ai-je murmuré, étonnée du petit frémissement de plaisir qui me parcourait à cette perspective. Tu es censé bosser ?

— Non, c'est l'hôtel qui organise le bal. Tu vas danser avec moi, ou tu penches plutôt pour le grand blond aux dents longues ?

— Pitié !

J'aurais préféré que Quinn ne m'y fasse pas repenser.

Mais, au même moment, il a dit :

— Oublie ça, bébé. On est là, toi et moi, maintenant, dans ce lit, ensemble, et c'est tout ce qui compte.

Ensemble, et c'est tout ce qui compte. Mmm... Voilà qui semblait prometteur.

— On t'a dit, pour moi, ce soir, non ? m'a-t-il soudain demandé.

La nuit avait été si riche en incidents de toutes sortes qu'il m'a fallu un petit moment pour me rappeler ce que j'avais effectivement découvert à son sujet... et pour me souvenir qu'il avait une demi-sœur, une enquiquineuse de première à moitié dingue, qui vivait à ses crochets et qui m'avait prise en grippe d'emblée.

Je le sentais tendu : il craignait ma réaction. Son appréhension était perceptible, tant physiquement que mentalement. J'ai essayé de choisir mes mots, de trouver une jolie façon d'exprimer ce que j'éprouvais. Mais j'étais trop fatiguée pour ça.

— Écoute, Quinn, il n'y a pas de problème pour moi.

Je l'ai embrassé sur la joue, puis j'ai effleuré ses lèvres.

— Aucun problème, ai-je renchéri. Et j'apprendrai à aimer Frannie.

— Oh ! a-t-il soufflé, soulagé. Bon, alors... c'est bien.

Il a déposé un baiser sur mon front, et nous avons sombré tous les deux dans le sommeil.

J'ai dormi comme un vampire. Je ne me suis pas relevée pour aller aux toilettes, ni même retournée dans le lit. J'ai juste vaguement émergé à un moment donné en entendant Quinn ronfler – à peine une vibration. Je me suis pelotonnée plus étroitement contre lui, et le ronflement s'est arrêté net. Il a marmonné quelques secondes, puis s'est tu.

Quand j'ai fini par me réveiller pour de bon, le réveil sur la table de chevet indiquait 16 heures. J'avais fait le tour du cadran. Quinn était parti, mais il avait dessiné une grosse bouche – avec mon rouge à lèvres – sur une feuille du papier à en-tête de l'hôtel qu'il avait posée sur son oreiller. Ça m'a fait sourire. Ma camarade de chambre n'était pas rentrée. Peut-être qu'elle passait la journée dans le cercueil de Gervaise... Cette pensée m'a fait frissonner.

— Moi, ce type me laisse froide, ai-je lâché tout haut, en regrettant qu'Amelia ne soit pas là pour me donner la réplique.

En parlant d'Amelia... J'ai récupéré mon portable au fond de mon sac.

Elle a décroché à la première sonnerie

— Hé ! s'est-elle joyeusement exclamée. Quoi de neuf ?

— Qu'est-ce que tu fais, toi ? lui ai-je demandé, en essayant de ne pas trop donner dans le mal du pays.

— Je brosse Bob. Il a des nœuds.

— Et en dehors de ça ?

— Oh ! J'ai un peu bossé au bar, a-t-elle annoncé d'un ton détaché.

La nouvelle m'a laissée abasourdie.

— À faire quoi ?

— Eh bien à servir des consos, quoi d'autre ?

— Comment ça se fait ? Sam avait besoin de toi ?

— La Confrérie organise un grand raout à Dallas, et Arlene voulait prendre un congé pour y aller avec ce crétin qui lui sert de petit copain. Là-dessus, le fils de Danielle s'est chopé une pneumonie. Sam a commencé à paniquer, et comme il se trouvait que j'étais au bar quand il l'a appris, il m'a demandé si je savais me débrouiller dans le métier. Et je lui ai dit : « Ça doit pas être bien sorcier, hein ? »

— Merci, Amelia.

Elle s'est esclaffée.

— Pardon. Ça, ce n'était pas très sympa. D'ailleurs, ce n'est pas si facile que ça. Tout le monde veut te tenir la jambe, alors que tu dois te grouiller sans rien renverser sur personne. Et il faut encore se rappeler ce que chacun veut boire et qui paie la tournée. Sans compter qu'on reste des heures et des heures debout.

— Bienvenue au club !

— Et toi, comment ça va avec ton gros chat ?

Après un temps d'arrêt, j'ai compris qu'il s'agissait de Quinn.

— Ça va, lui ai-je répondu, prenant par là même conscience que c'était plutôt vrai. Il a organisé une grande cérémonie hier soir : un mariage de vampires. Tu aurais adoré.

— Et qu'est-ce qu'il y a au programme, ce soir ?

— Eh bien, peut-être un procès...

Je n'avais pas envie de m'étendre sur le sujet, surtout pas au téléphone.

— ... et un bal.

— Waouh ! Tu vas jouer les Cendrillon ?

— Ça reste à voir.

— Et le boulot ?

— Je te raconterai ça quand je rentrerai, ai-je dit, mon enthousiasme soudain retombé. Je suis contente que tu aies de quoi t'occuper et que tout se passe bien.

— Au fait, Terry Bellefleur a téléphoné pour savoir si tu voulais un chiot. Tu te rappelles, quand Annie s'est fait la belle ?

Annie n'était autre que le très cher – dans les deux sens du terme – catahoula de Terry. Il était passé chez moi un soir, à la recherche de la fugitive, qui, le temps qu'il la retrouve, avait fait... de mauvaises rencontres.

— À quoi ils ressemblent, ces chiots ?

— Il faut les voir pour le croire, paraît-il. Je lui ai dit que tu passerais peut-être la semaine prochaine. Mais je ne t'ai engagée à rien, rassure-toi.

— OK, tu as bien fait.

Nous avons encore bavardé une minute, mais il n'y avait pas grand-chose à dire, puisque je n'étais partie de Bon Temps que depuis quarante-huit heures.

— Bon, a-t-elle conclu. Tu me manques, Stackhouse.

— Ah, oui ? Eh bien, toi aussi, tu me manques, Broadway.

— Allez, salut. Et pas de crocs dans le cou, hein ?

Trop tard.

— Salut. Et ne renverse pas la pression du shérif sur sa chemise.

— Si ça arrive, c'est que je l'aurai fait exprès.

Je me suis mise à rire. Moi aussi, j'avais plus d'une fois eu envie de lui faire un shampooing à la bière, à Bud Dearborn. En raccrochant, je me sentais de bonne humeur. Du coup, j'ai appelé le *room service*. Non sans quelque hésitation, je l'avoue : ce n'est pas le genre de chose que je fais tous les jours, ni même tous les ans. J'étais un peu mal à l'aise à l'idée de laisser le serveur entrer dans ma chambre. Mais Carla est arrivée juste au même moment. Elle était couverte de suçons et les arborait comme des décorations tandis qu'elle s'avançait vers son lit d'une démarche nonchalante dans sa robe de la veille.

— Mmm ! Ça sent bon, s'est-elle exclamée en guise de salut.

Je lui ai tendu un croissant. Elle a bu mon jus d'orange pendant que je sirotais mon café : l'accord parfait. Carla parlait pour deux, me relatant par le menu tout ce que j'avais vécu. Elle ne semblait pas réaliser que j'étais avec la reine quand le massacre de la délégation de l'Arkansas avait été découvert, et bien qu'elle ait entendu dire que c'était moi qui avais trouvé la bombe, elle m'a tout raconté, comme si je n'avais pas été là. Peut-être que Gervaise l'obligeait à se taire et qu'il fallait que ça sorte, à un moment ou à un autre, sous peine de déborder ?

— Qu'est-ce que tu mets pour le bal, ce soir ? lui ai-je demandé, profitant d'un moment où elle reprenait son souffle.

Elle ne s'est pas fait prier pour me montrer sa tenue : une robe noire à paillettes. Enfin, robe, c'était un bien grand mot. On cherchait presque le haut, quasi inexistant, comme sur sa précédente tenue de soirée, d'ailleurs. Carla n'avait qu'une devise : mettre ses atouts en valeur.

Elle m'a retourné la question, ce qui a donné lieu à un échange d'exclamations on ne peut plus hypocrites, chacune s'extasiant devant le bon goût de l'autre.

Nous avons été obligées d'utiliser la salle de bains à tour de rôle, ce à quoi je n'étais pas vraiment habituée. Par conséquent, quand Carla a fini par émerger, j'étais au bord de la crise de nerfs. Je commençais à me demander si la ville n'allait pas se trouver à court d'eau chaude. Naturellement, ce n'est pas arrivé et, en dépit de l'avalanche de produits de beauté qui avaient envahi les abords du lavabo, j'ai réussi à me laver et à me maquiller dans les temps. J'aurais bien voulu me relever les cheveux pour mettre ma belle robe en valeur, mais, mes compétences en matière de coiffure se limitant à la queue de cheval, je me suis résignée à les laisser libres. J'ai juste forcé un peu sur le maquillage et mis les grosses boucles d'oreilles que Tara m'avait fait acheter en m'affirmant que c'était exactement ce qu'il me fallait. J'ai tourné la tête plusieurs fois devant le miroir pour vérifier l'effet produit. Elles avaient le même reflet argenté que les petites perles sur ma robe du soir. Robe qu'il était temps d'enfiler, me suis-je dit avec un frémissement d'impatience.

Waouh. Bleu glacier, entièrement rebrodée de petites perles blanches et argentées, décolletée juste ce qu'il fallait devant et dans le dos : une pure merveille ! La robe étant pourvue d'un soutien-gorge incorporé, je n'ai pas eu besoin d'en mettre un. J'ai d'abord enfilé un slip sans coutures, qu'on ne risquait pas de deviner sous la robe, puis des bas, ourlés de dentelle à mi-cuisse, et enfin des sandales à hauts talons argentées.

Je m'étais verni les ongles pendant que Water Woman vidait le château d'eau fédéral. Une touche finale de rouge à lèvres, un dernier coup d'œil dans la glace, et j'étais prête.

Le verdict est tombé.

— Tu es vraiment superbe, Sookie.

J'ai remercié Carla. Je savais que j'avais un sourire jusqu'aux oreilles. Rien de tel que de se faire une beauté pour se remonter le moral. À voir ma mine rayonnante, on aurait pu croire que mon cavalier allait venir me chercher, un petit bouquet pour ma robe à la main, pour m'escorter à la fête de fin d'année. C'était JB qui m'avait accompagnée au bal du bac – en dépit des nombreuses sollicitations qu'il avait reçues des autres filles de terminale : il était tellement photogénique ! Et c'était ma tante Linda qui m'avait fait ma robe.

Maintenant, fini pour moi le « fait maison » !

En entendant frapper, j'ai jeté un regard anxieux au miroir. Mais c'était Gervaise qui venait chercher Carla. Elle lui a souri, puis a tourné sur elle-même pour recueillir les compliments qui lui étaient dus. Gervaise l'a embrassée sur la joue. Comme je l'ai déjà dit, le personnage me laissait froide et, avec sa grosse tête au visage inexpressif et sa fine moustache, il n'était vraiment pas mon type. Mais il était généreux, je devais lui reconnaître ça : sans plus de cérémonie, comme s'il lui offrait une bricole sans valeur, il a refermé autour du poignet de Carla un bracelet en diamants. Celle-ci a d'abord essayé de réprimer son excitation. Puis, oubliant toute retenue, elle lui a sauté au cou. J'étais un peu gênée par ces démonstrations d'affection, d'autant que la plupart des petits noms dont elle l'affublait, dans son enthousiasme, étaient terriblement précis, anatomiquement parlant.

Après leur départ, je suis restée plantée au milieu de la chambre, un peu désorientée. Je n'osais pas m'asseoir – je ne voulais pas froisser ma belle robe, au risque de gâcher mon effet. Ça ne me laissait pas beaucoup de marge de manœuvre. Il s'agissait surtout de ne pas m'énerver en voyant le chantier que Carla avait laissé derrière elle. Quinn avait bien dit qu'il passerait me prendre, non ? On n'était pas censés se retrouver directement en bas, si ?

Mon sac s'est mis à vibrer. Je me suis alors souvenue que j'y avais glissé mon pager. Oh, non !

« Descendez tout de suite. Procès imminent », disait le message.

Au même moment, le téléphone a sonné.

— Navré, bébé, m'a annoncé Quinn. Au cas où tu ne le saurais pas encore, le conseil a décidé que la reine devait passer en jugement immédiatement. Dépêche-toi. On t'attend ici. Je suis vraiment désolé. Je suis chargé de l'organisation du procès : je suis obligé de bosser. Peut-être que ce ne sera pas trop long.

— Bon, ai-je murmuré d'une voix mal assurée.

Et il a raccroché. Adieu le bal de conte de fées avec mon nouveau prince charmant ! Cendrillon pouvait aller se rhabiller.

Mais après tant d'efforts, je n'allais quand même pas me changer ! Tout le monde serait en tenue de soirée, de toute façon. Et même si la plus belle pour aller danser allait virer espionne en service commandé, j'avais bien le droit de mettre ma robe de princesse, moi aussi.

J'ai fait le trajet dans l'ascenseur avec un garçon d'étage. Il ne savait pas trop s'il avait affaire à une vampire ou non, et ça le rendait drôlement nerveux. Je trouve cela toujours très drôle, que les gens ne puissent pas faire la différence. Pour moi, les vampires ont une peau très légèrement luminescente.

Quand les portes de l'ascenseur se sont ouvertes dans le hall, André m'attendait. Je ne l'avais jamais vu aussi agité. Cela se devinait à l'infime crispation de ses doigts et parce qu'il s'était mordu la lèvre – bien que la plaie soit déjà pratiquement refermée. Jusqu'alors, André me mettait juste un peu mal à l'aise. Maintenant, il me faisait carrément horreur. Il était cependant évident que j'allais devoir faire abstraction de mes sentiments personnels.

— Comment est-ce possible ? s'est-il aussitôt exclamé. Sookie, il faut absolument que vous découvriez tout ce que vous pourrez sur le sujet. Nous avons plus d'ennemis que nous ne le pensions.

— Je croyais qu'après l'assassinat de Jennifer Cater le procès n'aurait plus de raison d'être, puisqu'elle était l'accusatrice principa...

— C'est ce que nous croyions tous ! a coupé André. Et nous étions persuadés que, s'il y avait malgré tout procès, ce ne serait qu'une pure formalité, un simple exposé des charges abandonnées pour que la juge rende une ordonnance de non-lieu. Mais, quand nous sommes descendus, nous étions attendus. Ils ont même repoussé le bal. Prenez mon bras.

J'ai tellement été prise au dépourvu que j'ai obéi.

— Souriez, m'a-t-il encore ordonné. Prenez un air assuré.

Et c'est ainsi que nous sommes entrés tous les deux, mon super pote André et moi, dans la salle de conférences : la tête haute et le regard fier.

Heureusement que j'étais douée pour le sourire factice et que j'avais de l'entraînement parce que là, pas question de faire dans l'amateurisme. Vampires comme humains, tous s'écartaient pour nous livrer passage. Certains souriaient aussi, mais sans une once de bienveillance ; d'autres avaient l'air inquiets, et d'autres encore semblaient juste un peu impatients, comme s'ils s'apprêtaient à voir un film salué par tous les médias.

À peine le seuil franchi, j'ai été immédiatement assaillie de pensées. Une véritable avalanche. Je souriais et marchais comme si de rien n'était, mais en réalité j'étais passée en pilote automatique : j'étais tout ouïe. *Belle fille... Sophie-Anne n'a que ce qu'elle mérite... Et si j'appelais son avocat ? Peut-être qu'elle serait ouverte à une proposition du roi ? Jolis seins... Un télépathe, voilà ce qu'il lui faut... on dit qu'elle couche avec Quinn... Il paraît qu'elle couche avec la reine et cette gueule d'ange d'André... Ramassée dans un bar... Sophie-Anne est finie. Elle ne l'a pas volé... Coucherait avec Cataliades... Fichu procès ! Où est l'orchestre ? Un buffet avant le bal, j'espère, avec de la vraie nourriture...*

J'en passe et des meilleures. Certaines de ces pensées nous concernaient, moi, la reine et/ou André ; d'autres n'étaient que des réflexions anodines de gens las d'attendre et qui ne voulaient qu'une chose : que le bal commence.

André et moi avons donc franchi à pas nonchalants cette haie d'hostilité, laquelle s'achevait dans la salle où, la veille, avait été célébré le mariage. Cette fois, l'assistance sur place était pratiquement à cent pour cent constituée de vampires. Absence notable : celle des serveurs humains et autres employés de l'hôtel au sang chaud. Ceux qui slalomaient à travers la foule avec leurs plateaux étaient exclusivement des buveurs de sang. Il allait se passer des choses, en ces lieux, auxquelles de simples mortels ne pouvaient assister. Si tant est que ce soit possible, mon anxiété s'en est encore accrue.

Quinn n'avait manifestement pas perdu son temps : l'estrade avait été entièrement réaménagée. La monumentale croix égyptienne avait disparu, et deux pupitres avaient été disposés de part et d'autre de la scène. À l'emplacement où les jeunes mariés avaient échangé leur sang, à peu près à mi-chemin entre les deux lutrins, se dressait à présent une sorte de trône dans lequel une vieille femme aux cheveux blancs hirsutes était assise. Je n'avais jamais vu de vampire qui le soit devenu à un âge aussi avancé, et quoique je me sois bien juré de ne plus jamais lui adresser la parole, c'est ce que j'ai dit à André.

— C'est la Grande Pythonisse, m'a-t-il répondu d'une voix absente.

Il scrutait l'assistance, sans doute à la recherche de Sophie-Anne. J'ai repéré Johan Glassport. Il allait avoir son heure de gloire, finalement. Le reste de la délégation de Louisiane était avec lui, sauf la reine, Eric et Pam, que j'avais aperçus près de la scène.

André et moi avons pris place au premier rang, à droite. Le premier rang de gauche était occupé par une bande de vampires hostiles. À leur tête se trouvait Henrik Feith. Le petit chaton effrayé s'était transformé en une boule de nerfs brûlante de haine. Il nous a fusillés du regard. Un peu plus, et il nous crachait dessus.

— Qu'est-ce qui lui prend, à celui-là ? a marmonné Cleo Babbitt en se laissant tomber dans le siège à ma droite. La reine lui propose de lui accorder sa protection, alors qu'il se retrouve seul et sans défense, et c'est comme ça qu'il la remercie ?

Cleo avait une classe folle dans son smoking. La sobriété du tailleur-pantalon lui allait bien. Son mignon faisait beaucoup plus féminin, à côté d'elle. Je me suis d'ailleurs demandé ce qu'il faisait là, dans une assemblée composée de SurNat dominée par les vampires. Assise derrière moi, Diantha s'est penchée pour me taper sur l'épaule. Elle avait revêtu un bustier rouge à volants noirs et une jupe en taffetas noir, également à volants. Elle tenait à la main une console de jeux.

— Contente de vous voir, m'a-t-elle lancé avec son débit de mitraillette habituel.

Je me suis efforcée de lui sourire, mais elle s'était déjà replongée dans son jeu vidéo.

— Qu'est-ce qu'on deviendra, si Sophie-Anne est reconnue coupable ? a soudain demandé Cleo.

Silence dans les rangs.

Eh bien, oui, que nous arriverait-il, si Sophie-Anne était reconnue coupable ? Vu la vulnérabilité actuelle de la Louisiane, et avec le scandale qui entourait la mort de Peter Threadgill, nous étions plutôt en mauvaise posture, pour ne pas dire franchement en danger.

Je ne sais pas pourquoi je n'avais pas réfléchi à la question avant, mais le fait est que ça ne m'avait même pas effleurée.

Après avoir réfléchi, j'ai compris que je ne m'en étais pas inquiétée parce que j'avais toujours vécu en tant que citoyenne américaine et libre. Je n'avais jamais eu à m'inquiéter de mon sort de cette façon.

Bill venait de rejoindre le petit groupe qui entourait la reine. Je l'ai vu s'agenouiller devant elle, tout comme Eric et Pam. André a aussitôt bondi de son siège et, dans un de ces déplacements éclair propres aux vampires, a traversé la salle pour se prosterner lui aussi devant sa souveraine. Sophie-Anne se dressait face à eux, telle quelque déesse antique acceptant l'hommage qui lui était dû. Cleo a suivi mon regard. J'ai cru surprendre un imperceptible haussement d'épaules. Cleo n'avait pas l'intention de s'incliner devant qui que ce soit.

— Qui forme le jury ?

La vampire en smoking m'a répondu en désignant du menton un groupe de cinq de ses congénères assis juste au pied de l'estrade, face à la Grande Pythonisse.

— Le roi du Kentucky, la reine de l'Iowa, le roi du Wisconsin, le roi du Missouri et la reine de l'Alabama.

Je n'avais rencontré que le roi du Kentucky et la reine de l'Alabama, dont je n'avais pas oublié la duplicité.

L'avocat de la partie adverse est venu retrouver Johan Glassport sur la scène. Quelque chose en lui me faisait penser à maître Cataliades, et quand il a hoché la tête dans notre direction, j'ai vu ce dernier le saluer.

— Une relation quelconque entre ces deux-là ?

— Ils sont beaux-frères, m'a répondu Cleo.

Je me suis demandé à quoi ressemblait une démone. Elles ne pouvaient quand même pas toutes ressembler à Diantha.

En costume gris, chemise blanche et cravate, Quinn a alors bondi sur l'estrade, un long bâton sculpté à la main. Il a fait signe à Isaiah, le roi du Kentucky, qui, comme flottant dans les airs, l'a rejoint sur la scène. Avec un grand geste théâtral, Quinn lui a ensuite remis son bâton. Kentucky, qui avait manifestement fait un effort vestimentaire par rapport à la soirée précédente, a frappé le plancher avec. Toutes les conversations se sont tues, et Quinn a reculé dans l'ombre.

— Mes pairs m'ont élu maître de cérémonie de cette audience, a annoncé Isaiah d'une voix de basse qui portait aisément jusqu'aux coins les plus reculés de la salle. Conformément aux traditions de la communauté à laquelle, comme tous les vampires ici présents, j'appartiens, je vous invite à assister au procès de Sophie-Anne Leclerq, reine de Louisiane, accusée du meurtre de son époux, Peter Threadgill, roi de l'Arkansas.

La voix profonde et grave de Kentucky ne rendait la chose que plus solennelle. Il brandissait bien haut le bâton, que personne ne pouvait ignorer.

— J'appelle les avocats des deux parties à se préparer.

— Je suis prêt, a répondu le beau-frère de Cataliades. Je suis Simon Maimonides et je représente le royaume en deuil de l'Arkansas.

— Je suis prêt, a répondu à son tour l'avocat assassin de notre camp. Je suis Johan Glassport et je représente Sophie-Anne Leclerq, veuve accusée à tort du meurtre de son époux légitime.

— Grande Pythonisse, êtes-vous prête à écouter les plaidoiries ? a repris Isaiah.

L'ancêtre a tourné la tête vers lui.

— Mais elle est aveugle, non ? ai-je chuchoté à ma voisine.

— De naissance.

— Comment se fait-il qu'elle soit juge ?

Les coups d'œil noirs que m'ont lancés les vampires alentour m'ont vite rappelé que leur ouïe exceptionnelle rendait tout effort de discrétion inutile et que la seule façon de rester polie envers eux était encore de me taire.

— Oui, a répondu la Grande Pythonisse. Je suis prête à entendre les plaidoiries.

Elle avait un accent très prononcé que j'aurais été bien incapable d'identifier. Un mouvement d'impatience a parcouru la salle.

L'arène était prête. Les jeux pouvaient commencer.

Bill, Eric et Pam sont allés s'aligner le long du mur, tandis qu'André reprenait sa place auprès de moi.

Isaiah a réitéré ses coups de bâton.

— Qu'on amène l'accusée, a-t-il déclaré avec l'emphase de rigueur.

Flanquée de deux gardes, Sophie-Anne s'est alors avancée vers l'estrade, menue et fragile dans la magnifique robe pourpre qu'elle avait revêtue pour le bal. Le choix de cette couleur royale était-il une pure coïncidence ? Sans doute pas. J'avais l'impression que Sophie-Anne était de ceux qui orchestrent eux-mêmes leurs « coïncidences ». Sa robe, somptueuse, avait des manches longues et même une traîne.

— Qu'elle est belle ! s'est exclamé André dans un souffle plein de révérence.

Je n'ai pas renchéri – j'avais mieux à faire que de me pâmer devant la reine. Les gardes de service n'étaient autres, en l'occurrence, que les deux britlingans. Prévoyantes, elles avaient fourré une armure de soirée dans leurs bagages trans-dimensionnels : aussi noire que la précédente, elle luisait légèrement, comme des eaux sombres ondoyant sous la lune, et moulait tout aussi intimement leur corps d'athlète. Clovache et Batanya ont soulevé la reine pour la poser sur l'estrade, puis se sont postées en retrait. D'où elles étaient, elles étaient à la fois proches de l'inculpée et de leur employeur : une position stratégique, à leurs yeux, je suppose.

— Henrik Feith, la parole est à vous, a lancé Isaiah, sans plus de cérémonie.

Passionné, interminable, le plaidoyer de Henrik n'était qu'un chapelet d'accusations. En résumé, il prétendait que Sophie-Anne n'avait épousé son roi et apposé sa signature au bas du contrat de mariage que pour mieux le manipuler et le pousser vers son fatal trépas, exploitant sans vergogne le tempérament angélique du souverain de l'Arkansas et la véritable adoration qu'il vouait à sa nouvelle reine. À l'entendre, on aurait pu croire qu'il parlait de Kevin et de Britney, et non de deux vampires multiséculaires aussi roués qu'expérimentés.

L'avocat de Henrik laissait son client déblatérer et, en dépit des affirmations hautes en couleur de ce dernier, Johan n'émettait pas la moindre objection. Il pensait (et je savais de quoi je parlais) qu'à force d'exagérer et de vociférer, Henrik finirait par devenir lassant et s'attirerait davantage l'antipathie de son auditoire que sa compassion. Si on en croyait les réactions dans l'assistance – changements de position, petits gestes agacés –, il n'avait pas tort.

— Et maintenant, a enfin conclu Henrik, des larmes roses de crocodile sur ses joues blêmes, nous ne sommes plus qu'une poignée dans tout le royaume. Celle qui a tué mon roi et son bras droit, Jennifer, m'a offert une place auprès d'elle. Et j'ai failli accepter, par peur de devenir un renégat. Mais elle n'a que mensonges à la bouche et ne veut qu'une seule chose : me tuer moi aussi.

— Ça, c'est ce qu'on lui a dit, ai-je murmuré.

— Pardon ?

Les lèvres d'André frôlaient mon oreille : pas évident d'avoir une conversation privée dans une salle remplie de vampires. J'ai levé la main pour le faire taire. Non, je ne lisais pas dans les pensées de Henrik, mais dans celles de son avocat – qui, une chance, n'avait pas autant de sang de démon dans les veines que son beau-frère. Inconsciemment, je m'étais penchée en avant, tendant le cou comme pour mieux écouter.

Quelqu'un avait persuadé Henrik Feith que la reine avait commandité son assassinat. Quant à lui, il aurait volontiers lâché l'affaire, puisque, avec Jennifer Cater, l'accusatrice principale avait disparu.

Il n'était jamais monté assez haut dans la hiérarchie pour endosser un rôle de chef. Il n'en avait d'ailleurs ni la carrure ni l'ambition. Entrer au service de la reine de Louisiane lui aurait parfaitement convenu. Mais si elle avait l'intention de le tuer... il essaierait de la tuer en premier, et par le seul moyen qui lui permettrait de garder la vie sauve : la loi.

— Mais elle ne veut pas vous tuer ! ai-je protesté sans réfléchir.

Sans même m'en rendre compte, j'avais bondi de ma chaise. Dans la seconde qui a suivi, tous les regards ont convergé vers moi. C'est seulement à ce moment-là que j'ai réalisé ce que je venais de faire. Manifestement stupéfait, Henrik Feith me dévisageait.

— Dites-nous qui vous a dit ça et on saura qui a tué Jennifer Cat...

— Silence, femme ! a lancé une voix de stentor qui m'a fait taire sur-le-champ. Qui êtes-vous et de quel droit vous ingérez-vous dans cette audience solennelle ?

La Pythonisse était étonnamment énergique pour quelqu'un d'aussi frêle. Elle s'était penchée en avant et braquait sur moi ses yeux morts, comme si elle me fusillait du regard.

Je l'admets : je m'étais dressée seule face à un parterre de vampires et j'avais interrompu leur rituel. J'allais certainement me retrouver avec de vilaines taches de sang sur ma jolie robe toute neuve.

— Je n'ai aucun droit d'intervenir, Votre Honneur, ai-je répondu, déclenchant l'hilarité de Pam. Mais je connais la vérité.

— Oh ! Je n'ai donc plus aucun rôle à jouer dans ce procès, alors ? a croassé la Grande Pythonisse avec son accent d'un autre âge. J'ai été bien bête de quitter le refuge de ma caverne pour venir rendre la justice !

Si elle le disait...

— Je connais peut-être la vérité, mais je serais bien incapable de dispenser la justice, ai-je humblement reconnu.

Pam a ricané de plus belle. J'étais sûre que c'était elle.

Eric a soudain quitté son poste à ses côtés, se détachant du petit groupe qu'ils formaient, Pam, Bill et lui, pour s'avancer vers moi. Je pouvais sentir sa présence, ce calme, cette puissance inébranlable, tout près. Je ne sais pas par quel moyen, mais il me donnait du courage, je le sentais. Insensiblement, il me communiquait sa force, alors même que j'avais encore les jambes qui tremblaient. Et, tout à coup, j'ai eu un terrible soupçon, une révélation que j'ai prise de plein fouet. Eric m'avait donné tellement de sang qu'à présent, je remplissais les conditions requises pour passer, hémoglobinement parlant, pour un vampire. En conséquence de quoi, les limites habituelles de mon don avaient été repoussées, au point même de franchir la ligne rouge : ce n'était pas dans les pensées de l'avocat de l'Arkansas que je lisais, c'était dans celles de Henrik, directement !

— Dans ce cas, venez donc me dire ce que je dois faire, m'a alors aimablement proposé la Grande Pythonisse, caustique.

L'art du sarcasme dans toute sa splendeur.

J'aurais bien eu besoin d'une ou deux semaines pour me remettre du choc que je venais de subir. J'étais prise d'une certitude grandissante : je ferais mieux de tuer André, et peut-être Eric aussi – même si je savais qu'une partie de moi le pleurerait.

Mais on ne m'a même pas laissé une vingtaine de secondes.

Cleo m'a pincée violemment.

— Pauvre imbécile ! a-t-elle fulminé. Vous allez tout gâcher.

J'ai remonté le rang jusqu'à l'allée centrale, marchant sur les pieds de Gervaise en passant. J'ai délibérément ignoré le regard noir qu'il me lançait et la réaction de Cleo. Ils n'étaient rien, comparés aux autres puissances qui risquaient de se disputer ma dépouille. Eric a pris position derrière moi : mes arrières étaient assurés.

Tout en m'approchant de l'estrade, je me suis demandé ce que Sophie-Anne pensait du tour inattendu que prenait son procès. Difficile à dire : j'étais trop concentrée sur Henrik et son démon d'avocat.

— Henrik croit que la reine a décidé de le faire assassiner. C'est ce qu'on lui a dit pour le pousser à l'accuser, ai-je expliqué, parvenue juste derrière les chaises des jurés, Eric à mes côtés. Cela dit, sa réaction est compréhensible. C'est de la légitime défense de sa part.

— La reine n'a pas prévu de me tuer ? s'est écrié Henrik, que cette information semblait tout à la fois remplir d'espoir, d'incertitude et de rancœur envers celui qui l'avait trompé.

Et quand on est un vampire, avec visage de marbre et impassibilité de rigueur, ce n'est pas une mince affaire d'exprimer tout cela.

— Non. Elle était parfaitement sincère quand elle vous a proposé de vous prendre à son service.

Je me trouvais pratiquement en face de lui, à présent, et je le regardais fixement pour essayer de bien lui enfoncer ça dans le crâne, malgré la peur panique qui le paralysait.

— Qu'est-ce qui me dit que vous ne mentez pas, vous aussi ? Vous travaillez pour elle, après tout.

— Peut-être pourrais-je, éventuellement, avoir mon mot à dire ? est alors intervenue la Grande Pythonisse, d'un ton on ne peut plus sarcastique.

Oups. Le silence a envahi la salle. Un silence glacial.

— Êtes-vous voyante ? m'a-t-elle demandé, en parlant lentement pour que je puisse bien la comprendre.

— Non, madame, je suis télépathe.

De si près, la Grande Pythonisse paraissait encore plus vieille. Jamais je n'aurais cru qu'on puisse avoir l'air aussi âgé.

— Vous lisez dans les pensées ? Les pensées des vampires ?

— Non, madame. Les vampires sont les seuls dont je ne peux pas lire les pensées, me suis-je empressée de préciser. C'est dans l'esprit de l'avocat de M. Feith que j'ai réuni les pièces pour reconstituer le puzzle.

Maître Maimonides n'a pas vraiment semblé ravi d'entendre cela.

— Tous ces faits vous étaient-ils connus ? a demandé la Grande Pythonisse en tournant son regard vide vers l'avocat.

— Oui. Je savais que M. Feith se croyait menacé de mort.

— Et vous saviez également que Sophie-Anne Leclerq lui avait proposé de le prendre à son service ?

— Oui, il m'avait fait part de cette... généreuse proposition.

Avec tant de scepticisme dans le ton, il ne fallait pas être devin pour savoir ce qu'il en pensait.

— Et vous avez mis en doute la parole de la reine des vampires de Louisiane ?

Ah. La position de Maimonides devenait bien frêle...

— J'estimais de mon devoir de protéger mon client, Grande Pythonisse, a plaidé l'avocat, se drapant dans sa dignité avec juste ce qu'il fallait d'humilité pour ne pas s'attirer le courroux de la juge.

— Mmm...

La Grande Pythonisse semblait aussi convaincue que moi.

— Sophie-Anne Leclerq, c'est à présent à vous de nous présenter votre version des faits, a-t-elle aussitôt enchaîné. Voulez-vous procéder à leur énoncé ?

— Ce qu'a dit Sookie est exact, a aussitôt confirmé la reine. J'ai effectivement offert à Henrik secours et protection, ainsi qu'une place à mon service. Quand nous en arriverons à l'audition des témoins, c'est elle que vous entendrez comme unique porte-parole de la défense : elle a assisté à la bataille qui a opposé les gens de Peter aux miens. Bien qu'ayant découvert qu'en m'épousant, Peter nourrissait de secrets desseins, je n'ai jamais levé le petit doigt contre lui, jusqu'à ce que ses sujets passent à l'attaque, la nuit de notre grande fête. Les circonstances ont fait qu'il n'a pas pu choisir le moment idéal pour passer à l'action – idéal pour lui, j'entends –, ce qui explique que tous les siens aient péri, alors que les miens ont, pour la plupart, survécu. Il a même lancé cette offensive en présence d'innocents qui n'étaient pas des nôtres, a ajouté Sophie-Anne en réussissant à paraître à la fois choquée et attristée. Il m'a fallu tous ces longs mois pour étouffer l'affaire.

J'avais cru parvenir à éloigner presque tous les humains et les loups-garous avant le début du carnage mais, apparemment, il en était resté quelques-uns dans les parages.

Ils ne l'étaient sans doute plus. Dans les parages.

— En outre, depuis cette nuit fatidique, vous avez subi de lourdes pertes.

La Grande Pythonisse affichait une flagrante compassion.

J'ai commencé à sentir que le procès était joué d'avance. Les dés étaient pipés, et ce en faveur de la reine de Louisiane. Était-ce vraiment un hasard qu'Isaiah, son plus ardent courtisan, ait été nommé président du jury et maître de cérémonie ?

— Comme vous venez de le dire, j'ai subi des pertes considérables, qui ont touché tant mes sujets que les caisses de l'État, a reconnu Sophie-Anne. C'est bien pourquoi j'ai plus que jamais besoin de l'héritage de mon époux, auquel j'ai légitimement droit, en vertu des termes de notre contrat de mariage. Il avait cru, naguère, hériter du riche royaume de Louisiane. Aujourd'hui, c'est moi qui ne serais que trop heureuse de me voir léguer le pauvre royaume de l'Arkansas.

La reine s'est alors tue, laissant s'installer un profond silence.

— Dois-je appeler notre témoin à la barre ? a finalement demandé Johan Glassport.

Il semblait bien hésitant, pour un avocat. Mais, dans une salle d'audience pareille et devant un tel juge, on comprenait pourquoi.

— Mademoiselle Stackhouse, que voici, a été témoin de la mort de Peter Threadgill, a-t-il ajouté en me tendant la main pour m'inviter à monter sur l'estrade.

Sophie-Anne paraissait détendue. En revanche, non loin de moi, sur ma gauche, Henrik Feith agrippait les accoudoirs de son fauteuil.

Nouveau silence. La crinière blanche de la vampire sans âge cachait son visage, tandis qu'elle semblait contempler ses genoux. Puis elle a relevé la tête, et ses yeux morts se sont braqués droit sur Sophie-Anne.

— L'Arkansas est légitimement à vous et, désormais, vous revient de droit, a-t-elle soudain décrété, d'un ton presque détaché. Je vous déclare innocente du meurtre avec préméditation de votre époux.

Eh bien… euh… Youpi. J'étais assez près de la reine pour voir ses yeux s'écarquiller de stupeur et de soulagement et de Johan Glassport pour surprendre le petit sourire goguenard qu'il adressait à son pupitre. Simon Maimonides a dévisagé les jurés pour savoir comment ils prenaient la chose. Comme personne ne protestait, il s'est résigné avec un haussement d'épaules désabusé.

— À présent, à vous, Henrik, a subitement croassé la Grande Pythonisse. Votre sécurité étant désormais assurée, dites-nous qui vous a raconté ces mensonges.

Henrik ne semblait pas rassuré du tout. Il paraissait même mort de peur tandis qu'il venait prendre place à côté de moi.

Il avait raison.

Quelque chose a soudain fendu l'espace.

L'expression qui s'est alors peinte sur son visage blafard était celle de l'horreur absolue. Il a baissé les yeux, et tout le monde a suivi son regard. Un fin projectile de bois lui sortait de la poitrine. Comme il levait la main pour s'en saisir, il a commencé à tanguer. Un tel événement, chez les humains, aurait immanquablement déclenché une panique générale. Mais les vampires se sont tous jetés au sol dans un silence quasi complet. Seule la Grande Pythonisse hurlait parce qu'elle voulait savoir ce qui se passait et d'où venait cette tension qu'elle sentait dans la salle. Les armes à la main, les deux britlingans ont traversé l'estrade d'un bond pour venir se poster devant le roi du Kentucky, en position de combat ; André a littéralement volé au secours de sa reine ; Quinn m'a sauté dessus pour me protéger… et s'est pris la deuxième flèche. Elle était destinée à Henrik, naturellement. Précaution bien inutile, d'ailleurs : Henrik n'avait pas heurté le sol qu'il était déjà mort.

Chapitre 14

C'est Batanya qui a tué l'assassin. À la *ninja*, avec un *shaken* – une étoile aux bords aussi tranchants que des lames de rasoir. Comme elle était face au public, elle avait parfaitement vu le seul vampire qui restait debout quand tous les autres s'étaient prudemment jetés à terre. Un vampire qui ne se servait pas d'un arc pour envoyer ses flèches… mais les lançait à main nue. Sinon, il se serait fait immédiatement repérer. Même dans une faune pareille, un type qui se promène avec un arc, ça se remarque.

Seul un vampire peut lancer une flèche à main nue et abattre sa cible. Et peut-être que seule une britlingan peut lancer un *shaken* et décapiter un vampire.

J'avais déjà vu des vampires décapités. Ce n'est pas aussi atroce qu'on l'imagine. Rien à voir avec un humain. Mais ce n'est pas très folichon non plus, et quand j'ai vu la tête tomber, j'ai eu un haut-le-cœur, de ceux qui vous coupent les jambes. Je suis tombée à genoux auprès de Quinn.

— Ça va, ça va, m'a-t-il aussitôt dit, en voyant que je l'examinais avec anxiété. Je l'ai prise dans l'épaule, pas dans le cœur.

Il a roulé sur le dos. Tous les vampires de Louisiane avaient bondi sur l'estrade à la suite d'André pour faire bloc autour de leur reine. Mais, le danger passé, ils n'ont pas tardé à se regrouper autour de nous.

Vive comme l'éclair, Cleo s'était déjà débarrassée de sa veste et de sa belle chemise de smoking, qu'elle a pliée pour former une compresse.

— Prenez ça, m'a-t-elle ordonné en mettant la chemise dans ma main, qu'elle a posée d'autorité à côté de la blessure. Et préparez-vous à appuyer de toutes vos forces.

Elle n'a pas attendu ma réponse.

— Accrochez-vous, a-t-elle dit à Quinn.

Et elle l'a plaqué par les épaules pour le maintenir au sol, pendant que Gervaise retirait la flèche.

Quinn a hurlé, forcément, et les minutes qui ont suivi n'ont pas été les plus réjouissantes de ma vie. Pendant que je tentais d'arrêter l'hémorragie avec ma compresse de fortune, Cleo a remis sa veste de smoking sur son soutien-gorge de dentelle noir et a ordonné à Hervé, son familier, de sacrifier sa propre chemise. Celui-ci a obtempéré dans la seconde. La vue de ce torse nu et velu, au milieu de toutes ces tenues de soirée, avait quelque chose de choquant – et le fait que j'aie pu m'en faire la réflexion, alors que je venais de voir un type se faire décapiter, de tout à fait hallucinant.

J'ai su qu'Eric approchait avant même qu'il ne se manifeste : déjà, ma terreur refluait. Il s'est accroupi, là, tout près. Autour de moi, c'était toujours l'effervescence. On s'agitait dans tous les sens, et devant moi, Quinn gisait, les yeux clos, rassemblant tout son courage pour ne pas crier. Pourtant, je me sentais… sinon zen, du moins assez calme pour ne pas paniquer. Et ce, simplement parce que Eric était à mes côtés.

Je trouvais cette situation insupportable.

— Il va s'en remettre, m'a-t-il assuré.

Ça n'avait pas l'air de le réjouir outre mesure, mais ça ne semblait pas le contrarier non plus.

— Oui.

— Je suis désolé. Je n'ai pas vu le coup venir.

— Oh ! Tu m'aurais fait un rempart de ton corps, peut-être ?

— Non, parce que j'aurais pu prendre la flèche dans le cœur et en mourir. Mais j'aurais pu te projeter à terre pour t'écarter de sa trajectoire, si j'en avais eu le temps.

Qu'est-ce que je pouvais répondre à ça ?

— Tu en viendras peut-être à me haïr parce que je t'ai épargné la morsure d'André, a-t-il posément repris. Mais des deux maux, crois-moi, je suis vraiment le moindre.

Je lui ai jeté un regard en coin.

— Je le sais, ai-je concédé, alors même que, traversant la chemise que je pressais sur sa blessure, le sang de Quinn souillait déjà mes mains. Je ne peux pas dire que j'aurais préféré me tuer plutôt que de me faire mordre par André, mais pas loin.

Ça l'a fait rire. Quinn a cligné des yeux.

— Le tigre-garou reprend du poil de la bête, a constaté Eric. Est-ce que tu l'aimes ?

— Je ne sais pas encore.

— Et moi, tu m'as aimé ?

Une équipe de brancardiers venait d'arriver. Évidemment, ce n'était pas une équipe d'urgentistes normaux – elle n'aurait pas été la bienvenue au *Pyramid*. Il s'agissait, en fait, de loups-garous et autres hybrides qui travaillaient pour les vampires.

— Ne vous inquiétez pas. Avec nous, il sera sur pied en un rien de temps, m'a assuré leur chef, une jeune femme avec un faux air de kinkajou.

— Je viendrai le voir plus tard.

— On va s'occuper de lui, a-t-elle insisté. Avec nous, il sera entre de bonnes mains. C'est un privilège de prendre soin du célèbre Quinn…

— Vous pouvez y aller, a brusquement coupé l'intéressé, d'un ton qui se voulait décidé.

Mais il serrait les dents. Je lui ai pris la main.

— À tout à l'heure. Tu es vraiment le plus brave d'entre les braves, Quinn.

— Fais…

Il s'est mordu la lèvre pour réprimer un gémissement de douleur.

— Fais attention, bébé.

— N'allez pas vous faire de la bile pour elle, l'a sermonné un jeune Noir avec une courte coiffure afro. Elle est bien protégée, a-t-il ajouté en lorgnant vers Eric.

Eric m'a tendu la main pour m'aider à me relever. Mes genoux gardaient un mauvais souvenir de leur rencontre un peu brutale avec le plancher.

Au moment où les secouristes étendaient Quinn sur la civière et la soulevaient, celui-ci a semblé perdre connaissance pour de bon. Je me suis précipitée vers lui. Mais le Noir a tendu le bras pour me barrer la route. Ses muscles étaient si bien dessinés qu'on aurait dit de l'ébène sculptée.

— Reste là, ma sœur, m'a-t-il ordonné. On prend les choses en main, maintenant.

Je les ai regardés emmener Quinn. Quand il a disparu derrière les portes, j'ai jeté un coup d'œil à ma robe. Par miracle, elle était intacte : pas une tache, pas une goutte de sang, à peine si elle était froissée.

Eric attendait toujours.

— Si je t'ai aimé ?

Je savais qu'il n'abandonnerait pas, alors autant essayer de lui fournir une réponse.

— Peut-être bien. Si on veut. Mais j'ai toujours su que le mec qui était avec moi n'était pas vraiment toi. Et je savais aussi que, tôt ou tard, ce mec-là se rappellerait qui il était et ce qu'il était…

— Apparemment, dès qu'il s'agit des hommes, « oui » et « non » disparaissent de ton vocabulaire.

— Tu n'as pas vraiment l'air de savoir ce que tu ressens pour moi non plus, je te ferai remarquer.

— Tu es un mystère pour moi, Sookie. Qui était ta mère ? Qui était ton père ? Oh ! Je sais : tu vas me dire qu'ils t'ont élevée du berceau à la petite enfance et que tu n'étais encore qu'une fillette quand ils sont morts. Tu m'as déjà raconté cette histoire. Mais je ne suis pas convaincu que ce soit la vérité. Et si ça l'est, à quel moment les faé sont-ils apparus dans ton arbre généalogique ? Cet héritage t'a-t-il été transmis par l'un de tes grands-parents ? C'est cela qui me paraît le plus plausible.

— Et en quoi est-ce que ça te regarde exactement ?

— Tu sais que ça me regarde. Nous sommes liés, désormais.

— Mais il va se détendre, ce lien, non ? On ne sera pas toujours aussi proches que ça, toi et moi ?

— Mais j'aime être proche de toi. Toi aussi, tu aimeras ça, tu verras.

Quelle arrogance. J'espérais bien qu'il se trompait. Et pour moi, le chapitre était clos. Je me suis donc empressée de changer de sujet.

— C'était qui, ce vampire ? Celui qui a essayé de nous tuer ?

— Allons voir ça de plus près, a-t-il décrété en me prenant la main.

Je me suis laissé entraîner sans broncher : je voulais savoir.

Batanya se tenait près du corps du meurtrier, qui avait déjà commencé à se désagréger, le processus de décomposition étant beaucoup plus rapide pour un vampire que pour un humain. La britlingan avait récupéré son *shaken* et l'essuyait sur son pantalon.

— Joli coup ! a dit Eric. Qui était-ce ?

Elle a haussé les épaules.

— Je ne sais pas. Le lanceur de flèches, en ce qui me concerne. Et c'est tout ce qui m'importe.

— Il a agi seul ?

— Oui.

— Pourriez-vous me dire à quoi il ressemblait ?

— J'étais assis à côté de lui, est alors intervenu un vampire minuscule.

Il faisait à peine plus d'un mètre cinquante, et il était tout fluet, par-dessus le marché. Ses cheveux lui balayaient les reins. Si jamais il allait en prison, il ne se passerait pas plus de trente minutes avant que tout un tas de gars viennent frapper à sa porte. Ils le regretteraient, bien sûr, mais pour un œil non averti il était l'image même du bouc émissaire.

— C'était un dur. Et il n'était pas en tenue de soirée. Pantalon de toile, chemise rayée... enfin, vous n'avez qu'à regarder.

Le corps avait beau noircir et tomber en poussière, les vêtements, eux, demeuraient intacts, évidemment.

— Peut-être qu'il avait un permis de conduire, ai-je supposé.

Chez les humains, c'était pratiquement gagné d'avance. Mais pas chez les vampires. Enfin, ça ne coûtait rien d'essayer.

Eric s'est accroupi pour fouiller les poches du décapité. Rien dans celles de devant. Sans plus de cérémonie, Eric l'a retourné. J'ai reculé précipitamment pour éviter le nuage de cendres. Il y avait bel et bien quelque chose dans la poche arrière du pantalon : un portefeuille. Et à l'intérieur, un permis de conduire.

Il avait été établi dans l'Illinois. Dans la case « groupe sanguin », on avait inscrit « NA », non applicable : pas de doute, c'était bien un vampire. En lisant par-dessus l'épaule d'Eric, j'ai appris que le type s'appelait Kyle Perkins. Il avait ajouté « 3V » à son âge, ce qui signifiait qu'il n'avait que trois ans d'ancienneté dans la communauté.

— Il devait faire du tir à l'arc de son vivant, ai-je murmuré, réfléchissant à haute voix. Ce n'est pas le genre de compétence qui s'acquiert du jour au lendemain. Il manquait encore trop d'expérience en tant que vampire pour être aussi doué.

— Je suis d'accord avec toi, a approuvé Eric. Quand il fera jour, je voudrais que tu enquêtes dans tous les endroits où l'on peut pratiquer le tir à l'arc dans la région. Lancer des flèches à main nue, cela ne s'improvise pas. Il s'est entraîné. Et il faut une flèche spéciale. Nous devons découvrir ce qui est arrivé à Kyle Perkins et pourquoi il a accepté de venir à ce sommet pour assassiner celui qu'on lui avait désigné.

— Parce que tu crois que… que c'était un tueur à gages ?

— Oui. Il y a quelqu'un derrière tout cela, quelqu'un de très habile qui nous manipule avec d'infinies précautions. De toute évidence, ce Perkins n'était qu'une roue de secours, prévue pour le cas où le procès tournerait mal. Et si tu n'avais pas été là, il aurait pu effectivement très mal tourner. Celui qui a embauché Perkins n'a pas ménagé sa peine pour parvenir à ses fins. Il comptait sur la peur qu'il avait instillée chez Henrik Feith, mais voilà que cet imbécile de Henrik allait le dénoncer… Perkins avait justement été payé pour l'en empêcher.

Déjà, l'équipe de nettoyage arrivait : un groupe de vampires avec un tas de produits d'entretien et un long sac de plastique noir. On n'allait pas demander à des femmes de ménage mortelles de ramasser ce qu'il restait de Kyle. Encore une chance qu'à cette heure-ci elles aient toutes été occupées à faire les chambres des vampires – qui leur étaient bien sûr interdites pendant la journée.

En un clin d'œil, les résidus de Kyle Perkins avaient été emballés et enlevés. Seul un dernier vampire est resté sur place pour passer un petit coup d'aspirateur à main. Que « les experts » de Rhodes la retrouvent cette piste-là, tiens !

Je me suis retournée en sentant une certaine agitation derrière moi. Les portes de service étaient toutes grandes ouvertes, et le personnel de l'hôtel envahissait la salle pour retirer les chaises. En moins d'un quart d'heure, le tribunal installé par Quinn a disparu, et tous les éléments qui avaient servi à planter le décor ont été enlevés et rangés sous les directives de sa sœur. Un orchestre a ensuite pris place sur l'estrade, pendant que la piste était dégagée et nettoyée. Je n'avais encore jamais vu ça. En entrée, un procès, un meurtre comme plat de résistance et, en dessert, le grand bal de gala. La vie continuait – enfin, plutôt la mort, en l'occurrence...

C'est Eric qui m'a arrachée à mes pensées.

— Tu ferais mieux de retourner auprès de la reine, m'a-t-il conseillé.

— Ah, oui ! Elle a peut-être deux ou trois trucs à me dire.

J'ai jeté un coup d'œil alentour. Je n'ai pas tardé à la repérer. Elle était au centre d'une foule de gens qui se pressaient pour la féliciter. N'avait-elle pas gagné son procès ? Oh, ils auraient, sans aucun doute, été aussi ravis de la voir exécutée ou d'assister, du moins, à tout autre châtiment auquel, tendant le poing pouce renversé, la Grande Pythonisse l'aurait condamnée. À ce propos...

— Et la vieille aveugle, Eric, où est-elle passée ?

— La Grande Pythonisse est l'augure des origines. C'est elle, la Pythie que consultait Alexandre, m'a-t-il expliqué d'une voix neutre. Elle était si révérée qu'en dépit de son grand âge, les tout premiers vampires de son temps, très primitifs, ont décidé de la préserver. Elle leur a survécu, à tous.

Je préférais ne pas penser à la manière dont elle s'était alimentée, avant l'invention du sang artificiel. Comment avait-elle pu réussir à courir après ses proies avec sa démarche claudicante ? Mais peut-être les lui avait-on apportées, comme on donne des souris vivantes aux serpents en captivité.

— Pour répondre à ta question, a enchaîné Eric, j'imagine que ses servantes l'ont ramenée dans sa suite. On ne la sort que pour les grandes occasions.

— Comme l'argenterie, ai-je machinalement ajouté, le plus sérieusement du monde.

Et puis, tout à coup, j'ai été prise d'un fou rire. À ma grande surprise, Eric a souri aussi, de ce grand sourire qui creusait toutes ces fines ridules autour de sa bouche.

Nous avons regagné notre poste auprès de Sa Majesté. Je n'étais même pas sûre qu'elle se soit aperçue de ma présence, tant elle était accaparée par ses admirateurs. Pourtant, à la faveur d'un flou dans la conversation, elle a tendu le bras en arrière pour m'étreindre légèrement la main.

— Nous nous reparlerons plus tard, m'a-t-elle glissé, avant de saluer une corpulente vampire en tailleur-pantalon intégralement rebrodé de paillettes. Maude ! Quel plaisir de vous voir ! Et comment vont les affaires dans le Minnesota ?

Au même instant, l'un des musiciens sur l'estrade, un vampire aux cheveux brillantinés, a donné un petit coup sur son pupitre pour attirer l'attention du public. Puis il s'est penché vers son micro et a pris la parole.

— Si vous êtes chauds et prêts à vous remuer, les vamp's, nous, on est prêts à vous faire bouger ! Je suis Rick Clark, et voici le... Dead Man Dance Band !

Applaudissements dispersés et polis. Rick ne s'est pas démonté pour autant.

— Et pour ouvrir le bal, a-t-il enchaîné, avec l'aimable autorisation des productions Blue Moon, nous accueillons les deux meilleurs danseurs de Rhodes : Sean et Layla !

Le couple qui s'est alors avancé sur la piste était à couper le souffle – tant celui des humains que celui des vampires (pure figure de style, dans leur cas, je vous l'accorde). Ils appartenaient, pour leur part, à la deuxième catégorie, quoique de fraîche date, en ce qui concernait Layla, me semblait-il. C'était l'une des plus belles femmes que j'aie jamais vues, et l'aérienne robe de dentelle champagne qu'elle portait virevoltait autour de jambes de classe internationale. Son cavalier, un vampire roux – je n'en avais jamais vu –, avait les cheveux aussi longs qu'elle. Chacun d'eux n'avait d'yeux que pour son partenaire, et quand on les regardait danser, ils paraissaient glisser, comme dans un rêve.

Je n'avais jamais assisté à un tel spectacle et, à en juger par la véritable fascination qu'ils semblaient exercer sur le public, je n'étais pas la seule. À la fin du morceau – que j'ai totalement oublié, d'ailleurs –, Sean a renversé Layla sur son bras… et l'a mordue. Je ne m'y attendais pas. Mais, apparemment, les autres spectateurs l'avaient prévu et cela ne les a pas laissés de glace : Sophie-Anne a levé des yeux brûlants vers son cher André (quoiqu'elle n'ait pas eu à les lever beaucoup, vu qu'il était à peine plus grand qu'elle), et Eric a baissé les siens vers moi avec, dans les prunelles, une de ces lueurs ardentes qui me mettent instantanément en état d'alerte maximale.

J'ai détourné la tête, bien décidée à concentrer toute mon attention sur les danseurs, et j'ai applaudi à tout rompre quand ils ont salué. Puis le groupe a entonné un autre morceau, et d'autres couples ont rejoint Sean et Layla sur la piste. Par habitude, j'ai cherché mon ex des yeux. Pas de Bill à l'horizon.

— Allons danser, m'a alors murmuré mon voisin.

Et je me suis rendu compte que je ne pouvais pas dire non.

Déjà, la reine et son futur roi nous imitaient, de même que Russell Edgington et son mari, Bart, qui semblaient presque aussi fous l'un de l'autre que Sean et sa partenaire.

Je chante peut-être comme une casserole, mais pour danser, je sais danser. Quant à Eric, il avait sans doute eu l'occasion de prendre quelques cours, au fil des siècles. Ma main s'est posée dans son dos, la sienne dans le mien. Celles qui restaient se sont trouvées, et nous nous sommes lancés. Je ne savais pas trop ce que je dansais – ça ressemblait plutôt à une valse –, mais j'avais un excellent cavalier : je n'avais qu'à me laisser guider.

— Jolie robe, m'a lancé Layla au moment où on passait près d'elle.

— Merci.

Et je lui ai adressé un sourire radieux. Venant d'une femme aussi belle, un tel compliment était drôlement flatteur. Puis son partenaire s'est penché pour l'embrasser, et ils se sont éloignés en tournoyant dans la foule.

— C'est une très jolie robe, en effet. Portée par une très belle femme, a renchéri Eric.

Si étonnant que ça puisse paraître, ça m'a intimidée. Ce n'était pourtant pas faute d'avoir reçu des compliments auparavant : quand on est serveuse, on n'y échappe pas. Mais la plupart s'étaient limités aux réflexions de types plus ou moins éméchés qui me disaient que j'étais « carrément mignonne », ou même, pour l'un d'eux, que j'avais de « sacrés pare-chocs » (bizarrement, le pauvre mec en question s'était fait marcher sur les pieds par JB du Rone et par Hoyt Fortenberry, qui avait renversé son verre sur son veston par la même occasion – un regrettable accident, naturellement).

— Eric... ai-je commencé, mais je n'ai pas pu finir parce que je ne savais pas quoi lui dire.

J'étais obligée de me concentrer sur les mouvements de mes pieds. Nous dansions en tourbillonnant si vite que j'avais l'impression de voler. Tout à coup, Eric m'a lâché la main pour m'enlacer la taille et, pendant que nous tournions comme des toupies, il m'a soulevée de terre. Cette fois, je volais vraiment. Échevelée et grisée, je riais comme une folle. Puis il m'a lâchée, ne me rattrapant qu'à quelques centimètres du sol. Et il a recommencé, encore et encore, jusqu'à ce que le morceau s'achève et que je regagne définitivement la terre ferme.

Je l'ai poliment remercié et, comme je devais avoir l'air d'une sorcière qui venait de traverser un ouragan sur son manche à balai, je me suis excusée pour aller me recoiffer dans les toilettes.

Je me suis frayé un chemin à travers la foule, consciente que j'avais un sourire jusqu'aux oreilles qui devait me donner l'air d'une parfaite idiote, mais incapable de le réprimer. J'aurais dû être au chevet de mon cher et tendre, au lieu de danser dans les bras d'un autre jusqu'à en avoir des frissons d'émotion. Inutile de prendre le pacte de sang qui me liait à mon cavalier pour excuse !

Pendant ce temps, Sophie-Anne et André avaient quitté la piste pour rejoindre un groupe de vampires. Comme il n'y avait pas d'humains avec eux, la reine ne pouvait pas avoir besoin de moi. J'ai aperçu Gervaise qui dansait avec Carla, et ça avait l'air de se passer plutôt bien. Carla attirait les regards admiratifs d'un tas d'autres vampires, ce qui devait flatter l'ego de Gervaise. Voir ses frères vampires convoiter ce qu'il possédait le comblait.

Je savais ce qu'il ressentait.

Je me suis arrêtée net.

Est-ce que je... Non, je ne pouvais pas lire directement dans ses pensées ! Bien sûr que non ! Les seules fois où j'avais intercepté des bribes de pensée chez un vampire, j'avais éprouvé une horrible sensation, comme si quelque chose de froid et de reptilien s'insinuait dans mon esprit.

Je savais pourtant parfaitement ce que ressentait Gervaise, tout comme j'avais parfaitement su ce que pensait Henrik. Était-ce juste parce que je connaissais les hommes ? Ou parce que je connaissais les vampires ? Ou était-ce parce que j'avais plus de facilité à percevoir les émotions des vampires depuis qu'Eric m'avait donné son sang pour la troisième fois ? Ou est-ce que mon don, ma faculté, ma malédiction, s'était accru au point de s'étendre aux vampires, maintenant que j'étais si près d'en être une ?

Non. Oh, non, non, non ! J'étais moi. J'étais un être humain. Ma peau était chaude. Je respirais. J'avais faim. J'ai pensé au fameux gâteau au chocolat de Caroline Bellefleur. J'en ai eu l'eau à la bouche. Pas de doute : humaine pur jus.

Bon, très bien. Alors, cette nouvelle affinité avec les vampires allait s'estomper avec le temps, tout comme cette force décuplée que je ressentais. J'avais eu deux « apports » de Bill (peut-être même plus) et trois d'Eric. Chaque fois, au bout de deux ou trois mois, les effets (forme olympique, super réactivité, sens ultra-aiguisés) s'étaient dissipés. Donc, c'était ce qui allait se passer cette fois encore, pas vrai ? Je me suis ressaisie. Mais oui, forcément.

Adossé au mur, Jake Purifoy regardait les couples danser. Je l'avais vu, un peu plus tôt, entraîner une jeune et jolie vampire visiblement ravie sur la piste. Tout n'était donc pas si noir pour Jake, finalement. Ça me faisait plaisir pour lui.

— Salut, Jake, lui ai-je lancé.

— Hé ! Sookie ! Dis donc, c'était animé, ce procès.

— Oui, plutôt.

— C'était qui, ce type ?

— Oh ! Un renégat, sans doute. Eric veut que je fasse le tour des stands de tir à l'arc pour retrouver sa trace et essayer de découvrir qui l'avait engagé.

— Bien, bien. Tu l'as échappé belle. Je suis désolé, a-t-il ajouté timidement. Tu as dû avoir une belle frayeur.

En réalité, j'avais eu trop peur pour Quinn pour réaliser que la flèche m'était destinée. Lorsque j'en avais vraiment pris conscience, le danger était passé.

— Oui, on peut dire ça comme ça. Tu as l'air de t'amuser, en tout cas.

— Il faut bien que je trouve des compensations, maintenant que je ne peux plus me métamorphoser.

— J'ignorais que tu avais essayé.

— Si, des tas de fois…

On s'est regardés en silence un long moment.

— Bon, je vais aller chercher une autre cavalière, m'a-t-il annoncé, en guise de conclusion, avant de s'éloigner en direction d'une vampire qui faisait partie de la délégation du Texas.

Je l'avais vue avec Stan Davis. Elle a eu l'air contente que Jake vienne l'inviter.

J'ai fini par atteindre les toilettes des dames, qui étaient minuscules, bien sûr : la grande majorité des « dames » qui séjournaient au *Pyramid* n'avaient pas besoin de telles commodités, sinon pour se recoiffer.

Il y avait pourtant du personnel sur place, raffinement auquel je n'avais encore jamais eu droit, bien que j'aie déjà vu ça à la télé. Si mes souvenirs étaient bons, j'étais censée donner un pourboire à l'employée – une femme trapue à la peau sombre et au visage triste. Encore une chance que j'aie glissé quelques dollars dans ma pochette argentée, en même temps que ma clé magnétique, un ou deux mouchoirs en papier, des pastilles à la menthe et un peigne.

Quand je suis ressortie me laver les mains, Léna – puisque tel était le nom inscrit sur le badge de la préposée aux toilettes – a tourné le robinet pour moi. J'ai trouvé ça presque flippant. Je sais tourner un robinet, tout de même ! Je me suis pourtant essuyé les mains sur la serviette qu'elle me tendait. Cela devait faire partie du processus habituel. Je n'aurais pas voulu passer pour une gourde non plus. J'ai laissé deux dollars dans sa soucoupe. Elle a bien essayé de me sourire, mais ça semblait être au-dessus de ses forces. Elle avait dû passer une sale journée.

Je l'ai remerciée avant de sortir, puis, je ne sais pas pourquoi, j'ai jeté un coup d'œil dans le miroir de la porte en tournant la poignée. C'est comme ça que j'ai surpris le regard qu'elle me lançait. Si elle avait eu un pistolet à la place des yeux, j'aurais eu deux jolis petits trous entre les omoplates. Et si elle avait l'air tellement malheureuse, c'était surtout parce qu'elle avait toutes les peines du monde à cacher la haine que je lui inspirais.

Ce n'est jamais très agréable de savoir que quelqu'un vous déteste, surtout quand il n'y a aucune raison pour cela. Mais c'était son problème, et si elle ne voulait pas tourner les robinets pour des femmes qui trainaient avec des vampires, elle n'avait qu'à changer de métier. Je m'en fichais, moi, qu'elle tourne ou non le robinet pour moi ! Je ne lui avais rien demandé.

J'ai fendu la foule au pas de charge, jetant un coup d'œil à la reine au passage pour savoir si elle avait besoin de moi (non) et balayant les alentours du regard pour voir s'il n'y avait pas un loup-garou ou un hybride dans les parages pour me donner des nouvelles de Quinn (non plus).

Par un heureux hasard, je suis tombée sur le sorcier météorologue, que j'avais repéré un peu plus tôt. Je dois avouer que je n'étais pas peu fière de voir mes hypothèses confirmées. Sa présence à cette soirée de gala n'était autre qu'une récompense pour services rendus – quoique je ne puisse pas découvrir qui l'avait récompensé. Monsieur Météo avait un verre à la main et une femme d'âge mûr à son bras : Madame Météo, comme je l'ai appris, après une nouvelle petite incursion dans son cerveau. Il espérait qu'elle n'avait pas remarqué le très vif intérêt qu'il portait à la superbe danseuse aux dents longues et à la jolie blonde qui venait vers eux, celle qui l'avait regardé un peu plus tôt comme si elle le reconnaissait. Autrement dit… moi. Oh.

Je n'ai pas réussi à découvrir son nom, ce qui m'aurait drôlement facilité les choses. Je ne savais pas bien comment l'aborder. Sa présence devait pourtant être portée à l'attention de la reine. Quelqu'un s'était tout de même servi de lui contre elle.

— Bonsoir, ai-je lancé au couple, avec mon plus beau sourire commercial.

La femme de Monsieur Météo m'a rendu mon sourire, mais elle était sur la défensive. Dans ce genre de soirée mondaine, une jeune femme célibataire (elle avait jeté un coup d'œil à ma main gauche) n'était pas censée aborder un couple établi. Quant au sourire de Monsieur Météo, il était plutôt crispé.

— Vous vous amusez bien ?

— Oui, cette soirée est charmante, a répondu sa femme.

— Je m'appelle Sookie Stackhouse, ai-je persisté, dégoulinante d'amabilité.

Elle s'est présentée à son tour, en serrant la main que je lui tendais.

— Olive Trout. Et voici mon mari, Julian.

Elle ne soupçonnait même pas les activités singulières de son époux.

— Vous êtes tous les deux d'ici ?

Je jouais les prolongations, tout en scrutant la foule aussi discrètement que possible. Je ne savais pas quoi faire d'eux, maintenant que je les avais trouvés.

— Vous n'avez pas dû regarder nos chaînes de télévision locales. Julian est le météorologue de Channel 7, m'a fièrement annoncé Olive.

— Comme c'est intéressant ! me suis-je extasiée, avec la plus grande sincérité. Si vous pouviez juste venir avec moi, je connais quelqu'un qui serait absolument ravi de vous rencontrer...

Tout en les entraînant à ma suite, je commençais cependant à avoir des scrupules. Et s'il prenait à Sophie-Anne l'envie de se venger ? Mais ça n'aurait aucun sens. L'important, ce n'était pas tant qu'il y ait un sorcier spécialisé dans les prévisions météo, mais qu'il y ait bel et bien quelqu'un qui l'avait engagé pour tirer parti de ses talents, autant dire quelqu'un qui, une fois averti par Julian Trout de l'arrivée d'un cyclone sur la Louisiane, avait repoussé le sommet jusqu'à ce que Katrina ait tout dévasté.

Julian n'était pas idiot au point de ne pas se douter qu'un tel enthousiasme cachait quelque chose, et je craignais qu'il ne me fausse compagnie avant que je sois parvenue à mes fins. C'est avec un soulagement indescriptible que j'ai repéré la tête blonde de Gervaise. Je l'ai interpellé joyeusement, comme si je ne l'avais pas vu depuis des lustres. Lorsque je suis arrivée à sa hauteur, j'avais mené mes troupes à un tel train et j'avais l'estomac noué par une telle anxiété que j'en étais tout essoufflée.

— Gervaise, Carla ! me suis-je exclamée, en déposant le couple Trout devant le shérif de la Quatrième Zone comme quelque pêche miraculeuse remontée dans mes filets. Voici Olive Trout et son mari, Julian. La reine mourait d'envie de rencontrer quelqu'un comme Julian : il fait dans la prévision météo.

D'accord, je ne l'avais pas vraiment joué fine. D'ailleurs, Julian avait blêmi. Ah ah ! Monsieur Météo n'avait donc pas l'esprit tranquille. Un peu de mauvaise conscience, peut-être ?

— Mon Dieu, mon chéri, tu ne te sens pas bien ? s'est aussitôt alarmée Olive.

— Il faut qu'on rentre, a-t-il dit précipitamment.

— Oh, non, non, non ! est alors intervenue Carla. Gervaise, mon cœur, tu te rappelles qu'André nous a dit que si on entendait parler d'un véritable expert météo, la reine et lui tiendraient absolument à lui parler, n'est-ce pas ?

Sur ces bonnes paroles, elle a attrapé les époux Trout par le bras en les gratifiant d'un sourire radieux. Olive semblait sceptique.

— Mais oui, bien sûr ! s'est écrié Gervaise, qui venait seulement de saisir de quoi il retournait. Merci, Sookie. Venez donc avec nous.

Et il a pris le relais, entraînant les Trout d'autorité. Je me sentais presque pousser des ailes à l'idée que les faits m'aient donné raison. En jetant un coup d'œil circulaire, j'ai aperçu Barry près du buffet. Je l'ai rejoint au moment où le groupe entonnait une reprise d'une chanson de Jennifer Lopez.

— Tu danses ? lui ai-je demandé.

Il n'a pas eu l'air très emballé, mais je l'ai tiré par la main, et nous n'avons pas tardé à nous trémousser comme des damnés. Il n'y a rien de tel que la danse pour se défouler, évacuer les tensions et se changer les idées. Bon, je ne rivalisais pas encore avec Shakira, mais peut-être qu'avec un peu d'entraînement…

— À quoi tu joues ?

De toute évidence, Eric ne plaisantait pas : son ton était glacial, et son air réprobateur aurait pétrifié un rhinocéros en pleine charge.

— Je danse. Pourquoi ? lui ai-je répliqué, en lui faisant signe de dégager.

Mais Barry battait déjà en retraite, en m'adressant un timide salut de la main.

— Je m'amusais, figure-toi ! ai-je protesté.

— Tu agitais ton... tes... appas devant tout ce que cette salle compte de mâles, comme une...

— Stop ! Ne va pas trop loin, mon coco ! ai-je rétorqué en pointant sur lui un index menaçant.

— Enlève-moi ce doigt de sous le nez !

J'ai respiré un grand coup, prête à lui jeter quelque chose d'impardonnable à la figure. Je jubilais de sentir la colère monter en moi avec une telle violence : je n'étais pas pieds et poings liés avec lui, finalement. C'est alors qu'un bras viril m'a entouré fermement la taille.

— Vous dansez, chérie ? m'a demandé une voix inconnue avec un fort accent irlandais.

Déjà, le vampire aux longs cheveux roux qui avait ouvert le bal m'entraînait sur la piste. En m'éloignant, j'ai vu sa partenaire prendre Eric par la main pour en faire autant.

— Contentez-vous de suivre pendant que vous recouvrez votre sang-froid, ma fille. Je m'appelle Sean, au fait.

— Sookie Stackhouse.

— Enchanté de vous rencontrer, jeune femme. Vous dansez très bien.

— Merci. C'est un sacré compliment, venant de vous. J'ai vraiment adoré votre numéro, tout à l'heure.

Je sentais déjà la colère refluer.

— C'est surtout grâce à Layla, a-t-il affirmé en souriant.

Cela n'avait pas l'air facile, pour lui, de sourire. L'expression le transformait pourtant complètement, faisant de ce vampire au visage taillé à la serpe, criblé de taches de rousseur, avec un nez en lame de couteau, l'un des hommes les plus sexy que j'aie jamais rencontrés.

— C'est une partenaire de rêve, a-t-il renchéri.

— Elle est très belle.

— Oh, oui ! Et aussi bien extérieurement qu'intérieurement.

— Ça fait longtemps que vous dansez ensemble ?

— Sur une piste, deux ans. Dans la vie, un peu plus d'un an.

— Vu votre accent, j'imagine que vous n'êtes pas d'ici.

J'ai jeté un coup d'œil vers Eric et sa cavalière. Le sourire aux lèvres, la ravissante Layla lui parlait avec animation. Eric faisait encore grise mine, mais il n'avait plus l'air fâché.

— Bien sûr, je suis irlandais, a répondu Sean, mais je suis ici depuis…

Il a plissé le front. On aurait cru voir du marbre onduler.

— … une bonne centaine d'années. De temps en temps, on pense bien à aller s'installer dans le Tennessee, dont Layla est originaire, mais on n'arrive pas à se décider.

— Vous en avez assez de vivre en ville ?

— Trop de propagande anti-vampires à mon goût, dans les environs. Et ça ne s'améliore pas. La Confrérie du Soleil, le mouvement « Pas de nuit pour les morts-vivants »... Ça pousse comme des champignons, cette engeance, ici.

— La Confrérie est partout, ai-je déploré, prise de frissons à cette seule idée. Et qu'est-ce que ce sera, quand ils découvriront l'existence des loups-garous ?

— Oui, ça promet. Pourtant, ça ne va pas tarder. Je rencontre de plus en plus d'hybrides qui en parlent. À les entendre, ce serait pratiquement pour demain.

On aurait pu croire qu'avec tous les SurNat que je connaissais, il y en aurait au moins un qui aurait pu m'avertir... Tôt ou tard, les loups-garous et les métamorphes allaient bien être obligés de le révéler, leur grand secret, de toute façon. Sinon, ils risquaient de se faire prendre de vitesse : un jour ou l'autre, les vampires finiraient par vendre la mèche, intentionnellement ou non.

— Ça peut même nous mener à une guerre civile, poursuivait Sean.

— Entre la Confrérie et les SurNat ?

— Ça pourrait parfaitement arriver.

— Et qu'est-ce que vous feriez, dans ce cas-là ?

— Des guerres, j'en ai traversé quelques-unes, et je ne veux pas revivre ça, a-t-il affirmé sans hésiter. Layla ne connaît pas l'Europe, et elle adorerait y aller. Alors, on irait en Angleterre. On pourrait danser, là-bas, ou, tout au moins, nous y réfugier.

Si passionnante que soit cette discussion, ce n'était pas ce qui allait m'aider à résoudre les nombreux problèmes auxquels j'étais confrontée : qui avait payé Julian Trout ? Qui avait posé la canette piégée ? Qui avait fait éliminer les vampires survivants de l'Arkansas ? Qui avait commandité l'assassinat de Henrik ? Avions-nous affaire à un seul et même criminel, l'employeur du renégat ?

— À qui profite le crime ?

— Pardon ?

— Excusez-moi, je parlais toute seule. Merci de m'avoir invitée. C'est un vrai régal de danser avec vous, mais je dois retrouver un ami.

Sean a obligeamment orienté nos pas vers le bord de la piste, où nous nous sommes séparés. Déjà, il cherchait sa partenaire des yeux. En règle générale, les vampires ne restent pas longtemps en couple. Même les mariages royaux qui exigent des alliances séculaires ne requièrent des deux époux qu'une visite conjugale par an. J'espérais que Sean et Layla serait l'exception qui confirme la règle.

J'ai décidé d'aller voir ce que devenait Quinn. Ce ne serait peut-être pas facile, car j'ignorais où les métamorphes urgentistes l'avaient emmené. J'étais encore troublée par l'effet que me faisait la présence d'Eric. Avec les sentiments naissants que j'éprouvais pour Quinn, je ne savais plus trop où j'en étais. En revanche, je savais à qui j'étais redevable : Quinn m'avait sauvé la vie ce soir.

J'ai logiquement commencé par appeler sa chambre et, logiquement, personne n'a répondu. Si j'avais été un loup-garou, où aurais-je bien pu emmener un tigre-garou blessé ? Pas dans une salle ouverte au public, en tout cas. J'aurais eu peur que les employés de l'hôtel ne surprennent une conversation, ou même un simple mot qui leur aurait mis la puce à l'oreille sur l'existence des hybrides. Donc, un endroit privé. Une chambre ? Bon, alors, qui avait une chambre à l'hôtel et était susceptible d'avoir des sympathies pour les SurNat ?

Mais bien sûr ! Jake Purifoy : hier loup-garou, aujourd'hui vampire. Il se pouvait que Quinn soit chez lui. Je suis d'abord allée à la réception, où on n'a fait aucune difficulté pour communiquer le numéro de chambre d'un vampire à une humaine lambda. Mais il est vrai qu'officiellement, nous faisions partie de la même délégation, Jake et moi. La réceptionniste a trouvé que j'avais une très jolie robe. Elle voulait la même.

La chambre de Jake était à l'étage au-dessus du mien. Juste avant de frapper, j'ai fait un ultime petit repérage, histoire de dénombrer les individus en présence. Simple contrôle de routine. Il y avait un vide, un trou dans l'espace (je ne sais pas comment décrire ça autrement) : pas de doute, un vampire... mais j'ai identifié aussi deux signatures mentales typiquement humaines. J'ai également surpris une pensée qui a retenu ma main au dernier moment, alors que je la levais pour frapper à la porte : « Faudrait tous les tuer. » Une simple bribe attrapée au vol. Rien avant, rien après : pas le moindre indice pour lever ou confirmer le doute qui m'étreignait soudain. J'ai donc frappé sans plus attendre. La disposition des personnes dans la pièce a immédiatement changé. C'est Jake qui m'a ouvert. Il n'avait pas l'air très accueillant.

J'arborais, quant à moi, un sourire aussi amical et désarmant que possible.

— Salut, Jake ! Comment ça va ? Je venais juste voir si Quinn n'était pas chez toi.

— Chez moi ? s'est-il exclamé, manifestement surpris. Depuis que j'ai été vampirisé, je lui ai à peine adressé la parole, Sookie. Quinn et moi n'avons plus grand-chose à nous dire.

J'ai dû faire une moue dubitative parce qu'il s'est empressé d'ajouter :

— Oh ! Ce n'est pas lui. C'est moi. Je n'arrive tout simplement pas à m'y retrouver entre ce que j'étais et ce que je suis devenu. En fait, je ne suis même plus très sûr de ce que je suis...

Il s'est subitement voûté, comme si toute la misère du monde lui tombait sur les épaules. Il avait un tel accent de sincérité que j'ai été prise d'un brusque accès de compassion.

— Enfin, bref, ça ne m'a pas empêché d'aider à le transporter à l'infirmerie. Je suppose qu'il y est encore. Il y avait une certaine Bettina avec lui, un métamorphe, et Hondo, un loup-garou.

Pendant tout ce temps, Jake maintenait la porte fermée, comme s'il ne voulait pas que je voie ses compagnons. Il ne pouvait pas savoir que je n'avais pas besoin de les voir pour percevoir leur présence.

Après tout, cela ne me regardait pas. Mais c'était... louche. Comme je le remerciais et m'apprêtais à tourner les talons, je retournais la situation dans tous les sens. Loin de moi l'idée de créer à ce pauvre Jake plus de problèmes qu'il n'en avait déjà. Cependant, si, d'une façon ou d'une autre, il était impliqué dans cette espèce de conspiration qui semblait se tramer dans les dédales du *Pyramid*, je voulais en avoir le cœur net.

Mais chaque chose en son temps. Je suis d'abord allée dans ma chambre téléphoner à la réception pour demander où se trouvait l'infirmerie, et j'ai scrupuleusement noté les indications sur le bloc-notes du téléphone. Puis j'ai emprunté l'escalier de service pour retourner en catimini espionner Jake et ses petits camarades. Mais entre-temps, les trois compères s'étaient séparés. J'ai aperçu deux humains de dos dans le couloir. Je n'en aurais pas mis ma main au feu, mais, de loin, l'un des deux ressemblait fortement à cet ours mal léché que j'avais vu dans la zone des bagages égarés, au sous-sol, celui qui s'occupait de l'ordinateur. Jake s'entretenait donc avec des employés de l'hôtel dans sa chambre. Peut-être qu'il se sentait plus à l'aise avec des mortels qu'avec des vampires, après tout... Mais j'aurais cru qu'il aurait préféré passer du temps avec des loups-garous plutôt qu'avec des humains ordinaires.

Alors que je me faisais ces réflexions, m'apitoyant sur son sort, la porte de sa chambre s'est ouverte, et l'intéressé est apparu devant moi. Ma faute. Je n'avais pas pensé à vérifier si la chambre était encore occupée par un vampire. Il a eu l'air un peu étonné de me voir là. Je ne pouvais pas lui en vouloir.

— Ça te dit de venir avec moi ?

— Hein ?

À sa mine ahurie, il était clair qu'il était encore loin de maîtriser la technique du vampire confirmé : quoi qu'il puisse arriver, visage de marbre et impassibilité.

— Voir Quinn, ai-je précisé. Comme tu disais que tu ne lui avais pas parlé depuis un moment, j'ai pensé que tu voudrais peut-être m'accompagner. Je pourrais… faciliter les choses, tu comprends ?

— C'est gentil, Sookie, mais je crois que je vais faire l'impasse sur ce coup-là. Le fait est que la plupart des SurNat ne veulent plus trop me voir sur leur territoire. Quinn est au-dessus de ça, je n'en doute pas. Il n'empêche que je le mets mal à l'aise. Il connaît mes parents et mon ex, tous les gens qui font partie de ma vie d'avant et qui m'évitent maintenant.

— Oh, Jake, je suis tellement désolée ! me suis-je écriée, le cœur soudain serré. Je suis désolée que Hadley t'ait ramené à la vie, alors que tu aurais peut-être préféré jeter l'éponge. Elle t'aimait bien : elle ne voulait pas que tu meures.

— Mais je suis mort, Sookie ! Je ne suis plus le même. Et tu es bien placée pour le savoir, a-t-il ajouté en me prenant le bras pour pointer du doigt ma cicatrice, celle qu'il m'avait faite avec ses crocs de vampire. Toi non plus, tu ne seras plus jamais la même…

Sur ces mots, il m'a plantée là et s'est éloigné. Il n'avait pas l'air de très bien savoir où il allait. Il voulait juste se débarrasser de moi. Je l'ai suivi des yeux jusqu'à ce qu'il disparaisse au fond du couloir. Il ne s'est pas retourné une seule fois.

Mon moral était déjà fragile. Il est tombé au plus bas. J'ai rejoint l'ascenseur à pas lourds pour essayer de trouver cette satanée infirmerie. La reine ne m'avait toujours pas bipée. J'en ai déduit qu'elle devait s'entretenir avec d'autres vampires, sans doute pour trouver qui avait engagé le fameux sorcier météo et, plus généralement, pour savourer son triomphe et le soulagement qui allait avec : plus de procès, un héritage incontesté, la possibilité d'asseoir son favori sur un trône convoité... Tout marchait comme sur des roulettes pour elle, apparemment.

Je faisais des efforts pour ne pas ressentir de rancœur. Mais finalement peut-être que j'avais de bonnes raisons d'être amère. En partie grâce à mon intervention, le procès en question avait été écourté et gagné. Or, précisément parce qu'elle avait été innocentée, Sophie-Anne n'allait-elle pas entrer en possession des biens de son défunt époux, comme prévu dans son contrat de mariage ? Et qui avait eu l'idée de faire couronner André ? Qui avait vu juste à propos de l'expert météo ? Alors oui, peut-être mon dépit était-il justifié. D'autant que la chance ne me souriait pas vraiment, à moi. Tôt ou tard, j'allais devoir choisir entre Eric et Quinn, alors que je n'étais absolument pas responsable de la situation ; j'avais eu l'insigne privilège de tenir une bombe pendant une éternité, et la Grande Pythonisse – révérée par la gent vampirique au grand complet ou presque – ne risquait pas de faire partie de mon fan-club. Pour finir, j'avais bien failli être tuée par une flèche.

Bon. Eh bien, j'avais connu des nuits plus agitées.

L'infirmerie s'est révélée plus facile à trouver que je ne l'avais escompté : la porte était ouverte, et un rire familier s'élevait à l'intérieur. Quand je suis entrée, Quinn discutait avec la femme à la tête de kinkajou – sans doute Bettina – et le Noir – vraisemblablement Hondo. Et aussi, à ma grande surprise, avec Clovache. Bien que toujours en armure, elle parvenait à donner cette impression de décontraction du type qui a desserré sa cravate.

— Hé ! Sookie !

Quinn m'a souri. Pas les hybrides : je n'étais manifestement pas la bienvenue.

Mais ce n'était pas eux que je venais voir. Je venais voir celui qui m'avait sauvé la vie. Je me suis approchée lentement, un petit sourire aux lèvres, en lui laissant bien le temps de me regarder avancer. Je me suis assise sur la chaise en plastique près du lit et je lui ai pris la main.

— Comment tu te sens ?

— Comme quelqu'un qui l'a échappé belle, m'a-t-il répondu gravement. Mais je vais vite me remettre.

— Pourriez-vous nous excuser un moment, s'il vous plaît ?

— J'imagine qu'il vaut mieux que je retourne auprès de Kentucky, a alors déclaré Clovache.

Je pense bien qu'elle m'a adressé un clin d'œil avant de disparaître.

Bettina, elle, avait l'air renfrogné de la remplaçante qui se voit congédiée, devant tous ses élèves, par l'arrivée impromptue du professeur titulaire. Hondo m'a jeté un regard noir.

— T'as intérêt à respecter mon frère, m'a-t-il lancé d'un ton foncièrement menaçant. Ne t'avise pas de le fatiguer.

— Juré, lui ai-je répondu, la main sur le cœur.

Comme il ne trouvait pas de prétexte pour rester et que Quinn voulait manifestement me parler en privé, il a fini par capituler.

— C'est fou ce que je me fais comme amis, ces temps-ci, ai-je soupiré en les regardant s'en aller.

Je me suis levée pour aller fermer la porte. À moins qu'un vampire – ou Barry – ne nous espionne dans le couloir, nous allions avoir droit à un peu d'intimité.

— C'est le moment où tu me largues pour le vampire ?

Quinn se tenait parfaitement immobile, comme sur le qui-vive, et toute trace de bonne humeur avait déserté son visage.

— Non. C'est le moment où je t'explique ce qui s'est passé et où tu m'écoutes religieusement. Après, on parle.

J'avais dit ça comme si j'étais sûre de mon fait, mais rien ne me disait qu'il serait d'accord... Je sentais les battements sourds de mon cœur jusque dans mon cou. Il a fini par hocher la tête. J'ai fermé les yeux en soupirant et j'ai pris sa main dans les miennes.

— OK...

J'ai rassemblé mon courage et je me suis lancée. J'ai laissé les mots couler tout seuls, espérant qu'à la lumière de mon récit Quinn comprendrait que, comme Eric l'avait dit, de deux maux il était bien le moindre.

Quinn n'a pas retiré sa main. Mais il n'a pas répondu à mon étreinte non plus...

— Tu es liée à Eric maintenant.

— Oui.

— Il t'a donné son sang et tu lui as donné le tien par trois fois au moins.

— Oui.

— Tu sais qu'il peut te vampiriser quand il veut ?

— N'importe qui peut se faire vampiriser à n'importe quel moment, Quinn. Même toi. Il faudrait peut-être qu'ils s'y mettent à trois – deux pour te tenir et un pour te saigner et te donner son sang –, mais ça peut toujours arriver.

— Dans ton cas, ça se ferait tout seul, s'il en prenait l'envie à Eric, maintenant que vous avez si souvent joué au jeu des échanges. Et tout ça par la faute d'André.

— C'est fait, c'est fait. J'aimerais bien pouvoir y changer quelque chose, j'aimerais pouvoir chasser Eric de mon existence, mais je ne peux pas.

— À moins qu'il ne se fasse planter...

J'en ai eu un tel coup au cœur que j'ai bien cru qu'il allait sauter hors de ma poitrine.

— Mais tu ne veux pas que ça arrive.

Il avait la bouche pincée, les lèvres blêmes.

— Non, bien sûr que non !

— Tu tiens à lui.

Oh, bon sang !

— Quinn, tu sais qu'on est sortis ensemble un petit moment, Eric et moi. Mais il était amnésique et il ne s'en souvient pas. Enfin, je veux dire : il le sait, mais il n'en a gardé aucun souvenir.

— Écoute, bébé, je ne sais pas quoi te dire. Je tiens à toi et j'adore être avec toi. J'aime faire l'amour avec toi. J'aime dormir avec toi, manger avec toi, faire la cuisine avec toi... J'aime pratiquement tout en toi, même ton don. Mais je n'aime pas partager.

— Je ne sors pas avec deux mecs en même temps.

— Ce qui signifie ?

— Ce qui signifie : je sors avec toi, à moins que tu n'en décides autrement.

— Et qu'est-ce que tu feras, quand le grand blond aux dents longues t'ouvrira ses draps ?

— Je lui dirai que je suis déjà prise. Enfin… si tu veux bien de moi.

Quinn s'est agité dans son petit lit.

— Je suis en voie de guérison, mais j'ai encore mal…

— Je ne t'embêterais pas avec ça si ce n'était pas si important pour moi, ai-je insisté. J'essaie d'être honnête avec toi. Cent pour cent honnête. Tu as quand même pris cette flèche à ma place : je te dois bien ça.

— Écoute, Sookie, d'habitude je suis de ces hommes qui savent ce qu'ils veulent, mais là… je ne sais pas. Je croyais presque qu'on était faits l'un pour l'autre…

Une drôle de lueur a fait briller ses yeux, tout à coup.

— S'il mourait, on n'aurait plus de problèmes, a-t-il maugréé dans un grondement sourd.

— Si tu le tuais, ça me poserait un sérieux problème.

Je pouvais difficilement être plus claire.

Il a fermé les yeux.

— Il faudra qu'on réfléchisse à tout ça quand je serai complètement guéri et que tu auras eu le temps de te reposer, a-t-il soupiré. Il faut que tu rencontres Frannie, aussi. Je suis si…

Seigneur, non ! J'ai bien cru qu'il allait s'étrangler d'émotion. Si jamais il se mettait à pleurer, j'allais en faire autant et je n'avais vraiment pas besoin de ça en ce moment. Je me suis penchée sur lui et j'ai effleuré ses lèvres. Mais il m'a retenue par l'épaule, et le baiser s'est précisé. Il y avait tant à explorer, et il était si chaud, si ardent... Il a soudain eu un hoquet de douleur.

— Oh ! Pardon, je...

— Ne t'avise pas de t'excuser pour m'avoir embrassé comme ça, m'a-t-il interrompue, toute envie de pleurer manifestement envolée. Il y a vraiment quelque chose entre nous, Sookie. Et je ne veux pas qu'André vienne gâcher ça avec ses histoires de vamp's à la noix.

— Moi non plus.

Je ne voulais pas renoncer à Quinn. Et pas seulement à cause du courant très haute tension qui passait entre nous. André me terrorisait, et qui savait ce qu'il avait derrière la tête ? Pas moi, en tout cas. Je ne croyais pas qu'Eric le sache non plus. Mais Eric aimait le pouvoir...

J'ai dit au revoir à Quinn, non sans regret, et j'ai quitté l'infirmerie, direction la salle de bal. J'étais épuisée et je rêvais de m'écrouler sur mon lit, mais je me sentais obligée de vérifier que la reine n'avait pas besoin de moi avant d'aller dormir.

J'ai trouvé Clovache adossée au mur du couloir. J'ai eu l'impression qu'elle m'attendait. La plus jeune des deux britlingans n'avait pas la stature de son aînée. Batanya ressemblait à un faucon coiffé de boucles brunes. Clovache était plus aérienne, avec de fines mèches cendrées et ébouriffées qui encadraient de grands yeux verts surmontés de sourcils fins et arqués.

— Il a l'air d'un homme bien, a-t-elle soudain lâché, avec son accent haché.

J'ai eu le sentiment qu'elle n'était pas très subtile, comme fille.

— C'est ce que je pense aussi.

— Alors que, par définition, un vampire est toujours sournois et perfide.

— Par définition ? Vous voulez dire, sans exception ?

— Affirmatif.

Nous avons marché un moment en silence. J'étais trop fatiguée pour discerner les intentions de la guerrière. Alors, j'ai décidé de lui poser carrément la question.

— Qu'est-ce qu'il y a, Clovache ? Où voulez-vous en venir ?

— Ne vous êtes-vous pas demandé pourquoi nous étions venues ici assurer la sécurité du roi du Kentucky ? Pourquoi il n'avait pas hésité à payer des sommes réellement astronomiques pour nous engager ?

— Si, bien sûr, mais je me suis dit que ça ne me regardait pas.

— Oh, mais si ! Ça vous regarde.

— Eh bien, expliquez-moi. Je ne suis pas en état de jouer aux devinettes.

— Le mois dernier, on a démasqué une espionne de la Confrérie à la cour du roi.

Je me suis arrêtée net. Clovache m'a imitée. J'ai médité un instant cette révélation.

— Ce n'est pas bon du tout, ça.

Un peu court, je sais.

— Pas bon pour l'espionne en question, en tout cas. Mais elle a livré certaines informations avant de s'abîmer dans la vallée des ombres.

— Voilà qui est joliment dit.

— Peut-être, mais ce n'était pas joli à voir. Isaiah est de la vieille école. Moderne en apparence, mais vieux jeu sous le vernis. Il s'est bien amusé avec la pauvre fille avant qu'elle finisse par cracher le morceau.

— Vous croyez qu'on peut se fier à ce qu'elle a dit ?

— On peut s'interroger, en effet. Personnellement, j'avouerais n'importe quoi, si je pensais que ça pourrait m'épargner certains des… traitements de faveur que le roi et ses petits copains lui ont réservés.

Je n'en étais pas persuadée. Clovache était plutôt du genre coriace.

— Mais je crois qu'elle a dit la vérité. D'après elle, un groupe de dissidents de la Confrérie aurait eu vent du sommet et y aurait vu l'occasion rêvée de mener au grand jour leur combat contre les vampires. Et je ne parle pas de simples manifestations et autres discours anti-vampires, mais bel et bien de leur livrer une guerre ouverte. Il ne s'agit pas là de la structure officielle de la Confrérie. Ses *leaders* sont trop prudents pour ça. Ils font bien attention de répéter : « Oh ! mon Dieu, non. Nous ne cautionnons aucune violence, quelle qu'elle soit. Nous ne faisons qu'avertir les gens : frayer avec les vampires, c'est frayer avec le diable. »

— Vous en connaissez un rayon sur notre monde, apparemment.

— Je fais toujours des recherches approfondies avant d'entreprendre une mission.

J'aurais bien voulu lui demander à quoi ressemblait son monde, comment elle faisait pour passer d'une dimension à l'autre, combien elle prenait, si tous les guerriers, dans son univers, étaient des femmes ou si les mecs pouvaient aussi jouer à la bagarre et, si oui, s'ils portaient la même combinaison ultra-moulante... Mais ce n'était ni le lieu ni le moment.

— Et alors ? C'est quoi, le fin mot de l'histoire ?

— Je crois que la Confrérie du Soleil essaie de mettre sur pied une offensive massive et qu'elle a choisi de passer à l'action pendant ce sommet.

— La bombe dans la canette ?

— En fait, ça, c'est plutôt déconcertant. Quoi qu'il en soit, elle a été déposée devant la suite de la Louisiane, et à cette heure, la Confrérie doit savoir que son opération a échoué, si c'était son œuvre...

— Il y a aussi les trois vampires assassinés dans la suite de l'Arkansas.

— Je le répète : déconcertant. Pourquoi abattre leurs cartes pour une si petite mise, alors que, d'après leur espionne, ils voulaient sortir le grand jeu ? En outre, comment un être humain pourrait-il se faire inviter dans la suite et tuer trois vampires ?

— Bon. Alors, à quoi a servi la canette piégée ?

Je réfléchissais à haute voix. Et je me creusais vraiment la cervelle pour comprendre pourquoi on avait posé cet engin de mort.

Nous nous étions remises à marcher et nous étions arrivées devant la salle des cérémonies. J'entendais l'orchestre.

— Eh bien, à vous faire quelques cheveux blancs, a répondu Clovache en souriant.

— Je ne pense pas que c'était vraiment le but.

Mais Clovache avait abouti à ses propres conclusions.

— Vous avez raison. La Confrérie n'aurait pas fait une chose pareille. Elle n'aurait pas voulu attirer l'attention avec une petite bombe, au risque de mettre en péril son opération de grande envergure.

— Donc, celui qui a posé cette bombe visait un autre objectif.

— Oui, mais lequel ?

— Voyons, si elle avait explosé, quel aurait été le résultat ? La reine en aurait été quitte pour une bonne frayeur.

— Elle ne serait pas morte ? s'est exclamée Clovache avec surprise.

— Elle n'était même pas dans sa chambre.

— Oui, mais la bombe aurait dû exploser plus tôt.

— Comment vous savez ça ?

— Par le type de la sécurité, Donati. C'est ce que la police lui a dit. Donati nous considère un peu comme des collègues. Il aime les femmes en armure, a-t-elle précisé avec un large sourire, que je lui ai rendu. Et c'était une bombe de faible intensité, a-t-elle poursuivi. Ça ne signifie pas qu'elle n'aurait pas fait de dégâts. Il y aurait peut-être eu une victime. Vous, par exemple. Mais toute cette affaire semble bien mal montée, et elle n'a pas donné grand-chose.

— À moins que cette bombe n'ait eu pour seul but de faire peur. D'être repérée. D'être désamorcée.

Clovache s'est contentée de hausser les épaules.

— Je ne comprends pas, ai-je néanmoins insisté. Si ce n'est pas la Confrérie, alors qui est le coupable ? Et que manigancent ces maudits fanatiques anti-vamps ? D'envahir le hall d'entrée armés de battes de baseball ?

— La sécurité laisse un peu à désirer, ici...

— Oui, je sais. Quand je suis descendue au sous-sol pour récupérer la valise de la reine, je n'ai pas trouvé les gardes très vigilants, et je ne pense pas que les employés soient fouillés avant d'entrer. C'est fou, d'ailleurs, ce cafouillage avec les valises. Il y en a un paquet, en bas.

— Et ce sont les vampires qui ont engagé ces gens ? C'est tout de même incroyable. D'un côté, les vampires ont parfaitement conscience qu'ils ne sont pas immortels, et de l'autre, ils ont survécu si longtemps qu'ils se croient tout-puissants. Bon, a-t-elle conclu avec un nouveau haussement d'épaules fataliste. Il est temps de reprendre le collier.

Nous avions atteint la salle de réception. Le Dead Man Dance Band jouait toujours. La reine serrait André de près. Ce n'était assurément pas un hasard si ce dernier ne se tenait plus derrière elle, mais à côté d'elle : signe éloquent s'il en est. Pas assez, cependant, pour dissuader Isaiah de tenter sa chance, apparemment. Le roi du Kentucky ne perdait pas espoir. Christian Baruch était également très proche de Sophie-Anne. On aurait dit un chien qui remue la queue, anxieux de plaire à sa maîtresse.

J'ai jeté un regard circulaire. Les têtes couronnées étaient faciles à repérer : elles étaient entourées d'une nuée de courtisans. Je ne les avais jamais vues toutes ensemble dans un même lieu. J'en ai profité pour faire le décompte. Il n'y avait que quatre reines. Les douze autres monarques étaient tous de sexe masculin. Parmi ces quatre femmes, la reine du Minnesota était manifestement avec le roi du Wisconsin. Le roi de l'Ohio avait le bras autour de la taille de la reine de l'Iowa : ils formaient donc un couple. Hormis la reine de l'Alabama, Sophie-Anne Leclerq était la seule reine célibataire. Aux yeux de ses congénères, elle brillait de mille feux, peut-être même plus encore maintenant que le lourd nuage du meurtre de Peter Threadgill avait été dissipé. Les vampires semblaient avoir un certain penchant pour les veuves joyeuses…

Le mignon de la reine de l'Alabama a fait courir ses doigts dans son dos dénudé. Elle a poussé des petits cris de vierge effarouchée.

— Tu sais que je déteste les araignées, a-t-elle protesté sur un ton de reproche feint.

Elle avait presque l'air humaine, à se cramponner à lui comme si sa vie en dépendait. Quant à lui, il semblait content de son coup : il avait joué à lui faire peur, sachant pertinemment qu'elle ne s'en rapprocherait que davantage.

Ah, mais attends… Attends un peu…

Mais non. Déjà, l'idée s'était envolée, avant même que j'aie pu l'attraper.

Sophie-Anne a enfin remarqué ma présence et m'a fait un signe.

— Je crois que tous les humains sont partis se coucher, a-t-elle déclaré.

Un deuxième coup d'œil circulaire m'a permis de le vérifier.

— Qu'avez-vous pensé de Julian Trout ? lui ai-je alors demandé.

J'avais besoin d'alléger ma conscience. Je craignais qu'elle ne lui ait réservé quelque « traitement de faveur », comme disait Clovache.

— Je pense qu'il ne comprend pas ce qu'il a fait. Pas complètement, du moins. Mais lui et moi ne tarderons pas à nous entendre.

Elle a souri.

— Sa femme et lui vont très bien, ne vous inquiétez pas, a-t-elle affirmé. Et je n'ai plus besoin de vos services pour cette nuit. Allez donc vous amuser.

Son ton n'avait rien de condescendant. Sophie-Anne voulait vraiment que je prenne du bon temps – même si elle se moquait royalement de la façon dont j'entendais y arriver.

— Merci.

Puis je me suis rappelé que je ferais peut-être mieux d'y mettre les formes.

— Merci, madame. Vous aussi, passez une bonne nuit. À demain soir.

J'étais bien contente de vider les lieux. Enfermée dans un endroit clos et plein à craquer de vampires, je me sentais dans mes petits souliers. Les regards qu'on me lançait m'indiquaient que je devenais appétissante. Les crocs commençaient à pointer. Pour un suceur de sang, il est plus facile de résister à la tentation tout seul qu'en groupe. Ce genre de rassemblement leur rappelle sans doute le bon vieux temps, quand on pouvait encore boire directement à la source, au lieu de devoir se contenter d'un ersatz de synthèse, créé en laboratoire et réchauffé au microondes. Comme je me faisais cette réflexion, la clique des donneurs volontaires est justement réapparue, émergeant d'une porte dérobée pour s'aligner le long du mur du fond. Peu de temps après, ils étaient déjà tous très occupés et (j'imagine) comblés.

Après avoir pris de mon sang dans le feu de l'action, Bill m'avait dit que mordre un humain dans le cou pour boire son sang après avoir été au régime TrueBlood pendant un mois, disons, c'était un peu comme se payer une entrecôte dans un bon resto argentin après des semaines de fast-food. J'ai aperçu Gervaise qui serrait Carla dans un coin, le nez dans son cou, et je me suis demandé si elle avait besoin d'aide. En voyant son expression extatique, j'ai compris que non.

Carla n'est pas rentrée de la nuit, et je l'ai regretté : en l'absence de Quinn, je me suis mise à broyer du noir. Apparemment, les ennuis m'attendaient au tournant, dans les couloirs du *Pyramid*. Quelque détour que je fasse pour les éviter, je finirais par tomber dessus.

Chapitre 15

Il était midi quand j'ai émergé. J'avais dormi huit heures, mais ma nuit n'avait pas été de tout repos. Je n'avais cessé de me réveiller en sursaut et sans parvenir à me réchauffer – un effet de l'échange de sangs, peut-être... ou peut-être pas. J'avais également fait des cauchemars et, par deux fois, j'avais cru entendre Carla rentrer, pour finalement constater, en ouvrant un œil, que son lit était vide. Filtrée par l'épais verre teinté réservé à l'étage des humains, l'étrange clarté qui pénétrait dans la chambre n'avait pas grand-chose à voir avec la lumière du jour, et cela me perturbait.

Après une bonne douche, je me sentais déjà un peu mieux. J'ai décroché le téléphone pour appeler le *room service*, puis, finalement, j'ai décidé de descendre au restaurant. J'avais besoin de contacts humains.

Des êtres humains, il y en avait effectivement quelques-uns : pas ma camarade de chambre, mais une ou deux « demoiselles de compagnie » et Barry, qui, d'un geste, m'a invitée à m'asseoir à sa table. Tout en m'installant en face de lui, j'ai fait signe au serveur et passé ma commande, qui est arrivée aussitôt. Ah ! La première gorgée de café ! J'en ai eu des frissons de plaisir. J'ai attendu d'avoir fini ma tasse pour entamer la conversation.

Comment ça va, aujourd'hui ? Tu as passé une nuit blanche ?

Non. Stan est monté se coucher de bonne heure avec sa nouvelle copine. Ils sont en pleine lune de miel. Comme il n'avait plus besoin de moi, je suis retourné au bal, et là, j'ai... sympathisé avec la maquilleuse de la reine de l'Iowa...

Il a fait une mimique éloquente. Apparemment, il ne s'était pas ennuyé.

Et quel est le programme pour aujourd'hui ?

On ne t'a pas glissé ça sous la porte ?

Il a poussé vers moi une petite liasse de feuilles agrafées, juste au moment où le serveur m'apportait mon *muffin* et mes œufs.

Si. Je l'ai fourré dans mon sac sans le regarder.

Génial ! Je pouvais même parler à Barry la bouche pleine !

Eh bien, jette un œil.

Pendant que Barry coupait un petit pain cajun en deux pour le beurrer, j'ai examiné le premier feuillet : un emploi du temps pour la soirée. Pratique. Le procès de Sophie-Anne, bien qu'étant le plus sérieux puisqu'il concernait une tête couronnée, n'était pas le seul à devoir être instruit pendant le sommet. La première audience était prévue à 20 heures. Il s'agissait d'une plainte pour coups et blessures volontaires. Une vampire du Wisconsin, répondant au doux nom de Jodi, était poursuivie par un vampire de l'Illinois dénommé Michael. Michael affirmait que

Jodi avait attendu qu'il s'endorme pour la journée et en avait profité pour lui briser une de ses canines. Avec des tenailles.

Euh... voilà qui paraît... intéressant, ai-je commenté avec un haussement de sourcils. *Comment ça se fait que ce ne soit pas les shérifs concernés qui gèrent ce genre d'affaire ?*

Normalement, les vampires préfèrent laver leur linge sale en famille.

Pas le même État, m'a répondu Barry, laconique.

Le serveur venait d'apporter une cafetière pleine. Barry en a profité pour remplir ma tasse et s'en servir une.

J'ai tourné la page. Le cas suivant concernait une vampire de Kansas City, dans le Missouri, dénommée Cindy Lou Suskin, qui avait vampirisé un gamin. Cindy Lou arguait que le garçon en question était déjà en train de mourir d'une leucémie, de toute façon, et qu'elle avait toujours voulu un enfant. Maintenant, elle avait un préado à vie. Qui plus est, le môme avait été vampirisé avec l'autorisation écrite de ses parents. Kate Book, de Kansas City, dans le Kansas, avocate spécialiste des droits de l'enfant, portait plainte, quant à elle, parce que l'enfant refusait à présent de voir ses parents et même d'avoir le moindre contact avec eux, ce qui était contraire à l'accord conclu entre lesdits parents et Cindy Lou.

Donc, ce soir, procès, ai-je récapitulé après avoir lu en diagonale les derniers feuillets. *J'imagine qu'on aura besoin de nous.*

Oui, je crois aussi. Des humains viendront témoigner, dans la deuxième affaire. Stan veut que je sois présent, et je parie que ta reine te demandera de venir aussi. Un de ses sujets a été désigné pour faire partie des juges. Seuls des souverains peuvent juger leurs pairs, mais dans les cas impliquant des vampires moins importants, les juges sont tirés au sort. Le nom de Bill Compton est sorti du chapeau.

Oh, super !

Tu as un passé avec lui, non ?

Oui. Mais je crois qu'il fera un bon juge.

Je ne savais pas trop pourquoi, d'ailleurs. Après tout, Bill m'avait surtout prouvé qu'il était doué pour le mensonge et la trahison. Je pensais pourtant qu'il essaierait de se montrer juste et impartial.

J'avais noté que ces audiences nous occuperaient de 20 heures à 23 heures. Après ça, dans une grande case qui s'étirait entre minuit et 4 heures du matin, on pouvait lire : « Commerce. » Nous nous sommes regardés, Barry et moi, avant de hausser les épaules en même temps.

Bourse d'échanges ? ai-je suggéré. *Marché aux puces ? Vide-greniers ?*

Barry n'en avait pas la moindre idée.

La quatrième nuit du congrès étant aussi la dernière, la première partie de la soirée était estampillée : « Temps libre pour tous dans Rhodes. » Parmi les activités proposées : revoir les numéros de danse des productions Blue Moon, ou la version plus explicite baptisée Black Moon. La différence entre les deux n'était pas précisée, mais j'avais dans l'idée que la seconde se distinguait par une connotation sexuelle nettement plus marquée. Suivait la liste des artistes maison et des endroits où ils se produisaient. Les touristes aux dents longues étaient également invités à visiter le zoo, qui serait « exceptionnellement ouvert toute la nuit à leur intention », ou le musée municipal (*idem*). Ils étaient également conviés à se rendre dans un club « pour le plus grand plaisir de ceux qui préfèrent le côté obscur du désir ». Ledit club s'appelait le *Kiss of Pain*. J'ai prié Barry de me faire penser à changer de trottoir si je passais devant.

Tu n'es quand même pas contre un petit baiser de temps en temps, si ? s'est-il étonné, en se passant la langue sur les dents pour bien me faire comprendre de quel genre de baiser il parlait.

Oh ! C'est très agréable, dans certaines circonstances, ai-je reconnu (je pouvais difficilement prétendre le contraire). *Mais je crois que, dans ce genre d'endroit, on ne se contente pas de se mordiller dans le cou… Dis-moi, tu es occupé, là, maintenant ? Parce que j'ai pas mal de repérages à faire pour Eric, et je ne refuserais pas un petit coup de main.*

Bien sûr, a répondu Barry. *De quoi s'agit-il ?*

De trouver des clubs de tir à l'arc.

— On a déposé ça pour vous à la réception, mademoiselle, m'a alors annoncé le serveur.

Il a déposé une enveloppe kraft sur la table, avant de se sauver pratiquement en courant. À croire que nous avions la peste. J'imagine que notre petite conversation silencieuse l'avait terrifié.

En ouvrant l'enveloppe, j'ai découvert une photo de Kyle Perkins. Il y avait un Post-it dessus rédigé de la main de Bill (j'ai reconnu ses pattes de mouche).

Sookie, Eric m'a dit que cette photo te serait utile pour effectuer le travail d'enquête qu'il t'a confié. S'il te plaît, sois prudente.

William Compton

Je m'apprêtais déjà à héler le serveur pour lui demander un annuaire quand je me suis rendu compte qu'il y avait une feuille attachée derrière la photo. Bill avait effectué des recherches sur Internet et m'avait fait une liste de tous les clubs de tir à l'arc de la ville. Il n'y en avait que quatre. Je me suis efforcée de ne pas être trop épatée par la prévenance de Bill et par l'aide précieuse qu'il m'apportait. Plus jamais je ne ressentirais d'admiration pour ce personnage.

J'ai appelé le garage de l'hôtel pour me faire avancer un des véhicules de la délégation de l'Arkansas. La reine se les était appropriés, et Eric m'avait proposé d'en utiliser un.

Barry était parti chercher une veste et je faisais le pied de grue devant la porte, en m'interrogeant sur le montant du pourboire que j'allais devoir donner au voiturier, quand j'ai aperçu Todd Donati. Il s'est avancé vers moi à pas lourds. Cette démarche lente et pesante étonnait chez un homme aussi mince. Il avait mauvaise mine. Son crâne dégarni, presque gris, luisait. Même sa moustache semblait pendouiller comme du linge mouillé.

Il est resté planté devant moi un moment sans parler. Je me suis dit qu'il devait rassembler son courage – ou son désespoir. S'il y a quelqu'un sur qui j'ai vu planer l'ombre de la mort, c'est bien Todd Donati.

— Mon patron essaie de se faire votre patronne, a-t-il lâché tout à trac.

Si j'avais essayé d'imaginer la façon dont il engagerait la conversation, j'avoue que je n'aurais jamais pensé à celle-là.

— Je sais. Depuis qu'elle est veuve, elle attire beaucoup l'attention.

— Il est très conservateur à bien des égards, a-t-il repris. Vieille famille, traditions... Il n'aime pas les idées nouvelles.

J'ai acquiescé, en essayant de paraître neutre tout en l'encourageant à poursuivre.

— Il n'est pas pour l'indépendance des femmes. Il ne croit pas qu'elles puissent se faire leurs propres opinions, se débrouiller toutes seules, a-t-il repris.

Je ne devais pas avoir l'air très éveillée. Et pour cause : je n'y comprenais rien.

— Pas même les femmes vampires, a-t-il insisté en me regardant droit dans les yeux.

— OK.

— Pensez-y, m'a-t-il conseillé. Incitez votre reine à lui demander la bande vidéo qui couvre la partie du couloir devant sa suite.

— Je n'y manquerai pas, lui ai-je promis, sans trop savoir à quoi je m'engageais.

Il a alors tourné les talons et s'est éloigné avec l'air de celui qui vient de se décharger d'une corvée : devoir accompli.

Puis la voiture est arrivée, Barry s'est précipité hors de l'ascenseur pour me rejoindre, et la peur panique qui s'est emparée de moi à l'idée de conduire en ville a chassé toute réflexion que j'aurais pu me faire sur cette rencontre. Eric n'avait sans doute pas songé au défi que représenterait pour moi le fait de conduire dans Rhodes. Ce genre de considération ne l'effleurait même pas. Sans Barry pour jouer les copilotes, la mission aurait été quasiment impossible. J'aurais encore pu me débrouiller avec la conduite ou m'orienter avec le plan que je m'étais procuré à la réception, mais certainement pas les deux à la fois.

Malgré la pluie et la circulation, je ne m'en suis pas trop mal tirée. Je n'étais pas sortie de l'hôtel depuis notre arrivée, et ça me faisait du bien de prendre l'air, de voir un peu le monde extérieur. Sans compter que ce serait probablement le seul aperçu que j'aurais jamais de la ville (de jour, en tout cas). Je m'en suis donc mis plein les yeux. Dieu seul savait si je reviendrais à Rhodes. C'était si loin ! Quasiment le pôle Nord, pour moi.

Barry a arrêté notre itinéraire, et nous avons entamé notre tournée des clubs de tir à l'arc.

Nous avons commencé par le plus éloigné, baptisé *Straight Arrow*. C'était une petite construction tout en longueur sur un grand boulevard très animé. Le *Straight Arrow* était rutilant, bien éclairé et, d'après la grosse pancarte à l'entrée, pourvu d'instructeurs qualifiés armés jusqu'aux dents. Les types derrière le comptoir n'ont pas été très sensibles à l'accent du Sud de Barry : ils ont cru qu'il était stupide. Pourtant, lorsque je me suis adressée à eux avec le même accent, ils ont trouvé que j'étais mignonne. D'accord. Quand on lisait entre les lignes – ce que je n'avais aucun mal à faire, puisque j'étais en prise directe avec ce qui leur servait de cerveau –, on obtenait à peu près cela : les femmes ne disaient que des niaiseries, de toute façon, aussi ce ravissant accent du Sud donnait-il un peu de relief aux platitudes que ces charmantes petites idiotes débitaient. Les mecs, en revanche, étaient censés avoir un parler franc, direct. Alors, ces crétins du Sud avaient juste l'air de femmelettes avec leur accent de demeurés.

En dehors de leurs préjugés, ces fiers-à-bras n'avaient rien pour nous. Ils n'avaient vu Kyle Perkins à aucun de leurs cours du soir et ils ne pensaient pas qu'il ait jamais réservé une heure pour s'entraîner chez eux.

Le mépris de ces pauvres types avait tellement exaspéré Barry qu'il n'a même pas voulu venir avec moi dans le deuxième club de notre circuit. J'y suis donc allée toute seule comme une grande avec ma petite photo. L'homme qui travaillait dans la partie réservée à la vente de matériel du club – lequel ne possédait pas de champ d'entraînement – ne m'a dit qu'un mot : « Non. » Il n'a pas cherché à savoir qui était le type sur la photo, n'a pas posé de questions et ne m'a pas souhaité un bon après-midi. Il n'avait pas de pancarte pour m'indiquer à quel point il était dangereux. J'ai supposé qu'il envoyait balader tout le monde.

Le troisième club comprenait un bâtiment qui devait être un ancien bowling, un parking avec quelques voitures en stationnement et une porte blindée hermétiquement fermée. « Arrêtez-vous ici pour identification », disait un panneau. Pas très engageant.

— J'en ai marre d'être enfermé, de toute façon, a galamment prétexté Barry, en sortant de la voiture pour m'accompagner.

Nous sommes restés plantés devant l'entrée. Dès que je l'ai repérée, j'ai montré à Barry la caméra de surveillance, juste au-dessus de nous. Nous avons essayé de faire bonne impression (pas trop difficile pour Barry : c'était inné, chez lui). Au bout de quelques secondes, nous avons entendu un déclic sonore. J'ai jeté un coup d'œil vers mon voisin, qui a poussé la lourde porte pour me laisser passer.

En face de nous, un long comptoir occupait tout le mur du fond, et derrière le comptoir se tenait une fille qui devait avoir à peu près mon âge. Issue d'un curieux métissage, elle avait la peau cuivrée et les cheveux assortis. Elle s'était teint les sourcils en noir, ce qui faisait ressortir cet étrange effet monochrome.

Elle nous a détaillés de la tête aux pieds, aussi soigneusement qu'elle avait déjà dû le faire sur son écran de contrôle. D'après ce que je pouvais capter, elle était nettement plus contente de voir Barry que ma petite personne.

J'ai donc laissé à Barry le privilège de mener la discussion.

Elle est pour toi, celle-là.

Ouais, je vois ce que tu veux dire.

Pendant que je posais la photo de Kyle sur le comptoir, il lui a demandé :

— Sauriez-vous si cet homme est venu s'entraîner ici ou acheter des flèches ?

Elle n'a même pas cherché à savoir en quoi cela nous regardait. Elle s'est penchée pour examiner la photo – peut-être un peu plus que nécessaire, histoire de faire profiter Barry de la vue plongeante sur son décolleté. Puis elle a grimacé.

— Ouais. Il est venu hier, juste après la tombée de la nuit. On n'avait encore jamais eu de vampires dans la clientèle et je n'avais pas vraiment envie de le servir. Mais qu'est-ce que vous voulez ? Il avait l'argent pour payer, et la loi dit qu'il ne faut pas faire de discrimination, alors…

Elle n'aurait pas demandé mieux que d'en faire, elle, de la discrimination. Aucun doute là-dessus.

— Il était seul ?

— Laissez-moi réfléchir…

Elle a rejeté la tête en arrière et pris la pose, toujours au profit de Barry. Elle ne pensait pas que l'accent du Sud lui donnait l'air niais, elle, au moins. Elle trouvait ça craquant et sexy.

— Je ne m'en souviens pas, a-t-elle finalement conclu. Écoutez, je vais vous dire ce que je vais faire. Je vais récupérer la vidéo d'hier soir – on l'a encore – pour que vous puissiez la regarder vite fait, d'accord ?

J'ai sorti mon sourire des grands jours.

— Ce serait possible de faire ça maintenant ?

— Eh bien… je ne peux pas quitter mon poste. Y aura personne d'autre pour surveiller le magasin, si je vais de l'autre côté. Mais si vous venez ce soir, quand mon collègue sera là, je vous laisserai jeter un coup d'œil.

Et elle a lancé un regard appuyé à Barry pour bien me faire comprendre que je ne devais pas me sentir obligée de l'accompagner.

— Quelle heure ? s'est enquis Barry, sans grand enthousiasme.

— 19 heures ? C'est l'heure à laquelle je finis, a-t-elle précisé, espérant vraisemblablement une invitation à prolonger la soirée.

Barry n'a pas mordu à l'hameçon, mais il a accepté de revenir à 19 heures.

— Merci, Barry, lui ai-je dit pendant que nous attachions nos ceintures. Tu me rends vraiment un fier service.

J'ai appelé l'hôtel pour laisser un message à Sophie-Anne et à André, leur expliquant où j'étais et ce que je faisais. Inutile qu'ils s'énervent en constatant que je n'étais pas à leur disposition quand ils se réveilleraient, ce qui n'allait pas tarder. Après tout, je ne faisais qu'obéir aux ordres d'Eric.

— Tu vas venir avec moi, hein ? m'a demandé Barry d'un ton suppliant. Hors de question que je reste plus d'une minute en tête à tête avec cette femme. Elle va me bouffer tout cru.

— D'accord. Je resterai dans la voiture, mais tu pourras toujours m'envoyer un SOS télépathique si elle te saute dessus.

— Ça marche.

Pour passer le temps, nous sommes allés prendre un café et manger un gâteau dans une boulangerie qui faisait salon de thé. Ma grand-mère me disait toujours que, dans le Nord, les femmes ne savaient pas cuisiner. J'ai été ravie de constater à quel point elle avait tort et soulagée de voir avec quel appétit je me régalais de la pâtisserie maison. Je n'avais décidément rien d'un vampire.

Le temps de faire le plein et de chercher, sur le plan, le chemin le plus court pour rentrer à l'hôtel, il était temps pour nous de retourner au club de tir pour nous entretenir avec la dulcinée de Barry. Il faisait désormais nuit noire, et la ville brillait de tous ses feux. J'étais grisée de me promener en voiture dans une grande ville si célèbre. Sans compter qu'on m'avait confié une mission et que je l'avais accomplie avec succès. Une fille de la cambrousse, moi ? Certainement pas !

Mais mon autosatisfaction a été de courte durée. Quand nous sommes arrivés au *Club Monteagle*, quelque chose clochait : la lourde porte métallique était de travers.

— Et merde, a lâché Barry, ce qui résumait assez bien mon sentiment.

Nous sommes sortis de la voiture, non sans quelque réticence, et, avec force regards de droite et de gauche, nous sommes allés examiner la porte en question.

— Explosion ou méthode manuelle, à ton avis ? ai-je demandé à mon collègue.

Barry s'est agenouillé sur le gravier pour regarder ça de plus près.

— Je ne suis pas 007, mais je dirais qu'on l'a arrachée.

Je lui ai jeté un coup d'œil sceptique. Cependant, après un examen plus attentif, j'ai constaté que les gonds avaient été vrillés. Un point pour Barry.

— Bon. Maintenant, il ne nous reste plus qu'à... entrer.

Barry a serré les dents. Puis il a hoché la tête, sans grande conviction. Lui, la violence, les bagarres, ce n'était pas son truc. Ce qui l'intéressait, c'était l'argent. Et de nous deux, c'est lui qui avait décroché le job le mieux payé. D'ailleurs, au même moment, il se demandait combien il faudrait lui donner pour qu'il continue, et il n'avait pas encore la réponse. Il se disait que s'il n'avait pas été avec une femme, il aurait sauté dans la voiture pour décamper.

Comme quoi, l'orgueil masculin a du bon, parfois. En tout cas, une chose était sûre : je n'avais aucune envie de faire cela toute seule.

J'ai poussé la porte, qui a violemment réagi par une chute assez spectaculaire, s'abattant sur le sol avec fracas.

— Hou hou ! On est là ! a plaisanté Barry d'une voix incertaine. Au cas où vous ne seriez pas encore au courant...

Quand le silence est revenu, et comme rien ni personne n'avait surgi du bâtiment pour nous manger tout crus, nous nous sommes tous les deux redressés de notre position de défense instinctive. J'ai pris une profonde inspiration. C'était à moi qu'on avait confié cette mission, c'était donc à moi de jouer. Je suis entrée dans le large pinceau de lumière qui jaillissait par l'ouverture et, d'un grand pas décidé, j'ai franchi le seuil. Comme je n'avais détecté aucune signature mentale à l'intérieur, je me doutais de ce qui m'attendait.

Effectivement, Miss Monochrome était morte. Elle gisait sur le comptoir, les bras en croix, la tête dans le vide, un poignard planté dans le cœur. Quelqu'un avait vomi à environ un mètre de mon pied gauche : il y avait donc eu au moins un humain sur les lieux. Dans mon dos, j'ai entendu Barry entrer et se figer, tout comme je l'avais fait avant lui.

Lors de notre précédente visite, j'avais bien remarqué les deux portes à l'intérieur du magasin : une, à droite, qui devait donner accès au champ de tir, et une autre, derrière le comptoir, qui devait mener à l'arrière-boutique réservée aux employés. C'était sans doute là que se trouvait la fameuse vidéo. Quant à savoir si elle y était encore, là était la question.

Je n'avais qu'une envie : quitter cet endroit au plus vite. J'étais morte de peur. Mais je me disais que cette fille avait probablement été tuée à cause de cette maudite bande vidéo et que si nous partions sans même la chercher, son sacrifice n'aurait servi à rien. C'était peut-être idiot, mais c'était ce que je ressentais.

Je ne perçois aucune autre présence sur place, m'a annoncé Barry.

Moi non plus, lui ai-je répondu, après m'en être assuré plus en détail.

Barry savait très exactement ce que je m'apprêtais à faire, naturellement, et il m'a proposé de m'accompagner.

Non, je préfère que tu restes dehors. Je t'appellerai si j'ai besoin de toi.

Pour être franche, j'aurais bien aimé le sentir plus près que ça. Mais il aurait été inhumain de demander à quelqu'un de supporter plus d'une minute une puanteur pareille. Or, la minute était écoulée.

Barry ne s'est pas fait prier. Pendant qu'il ressortait, j'ai escaladé le comptoir pour passer de l'autre côté, tout en évitant le corps. La manœuvre m'a remplie d'horreur. Encore une chance que ses yeux vitreux n'aient pas été tournés vers moi, pendant que j'essuyais, avec un mouchoir en papier, la partie du comptoir que je venais de toucher.

De l'autre côté, les traces de lutte étaient évidentes : elle s'était débattue et avait vendu chèrement sa peau. Il y avait du sang partout et des papiers éparpillés sur le sol. J'ai remarqué un bouton d'alarme sous le comptoir. J'imagine qu'elle n'avait pas eu le temps d'appuyer dessus.

La porte qui donnait sur l'arrière-boutique était entrebâillée, et on apercevait de la lumière à l'intérieur. J'ai poussé le battant du bout du pied, et il s'est ouvert avec un petit grincement. Comme, une fois encore, rien ni personne ne me sautait dessus, j'ai respiré un bon coup et je suis entrée.

L'endroit tenait à la fois du bureau, de la salle de repos et de la réserve. Il y avait des plans de travail, des chaises à roulettes, des ordinateurs, un micro-ondes, un réfrigérateur : l'attirail habituel. Il y avait aussi une pile de bandes vidéo posées par terre… et fumantes. L'odeur dans le magasin était tellement épouvantable que je n'avais pas senti celle-là. J'ai remarqué une deuxième porte, mais je n'ai pas regardé sur quoi elle donnait parce qu'il y avait un cadavre en travers. L'homme était couché sur le ventre. Tant mieux. Pas besoin de vérifier : il était bel et bien mort. Le collègue de Miss Monochrome, probablement.

J'ai laissé échapper un juron. Puis j'ai remercié le Ciel de pouvoir vider les lieux sans demander mon reste. Seul point positif de l'histoire : comme les vidéos de surveillance avaient brûlé, toute trace de notre précédente visite avait été effacée.

Au passage, j'ai déclenché l'alarme, en espérant qu'elle résonnerait dans un poste de police et que les forces de l'ordre arriveraient rapidement.

Barry m'attendait dehors. J'aurais parié qu'il ne me laisserait pas tomber, et j'aurais estimé à quatre-vingt-dix-neuf pour cent mes chances de gagner. J'avoue, pourtant, que je n'aurais pas été autrement surprise s'il avait filé.

— On met les voiles, lui ai-je lancé en courant vers la voiture. J'ai déclenché l'alarme.

Nous avons sauté dans la voiture, et j'ai démarré en trombe. Le visage de Barry tirait sur le vert, et j'avais pris le volant. Nous avons dû nous arrêter en chemin pour qu'il puisse vomir (pas facile en pleine ville avec cette circulation). Je ne lui en ai pas voulu : ce que nous venions de voir avait de quoi rendre malade n'importe qui. Quant à moi, j'ai simplement la chance d'avoir le cœur bien accroché. Et puis, j'en avais vu d'autres.

Nous sommes arrivés à l'hôtel à temps pour assister aux procès. Barry m'a dévisagée, bouche bée, quand je lui ai dit que je ferais mieux de me changer pour y aller. Il avait beau être télépathe, il n'avait pas envisagé deux secondes que je puisse embrayer sur la soirée comme si de rien n'était.

— Comment peux-tu seulement songer à y aller ? s'est-il étonné. Il faut prévenir quelqu'un de ce qui s'est passé.

— J'ai alerté la police ou, du moins, la société de sécurité à laquelle l'alarme est reliée. Qu'est-ce qu'on peut faire de plus ?

Nous étions dans l'ascenseur, entre le parking souterrain et le hall.

— Il faut qu'on parle aux flics.

— Pourquoi ?

Les portes se sont ouvertes, et nous sommes sortis dans le hall.

— Pour leur dire.

— Quoi ?

— Que quelqu'un a essayé de te tuer hier en… Bon, d'accord. En te lançant une flèche.

Il s'est brusquement tu.

— Tu vois bien.

Je captais ses pensées, et il avait abouti aux mêmes conclusions que moi.

— Est-ce que ça permettrait de savoir qui a tué cette fille ? ai-je cependant argué. Probablement pas. Parce que Kyle Perkins est mort et que les vidéos ont été détruites. Et les flics viendraient ici poser des questions aux vampires les plus importants d'un bon tiers des États-Unis. Qui m'en remercierait ? Personne.

— Mais on ne peut pas rester sans réagir.

— Ce n'est pas glorieux, je sais. Mais c'est la meilleure solution, la plus réaliste. Et la plus rationnelle.

— Ah ! Parce que, maintenant, mademoiselle est rationnelle ?

Sa voix commençait à dérailler dans les aigus.

— Et vous, monsieur, vous êtes en train d'invectiver ma... d'invectiver Sookie.

En voyant Eric surgir de nulle part devant lui, Barry s'est mis à hurler de plus belle (en mode silencieux, cette fois). À ce stade, il se moquait bien de ne plus jamais me voir de sa vie. Je n'aurais pas été aussi radicale, mais je ne pensais pas non plus que nous allions nous écrire régulièrement.

J'ai pris note en passant du fait qu'Eric ne savait pas quel qualificatif m'attribuer pour décrire ce que je représentais pour lui. Eh bien moi non plus.

— Tu voulais quelque chose ? lui ai-je demandé, d'un ton propre à lui faire comprendre que je n'étais pas d'humeur à jouer au chat et à la souris.

— Tu as des informations pour moi ? a-t-il alors répliqué, très boulot-boulot tout à coup.

Cela m'a calmée net.

— Tu peux y aller, ai-je dit à Barry, qui ne se l'est pas fait dire deux fois.

Eric a jeté un regard circulaire, cherchant un endroit où nous aurions pu parler en toute sécurité. Peine perdue. Le hall grouillait de vampires qui se rendaient aux procès, bavardaient ou flirtaient dans tous les coins.

— Viens, m'a-t-il alors lancé, en m'entraînant vers l'ascenseur pour monter dans sa chambre.

Eric était au neuvième, un étage beaucoup plus vaste que celui de la reine. Il y avait plus de passage, aussi, et nous avons croisé nombre de vampires en remontant le couloir.

Je n'avais vu que le salon de la suite royale et j'étais un peu curieuse de découvrir une chambre de vampire standard. J'ai été un peu déçue : l'endroit était on ne peut plus ordinaire, à cette nuance près qu'il y avait des cercueils dedans – une belle nuance, tout de même. Eric partageait sa chambre avec Pam, et leurs deux cercueils étaient posés sur des tréteaux peints en noir avec de faux hiéroglyphes dorés – très chic et parfaitement dans le ton de la maison, cette petite note égyptienne. Il y avait aussi deux grands lits et une minuscule salle de bains. J'ai remarqué les deux serviettes de toilette bien rangées sur le porte-serviette (la porte était restée entrouverte). Eric n'ayant jamais suspendu ses serviettes quand il vivait chez moi, j'en ai déduit que c'était l'œuvre de Pam. Très domestique. Pam ramassait sans doute les affaires qu'Eric laissait traîner depuis plus d'un siècle. Seigneur ! Je n'avais même pas tenu quinze jours !

Avec les cercueils et les lits doubles, la pièce était déjà un peu envahie, et je me suis demandé ce que ce devait être pour les vampires de base, disons... au douzième. Est-ce qu'on pouvait empiler les cercueils comme des lits superposés ? Mais je délirais : je m'occupais l'esprit pour ne pas penser au fait que j'étais seule avec Eric, dans sa chambre. Eric s'est assis sur un lit, moi sur l'autre. Il s'est penché en avant.

— Raconte.

— Eh bien… ça se présente mal, ai-je lâché, juste pour le mettre dans l'ambiance.

Il s'est rembruni, sourcils froncés et bouche tombante.

— On a effectivement trouvé un club de tir à l'arc où Kyle Perkins était allé, ai-je commencé. Barry m'a accompagnée. Pure gentillesse de sa part. J'ai vraiment apprécié, d'ailleurs…

J'avais distribué les remerciements, comme pour un livre ou un générique de film.

— Pour résumer, ai-je aussitôt enchaîné, on a trouvé la bonne adresse au troisième essai, et la fille qui était de permanence nous a proposé de regarder la vidéo de surveillance du soir où Kyle était passé. Je pensais qu'on verrait peut-être quelqu'un avec lui, quelqu'un qu'on connaissait. Elle voulait qu'on revienne pour la visionner à la fin de sa journée de travail, à 19 heures.

J'ai pris une profonde inspiration avant le plongeon. Eric semblait changé en statue, son expression comme figée pour l'éternité.

— Quand on est revenus, elle était morte, assassinée. J'ai jeté un coup d'œil dans les bureaux, et les bandes vidéo avaient été brûlées.

— Morte comment ?

— Poignardée en plein cœur. Elle avait encore le couteau planté dans la poitrine. Quelqu'un avait vomi, aussi. De la nourriture, pas du sang. Et il y avait le cadavre d'un type du club. Mais je n'ai pas regardé comment il avait été tué.

— Ah ! a lâché Eric, le temps d'enregistrer toutes ces données. C'est tout ?

— Oui.

Je me suis levée pour partir.

— Barry était fâché contre toi, a-t-il alors repris.

— Il s'en remettra.

— C'était quoi, son problème ?

— Il pense qu'on n'aurait pas dû s'en aller comme ça, que… Je ne sais pas. Il pense que j'ai manqué d'humanité.

— Moi, je pense que tu t'en es extrêmement bien sortie.

— Oh super !

Puis je me suis dit que je ferais mieux de me calmer.

— Désolée. Je sais que tu voulais juste me faire un compliment. Je n'ai pas pris la mort de cette fille avec tant d'indifférence que ça. Je ne suis pas très fière de l'avoir laissée là. Même si c'était la solution la plus rationnelle.

— Des scrupules ?

— Oui.

On a frappé à la porte. Comme Eric ne bougeait pas, je suis allée ouvrir. Je ne crois pas que c'était du machisme de sa part. Plutôt une question de préséance, je pense. J'étais assurément en dessous de lui, du point de vue de la hiérarchie des vampires.

C'était Bill. C'était loin d'être une surprise. De mieux en mieux. Je me suis écartée pour lui céder le passage – je n'allais certainement pas demander la permission à Eric. Bill m'a toisée de haut en bas, sans doute pour vérifier que mes vêtements n'étaient pas en désordre, puis il est passé devant moi sans dire un mot. J'ai levé les yeux au ciel. C'est alors que j'ai eu un éclair de génie : au lieu de retourner jouer le trio infernal, je suis sortie et j'ai fermé la porte derrière moi. Je me suis éloignée d'un pas énergique dans le couloir. L'ascenseur est arrivé presque aussitôt. Deux minutes plus tard, j'étais dans ma chambre.

Problème réglé.

Je n'étais pas peu fière de moi.

Carla était là. Dans le plus simple appareil, pour changer.

— Salut ! ai-je maugréé. Enfile donc un peignoir, s'il te plaît.

— OK, si ça te dérange… m'a-t-elle répondu avec la plus parfaite décontraction.

Et elle a enfilé un peignoir. Waouh ! Encore un problème de réglé. Réagir immédiatement, aller droit au but et dire franchement ce qu'on pensait, telles étaient manifestement les clés d'une vie de Sookie réussie.

— Merci. Tu ne vas pas à ces fameux procès ?

— Les pièces rapportées ne sont pas invitées. Mais après, c'est soirée night-club avec Gervaise. On doit aller dans un endroit hyper branché, le *Kiss of Pain*.

— Fais attention à toi, Carla. Une salle pleine de vampires, un ou deux humains un peu égratignés et ça peut très, très mal tourner.

— Oh ! Avec Gervaise, pas de danger : je sais le tenir.

— Non, tu ne sais pas.

— Il est fou de moi.

— Jusqu'au jour où il ne le sera plus. Ou le jour où tu taperas dans l'œil d'un vampire plus vieux que lui et où Gervaise ne pourra plus gérer la situation, par exemple.

Elle a semblé hésiter une seconde, une expression d'incertitude sur le visage – expression qu'elle ne devait pas souvent afficher. Puis elle s'est ressaisie et s'est empressée de changer de sujet.

— Et toi ? Il paraît que tu es attachée à Eric maintenant ?

— Oui, oui. Mais c'est très provisoire, ai-je immédiatement protesté avec la plus grande conviction. Ça passera.

Et, intérieurement, je me suis promis de ne plus jamais aller où que ce soit avec des vampires. Je m'étais laissé tenter par l'appât du gain, l'attrait de la nouveauté et du voyage lointain. *Mais je ne recommencerai jamais. Je le jure devant Dieu, je...*

Je n'ai pas pu m'empêcher de pouffer. Voilà que je me prenais pour Scarlett O'Hara !

— « Je ne connaîtrai plus jamais la faim », ai-je déclamé, achevant à haute voix la célèbre tirade d'*Autant en emporte le vent.*

— Pourquoi ? m'a demandé Carla, qui se regardait dans la glace pour s'épiler les sourcils. Tu as trop mangé au dîner ?

Cette fois, j'ai carrément éclaté de rire. Et je ne pouvais plus m'arrêter.

— Qu'est-ce qui t'arrive ? s'est étonnée Carla en se retournant vers moi, alarmée. Ça ne va pas, Sookie ? Tu es bizarre.

— Juste un petit choc, lui ai-je répondu entre deux hoquets. Ça va passer. Dans une minute, ça ira mieux.

Mais il m'en a bien fallu dix. J'étais attendue aux procès et, franchement, je n'étais pas fâchée d'avoir de quoi m'occuper. Je me suis débarbouillée, maquillée et changée : chemisier de soie bronze sur pantalon couleur tabac avec gilet assorti et escarpins de cuir brun. J'ai glissé ma clé magnétique dans ma poche, j'ai dit au revoir à une Carla plutôt soulagée de me voir partir et je me suis mise en route pour la soirée procès.

Chapitre 16

Jodi était une vampire pour le moins impressionnante. Elle me faisait penser à Jaël, dans la Bible – Jaël, énergique femme d'Israël, qui avait planté un piquet de tente dans la tempe de Sisera, chef de l'armée ennemie, si mes souvenirs étaient bons. Sisera dormait quand Jaël avait frappé, tout comme Michael lorsque Jodi lui avait raccourci un croc. Bien que son nom me fasse un peu ricaner, j'avais immédiatement pris le parti de cette femme de fer à la volonté d'acier trempé. J'espérais que les juges ne se laisseraient pas avoir par les jérémiades de ce Michael qui pleurait sur sa fichue dent cassée.

Bien qu'au même endroit, ce procès ne se déroulait pas dans le même décor que celui de la veille. Les juges étaient assis sur l'estrade, derrière une longue table, face au public : deux hommes et une femme, venus de trois États différents. Bill était du nombre. Il semblait parfaitement calme et serein, comme toujours. Je ne connaissais pas l'autre type, un blond. La digne représentante de la gent féminine était une charmante petite vampire aux cheveux noirs ondulés. Je n'avais encore jamais vu personne se tenir aussi droit, ni arborer une chevelure aussi longue.

Bill l'appelait Dalhia. À la façon dont elle tournait la tête pour écouter les témoignages de Jodi et de Michael, on aurait pu penser qu'elle assistait à un match de tennis. Posé au centre de la table nappée de blanc trônait un pieu, symbole de la justice chez les vampires, j'imagine.

Les deux vampires n'avaient pas d'avocats pour les représenter. Chacun disait ce qu'il avait à dire. Aux juges, ensuite, de leur poser les bonnes questions pour se faire leur opinion, avant de décider du verdict par un vote à la majorité. La méthode avait le mérite de la simplicité dans la forme, sinon dans les faits.

Dalhia interrogeait Michael :

— Vous torturiez une humaine ?

— Oui, a-t-il répondu sans ciller.

J'ai jeté un regard circulaire. J'étais le seul être humain présent à l'audience. Il n'était pas étonnant que la procédure ait été simplifiée : pour un public au sang chaud, les vampires auraient dû mettre les formes. Ils se comportaient là exactement comme ils l'auraient fait s'ils avaient été entre eux. J'étais assise à côté de ceux de ma délégation présents au procès, Rasul, Gervaise et Cleo. Peut-être leur odeur masquait-elle la mienne ? Ou peut-être qu'une seule humaine – domestiquée, qui plus est – comptait pour du beurre ?

— Elle m'avait offensé. Et puis, de toute façon, chez moi, sexe et supplices vont de pair. Je ne prends pas mon plaisir autrement. Alors, je l'ai enlevée et je me suis un peu amusé, c'est tout. Et voilà que Jodi pique une crise et me casse un croc ! Vous voyez ?

Michael ouvrait la bouche pour que les juges puissent mesurer l'ampleur des dégâts. Je me suis demandé s'il était allé voir le type qui tenait un stand au salon, celui qui vendait ces prothèses dentaires incroyables.

Michael avait un visage d'ange, et il ne voyait absolument pas en quoi l'acte qu'il avait commis était répréhensible. Il avait eu envie de le faire, alors il l'avait fait. Tous les gens qui sont vampirisés n'étaient pas forcément équilibrés de leur vivant. Et après des dizaines d'années, voire des siècles, à disposer des humains à leur gré, certains n'ont plus une once de sens moral. Aujourd'hui pourtant, ils apprécient la liberté de mouvement que leur procure leur nouvelle place dans la société : le fait de pouvoir se promener dehors sans avoir à se cacher et le droit de ne pas se faire planter un pieu dans le cœur. Le problème, c'est qu'ils ne veulent pas en payer le prix en se pliant aux règles de savoir-vivre les plus élémentaires.

Quant à moi, je me disais que perdre une dent était un châtiment bien clément. Je ne parvenais pas à croire que Michael ait eu le culot de porter plainte. Apparemment, Jodi non plus : déjà, elle avait bondi et se ruait sur lui.

Le juge blond l'a plaquée au sol. Il était beaucoup plus grand qu'elle, et elle a semblé se rendre compte qu'elle ne serait pas de taille à le repousser. J'ai vu que Bill avait reculé sa chaise, prêt à intervenir si les choses s'envenimaient.

— Pourquoi les agissements de Michael vous ont-ils à ce point scandalisée, Jodi ? s'est étonnée la minuscule Dalhia.

— La femme en question était la sœur d'un de mes employés, a répondu Jodi d'une voix frémissante de rage. Elle était sous ma protection. Sans compter qu'on va recommencer à nous pourchasser, si cet imbécile de Michael ne change pas de comportement. Mais il est incurable. Rien ne l'arrête, pas même la perte d'un de ses crocs. Par trois fois, je l'ai sommé de garder ses distances. Mais la jeune humaine l'a remis à sa place quand il lui a fait de nouvelles avances en pleine rue, et son orgueil blessé a pris le pas sur sa discrétion, si ce n'est sur son intelligence.

— Est-ce vrai ? a demandé la petite vampire en se tournant vers Michael.

— Elle m'a insulté, Dalhia, a argué l'intéressé avec un calme olympien. Une humaine m'a publiquement insulté.

— Bien. La cause me paraît entendue, a conclu Dalhia, avant d'interroger ses collègues : Vous êtes d'accord avec moi ?

Le vampire blond qui retenait Jodi a hoché la tête, aussitôt imité par Bill.

— Michael, vous allez nous attirer des représailles par l'imprudence de vos actes et votre incapacité à contrôler vos pulsions, a déclaré Dalhia. Vous avez ignoré les avertissements qui vous ont été adressés et fait fi de la protection dont jouissait cette jeune femme auprès d'un autre vampire.

— Vous plaisantez ! s'est écrié Michael en se levant d'un bond. Vous n'avez donc aucune fierté ?

Deux hommes sont alors sortis des coulisses – des vampires, bien entendu, et d'un honnête gabarit. Ils se sont saisis de Michael, qui s'est débattu comme un beau diable. J'étais un peu choquée par tout ce tapage, cette violence. Mais, dans moins d'une minute, ils auraient emmené Michael dans quelque prison pour vampires et, le calme revenu, l'audience pourrait reprendre.

À ma grande stupeur, Dalhia a alors fait signe au vampire blond de relâcher sa prisonnière. Telle une panthère, Jodi a traversé l'estrade en un éclair pour s'emparer du pieu posé sur la table et, avec un sourire jusqu'aux oreilles, l'a planté dans la poitrine de Michael.

Je me suis plaqué les deux mains sur la bouche pour retenir un cri. Mais, de toute évidence, j'étais la seule à m'émouvoir d'un tel procédé.

Défiguré par la haine, Michael a dardé sur Jodi un regard noir. Il a même continué à se débattre – pour dégager son bras et arracher le pieu, je suppose. Quelques secondes plus tard, tout était fini. Les deux vampires ont emporté le cadavre, et Jodi a quitté la scène, positivement radieuse.

— Affaire suivante ! a lancé Dalhia.

Il s'agissait du cas de ce gamin vampire. Cette fois, il y avait des humains impliqués : les malheureux parents. En les voyant entrer avec leur air de chien battu, égoïstement, je me suis sentie un peu soulagée de ne plus être la seule de mon espèce dans la salle. Ils étaient assistés d'un représentant vampire (les humains n'avaient-ils donc pas le droit de déposer eux-mêmes, devant cette cour ?) et suivis de la « mère » et de son nouvel « enfant ».

Il s'agissait là d'une affaire bien plus triste, et beaucoup plus complexe aussi. La souffrance de ces pauvres parents qui avaient perdu leur fils – un fils qui, pourtant, marchait et parlait encore, mais pas à eux – était presque palpable. Je n'ai pas été la seule à crier : « Quelle honte ! » quand Cindy Lou a révélé qu'ils lui versaient une pension mensuelle pour la garde de l'enfant. L'avocate des parents, Kate, défendait farouchement ses clients. Il était clair que, pour elle, non contente d'être une mauvaise mère, Cindy Lou déshonorait la communauté des vampires. Mais les trois juges – différents des précédents ; je n'en connaissais aucun – s'en tenaient au contrat signé par les parents et se refusaient à donner un nouveau tuteur à l'enfant. Cependant, ont-ils précisé, ce contrat stipulait également que l'enfant serait obligé de passer un certain temps auprès de ses parents biologiques, aussi longtemps que ces derniers entendraient faire respecter leurs droits.

Le président de la cour, un type au visage d'aigle et aux yeux d'un noir de poix, a appelé le gamin à la barre.

— Tu dois respect et obéissance à ces humains, lui a-t-il rappelé. N'oublie pas que, toi aussi, tu as signé ce contrat. Tu as beau être mineur au regard de la loi humaine, pour nous, tu es tout aussi responsable que… que Cindy Lou.

L'idée qu'une vampire puisse répondre au nom ridicule de Cindy Lou lui restait en travers de la gorge.

— Si tu essaies de terroriser tes parents, a-t-il poursuivi, de les contraindre ou de boire leur sang, nous te couperons la main. Et quand elle aura repoussé, nous t'amputerons de nouveau.

À l'énoncé de la sentence, la mère biologique s'est évanouie. Mais le gamin était si arrogant, si sûr de lui et faisait si peu de cas de ses pauvres parents qu'un sévère avertissement s'imposait. Je me suis prise à hocher la tête avec approbation.

Menacer un gosse de lui couper la main n'est peut-être pas ce qui se fait de mieux en matière de principes éducatifs, mais si vous aviez vu le gamin en question, vous auriez peut-être été de mon avis. Et Cindy Lou n'était pas un cadeau non plus. Celui qui l'avait vampirisée devait être moralement et mentalement défaillant.

Personne n'avait eu besoin de mes services, finalement, et je commençais à m'interroger sur la suite des réjouissances quand Sophie-Anne a franchi la double porte, au fond de la salle, flanquée de sa garde rapprochée : Sigebert à sa gauche, André à sa droite. Elle portait un tailleur-pantalon de soie bleu saphir, un magnifique collier de diamants et de petites boucles d'oreilles assorties. D'une élégance aussi raffinée qu'épurée, elle avait une classe folle. À peine m'a-t-il eu repérée qu'André a filé droit sur moi.

— Je sais que – enfin, Sophie-Anne m'a expliqué que je vous avais porté préjudice, a-t-il aussitôt murmuré. Je ne peux pas dire que je suis désolé, parce que je ferais n'importe quoi pour elle. Les autres n'ont aucune valeur, à mes yeux. Mais je regrette sincèrement de n'avoir pu m'empêcher de provoquer quelque chose qui vous afflige.

Si c'était une excuse, c'était la plus hypocrite qu'on m'ait jamais faite. Tout laissait à désirer dans sa formulation. Quant à l'intention...

— D'accord.

Impossible d'en dire plus : ça m'avait déjà écorché la langue. Je savais que je ne pouvais pas espérer mieux de sa part, de toute façon.

Entre-temps, Sophie-Anne nous avait rejoints. Je lui ai adressé mon petit signe de tête habituel.

— Je vais avoir besoin de vous dans les heures qui viennent, m'a-t-elle annoncé.

— Pas de problème.

Elle m'a détaillée de haut en bas, comme si elle me reprochait de ne pas avoir fait un petit effort vestimentaire. Personne ne m'avait prévenue que, pour la partie de la soirée libellée « Commerce », une tenue habillée s'imposait.

Maître Cataliades s'est précipité vers moi, dans son beau costume, avec sa belle cravate de soie rouge et or.

— Heureux de vous voir, ma chère, a-t-il déclaré. Laissez-moi vous exposer la prochaine activité prévue au programme.

Je l'ai engagé d'un geste à poursuivre.

— Où est Diantha ? lui ai-je cependant demandé.

— Elle règle un petit problème d'intendance avec le personnel de l'hôtel, m'a-t-il répondu en fronçant les sourcils. Si étrange que cela puisse paraître, il semblerait qu'il y ait un cercueil égaré, en bas.

— Comment ça ?

Un cercueil, ça appartient quand même bien à quelqu'un ! Ce n'est pas comme si les vampires voyageaient avec un cercueil de rechange ou comme s'ils avaient un cercueil pour la semaine et un cercueil du dimanche, pour les grandes occasions.

— Et pourquoi est-ce vous qu'on a appelé ? me suis-je étonnée.

— Le cercueil en question portait une étiquette avec le nom de notre délégation.

— Mais tous nos vampires ont été recensés, non ? On n'a perdu personne.

Tout en suivant le ballet des serveurs d'un œil distrait, je sentais l'étau de l'angoisse se resserrer. C'est alors que j'ai remarqué un employé qui, m'ayant aperçue, tournait précipitamment les talons. Puis il a vu Barry, qui venait d'entrer aux côtés du roi du Texas, et, une fois de plus, il est parti dans la direction opposée.

Je m'apprêtais déjà à demander au vampire le plus proche de le retenir pour que je puisse savoir ce qui lui trottait dans la tête quand je me suis rendu compte que ç'aurait été faire preuve de ce même abus de pouvoir que je reprochais justement aux vampires. Le serveur a disparu, et je n'avais pas eu le temps de le voir d'assez près pour être capable de le reconnaître parmi un régiment de serveurs tous vêtus de la même façon. Maître Cataliades me parlait toujours. J'ai levé la main pour l'interrompre.

— Attendez un peu, ai-je murmuré, en tentant de me remémorer ce que l'attitude équivoque du serveur me rappelait.

— Je vous prie de me prêter la plus grande attention, mademoiselle Stackhouse, a insisté l'avocat.

J'ai repoussé le fil ténu de mes pensées dans un coin de ma tête. J'y repenserais plus tard.

— Voici ce que vous allez devoir faire, a-t-il continué. La reine va négocier pour obtenir quelques services utiles à la reconstruction du royaume. Contentez-vous de faire ce que vous savez faire le mieux pour découvrir si les intentions de ceux qui traiteront avec elle sont aussi honnêtes qu'ils voudront bien le laisser paraître.

Pas très précis, comme instructions.

— Faire de mon mieux, OK, ai-je néanmoins acquiescé. Mais je crois quand même que vous devriez aller chercher Diantha, maître. Cette histoire de cercueil en plus me paraît louche. C'est comme cette valise perdue que j'ai montée dans la suite de la reine…

Maître Cataliades m'a regardée sans comprendre. Il était clair que, pour lui, ce petit problème de bagages égarés n'était qu'une broutille et qu'il avait mieux à faire que de s'en préoccuper.

— Est-ce qu'Eric vous a parlé de la femme assassinée ?

Ah ! Cette fois, j'avais réussi à éveiller son intérêt.

— Je n'ai pas vu M. Eric de la soirée. Mais soyez sûre que je vais le chercher.

— Il y a un truc qui cloche. Je ne sais pas quoi, mais il y a un truc qui cloche, ai-je marmonné à mi-voix, avant de m'éloigner pour rattraper la reine.

La partie « Commerce » du programme ressemblait, en fait, à un immense bazar – même si Pam, toujours fidèle au poste, avait abandonné son costume de danseuse orientale au profit d'un tailleur tout ce qu'il y avait de classique. Détail vestimentaire qui ne m'a pas échappé, puisque Sophie-Anne avait pris place juste à côté du stand où Bill vendait son logiciel. Comme j'ignorais les règles du jeu, j'ai préféré me contenter d'un simple rôle d'observatrice pour voir comment les choses allaient se passer. J'ai vite été renseignée. Le premier à approcher la reine n'était autre que le grand blond qui avait fait office de juge, un peu plus tôt dans la soirée.

— Chère madame, a-t-il roucoulé en la gratifiant d'un baisemain. C'est toujours un immense plaisir pour moi de vous voir. J'ai été dévasté en apprenant la destruction de votre belle ville.

— D'une petite partie de ma belle ville, a corrigé Sophie-Anne avec un sourire des plus avenants.

— Vous ne pouvez savoir le désespoir qui m'étreint à la seule pensée de la terrible situation dans laquelle vous devez vous trouver, a-t-il poursuivi après une pause, le temps d'enregistrer la correction que son interlocutrice venait d'apporter à son discours ampoulé. Vous, la souveraine d'un royaume si prospère, si prestigieux... tombée si bas. J'espère être à même de vous aider à mon modeste niveau.

— Et... quelle forme prendrait cette aide ?

Après bien des palabres, il est apparu que Monsieur Tout Sourire était prêt à acheminer des millions de mètres cubes de bois de charpente à La Nouvelle-Orléans, si Sophie-Anne lui reversait deux pour cent de ses revenus sur les cinq années à venir. Il était accompagné de son comptable, un humain. J'ai regardé le gratte-papier dans les yeux avec une grande curiosité, puis j'ai reculé de quelques pas. André s'est immédiatement faufilé jusqu'à moi. J'ai détourné la tête pour qu'il puisse lire sur mes lèvres (petite spécialité dudit André).

— Qualité du bois, lui ai-je soufflé, aussi discrète qu'un battement d'ailes de colibri.

Il a fallu des heures pour tout décortiquer et tout bien mettre à plat avant de conclure un accord au bénéfice des deux parties. Et c'était d'un ennui mortel. D'autres fournisseurs potentiels ont suivi. Certains n'avaient pas d'humain avec eux, et ma présence était inutile. Mais c'était une minorité. Parfois, l'humain en question avait versé au vampire une assez jolie somme pour se faire parrainer, rien que pour avoir accès à la salle et pouvoir appâter le chaland. Quand le huitième vendeur s'est arrêté pour minauder devant la reine, j'en étais arrivée à ne plus pouvoir réprimer mes bâillements. J'avais eu tout le temps de remarquer que Bill faisait un véritable tabac avec sa banque de données spécial vampires. Pour un type plutôt réservé, il ne s'en sortait pas si mal. Ça n'avait rien d'évident de convaincre un tel public d'acheter un produit informatique – les vampires se méfient de la technologie moderne, c'est bien connu. Mais si j'entendais une fois de plus le refrain sur « la mise à jour annuelle comprise », j'allais rendre mon dîner. Plus calés en informatique que les vampires, en général, les humains se massaient autour du stand. Pendant qu'ils admiraient la marchandise, j'en ai profité pour aller faire un petit tour dans leurs pensées, au hasard. Mais ils n'avaient en tête que mégahertz, RAM, disque dur et autres choses de ce genre.

Je n'avais pas encore vu Quinn. Avec ses facultés de récupération naturelles, il devait pourtant s'être déjà complètement remis de sa blessure. Son absence était-elle voulue ? Ça m'en avait tout l'air…

J'avais le cœur gros, j'étais fatiguée : je saturais.

C'est alors que la reine a eu la brillante idée d'inviter Dalhia, la jolie petite vampire qui s'était montrée si expéditive dans son jugement, à boire un verre dans ses appartements. Dalhia ne s'est pas fait prier pour accepter, et toute notre délégation s'est dirigée vers la suite royale. Christian Baruch a suivi le mouvement, emboîtant le pas à Sa Majesté. Il lui avait tourné autour toute la soirée.

Il était un peu lourd dans sa façon de la courtiser. J'ai repensé au mignon de la reine de l'Alabama, à la façon dont il avait fait courir ses doigts dans le dos de sa belle, parce qu'il savait qu'elle avait peur des araignées, pour l'amener à venir se blottir plus étroitement contre lui. J'ai alors eu l'impression qu'une ampoule venait de s'allumer au-dessus de ma tête. Elle brillait si fort que je me suis demandé si quelqu'un pouvait la voir.

L'hôtelier a fait une chute vertigineuse dans mon estime. S'il pensait qu'une telle stratégie allait marcher avec Sophie-Anne, il la connaissait bien mal. Il allait devoir revoir sa copie.

J'avais constaté que Jake Purifoy ne s'était pas montré de la soirée. André avait dû l'envoyer faire une course, vérifier qu'il y avait bien le plein dans toutes les voitures de la délégation ou quelque autre tâche anodine. On se méfiait trop de lui pour lui confier des missions plus importantes. Pour l'instant, du moins. Sa jeunesse et son passé de loup-garou jouaient contre lui. Il allait devoir se donner un mal de chien pour marquer des points. Mais Jake n'avait pas la combativité nécessaire. Il vivait dans son passé de loup-garou, regardant constamment en arrière. Rancœur, amertume et regrets s'accumulaient.

À peine arrivé dans la suite de Sophie-Anne, qui venait manifestement d'être briquée – toutes les chambres devaient être faites la nuit, en l'absence des vampires, naturellement –, Christian Baruch s'est lancé dans un exposé sur les difficultés qu'il avait rencontrées pour recruter des extras, en prévision du sommet, et à quel point certains d'entre eux étaient nerveux à l'idée de nettoyer des chambres occupées par des vampires. Baruch faisait la roue en pure perte : de toute évidence, Sophie-Anne n'était nullement impressionnée. Il était tellement plus jeune qu'elle ! À ses yeux, il n'était rien qu'un petit ado qui roulait des mécaniques.

Puis Jake est arrivé. Après avoir salué la reine et son invitée, il a tiré une chaise – la petite sœur de celle, particulièrement inconfortable, sur laquelle je m'étais affalée – pour s'asseoir à côté de moi.

— Quoi de neuf, Jake ? lui ai-je lancé.

— Pas grand-chose. Je suis allé retirer les billets d'André et de la reine pour un spectacle demain soir : une reprise de *Hello, Dolly !* version vampire.

J'ai essayé de me faire une petite idée ce que cela pouvait donner. Je n'ai pas réussi.

— Et toi, qu'est-ce que tu vas faire ? C'est marqué « temps libre » sur le programme.

— Je ne sais pas, a-t-il répondu d'une voix étrangement lointaine. Ma vie a tellement changé que je suis incapable de prévoir quoi que ce soit. Et toi Sookie, tu comptes sortir demain, dans la journée ? Faire du shopping, peut-être ? Il y a de superbes boutiques sur Widewater Drive. C'est le boulevard qui longe le lac.

Même moi, j'avais entendu parler de Widewater Drive.

— Ce n'est pas impossible. Mais je ne suis pas une fana du lèche-vitrines.

— Tu devrais vraiment y aller. Il y a de super boutiques de chaussures et un Macy's immense. Tu adorerais, j'en suis sûr. Fais-toi une petite sortie. Prends ta journée. Quitte cet endroit pendant que tu le peux.

— Je vais y songer, lui ai-je répondu, un peu troublée. Mmm... tu as vu Quinn, aujourd'hui ?

— Je l'ai entraperçu. Et j'ai parlé avec Frannie deux minutes. Ils préparent la cérémonie de clôture. Ils ont l'air débordés.

— Ah.

Oui, bien sûr. Ça devait prendre du temps à organiser, évidemment.

— Appelle-le. Demande-lui de t'emmener faire un tour, demain.

J'ai tenté de m'imaginer en train de demander à Quinn de m'accompagner dans les magasins. Ce n'était pas forcément exclu. Mais ce n'était pas très probable non plus. J'ai haussé les épaules.

— Peut-être que je sortirai un peu.

Ça a eu l'air de lui faire plaisir.

— Vous pouvez y aller, Sookie, m'a alors annoncé André.

J'étais tellement fatiguée que je ne l'avais pas vu approcher.

— OK. Bonne nuit, alors.

En me levant, j'ai remarqué la vieille valise bleue. Elle détonnait dans la suite immaculée.

— Oh ! Jake, ai-je ajouté. Il faut que tu remportes cette valise au sous-sol. On m'a appelée pour que j'aille la chercher, mais personne ne l'a réclamée.

— Je poserai la question autour de moi, m'a-t-il assuré d'une voix distante, avant de regagner sa propre chambre.

André avait déjà reporté son attention sur la reine, qui riait au récit que Dalhia lui faisait d'un mariage auquel elle avait assisté.

Je l'ai interpellé discrètement.

— Il faut que je vous dise : je crois que M. Baruch a quelque chose à voir avec la bombe découverte près de l'ascenseur.

À voir son expression, on aurait pu penser qu'André venait de s'asseoir sur une punaise.

— Pardon ?

— Je crois qu'il a voulu effrayer la reine. À mon avis, il s'est dit que, voyant sa vie menacée, elle se sentirait vulnérable et prendrait conscience de la nécessité d'avoir un puissant protecteur à ses côtés.

André n'était pourtant pas réputé pour son expressivité, mais j'ai vu l'incrédulité, l'incompréhension et le dégoût se succéder en un éclair sur son visage.

— Il n'est pas impossible non plus qu'il ait dit à Henrik Feith que la reine allait le tuer, ai-je poursuivi.

Il est le propriétaire de cet hôtel, non ? Il a donc la clé de cette suite, où tout le monde croyait Henrik en sécurité, pas vrai ? Il a pu le persuader que la reine allait lui faire la peau et le convaincre de reprendre l'accusation de meurtre contre elle à son compte : ainsi, une fois de plus, il serait là pour jouer les sauveurs. Peut-être même qu'il a fait tuer Henrik, après l'avoir berné, pour pouvoir éblouir Sa Majesté.

André faisait une drôle de tête, comme s'il avait du mal à me suivre.

— Et vous avez des preuves de ce que vous avancez ?

— Aucune. Mais quand j'ai parlé avec M. Donati dans le hall, aujourd'hui, il a fait allusion à une vidéo que je pourrais avoir envie de regarder.

— Eh bien, allez-y.

— Si j'y vais, il va se faire virer. Non, il faut que ce soit la reine qui en parle à Baruch. Qu'elle demande à visionner les images prises par la caméra de surveillance installée en face de l'ascenseur, au moment où la bombe a été posée. Chewing-gum sur l'objectif ou pas, on doit bien voir quelque chose.

— Partez avant, qu'il ne puisse pas faire le rapprochement.

Encore une chance que le directeur de l'hôtel ait été aussi captivé par la reine et par sa passionnante conversation, sinon, avec son ouïe de vampire, nul doute qu'il se serait rendu compte qu'on parlait de lui.

J'étais peut-être épuisée, mais au moins, j'avais la satisfaction de ne pas voler mes employeurs : je leur en donnais pour leur argent. Ça m'enlevait un poids d'avoir finalement réussi à résoudre l'énigme de la canette de Dr Pepper piégée. Et puis, Christian Baruch ne s'amuserait plus à poser des bombes, une fois que la reine l'aurait à l'œil. Quant à la menace potentielle que faisait peser sur nous la Confrérie du Soleil... Eh bien, pour l'instant, ce n'étaient encore que des ouï-dire, et je n'avais aucun indice quant à la forme que cette prétendue offensive était censée prendre. En dépit de l'assassinat de l'employée du club de tir à l'arc, je me sentais plus détendue que je ne l'avais été depuis que j'avais mis les pieds au *Pyramid*. Je n'étais pas loin d'imputer ce meurtre-là à Baruch aussi, en plus de celui de Henrik. Voyant que ce dernier risquait de conserver l'Arkansas au détriment de la reine, peut-être que, par pure rapacité, il avait fait tuer Henrik pour que la reine rafle la mise. Il y avait certes quelque chose qui clochait dans ce scénario, mais j'étais trop fatiguée pour voir quoi. J'allais laisser décanter le tout jusqu'à ce que je sois assez fraîche et dispose pour démêler l'affaire.

J'ai traversé le palier jusqu'à l'ascenseur et appuyé sur le bouton. Quand les portes se sont ouvertes, Bill est apparu devant moi, une liasse de bons de commande à la main.

— Tu as fait fort, ce soir, l'ai-je félicité, en désignant le paquet de feuilles du menton.

Je n'avais même plus la force de le détester, tant j'étais fatiguée.

— Oui, une vraie mine d'or, m'a-t-il répondu.

Il n'avait pas l'air de sauter au plafond, pourtant. J'attendais qu'il s'écarte pour me laisser passer, mais il n'avait pas l'air décidé.

— Je donnerais tout ça sans regret, si seulement je pouvais effacer ce qui s'est passé entre nous. Pas tous ces moments où nous nous sommes aimés, mais…

— Les moments où tu m'as menti ? Les moments où tu faisais celui qui mourait d'envie de sortir avec moi, alors qu'en réalité tu agissais sur ordre de la reine ? Ces moments-là ?

— Oui, ces moments-là, m'a-t-il répondu sans ciller.

— Tu peux toujours rêver ! Tu m'as fait trop de mal pour que ça puisse arriver.

— Es-tu amoureuse ? De qui ? De Quinn ? D'Eric ? De ce crétin de JB ?

— Tu n'as pas le droit de me demander ça. Tu n'as absolument aucun droit sur moi, de toute façon.

JB ? D'où sortait-il cette idée là ? Je l'avais toujours adoré, et il était craquant, effectivement. Mais il avait autant de conversation qu'un manche à balai. L'ascenseur atteignait l'étage des humains que j'en étais encore à secouer la tête, abasourdie.

Carla n'était pas là, comme d'habitude. Et comme il était 5 heures du matin, il y avait peu de chances qu'elle rentre. J'ai enfilé ma chemise de nuit, je me suis brossé les dents, j'ai mis mes chaussons au pied de ma table de chevet pour pouvoir les retrouver facilement dans le noir, et je suis tombée comme une masse.

Chapitre 17

J'ai ouvert les yeux comme s'ils étaient mus par des ressorts trop tendus.

Réveille-toi ! Réveille-toi ! Réveille-toi, Sookie ! Il y a quelque chose qui ne va pas.

Où tu es, Barry ?

Devant les ascenseurs, à notre étage.

J'arrive.

J'ai enfilé en quatrième vitesse ma tenue de la veille, troquant mes hauts talons contre mes chaussons – mes ballerines à semelles antidérapantes rangées au pied de la table de chevet. J'ai attrapé mon portefeuille, qui contenait la clé magnétique de ma chambre, mon permis de conduire et ma carte de crédit, et je l'ai fourré dans une poche, avant d'empoigner mon téléphone portable pour le glisser dans l'autre poche, puis je me suis ruée hors de la chambre. La porte a claqué derrière moi avec un petit quelque chose d'un peu trop définitif. Plongé dans le silence, l'hôtel paraissait désert. À ma montre, il était pourtant 9 h 50.

J'avais un long couloir à parcourir avant de tourner à droite pour gagner les ascenseurs. Pourtant, je n'ai pas rencontré âme qui vive. À la réflexion, cela n'avait rien de si étrange. La plupart des humains présents ici avaient adopté le rythme nocturne des vampires : ils devaient être encore endormis. Mais quand même, pas un seul garçon d'étage à l'horizon, pas une femme de ménage…

Toutes ces traces insensibles qu'un tas de petits malaises diffus de ce genre avaient laissées dans mon esprit, comme ces traînées gluantes que laissent les limaces juste sur le pas de votre porte, se sont alors rejointes pour former une énorme boule toute palpitante d'angoisse.

C'était comme si j'étais sur le *Titanic* et que je venais d'entendre le raclement de l'iceberg sur la coque.

J'ai fini par repérer quelqu'un… étendu sur le sol. Après un réveil aussi brutal, j'étais encore un peu dans le cirage. Du coup, la découverte d'un homme gisant au beau milieu du couloir ne m'a pas vraiment étonnée.

Je n'avais pas eu le temps d'appeler Barry que je l'ai vu débouler, tout affolé. Il s'est accroupi à côté de moi. J'ai retourné le corps. C'était Jake Purifoy. Rien à faire pour le réveiller.

Pourquoi il n'est pas dans son cercueil ? Qu'est-ce qu'il faisait encore dehors à une heure pareille ?

Même en pensée, Barry avait un accent de panique dans la voix.

Regarde sa position, Barry. On dirait qu'il se dirigeait vers ma chambre. Tu crois qu'il venait me voir ?

Oui. Mais il n'est jamais arrivé.

Qu'est-ce qui avait bien pu empêcher Jake de regagner son cercueil à temps ? Il fallait vraiment que ce soit quelque chose de très important... Quand je me suis relevée, j'avais le cerveau en ébullition. Je n'avais jamais entendu parler d'un vampire qui ait oublié l'heure de se coucher. Ils sentent d'instinct l'approche du jour. C'est une question de survie, pour eux. J'ai passé en revue toutes les conversations que j'avais eues avec Jake, puis j'ai repensé aux deux humains que j'avais vus sortir de sa chambre...

— Espèce d'ordure ! ai-je sifflé entre mes dents, en lui flanquant un coup de pied de toutes mes forces.

— Mon Dieu, Sookie ! s'est écrié Barry, horrifié, en me retenant par le bras.

Puis il a reçu la vision que j'avais dans la tête.

— Il faut avertir Cataliades et Diantha, ai-je décrété. On pourra les réveiller, eux : ce ne sont pas des vampires.

— Vas-y. Moi, je vais chercher Cécile, m'a annoncé Barry. C'est la fille qui partage ma chambre.

Nous nous sommes aussitôt séparés, laissant Jake là où il était. Il y avait plus urgent.

Cinq minutes plus tard, nous étions tous les deux de retour. Je n'avais eu aucun mal à faire lever maître Cataliades ainsi que Diantha, qui partageait sa chambre. Cécile avait l'air d'une jeune femme compétente et pragmatique. Je n'ai pas été autrement surprise que Barry me la présente comme la nouvelle assistante personnelle de Stan.

Comment avais-je pu être assez bête pour ne pas tenir compte de l'avertissement de Clovache ? Je m'en voulais tellement que je me serais giflée. Mais ce n'était pas le moment de battre ma coulpe : il fallait agir, et vite.

— Voilà ce que je pense, ai-je déclaré, m'apprêtant à faire part à mes compagnons des conclusions auxquelles j'étais parvenue. Certains des serveurs nous évitent, Barry et moi, depuis qu'ils ont découvert notre… particularité.

Barry a hoché la tête : lui aussi, il s'en était rendu compte. Il avait cependant un petit air coupable qui ne me disait rien qui vaille. Mais cela devrait attendre.

— Ils ne veulent pas qu'on découvre ce qu'ils manigancent, je suppose, ai-je poursuivi. J'en déduis que ça ne doit pas être joli-joli. Et Jake Purifoy était dans le coup.

Cataliades ne m'avait écoutée que d'une oreille, jusque-là, mais à ces mots il s'est brusquement alarmé. Diantha n'en perdait pas une miette, ses grands yeux passant d'un visage à l'autre avec vivacité.

— Comment allons-nous procéder ? a demandé Cécile, visiblement aussi efficace que je l'avais supposé.

— Le problème, ce sont ces cercueils supplémentaires, ai-je expliqué. Et la valise bleue dans la suite royale. Barry, on t'a envoyé chercher une valise, toi aussi, non ? Et elle n'appartenait à personne ?

— Tout juste. Elle est toujours dans l'entrée, là-haut, dans la suite du roi. C'est l'endroit où il y a le plus de passage, et comme on pensait que quelqu'un la réclamerait… J'étais censé la redescendre au service des bagages égarés aujourd'hui.

— Celle que j'ai été chercher trône dans le salon de Sophie-Anne. Je crois que c'est Joe, le type chargé de ce service, justement, qui a monté le coup. C'est lui qui nous a appelés pour qu'on aille récupérer les valises au sous-sol. Personne ne semblait au courant, sauf lui.

— Les valises vont exploser ? s'est exclamée Diantha d'une voix suraiguë. Et les cercueils au sous-sol aussi ? Mais si le sous-sol explose, tout l'immeuble va s'effondrer !

Jamais elle ne m'avait paru plus humaine.

— Il faut réveiller tout le monde, ai-je décrété. Évacuer l'hôtel.

— L'hôtel va exploser, a ânonné Barry, comme s'il avait du mal à comprendre ce que ça signifiait.

— Les vamp's ne peuvent pas se réveiller, a alors affirmé la pragmatique Cécile. C'est impossible pour eux.

— Quinn ! me suis-je soudain écriée.

J'ai plongé la main dans ma poche, récupéré mon portable et appuyé sur la touche du numéro mémorisé. Je l'ai entendu vaguement bredouiller à l'autre bout du fil. J'ai essayé de le secouer.

— Sauve-toi ! Quinn, emmène ta sœur et sauve-toi ! Tout va exploser !

Je me suis juste assuré qu'il était bien réveillé et j'ai refermé mon téléphone d'un claquement sec.

— Mais nous aussi, on doit se sauver, était en train dire Barry, comme s'il venait de prendre conscience de l'imminence du danger.

Cécile a alors eu la brillante idée de courir au bout du couloir pour déclencher l'alarme incendie. Le hurlement nous a vrillé les tympans, mais s'est révélé d'une extraordinaire efficacité : en moins d'une minute, les gens avaient déjà quitté leurs chambres.

— Prenez l'escalier ! a crié Cécile avec une surprenante autorité.

Bien qu'encore à moitié endormis, tous ont immédiatement obéi. J'ai été contente d'apercevoir Carla dans la masse. Mais je ne voyais toujours pas Quinn. On ne pouvait pourtant pas le rater.

— La reine est tout en haut, m'a fait observer maître Cataliades.

— On peut démolir ces panneaux de verre de l'intérieur, vous croyez ? ai-je demandé.

— Ils y ont bien réussi dans *Fear Factor*.

Barry se voulait encourageant.

— On pourrait essayer de faire glisser les cercueils jusqu'en bas.

— Ils se briseraient à l'arrivée, a objecté Cécile.

— Mais les vamp's survivront à l'explosion.

— Pour mieux se faire brûler par le soleil, a rétorqué maître Cataliades. Non, Diantha et moi allons monter chercher la reine et ses protégés. Nous essaierons de les faire sortir en les enveloppant dans des couvertures. Il ne nous restera plus qu'à les emmener…

Il m'a adressé un coup d'œil désespéré.

— Des ambulances ! Appelez le 911, vite ! Ils sauront bien où les emmener.

Diantha s'est exécutée avant que j'aie eu le temps de le faire. Elle était si incohérente et si affolée qu'elle a réussi à faire partir des ambulances pour une explosion qui n'était même pas encore arrivée.

— L'immeuble est en feu ! s'est-elle écriée au téléphone.

Ce qui, après tout, n'était qu'une vérité anticipée.

— Allez-y, ai-je lancé à l'avocat de Sa Majesté.

Je l'ai même physiquement poussé, tout démon qu'il était. Il s'est aussitôt précipité vers les appartements de la reine.

Je me suis tournée vers mon confrère télépathe.

— Va t'occuper de ta délégation, Barry.

Cécile et lui se sont aussitôt rués vers l'ascenseur – qui risquait pourtant de les lâcher d'une minute à l'autre.

J'avais fait tout ce que je pouvais pour sauver les humains, Cataliades et Diantha s'occupaient de la reine et d'André... Eric et Pam ! Dieu merci, je savais où se trouvait la chambre d'Eric. J'ai emprunté l'escalier. En chemin, j'ai croisé les britlingans. Elles avaient toutes deux un gros sac à dos et portaient un lourd fardeau soigneusement empaqueté. Clovache tenait les pieds, Batanya la tête. Pas de doute, c'était bien le roi du Kentucky. Comme je me plaquais contre le mur pour les laisser passer, elles ont hoché la tête pour me saluer. Elles n'étaient peut-être pas aussi détendues que si elles partaient en promenade, mais presque.

— C'est vous qui avez déclenché l'alarme incendie ? m'a demandé Batanya. C'est aujourd'hui que la Confrérie passe à l'action ?

— Oui.

— Merci. Nous évacuons la zone immédiatement. Et vous devriez en faire autant, m'a conseillé Clovache.

— Une fois notre client en sécurité, nous retournerons chez nous, m'a annoncé Batanya. Adieu.

Je leur ai bêtement souhaité bonne chance et j'ai recommencé à grimper les marches quatre à quatre, telle une himalayiste confirmée. En conséquence de quoi, j'étais hors d'haleine en arrivant au neuvième. J'ai aperçu une femme de chambre qui poussait son chariot dans le couloir. Je me suis précipitée vers elle, l'effrayant plus encore que l'alarme incendie ne l'avait déjà fait.

— Donnez-moi votre passe, lui ai-je ordonné.

— Non ! s'est écriée la brave matrone hispanique, qui n'était manifestement pas du genre à se laisser marcher sur les pieds. On me renverrait.

— Alors, ouvrez cette porte, lui ai-je demandé, en lui montrant la chambre d'Eric. Et fichez le camp d'ici !

Je devais avoir l'air hystérique. Et je l'étais.

— L'hôtel va exploser d'une minute à l'autre ! ai-je insisté.

Elle m'a balancé la clé et s'est précipitée vers les ascenseurs. Oh, non !

Les explosions ont commencé. Il y a eu un gros « boum » grave, profond, retentissant, et une secousse sous mes pieds, comme si quelque monstrueux géant des abysses remontait à la surface. J'ai titubé jusqu'à la chambre d'Eric, inséré la carte magnétique dans la fente de la porte et poussé le battant. À l'intérieur, l'obscurité était totale ; le silence, lugubre.

J'ai crié à pleins poumons :

— Eric ! Pam !

Je cherchais l'interrupteur à tâtons quand j'ai senti l'immeuble tanguer : au moins une des charges posées dans les étages venait d'exploser. *Oh, merde ! Merde !* Lorsque la lumière s'est allumée, j'ai vu que Pam et Eric étaient étendus sur leurs lits, et non dans leurs cercueils.

— Réveillez-vous !

J'ai secoué Pam en premier parce qu'elle était la plus près. Elle n'a pas réagi plus qu'une poupée de son. Je me suis précipitée vers le lit voisin.

— Eric ! ai-je braillé dans les oreilles du Viking.

J'ai réussi à obtenir une petite réaction : il était beaucoup plus vieux que Pam. Ses yeux se sont entrouverts sur un regard ensommeillé.

— Quoi ? a-t-il maugréé dans un souffle.

— Il faut que tu te lèves ! Il le faut ! Il le faut ! Il faut que tu fiches le camp d'ici !

— Fait jour, a-t-il bredouillé en se tournant sur le flanc.

Je l'ai giflé, fort – la plus belle gifle que j'aie donnée de ma vie.

— Lève-toi ! Lève-toi !

Je m'égosillais à m'en casser la voix. Il a fini par sortir de sa léthargie, assez, du moins, pour parvenir à s'asseoir. Dieu merci, il portait un pantalon de pyjama : pas besoin de l'habiller. J'ai repéré sa grande cape noire de prêtre sur son cercueil. Encore une chance qu'il ne l'ait pas rendue à Quinn. Je l'ai jetée sur ses épaules, j'ai fermement noué le cordon qui la fermait au cou et j'ai rabattu le capuchon sur son visage.

— Protège-toi ! lui ai-je crié, tandis qu'un nouveau fracas retentissait au-dessus de nos têtes, un bruit de verre qui volait en éclats, suivi de cris de terreur.

Il allait se rendormir si je ne le tenais pas éveillé. En tout cas, il essayait de lutter, c'était déjà ça. Je me souvenais que, dans certaines circonstances particulièrement désespérées, Bill avait réussi à faire quelques pas titubants. Mais impossible de réveiller Pam, qui avait pourtant à peu près le même âge que Bill. J'ai eu beau la tirer par les cheveux, je n'ai obtenu aucune réaction.

— Il faut que tu m'aides à sortir Pam de là. J'ai besoin de toi, Eric. Aide-moi !

J'ai hurlé de plus belle en entendant une nouvelle déflagration et en sentant le sol bouger sous mes pieds. Eric a écarquillé les yeux. Il a réussi à se lever, tout chancelant. Bougeant de concert comme si nous communiquions par pensée, nous avons commencé à pousser son cercueil, qui est tombé sur la moquette, et nous l'avons fait glisser jusqu'au grand panneau de verre incliné qui formait l'une des faces du *Pyramid*.

Autour de nous, ça tremblait de partout. Les secousses se succédaient sans discontinuer. Eric avait les yeux grands ouverts, à présent, mais il devait tellement se concentrer pour rester éveillé qu'il puisait dans mes propres forces.

— Pam ! lui ai-je crié pour l'inciter à s'activer.

Après pas mal de tâtonnements fébriles, j'ai fini par ouvrir le cercueil. D'une démarche lourde, comme si ses pieds collaient au sol, Eric s'est alors dirigé vers le lit de sa congénère endormie. Il a pris Pam par les épaules, moi par les pieds, et nous l'avons soulevée, drap et couverture compris. Le sol a encore tremblé, plus violemment, cette fois. Nous avons titubé vers le cercueil et balancé Pam à l'intérieur. Tombée à genoux sur la moquette, j'ai rabattu le couvercle et fermé les loquets. Et tant pis si un pan de la chemise de nuit de Pam dépassait.

C'est alors que j'ai pensé à Bill. Une fugitive image de Rasul m'a traversé l'esprit, aussi. Trop tard. Je ne pouvais plus rien pour eux.

— Il faut casser la vitre ! me suis-je égosillée dans le vacarme assourdissant.

Eric a hoché la tête avec une lenteur d'automate mal huilé. Il s'est agenouillé à côté de moi, à une des extrémités du cercueil, et on l'a propulsé de toutes nos forces contre le panneau incliné. Sous le choc, l'énorme miroir s'est fendillé en mille éclats... qui sont restés soudés : le miracle du vitrage blindé. J'en aurais pleuré. C'était un trou qu'il nous fallait, pas un rideau de verre pilé ! Ignorant autant que possible les effroyables grondements qui résonnaient sous nos pieds, nous avons rassemblé nos forces pour faire une nouvelle tentative.

Oui ! Enfin, nous avions réussi ! Sous l'effet de la poussée, les montants de la fenêtre avaient cédé, et les vitres en morceaux cascadaient le long des flancs du bâtiment.

Pour la première fois depuis plus de mille ans, Eric voyait la lumière du soleil. Il a hurlé. Un cri terrible, déchirant, à vous nouer l'estomac. Mais, dans la minute qui a suivi, il s'est étroitement enveloppé dans sa cape, m'a agrippée par le bras, a sauté à califourchon sur le cercueil et, d'un coup de pied, l'a catapulté dans le vide. Pendant une fraction de seconde, nous sommes restés en équilibre au bord du précipice. Puis nous avons basculé. C'est alors que j'ai connu le moment le plus terrifiant de toute mon existence. Nous avions franchi la fenêtre et dévalions la pente de la pyramide, comme sur un toboggan géant. Nous allions nous écraser...

Tout à coup, je me suis retrouvée dans les airs. Eric me plaquait contre lui, ses bras m'enserrant comme des tenailles. J'ai poussé un gros soupir de soulagement. Mais oui, bien sûr ! Eric pouvait voler !

Cependant, ébloui par la lumière, à moitié comateux après un réveil qui l'avait arraché à son sommeil vital, il n'était pas très opérationnel. Cette chaotique descente en zigzag n'avait rien à voir avec la souple évolution dans l'espace que j'avais eu l'occasion d'expérimenter par le passé.

Mais c'était tout de même mieux qu'une chute libre : Eric pourrait freiner notre descente, assez, du moins, pour nous empêcher de nous fracasser dans la rue, au pied de l'hôtel. Enfin, je l'espérais...

Malheureusement pour Pam, le cercueil a heurté le sol avec une telle violence qu'elle a été catapultée sur le bitume, où elle est restée inerte, en plein soleil. Sans laisser échapper la moindre plainte, elle a commencé à se consumer. Eric s'est posé près d'elle et, récupérant la couverture d'un geste, s'est jeté sur elle pour la protéger, rabattant le plaid pour les recouvrir tous les deux. L'un des pieds de Pam dépassait et, déjà, la chair calcinée laissait échapper des volutes de fumée. J'ai rajusté la couverture.

Puis j'ai entendu les sirènes des ambulances. J'ai fait signe à la première que j'ai vue de s'arrêter. Les urgentistes ont bondi hors de leur véhicule.

J'ai pointé le doigt vers le monticule sous la couverture.

— Deux vampires, ai-je haleté. Il faut les mettre à l'abri de la lumière !

Les deux femmes ont échangé des regards incrédules.

— Que devons-nous faire ?

— Emmenez-les dans un beau sous-sol quelconque, un endroit dépourvu de fenêtres, et dites au propriétaire de laisser la porte ouverte : ça ne fait que commencer.

Là-haut, une explosion venait de pulvériser une des suites. Une valise, en ai-je conclu, en me demandant combien de bagages piégés Joe avait réussi à nous faire monter dans les chambres. En levant les yeux, j'ai vu une gerbe d'éclats de verre étinceler au soleil. Mais des formes noires suivaient ce feu d'artifice et, en les apercevant, les urgentistes sont passées à l'action, comme les professionnelles entraînées qu'elles étaient. Elles n'ont certes pas succombé à la panique, mais elles ont assurément pris de la vitesse, s'activant avec efficacité et se demandant déjà lequel des bâtiments les plus proches serait pourvu d'une cave assez grande.

— On va faire passer le message, m'a dit la plus brune des deux.

Pam était maintenant dans une ambulance, et Eric en passe de l'être. Son visage était cramoisi, et de la vapeur s'échappait de ses lèvres. Oh ! mon Dieu.

— Et vous ? m'a demandé l'urgentiste.

— J'y retourne.

— Vous êtes dingue !

Puis elle s'est engouffrée dans l'ambulance, qui a démarré sur les chapeaux de roue.

Il y a eu une nouvelle gerbe de verre, et une partie du rez-de-chaussée a commencé à s'effondrer. Les cercueils piégés de la zone de déchargement, sans doute. Encore une explosion. Elle semblait provenir du sixième, celle-là, mais de l'autre côté du bâtiment. J'étais tellement abrutie par les détonations et toutes ces visions de films catastrophe que je n'ai pas été autrement surprise de voir une valise bleue voler dans les airs. Maître Cataliades avait manifestement réussi à briser la fenêtre de la reine. Puis, brusquement, j'ai pris conscience que la valise était intacte, qu'elle n'avait pas explosé et qu'elle se dirigeait… droit sur moi !

Je me suis mise à courir, avec en tête, le temps d'un éclair, cette image remontant à mes années de softball : j'avais piqué un tel sprint sur le terrain que j'avais glissé sur plusieurs mètres avant de pouvoir m'arrêter. Je visais le parc, de l'autre côté de la rue – la circulation avait été interrompue pour livrer passage aux véhicules d'urgence : voitures de police, ambulances, camions de pompiers. Juste devant moi, il y avait une femme flic qui regardait de l'autre côté. Elle montrait un truc à un de ses collègues.

— À terre ! lui ai-je crié. Une bombe !

Elle a à peine eu le temps de se retourner que, déjà, je la plaquais au sol. J'ai ressenti un violent choc dans le dos, qui m'a coupé le souffle.

Nous sommes restées un petit moment comme ça, sans bouger. Puis je me suis relevée sur des jambes flageolantes. Quel bonheur de respirer – même avec la poussière et la fumée ! Peut-être que la femme m'a dit quelque chose, mais je n'ai rien entendu.

Je me suis retournée pour regarder le *Pyramid*.

Des pans entiers de l'édifice s'effondraient, ployant sur eux-mêmes, tandis que verre, béton, acier, bois se disloquaient et que la plupart des cloisons qui délimitaient les espaces – chambres, salles de bains, couloirs – s'écroulaient. Nombre de clients se trouvaient pris au piège, ensevelis sous l'avalanche. Ils ne formaient plus qu'un, à présent : la structure de l'édifice, ses compartiments et leurs occupants.

Çà et là, certaines parties avaient cependant résisté. L'étage des humains, la mezzanine et le hall étaient encore partiellement intacts, quoique la réception ait été détruite.

J'ai aperçu une forme noire par terre : un cercueil. Le couvercle avait sauté sous la violence du choc. Le soleil frappait la créature exposée à l'intérieur, et elle poussait une plainte déchirante. Je me suis ruée vers elle. J'ai trouvé un grand morceau de cloison, non loin de là, et l'ai tiré pour le hisser sur le dessus du cercueil. Sitôt la lumière du jour bloquée, la plainte a cessé. J'ai appelé à l'aide. Des policiers se sont approchés.

— Il y a des survivants : des humains et des vampires, leur ai-je expliqué. Il faut protéger les vampires du soleil.

— Les humains d'abord, a tranché un vétéran bedonnant.

— Bien sûr.

J'avais acquiescé machinalement. Ce n'étaient pourtant pas les vampires qui avaient posé ces bombes…

Une partie de l'hôtel tenait encore debout, côté sud. En levant les yeux, j'ai aperçu maître Cataliades, dans l'encadrement d'une fenêtre dépourvue de vitre. Dieu seul sait comment, il avait réussi à regagner l'étage des humains. Il portait un fardeau enveloppé dans des couvertures, blotti contre sa poitrine.

— Regardez ! me suis-je écriée pour attirer l'attention des pompiers. Regardez !

À la vue d'un rescapé, ils sont immédiatement passés à l'action. Ils étaient nettement plus enthousiastes à l'idée de sauver un humain plutôt que tous ces malheureux vampires qui devaient être en train de mourir brûlés, alors qu'une simple couverture aurait suffi à les mettre hors de danger. Je ne parvenais pourtant pas à leur en vouloir.

C'est alors seulement que j'ai remarqué la foule des badauds qui étaient sortis de leurs voitures pour donner un coup de main aux sauveteurs – ou pour admirer le spectacle. Parmi eux, il y en avait même qui criaient :

— Qu'ils brûlent ! Laissez-les cramer !

J'ai suivi des yeux les pompiers qui montaient dans une nacelle pour aller chercher l'avocat royal et son fardeau. Puis j'ai replongé dans le chaos des décombres.

Au bout d'un moment, j'ai commencé à flancher. Les râles des survivants, les cris des sauveteurs, la fumée, l'étrange luminosité du soleil, caché par un gigantesque nuage de poussière, les grincements des piliers de l'édifice, les effondrements intempestifs, le vacarme des camions de pompiers, des sirènes d'ambulance, des engins qui arrivaient et qu'on mettait en œuvre pour déblayer, désenclaver, désincarcérer... J'étais submergée.

Entre-temps, comme j'avais subtilisé une de ces vestes jaunes que portaient les sauveteurs, sans oublier le casque de chantier de rigueur, j'avais pu m'approcher assez près pour sauver deux vampires, au niveau de la réception, laquelle était complètement ensevelie sous les décombres de l'étage supérieur. L'un des vampires avait été tellement brûlé que je ne savais pas s'il pourrait survivre. L'autre, que je connaissais, avait réussi à se cacher sous un gros morceau de bois – tout ce qu'il restait du comptoir d'accueil. Seuls ses pieds et ses mains, qui dépassaient, avaient été atteints. Quand j'ai demandé de l'aide, on les a enveloppés dans des couvertures.

— On a un dépôt, à deux rues d'ici. On s'en sert pour entreposer les vampires, m'a appris la conductrice brune de l'ambulance qui emmenait le vampire le plus grièvement brûlé.

Je me suis rendu compte que c'était celle qui s'était occupée d'Eric et de Pam.

En plus des vampires, j'avais aussi retrouvé un Todd Donati plus mort que vif. J'avais passé quelques minutes avec lui en attendant la civière. Il y avait une femme de chambre à côté de lui. Elle avait été réduite en charpie.

J'avais cette odeur dans le nez qui ne voulait pas s'en aller. Une odeur épouvantable. J'avais l'impression qu'elle tapissait l'intérieur de mes poumons et que j'allais passer le reste de ma vie à la respirer.

C'était la puanteur conjuguée des matériaux carbonisés, des corps calcinés et des vampires qui se décomposaient. L'odeur de la haine.

J'avais vu des choses si abominables que j'étais absolument incapable de les intégrer, sur le moment.

Et, subitement, j'ai senti que je ne pouvais plus continuer, qu'il fallait que je m'assoie. Je me suis dirigée sans bien savoir pourquoi vers une sorte de siège de fortune, empilement aléatoire d'un gros tuyau et de plaques de ciment. Je me suis juchée dessus et j'ai pleuré. Puis la pile a basculé, et je me suis retrouvée par terre, toujours en larmes.

J'ai quand même jeté un coup d'œil dans le trou que les débris avaient découvert en tombant.

Le visage à moitié carbonisé, Bill était recroquevillé à l'intérieur. Il portait encore les vêtements que je lui avais vus la nuit précédente. Je me suis courbée au-dessus de lui pour le protéger du soleil.

— Merci, a-t-il murmuré, les lèvres toutes craquelées et ensanglantées.

Il ne cessait de retomber dans ce sommeil comateux typique des vampires.

— Dieu du Ciel ! ai-je gémi. Au secours ! À l'aide !

— Je savais que tu me trouverais, a chuchoté Bill.

Ou l'ai-je imaginé ? Je suis restée dans cette position plutôt inconfortable, sans oser bouger. Il n'y avait tout bonnement rien, autour de moi, que j'aurais pu attraper pour le couvrir, rien d'assez grand pour le protéger mieux que moi. La puanteur de sa chair calcinée me donnait des haut-le-cœur, mais j'ai tenu le coup jusqu'à l'arrivée des pompiers. Bien que l'un d'eux ait vomi en voyant Bill, ils ont fini par l'envelopper dans une couverture pour l'évacuer.

Bill n'avait été sauvé que par la chute providentielle de quelques débris et par leur imbrication accidentelle au-dessus de lui.

J'ai aperçu alors une autre veste jaune. Elle filait à travers les décombres vers les ambulances, aussi vite qu'on peut courir sur un terrain accidenté sans se casser une jambe. Puis il m'a semblé percevoir une activité cérébrale familière. Je me suis aussitôt précipitée pour franchir un tas de gravats, en suivant cette signature mentale, celle de l'homme que je voulais à tout prix retrouver. Quinn et Frannie gisaient, à moitié ensevelis sous un amas de débris. Frannie était inconsciente et elle avait la tête en sang. Mais le sang avait séché. Quinn était un peu sonné, mais il reprenait connaissance. Un petit ruisseau d'eau fraîche avait tracé son chemin dans la poussière qui recouvrait son visage : l'homme que j'avais vu détaler venait de lui donner à boire, avant de partir chercher des civières.

Quinn a tenté de me sourire. Je suis tombée à genoux auprès de lui.

— J'ai bien peur qu'on ne soit amenés à modifier nos projets, bébé, m'a-t-il annoncé. Il se pourrait que je sois obligé de m'occuper de Frannie une semaine ou deux. Notre mère n'a vraiment rien d'une Florence Nightingale[1].

1. Florence Nightingale (1820-1910) : infirmière britannique célèbre pour avoir créé la première école d'infirmières (*N.d.T.*).

J'ai essayé de retenir mes larmes. Mais c'était comme si, une fois le robinet tourné, on ne pouvait plus empêcher les grandes eaux de couler. Je ne sanglotais plus mais je ruisselais en silence. Pathétique.

— Fais ce que tu as à faire et appelle-moi quand tu peux, OK ?

Je déteste les gens qui disent « OK ? » à tout bout de champ, comme s'ils demandaient la permission. Mais cela n'avait aucune importance.

— Tu es vivant. C'est tout ce qui m'importe.

— Grâce à toi. Si tu ne nous avais pas appelés, on serait morts, à l'heure qu'il est. Même l'alarme incendie ne nous aurait pas sortis du lit à temps.

J'ai entendu un gémissement, à quelques pas de là, à peine un souffle. Quinn l'a entendu, lui aussi. J'ai rampé dans cette direction, dégageant au passage un énorme morceau de cuvette de toilettes et de lavabo. Là, recouvert de poussière et de gravats, sous plusieurs larges plaques de plâtre, était étendu André, complètement dans le cirage. Au premier coup d'œil, j'ai compris qu'il était mal en point : il avait plusieurs blessures graves. Mais aucune ne saignait. Quelques heures d'autoguérison, et il n'y paraîtrait plus. Ça me tuait.

— C'est André, ai-je annoncé à Quinn. Il est seulement blessé.

Et si j'avais dit ça d'un ton macabre, eh bien, pas étonnant : je me sentais d'humeur macabre. Il y avait un long bout de bois bien pointu juste à côté de la jambe d'André. C'était tellement tentant ! André constituait une véritable menace pour moi, pour tout ce que j'aimais dans la vie. Mais j'avais déjà vu trop de morts pour la journée.

Je suis ressortie à reculons de la petite alcôve où il gisait pour retourner auprès de Quinn.

— On va revenir nous chercher, m'a-t-il dit d'un ton de plus en plus confiant. Tu peux nous laisser, maintenant.

— Tu veux que je m'en aille ?

Ses yeux me disaient quelque chose, mais je ne parvenais pas à décrypter le message.

— Bon, d'accord, ai-je repris, à contrecœur. J'y vais.

— Je suis déjà en de bonnes mains, a-t-il argué avec douceur. Alors que toi, tu pourrais être en train de sauver quelqu'un.

— OK.

Je ne savais pas trop comment le prendre. Mais je me suis éloignée. Je n'avais pas fait deux mètres que je l'ai entendu bouger. Pourtant, après un premier moment d'hésitation, j'ai continué à marcher.

Je me suis dirigée vers un gros fourgon qu'on avait garé près du poste de commandement des sauveteurs. Jusque-là, ma veste jaune avait fait des miracles : un vrai sésame. Mais la chance pouvait tourner d'un instant à l'autre. Quelqu'un finirait bien par s'apercevoir que j'étais en ballerines – des ballerines déchirées, car elles n'étaient pas vraiment conçues pour crapahuter dans les décombres d'un immeuble effondré. Une femme m'a tendu une bouteille d'eau par la vitre du fourgon. Je l'ai ouverte d'une main tremblante et j'ai bu sans m'arrêter, puis j'ai versé ce qui restait sur mon visage et mes mains. Malgré le froid, l'eau glacée m'a fait un bien fou.

Il avait bien dû s'écouler deux (ou quatre, ou six) heures depuis la première explosion. Des dizaines de sauveteurs étaient désormais à pied d'œuvre, bien équipés, avec tout le matériel, les engins et les couvertures nécessaires. Je cherchais des yeux à qui m'adresser pour savoir où les autres survivants humains avaient été emmenés quand une voix s'est élevée dans mon esprit.

Sookie ?

Barry !

Tu es dans quel état ?

Secouée, mais presque indemne. Et toi ?

Pareil. Cécile est morte.

Oh ! Je suis désolée.

Que dire d'autre ?

J'ai pensé à quelque chose qu'on pourrait faire.

Quoi ?

On peut participer aux recherches, trouver des survivants. Et ce sera encore mieux si on s'y met à deux.

C'est ce que je fais depuis le début. Mais tu as raison : on sera plus efficaces à deux.

En même temps, j'étais si fatiguée qu'à la seule perspective de devoir faire un effort supplémentaire, tout en moi se recroquevillait.

Bien sûr que tu as raison, ai-je pourtant renchéri.

Confrontés à la montagne de débris des tours jumelles du World Trade Center, on n'aurait rien pu faire. Mais là, le champ d'investigation était beaucoup plus restreint, plus circonscrit, et si quelqu'un acceptait de nous écouter, nous avions de bonnes chances de succès.

J'ai retrouvé mon collègue télépathe près du Q.G. des secours. Barry était un petit jeunot, à côté de moi, presque un adolescent. Pourtant, il n'en avait plus l'air, à présent, et il n'en aurait certainement plus jamais le comportement. En examinant les corps alignés sur la pelouse du petit parc, j'ai reconnu Cécile et ce qui avait dû être la femme de chambre que j'avais croisée dans le couloir, en allant dans la chambre d'Eric. Il y avait aussi quelques formes vaguement humaines qui tombaient en poussière : des vampires qui se désagrégeaient. J'en connaissais peut-être certains, mais c'était impossible à dire.

Face à un tel spectacle, n'importe qui se sentirait prêt à affronter les pires humiliations pour peu qu'il puisse sauver des vies. Alors nous nous sommes préparés à être humiliés et ridiculisés.

Au début, nous avons eu du mal à trouver quelqu'un qui veuille bien nous prêter une oreille attentive. Les professionnels nous renvoyaient systématiquement vers les urgences ou les ambulances garées à proximité, prêtes à emmener les survivants vers l'un des hôpitaux de Rhodes.

J'ai fini par me retrouver face à un grand sec grisonnant qui a écouté mon laïus sans m'interrompre et sans manifester la moindre réaction. Autant parler à une statue.

— Moi non plus, je n'aurais jamais cru sauver des vampires un jour, m'a-t-il répondu pour expliquer sa décision. Bon. Prenez ces deux hommes avec vous et montrez-leur ce que vous savez faire. Vous avez quinze minutes, quinze précieuses minutes du temps de ces hommes. Si vous les gâchez, vous aurez peut-être des morts sur la conscience.

C'était Barry, dont le visage était maintenant noir de suie, qui avait eu cette idée, mais à présent, il ne semblait plus très enthousiaste : il préférait que ce soit moi qui m'exprime pour nous deux. Après une brève discussion silencieuse sur la meilleure façon de procéder, je me suis tournée vers les pompiers et je leur ai demandé de nous faire monter dans une de leurs nacelles.

Par miracle, ils ont obtempéré sans poser de questions. Ils nous ont mis en position au-dessus du tas de gravats. Oui, nous savions que c'était dangereux. Et oui, nous étions prêts à en assumer les conséquences. J'ai pris la main toute noircie de Barry. Puis nous avons fermé les yeux et, ouvrant grand nos esprits, déployant largement nos sens, nous avons commencé à fouiller les décombres.

— Vers la gauche, ai-je dit au pompier qui nous accompagnait.

Il a fait signe au type qui était aux manettes dans la cabine de l'engin élévateur.

— Regardez-moi bien, lui ai-je recommandé, et il s'est concentré de nouveau sur moi.

— Stop !

La nacelle s'est immobilisée. Nous avons recommencé à fouiller l'endroit de nos sens.

— En dessous. Juste là, lui ai-je dit en pointant l'endroit du doigt. Une femme qui s'appelle... quelque chose Santiago.

Au bout de quelques minutes, des cris de triomphe se sont élevés en dessous de nous : ils l'avaient trouvée, et elle était vivante.

Après cela, nous sommes devenus très populaires. Tout le monde se moquait bien de savoir comment nous procédions, pourvu que nous continuions. Pour les sauveteurs, il n'y a qu'une chose qui compte : sauver. Ils avaient amené des chiens, inséré des micros dans les débris, mais Barry et moi étions plus rapides, plus faciles à comprendre que les chiens et plus précis que les micros. Nous avons encore trouvé quatre rescapés et un homme qui est décédé avant que les secours ne puissent l'atteindre – un serveur qui s'appelait Arthur, qui aimait sa femme et qui a horriblement souffert jusqu'à la fin. Cet épisode a été particulièrement atroce, parce qu'ils ont tous creusé comme des fous pour le sortir de là. J'ai pourtant bien été obligée de leur dire que ça ne servait plus à rien. Évidemment, ils ne m'ont pas crue et ils ont redoublé d'efforts. Mais, quand ils l'ont dégagé, il était déjà mort.

À ce stade de l'expérience, les sauveteurs se sentaient euphoriques face à nos exploits et ils voulaient nous garder avec eux toute la nuit. Mais Barry commençait à donner des signes de faiblesse, et je n'étais pas plus brillante. Plus grave encore : la nuit tombait.

— Les vampires vont se lever, ai-je rappelé au capitaine des pompiers.

Il a hoché la tête, sans cesser de me regarder, comme s'il attendait la suite.

— Ils risquent d'être très mal en point.

Il ne comprenait toujours pas.

— Ils vont avoir besoin de sang, tout de suite, et ils n'auront aucune retenue. Je n'enverrais pas de sauveteur seul dans ces décombres cette nuit, si j'étais vous.

Il a eu une expression d'intense réflexion.

— Vous ne pensez pas qu'ils sont tous morts ? Vous ne pouvez donc pas les trouver ?

— Eh bien, à vrai dire, non. On ne peut pas les repérer. Les humains, oui. Mais pas les vampires. Leur cerveau n'émet aucune… euh… onde. Et puis, on doit y aller, maintenant. Où sont les survivants ?

— On les a tous rassemblés dans le Thorne Building, là-bas, m'a-t-il répondu en désignant un bâtiment du doigt. On a mis les vampires dans les sous-sols.

— Merci.

Nous avons tourné les talons pour nous éloigner. Barry m'avait passé le bras autour des épaules – pas en signe d'affection, mais parce qu'il ne tenait pratiquement plus debout.

— Laissez-moi prendre vos coordonnées pour que le maire puisse vous remercier, m'a alors demandé le type grisonnant en me tendant un calepin et un stylo.

Non ! a fait Barry, et j'ai refermé la bouche.

— On va faire l'impasse là-dessus, si vous le voulez bien, lui ai-je poliment répondu en secouant la tête.

J'avais jeté un coup d'œil dans son esprit, et il était clair qu'il nous aurait engagés sur-le-champ s'il l'avait pu : nos performances le faisaient saliver. J'ai soudain compris la réaction de Barry, si épuisé qu'il ne pouvait me l'expliquer lui-même. L'homme a plutôt mal pris ma décision.

— Vous travaillez pour les vamp's, mais vous refusez la reconnaissance des vôtres pour avoir sauvé des vies en un jour pareil ?

— Eh bien, oui. C'est à peu près ça.

Il n'était vraiment pas content. À tel point que, pendant un moment, j'ai bien cru qu'il allait me forcer la main, me prendre mon portefeuille pour récupérer mon nom, m'envoyer en prison ou quelque chose comme ça. Mais il a simplement hoché la tête et a désigné le Thorne Building du menton.

Ils vont essayer de nous retrouver, m'a dit Barry, affolé. *Ils vont vouloir nous mettre le grappin dessus.*

J'ai soupiré. J'avais à peine assez d'énergie pour continuer à respirer. J'ai opiné du bonnet.

Oui. Si on va au centre des rescapés, on sera sûrement attendus. On nous repérera. Il suffira ensuite de demander nos noms à quelqu'un qui nous aura reconnus, et après ça, ce ne sera plus qu'une question de jours.

Je ne voyais cependant pas comment éviter d'aller là-bas. Nous étions à la rue : nous avions besoin d'aide. Nous devions découvrir ce qu'étaient devenues nos délégations respectives, comment et quand nous pourrions quitter la ville et, naturellement, qui avait ou non survécu.

J'ai tapoté ma poche droite et, incroyable mais vrai, mon portable était toujours dedans. Et la batterie n'était même pas déchargée ! J'ai appelé maître Cataliades. Si, en dehors de moi, quelqu'un était sorti du *Pyramid* avec un téléphone portable, ce ne pouvait être que l'avocat de Sa Majesté.

— Oui ? a-t-il répondu d'une voix prudente.

— Maître Cataliades, je...

— Mademoiselle Sta...

— Chut ! Ne prononcez pas mon nom.

Pure paranoïa de ma part, je le reconnais.

— Très bien.

— On leur a donné un petit coup de main, là-bas, et ils sont vraiment impatients de faire plus ample connaissance avec nous, lui ai-je expliqué, toute fière de mon message codé.

J'étais si fatiguée.

— Je suis avec Barry devant le bâtiment où vous êtes. On ne peut pas rester là. Il y a trop de gens qui font des listes, non ?

— C'est une activité très prisée, ici, en effet.

— Sinon, Diantha et vous, ça va ?

— Diantha n'a pas été retrouvée. Nous avons été séparés.

J'ai eu besoin de me reprendre avant d'enchaîner.

— Je suis désolée. Qui teniez-vous dans vos bras, quand les pompiers sont venus vous sauver, alors ?

— La reine. Elle est ici, mais elle est grièvement blessée. Nous n'avons pas pu retrouver André.

— Qui d'autre ?

— Gervaise est mort. Eric, Pam, Bill : brûlés, mais saufs. Cleo Babbitt est ici aussi. Je n'ai pas vu Rasul.

— Et Jake Purifoy ?

— Je ne l'ai pas vu non plus.

— Si vous le retrouvez, ça vous intéressera sans doute de savoir qu'il était dans le coup avec la Confrérie.

— Ah !

Il a mis un certain temps à assimiler l'information.

— Oh, oui ! Voilà qui m'intéresse au plus au point, effectivement, a-t-il alors déclaré. Et, étant donné qu'il a plusieurs côtes et une clavicule cassées, Johan Glassport sera encore plus intéressé. Il est très, très en colère…

Maître Cataliades l'estimait donc de taille à exercer des représailles contre un vampire ? Voilà qui en disait long sur le degré de violence dont Johan Glassport était capable.

— Mais comment avez-vous pu savoir qu'un tel complot se tramait, mademoiselle Sookie ?

J'ai alors raconté à l'avocat royal ce que Clovache m'avait dit. Dans la mesure où les deux britlingans étaient à présent retournées d'où elles venaient, j'imaginais que ça ne poserait plus de problème.

— Le roi Isaiah en a eu pour son argent, en fin de compte, a conclu maître Cataliades d'un ton plus songeur qu'envieux. Il est ici et il n'a pas une égratignure.

— Il faut qu'on trouve un endroit où dormir. Pouvez-vous dire au roi du Texas que Barry est avec moi ? lui ai-je demandé, tout en pensant que je ferais mieux de lâcher ce téléphone pour réfléchir à la suite des événements.

— Il est trop mal en point pour s'en préoccuper. Il est inconscient.

— Bon. Passez le message à un autre membre de la délégation du Texas, alors.

— Je vois Joseph Velasquez. Rachel est morte.

C'était plus fort que lui, il fallait qu'il me fasse la rubrique nécrologique.

— Cécile, l'assistante de Stan, est morte, lui ai-je appris à mon tour.

— Où comptez-vous aller ? m'a-t-il alors demandé.

— Je vous avouerai que je ne sais pas quoi faire.

Je me sentais au bout du rouleau, tant psychologiquement que physiquement. J'avais reçu trop de mauvaises nouvelles et j'avais été trop secouée pour trouver la force de me ressaisir une fois de plus.

— Je vais vous envoyer un taxi, m'a-t-il proposé. Je me procurerai le numéro auprès de l'un de ces charmants volontaires. Dites au chauffeur que vous êtes des sauveteurs et que vous avez besoin de vous reposer dans l'hôtel bon marché le plus proche. Vous avez une carte bancaire ?

J'ai acquiescé, en bénissant ce réflexe de dernière minute qui m'avait poussée à prendre mon portefeuille.

— Non, attendez, on remontera trop facilement jusqu'à vous, si vous l'utilisez. Du liquide ?

J'ai vérifié. Surtout grâce à Barry, nous avions cent quatre-vingt-dix dollars à nous deux. J'ai dit à l'avocat que nous pourrions nous en sortir.

— Alors, passez la nuit à l'hôtel et rappelez-moi demain, m'a-t-il conseillé avec une lassitude indicible dans la voix.

— Merci pour votre aide.

— Merci de nous avoir avertis, m'a galamment répliqué le démon. Nous serions tous morts, si vous et le groom ne nous aviez pas réveillés.

J'ai laissé tomber la veste jaune et le casque de chantier, et Barry et moi nous sommes remis en route, titubants et chancelants, nous accrochant l'un à l'autre comme des naufragés. Nous avons trouvé un bloc de ciment sur lequel nous nous sommes appuyés, chacun soutenant l'autre du mieux qu'il pouvait. J'ai voulu lui expliquer ce que nous allions faire, mais il s'en moquait. J'étais rongée d'anxiété. D'une minute à l'autre, un pompier ou un policier risquait de nous repérer et de nous interpeller pour savoir ce que nous faisions là, où nous allions et qui nous étions. J'ai été tellement soulagée, en voyant un taxi ralentir à notre hauteur et son chauffeur dévisager les passants, que j'en ai eu la nausée. Il devait être là pour nous. J'ai agité frénétiquement le bras. Je n'avais jamais hélé un taxi de ma vie. C'était exactement comme dans les films.

Le chauffeur, un Guyanais filiforme, n'était pas très enthousiaste à l'idée de laisser monter des créatures aussi crasseuses dans sa voiture, mais en constatant notre état lamentable il n'a pas voulu nous abandonner. L'hôtel bon marché le plus proche se trouvait à quinze cents mètres, dans le centre-ville, à bonne distance du lac. Si nous en avions eu la force, nous aurions pu y aller à pied. L'avantage, toutefois, c'était que la course n'allait pas nous ruiner.

En voyant notre état, les réceptionnistes n'ont pas été ravis, même s'ils travaillaient dans un deux étoiles. Mais, après tout, c'était un jour placé sous le signe de la solidarité : il fallait se montrer charitable envers les victimes de la catastrophe locale. Ils nous ont fait la chambre à un prix qui m'aurait laissée bouche bée, si je n'avais pas vu les tarifs pratiqués au *Pyramid*. La chambre en elle-même ne valait pas grand-chose, mais bon, nous n'avions pas besoin de grand-chose. Nous n'avions pas fermé la porte qu'une femme de chambre est venue nous proposer de faire nettoyer nos vêtements, « vu qu'on n'en avait pas d'autres ». Elle avait baissé les yeux en disant cela, pour ne pas nous gêner. Sa sollicitude m'a tellement touchée que j'en ai eu la gorge nouée. Un seul coup d'œil à ma tenue m'a suffi pour accepter. Quand je me suis retournée pour demander l'avis de Barry, je me suis rendu compte qu'il s'était évanoui. En l'allongeant sur le lit, j'ai eu la désagréable impression d'avoir de nouveau affaire à un vampire, et j'ai pincé les lèvres tandis que je manipulais son corps inerte pour le déshabiller. Après avoir enlevé mes vêtements en quatrième vitesse, j'ai fourré le linge sale dans un sac en plastique que j'avais trouvé dans la penderie et je l'ai remis à la fille qui attendait patiemment devant la porte. Ensuite, je suis allée chercher un gant dans la salle de bains pour faire une toilette de chat à Barry et je l'ai bordé comme un bébé.

Après ça, j'ai pris une bonne douche, bien contente de trouver sur place des échantillons de shampooing, de démêlant, de savon et de lait pour le corps. Et j'ai remercié le Ciel d'avoir de l'eau chaude. La prévenante femme de chambre m'avait aussi tendu deux brosses à dents et un mini-tube de dentifrice par l'entrebâillement de la porte. Je me suis frotté les dents, la langue et même l'intérieur des joues pour faire disparaître le goût de cendres que j'avais dans la bouche. J'ai lavé mon slip et mon soutien-gorge et je les ai essorés dans une serviette avant de les étendre sur la barre du rideau de douche. Quant aux sous-vêtements de Barry, je les avais donnés à nettoyer avec le reste.

Il ne me restait plus qu'à me coucher. Si je sentais bon, après mon passage dans la salle de bains, j'ai pu constater, en me glissant sous les draps à côté de Barry, que ce n'était pas le cas de tout le monde. Tant pis pour moi – je ne l'aurais réveillé pour rien au monde. Je me suis tournée sur le côté, vers le bord extérieur du lit, en repensant à l'horreur de ce couloir interminable et silencieux, ce matin-là, quand j'étais sortie de ma chambre... J'ai trouvé incongru que ce soit ce détail particulier que j'aie trouvé terrifiant, après tout ce que j'avais vu ce jour-là.

La chambre d'hôtel me paraissait bien paisible, après le tumulte des explosions, et le lit était si confortable, et je sentais tellement bon, et je m'en sortais pratiquement sans une égratignure, et...

J'ai sombré dans le sommeil d'un coup. Et je n'ai pas rêvé.

CHAPITRE 18

Il y a pire pour une fille que de se retrouver nue dans un lit avec un homme qu'elle connaît à peine, je sais. Mais quand j'ai ouvert les yeux, le lendemain matin, pendant cinq bonnes minutes, je n'en étais vraiment pas certaine. Barry était déjà réveillé – on le sent tout de suite quand un cerveau « se rallume ». À mon grand soulagement, il s'est glissé hors du lit et il est allé directement dans la salle de bains, sans dire un mot. L'instant d'après, j'entendais l'eau couler dans la douche.

Nos vêtements propres nous attendaient dans un sac pendu à la poignée de la porte. Il y avait un *USA Today* aussi. Après m'être rapidement habillée, j'ai déplié le journal sur la petite table, pendant que je préparais le café que l'hôtel tenait gracieusement à la disposition de sa clientèle. J'ai aussi tendu le sac qui contenait ses affaires propres à Barry par la porte de la salle de bains, l'agitant deux secondes pour attirer son attention, avant de le laisser tomber sur le carrelage.

J'ai consulté la carte du *room service*, mais, même à nous deux, nous n'avions pas assez pour prendre quoi que ce soit. Il nous fallait garder du liquide pour un taxi, au cas où. D'autant que je ne savais pas du tout ce que nous allions faire. Barry est ressorti frais et rose de la salle de bains. La douche semblait l'avoir revigoré. À ma grande surprise, il m'a embrassée sur la joue. Puis il s'est assis en face de moi, en prenant la tasse isotherme que j'avais poussée vers lui et qui était censée contenir un vrai café maison – du jus de chaussette, en fait.

— Je n'arrive pas à me rappeler comment ça s'est fini, hier soir, m'a-t-il confié. Tu peux m'expliquer ce qu'on fait là ?

Je me suis exécutée.

— Sage précaution, a-t-il commenté. Je m'impressionne.

Ça m'a fait rire. Il était peut-être blessé dans son orgueil de mâle parce qu'il avait décroché avant moi, mais, au moins, il était capable d'autodérision.

— Bon. J'imagine qu'on doit téléphoner à ton démon d'avocat ?

J'ai hoché la tête. Il était déjà 11 heures : je pouvais l'appeler. Maître Cataliades a répondu aussitôt.

— Il y a beaucoup d'oreilles indiscrètes ici, m'a-t-il avertie, sans préambule. Et j'ai cru comprendre que ces téléphones n'étaient pas très sûrs. Les portables, veux-je dire.

— C'est fort possible.

— Alors, je vais venir. Je vous apporterai quelques petites choses qui pourront vous être utiles. Où êtes-vous ?

Non sans une certaine appréhension – le démon ne passerait pas vraiment inaperçu –, je lui ai donné le nom de l'hôtel et notre numéro de chambre. Il m'a recommandé d'être patiente. Je me sentais plutôt bien mais, à cette remarque, j'ai été prise de crampes d'estomac. « C'est comme si on était en cavale, maintenant », ai-je brusquement réalisé. Et c'était profondément injuste. J'avais lu, dans le journal, que la catastrophe du *Pyramid* était due à « une série d'explosions en chaîne » que Dan Brewer, le chef de la brigade antiterroriste de l'État, attribuait à plusieurs bombes. Le capitaine des pompiers se montrait plus circonspect. « Une enquête est en cours », disait-il.

Nom de Dieu, mais j'espère bien !

— On pourrait retourner tous les deux au lit, en attendant, a suggéré Barry.

— Je te préférais dans les vapes.

Je savais qu'il voulait juste penser à autre chose, mais quand même.

— C'est toi qui m'as déshabillé, cette nuit ? m'a-t-il lancé d'un ton lourd de sous-entendus, l'œil pétillant.

— Ouais, moi-même. Tu parles d'une chance !

Mais je n'ai pas pu m'empêcher de sourire.

Quand on a frappé à la porte, nous l'avons regardée tous les deux avec un air de bêtes traquées.

— Ton démon, a murmuré Barry, après une brève hésitation – juste le temps d'une petite vérification mentale.

— Oui.

Je me suis levée pour aller ouvrir. N'ayant pas bénéficié de la prévenance d'une femme de chambre attentionnée, maître Cataliades n'avait pas pu se changer. Pourtant, même vêtu de hardes noircies et déchirées, il conservait son allure distinguée. Et puis, il avait le visage et les mains propres.

— Je vous en prie, dites-nous comment ils vont, lui ai-je aussitôt demandé.

— Sophie-Anne a perdu les deux jambes, et je ne sais pas si elle les récupérera jamais.

— Oh non ! me suis-je écriée en faisant la grimace.

— Sigebert est parvenu à se dégager des décombres, pendant la nuit, a-t-il poursuivi. Il s'était réfugié dans une cavité ménagée dans les ruines du parking souterrain de l'hôtel, où il avait atterri. Je le soupçonne d'avoir... satisfait ses instincts, parce qu'il était en meilleure forme qu'il ne l'aurait dû. Si tel est le cas, il s'est vraisemblablement débarrassé de sa victime dans l'un des incendies : cela se serait su, si on avait retrouvé un cadavre saigné à blanc.

J'espérais que le généreux volontaire était l'une de ces ordures de la Confrérie.

— Votre roi, a enchaîné Cataliades en se tournant vers Barry, est dans un tel état qu'il lui faudra au moins une dizaine d'années pour s'en remettre. En attendant, c'est Joseph Velasquez qui assumera la régence – jusqu'à ce qu'on défie son autorité, ce qui ne manquera pas d'arriver. Rachel, est morte, comme Sookie vous en a sans doute informé.

— Désolée, ai-je dit à Barry. J'avais tellement de bonnes nouvelles à annoncer que je n'ai pas eu le temps d'aller jusqu'au bout de la liste.

— Et Sookie m'a dit que Cécile, l'humaine qui travaillait pour Stan, avait péri, a poursuivi l'avocat.

— Et Diantha ?

J'avais hésité. Ce n'était probablement pas un hasard si maître Cataliades n'avait pas encore mentionné sa nièce.

— On la recherche toujours. Quand je pense que Glassport, ce tas d'immondices, s'en est tiré avec quelques contusions !

Barry était comme assommé. Envolés, coups d'œil canailles et propositions indécentes. Il semblait s'être ratatiné, assis là, sur le bord du lit. L'élégant jeune homme un peu frimeur que j'avais rencontré dans le hall du *Pyramid* jouait profil bas, à présent. Du moins, pour l'instant.

— Je vous avais dit, pour Gervaise, a repris Cataliades. J'ai identifié le corps de son humaine, ce matin. Comment s'appelait-elle, déjà ?

— Carla. Je ne me souviens pas de son nom de famille. Ça va me revenir.

— Son prénom suffira sans doute. On a retrouvé un listing informatique dans la poche de l'un des cadavres qui portaient l'uniforme de l'hôtel.

— Ils n'étaient pas tous impliqués dans le complot, ai-je avancé.

J'étais pratiquement certaine de ne pas me tromper.

— Non, bien sûr que non, a confirmé Barry. Il n'y en avait que quelques-uns.

Nous nous sommes tournés vers lui comme un seul homme.

— Comment tu le sais ? lui ai-je demandé.
— J'ai surpris une conversation.
— Quand ça ?
— Avant-hier soir.
Je me suis mordu l'intérieur de la joue jusqu'au sang.
— Qu'avez-vous entendu au juste ? s'est enquis maître Cataliades d'une voix parfaitement monocorde.
— J'étais avec Stan à ce truc de négociations commerciales. J'avais déjà remarqué que certains serveurs m'évitaient. J'ai regardé Sookie, pour voir s'ils en faisaient autant avec elle. Ça n'a pas loupé. Alors, je me suis dit : « Ils sont au courant de ce que tu fais, Barry, et il y a quelque chose qu'ils ne veulent pas que tu saches. Tu ferais mieux d'aller voir ça de plus près. » J'ai choisi un poste d'observation stratégique, derrière un des faux palmiers, près de la porte de service, et j'ai lu dans les pensées de ceux qui se trouvaient de l'autre côté. Il n'y avait pas écrit « valises piégées » noir sur blanc, ni rien, vous comprenez ?
Il venait manifestement d'avoir un assez bon aperçu de ce que je me disais.
— C'était juste des trucs du style : « Cette fois, on ne va pas les rater, ces maudits vampires. Et si certains de leurs larbins humains y passent aussi, eh bien, tant pis, on n'aura qu'à vivre avec. Après tout, ils sont un peu coupables aussi, non ? Complices, en tout cas. »
Je ne pouvais que le regarder fixement sans bouger.

— Mais non, je ne savais pas ce qu'ils allaient faire, ni quand, a protesté Barry. J'ai fini par aller me coucher, j'étais inquiet, je me demandais ce qu'ils mijotaient. Et quand j'ai vu que je n'arriverais jamais à m'endormir, j'ai arrêté de me triturer les méninges et je t'ai appelée. Et... et on a essayé de faire sortir tout le monde.

Il a fondu en larmes. Je me suis assise à côté de lui et je lui ai passé un bras autour des épaules sans rien dire. De toute façon, il lisait dans mes pensées.

— Oui, je regrette de n'avoir pas parlé avant, s'est-il lamenté d'une voix étranglée. Oui, je n'ai pas réagi assez vite. Mais je croyais que si je les balançais avant d'avoir obtenu des preuves, les vamp's saigneraient tous les employés humains sans faire de distinction. Ou qu'ils me demanderaient de désigner qui était au courant et qui ne l'était pas. Et je ne pouvais pas faire ça.

Un lourd silence s'est abattu dans la chambre.

— Vous n'auriez pas vu Quinn, monsieur Cataliades ? ai-je demandé pour faire retomber la tension.

— On l'a emmené à l'hôpital des humains. Ses protestations sont restées sans effet.

— Je vais aller le voir.

— Les craintes que vous nourrissez, au sujet des pressions que les autorités pourraient exercer pour vous contraindre à travailler pour elles, sont-elles vraiment sérieuses ?

Barry a relevé la tête pour me regarder.

— Plutôt, oui, avons-nous répondu en chœur.

— En dehors des gens de Bon Temps, c'était la première fois que je montrais à quelqu'un ce que je peux faire, lui ai-je confié.

— Avant ça, personne n'était au courant pour moi non plus, a dit Barry en s'essuyant les yeux du dos de la main. Vous auriez dû voir la tête de ce type quand il a fini par comprendre qu'on pouvait vraiment trouver des survivants. Il s'est dit qu'on était médiums ou un truc comme ça. Il ne pouvait pas imaginer qu'on se contentait de repérer les signatures mentales : rien de mystique, là-dedans.

— Une fois qu'il nous a crus, il n'a plus eu qu'une idée en tête : les mille et une façons dont on pourrait se servir de nous dans les opérations de sauvetage, les conférences gouvernementales, les interrogatoires de police, ai-je ajouté.

Maître Cataliades nous dévisageait sans souffler mot. Je ne pouvais pas lire dans ses tortueuses pensées de démon. Tout ce que je savais, c'est qu'elles se bousculaient au portillon.

— On ne serait plus libres de mener notre vie comme on l'entend, a argué Barry. Et elle me plaît, à moi, la vie que je mène.

— On pourrait sauver un tas de gens, j'imagine…

Je réfléchissais à haute voix. Je n'y avais seulement jamais songé. Je n'avais jamais été confrontée à une situation comme celle que j'avais connue la veille. Et j'espérais bien que c'était la dernière fois que ça m'arrivait. C'est vrai, quelle probabilité y avait-il que je me retrouve de nouveau sur place lors d'une semblable catastrophe ? Mais alors, n'était-ce pas mon devoir d'abandonner un job que j'aimais, auprès de gens qui comptaient pour moi, pour travailler au service d'étrangers dans des endroits inconnus et lointains ? J'en avais des frissons rien que d'y penser. J'ai senti en moi quelque chose se raidir. L'emprise qu'André avait voulu exercer sur moi n'était rien, comparée à l'avenir que je me préparais. Tout le monde voudrait me manipuler, me voler ma vie, comme André.

— Non. Non, je ne le ferai pas. Appelez ça de l'égoïsme, si vous voulez, ou un manque de charité chrétienne qui me vaudra un billet direct pour l'enfer, mais je ne le ferai pas. Je ne pense pas qu'on exagère l'horreur que ce serait pour nous, vraiment pas.

— Alors, aller à l'hôpital ne me paraît pas une très bonne idée, m'a fait remarquer Cataliades.

— Je sais. Mais je dois y aller quand même.

— Dans ce cas, faites-y un saut en vous rendant à l'aéroport.

Nous avons immédiatement dressé l'oreille, Barry et moi.

— Il y a un vol Anubis dans trois heures pour Shreveport, *via* Dallas. La reine et Stan partagent les frais. Tous les rescapés des deux délégations seront à bord. Les aimables citoyens de Rhodes ont fait don de cercueils d'occasion pour le voyage.

En voyant l'avocat faire la grimace, j'avoue que j'ai été tentée de l'imiter. Des cercueils d'occasion...

— Présentez-vous à temps au terminal d'Anubis, et ce soir, vous serez chez vous. Voici le liquide que nous pouvons mettre à votre disposition, a-t-il ajouté en me tendant une petite liasse de billets. Si vous ratez l'avion, j'en déduirai que vous avez eu un empêchement. Il vous suffira alors de m'appeler pour que nous puissions nous organiser autrement. Nous savons que nous avons une grande dette envers vous, mais nous devons nous occuper de rapatrier les blessés aussi. Les cartes de crédit de la reine ont disparu dans l'incendie, entre autres. Je vais devoir faire les démarches nécessaires pour obtenir une provision d'urgence. Mais cela ne prendra pas beaucoup de temps.

Cela pouvait sembler un peu froid, mais après tout, Cataliades n'était pas notre meilleur ami, et en tant que fondé de pouvoir de la reine, il avait un programme chargé et de nombreux problèmes à régler.

J'ai opiné du chef.

— D'accord. Au fait, est-ce que Christian Baruch est avec les rescapés aussi ?

Le démon s'est rembruni.

— Oui. Quoique légèrement brûlé, en l'absence d'André il est pendu aux basques de la reine comme s'il voulait prendre sa place.

— C'est bien son intention. Il veut être le prochain prince consort.

L'avocat s'est étranglé.

— Baruch ?

Il n'aurait pas été plus dédaigneux si je lui avais dit qu'un gobelin postulait pour le job.

— Oui. Il s'est déjà donné beaucoup de mal pour ça.

J'avais déjà tout expliqué à André, et il allait falloir recommencer.

— Voilà pourquoi il avait posé la canette piégée, ai-je conclu, cinq minutes plus tard.

— D'où tenez-vous ces informations ?

— Oh ! Ce sont de simples déductions à partir d'éléments glanés ici et là...

Je jouais les modestes. Puis j'ai soupiré. C'était le moment de passer à la partie la moins ragoûtante de l'histoire.

— Je l'ai trouvé, hier, réfugié sous le comptoir effondré de la réception. Il y avait un autre vampire avec lui, gravement brûlé. Je ne sais même pas qui c'était. Et dans le même secteur, il y avait aussi Todd Donati, le chef de la sécurité, vivant mais blessé, ainsi qu'une femme de chambre, morte écrasée.

Tout en racontant ces macabres découvertes, je revivais l'épuisement, l'odeur pestilentielle qui m'assaillait, la poussière et la fumée âcre qui m'empêchaient de respirer...

— Baruch était complètement dans le cirage, forcément...

Je n'étais pas particulièrement fière de moi. J'ai préféré regarder mes mains.

— Bref, j'ai essayé de lire dans les pensées de Donati pour savoir s'il souffrait beaucoup et où il avait mal. Mais il n'était que haine pour Baruch, accusations et remords. Il était prêt à tout confesser, cette fois. Il n'avait plus à craindre de se faire virer. Alors, il m'a avoué qu'il avait visionné toutes les bandes de la caméra de surveillance, encore et encore, et qu'il avait fini par comprendre ce qu'il voyait : son patron qui sautait devant l'objectif pour coller un chewing-gum. Et ce, dans la manifeste intention de poser sa bombe. Une fois cet élément élucidé, il a compris que Baruch voulait alarmer la reine, la terrifier, pour qu'elle n'ait plus qu'une idée en tête : se remarier. Et ce nouveau mari ne serait autre que Christian Baruch. Mais devinez pourquoi il voulait l'épouser.

— Je n'en ai pas la moindre idée, a murmuré Cataliades, visiblement sonné.

— Pour ouvrir un nouvel hôtel à La Nouvelle-Orléans. Le *Blood in the Quarter* a été fermé pour cause d'inondation. Baruch comptait le reconstruire et le rouvrir.

— Mais il n'avait rien à voir avec les autres bombes ?

— Je ne crois pas, non. Je pense que c'est un coup de la Confrérie du Soleil, comme je l'ai dit hier.

— Mais alors, qui a tué les trois vampires de l'Arkansas ? a tout à coup demandé Barry. Ces fumiers de la Confrérie aussi, j'imagine... Non, attendez, ça ne colle pas. Pourquoi auraient-ils fait ça ? Quelques assassinats de vampires de plus ne les auraient sans doute pas dérangés, mais ils devaient bien savoir que tous les vampires se feraient probablement tuer dans le gigantesque feu d'artifice qu'ils leur préparaient.

— Ce ne sont pas les méchants qui manquent, ai-je commenté, avant de me tourner vers l'avocat royal pour le regarder droit dans les yeux. Maître Cataliades, vous n'auriez pas une petite idée ?

— Non. Et si j'en avais une, jamais je ne l'exprimerais tout haut. Jamais. Je crois que vous feriez mieux de songer à votre homme blessé, mademoiselle Stackhouse, et de rentrer dans votre charmante petite ville, au lieu de vous soucier de trois décès qui appartiennent déjà au passé, trois parmi tant d'autres...

La mort des trois vampires de l'Arkansas ne me préoccupait pas outre mesure, et maître Cataliades me paraissait, à cet égard, de très bon conseil. J'avais réfléchi à la question à mes moments perdus (autant dire, vite fait) et j'en avais conclu que la réponse la plus simple était souvent la meilleure.

Qui s'était dit qu'elle aurait une bonne chance d'échapper au procès, si Jennifer Cater était réduite au silence ?

Qui avait ouvert la voie pour accéder à la chambre de Jennifer, en passant un simple coup de fil ?

Qui avait eu un long entretien télépathique avec ses subalternes, avant de commencer à faire tout ce cinéma pour se pomponner en vue de cette petite visite impromptue ?

À qui obéissait le garde du corps qui avait franchi la porte de l'escalier de service, juste au moment où nous sortions tous de la suite royale ?

Je savais, aussi bien que maître Cataliades, qu'en appelant Jennifer Cater pour lui annoncer sa venue, Sophie-Anne s'assurait que Sigebert aurait accès à la chambre de son accusatrice : Jennifer regarderait par le judas, reconnaîtrait Sigebert et présumerait que la reine était juste derrière lui. Une fois à l'intérieur, Sigebert n'aurait plus qu'à dégainer son épée et à liquider tout le monde.

Puis il prendrait l'escalier et monterait les marches quatre à quatre, de façon à arriver à temps pour escorter la reine et redescendre avec nous au septième. Et il veillerait à retourner dans la chambre pour qu'on ne s'étonne pas de trouver son odeur sur place.

Et sur le moment, je n'y avais vu que du feu.

Quel choc, pour Sophie-Anne, quand Henrik Feith avait surgi, seul survivant du massacre ! Mais il lui avait suffi de lui offrir sa protection et qu'il l'accepte pour que le problème soit réglé... jusqu'à ce qu'il réapparaisse, quand quelqu'un avait persuadé Henrik d'assigner la reine en justice malgré tout.

Et là, miracle, le petit vampire avait été assassiné sous les yeux des juges : problème réglé, une fois de plus.

— Je me demande comment Kyle Perkins a été engagé, me suis-je étonnée à haute voix. Il devait quand même bien savoir qu'il acceptait une mission suicide.

— Peut-être avait-il décidé de « s'offrir au soleil », de toute façon, a prudemment répondu maître Cataliades. Peut-être voulait-il soigner sa sortie tout en gagnant de quoi laisser un héritage pour ses descendants humains...

— C'est quand même curieux que j'aie été envoyée enquêter sur lui par un membre de notre propre délégation, lui ai-je fait observer d'un ton parfaitement détaché.

— Ah mais tout le monde n'est pas nécessairement au courant de tout, a-t-il répliqué sur le même ton.

Barry pouvait lire dans mes pensées, bien sûr, mais il ne voyait pas où l'avocat voulait en venir – ce qui n'était pas plus mal. C'était idiot, mais rien que de savoir qu'Eric et Bill n'étaient pas de mèche avec la reine, je me sentais déjà mieux. Non qu'ils ne soient pas capables de manigancer des coups tout aussi tordus, mais je ne croyais pas qu'Eric m'aurait envoyée à la chasse au dahu, en me demandant de trouver le club de tir à l'arc où Kyle Perkins s'était entraîné, s'il avait su que c'était la reine elle-même qui l'avait engagé.

La pauvre fille derrière le comptoir était morte parce que la reine n'avait pas dit à sa main gauche ce que faisait sa main droite. Et je me demandais ce qu'était devenu l'autre humain, celui qui avait vomi sur la scène du crime, celui qui avait été chargé de conduire Sigebert ou André au club... après que j'ai eu l'obligeance de laisser un message pour leur dire quand Barry et moi allions retourner sur place récupérer les preuves. J'avais moi-même signé l'arrêt de mort de cette fille, avec mon excès de zèle.

Tandis que je me faisais ces réflexions, maître Cataliades s'est levé pour prendre congé. Il nous a serré la main avec son grand sourire habituel, comme si de rien n'était, avant de nous inciter vivement, une fois de plus, à nous rendre à l'aéroport.

— Sookie ? a dit Barry, quand la porte s'est refermée derrière l'avocat.

— Oui.

— Je tiens vraiment à prendre cet avion.

— Je sais.

— Et toi ?

— Je ne crois pas que je pourrais. Rester là, bien gentiment assise dans cet avion, avec eux...

— Ils l'ont tous payé cher.

— Pas assez pour compenser, à mon goût.

— Ce n'est pourtant pas faute d'avoir réglé tes comptes, hein ?

Je ne lui ai pas demandé ce qu'il entendait par là. Je savais ce qu'il lisait dans mes pensées.

— Peut-être bien que c'est moi qui ne veux plus être dans le même avion que toi, maintenant, a-t-il ajouté.

Ça m'a fait mal, forcément. Mais je suppose que je l'avais mérité.

J'ai haussé les épaules.

— À toi de voir. Chacun de nous a ses propres limites, un certain nombre de choses qu'il peut ou ne peut pas supporter.

Barry a pris le temps de méditer cela en silence.

— Ouais. Mais en ce qui nous concerne, pour le moment, il vaut mieux que nos chemins se séparent. Pour ma part, je vais aller traîner à l'aéroport jusqu'à ce que je puisse prendre cet avion. Et toi ? Tu vas à l'hôpital ?

Mais maintenant, j'étais trop méfiante pour le lui dire.

— Je ne sais pas trop. Le seul truc que je sais, c'est que je vais rentrer chez moi en voiture ou en bus.

Il m'a serrée dans ses bras. En dépit des choix que j'avais faits et de ce qu'il en pensait, je pouvais sentir l'affection qu'il avait encore pour moi au fond de son cœur, même si, désormais, elle se teintait de réprobation. Je lui ai rendu son étreinte. Lui aussi, il avait choisi.

J'ai laissé dix dollars à la femme de chambre en partant, cinq minutes après avoir vu Barry prendre un taxi. J'ai attendu d'être à deux rues de l'hôtel pour demander à un passant de m'indiquer la direction de l'hôpital St. Cosmas. C'était loin : l'équivalent d'une dizaine de pâtés de maisons à remonter à pied. Mais il faisait beau, l'air était frais, le ciel dégagé, et le soleil brillait. Quel bonheur de me retrouver enfin seule ! J'étais toujours en ballerines déchirées, mais j'étais propre et bien habillée. J'ai mangé un hot dog en chemin – je l'avais acheté dans la rue, ce que je n'avais encore jamais fait de ma vie. J'avais également acheté un chapeau à un marchand ambulant, une sorte de cloche informe sous laquelle j'avais pu cacher mes cheveux. Il vendait aussi des lunettes de soleil. J'en avais pris une paire aux verres bien noirs. Avec cette lumière printanière et le petit vent qui soufflait du lac, ça ne choquait pas vraiment.

St. Cosmas était un vieil édifice gigantesque à la façade couverte de fioritures. J'ai demandé comment allait Quinn, mais l'une des trois bonnes femmes plantées derrière le comptoir d'accueil m'a répondu qu'elle n'avait pas le droit de communiquer ce genre d'information. Toutefois, pour savoir s'il avait bien été admis à l'hôpital, elle a consulté son fichier, et j'ai réussi à intercepter, dans ses pensées, le numéro de chambre qui y figurait. J'ai attendu qu'elle et ses collègues soient toutes les trois occupées avec d'autres visiteurs, et je me suis faufilée jusqu'à l'ascenseur.

Quinn était au dixième. Je n'avais jamais vu un hôpital aussi grand ni aussi débordant d'activité : une vraie ruche. Il n'était pas difficile, dans ces conditions, de passer inaperçu.

Personne ne gardait la chambre de Quinn.

J'ai frappé doucement. Pas un bruit à l'intérieur. J'ai poussé lentement la porte et je suis entrée. Quinn dormait dans un petit lit étroit, relié à tout un tas de tubes et de machines. Sachant qu'en tant que métamorphe il était doté d'une capacité d'autoguérison ultra-rapide, c'était plutôt inquiétant. Ses blessures devaient être graves. Sa sœur était assise à son chevet. Elle s'était assoupie, la tête posée sur sa main, sur le bord du lit. Elle s'est brusquement redressée. J'ai enlevé mon chapeau et mes lunettes.

— Vous !

— Oui, moi. Bonjour, Frannie. Au fait, c'est le diminutif de quoi, Frannie ?

— De Francine, mais tout le monde m'appelle Frannie.

Quoique ravie de constater une baisse sensible de l'hostilité ambiante, j'ai préféré rester à bonne distance, par sécurité.

— Comment va-t-il ? lui ai-je demandé en désignant le blessé du menton.

— Il émerge de temps en temps.

Elle a pris une tasse en plastique sur la table de chevet et a bu une gorgée.

— Quand vous l'avez réveillé, il m'a tirée du lit, a-t-elle repris subitement. On a pris l'escalier. Mais un gros bout de plafond lui est tombé dessus, et les marches se sont dérobées sous nos pieds. Après, j'ai perdu conscience. Quand j'ai rouvert les yeux, il y avait des pompiers qui me disaient qu'une folle m'avait trouvée, que j'étais une rescapée, qu'ils allaient me faire tout un tas d'examens. Et Quinn me disait qu'il allait s'occuper de moi jusqu'à ce que j'aille mieux. Ensuite, ils m'ont annoncé qu'il avait les deux jambes cassées.

Je me suis effondrée dans la chaise la plus proche. Heureusement qu'il y en avait une : mes jambes ne pouvaient tout simplement plus me porter.

— Que dit le docteur ?

— Lequel ? m'a-t-elle rétorqué, cynique.

— N'importe lequel. Tous.

J'ai tiré ma chaise vers le lit et j'ai pris la main de Quinn – celle qui n'était pas reliée à des tubes. Frannie a eu un réflexe pour m'en empêcher, comme si elle craignait que je ne lui fasse du mal. Mais elle s'est retenue.

— Ils n'en croient pas leurs yeux, a-t-elle fini par me répondre, juste au moment où je me résignais à me passer de sa collaboration. En fait, pour eux, ça tient du miracle. Maintenant, on va être obligés de payer quelqu'un pour faire disparaître son dossier du système.

J'ai remarqué ses cheveux en paquets, tout poisseux de sang, et le piteux état de ses vêtements crasseux.

— Allez vous acheter quelques vêtements. Je vais rester un moment avec lui. Comme ça, quand vous reviendrez, vous pourrez prendre une douche, lui ai-je proposé.

— Alors, vous êtes vraiment sa petite amie ?

— Oui.

— Il a dit que vous aviez quelques problèmes à régler.

— Oui, mais pas avec lui.

— Bon. Alors, d'accord. Vous avez de l'argent sur vous ?

— Pas beaucoup. Tenez, voilà ce que je peux vous laisser.

Je lui ai tendu soixante-quinze dollars – en provenance directe de la poche de maître Cataliades.

— Ça devrait faire l'affaire. Merci.

Elle l'avait dit sans grand enthousiasme, mais elle l'avait dit.

Je suis restée assise sur ma chaise, à tenir la main de Quinn, dans la chambre silencieuse, pendant près d'une heure. À un moment donné, il a ouvert les yeux, et un pâle sourire s'est fugitivement dessiné sur ses lèvres lorsqu'il m'a vue. Puis il a refermé les paupières. Je savais que, pendant son sommeil, son corps travaillait à sa guérison et qu'il y avait de grandes chances pour qu'il soit en état de marcher quand il se réveillerait. Ça m'aurait vraiment réconfortée, de me blottir un petit quart d'heure contre lui, dans son lit. Mais ce n'était peut-être pas très recommandé. Je ne voulais pas risquer de lui faire mal.

Au bout d'un moment, j'ai commencé à lui parler. Je lui ai expliqué pourquoi la canette de Dr Pepper piégée avait été posée pratiquement à la porte de la reine, et je lui ai exposé ma théorie sur l'assassinat des trois vampires de l'Arkansas.

— Tu es d'accord avec moi, lui ai-je dit, ça se tient.

Puis j'ai embrayé sur la mort de Henrik Feith et sur l'exécution de son meurtrier. Je lui ai aussi parlé du cadavre de la fille, au club de tir, et de mes soupçons à propos des explosions.

— Je suis désolée que Jake ait été de mèche avec eux. Je sais que tu l'aimais bien. Mais il ne pouvait tout bonnement pas supporter d'être un vampire. Je ne sais pas si c'est lui qui s'est rapproché de la Confrérie du Soleil ou le contraire. En tout cas, ils étaient en cheville avec le gars vissé à son ordinateur, au sous-sol, l'ours mal léché qui s'était montré si aimable avec moi. Il a dû appeler un représentant de chaque délégation pour fourguer ses foutues valises. Certains ont eu la prudence de ne pas descendre les chercher – ou la flemme d'y aller –, et d'autres les ont remportées parce que personne ne venait les réclamer. Mais moi, il a fallu que j'aille la coller au beau milieu des appartements de la reine !

J'ai secoué la tête, atterrée par ma propre bêtise.

— Je ne crois pas qu'ils aient eu tant de complices que ça, parmi le personnel de l'hôtel, ai-je cependant poursuivi. Sinon, ça nous aurait alertés, Barry et moi, bien avant que Barry ne s'en aperçoive.

J'ai dû m'assoupir un petit moment parce que, quand j'ai repris mes esprits, Frannie plongeait la main dans un sac McDo, assise en face de moi. Elle était propre et elle avait les cheveux mouillés.

— Vous l'aimez ? m'a-t-elle tout à coup demandé, entre deux gorgées de Coca aspiré à la paille.

— Trop tôt pour le dire.

— Je vais devoir l'emmener à la maison, à Memphis.

— Oui, je sais. Je ne vais peut-être pas le revoir avant un bon bout de temps. Il faut que je rentre aussi, d'une façon ou d'une autre.

— La gare routière est à deux rues d'ici.

J'ai fait la grimace. La perspective d'un trajet interminable en bus ne me réjouissait pas.

— À moins que vous ne preniez ma voiture…

— Pardon ?

— Eh bien, on est arrivés chacun de notre côté, Quinn et moi. Quinn est venu avec le camion de matériel, et je suis partie de chez ma mère, un peu précipitamment, avec ma petite voiture de sport. Du coup, on a deux véhicules ici, et on n'en a besoin que d'un, vu qu'on va rentrer ensemble à la maison et qu'on va y rester un moment. Vous devez rentrer pour reprendre votre boulot, j'imagine ?

— Oui.

— Eh bien, alors, prenez ma voiture. On viendra la chercher quand on pourra.

— C'est… c'est très sympa de votre part.

Je n'en croyais pas mes oreilles. J'avais eu l'impression qu'elle n'appréciait pas que Quinn puisse avoir une petite amie. Et qu'elle m'appréciait encore moins.

— Vous avez l'air d'une fille bien, a-t-elle ajouté devant mon incrédulité manifeste. Vous avez tout fait pour nous sauver. Et Quinn tient à vous.

— Et vous savez ça comment ?

— Il me l'a dit.

La même franchise que Quinn. C'était de famille.

— Bon, d'accord. Vous êtes garée où ?

Chapitre 19

La peur ne m'a pas quittée de tout le trajet, qui a duré deux longs jours entiers. Peur qu'on ne m'arrête et qu'on ne me croie pas, si j'affirmais que je conduisais la voiture avec l'autorisation de sa propriétaire. Peur que Frannie ne revienne sur sa décision et ne dise à la police que je l'avais volée. Peur d'avoir un accident et de devoir donner toutes mes économies à Quinn pour dédommager sa sœur.

Frannie possédait une vieille Mustang rouge, un engin de toute beauté, un vrai bonheur à conduire. Personne ne m'a arrêtée, et le temps a été superbe de bout en bout. J'avais cru que ce voyage de retour me ferait un petit circuit touristique, que je verrais un peu de l'Amérique, mais tous les paysages se ressemblaient, vus de l'autoroute. Je me disais que, dans toutes ces petites villes, là, de chaque côté, il y avait un autre *Merlotte* et peut-être une autre Sookie.

Je n'ai pas bien dormi, pendant le voyage. Soit parce que je rêvais que le sol bougeait sous mes pieds et que je revivais cet horrible épisode où nous avions basculé dans le vide avec Eric. Soit parce que je revoyais Pam brûler. Soit parce que me revenaient d'autres choses que j'avais vues ou faites, pendant ces longues heures passées à me frayer un chemin parmi les décombres, à la recherche d'éventuels survivants.

Quand, après une semaine d'absence, j'ai enfin quitté la route principale pour tourner dans mon allée, mon cœur s'est mis à cogner dans ma poitrine comme si la maison m'attendait. Amelia était assise sur la véranda, un long ruban bleu à la main. À ses pieds, Bob essayait de l'attraper à petits coups de sa patte noire. Elle a levé la tête en entendant la voiture et a bondi sur ses pieds quand elle m'a reconnue derrière le volant. Je n'ai pas fait le tour pour me garer dans la cour, derrière la maison. Je me suis arrêtée juste devant les marches et j'ai sauté hors de la Mustang. Amelia m'a serrée dans ses bras à m'étouffer en criant :

— Tu es rentrée ! Oh ! Dieu soit loué, tu es rentrée !

Nous dansions, nous sautions comme des cabris, grisées par le simple bonheur de se retrouver.

— Tu étais sur la liste des rescapés, dans le journal, m'a-t-elle annoncé. Mais, le lendemain de la catastrophe, tu étais introuvable. Jusqu'à ce que tu appelles, j'ai vraiment eu peur.

— C'est une longue histoire, ai-je soupiré. Une très, très longue histoire.

— Et tu vas me la raconter ?

— Dans quelques jours, peut-être.

— Tu as des trucs à sortir de la voiture ?

— Même pas une petite culotte. Tout est parti en fumée avec l'hôtel.

— Oh, non ! Tes belles fringues toutes neuves !

— Enfin, j'ai mon permis de conduire, ma carte bancaire et mon portable – quoique la batterie soit à plat et que je n'aie plus le chargeur.

— Et une nouvelle voiture…

— Un emprunt.

— Je ne crois pas que j'aie un seul ami qui me prêterait une bagnole aussi chouette.

— Une laide, alors ?

Elle a éclaté de rire.

— Tu ne devineras jamais, a-t-elle embrayé avec un air de connivence. Tes amis se sont mariés !

Je me suis figée.

— Quels amis ?

Il ne pouvait sûrement pas s'agir des Bellefleur. Ils n'avaient quand même pas changé encore une fois la date !

— Oh ! Je n'aurais pas dû dire ça, a-t-elle repris précipitamment, l'air coupable. Tiens ! Quand on parle du loup !

Une voiture venait de se garer juste à côté de la Mustang.

— Je t'ai vue passer devant la boutique, m'a lancé Tara, à peine sortie de la voiture. J'ai bien failli ne pas te reconnaître dans ce joli petit bolide.

— On me l'a prêté, me suis-je empressée de préciser, en réponse à son regard inquisiteur.

— Ne me dis pas que tu as vendu la mèche, Amelia Broadway ! s'est-elle subitement écriée, en surprenant l'air contrit de ma colocataire.

— Non, non. J'ai failli le lui annoncer, mais je me suis retenue à temps.

— M'annoncer quoi ?

— Oh ! Sookie, tu vas me prendre pour une folle ! s'est exclamée Tara.

J'ai senti mes sourcils se froncer malgré moi.

— Pendant que tu étais partie, a-t-elle aussitôt enchaîné, les choses se sont imbriquées toutes seules, comme par enchantement, comme si j'avais toujours su que ça devait arriver, tu vois ?

J'ai secoué la tête. Non, je ne voyais pas.

— JB et moi, on s'est mariés ! s'est-elle écriée, anxiété, espoir, scrupules, émerveillement se peignant tour à tour sur son visage.

J'ai dû me répéter la phrase plusieurs fois pour être sûre d'avoir bien compris.

— JB et toi ? Mari et femme ? ai-je bredouillé, incrédule.

— Je sais, je sais, ça peut paraître un peu bizarre…

— Mais c'est l'accord parfait ! ai-je affirmé, en mettant toute la sincérité que je pouvais dans ma voix.

Ce n'était pas réellement ce que j'éprouvais. Mais Tara méritait bien la mine réjouie et le ton enjoué que je lui offrais.

À ce moment-là, c'était ça, la réalité. Le sang des blessés et la chair calcinée des vampires dans la lumière crue des torches des sauveteurs n'étaient plus qu'un mauvais rêve, une scène de film d'horreur dont je ressortais secouée et un peu dégoûtée.

— Je suis tellement contente pour toi, ai-je renchéri. Qu'est-ce que tu veux comme cadeau de mariage ?

— Ta bénédiction me suffira. L'avis est paru hier dans la presse, a-t-elle poursuivi, emportée par son enthousiasme débordant. Et le téléphone n'a pas arrêté de sonner depuis. Les gens sont si gentils !

Elle pensait sincèrement qu'elle avait réussi à balayer ses mauvais souvenirs sous le tapis. Et que le monde entier fondait de la même bienveillance qu'elle.

Mais peut-être que j'allais tenter de l'imiter, finalement. Oui, j'allais faire de mon mieux pour effacer de ma mémoire cet instant fatidique, l'instant où, quand je m'étais retournée en entendant Quinn bouger derrière moi, je l'avais vu se diriger vers André en rampant. André, qui était étendu là, immobile, en état de choc. Quinn s'était alors dressé sur un coude et, de sa main libre, il avait empoigné le bout de bois pointu posé contre la jambe d'André. Il le lui avait planté en plein cœur. Et voilà, en un clin d'œil, l'existence séculaire d'André avait pris fin.

Et Quinn l'avait fait pour moi.

Comment ce moi-là pouvait-il être le même que celui qui se réjouissait parce que sa meilleure amie s'était mariée ? Comment pouvais-je être heureuse pour elle et, en même temps, me remémorer cette scène atroce, non pas avec horreur, mais avec un sentiment de pure jubilation ? Oui, j'avais souhaité la mort d'André, tout comme j'avais souhaité le bonheur de Tara, souhaité qu'elle trouve un jour quelqu'un qui voudrait vivre avec elle, quelqu'un qui ne se moquerait pas d'elle et de son terrible passé, quelqu'un qui serait capable de l'aimer et de la choyer. Or, JB saurait faire ça. Il n'était peut-être pas très doué pour les débats d'idées, mais Tara semblait s'être fait une raison à ce sujet.

En théorie, j'étais donc ravie pour mes deux amis et pleine d'espoir pour eux. Mais mon cœur n'y était pas. J'avais vu et éprouvé tant de choses abominables que, maintenant, j'avais l'impression que deux personnes différentes essayaient de vivre en moi.

Sans cesser de sourire et de hocher la tête, tandis que Tara continuait à me raconter sa vie et qu'Amelia me tapotait l'épaule ou le bras, je me suis dit : *Si tu te tiens à l'écart des vampires pendant un temps, si tu fais ta prière tous les soirs, si tu ne fréquentes plus que des humains et si tu laisses les loups-garous tranquilles, ça ira, tu verras, ça ira…*

J'ai enlacé Tara et je l'ai serrée jusqu'à ce qu'elle couine comme une petite souris.

— Et les parents de JB, qu'est-ce qu'ils en disent ? lui ai-je demandé. Et comment vous avez eu les papiers si rapidement ? En Arkansas ?

Pendant que Tara me répondait en long, en large et en travers, j'ai fait un clin d'œil à Amelia, qui m'a retourné la politesse en se penchant pour prendre Bob dans ses bras. Comme j'approchais la main pour le caresser, il a tendu le cou pour venir frotter sa tête contre ma paume en ronronnant. Puis nous sommes rentrées toutes les trois boire un bon café, avec le soleil qui nous réchauffait le dos et nos ombres qui nous précédaient dans la vieille maison familiale.

PIRE QUE LA MORT

LA COMMUNAUTÉ DU SUD - 8

Quoiqu'elle ne marche plus et ne voie plus aussi bien qu'avant, ma mère, Jean Harris, demeure la personne la plus parfaite qu'il m'ait jamais été donné de rencontrer. Durant toute ma vie, elle a été mon rempart, le socle sur lequel je me suis construite et la meilleure mère qu'une femme puisse avoir.

Remerciements

Un grand coup de chapeau à Anastasia Luettecke pour le perfectionnisme dont elle a fait preuve. Grâce à elle, Octavia ne perd jamais son latin. Et merci à Murv Sellars d'avoir joué les intermédiaires.

Comme toujours, je dois beaucoup à Toni L. Kelner et à Dana Cameron et les remercie chaleureusement pour leurs précieux commentaires et le temps qu'elles m'ont consacré. Mon assistante, la seule et unique Debi Murray, dont la connaissance de l'univers de Sookie est encyclopédique, m'a été d'une grande aide. Enfin, merci à la communauté de mes fervents lecteurs, plus connue sous le nom des Charlaine's Charlatans, pour leur soutien moral (dans tous les sens du terme). J'espère que ce livre sera leur récompense.

Si, par les mots qui suivent, s'ouvrait *Le Seigneur des Anneaux* et si j'avais la belle voix à l'accent *so british* de Cate Blanchett, je pourrais vous planter le décor en y mettant tout le suspense voulu. Et vous brûleriez de connaître la suite.

Mais ce qui s'est passé cet automne au fin fond du coin perdu de Louisiane où j'habite n'a rien eu d'une épopée. La guerre des vampires tenait plutôt de l'annexion d'un État en déroute, et celle des loups-garous de l'incident de frontière, d'une escarmouche. Pas de quoi remplir un chapitre des annales du surnaturel en Amérique – qui doivent bien exister quelque part, j'imagine. Sauf pour qui s'est trouvé activement impliqué dans les annexions et escarmouches en question...

Ces détails de l'histoire sont alors devenus des événements... majeurs. Et je sais de quoi je parle.

Et tout cela à cause de Katrina, ce désastre qui ne cessait de tout bouleverser sur son passage et de semer le malheur et la souffrance dans son sillage.

Avant Katrina, la Louisiane était un véritable eldorado pour les vampires, et La Nouvelle-Orléans, où ils pullulaient, la Mecque pour tous ceux dont ils attisaient la curiosité. Les clubs de jazz où se produisaient des musiciens que plus personne n'avait vus jouer en public depuis des lustres – et pour cause – faisaient un tabac. Vamp'strip, vamp'voyance, vamp'sexe, endroits plus ou moins discrets où l'on pouvait se faire mordre et se payer un orgasme instantané... Rien de plus facile à trouver, dans le sud de la Louisiane. Il suffisait de demander.

Dans le nord de l'État, c'était plus difficile. C'est justement là que j'habite, dans une petite ville perdue dénommée Bon Temps. Mais, même dans la région, où ils ne courent pas les rues, les morts vivants avançaient à pas de géant, économiquement et socialement parlant.

L'un dans l'autre, les affaires marchaient fort pour les vampires, au pays des Cajuns. Seulement voilà, il y avait eu la mort du roi de l'Arkansas, survenue lors d'une grande réception organisée par son épouse, la reine de Louisiane, pour célébrer leur union. Comme le corps avait disparu et que tous les témoins – sauf moi – appartenaient au monde surnaturel, la justice avait fermé les yeux. La justice des hommes, du moins. Mais pas celle des vampires. Et la reine, Sophie-Anne Leclerq, s'était retrouvée en fâcheuse posture. C'est alors que Katrina avait frappé, sapant l'empire financier de Sophie-Anne. La reine remontait pourtant péniblement la pente quand une troisième catastrophe avait suivi de près les deux précédentes. Sophie-Anne et certains de ses plus fervents partisans – ainsi que moi, Sookie Stackhouse, la télépathe de service – avaient été victimes d'une terrible explosion qui avait détruit le

Pyramid of Gizeh, l'hôtel à vampires de Rhodes. Une faction dissidente de la Confrérie du Soleil avait revendiqué l'attentat. Bien que les leaders de cette « congrégation » anti-vampires aient fermement condamné ce « crime discriminatoire », tout le monde savait pertinemment que la Confrérie ne déplorait pas vraiment les blessés – affreusement mutilés par la déflagration – et encore moins les morts, qu'il s'agisse des vampires ou des humains qui travaillaient pour eux.

Non seulement Sophie-Anne avait perdu plusieurs membres de sa suite et pleurait la disparition de son plus cher compagnon, mais elle avait aussi laissé ses deux jambes dans l'explosion. Son avocat, un démon du nom de Cataliades, lui avait sauvé la vie. Elle ne s'en remettrait cependant pas avant très longtemps et se trouvait donc dans une position extrêmement vulnérable.

Quel rôle avais-je joué dans toute cette histoire ?

J'avais participé au sauvetage des blessés, après l'effondrement du *Pyramid*, et j'étais terrifiée à l'idée que certaines personnes m'aient désormais dans le collimateur, des gens qui pourraient bien avoir envie de se servir de ma télépathie pour parvenir à leurs fins. Certes, tous n'étaient pas animés de mauvaises intentions, et je n'aurais pas rechigné à leur prêter main-forte pour sauver des vies, de temps en temps. Mais à condition de rester maîtresse de la mienne. À part ça, je n'avais pas à me plaindre : j'étais toujours vivante, Quinn – mon petit ami – aussi, et les vampires qui comptaient le plus pour moi avaient également survécu. Quant aux problèmes auxquels

Sophie-Anne était confrontée, aux conséquences politiques de l'attentat et au fait que des meutes de créatures surnaturelles tournaient autour de la Louisiane comme des hyènes autour d'une gazelle à l'agonie... j'avoue que je ne me sentais pas franchement concernée.

J'avais d'autres choses en tête. D'ordre privé. Je ne vois pas beaucoup plus loin que le bout de mon nez, c'est tout ce qu'on peut me reprocher. Non seulement je ne pensais pas à la situation des vampires, mais il y en avait une autre à laquelle je n'avais pas réfléchi non plus, une situation qui allait pourtant influer de manière déterminante sur mon existence.

Il y a, pas très loin de Bon Temps, à Shreveport, une meute de loups-garous dont les militaires de la base aérienne de Barksdale viennent grossir régulièrement les rangs. Récemment, la meute en question s'est retrouvée scindée en deux factions rivales. Pendant mes cours d'histoire, j'avais appris comme tout le monde ce qu'Abraham Lincoln a dit de la désunion au sein d'une même maison[1] : ça ne peut pas tenir.

Pour présumer que ces deux situations de crise allaient se résoudre toutes seules, et ne pas voir le rôle que j'allais devoir jouer dans leur résolution, il fallait être aveugle. Mais je suis télépathe, moi, pas

1. Dans son fameux discours du 16 juin 1858 devant les délégués républicains de l'Illinois, Lincoln cite la Bible : « *A house divided against itself cannot stand* » (littéralement, « une maison divisée contre elle-même ne peut pas tenir »), fervente mise en garde contre le danger de la désunion du pays sur le problème de l'esclavage. Trois ans plus tard, la guerre de Sécession devait lui donner raison. *(NdT)*

voyante. Les esprits des vampires ne sont que de grandes pages blanches pour moi, ce que je trouve très reposant, et j'ai du mal à lire dans les pensées des loups-garous, même si j'y arrive, en faisant un effort. Ce sont bien là mes seules excuses pour ne pas avoir vu le vent tourner.

Et où avais-je donc la tête ? Je croulais sous les mariages – et je pensais également à mon petit ami, qui brillait par son absence.

Chapitre 1

J'alignais consciencieusement les bouteilles sur la table pliante, derrière le bar portable, quand Halleigh Robinson est arrivée en trombe, son joli visage tout empourpré ruisselant de larmes. Comme elle était tout de même censée se marier dans une heure et qu'elle était toujours en jean et en tee-shirt, je lui ai immédiatement accordé toute mon attention.

— Sookie ! s'est-elle écriée, en contournant le comptoir pour m'attraper par le bras. Il faut que vous m'aidiez.

L'aider ? J'avais déjà dû troquer la belle robe que j'avais prévu de porter contre ma tenue de barmaid...

— Bien sûr.

Je m'attendais à la voir me demander un petit remontant. Si j'avais lu dans ses pensées, j'aurais compris plus tôt, mais comme j'avais décidé de jouer les petites filles modèles, je m'étais bardée de solides barrières mentales. Être télépathe, ce n'est vraiment pas facile, et encore moins dans des circonstances aussi stressantes qu'un double mariage. Sans compter que je m'étais préparée au rôle d'invitée, pas à celui de serveuse. Mais la barmaid du traiteur avait eu un accident de voiture en venant de Shreveport, et Sam, qu'on avait décommandé quand E(E)E avait tenu à ce que son propre personnel soit engagé, avait été appelé à la rescousse.

J'étais un peu déçue de me retrouver du mauvais côté du comptoir, mais je ne pouvais quand même pas laisser tomber la mariée le jour J.

— Qu'est-ce que je peux faire pour vous, Halleigh ?

— J'ai besoin que vous soyez ma demoiselle d'honneur.

— Euh... pardon ?

— Tiffany s'est évanouie après la première séance photos. Elle est déjà en route pour l'hôpital.

On était à une heure du mariage, et le photographe avait voulu se débarrasser d'une première série de photos de groupe avant la cérémonie. Demoiselles et garçons d'honneur étaient donc tous sur leur trente et un, et Halleigh elle-même aurait dû être en train de s'habiller. Au lieu de quoi, elle était en jean, des bigoudis sur la tête, pas maquillée et en pleurs. Comment lui résister ?

— Vous faites la même taille, a-t-elle insisté. Et Tiffany est sans doute sur le point de se faire ôter l'appendice. Alors, si vous pouviez essayer la robe...

J'ai lancé un coup d'œil à mon patron. Sam a opiné du bonnet en souriant.

— Vas-y, Sookie. Officiellement, le bar n'ouvre pas avant la fin de la cérémonie, de toute façon.

J'ai donc suivi Halleigh à l'intérieur de la magnifique propriété des Bellefleur. Récemment restaurée,

Belle Rive avait retrouvé sa splendeur d'avant guerre (guerre de Sécession, bien sûr). Les parquets cirés luisaient doucement, une harpe dorée scintillait au pied de l'escalier et l'argenterie étincelait sur l'imposant buffet de la salle à manger. Des serveurs en veste blanche s'agitaient en tous sens, le logo d'E(E)E, artistiquement calligraphié en lettres noires, bien visible sur le revers de leurs vestes blanches. Extreme (ly Elegant) Events, agence spécialisée dans l'organisation d'événements haut de gamme, était devenue leader sur le marché, aux États-Unis. À la vue du logo, j'ai senti mon cœur se serrer : mon petit ami, dont j'étais toujours sans nouvelles, travaillait pour Special Events, un département de E(E)E dédié aux créatures surnaturelles, les SurNat. Mais je n'ai pas vraiment eu le temps de m'apitoyer sur mon sort : Halleigh m'entraînait dans l'escalier en toute hâte.

La première chambre, au dernier étage, bruissait de jeunes filles en robes dorées qui papillonnaient autour de la future belle-sœur de Halleigh, Portia Bellefleur. Halleigh est passée devant la porte sans s'arrêter avant de pénétrer dans la deuxième pièce à gauche, occupée par tout autant de jeunes filles, mais en robes de mousseline bleu nuit, cette fois. Il régnait dans la chambre une jolie pagaille – les demoiselles d'honneur s'étant changées sur place, elles avaient empilé leurs vêtements un peu partout. On avait même prévu un stand coiffure et maquillage, installé contre le mur de gauche et tenu par une stoïque femme en rose armée d'un fer à friser.

Halleigh a fait les présentations, lançant les noms en l'air comme une poignée de confettis :

— Les filles, voici Sookie Stackhouse. Sookie, voici Fay, ma sœur ; Kelly, ma cousine ; Sarah, ma meilleure amie, et Dana, mon autre meilleure amie. La robe est là. C'est un trente-huit.

Je trouvais stupéfiant que Halleigh ait eu la présence d'esprit de récupérer la robe de Tiffany avant son départ pour l'hôpital. Les futures mariées sont sans pitié. En moins d'une minute, je me suis retrouvée en petite tenue. Heureusement que je portais de jolis dessous parce que je n'avais pas le temps de jouer les prudes – j'aurais été horrifiée qu'on me voie en culotte de grand-mère toute mitée. La robe était doublée. Encore une chance : pas besoin de combinaison. À peine le temps d'enfiler une paire de bas de rechange trouvée sur place, et j'avais déjà la tête dans l'encolure. Il m'arrive parfois de porter du quarante – souvent, en fait –, alors j'ai vidé mes poumons pendant que Fay remontait la fermeture à glissière.

À condition de ne pas trop respirer, ça pourrait aller.

— Super ! s'est exclamée une des filles (Dana ?) avec enthousiasme. Et maintenant, les chaussures.

— Aïe, ai-je soufflé en apercevant les sandales assorties aux robes.

Elles étaient à talons. À très hauts talons. J'ai jugé plus sûr de m'asseoir pour les mettre. Je m'attendais au pire. Kelly (peut-être) a bouclé les brides. Et je me suis levée. Tout le monde retenait son souffle. J'ai fait un pas, puis deux. Il manquait environ une demi-pointure. Une grosse demi-pointure.

— Je pourrai tenir le temps du mariage, ai-je finalement déclaré.

Applaudissements dans la pièce.

— Par ici, alors, m'a lancé la Dame en Rose.

J'ai pris place sur la chaise, devant elle, pour me faire remaquiller (par-dessus mon propre maquillage) et recoiffer, pendant que les demoiselles d'honneur en titre et la mère de Halleigh aidaient la future mariée à s'habiller. La Dame en Rose avait une belle masse de cheveux à coiffer : je n'avais fait que couper les pointes pour les égaliser, durant ces trois dernières années, et ils m'arrivaient désormais bien en dessous des omoplates. Ma colocataire, Amelia, m'avait fait des mèches. Le résultat était vraiment réussi. J'étais plus blonde que jamais.

Je me suis examinée dans le miroir en pied. Une telle transformation en moins de vingt minutes ? Incroyable. J'étais passée de barmaid en chemise blanche à jabot et pantalon noir à demoiselle d'honneur en robe de mousseline bleu nuit. Et avec huit centimètres de plus, par-dessus le marché.

Hé ! mais j'étais... sublime ! La couleur de la robe semblait avoir été choisie pour moi, la jupe s'évasait joliment, les manches courtes ne me serraient pas trop et le décolleté était échancré sans être vulgaire – quand on a des seins comme les miens, c'est un critère très important.

L'injonction de la pragmatique Dana m'a bien vite arrachée à ma contemplation :

— Un peu d'attention, s'il vous plaît ! Voici comment les choses vont se dérouler...

À partir de là, je n'ai plus fait qu'écouter et hocher la tête en silence. J'ai étudié le petit schéma qu'elle me montrait et j'ai opiné de plus belle. Très organisée, cette Dana ! Si jamais je décide un jour d'envahir un petit pays pas trop loin, c'est exactement le genre de bras droit qu'il me faudra.

Quand nous avons finalement descendu l'escalier – avec précaution : robes longues et hauts talons ne font pas bon ménage –, j'étais parfaitement briefée et prête à marcher vers l'autel. En tant que demoiselle d'honneur, du moins.

La plupart des filles de moins de vingt-cinq ans ont déjà fait ça une ou deux fois dans leur vie. Mais Tara Thornton, ma seule amie assez proche pour me demander de jouer ce rôle, avait préféré se marier à la sauvette pendant que j'étais en voyage.

Quand nous sommes arrivées, les participants à l'autre mariage étaient déjà en bas. Le mariage de Portia précéderait celui de Halleigh. Si le planning avait été respecté, les deux futurs mariés et leurs garçons d'honneur devaient déjà être dehors. Il ne restait plus que cinq minutes avant le coup d'envoi.

Portia Bellefleur et ses demoiselles d'honneur avaient en moyenne sept ans de plus que Halleigh et sa troupe. Portia était la sœur aînée d'Andy Bellefleur, lieutenant de police de Bon Temps et fiancé de Halleigh. La robe de Portia faisait un peu dans la surenchère – elle était tellement couverte de perles, de dentelle et de paillettes qu'elle semblait pratiquement tenir toute seule. Mais c'était le grand jour, pour Portia : elle avait bien le droit de porter ce qui lui plaisait. Quant à ses demoiselles d'honneur, elles ruisselaient d'or de la tête aux pieds.

Les bouquets des demoiselles d'honneur étaient tous assortis : blanc, bleu foncé et jaune d'or. Avec les robes bleu nuit que Halleigh avait choisies, c'était vraiment très joli.

L'organisatrice professionnelle engagée pour l'occasion – une femme mince et nerveuse, la tête auréolée d'un nuage de cheveux noirs et bouclés – comptait les têtes presque à haute voix. Après s'être assurée que tout le monde était là, elle a ouvert en grand la porte à double battant qui donnait sur l'immense terrasse. Assise sur des chaises pliantes blanches réparties de part et d'autre du long tapis rouge qui divisait la pelouse en deux, l'assistance nous tournait le dos, faisant face à l'estrade. Derrière l'autel nappé de blanc et illuminé de chandeliers étincelants se tenait le prêtre. À sa droite, regardant vers la maison – et donc vers nous –, Glen Vicks, le fiancé de Portia, attendait sa promise. Il avait l'air très, très tendu, mais il souriait. Flanquant le futur marié, les garçons d'honneur étaient déjà à leur poste.

Les demoiselles d'honneur dorées de Portia sont alors sorties sur la terrasse et ont commencé à traverser le jardin, l'une après l'autre, pour se diriger vers l'autel. Le parfum de tous les bouquets du cortège venait se mêler à celui des rosiers de Belle Rive – en fleur, même en plein mois d'octobre – et la nuit embaumait.

Finalement, tandis que, soudain, les accords vibrants d'une musique de circonstance s'élevaient,

Portia s'est avancée pour rejoindre l'extrémité du tapis rouge, l'organisatrice soulevant péniblement sa traîne pour éviter qu'elle ne se déchire sur les briques de la terrasse.

Sur un signe du prêtre, tout le monde s'est levé et s'est retourné pour assister à la marche triomphale de Portia vers l'autel. Elle attendait cet instant depuis des années.

Une fois Portia arrivée à bon port, c'était notre tour de nous élancer. Tandis que nous passions devant elle, Halleigh nous a toutes effleuré la joue au passage – même moi, ce que j'ai trouvé touchant de sa part. L'organisatrice nous a envoyées, l'une après l'autre, vers le garçon d'honneur qui nous avait été attribué et face auquel chacune devait prendre place. J'ai hérité, quant à moi, d'un cousin des Bellefleur venu de Monroe, manifestement stupéfait de me voir arriver à la place de Tiffany. J'ai marché à pas lents, comme Dana l'avait spécifié, et j'ai tenu mon bouquet entre mes mains jointes, incliné juste comme il fallait. J'avais observé les autres demoiselles d'honneur avec un regard d'aigle. Je voulais faire les choses bien.

Mais tous ces visages tournés vers moi... J'étais tellement nerveuse que j'en ai oublié de me barricader mentalement. J'ai été littéralement submergée. Un véritable déferlement de pensées – *Qu'est-ce qu'elle est jolie ! Mais où est donc Tiffany ? Waouh ! y a du monde au balcon ! Qu'ils se dépêchent donc un peu : j'ai soif ! Mais qu'est-ce que je fous là ? Faut toujours qu'elle me traîne à tous les pince-fesses du comté ! J'adore les gâteaux de mariage !* –

un torrent de réflexions en tout genre dont je me serais bien passée.

Quelqu'un a surgi devant moi pour prendre une photo. J'ai tout de suite reconnu Maria-Star Cooper, une jolie louve qui travaillait pour un photographe réputé de Shreveport, Al Cumberland. Je lui ai souri et elle en a profité pour faire un second cliché. J'ai continué à remonter le tapis rouge, le sourire vissé aux lèvres, tout en m'efforçant de faire taire tout ce vacarme sous mon crâne.

Au bout d'un moment, j'ai repéré des vides mentaux dans l'assistance : il y avait des vampires dans les rangs. Glen avait particulièrement insisté pour que la cérémonie se déroule de nuit. Il voulait inviter certains de ses clients les plus importants, lesquels se trouvaient être, justement, des vampires. C'est lorsque Portia a accepté que j'ai été certaine qu'elle l'aimait sincèrement. Portia ne supportait pas les déterrés. Pour tout dire, ils lui donnaient la chair de poule.

Quant à moi, je les aimais bien, dans l'ensemble. Leurs esprits m'étaient fermés et je trouvais leur compagnie étrangement reposante. D'accord, à d'autres titres, elle était stressante, mais, du moins, avec eux, je n'avais pas besoin de me contrôler : je me sentais l'esprit libre.

J'ai fini par arriver à la place qu'on m'avait assignée. J'avais remarqué que les demoiselles et les garçons d'honneur de Portia et de Glen s'étaient alignés de manière à former un V inversé, en laissant un espace à la pointe pour les futurs mariés. Il ne nous restait plus qu'à les imiter. Et c'est exactement ce que nous avons fait. J'ai poussé un discret soupir de soulagement : j'avais réussi ! Je n'avais plus qu'à rester plantée là bien sagement, sans bouger et en ayant l'air de suivre ce qui se passait. C'était dans mes cordes.

La musique a retenti de plus belle et le prêtre a, une nouvelle fois, donné le signal du départ. L'assistance s'est levée et s'est retournée pour regarder s'avancer la deuxième mariée. Halleigh a commencé à se diriger vers nous. Elle était absolument radieuse. Elle avait choisi une robe beaucoup plus simple que celle de Portia et elle avait tout de la jeune fille en fleur. Elle avait bien cinq ans de moins qu'Andy, peut-être même plus. Quand elle est parvenue à sa hauteur, son père – très bronzé et très bien conservé, comme sa mère – s'est approché pour lui prendre le bras. Comme Portia avait remonté seule l'allée jusqu'à l'autel (elle avait perdu son père il y a longtemps), il avait été décidé que Halleigh en ferait autant.

Quand j'ai eu mon content de sourires de la mariée, j'ai balayé la foule du regard. Toutes les têtes se tournaient pour suivre la progression de Halleigh.

Que de visages familiers ! Des institutrices de l'école où Halleigh enseignait, des policiers qui travaillaient avec Andy, les amis – chancelants mais encore en vie – de la vieille Caroline Bellefleur, des avocats et des magistrats collègues de Portia, les clients de Glen, d'autres comptables de sa connaissance… Presque toutes les chaises étaient prises.

Peu de peaux noires, dans l'assistance, et quelques rares visages bruns : la grande majorité des invités étaient blancs et appartenaient aux classes moyenne.

Les visages les plus pâles étaient ceux des vampires, dont un, assis dans une des rangées du milieu, que je connaissais plutôt bien : Bill Compton, mon unique voisin et ancien amant. Il était superbe dans son smoking. Il pouvait porter ce qu'il voulait, d'ailleurs : tout lui allait. À sa droite se tenait sa petite amie, une humaine du nom de Selah Pumphrey, agent immobilier de son état, exerçant à Clarice. Sa superbe robe grenat griffée faisait ressortir le brun profond de sa chevelure. Il y avait peut-être cinq ou six vampires que je ne reconnaissais pas. Des clients de Glen, sans doute. Glen, qui ne se doutait certainement pas qu'il y avait parmi ses hôtes, outre les vampires, plusieurs autres créatures plus (et moins) qu'humaines...

Pour commencer, Sam, mon patron, qui appartenait au cercle très fermé des vrais métamorphes – les seuls à pouvoir se transformer en n'importe quel animal à volonté. Le photographe officiel de la double cérémonie se trouvait être, quant à lui, un loup-garou. Cela dit, aux yeux de tous les invités standards, il avait simplement l'air d'un type de couleur, pas très grand mais plutôt bien charpenté, qui se promenait dans un beau costume avec un gros appareil photo. Al se changeait pourtant en loup, à chaque pleine lune, tout comme Maria-Star. Il y avait d'autres hybrides dans l'assistance, mais je n'en connaissais qu'une : Amanda, une rousse incendiaire d'une bonne trentaine d'années, qui tenait un bar à Shreveport, le *Hair of the Dog*. Peut-être était-ce la société de Glen qui s'occupait de sa comptabilité.

Il y avait également une panthère-garou : Calvin Norris. Il était accompagné, ce qui m'a fait plaisir.

J'ai été nettement moins ravie quand j'ai découvert par qui : Tanya Grissom. Beurk. Que revenait-elle faire ici ? Et comment Calvin s'était-il retrouvé sur la liste des invités ? Je n'avais rien contre lui, au contraire, mais je ne comprenais pas le lien entre lui et les Bellefleur.

Pendant que je passais en revue les têtes connues, Halleigh avait rejoint Andy et tout le monde devait, maintenant, se tourner vers l'autel pour suivre la messe de mariage.

Affectivement, je n'étais pas vraiment impliquée dans l'histoire et j'ai laissé mes pensées dériver pendant que le père Kempton Littrell officiait. Normalement, le pasteur célébrait l'office tous les quinze jours dans la petite chapelle anglicane de Bon Temps. Les lumières qu'on avait installées pour illuminer le jardin se reflétaient dans ses lunettes et lui faisaient un teint si pâle qu'on aurait presque pu le prendre pour un vampire.

Les choses se déroulaient selon le processus habituel. Encore une chance que je sois habituée à rester debout des heures au bar, parce que je commençais à trouver le temps long, plantée là en talons hauts. Je ne mettais pas souvent de talons – encore moins de huit centimètres – et il me semblait étrange, de mesurer près d'un mètre quatre-vingts, tout à coup. Je m'efforçais de ne pas trop m'agiter et de prendre mon mal en patience.

Glen passait à présent la bague au doigt de Portia. On aurait presque pu la trouver jolie, avec cette façon qu'elle avait de regarder leurs mains jointes. Portia ne serait jamais mon amie – ni moi la sienne –, mais, sincèrement, je ne lui souhaitais que du bonheur. Quant à Glen, c'était un grand brun à la calvitie naissante, tout en os, avec des culs-de-bouteille en guise de lunettes. C'était l'image même qu'on se fait du comptable. Mais je savais de source sûre (puisque j'étais en prise directe sur ses pensées) qu'il aimait profondément Portia, et qu'elle le lui rendait bien...

Je me suis accordé un petit changement de pied pour reporter mon poids sur ma jambe droite.

Puis le père Littrell a rembobiné depuis le début pour Halleigh et Andy. J'ai donc continué à afficher un grand sourire (pas de problème de ce côté-là : je passe mon temps à faire ça, au bar) tout en regardant Halleigh Robinson devenir Mme Andrew Bellefleur. J'avais de la chance : les mariages anglicans peuvent durer des heures, mais les deux couples avaient opté pour la formule express.

Enfin, la *Marche nuptiale* a retenti, et les nouveaux mariés se sont dirigés vers la maison. L'assistance leur a emboîté le pas. J'étais vraiment contente et assez fière, en redescendant le tapis rouge : j'avais rendu service à Halleigh et... sous peu, j'allais pouvoir enlever ces maudites chaussures !

D'où il était assis, Bill a cherché mon regard et, sans mot dire, a posé la main sur son cœur. C'était un geste si romantique et si inattendu que, sur le moment, je me suis sentie fondre. J'ai même failli lui sourire, malgré la présence de Selah à ses côtés. Puis je me suis rappelé *in extremis* que Bill n'était qu'un sale faux jeton et j'ai stoïquement poursuivi mon chemin de croix. Sam était à son poste, à deux ou trois mètres derrière le dernier rang, en chemise blanche et pantalon de smoking – la même tenue que moi avant la cérémonie. À l'aise et détendu, avec sa crinière blond vénitien d'angelot. C'était tout Sam, ça.

Je lui ai souri. Un sourire sincère, cette fois, qu'il m'a rendu en levant les pouces pour me féliciter. Bien que les pensées des métamorphes ne soient pas toujours très faciles à lire pour moi, j'ai su qu'il me trouvait belle dans ma robe de soirée et qu'il approuvait la façon dont je m'étais comportée. Il ne m'avait pas quittée des yeux. Cela fait cinq ans que je travaille pour lui et nous nous sommes toujours bien entendus, lui et moi. Il avait certes été un peu… contrarié, quand j'avais commencé à sortir avec un vampire, mais il s'en était remis.

À propos de Sam, j'allais devoir me remettre au travail, et vite. J'ai rattrapé Dana.

— Je vais pouvoir me changer bientôt ?

— Oh ! Mais il y a encore les photos ! s'est-elle écriée gaiement.

Son mari l'avait rejointe avec leur bébé, une petite chose de sexe indéterminé emmaillotée de jaune, qu'il tenait au creux de son bras gauche, tandis que, du droit, il enlaçait la taille de sa femme.

— On n'aura sûrement pas besoin de moi pour ça, ai-je hasardé. Vous en avez déjà fait plein tout à l'heure, non ? Avant que je-ne-sais-plus-qui tombe malade.

— Tiffany. Oui, mais il y en a d'autres à prendre.

Je doutais sérieusement que les Bellefleur aient envie de me voir sur les portraits de famille, quand bien même mon absence risquait de compromettre la parfaite symétrie de la photo de groupe. Je suis allée trouver Al Cumberland.

— Oui, m'a-t-il confirmé, sans cesser de mitrailler les jeunes mariés qui se souriaient béatement. J'ai encore quelques clichés à prendre : il faut que vous restiez en tenue.

J'ai lâché un juron. J'avais trop mal aux pieds.

— Écoutez, Sookie, tout ce que je peux faire, c'est photographier votre groupe en premier. Andy, Halleigh ! Je veux dire... madame Bellefleur ! Si vous voulez bien venir par ici, nous allons faire votre série.

Portia Bellefleur Vicks a semblé stupéfaite – comment ? Ce n'était pas elle qui passait en premier ? – mais elle avait bien trop de gens à remercier pour avoir le temps de se sentir offensée. On avait poussé le fauteuil de la vieille Caroline Bellefleur jusqu'à elle et Portia s'est aussitôt penchée pour embrasser sa grand-mère, scène ô combien touchante que Maria-Star s'est empressée d'immortaliser. Portia et Andy avaient vécu avec Miss Caroline pendant des années, après le décès de leurs parents. C'était à cause de son état de santé que le double mariage avait été, par deux fois, retardé. Au départ, il devait avoir lieu au printemps précédent. On avait un peu précipité les choses justement parce que la santé de Miss Caroline commençait sérieusement à se détériorer. Puis elle avait subi un infarctus. Et, à peine remise, elle s'était cassé la hanche. Il faut reconnaître que, pour quelqu'un qui avait eu, coup sur coup, deux aussi graves problèmes médicaux, Miss Caroline avait l'air... eh bien, à vrai dire, elle avait simplement l'air d'une très vieille dame qui a eu une crise cardiaque et une fracture de la hanche. Elle était pourtant très chic, dans son beau tailleur de shantung crème, avec son léger maquillage et ses cheveux neigeux coiffés à la Lauren Bacall... Elle avait été une vraie beauté en son temps, un véritable tyran toute sa vie, et un fameux cordon-bleu jusqu'à peu.

Pour l'heure, Caroline Bellefleur était au septième ciel. Elle venait de marier ses deux petits-enfants, tout le monde lui rendait un fervent hommage et Belle Rive resplendissait – grâce au vampire qui la dévisageait avec une mine parfaitement impassible.

Bill Compton avait découvert que les Bellefleur étaient ses descendants et avait anonymement légué une très belle somme à Miss Caroline. Une vraie manne, pour elle, et elle ne s'était pas gênée pour en profiter. Comment aurait-elle seulement pu imaginer que tout cet argent lui venait d'un déterré ? Elle croyait avoir hérité d'un mystérieux parent éloigné. Le plus drôle de l'histoire, c'était que les Bellefleur auraient encore préféré lui cracher au visage plutôt que de remercier Bill. Ironique, non ? Quoi qu'il en soit, Bill se considérait comme un membre de la famille, et j'étais contente qu'il ait trouvé le moyen d'assister à ce grand événement qui réunissait les siens.

J'ai respiré un grand coup pour chasser le ténébreux regard de Bill de mon esprit et j'ai souri à l'objectif. Après avoir comblé le trou sur la photo, puis feinté pour échapper au cousin qui me regardait avec des yeux d'amoureux transi, j'ai fini par monter les marches de l'escalier monumental quatre à quatre pour aller remettre mon uniforme de serveuse.

Personne en haut : j'allais avoir la chambre pour moi toute seule. Quel soulagement !

En me trémoussant un peu, j'ai réussi à me glisser hors de ma robe, que j'ai suspendue à un cintre, avant de m'asseoir sur un tabouret pour ôter les brides de ces maudits engins de torture à talons.

Sentant tout à coup la porte s'ouvrir, j'ai brusquement relevé la tête, surprise. Bill se tenait sur le seuil, les mains dans les poches, toutes canines dehors. La lumière dorée des lustres accentuait la luminescence de sa peau blême.

— Il y en a qui essaient de se changer, ici, lui ai-je fait remarquer.

C'était inutile de jouer les prudes : Bill m'avait vue sous toutes les coutures.

— Tu ne leur as pas dit ?

— Quoi ?

Puis ma lanterne s'est soudain éclairée. Bill se demandait si j'avais révélé aux Bellefleur qu'il était leur ancêtre.

— Non, bien sûr que non. Tu m'avais dit de garder le secret.

— J'ai pensé que, sous le coup de la colère, tu aurais pu le leur dévoiler.

Je lui ai jeté un regard incrédule.

— Non. Il y a des gens qui tiennent parole, figure-toi. C'est une question d'honneur. Tu vois ce que je veux dire ?

Il a détourné les yeux.

— Au fait, ta brûlure a drôlement bien cicatrisé.

Après l'attentat de la Confrérie du Soleil à Rhodes, Bill avait eu le visage exposé à la lumière du jour. Le résultat : des lésions d'une horreur absolue.

— J'ai dormi six jours d'affilée, m'a-t-il expliqué. Et quand je me suis réveillé, c'était pratiquement guéri. Quant à ta réflexion sur mon manque d'honneur, je n'ai aucune excuse... Si ce n'est que, lorsque Sophie-Anne m'a ordonné de te séduire... je n'étais pas très enthousiaste, Sookie. Au début, je ne voulais même pas feindre d'entretenir une relation suivie avec une humaine. C'était par trop dégradant, à mes yeux. Puisque la reine ne me laissait pas le choix, je suis venu au bar, mais juste pour t'identifier. Et puis... la soirée ne s'est pas exactement passée comme je l'avais prévu... Les dealers m'ont suivi dehors et... tu connais la suite. Quand tu t'es portée à mon secours, je me suis dit que c'était le destin. J'ai fait ce que la reine m'avait demandé. Et, en le faisant, je suis tombé dans un piège... dont je ne suis toujours pas parvenu à m'échapper.

Le piège de l'amûûûûr ! ai-je raillé intérieurement. Mais Bill était trop sérieux pour que je me moque de lui. Je défendais simplement mon cœur du mieux que je le pouvais : en jouant les garces.

— Tu t'es dégoté une petite amie, non ? Alors, retourne auprès d'elle.

Sur ce, j'ai baissé les yeux pour être sûre que j'avais bien détaché la bride du pied gauche. J'ai ôté la deuxième chaussure et, quand j'ai relevé la tête, Bill avait les yeux rivés sur moi.

— Je donnerais n'importe quoi pour te connaître encore, ne serait-ce qu'une seule fois, a-t-il murmuré.

Mes mains se sont figées sur mon bas à peine roulé.

Ah. J'étais quelque peu sidérée. Et à plusieurs niveaux. D'abord, par l'expression employée : il y en a qui couchent, mais Bill, lui, m'avait « connue » bibliquement. Ensuite, j'étais stupéfaite d'avoir été, pour lui, une partenaire sexuelle à ce point mémorable. Mais peut-être qu'il ne se souvenait que des filles vierges.

— Je n'ai pas de temps à perdre avec toi, ce soir, ai-je froidement rétorqué. Sam m'attend en bas pour que je l'aide au bar. Allez, vas-y.

Et, sur ces amabilités, je me suis levée et je lui ai tourné le dos pour enfiler ma chemise et mon pantalon. Il ne me restait plus qu'à chausser mes tennis noires. Après avoir jeté un rapide coup d'œil dans la glace pour vérifier mon rouge à lèvres, je me suis retournée vers la porte...

Il avait disparu.

J'ai descendu l'escalier et passé les portes qui donnaient sur la terrasse pour regagner le jardin, soulagée de reprendre ma place habituelle derrière le bar. J'avais encore mal aux pieds. Et à cette plaie toujours ouverte que m'avait laissée au cœur un certain Bill Compton.

Sam a levé la tête vers moi en me voyant arriver. Il y avait un sourire dans ses beaux yeux bleus. Je me suis dépêchée de prendre mon poste derrière le comptoir. Miss Caroline avait catégoriquement refusé que nous installions une corbeille pour les pourboires, mais les clients du bar avaient déjà glissé quelques billets dans un verre vide et j'avais bien l'intention de le laisser où il était.

— Tu étais drôlement jolie dans cette robe, m'a complimentée Sam, tout en préparant un rhum-Coca.

En souriant, j'ai tendu une bière à un vieux monsieur qui m'a gratifiée d'un énorme pourboire. C'est ainsi que je m'en suis rendu compte : dans ma précipitation, j'avais oublié de fermer un bouton de ma chemise. Du coup, j'offrais aux clients une vue plongeante sur mon décolleté. Sur le moment, je me suis sentie un peu gênée. Mais ce n'était pas un décolleté racoleur, juste le décolleté d'une fille plutôt gâtée par la nature, et j'ai laissé le bouton ouvert.

— Merci, ai-je répondu à Sam, en priant pour qu'il n'ait rien remarqué de ce bref dilemme. J'espère que j'ai bien fait tout ce qu'il fallait.

— Évidemment ! a-t-il répliqué, comme si la possibilité que je me prenne les pieds dans le tapis ne l'avait même pas effleuré.

C'est un patron en or.

— Hé ! Bonsoir, a lancé une voix légèrement nasillarde.

J'ai levé le nez du verre de vin que j'étais en train de servir pour voir Tanya Grissom respirer un air qu'elle parvenait à polluer par sa simple présence. Son cavalier, Calvin, n'était nulle part en vue.

— Tanya ! s'est exclamé Sam. Comment ça va ? Ça fait un bail.

— Eh bien, j'avais quelques petites choses à régler dans le Mississippi, a répondu l'intéressée. Mais je vais rester dans le coin un moment, et je me demandais si tu n'aurais pas besoin d'un petit coup de main.

J'ai pincé les lèvres et continué à m'activer comme si de rien n'était. Quand une vieille dame est venue demander un verre de tonic avec un quartier de citron vert, Tanya en a profité pour se rapprocher de Sam. Je l'ai servie si vite, cette petite dame, qu'elle en est restée bouche bée. Puis je me suis occupée du client de Sam. Je captais parfaitement l'état d'esprit de mon patron : il était content de revoir Tanya. C'est incroyable, ce que les hommes peuvent être bêtes, par moments. Bon, pour être tout à fait honnête, je savais des choses sur Tanya dont Sam n'avait même pas idée.

Et, pour tout arranger, Selah Pumphrey était la prochaine dans la file. Quelle chance. Cela dit, la petite amie de Bill s'est contentée de me demander un rhum-Coca.

— Tout de suite, lui ai-je lancé, en m'efforçant de ne rien laisser paraître de mon soulagement.

Et je me suis empressée de la servir.

— Je l'ai entendu, m'a-t-elle alors glissé discrètement.

— Qui ça ?

J'étais perturbée parce que j'essayais en même temps d'écouter – tant avec mes oreilles qu'avec mon esprit – ce que Sam et Tanya se racontaient.

— Bill. Je l'ai entendu quand il vous parlait, tout à l'heure.

Comme je ne répondais pas, elle a précisé :

— Je me suis faufilée derrière lui dans l'escalier.

— Alors, il savait pertinemment que vous étiez là, lui ai-je distraitement assené, avant de lui tendre son verre.

Elle m'a lancé un regard noir, les pupilles soudain dilatées. De stupeur ? De colère ? Puis elle a fait demi-tour et elle s'est éloignée au pas de charge. Si tous nos vœux se réalisaient, les siens m'auraient étalée, raide morte, sur le gazon.

Tanya avait commencé à se détourner, comme si son corps s'apprêtait à partir alors que sa tête s'attardait encore à discuter avec mon patron. Au bout du compte, le tout a fini par rejoindre Calvin. Je l'ai suivie du regard. Je n'avais pas l'esprit tranquille.

— En voilà une bonne nouvelle ! s'est félicité Sam, tout sourire. Tanya va être disponible pour un petit moment.

Je me suis mordu la langue pour ne pas lui répliquer que Tanya n'avait vraiment laissé aucune ambiguïté à ce sujet.

— Super ! ai-je grommelé.

Il y avait tellement de gens que j'appréciais ! Pourquoi fallait-il que deux des femmes que j'aurais préféré n'avoir jamais rencontrées se trouvent justement invitées à ce mariage ? Enfin, mes pieds étaient maintenant libérés et en pleuraient presque de joie. C'était déjà un point positif.

J'ai recouvré mon sourire, continué à servir des verres, à débarrasser les bouteilles vides, et je suis allée au camion de Sam pour décharger quelques caisses et réapprovisionner le stock. J'ai décapsulé des bières, servi du vin et des coupes de champagne, et essuyé les débordements intempestifs jusqu'à avoir l'impression de m'être changée en machine à mouvement perpétuel.

Les vampires sont arrivés au bar en tir groupé. J'ai débouché ma première bouteille de Royalty Blend, un mélange haut de gamme de sang de synthèse et de véritable sang humain « d'origine royale européenne contrôlée ». Il fallait le conserver au frais, bien sûr, et c'était une attention très particulière que Glen avait réservée à ses clients les plus importants. (La seule boisson qui surpassait le Royalty Blend, tant en qualité qu'en prix, était le Royalty, un sang pratiquement pur qui ne contenait que quelques traces infimes de conservateurs.) Sam a aligné les coupes, puis il m'a demandé de verser le précieux breuvage. J'ai pris soin ne pas en perdre une goutte. Sam s'est ensuite chargé de remettre chaque verre à son destinataire. Un large sourire aux lèvres, les vampires ont porté un toast à la santé des jeunes mariés. Ils ont tous laissé un gros pourboire, même Bill.

La première gorgée du sirupeux élixir avalée, leurs crocs désormais bien visibles ont prouvé à tous à quel point ils appréciaient la prévenance de leur hôte. Certains des invités humains ont bien eu l'air un peu mal à l'aise devant cette manifestation de leur satisfaction, mais Glen était là pour arrondir les angles, distribuant sourires et petits hochements de tête entendus à la ronde – il connaissait suffisamment les vampires pour ne pas s'aventurer à leur serrer la main. J'ai remarqué que la toute nouvelle Mme Vicks ne frayait pas trop avec les déterrés de l'assistance, bien qu'elle ait tout de même fait l'effort de faire un passage à travers leur petit groupe, un sourire crispé aux lèvres.

Quand l'un desdits déterrés est revenu au bar pour commander un banal TrueBlood, je me suis empressée de lui tendre son verre, dûment réchauffé à 37 °C.

Il m'a remerciée en me gratifiant d'un nouveau pourboire. Lorsqu'il a ouvert son portefeuille, j'ai aperçu un permis de conduire du Nevada – c'est devenu une habitude chez moi de repérer les différents papiers d'identité, à force de demander les leurs aux mineurs qui viennent au *Merlotte*. Il venait de loin pour assister à ce mariage. Je l'ai vraiment regardé de près, à ce moment-là. En voyant qu'il avait réussi à capter mon attention, il a joint les mains et s'est légèrement incliné devant moi. Comme j'avais lu un roman policier dont l'action se déroulait en Thaïlande, j'ai compris qu'il m'adressait un *wai* : un salut pratiqué par les bouddhistes – à moins que ce ne soit par tous les Thaïlandais en général ? En tout cas, il s'efforçait de se montrer poli envers moi. Après un instant d'hésitation, j'ai posé mon torchon et j'ai imité son salut. Il a semblé apprécier.

— Je me fais appeler Jonathan, m'a-t-il annoncé. Les Américains ne savent pas prononcer mon vrai nom.

On aurait peut-être pu déceler dans ses propos une pointe d'arrogance et de mépris, mais comment lui en vouloir ?

— Moi, c'est Sookie. Sookie Stackhouse.

Jonathan n'était pas très grand – un mètre soixante-quinze, peut-être – mais vraiment très beau, avec son petit nez, ses lèvres pleines et ses yeux marron au regard perçant que surmontaient des sourcils noirs parfaitement rectilignes. Sa peau légèrement cuivrée et ses cheveux noirs aux reflets chauds témoignaient de ses origines asiatiques. Il avait la peau si fine que je ne pouvais pas distinguer le moindre pore. Et il émettait cette subtile luminescence propre aux vampires.

— C'est votre époux ? m'a-t-il demandé, en prenant son verre et en penchant la tête vers Sam, occupé à concocter une piña colada pour une des demoiselles d'honneur.

— Non, monsieur. C'est mon patron.

C'est à ce moment-là que Terry Bellefleur – un cousin de Portia et d'Andy – a titubé vers le comptoir pour me demander une autre bière. J'aimais bien Terry – un vétéran de la guerre du Vietnam –, mais il avait l'alcool mauvais et, à mon avis, il avait déjà assez bu. Bien qu'il fût manifestement d'humeur loquace et qu'il ait décidé de m'entretenir, une nouvelle fois, de la politique du président en Irak, j'ai préféré le conduire gentiment auprès d'un autre membre de la famille, un parent éloigné de Baton Rouge, à qui j'ai demandé de garder Terry à l'œil et de l'empêcher de prendre son pick-up pour rentrer chez lui.

Pendant ce temps, Jonathan le Vampire gardait, quant à lui, un œil sur moi. Je me demandais bien pourquoi. Mais je n'ai rien remarqué d'agressif ni de lubrique dans son attitude, et comme ses canines n'étaient pas sorties, j'en ai déduit qu'il ne serait pas dangereux de continuer à vaquer à mes occupations comme s'il n'était pas là. S'il avait quelque raison de vouloir me parler, je finirais bien par le savoir, tôt ou tard. Le plus tard serait le mieux.

Comme j'allais chercher une autre caisse de Coca dans le camion de Sam, j'ai aperçu un homme, tout seul, à l'ombre d'un grand chêne vert isolé. Il était grand, mince et tiré à quatre épingles dans un costume qui devait coûter une petite fortune. Il s'est avancé pour que je voie son visage et m'a clairement rendu mon regard. À première vue, c'était peut-être une magnifique créature, mais ce n'était certainement pas un homme. Quoi qu'il soit, il n'y avait pas la moindre part d'humain dans cet être-là. Du moins, c'était mon impression. Bien que manifestement plus de la première jeunesse, il était d'une beauté stupéfiante. Il avait les cheveux aussi longs que moi, quoique d'un blond beaucoup plus clair. Il les portait rejetés en arrière, bien lisses, bien nets. Il paraissait certes un peu fané, comme une belle pomme trop longtemps oubliée, mais il avait encore bon pied bon œil, apparemment, puisqu'il se tenait parfaitement droit et ne portait pas de lunettes. Il avait bien une canne – très simple, noire, avec un pommeau doré –, mais il ne s'appuyait pas dessus.

Quand il est sorti de l'ombre, les vampires se sont tous retournés comme un seul homme, puis, au bout d'un moment, ont légèrement incliné la tête. Il leur a rendu la politesse. Ils paraissaient garder leurs distances, comme s'ils étaient en alerte face au danger ou subjugués par sa puissance.

Cette scène m'a paru pour le moins étrange. Cependant, je n'avais pas le temps de m'y attarder. Tout le monde voulait profiter de l'open bar jusqu'au bout. La réception touchait à sa fin, et les invités se dirigeaient vers la maison pour assister au départ des jeunes mariés. Halleigh et Portia s'étaient déjà éclipsées pour monter se changer à l'étage. Le personnel de E(E)E avait très régulièrement débarrassé les reliefs du cocktail, et le jardin n'avait pas trop souffert.

Sam a profité du brusque ralentissement de l'activité au bar pour me parler. Il avait manifestement quelque chose sur le cœur.

— Sookie, dis-moi si je me trompe, mais... tu n'aurais pas une dent contre Tanya ?

— Il y a de ça, oui. Mais je ne suis pas tout à fait sûre de devoir t'expliquer pourquoi. Elle te plaît, c'est évident.

À croire que j'avais tâté du bourbon. À moins que ce ne soit du sérum de vérité.

— Si tu n'aimes pas travailler avec elle, je veux connaître tes raisons. Tu es mon amie et je respecte ton opinion.

Voilà qui n'était pas désagréable à entendre.

— Tanya est jolie. Elle n'est pas bête et elle est compétente.

Ça, c'était pour les bons côtés.

— Mais ?

— Mais elle est venue pour m'espionner. Les Pelt l'ont envoyée ici pour découvrir si j'avais quelque chose à voir avec la disparition de leur fille Debbie. Tu te rappelles, quand ils ont débarqué au bar ?

— Oui.

Les illuminations qu'on avait suspendues à travers tout le jardin sculptaient son visage d'arêtes vives et d'ombres profondes.

— Alors tu avais vraiment quelque chose à voir dans cette histoire ? m'a-t-il demandé.

— Tout à voir, lui ai-je avoué tristement. Mais c'était de la légitime défense.

— Je m'en doute.

Il m'a pris la main. Sur le coup de la surprise, j'ai sursauté.

— Je te connais, tu sais, a-t-il ajouté, sans me lâcher.

Cette confiance que Sam avait en moi m'a fait chaud au cœur. Je travaillais depuis un bon moment pour lui et ce qu'il pensait de moi m'importait vraiment. J'en ai eu la gorge serrée. J'ai été obligée de m'éclaircir la voix.

— Hum… Alors, je n'ai pas été franchement ravie de voir Tanya rappliquer, ai-je concédé. Je me suis méfiée d'elle dès le début et, quand j'ai appris pourquoi elle était venue à Bon Temps, je ne l'ai pas ratée. Je ne sais pas si elle est toujours à la solde des Pelt. En plus, ce soir, elle était avec Calvin : elle n'avait pas à essayer de te mettre le grappin dessus.

Je n'en avais pas eu l'intention, mais j'avais un peu haussé le ton.

— Ah ! a soufflé Sam, un peu décontenancé.

— Mais si tu as envie de sortir avec elle, pas de problème, ai-je repris, pour tenter de me rattraper. Je veux dire, elle ne peut pas être si mauvaise que ça. Et j'imagine qu'elle croyait bien faire en aidant des parents désemparés à retrouver leur fille disparue.

Belle histoire. Et c'était peut-être vrai, après tout.

— Je n'ai pas à aimer tes petites copines, Sam, ai-je insisté, pour bien lui faire comprendre que je ne prétendais pas avoir le moindre droit sur lui.

— Non, mais je préférerais.

— C'est pareil pour moi, ai-je acquiescé, à ma grande surprise.

CHAPITRE 2

Nous avons commencé à remballer tranquillement pour ne pas bousculer les quelques retardataires.

— En parlant de petits copains, m'a glissé Sam en poursuivant son rangement, que devient Quinn ? Tu tires une tête d'enterrement depuis tu es rentrée de Rhodes.

— Eh bien, je t'ai dit qu'il avait quand même été salement amoché par l'explosion...

Special Events, la filiale secrète de E(E)E que dirigeait Quinn, organisait des événements pour la communauté des créatures surnaturelles, les SurNat : alliances stratégiques entre vampires, rites de passage de loups-garous, tournois de chefs de meute et autres manifestations du même genre. Voilà pourquoi Quinn se trouvait au *Pyramid of Gizeh* quand la Confrérie du Soleil avait frappé.

Les FotS, c'est-à-dire les membres de la Confrérie du Soleil (*Fellowship of the Sun*), vouaient une haine farouche aux vampires. Mais ils ignoraient totalement que ces derniers n'étaient que la partie émergée de l'iceberg. Aucun humain n'était au courant – à quelques rares exceptions près, dont moi. Cela dit, nous étions de plus en plus nombreux à être dans la confidence. Le grand secret commençait à s'éventer. J'étais sûre que les intégristes de la Confrérie haïraient tout autant les loups-garous et les métamorphes, comme Sam, que les « démons suceurs de sang », s'ils venaient à découvrir leur existence. Ce qui finirait bien par arriver, et sans doute plus tôt qu'on ne le pensait.

— Oui, mais j'aurais cru que...

— Je sais, moi aussi j'aurais cru.

Et si je parlais d'un ton si triste, c'était que la mystérieuse disparition de mon tigre préféré m'affligeait profondément.

— Je m'attendais à recevoir des nouvelles, mais... rien.

— Tu as toujours la voiture de sa sœur ?

Frannie m'avait prêté son petit bolide pour que je puisse rentrer chez moi, après l'attentat.

— Non. Elle a disparu un soir où on bossait toutes les deux au bar, Amelia et moi. J'ai laissé un message sur le répondeur de Quinn pour l'avertir, mais je n'ai eu aucun écho depuis.

— Je suis désolé, Sookie.

La formule était insuffisante, il le savait. Mais que pouvait-il dire d'autre ?

— Oui, moi aussi, ai-je répondu en essayant de ne pas sembler trop déprimée.

Il fallait pourtant que je prenne sur moi pour ne pas rembobiner une énième fois le film, ressasser le même scénario, les mêmes arguments : Quinn ne me rendait pas responsable de ses blessures. Et sa sœur ne semblait plus me détester – je l'avais vue à l'hôpital de Rhodes, alors qu'elle jouait les gardes-malades auprès de son frère. Pas de reproche, pas de haine... alors pourquoi ne donnait-il pas de nouvelles ?

À croire qu'il s'est volatilisé, ai-je songé avec un geste d'impuissance. Puis j'ai essayé de penser à autre chose. Quand je suis stressée, il faut que je m'occupe. J'ai donc aidé Sam à transporter le matériel et les restes du stock dans son camion. C'est lui qui s'est chargé du plus lourd. Sam n'a vraiment rien d'un Monsieur Muscle, mais il est doué d'une force impressionnante – comme tous les métamorphes, d'ailleurs.

À 22 h 30, nous avions presque fini. Les acclamations qui se sont soudain élevées de l'autre côté de la maison nous ont indiqué que les jeunes mariées avaient finalement redescendu l'escalier, lancé leur bouquet et filé avec leurs époux en voyage de noces. Portia et Glen partaient pour San Francisco, tandis que Halleigh et Andy s'envolaient pour la Jamaïque (c'était peut-être un secret pour les autres, mais pas pour moi).

Sam m'a alors annoncé que je pouvais y aller.

— Je demanderai à Dawson de m'aider à décharger au bar, m'a-t-il assuré.

Comme Dawson – qui remplaçait Sam au *Merlotte*, ce soir-là – était bâti telle une armoire à glace, je n'ai pas insisté.

Ensuite, nous nous sommes partagé les pourboires – trois cents dollars pour moi : je n'avais pas perdu ma soirée. J'ai glissé la liasse de billets dans ma poche. Composée essentiellement de petites coupures, elle formait un rouleau imposant et j'étais bien contente d'habiter à Bon Temps : dans une grande ville, j'aurais eu peur de me faire assommer avant même d'avoir atteint ma voiture, avec une pareille somme sur moi.

— Bon, alors, salut, Sam, lui ai-je lancé en vérifiant que j'avais bien mes clés dans mon autre poche – je n'avais pas pris de sac.

En traversant le jardin pour regagner le trottoir, je me suis tapoté les cheveux. J'avais réussi à empêcher la Dame en Rose de me percher une choucroute au sommet du crâne. Elle m'avait donc fait des effets de boucles et de mèches à la Farrah Fawcett. Je me sentais franchement godiche.

Il y avait du monde sur la route : des véhicules du mariage, pour la plupart, mais aussi les habituelles sorties du samedi soir. La file de voitures garées le long de la rue était impressionnante et ralentissait la circulation.

En me penchant pour ouvrir la portière, j'ai senti une présence derrière moi. J'ai glissé mes clés entre mes doigts, refermé le poing et pivoté d'un bloc. J'ai frappé de toutes mes forces, décuplées par le poids de mes clés, et le type a traversé le trottoir à reculons pour se retrouver le postérieur sur le gazon.

— Je ne vous veux aucun mal, a commenté Jonathan.

Il est difficile d'avoir l'air digne et inoffensif, dans une telle posture, surtout quand on a du sang qui coule au coin de la bouche. Le vampire asiatique y est pourtant parvenu.

— J'ai été surprise, ai-je plaidé, ce qui était un doux euphémisme.

— Apparemment, a-t-il répondu en se redressant d'un seul mouvement.

Il a sorti un mouchoir immaculé pour se tamponner la lèvre.

Je n'avais pas l'intention de lui faire des excuses. Quand on s'approche de moi en douce dans le noir, il ne faut pas s'étonner de l'accueil qu'on reçoit. Puis j'ai réfléchi. Les vampires se déplacent toujours comme ça.

— Je suis navrée. J'ai craint le pire, ai-je concédé – une sorte de compromis, en somme. J'aurais dû prendre le temps de voir à qui j'avais affaire.

— Non, il aurait déjà été trop tard, à ce moment-là, a rétorqué Jonathan. Une femme seule doit savoir se défendre.

— Merci de votre compréhension, lui ai-je répondu, sans relâcher ma vigilance pour autant.

J'ai jeté un petit coup d'œil derrière lui, l'air de ne pas y toucher. Je passe mon temps à cacher mes réactions – en dépit des choses insensées que je découvre, parfois, dans la tête des gens –, alors je sais très bien rester impassible. Je l'ai regardé droit dans les yeux.

— Pourquoi…

J'ai d'abord hésité, puis je me suis jetée à l'eau.

— Qu'est-ce que vous faites là, dites-moi ?

— Je suis de passage en Louisiane, et j'ai été invité au mariage par Hamilton Tharp. J'ai l'autorisation d'Eric Northman pour séjourner dans la Cinquième Zone, naturellement.

Hamilton Tharp ? Inconnu au bataillon. Une relation des Bellefleur, probablement. En revanche, je connaissais Eric Northman. Et plutôt bien (à vrai dire, à une certaine époque, je l'avais connu de la pointe des pieds à la racine des cheveux, en passant par tout ce qui se trouve entre les deux). Eric était le shérif de la Cinquième Zone, qui recouvrait une large portion du nord de la Louisiane. Nous étions... liés, lui et moi. Un lien plutôt compliqué, et dont je me serais volontiers passée.

— En fait, ce que je voulais savoir, c'est ce que vous faisiez derrière moi, tout à l'heure.

Je serrais toujours mes clés dans mon poing, en me disant : « S'il bouge, je vise les yeux. » Même un vampire craint ce genre d'attaque.

— Pure curiosité de ma part, a répondu Jonathan, les mains benoîtement croisées devant lui.

Je commençais sérieusement à le prendre en grippe, ce vampire.

— Mais encore ?

— J'ai entendu parler, au *Fangtasia*, de la femme blonde à laquelle Eric accorde tant de prix. Eric est fin connaisseur, et si difficile... Il semblait fort improbable qu'une simple humaine ait pu retenir son attention.

— Et comment avez-vous su que je serais au mariage, ce soir ?

J'ai cru surprendre un frémissement de paupières, chez mon interlocuteur. Il ne s'était pas attendu à me voir insister. Il pensait avoir réussi à me rassurer. Peut-être même essayait-il de m'hypnotiser avec son regard de vampire pour me calmer. Manque de chance : ça ne marchait pas avec moi.

— La jeune femme qui travaille pour Eric, cette Pam, y a fait allusion.

Oh ! ce n'est pas beau de mentir, monsieur le vampire ! Je n'avais pas eu de contact avec Pam depuis une quinzaine de jours et, la dernière fois que je l'avais eue au téléphone, je ne lui avais parlé ni de mon emploi du temps ni de mes activités mondaines. Elle se remettait à peine des blessures qu'elle avait subies à Rhodes, et son rétablissement, ainsi que celui d'Eric et de la reine, avait été notre unique sujet de conversation.

— Ah, oui, évidemment ! Bon, eh bien, bonsoir. Je dois y aller, ai-je conclu en ouvrant ma portière.

Sans quitter des yeux mon interlocuteur, je me suis prudemment faufilée à la place du conducteur, prête à réagir au moindre mouvement suspect. Il est resté figé comme une statue, se contentant d'incliner légèrement la tête pour me saluer au moment où je démarrais. J'ai attendu un stop pour mettre ma ceinture – je n'avais pas voulu me ficeler, avec un danger potentiel à proximité –, puis j'ai verrouillé les portières et jeté un coup d'œil circulaire. Pas de vampire à l'horizon. Bizarre, cette histoire, tout de même. Vraiment bizarre. Peut-être valait-il mieux que j'appelle Eric pour tout lui raconter…

Et le plus étrange, c'était que l'homme au visage fané et aux longs cheveux d'ange était resté caché dans l'ombre, juste derrière Jonathan, sans bouger, du début à la fin de notre étrange entretien. À un moment, son regard avait même croisé le mien. Ses traits parfaits étaient demeurés impassibles. J'avais pourtant compris qu'il ne voulait pas que je trahisse sa présence. Non que je l'aie lu dans ses pensées – j'en étais incapable –, mais je l'avais deviné.

Et, comble de bizarrerie, Jonathan ne l'avait pas senti. Étant donné l'odorat ultra-sensible dont sont dotés tous les vampires, ce n'était plus bizarre, c'était carrément hallucinant.

J'y pensais encore, en prenant Hummingbird Road pour tourner dans la petite route de campagne qui conduit, à travers bois, à ma vieille demeure. Le cœur de la maison a plus de cent soixante ans, mais il ne reste pas grand-chose du bâtiment initial. On l'a modifié, remanié, agrandi, et la toiture a été refaite une bonne vingtaine de fois. La fermette d'origine, avec ses deux pièces à tout faire, s'est étendue, au fil du temps. Mais elle n'en demeure pas moins une maison tout ce qu'il y a d'ordinaire.

Elle semblait bien calme, dans le halo des spots extérieurs qu'Amelia Broadway, ma colocataire, avait laissés allumés pour moi, ce soir-là. Je me suis garée dans l'arrière-cour, à côté de la voiture d'Amelia. J'ai gardé mes clés à la main, au cas où elle serait montée se coucher. Elle avait laissé la porte de la véranda ouverte – j'ai mis le loquet – et verrouillé la porte de la cuisine, que j'ai refermée à clé derrière moi. Nous étions particulièrement attentives à la sécurité, Amelia et moi, surtout la nuit.

J'ai été un peu surprise de la trouver assise dans la cuisine. Elle m'attendait. Nous avions pris nos habitudes, après des semaines de cohabitation, et à cette heure-là, Amelia aurait déjà dû être montée. Elle avait ses appartements à l'étage, avec sa propre télévision, son téléphone et son ordinateur portables, Internet, et, comme elle s'était inscrite à la bibliothèque, toujours de quoi lire. Sans parler de ses études de magie, sur lesquelles je ne l'interrogeais jamais. Jamais. Amelia est une sorcière.

— Alors ? Comment ça s'est passé ? m'a-t-elle aussitôt demandé, en remuant sa tisane comme si elle voulait provoquer un tsunami.

— Eh bien, ils se sont mariés. Personne n'a tiré un premier époux ni un amant mystère de son chapeau. Les vampires que Glen avait invités – ses clients – ont été bien sages, et la vieille Caroline a distribué des sourires à la pelle. Mais j'ai été obligée de remplacer une demoiselle d'honneur au pied levé.

— Non ! Raconte !

Je ne me suis pas fait prier, et nous sommes parties de quelques bons fous rires dans la foulée. J'ai bien pensé à lui parler du charmant monsieur aux cheveux d'ange, mais je me suis ravisée. Qu'est-ce que j'aurais pu lui dire, de toute façon ? « Il m'a regardée » ? En revanche, je lui ai parlé du vampire du Nevada.

— Qu'est-ce qu'il voulait, à ton avis ?

J'ai haussé les épaules.

— Aucune idée.

— Il faut que tu le découvres. D'autant que tu ne connais même pas le type qui, soi-disant, l'a invité.

— Je vais appeler Eric... Sinon ce soir, demain soir.

— Dommage que tu n'aies pas une copie de cette base de données que Bill vend comme des petits pains. J'ai encore vu la pub hier, en consultant un site pour vampires sur Internet.

La base de données en question contenait les photos et/ou les biographies de tous les vampires que Bill avait réussi à localiser à travers le monde. Le logiciel de Bill rapportait plus de fric à sa patronne, la reine de Louisiane, que je n'aurais jamais pu l'imaginer. Mais il fallait être un vampire pour en acheter un exemplaire, et ils vérifiaient.

— Oui, mais Bill la vend cinq cents dollars pièce et c'est drôlement risqué d'essayer de se faire passer pour un vampire...

Amelia a balayé l'argument d'un revers de main.

— Si le jeu en vaut la chandelle...

Amelia est beaucoup plus évoluée que moi – enfin, par certains côtés. Elle a grandi à La Nouvelle-Orléans et y a vécu pratiquement toute sa vie. Depuis quelque temps, elle vivait chez moi. Mais c'était seulement parce qu'elle avait fait une grosse bêtise. Elle avait dû quitter La Nouvelle-Orléans après avoir provoqué une catastrophe majeure en jouant, non pas les apprenties sorcières – ce qu'elle était –, mais les sorcières confirmées – ce qu'elle n'était pas. Cela dit, elle avait été bien inspirée de partir à ce moment-là, car Katrina l'avait suivie de peu. Depuis le passage de l'ouragan, le locataire d'Amelia – qui occupait le premier étage, dans la maison qu'elle possédait – ne payait plus de loyer parce qu'elle l'avait chargé de surveiller les travaux de réfection. Son propre appartement, au rez-de-chaussée, avait subi de sérieux dégâts.

Et voici qu'arrivait, justement, la raison pour laquelle Amelia n'était pas près de retourner à La Nouvelle-Orléans : Bob. Il a traversé la cuisine à pas feutrés pour venir se frotter langoureusement contre mes jambes.

— Hé ! mon joli petit minou d'amour ! me suis-je écriée, en me penchant pour attraper le gros chat noir et blanc. Et comment il va, mon trésor, aujourd'hui ? ai-je roucoulé, le nez enfoui dans sa fourrure.

— Arrête, je vais vomir, a grommelé Amelia d'un air dégoûté.

Mais je savais qu'elle avait un comportement tout aussi régressif avec Bob quand j'avais le dos tourné.

— Du nouveau ? lui ai-je demandé en me redressant.

Bob avait manifestement eu droit à un bain l'après-midi même. On aurait dit un persan : il avait triplé de volume.

— Non, m'a-t-elle répondu d'un ton morne, exprimant le plus profond découragement. J'ai travaillé pendant une heure sur lui, aujourd'hui, et tout ça pour quoi ? Pour qu'il se retrouve avec une queue de lézard ! Ça m'a pris le restant de la journée et tous les pouvoirs que je possède pour inverser le processus.

En réalité, Bob était un homme. Un petit brun avec une tête de premier de la classe : un homme très ordinaire – sauf que, d'après Amelia, il était doté d'attributs tout à fait hors norme, le genre d'attributs qu'on ne voyait pas quand il était habillé... Amelia n'était déjà pas censée pratiquer les sorts de transmutation, et encore moins en pareilles circonstances : lorsqu'elle avait changé Bob en chat, ils étaient plongés dans des expérimentations d'un tout autre genre. Des expérimentations d'ordre sexuel

– qui devaient être très expérimentales, en effet. Je n'avais jamais eu le cran de lui demander ce qu'elle essayait de faire exactement. Cela devait être plutôt exotique, comme pratique.

— Le truc, c'est que…

Ah ! On y arrivait ! Je n'allais pas tarder à découvrir la véritable raison pour laquelle Amelia m'avait attendue. Ma colocataire était une puissante émettrice, et elle n'avait pas ouvert la bouche que j'avais déjà la réponse, direct à la source. Mais je l'ai laissée continuer. Les gens détestent ça, quand on leur dit qu'ils n'ont pas besoin de parler. Surtout lorsqu'il s'agit d'un sujet qu'ils ont du mal à aborder.

— … mon père sera à Shreveport demain et il veut venir à Bon Temps pour me voir, a-t-elle lâché d'une seule traite. Il y aura juste lui et son chauffeur, Marley. Il veut venir dîner.

Le lendemain étant un dimanche, le bar ne serait ouvert que l'après-midi. De toute façon, je n'étais pas de service – comme j'ai pu le constater en jetant un coup d'œil à mon calendrier.

— Bon. Eh bien, j'irai faire un tour. Je pourrais aller rendre une petite visite à Tara et JB. Pas de problème, je me débrouillerai.

— Oh ! Non, non ! Reste, je t'en prie.

Son regard à lui seul était une véritable supplique. Elle ne m'en a pas dit plus, mais il suffisait de lire dans ses pensées. Amelia entretenait une relation conflictuelle avec son père, à tel point qu'elle préférait porter le nom de sa mère, Broadway – même si ce choix était aussi motivé par la notoriété de son père. Copley Carmichael avait le bras long, politiquement parlant, et il roulait sur l'or. Cela dit, je ne savais pas dans quelle mesure Katrina l'avait affecté. Carmichael faisait dans le bois de construction et était également entrepreneur dans le bâtiment. Katrina pouvait très bien avoir détruit ses chantiers et balayé ses scieries. D'un autre côté, toute la région était à reconstruire...

— À quelle heure il compte venir ?

— 17 heures.

— Est-ce que le chauffeur mange à sa table ?

Je n'avais jamais été confrontée à ce genre de problème. Je n'avais qu'une seule table, celle de la cuisine. Je n'allais certainement pas faire manger cet homme dans l'arrière-cour, assis sur les marches.

— Oh ! mon Dieu. Qu'est-ce qu'on va faire de Marley ?

Elle ne s'était même pas posé la question, apparemment.

— C'est précisément ce que je te demande.

Il n'est pas impossible qu'une certaine lassitude ait été perceptible dans mon ton, à ce moment-là.

— Écoute, a protesté Amelia, tu ne connais pas mon père. Tu ne sais pas comment il est.

Ce que je savais, en revanche, c'était que les sentiments d'Amelia pour son père formaient un amas confus et contradictoire inextricable. Difficile de faire le tri entre l'amour, la peur et l'anxiété pour découvrir ce qu'elle éprouvait exactement. Quant à moi, je connaissais peu de gens riches et encore moins qui seraient suffisamment riches pour se payer un chauffeur à plein temps.

Cette visite promettait d'être intéressante...

J'ai souhaité une bonne nuit à ma colocataire et je suis allée me coucher. J'avais beau avoir largement de quoi cogiter, la fatigue physique l'a emporté et je me suis endormie à peine la tête posée sur l'oreiller.

Ce dimanche s'annonçait splendide. J'ai pensé aux jeunes mariés, lancés dans leur nouvelle vie ; à Miss Caroline qui hébergeait chez elle des cousins (des petits jeunes dans la soixantaine) chargés tant de jouer les chiens de garde que de lui tenir compagnie. Quand Portia et Glen reviendraient, les cousins retourneraient dans leur humble demeure – non sans quelque soulagement, on s'en doute. Quant à Halleigh et Andy, ils iraient s'installer dans leur petite maison bien à eux.

Je me suis un peu interrogée sur Jonathan et sur le magnifique personnage à la beauté fanée.

Je me suis promis d'appeler Eric le soir même, quand il serait levé.

Je me suis rappelé ce que Bill m'avait dit au mariage – de quoi rester songeuse...

Et, pour la millionième fois, j'ai tenté de trouver une explication au silence de Quinn.

Mais avant d'avoir eu le temps de sombrer dans le cafard le plus noir, j'étais déjà emportée par l'ouragan Amelia.

Il y a énormément de choses que j'ai appris à apprécier et même à aimer, chez Amelia. Elle est directe, dynamique et bourrée de talent ; elle connaît tout du monde parallèle des SurNat et sait la part que j'y prends ; elle trouve que mon étrange don est « carrément cool ». Je peux lui parler de n'importe quoi, jamais elle n'aura de réaction de dégoût ni d'horreur. Évidemment, elle a les défauts de ses qualités : elle est impulsive, parfois un peu trop franche, et c'est une vraie tête de mule. Mais il faut prendre les gens comme ils sont. J'apprécie vraiment de vivre avec elle.

Du point de vue domestique, Amelia est bonne cuisinière ; elle respecte scrupuleusement mes affaires et veille à ne pas les mélanger avec les siennes, et, surtout, elle est ordonnée. S'il y a un domaine qu'elle maîtrise parfaitement, c'est bien l'entretien de la maison. Elle brique quand elle s'ennuie, elle brique quand elle est stressée, elle brique quand elle se sent coupable… Si je ne suis pas la dernière pour le ménage, Amelia en est la reine incontestée. Le jour où elle a failli avoir un accident de voiture, elle a nettoyé tous les meubles du séjour, capitonnage compris. Lorsque son locataire a appelé pour lui annoncer qu'il faudrait refaire entièrement la toiture, elle est allée chez EZ Rent louer une cireuse-lustreuse de compétition et elle a remis à neuf tous les parquets du premier et du rez-de-chaussée.

Quand je me suis levée, à 9 heures, Amelia était déjà en pleine crise de ménage en prévision de la visite imminente de son père. À 10 h 30, alors que je m'apprêtais à aller à l'office, je l'ai trouvée à quatre pattes en train de récurer la salle de bains d'en bas. Celle-ci n'est plus de la première jeunesse, avec ses minuscules carreaux octogonaux noirs et blancs et son énorme baignoire antique à pattes de lion, mais elle est tout de même dotée de toilettes un peu plus modernes, grâce à mon frère Jason. C'était la sienne, puisqu'il n'y en a pas en haut et que j'ai une petite salle de bains privative qu'on a ajoutée à ma chambre dans les années 1950. Chez moi, on peut admirer un condensé des principales évolutions en matière de confort intérieur sur près d'une centaine d'années sans même avoir besoin de bouger.

— Tu crois franchement que c'est si sale que ça ?

Debout sur le seuil, je parlais au postérieur de ma colocataire. Elle a relevé la tête et passé un gant en caoutchouc rose vif sur son front pour repousser une courte mèche rebelle.

— Non, ce n'est pas vraiment sale, mais je veux que tout resplendisse du sol au plafond.

— Tu sais, c'est une vieille baraque, Amelia, et je ne pense pas qu'elle puisse réellement « resplendir du sol au plafond ».

Je n'avais pas à m'excuser parce que la maison et les meubles dataient de Mathusalem. J'avais fait du mieux que je pouvais avec ce que j'avais et j'adorais ma maison.

— C'est une super vieille baraque, Sookie ! s'est écriée Amelia. Mais il faut que je m'occupe.

— D'accord. Bon, eh bien, je vais à l'office. Je serai de retour vers midi et demi.

— Tu pourrais passer faire des courses en revenant ? La liste est sur la table de la cuisine.

J'ai accepté, heureuse d'avoir quelque chose à faire qui me tiendrait éloignée de la maison un peu plus longtemps.

On se serait plutôt cru en mars qu'en octobre (mars dans le Sud, s'entend). En descendant de voiture devant le temple méthodiste, j'ai levé la tête pour sentir la caresse de la brise sur mon visage. Il y avait comme un petit parfum d'hiver dans l'air quand même, un léger avant-goût. À l'intérieur, les fenêtres du petit temple étaient ouvertes et, quand nous chantions, nos voix s'envolaient au-dessus de la pelouse et des arbres encore verts. Mais j'ai vu des feuilles emportées par le vent pendant que le pasteur prêchait.

Il faut bien avouer que je ne suis pas toujours très attentive pendant ses sermons. Il arrive que l'office soit surtout pour moi une heure de méditation, un temps pour me demander comment va ma vie. Du moins ces pensées ne sont-elles pas hors contexte. Cela dit, quand on regarde les feuilles tomber, le contexte devient plutôt restreint.

Mais, ce matin-là, j'écoutais. Le pasteur Collins disait de rendre à Dieu ce qui appartenait à Dieu et à César ce qui appartenait à César. Le sermon semblait plus approprié pour un 15 avril, quand tous les Américains doivent rendre leur déclaration de revenus. Je me suis demandé si le pasteur Collins payait ses impôts par tiers. Et puis, au bout d'un moment, j'ai fini par comprendre qu'il parlait de ces lois que l'on enfreint à longueur de journée sans pour autant se sentir coupable – comme ne pas respecter les limitations de vitesse, ou glisser un petit cadeau dans une enveloppe et la faire passer pour une lettre au lieu d'un colis, histoire d'échapper aux frais d'affranchissement supplémentaires.

J'ai souri au pasteur Collins en sortant du temple – il a toujours l'air un peu… troublé quand il me voit – et salué Maxine Fortenberry et son mari en regagnant le parking.

Maxine est ce qu'on appelle une forte femme et elle ne passe pas inaperçue, alors qu'Ed est si timide et si discret qu'il en devient presque transparent. Leur fils, Hoyt, est le meilleur ami de mon frère. Hoyt se tenait derrière sa mère. Il portait un beau costume et s'était fait couper les cheveux. Tiens, tiens ! Intéressant.

— Viens donc m'embrasser, ma jolie ! m'a lancé Maxine – ce que, bien sûr, je me suis empressée de faire.

Bien que plutôt de l'âge de mon père, Maxine avait été une amie de ma grand-mère. J'ai souri à Ed et fait un petit signe de la main à Hoyt.

Je l'ai complimenté :

— Tu es bien beau, dis donc !

Il a souri comme jamais je ne l'avais vu sourire. J'ai jeté un coup d'œil en coin à Maxine. Elle rayonnait.

— Hoyt fréquente Holly, la fille qui travaille avec toi, m'a-t-elle annoncé. Elle a un gamin, et c'est une chose qu'il ne faut pas oublier, mais Hoyt a toujours adoré les gosses.

— Je ne savais pas, me suis-je étonnée. Mais c'est super, Hoyt. Holly est vraiment une chic fille.

J'avais sans doute parlé un peu trop vite. Je n'aurais probablement pas dit ça, sinon. Mais, après tout, ce n'était peut-être pas plus mal que je n'aie pas eu le temps de réfléchir à la question… Oh, Holly avait des qualités : elle était toute dévouée à son fils, elle était fidèle en amitié et compétente dans son boulot. Cela faisait déjà plusieurs années qu'elle était divorcée, Hoyt n'était donc pas un lot de consolation. Mais avait-elle avoué à Hoyt qu'elle était une wiccan ? Certainement pas, à voir le sourire radieux de Maxine.

— On a rendez-vous avec elle pour déjeuner au *Sizzler*, a-t-elle fièrement déclaré, en parlant du grill qui se trouvait le long de l'autoroute. Holly n'est pas très pratiquante, mais on y travaille. Il faudra qu'elle vienne un jour avec nous à l'office et qu'elle amène Cody. Mais on ferait mieux d'y aller si on ne veut pas être en retard.

— Continue comme ça, Hoyt ! ai-je dit à l'intéressé, en lui tapotant le bras comme il passait près de moi.

Il avait l'air tout content quand il m'a regardée.

Tout le monde se mariait ou tombait amoureux. J'étais heureuse pour eux. Heureuse comme tout. Vraiment. J'ai accroché un sourire à mes lèvres et je suis allée à la supérette. J'ai sorti la liste d'Amelia de ma poche. Elle était déjà assez longue, mais j'étais sûre qu'elle s'était encore allongée depuis mon départ. J'ai appelé ma colocataire avec mon portable. Effectivement, elle avait trois articles à ajouter. J'ai donc passé un petit moment dans le magasin.

J'avais des sacs de courses plein les bras quand j'ai gravi l'escalier de la véranda. Amelia s'est ruée sur la voiture pour aller chercher ceux qui restaient.

— Mais t'étais où ?

À croire qu'elle avait passé son temps à m'attendre devant la porte en tapant du pied.

J'ai regardé ma montre.

— Je suis allée directement à la supérette en sortant du temple. Il n'est que 13 heures !

Lestée comme un chameau, ma colocataire est repassée devant moi, en secouant la tête et en émettant des grognements exaspérés.

L'atmosphère a duré tout l'après-midi. On aurait dit qu'Amelia avait rendez-vous avec l'homme de sa vie.

Je ne suis pas un grand chef, mais je me défends aux fourneaux. Pourtant, Amelia n'a pas voulu que je fasse quoi que ce soit pour le dîner, en dehors des tâches les plus basiques. J'ai été chargée d'émincer les oignons et les tomates. Ah, si ! Elle m'a laissée laver les ustensiles de cuisine. Je m'étais toujours demandé si elle pouvait faire la vaisselle en claquant des doigts, comme les faé dans *La Belle au bois dormant*. Mais quand je lui ai posé la question, elle a juste émis un reniflement dédaigneux.

La maison était d'une propreté immaculée. J'ai même remarqué – et pris sur moi pour ne pas lui en faire la réflexion – qu'Amelia avait passé un petit coup d'aspirateur dans ma chambre. En général, nous n'empiétions pas sur nos territoires respectifs.

— Désolée d'être allée dans ta chambre…

J'ai sursauté : je ne l'avais pas entendue arriver. Bravo, la télépathe. Amelia m'avait battue à mon propre jeu.

— Tu sais comme je suis impulsive. Je passais l'aspirateur, et je me suis dit que je ferais bien ta moquette. Et hop ! sitôt dit, sitôt fait. Je n'ai pas réfléchi deux secondes. Ah ! J'ai mis tes mules sous le lit.

— OK.

— Hé, j'ai dit que j'étais désolée.

J'avais essayé de prendre un ton neutre, pourtant.

J'ai hoché la tête et continué à essuyer les ustensiles de cuisine pour les ranger dans le tiroir. Le menu concocté par Amelia comprenait une salade composée avec laitue, tomates et carottes en lanières, des lasagnes, du pain à l'ail croustillant et des légumes vapeur. Je n'y connais pas grand-chose en légumes vapeur, mais j'avais préparé les ingrédients de base : courgettes, poivrons, champignons, chou-fleur. L'après-midi avançant, j'ai été jugée apte à mélanger la salade et priée de mettre la nappe, de placer le petit bouquet de fleurs fraîches sur la table et de dresser le couvert. Pour quatre.

J'avais proposé à ma colocataire de convier M. Marley à prendre un plateau télé avec moi dans le salon, mais, à voir sa réaction horrifiée, on aurait pu penser que je lui avais offert de lui laver les pieds.

— Non, tu restes avec moi !

— Mais il va bien falloir que tu discutes avec ton père. À un moment ou à un autre, je vais être obligée de vous laisser.

Elle avait respiré un bon coup et lâché dans un souffle :

— D'accord, je suis une grande fille, maintenant.

— Poule mouillée !

— Attends un peu de l'avoir rencontré...

À 16 h 15, Amelia a filé se préparer. J'étais assise dans le salon, à lire un livre emprunté à la bibliothèque, quand j'ai entendu un crissement de pneus sur le gravier. J'ai jeté un coup d'œil à la pendule : 16 h 48. J'ai appelé Amelia du bas de l'escalier et je suis allée à la fenêtre. L'après-midi s'achevait, mais, comme on n'était pas encore passé à l'heure d'hiver, on distinguait parfaitement les lignes élégantes de la Town Car garée devant la maison. Un homme brun aux cheveux très courts et en costume trois pièces est sorti de la Lincoln côté conducteur : Marley, selon toute vraisemblance. Il ne portait pas de casquette, comme dans les films. Quelle déception ! Il a ouvert la portière arrière, et Copley Carmichael a posé son auguste pied dans mon humble cour.

Le père d'Amelia n'était pas très grand et ses courts cheveux gris étaient si épais, si drus, si brillants et si bien coupés qu'ils faisaient penser à un très beau tapis de prix. Il était très bronzé aussi, et ses sourcils n'avaient pas encore grisonné. Pas de lunettes. Pas de lèvres. Enfin, évidemment, il avait une bouche, comme tout le monde, mais si mince qu'on aurait dit une crevasse.

M. Carmichael a regardé autour de lui, tel un huissier évaluant un bien avant liquidation. Pendant qu'il poursuivait son examen, j'ai entendu derrière moi les talons d'Amelia dans l'escalier. Marley avait, quant à lui, les yeux braqués sur la maison : il m'avait aperçue à la fenêtre.

— Marley est un petit nouveau, si l'on peut dire, m'a dit ma colocataire. Il n'est au service de mon père que depuis deux ans.

— Ton père a toujours eu un chauffeur ?

— Ben oui. Et Marley fait aussi office de garde du corps, a-t-elle ajouté, comme si tout le monde avait un père qui se promenait avec un gorille.

Ils empruntaient à présent ma belle allée gravillonnée, sans un regard pour la rangée de houx bien taillée qui la bordait.

Montée des marches. Traversée de la véranda…

Toc toc toc !

J'ai songé à toutes les créatures dangereuses qui avaient franchi le seuil de cette maison : des loups-garous, des métamorphes, des vampires et même un ou deux démons. Alors pourquoi m'inquiéter pour cet homme ? me suis-je raisonnée. Je me suis redressée et je suis allée ouvrir, doublant de justesse ma colocataire. J'étais tout de même chez moi, ici.

J'ai posé la main sur la poignée, affiché mon plus beau sourire et j'ai ouvert.

— Entrez, je vous en prie.

Marley a tenu la porte-moustiquaire à son patron, qui s'est avancé pour serrer sa fille dans ses bras. Mais pas avant d'avoir balayé le salon de son infaillible regard d'huissier.

Tout comme sa fille, il diffusait très clairement ses pensées. Il se disait que le décor était bien miteux pour une Carmichael… *Jolie fille, la colocataire… Je me demande quel genre de relation Amelia entretient exactement avec elle. Est-ce qu'elles couchent ensemble ? La demoiselle n'a pas l'air bien farouche mais vu son statut social, ce n'est pas étonnant. Certes, pas de casier judiciaire, mais elle a fréquenté un vampire et son frère est une tête brûlée…*

Je n'aurais pas dû m'étonner qu'un homme de pouvoir tel que Copley Carmichael ait commandité une enquête sur la nouvelle colocataire de sa fille. Ça ne m'avait tout simplement pas effleuré l'esprit. Je ne connais pas bien les us et coutumes des gens riches.

J'ai pris une profonde inspiration.

— Bonjour, je suis Sookie Stackhouse. Vous devez être monsieur Carmichael, ai-je ajouté en lui serrant la main. Et vous êtes monsieur...

Je tendais la main à Marley. Il y a eu comme un flottement. Pendant une seconde, j'ai même cru que j'étais parvenue à déstabiliser le grand Copley Carmichael. Mais, déjà, il s'était repris.

— Tyrese Marley, a-t-il répondu sans ciller.

L'intéressé m'a à peine touché la main. À croire qu'il avait peur de me la broyer. Puis il s'est incliné en direction de ma colocataire.

— Mademoiselle Amelia.

J'ai alors vu des étincelles dans les yeux d'Amelia, comme si elle était sur le point de lui dire de ne pas lui donner du « mademoiselle », merci. Mais elle s'est ravisée. Tous ces revirements dans son esprit, ces incessants va-et-vient... ça me donnait le tournis.

Tyrese Marley était un Afro-Américain à la peau particulièrement claire – la couleur d'un vieil ivoire patiné. Il avait les yeux noisette. S'il était bel et bien noir de cheveux, ces derniers ne frisaient pas. Ils avaient même un léger reflet acajou. Marley était le genre d'homme qu'on regarde à deux fois.

— Pendant que vous serez avec Mlle Amelia, je vais aller en ville chercher de l'essence, a-t-il annoncé à son patron. Quand voulez-vous que je revienne ?

M. Carmichael a consulté sa montre.

— Dans deux heures environ.

J'ai pris le ton le plus neutre possible, histoire de ménager les susceptibilités :

— Vous pouvez rester dîner.

— J'ai quelques courses à faire, a prétexté Tyrese d'une voix égale. Merci pour l'invitation. À tout à l'heure.

Et il est parti.

Bon. Autant pour ma tentative de démocratisation à échelle domestique !

Tyrese ne pouvait cependant pas savoir à quel point j'aurais préféré aller en ville avec lui. Faute de quoi, j'ai pris mon courage à deux mains et j'ai entamé les civilités d'usage.

— Est-ce que je peux vous servir un verre de vin, monsieur Carmichael ? Ou autre chose ? Et toi, Amelia ?

— Appelez-moi Cope, m'a-t-il répondu en m'adressant un sourire trop carnassier pour me réchauffer le cœur. Et oui, bien sûr, un verre de ce qu'il y a d'entamé, ce sera parfait. Et toi, ma chérie ?

— Du blanc, alors.

Je l'ai entendue inviter son père à s'asseoir, pendant que je regagnais la cuisine.

J'ai rempli les verres et je les ai posés sur un petit plateau avec des crackers, du fromage à tartiner (du brie chaud) et une sauce à base de confiture d'abricot pimentée. Nous avions d'adorables petits couteaux qui allaient très bien avec le plateau et Amelia avait trouvé des serviettes cocktail assorties.

Cope avait un bel appétit et il a fait honneur au brie. Il a goûté le vin – un cru de l'Arkansas – et a poliment hoché la tête. Point positif, il ne l'a pas recraché. Je bois rarement et je n'y connais rien en vin, mais j'ai pris un certain plaisir à siroter le contenu de mon verre, une gorgée par-ci, une gorgée par-là.

— Dis-moi donc ce que tu fais de ton temps en attendant la fin des travaux chez toi, Amelia, a alors demandé Cope, ce qui m'a semblé une honnête façon d'entamer la conversation.

J'ai failli lui déclarer que, pour commencer, sa fille chérie ne me sautait pas dans tous les coins, mais je me suis dit que c'était peut-être un peu trop direct. Je me donnais beaucoup de mal pour ne pas lire dans ses pensées, mais avec le père et la fille dans la même pièce, j'avais l'impression d'écouter deux émissions télévisées en même temps.

— J'ai fait un peu de classement pour l'un des agents d'assurance locaux et je travaille à temps partiel au *Merlotte*, a docilement répondu Amelia. Je sers les consommations et le traditionnel poulet-frites.

— Et le travail au bar est-il intéressant ?

Il aurait pu se montrer sarcastique, mais il s'est abstenu, il faut le lui accorder. À n'en pas douter, il avait aussi fait sa petite enquête sur Sam.

— Assez, lui a-t-elle répondu avec un petit sourire.

Bel effort pour Amelia. Autant de concision exigeait un petit tour dans ses pensées pour voir de quoi il retournait. Fermement décidée à respecter les conventions, ma colocataire s'enfermait dans un véritable carcan.

— Je me fais d'honnêtes pourboires.

Son père a hoché la tête.

— Et vous, mademoiselle Stackhouse ?

Il savait tout de moi, sauf peut-être la couleur du vernis que je me mettais sur les orteils. Et j'étais sûre qu'il l'aurait fait figurer dans mon dossier, s'il l'avait pu.

— Je suis au *Merlotte* à plein temps, lui ai-je gentiment répondu comme s'il ne le savait pas. Ça fait des années que j'y travaille.

— Votre famille est de la région ?

— Oh, oui ! On a toujours été là. Enfin, aussi longtemps qu'un Américain peut dire ça. Mais la famille s'est peu à peu ratatinée comme une peau de chagrin. Il ne reste plus que mon frère et moi, maintenant.

— Votre frère aîné ? Cadet ?

— Aîné. Et tout récemment marié.

— Alors, il y aura peut-être d'autres petits Stackhouse, a-t-il remarqué en essayant de montrer qu'il s'en réjouirait.

J'ai opiné, comme si cette éventualité me ravissait aussi. Je n'aimais pas beaucoup ma belle-sœur, et il y avait de grandes chances pour que tous les « petits Stackhouse » qu'elle et mon frère pourraient avoir tournent mal. En fait, le premier était déjà en route – si Crystal ne faisait pas encore une fausse couche. Mon frère était une panthère-garou (pas de souche :

il avait été mordu) et sa femme était une vraie panthère – une panthère-garou de naissance. Grandir dans la petite communauté de Hotshot n'était déjà pas une sinécure, alors pour des gamins qui seraient des « parvenus, pas des pur-sang », comme disaient les locaux, ce serait sans doute encore plus dur.

— Est-ce que je peux te servir encore un peu de vin, papa ?

Amelia a sauté de son fauteuil comme un ressort et a filé dans la cuisine avec le verre de son père à moitié plein. Oh, formidable. Un petit entretien en tête à tête avec Cope.

— C'est très aimable à vous d'héberger ma fille, Sookie, m'a remerciée Cope.

Je me suis empressée de mettre les choses au point.

— Amelia me verse un loyer et fait la moitié des courses : elle paie sa part.

— Quoi qu'il en soit, j'aimerais que vous me laissiez vous dédommager pour les désagréments occasionnés.

— Le loyer qu'Amelia me donne y suffit. Et puis, après tout, elle contribue à la modernisation de la maison, avec toutes les améliorations qu'elle a financées.

J'ai vu le visage de mon interlocuteur se durcir et son regard s'affûter comme celui d'un limier qui vient de lever un gros gibier. S'imaginait-il que j'avais embobiné sa fille pour me faire creuser une piscine dans l'arrière-cour ?

— Elle a fait installer l'air conditionné dans sa chambre, au premier, ai-je précisé. Et elle a fait poser une deuxième ligne téléphonique pour Internet. Et je crois qu'elle s'est acheté un tapis et des rideaux aussi.

— Elle vit à l'étage ?

— Eh bien... euh... oui.

J'étais surprise qu'il ne le sache pas déjà. Certaines choses auraient-elles échappé à ses services de renseignements ?

— Je vis ici, en bas, et elle là-haut. Et nous partageons la cuisine et le salon, bien qu'il me semble qu'elle ait une télé en haut aussi. Hein, Amelia ?

J'avais élevé la voix.

— Oui ?

Elle s'égosillait pour qu'on puisse l'entendre de la cuisine.

— Tu as toujours cette petite télé, là-haut ?

— Oui, je l'ai fait relier au câble.

— C'était juste pour savoir.

J'ai souri à Cope pour lui faire comprendre que la balle était dans son camp. Il a passé en revue plusieurs choses qu'il voulait me demander. Il s'interrogeait sur la meilleure façon de s'y prendre avec moi pour me soutirer un maximum d'informations. Un nom a soudain émergé à la surface de ses pensées, et j'ai dû me retenir pour garder mon sourire poli.

— La précédente locataire d'Amelia, dans la maison de Chloe Street, était bien votre cousine, n'est-ce pas ? a-t-il lâché d'un ton tout ce qu'il y avait de policé.

— Hadley ? Oui, ai-je acquiescé avec un calme olympien. Vous l'avez connue ?

— Je connais son mari, m'a-t-il répondu avec un sourire des plus affables.

CHAPITRE 3

Je savais qu'Amelia était revenue et se tenait à côté du fauteuil de son père, et je savais qu'elle s'était figée. Je savais aussi que, pendant une fraction de seconde, j'avais oublié de respirer.

— Je ne l'ai jamais rencontré, ai-je posément déclaré.

C'était comme si j'avais marché dans la jungle et qu'un piège habilement dissimulé venait de s'ouvrir sous mes pieds. Dieu que j'étais contente d'être la seule télépathe dans cette maison ! Je n'avais parlé à personne, absolument personne, de ce que j'avais trouvé dans le coffre de Hadley, lorsque je l'avais vidé, dans cette banque de La Nouvelle-Orléans.

— Ils étaient déjà divorcés depuis un moment, quand Hadley est décédée, ai-je cru bon d'ajouter.

— Vous devriez prendre le temps de lui rendre visite un jour. C'est un homme intéressant, a lancé Cope, l'air de ne pas y toucher, alors qu'il savait pertinemment qu'il me lâchait une bombe à la figure.

Bien sûr, il attendait de voir ma réaction. Il ignorait que j'étais au courant du mariage et croyait me prendre complètement au dépourvu.

— C'est un habile charpentier, a-t-il renchéri. Je me ferais un plaisir de le retrouver pour le réembaucher.

La bergère qu'il occupait était recouverte d'un tissu crème rebrodé d'une myriade de petites fleurs bleues dotées d'une longue tige verte élégamment recourbée. La tapisserie, quoiqu'un peu passée, était encore jolie. Je me suis concentrée sur les motifs du fauteuil pour ne rien laisser voir, à Copley Carmichael, de la colère qui me gagnait.

— Si intéressant qu'il soit, il ne m'est rien, lui ai-je rétorqué d'une voix parfaitement égale. Leur mariage appartenait au passé à l'époque du décès de ma cousine. Comme vous n'êtes pas sans le savoir, j'imagine, Hadley avait quelqu'un d'autre dans sa vie, lorsqu'elle est morte.

Lorsqu'elle avait été assassinée. Mais le gouvernement ne s'intéressait pas plus que ça aux décès des vampires, à moins qu'ils n'aient été provoqués par des humains. Les vampires réglaient généralement leurs affaires entre eux.

— Je pensais que vous auriez aimé voir le bébé.

Fort heureusement, l'esprit de Copley avait révélé ses pensées une ou deux secondes avant qu'il ne largue sa deuxième bombe de la soirée. Même en sachant ce qu'il allait dire, cette simple petite remarque, faite comme ça, juste en passant, m'a percutée tel un coup de poing à l'estomac. Mais il n'était pas question de le lui montrer : je ne voulais pas lui donner cette satisfaction.

— Ma cousine était une fêtarde. Elle abusait de la drogue et des gens. Elle n'était pas très stable, loin de là. Mais elle était très jolie et ne manquait pas de charme : elle a toujours eu beaucoup d'admirateurs…

Voilà, j'avais dit tout ce qu'il y avait à dire sur ma cousine Hadley. Et je n'avais pas prononcé le mot « bébé ». *Quel bébé ?*

— Quelle a été la réaction de votre famille, quand elle a été… vampirisée ?

La transformation de Hadley n'était un secret pour personne. Les nouveaux vampires devaient normalement se faire recenser, quand ils entraient dans leur état modifié. Ils étaient tenus d'indiquer le nom de leur créateur. C'était une sorte de contrôle des naissances exercé par le gouvernement. Si jamais un vampire se faisait prendre à semer des petits vampires à qui mieux mieux, le secrétariat d'État aux Vampires lui tombait dessus à bras raccourcis. Quant à Hadley, mademoiselle avait été changée en vampire par Sophie-Anne Leclerq en personne.

Amelia a posé le verre de son père devant lui, avant de revenir s'asseoir à côté de moi, sur le canapé.

— Pour l'amour du Ciel, papa ! Hadley a habité au-dessus de chez moi pendant deux ans, a-t-elle argué. Tout le monde savait qu'elle était une vampire ! Et moi qui croyais que tu allais me raconter tout ce qui s'est passé dans notre bonne vieille ville depuis que je l'ai quittée !

Bénie soit Amelia Broadway ! J'avais bien du mal à garder mon sang-froid, et seules des années de pratique de la dissimulation – rester stoïque alors que je surprenais des choses horribles dans la tête des gens – me permettaient d'encaisser sans broncher.

— Il faut que j'aille surveiller la cuisson. Excusez-moi, ai-je finalement murmuré, avant de me lever pour quitter la pièce.

J'espère que je n'ai pas eu trop l'air de détaler comme un lapin. J'ai essayé de marcher normalement, en tout cas. Mais, une fois parvenue dans la cuisine, je ne me suis pas arrêtée : j'ai franchi la porte de derrière, traversé la véranda, poussé la porte et descendu les marches jusque dans le jardin.

Si j'avais espéré entendre la voix éthérée de Hadley venir à la rescousse pour me guider, c'était raté. Les vampires ne laissent pas de fantômes derrière eux. Enfin, pas que je sache. Certains des intéressés eux-mêmes pensent qu'ils n'ont pas d'âme.

— Moi, je n'en sais rien. Il faut voir ça avec Dieu.

Voilà que je me mettais à parler toute seule comme une folle ! Parce que je ne voulais pas penser à ce bébé, à cet enfant que Hadley avait eu et dont j'ignorais l'existence jusqu'alors.

Peut-être que cela faisait partie de la méthode Carmichael. Peut-être qu'il aimait faire étalage de son savoir, en prouver l'étendue, pour impressionner ceux avec qui il traitait. Une démonstration de force, en quelque sorte.

Il fallait que je rentre, ne fût-ce que par égard pour Amelia. Je me suis armée de courage, j'ai raccroché mon sourire de façade à mes lèvres – malgré l'air étrange qu'il me donnait – et je suis retournée au salon. J'ai repris, du bout des fesses, ma place près de ma colocataire, et j'ai élargi mon sourire jusqu'aux oreilles. Je rayonnais. Le père et la fille m'ont regardée sans rien dire. Il y avait un blanc dans la conversation.

— Oh ! s'est écrié Cope tout à coup. J'ai oublié de te dire, Amelia : on a téléphoné pour toi à la maison, la semaine dernière. Quelqu'un que je ne connaissais pas.

— Et qui s'appelait ?

— Attends, laisse-moi réfléchir… Mme Beech l'a noté… Ophelia ? Octavia ? Oui, c'est ça. Octavia Fant. Un nom peu courant, d'ailleurs.

J'ai cru qu'Amelia allait s'évanouir. Son beau bronzage permanent a viré au vert-de-gris. Elle s'est cramponnée à l'accoudoir.

— Tu es sûr ? a-t-elle demandé d'une voix enrouée.

— Certain. Je lui ai donné ton numéro de portable, en lui expliquant que tu vivais à Bon Temps, à présent.

— Merci, papa, a croassé ma colocataire. Euh… je parie que c'est cuit. Je vais aller voir.

— Mais Sookie ne vient-elle pas justement de vérifier ? lui a-t-il fait remarquer, en arborant le sourire indulgent de tout homme en butte à la sottise féminine.

— Si, si, bien sûr, mais c'est la phase finale, me suis-je empressée de prétexter, tandis qu'Amelia se précipitait hors de la pièce avec à peu près autant de décontraction que moi. Ce serait une catastrophe si ça brûlait. Amelia s'est donné tant de mal !

— Vous connaissez cette Mme Fant ? s'est alors enquis Cope.

— Je crains que non.

— Amelia a eu l'air tellement... effrayée. Personne ne veut de mal à ma petite fille, n'est-ce pas ?

J'ai cru voir un autre homme, à ce moment-là, un homme que j'aurais presque pu trouver attachant. Si odieux que puisse être le personnage, Copley Carmichael ne tolérerait pas qu'on touche à un seul cheveu de sa fille. Sauf lui, évidemment.

— Je ne pense pas.

Je savais qui était Octavia Fant pour l'avoir immédiatement lu dans les pensées d'Amelia. Mais, comme elle ne l'avait pas dit à haute voix, je ne pouvais pas divulguer l'information – et puis, elle ne l'aurait sans doute pas voulu. Parfois, les choses que j'entends et celles que je capte dans la tête des gens se confondent, et je m'emmêle un peu les pinceaux – d'où la réputation de folle qui m'accompagne depuis des années.

— Alors, vous êtes entrepreneur, monsieur Carmichael ? Vous dirigez des chantiers de construction ?

— Cope, je vous prie. Oui, entre autres choses.

— Vos affaires doivent bien marcher, actuellement, j'imagine.

— Mon entreprise serait-elle deux fois plus importante que nous ne réussirions toujours pas à répondre à la demande. Mais ça a été un vrai crève-cœur, pour moi, de voir La Nouvelle-Orléans complètement dévastée.

Bizarrement, je l'ai cru.

Le repas s'est plutôt bien déroulé. Si le père d'Amelia a été choqué de manger dans la cuisine, il n'en a rien laissé paraître. Travaillant dans le bâtiment, il n'a pas manqué de remarquer que cette partie de la maison était très récente, et j'ai été obligée de lui parler de l'incendie. Mais cela aurait pu arriver à n'importe qui, non ? Je n'ai pas jugé nécessaire de mentionner le petit coup de pouce du pyromane.

Cope a semblé apprécier le dîner et a félicité sa fille, que ses compliments ont enchantée. Il a bu un autre verre de vin pendant le repas, mais pas plus, et il a mangé avec la même modération. Amelia et lui ont parlé de parents et d'amis de la famille, ce qui m'a permis de réfléchir tranquillement dans mon coin. Et j'avais de quoi.

J'avais trouvé le certificat de mariage et le jugement de divorce de ma cousine dans le coffre qu'elle avait à la banque et que j'avais été chargée d'ouvrir après son décès. Il contenait d'autres choses encore : des photos, une coupure de presse avec l'avis de décès de sa mère, quelques bijoux, ainsi qu'une mèche de cheveux glissée dans une petite enveloppe, de fins cheveux bruns attachés avec un bout de ruban adhésif. La finesse des cheveux m'avait bien un peu étonnée, sur le moment. Mais il n'y avait pas d'acte de naissance, ni le moindre indice qui aurait pu laisser imaginer que Hadley avait eu un enfant.

Jusqu'alors, je n'avais eu aucune raison de prendre contact avec l'ex-mari de Hadley : j'ignorais son existence avant d'ouvrir le coffre ; il n'était pas couché sur son testament ; je ne l'avais jamais rencontré et il ne s'était pas manifesté pendant que j'étais à La Nouvelle-Orléans.

Mais pourquoi diable Hadley n'avait-elle pas mentionné l'enfant dans son testament ? J'aurais pourtant cru que n'importe quel parent l'aurait fait. Et bien qu'elle nous ait nommés, maître Cataliades et moi, exécuteurs testamentaires, elle ne nous avait pas dit – en tout cas, pas à moi – qu'elle avait abandonné ses droits sur son enfant.

— Sookie, tu veux bien me passer le beurre ?

Il était clair, au ton d'Amelia, que ce n'était pas la première fois qu'elle me le demandait.

— Oui, bien sûr. Est-ce que je peux vous servir de l'eau ? Un autre verre de vin ?

Ils ont tous les deux refusé.

Le repas terminé, je me suis proposée pour faire la vaisselle. Après une brève hésitation, Amelia a accepté. Même si cette perspective ne l'enchantait guère, il allait bien falloir, tôt ou tard, qu'elle ait une conversation en privé avec son père.

Tandis que je lavais, essuyais et rangeais la vaisselle, j'ai peu à peu recouvré une relative sérénité. J'ai passé un coup d'éponge sur le plan de travail et enlevé la nappe, que j'ai mise directement dans la machine à laver. Je me suis ensuite enfermée dans ma chambre pour lire un moment. Mais je n'étais pas très concentrée et j'ai fini par laisser tomber. J'ai reposé mon roman pour aller chercher quelque chose dans mon tiroir de sous-vêtements : la boîte qui contenait tout ce que j'avais retiré du coffre de Hadley. J'ai vérifié le nom sur le certificat de mariage et, prise d'une subite inspiration, j'ai appelé les renseignements.

— Je voudrais le numéro de Remy Savoy, s'il vous plaît.

— Quelle ville ?

— La Nouvelle-Orléans.

— L'abonnement a été résilié.

— Essayez Metairie.

— Rien, madame.

— OK. Merci.

Forcément, beaucoup de gens avaient dû déménager, après Katrina, et ce, définitivement, pour nombre d'entre eux. Ceux qui avaient fui devant l'ouragan n'avaient aucune raison de revenir, la plupart du temps : plus de maison où dormir, plus d'entreprise où aller travailler.

Je me demandais comment retrouver le mari de Hadley.

Une solution m'est bien venue insidieusement à l'esprit. Bill Compton était un as en informatique. Peut-être qu'il pourrait pister ce Remy Savoy sur Internet, trouver où il résidait actuellement et savoir si l'enfant vivait avec lui.

J'ai tourné et retourné cette idée dans ma tête, tel un œnologue goûtant un vin d'origine douteuse. Étant donné le petit entretien que j'avais eu avec Bill la veille, au mariage, je me voyais mal lui demander un tel service. Ce qui était d'autant plus rageant qu'il aurait été exactement l'homme de la situation.

C'est alors que le visage de Quinn s'est imposé à mon esprit. J'en ai eu les jambes coupées, comme une droguée en proie à une soudaine crise de manque. Quinn était un type intelligent qui avait voyagé partout, et il aurait sûrement un bon conseil à me donner… à supposer que je le revoie un jour.

Je me suis secouée. Je venais d'entendre une voiture se garer sur l'allée gravillonnée devant la maison : Tyrese Marley revenait chercher son patron. Je me suis redressée et j'ai quitté ma chambre, mon sourire commercial rivé aux lèvres.

Déjà, Tyrese s'encadrait dans la porte – au sens propre comme au figuré : il ne restait pas beaucoup de place de chaque côté. C'était un homme imposant, pour dire le moins – et Cope se penchait pour déposer un baiser sur la joue de sa fille, ce qui n'a pas eu l'air de la réjouir outre mesure. C'est à ce moment-là que Bob s'est faufilé entre les jambes de Tyrese pour venir s'asseoir à ses pieds. Il a commencé à regarder le père d'Amelia avec ses grands yeux de chat.

— Tu as un chat, Amelia ? s'est étonné Cope. Je croyais que tu détestais les chats.

Le regard de Bob s'est reporté sur l'intéressée. Difficile de faire plus fixe qu'un regard de chat.

— Mais, papa, c'était il y a des années, voyons ! a protesté Amelia. Je te présente Bob. Il est génial.

Sur ces bonnes paroles, elle a soulevé ledit chat pour le serrer contre sa poitrine. Confortablement installé, Bob s'est mis à ronronner avec un petit air satisfait.

— Mmm… Bon, je t'appellerai. Et, je t'en prie, fais attention à toi. Je ne supporte pas de te savoir à l'autre bout du pays.

— Mais c'est juste à quelques heures en voiture ! a protesté Amelia comme une adolescente de dix-sept ans.

— Certes, a reconnu Cope, qui essayait de la jouer dépité mais bon prince (plutôt raté. De peu, mais raté). Merci pour cette charmante soirée, Sookie ! a-t-il lancé par-dessus l'épaule de sa fille.

Marley était allé au *Merlotte*, histoire de glaner quelques informations à mon sujet, comme j'ai pu le lire clairement dans ses pensées. Il avait récolté deux ou trois éléments. Il avait parlé à Arlene – dommage pour moi –, à notre cuisinier et à notre garçon de salle du moment – bonne pioche ! Sans compter l'assortiment de clients qu'il avait arrosés en passant. Il avait un rapport mitigé à remettre à son patron.

La limousine n'avait pas démarré qu'Amelia s'écroulait sur le canapé avec un profond soupir de soulagement.

— Dieu merci, il est parti ! Tu vois ce que je veux dire, maintenant ?

— Je vois.

Je me suis assise à côté d'elle.

— Dis donc, c'est un homme de pouvoir, ton père, ai-je résumé.

— Il l'a toujours été. Il essaie de garder une relation avec moi, mais on n'a pas les mêmes idées.

— Il t'aime, tu sais.

— Oui. Mais il aime aussi le pouvoir et il veut tout contrôler.

Doux euphémisme.

— Et il ne sait pas qu'à ta façon, tu détiens une forme de pouvoir, toi aussi ?

— Non, il n'y croit pas deux secondes. Il te dirait qu'il est un fervent catholique. Mais ce n'est pas vrai.

— Encore une chance, en un sens. S'il croyait en tes pouvoirs, il te pousserait sans doute à faire des tas de trucs pour lui. Dont pas mal que tu préférerais éviter, je parie.

Je me serais giflée. Mais, loin de prendre la mouche, Amelia a acquiescé.

— Tu as raison. Ça ne me plairait pas, de l'aider à avancer dans toutes ses manigances. De toute façon, il se débrouille parfaitement sans moi. Si seulement il pouvait me laisser tranquille ! Mais il faut toujours qu'il essaie de régler mes problèmes – de son point de vue, du moins, car je m'en tire très bien sans lui.

— C'était qui, au fait, cette personne qui t'a appelée chez lui ?

Quoique connaissant parfaitement la réponse, j'étais bien obligée de faire l'innocente.

Je l'ai aidée un peu :

— Octavia...

Amelia a tressailli.

— Octavia Fant. Mon mentor, m'a-t-elle annoncé d'un air sinistre. C'est à cause d'elle que j'ai quitté La Nouvelle-Orléans. J'ai pensé qu'elle allait m'en faire voir de toutes les couleurs, quand elle découvrirait, pour Bob. Et c'est elle qui est à la tête de notre *coven*. Enfin, de ce qu'il en reste, du moins – si tant est qu'il en reste quelque chose.

— Oh oh !

— Ouais. Il va falloir que je passe à la caisse, maintenant.

— Tu crois qu'elle va venir ici ?

— Je suis même étonnée qu'elle ne soit pas déjà là.

En dépit de ses craintes manifestes, Amelia s'était fait un sang d'encre pour Octavia, après Katrina. Elle avait remué ciel et terre pour la retrouver – tout en priant pour que son mentor ne la retrouve pas ! Amelia avait peur qu'on ne découvre l'ampleur des dégâts, d'autant que le pauvre Bob était toujours dans le même état. Elle m'avait dit qu'avoir tâté de la transmutation serait considéré comme d'autant plus répréhensible qu'elle n'était encore qu'une interne, ou quelque chose d'équivalent… Enfin, elle avait à peine dépassé le stade de novice, en tout cas – ma colocataire ne s'était pas étendue sur les rapports hiérarchiques chez les sorcières.

— Tu n'avais pas pensé à dire à ton père de ne pas communiquer ton adresse ?

— Lui demander une chose pareille aurait tellement attisé sa curiosité qu'il aurait épluché jusqu'au dernier de mes tickets de carte bancaire pour savoir pourquoi j'avais besoin de prendre de telles précautions. Je n'aurais jamais imaginé qu'Octavia l'appellerait : elle sait pertinemment le genre de relation que j'ai avec mon père.

Pour le moins conflictuelle, pour simplifier.

— Au fait, j'ai oublié de te dire, a soudain repris ma colocataire. En parlant de coup de fil, Eric a appelé.

— Quand ça ?

— Euh... hier soir. Avant que tu rentres. Tu avais tellement de trucs à me raconter, quand tu es arrivée, que j'ai oublié. Et puis, tu m'as dit que tu allais l'appeler, de toute façon... Sans compter que j'étais préoccupée par la visite de mon père. Je suis désolée, Sookie. Je te jure que je te laisserai un message, la prochaine fois.

Ce n'était pas la première fois qu'Amelia oubliait de m'informer d'un appel. Je n'étais pas ravie, mais ce qui était fait était fait, et notre journée avait déjà été assez stressante sans qu'il soit nécessaire d'en rajouter. J'espérais qu'Eric avait des nouvelles à me donner à propos de l'argent que la reine me devait pour mes services à Rhodes. Je n'avais pas encore reçu le chèque et je me voyais mal la harceler, après ce qu'elle avait enduré. Je suis allée téléphoner dans ma chambre. Le *Fangtasia* devait tourner à plein régime, à cette heure-ci – le club était ouvert toutes les nuits, sauf le lundi.

— « Le *Fangtasia*, le bar qui a du mordant », a récité Clancy, à l'autre bout du fil.

Super ! mon vampire (le moins) préféré ! J'ai pris le temps de choisir mes mots.

— Bonjour, Clancy. C'est Sookie. Eric m'a demandé de le rappeler.

Il a marqué une pause. J'aurais parié que Clancy cherchait un moyen de m'empêcher de parler à Eric. Il n'a pas dû trouver.

— Un instant.

J'ai eu droit à «Strangers in the Night » pendant une bonne minute, puis Eric a décroché.

— Allô ?

— Désolée de ne pas t'avoir rappelé plus tôt. Je viens juste d'avoir ton message. Tu appelais pour mon chèque ?

Silence.

— Non, pour tout autre chose. Voudrais-tu sortir avec moi demain soir ?

J'ai jeté un regard incrédule au téléphone. J'étais incapable d'aligner deux pensées cohérentes.

— Je sors avec Quinn, Eric, ai-je finalement murmuré.

— Et depuis combien de temps ne l'as-tu pas vu ?

— Depuis Rhodes.

— Depuis quand n'as-tu pas eu de nouvelles de lui ?

— Depuis Rhodes.

Et si mon ton était un rien mécanique, c'était que je n'avais aucune envie de parler de ça avec Eric. Mais nous avions échangé nos sangs, lui et moi. Et trop souvent pour qu'il n'existe pas, désormais, un lien entre nous. Un lien bien plus fort que je ne l'aurais voulu. Un lien qu'on nous avait obligés à forger, malgré nous. Ce lien me faisait horreur. Mais je ne pouvais rien y changer. Quand j'entendais sa voix, j'oubliais mes tracas. Il me suffisait d'être avec lui pour me sentir belle et épanouie.

— Tu peux bien m'accorder une soirée, je pense. Il ne semble pas que Quinn se soit réservé l'exclusivité.

— C'est ce qui s'appelle un coup bas.

— C'est Quinn qui est cruel. C'est lui qui t'a promis d'être à tes côtés et qui ne tient pas ses engagements.

Il y avait quelque chose de dur dans la voix d'Eric, comme une colère rentrée.

— Est-ce que tu sais ce qui lui est arrivé ? lui ai-je demandé, incapable de m'en empêcher. Sais-tu où il est ?

Nouveau silence. Encore plus éloquent, celui-là.

— Non. Je ne le sais pas, m'a-t-il répondu avec une surprenante douceur. Mais il y a ici quelqu'un qui veut te rencontrer. J'ai promis de m'en occuper personnellement. Je viendrai te chercher pour t'emmener à Shreveport moi-même.

Ah ! Ce n'était donc pas un rendez-vous galant.

— Tu veux parler de ce vampire, Jonathan ? Il est venu au mariage et il s'est présenté tout seul. Je dois t'avouer qu'il ne me plaît pas. Cela dit sans vouloir te vexer, si c'est un de tes amis.

— Jonathan ? Quel Jonathan ?

— Tu sais bien, l'Asiatique. Il est quoi ? Thaïlandais ? Il était au mariage des Bellefleur, hier soir. Il m'a dit qu'il voulait me voir parce qu'il séjournait dans la région et qu'il avait beaucoup entendu parler de moi au *Fangtasia*. Il a précisé qu'il avait obtenu son permis de séjour auprès du shérif de la Cinquième Zone, comme tout bon petit vampire bien discipliné.

— Je ne le connais pas.

Le ton du shérif en question s'était fait plus vif.

— Je vais me renseigner, pour savoir si quelqu'un l'a vu ici. Et je vais insister auprès de la reine pour que tu sois payée, bien qu'elle ne soit pas… au mieux de sa forme. Et maintenant, accepteras-tu de faire ce que je te demande ?

J'ai fait la grimace.

— Il faut croire. Et je suis censée rencontrer qui, au juste ? Et où ?

— Je vais devoir laisser planer le doute sur le « qui ». Quant au « où », nous irons dîner dans un bon restaurant. Le genre d'endroit qu'on qualifie de simple mais chic.

— Tu ne manges pas. Qu'est-ce que tu vas bien pouvoir faire dans un restaurant ?

— Je me chargerai des présentations et je resterai aussi longtemps que tu auras besoin de moi.

— Bon, d'accord, ai-je concédé de mauvaise grâce. Je sors du boulot vers 18 heures, 18 h 30.

— Je serai chez toi à 19 heures.

— Laisse-moi jusqu'à 19 h 30. Il faut quand même que je me change.

Je savais que je devais avoir l'air de bougonner. Et pour cause, c'était exactement ce que je faisais. Je détestais le mystère dont Eric entourait ce rendez-vous.

— Tu te sentiras mieux quand tu me verras, m'a-t-il assuré.

Et le pire, c'est qu'il avait raison.

Chapitre 4

En attendant que mon fer à lisser veuille bien chauffer, j'ai jeté un coup d'œil au « mot du jour » sur mon calendrier : « Équivoque ». Mouais.

Puisque je ne savais ni dans quel restaurant ni avec qui j'allais dîner, j'ai préféré jouer la carte de la décontraction : un tee-shirt de soie bleue qu'Amelia trouvait trop grand pour elle et un pantalon noir habillé avec des escarpins assortis. Je ne porte jamais beaucoup de bijoux, alors une simple chaîne et de petits clips en or ont suffi à la décoration. J'avais eu une rude journée au bar, mais j'étais trop curieuse de savoir ce qui m'attendait pour laisser la fatigue me gâcher la soirée.

Eric est arrivé pile à l'heure et (ô surprise !) j'ai ressenti une soudaine bouffée de plaisir en le voyant s'encadrer dans la porte. Et je ne crois pas que ce soit uniquement dû à notre lien de sang. N'importe quelle femme hétérosexuelle serait prise de palpitations en voyant Eric. Grand – un véritable géant, pour son époque –, bâti pour manier une lourde épée à deux mains et tailler ses ennemis en pièces, avec un front haut et une épaisse crinière blonde,

Eric était indéniablement un bel homme. Il n'y avait absolument rien d'« équivoque » ni d'éthéré chez lui : c'était un mâle, un vrai.

Il a suffi d'un simple baiser sur la joue pour que je me sente aussitôt au chaud et en sécurité. C'était l'effet qu'Eric avait sur moi depuis que nous avions échangé nos sangs pour la troisième fois. La procédure n'avait rien eu d'une partie de plaisir. Il s'agissait chaque fois d'une nécessité absolue – c'était du moins ce que j'avais cru. Je le payais cher, pourtant. Nous étions si intimement liés, désormais, que sa seule présence à mes côtés suffisait à me plonger dans un état proche de la béatitude. J'essayais d'apprécier la sensation, mais le fait de savoir qu'elle était artificielle gâchait mon plaisir.

Eric était venu en Corvette et je me suis félicitée d'avoir mis un pantalon : il est difficile de monter et de descendre décemment d'une Corvette quand on porte une robe. Durant le trajet, c'est moi qui ai fait tous les frais de la conversation. Eric se montrait singulièrement silencieux. J'ai bien essayé de l'interroger sur Jonathan, le mystérieux vampire du mariage, mais il a vite réglé la question :

— Nous en reparlerons plus tard. Tu ne l'as pas revu, n'est-ce pas ?

— Non. Pourquoi, j'aurais dû ?

Il a secoué la tête, et il y a eu un moment de silence pesant. À la crispation de ses doigts sur le volant, je sentais qu'Eric s'apprêtait à parler d'un sujet qu'il aurait préféré éviter.

— Je suis content pour toi qu'André n'ait pas survécu à l'explosion. Le hasard fait bien les choses.

Le compagnon bien-aimé de la reine, André, avait trouvé la mort dans l'attentat de Rhodes. Ce n'était pourtant pas la bombe qui l'avait tué, non, mais un bout de bois déchiqueté tombé près de lui, dans les décombres. Quinn et moi étions bien placés pour le savoir : c'était Quinn lui-même qui l'avait planté dans le cœur du vampire impuissant. Or, Quinn avait assassiné André pour moi. Il savait qu'André voulait m'utiliser, qu'il avait des projets pour moi qui me rendaient malade de peur.

J'ai opté pour la prudence :

— La reine doit le regretter...

Eric m'a jeté un regard en coin.

— La reine est désespérée, ce qui ne va pas faciliter sa guérison. Cela va prendre encore des mois avant qu'elle ne se rétablisse. Mais ce que je voulais te dire...

Il a laissé sa phrase en suspens. Décidément, il n'était pas lui-même, ce soir.

— Oui ?

— Tu m'as sauvé la vie.

Je me suis tournée vers lui, incrédule. Mais il avait les yeux braqués sur la route.

— Tu nous as sauvé la vie, à Pam et à moi, a-t-il répété.

Je me suis trémoussée sur mon siège, mal à l'aise.

— Eh bien... euh...

Bravo, Sookie ! Premier prix d'éloquence. Le silence se prolongeait. Il fallait que je dise quelque chose.

— À croire que les liens de sang, ça marche.

Eric a mis un bon moment avant de répondre :

— Ce n'est pas la raison qui t'a poussée à venir me réveiller, en priorité, le jour où l'hôtel a explosé. Mais laissons cela pour l'instant. Tu as une soirée chargée qui t'attend.

À vos ordres, mon capitaine !

Mais j'ai gardé ma repartie cinglante pour moi.

Nous étions dans une partie de Shreveport que je ne connaissais pas vraiment, bien à l'écart du centre – qui m'est en revanche plutôt familier. C'était un quartier résidentiel avec de grandes propriétés aux pelouses parfaitement entretenues. Les commerces du coin étaient surtout de petites enseignes de prestige. Nous nous sommes arrêtés dans une rue où plusieurs de ces boutiques de luxe étaient regroupées. La barre horizontale du L que leur alignement formait était occupée par un restaurant baptisé d'un nom français : *Les Deux Poissons*. Des sept ou huit véhicules garés devant, pas un qui ne représentât, à lui seul, un an de mon salaire. J'ai jeté un coup d'œil à ma tenue. Je ne me sentais pas très à l'aise, tout à coup.

— Ne t'inquiète pas : tu es magnifique, m'a dit Eric à voix basse, en se penchant vers moi pour détacher ma ceinture de sécurité (je n'en suis toujours pas revenue).

En se redressant, il m'a de nouveau embrassée, et sur la bouche, cette fois. Ses grands yeux bleus brûlaient d'un éclat étincelant dans son beau visage de marbre blanc. Il semblait résister à l'impulsion de me faire une révélation fracassante. Mais il a ravalé son grand secret et il est sorti de la voiture pour venir m'ouvrir la portière. Peut-être ce lien de sang l'affectait-il également...

Il était si tendu que j'ai tout de suite compris qu'il allait m'arriver quelque chose d'important. J'ai senti la peur me gagner. Eric m'a pris la main pour m'entraîner vers le restaurant. Tout en marchant, il me caressait machinalement la paume avec son pouce. C'est ainsi que j'ai découvert, à ma grande surprise, qu'il existait une ligne directe entre le creux de ma main et ma... mon... euh... centre névralgique.

Dans le hall de réception, il y avait une petite fontaine et un paravent qui protégeait les dîneurs des regards indiscrets. L'hôtesse d'accueil était une Afro-Américaine superbe aux cheveux pratiquement rasés. Elle portait une robe drapée orange et marron et était juchée sur les plus hauts talons que j'aie jamais vus. Je l'ai examinée de plus près et j'ai essayé de détecter sa signature mentale. Humaine. Elle a adressé à Eric un sourire éclatant et, fine mouche, a eu l'intelligence de m'en faire profiter.

— Une table pour deux ? nous a-t-elle demandé.

— Nous sommes attendus, lui a répondu Eric.

— Ah ! Le gentleman...

— Oui.

— Par ici, s'il vous plaît.

Son sourire soudain évanoui et remplacé par une expression qui ressemblait presque à de la jalousie, elle s'est alors retournée pour nous entraîner, de sa démarche élégante, dans les profondeurs de la salle. D'un signe, Eric m'a invitée à la suivre. Il faisait plutôt sombre, à l'intérieur, et des bougies éclairaient toutes les tables recouvertes de nappes d'une blancheur immaculée avec serviettes assorties pliées façon origami.

J'avais les yeux rivés sur le dos de notre hôtesse, aussi n'ai-je pas immédiatement compris, quand elle s'est arrêtée, que nous étions arrivés à destination. Elle s'est prestement effacée, et là, j'ai découvert, assis en face de moi, l'homme à la beauté spectaculaire qui avait assisté au mariage, deux jours auparavant.

La jeune femme a pivoté sur ses échasses, frôlé le dossier de la chaise à la droite de l'homme pour m'indiquer ma place, puis nous a annoncé que notre serveur serait à nous dans un instant. Le bel inconnu s'est levé pour tirer mon siège. J'ai jeté un coup d'œil à Eric, qui m'a encouragée d'un hochement de tête. Je me suis alors glissée devant la chaise que l'homme a repoussée avec un timing parfait.

Eric est resté debout. J'attendais qu'il m'explique ce qui se passait, mais il gardait obstinément le silence. Il semblait presque triste.

Le bel inconnu me regardait avec insistance.

— Mon enfant.

Lorsque j'ai tourné la tête vers lui, il a rejeté en arrière ses longs cheveux fins, qui ruisselaient comme de l'or à la lumière des bougies. Tel qu'il était placé, personne ne pouvait voir ce qu'il me montrait.

Il avait les oreilles pointues, signe distinctif du peuple des faé.

Je connaissais déjà deux autres faé. Mais elles évitaient les vampires comme la peste – leur odeur est aux vampires ce que le miel est aux ours : une tentation irrésistible. Au dire d'un vampire à l'odorat particulièrement développé, j'aurais du sang de faé dans les veines.

— OK, ai-je soufflé pour lui faire comprendre que j'avais enregistré.

Eric s'est alors chargé des civilités.

— Sookie, je te présente Niall Brigant (il a prononcé ça « Nayeul ») qui va avoir un petit entretien avec toi pendant le dîner. Tu me trouveras à l'extérieur, si tu as besoin de moi.

Il a salué mon voisin de table avec raideur et il est parti.

J'ai regardé Eric s'en aller et j'ai soudain éprouvé une brusque bouffée d'anxiété. Puis j'ai senti une main se poser sur la mienne. Je me suis tournée vers le faé. Il m'observait.

— Comme on vient de te le dire, je m'appelle Niall.

Il avait une voix douce et pourtant puissante, avec quelque chose d'aérien, et des yeux d'un vert incroyable, couleur forêt – mais, dans la vacillante clarté des flammes, ce n'était pas tant leur teinte que leur profondeur qui m'impressionnait. Sa main était aussi légère qu'une plume sur la mienne et, en même temps, étrangement chaude.

— Qui êtes-vous ?

Et je ne lui demandais pas de répéter son nom.

— Je suis ton arrière-grand-père.

— Ah ben merde alors !

J'ai plaqué ma main sur ma bouche, mais le mal était fait.

— Oh ! Pardon, mais je...

Je ne pouvais pas m'empêcher de secouer la tête bêtement.

— Arrière-grand-papa ? ai-je murmuré pour voir ce que ça faisait.

Niall Brigant a alors eu une petite grimace qui, sur un autre homme, aurait pu passer pour efféminée. Pas sur lui.

Dans notre région, la plupart des enfants appellent leur aïeul « Papy ». J'aurais absolument adoré voir sa réaction à ce nom. Le concept m'a aidée à reprendre mes esprits.

— Pourriez-vous vous expliquer, s'il vous plaît ? lui ai-je demandé d'un ton ferme mais parfaitement poli.

Au même moment, le serveur est arrivé pour nous réciter la liste des plats du jour et prendre notre commande. Niall a demandé une bouteille de vin et lui a dit, sans me consulter, que nous prendrions le saumon – plutôt despotique.

— Excellent choix, a commenté le jeune homme, en hochant la tête avec conviction.

C'était un loup-garou. Mais, contrairement à ce que j'aurais pu penser, je semblais l'intéresser nettement plus que mon voisin (qui était tout de même une créature surnaturelle plutôt rare sur le marché). J'ai mis ça sur le compte de sa jeunesse et de la générosité de mon décolleté.

Le plus incroyable, dans toute cette histoire, c'est que je n'ai jamais douté une seule seconde de ce que cet homme tombé du ciel me disait. Niall était bel et bien mon arrière-grand-père. Cette information s'est simplement insérée dans ma généalogie, comme une pièce manquante s'imbrique dans un puzzle.

— Je vais tout te raconter, m'a-t-il promis, avant de se pencher très lentement vers moi, me laissant amplement le temps de deviner son intention.

Ses yeux et le contour de ses lèvres se sont plissés, tandis que sa bouche s'avançait pour déposer sur ma joue un baiser éthéré. Ses rides, d'une finesse arachnéenne, loin de le déparer, rehaussaient sa beauté, comme les craquelures d'un tableau de maître en garantissent l'authenticité.

Décidément, que de baisers inattendus, ce soir !

— Quand j'étais jeune encore, il y a cinq ou six siècles peut-être, j'avais pour habitude de me promener parmi les humains, a commencé Niall. Et, de temps à autre, comme c'est le cas pour tout représentant de la gent masculine, il m'arrivait d'être attiré par une femme que je trouvais à mon goût.

Pour ne pas avoir trop l'air d'une gourde transie d'admiration, je jetais de petits coups d'œil dégagés alentour. Je me suis soudain aperçue d'un phénomène bizarre : notre serveur excepté, personne ne nous regardait. Pas même en passant. Et, après une petite incursion dans les cerveaux des autres clients, j'ai pu constater que, de tous les humains attablés, aucun n'avait ne serait-ce qu'enregistré notre présence. Mon arrière-grand-père avait marqué une pause – pour me laisser le temps de mesurer l'ampleur du phénomène ?

Il a bientôt repris son récit.

— Un jour, j'ai rencontré une délicieuse créature dans la forêt. Elle s'appelait Einin. Elle a cru que j'étais un ange.

Nouveau silence.

— Une femme délicieuse, toute simple, débordante d'énergie : la joie de vivre incarnée, a-t-il ajouté en me dévisageant avec insistance.

Je me suis demandé s'il trouvait que j'étais comme Einin : simple…

— J'avais encore l'âge de tomber amoureux, l'âge de narguer le destin et l'inévitable fin qui nous attendait, elle qui était condamnée à vieillir, et moi que le temps épargnait. Puis Einin s'est trouvée enceinte. Ce fut un choc. L'union d'un faé et d'un être humain ne produit que très rarement des fruits. Einin a pourtant donné naissance à des jumeaux – une chose fréquente chez les faé. Et tous trois ont survécu, ce qui n'avait rien d'une évidence, à cette époque. Elle a appelé notre premier fils Fintan et le second Dermot.

Le serveur nous a apporté le vin, et le charme que l'ensorcelante voix de Niall exerçait sur moi a brusquement été rompu. C'était comme si j'avais été assise près d'un feu de camp, dans les bois, en train d'écouter l'étrange récit d'une ancienne légende oubliée. Et tout à coup, crac ! je me retrouvais dans ce restaurant moderne de Shreveport, en Louisiane. Les gens autour de nous ne se doutaient pas une seconde de ce qui était en train de se passer. J'ai machinalement porté mon verre à mes lèvres et j'ai bu une gorgée. J'estimais que je ne l'avais pas volé.

— Fintan, à moitié humain par sa mère et à moitié faérique par son père, était ton grand-père paternel, Sookie, m'a alors annoncé Niall.

— Non non. Je sais parfaitement qui était mon grand-père.

Je me suis bien rendu compte que ma voix tremblait un peu, mais j'avais réussi à conserver mon calme et je n'avais pas haussé le ton.

— Mon grand-père s'appelait Mitchell Stackhouse et il a épousé Adele Hale. Mon père s'appelait Corbett Hale Stackhouse. Ma mère et lui sont morts, emportés par une brusque montée des eaux, quand j'étais petite. C'est ma grand-mère Adele qui m'a élevée.

J'avais beau me souvenir qu'André avait décelé une trace d'ascendance faérique dans mes veines et ne pas mettre en doute la parole de mon arrière-grand-père, je ne parvenais pas à faire coïncider l'idée que j'avais de ma famille avec l'image qu'il m'en présentait.

— Parle-moi de ta grand-mère, m'a-t-il demandé.

— Elle m'a prise sous son aile, alors que rien ne l'y obligeait. Elle nous a recueillis, mon frère et moi, et elle s'est donné beaucoup de mal pour qu'on ait une bonne éducation. Elle nous a tout appris. Elle nous a choyés. Elle avait enterré ses deux enfants et ça avait dû la tuer ; pourtant, elle a encore trouvé la force de se battre pour nous élever.

— Elle était très belle lorsqu'elle était jeune, a murmuré Niall.

Le regard de ses insondables yeux verts s'attardait sur mon visage, comme s'il essayait de retrouver la beauté de la grand-mère dans les traits de la petite-fille.

— Sans doute...

On n'imagine pas vraiment sa grand-mère en reine de beauté. Enfin, en temps normal, du moins.

— Je l'ai vue quand elle était enceinte, a poursuivi Niall. Elle était ravissante. Son mari lui avait dit qu'il ne pourrait pas lui donner d'enfants. Il avait eu une maladie au mauvais moment. Les oreillons, c'est cela ?

J'ai hoché la tête.

— Elle a rencontré Fintan un jour où elle étendait le linge, derrière la maison où tu vis aujourd'hui. Il lui a demandé un verre d'eau et il a instantanément été conquis. Elle qui désirait tellement avoir des enfants, il lui a promis qu'il pourrait lui en donner.

— Vous avez pourtant dit qu'habituellement, les humains et les faé ne pouvaient pas se reproduire.

— Oui, mais Fintan était à moitié humain. Et il savait déjà qu'il était fertile.

Il a eu une petite moue.

— La première femme qu'il avait aimée était morte en couches. Cependant, ta grand-mère et mon fils ont eu plus de chance. Et, deux ans plus tard, elle a même pu mener à terme une seconde grossesse et a donné une fille à Fintan.

— Il l'a violée, ai-je soufflé.

J'espérais presque que ce soit vrai. Comment aurait-il pu en être autrement ? Ma grand-mère était l'honnêteté personnifiée. Je ne connaissais pas plus loyal qu'elle. Je ne pouvais absolument pas l'imaginer tromper qui que ce soit, à plus forte raison un mari auquel elle avait juré fidélité devant Dieu et les hommes.

— Non. Elle répugnait à être infidèle, mais elle voulait désespérément des enfants. De son côté, Fintan la désirait éperdument et n'avait que faire des sentiments des autres. Mais il n'aurait jamais été violent avec elle. En outre, il n'en aurait pas eu besoin : mon fils pouvait convaincre une femme de faire n'importe quoi, même quelque chose qu'elle réprouvait. Sans oublier que, si ta grand-mère était très belle, il n'était pas moins beau...

J'essayais de voir, dans la grand-mère que j'avais connue, la femme qu'elle avait dû être. Mais c'était tout bonnement impossible.

— Et ton père, mon petit-fils, comment était-il ? s'est alors enquis Niall.

— C'était un bel homme, dur à la tâche, comme on dit par ici, et il a aussi été un bon père.

J'ai cru surprendre l'esquisse d'un sourire sur les lèvres de mon bisaïeul.

— Quels étaient les sentiments de ta mère pour lui ?

À elle seule, cette question a suffi à balayer tous les chaleureux souvenirs que je gardais de mon père.

— Elle... euh... elle lui était... entièrement dévouée.

Peut-être même au détriment de ses enfants.

— Jusqu'à l'obsession ?

Il n'y avait aucun jugement dans le ton de Niall, juste une certitude : il connaissait déjà la réponse.

— Elle était très possessive, en tout cas, ai-je concédé. Je n'avais que sept ans quand ils sont morts, mais même pour moi, c'était évident. Je trouvais ça normal, j'imagine. Elle voulait vraiment se consacrer entièrement à lui. Évidemment, quelquefois, on était un peu dans ses jambes, Jason et moi. Et puis, elle était terriblement jalouse, je me rappelle.

Je me suis efforcée de prendre un air mi-amusé, mi-attendri, comme si cette jalousie maladive n'avait été qu'une charmante petite manie.

— C'était sa part faérique qui l'attachait si fortement à lui, m'a expliqué Niall. Cela fait parfois cet effet aux humains. La créature surnaturelle qu'elle voyait en lui l'envoûtait. Mais, dis-moi, a-t-elle été une bonne mère ?

— Elle a fait de son mieux, ai-je soufflé.

Oui, elle avait vraiment essayé. Ma mère savait tout ce qu'il fallait faire pour être une bonne mère, en théorie. Elle savait comment une bonne mère était censée se comporter avec ses enfants. Elle s'était pliée à toutes les règles, avait suivi pas à pas la méthode. Mais c'était vers mon père qu'allait tout son amour – mon père qui était un peu dépassé par la violence de la passion qu'il inspirait, d'ailleurs. Je m'en rendais compte, rétrospectivement, avec mon regard d'adulte. Mais, à l'époque, je n'étais qu'une enfant, je ne pouvais pas le comprendre et j'en avais souffert.

Le loup-garou de service nous a apporté notre salade. Il nous aurait bien demandé si on avait besoin d'autre chose, mais il était trop effrayé pour s'y risquer. Il avait perçu l'atmosphère intense à notre table.

Cependant, une question me travaillait.

— Mais pourquoi avoir décidé de venir me voir seulement maintenant ? Depuis combien de temps êtes-vous au courant de mon existence, au juste ?

J'ai sagement posé ma serviette sur mes genoux et, le dos bien droit sur ma chaise, la fourchette en l'air, j'ai attendu que mon voisin commence à manger pour l'imiter. J'avais été bien élevée, moi. Par ma grand-mère. Qui avait couché avec un être mi-homme, mi-faé, arrivé par hasard dans la cour, comme un chien errant. Et ce, suffisamment longtemps pour lui donner deux enfants…

— Je connais l'existence de ta famille depuis une soixantaine d'années. Mais mon fils Fintan m'avait interdit d'entrer en contact avec vous.

Il a délicatement glissé un morceau de tomate entre ses lèvres, l'a gardé dans la bouche, a semblé réfléchir un instant, puis l'a mâché. Mon arrière-grand-père mangeait comme je l'aurais fait dans un pays exotique, en Inde ou au Nicaragua.

— Et qu'est-ce qui a changé, alors ?

Mais j'avais déjà trouvé la réponse.

— Votre fils est mort, maintenant ?

— Oui, a acquiescé Niall en reposant sa fourchette. Fintan est mort. Après tout, il était à moitié humain. Et il avait déjà vécu sept cents ans.

Est-ce que j'étais censée avoir une opinion là-dessus ? Je me sentais groggy, comme si Niall m'avait injecté de la Novocaïne : je ne ressentais plus rien. J'aurais probablement dû chercher à me renseigner sur la façon dont mon… mon grand-père était passé de vie à trépas. Mais j'étais incapable de réagir.

— Alors, vous avez décidé de venir me trouver pour me raconter tout ça. Pourquoi ?

J'étais fière de mon calme olympien.

— Je suis vieux, même pour un faé. J'aimerais te connaître. Je ne peux rien changer au cours que ton existence a pris à cause de l'héritage que Fintan t'a légué. Mais je vais essayer de te rendre la vie plus facile, si tu le veux bien.

J'ai soudain été prise d'un fol espoir – non dénué d'appréhension, il est vrai – qui s'est mis à briller en moi comme un soleil.

— Pouvez-vous me guérir de ma télépathie ?

— Tu me demandes si je peux enlever quelque chose qui fait intrinsèquement partie de toi ? Non. Non, je ne le peux pas.

Je me suis effondrée sur ma chaise.

— Ça ne coûtait rien de poser la question, n'est-ce pas ? ai-je soupiré en refoulant mes larmes. Alors, c'est quoi, l'histoire ? J'ai droit à trois vœux, ou est-ce que ça marche seulement avec les génies ?

Il n'y avait aucun humour dans l'expression de Niall quand il m'a répondu :

— Je ne te souhaite pas de rencontrer un génie. Et je ne suis pas un objet de risée. Je suis un prince.

— Pardon. J'ai un peu de mal à me faire à l'idée… arrière-grand-père.

Je n'avais aucun souvenir de mes arrière-grands-parents. Mes grands-pères (OK, l'un d'eux n'était pas vraiment mon grand-père, j'imagine), que ce soit dans leur apparence ou dans leur comportement, ne ressemblaient en rien à cet être de beauté qui se tenait à mes côtés. Mon grand-père Stackhouse était mort depuis seize ans, et je n'étais pas encore une adolescente quand les parents de ma mère étaient décédés. C'était donc ma grand-mère Adèle que j'avais le mieux connue, mieux même que mes propres parents, en fait.

— Hé ! me suis-je subitement étonnée. Comment se fait-il que vous ayez envoyé Eric me chercher ? Vous êtes un faé, après tout, et l'odeur des faé rend les vampires complètement fous.

En fait, en présence d'un faé, la plupart des vampires perdaient carrément leur sang-froid. Seul un vampire doté d'une volonté de fer parvenait à se tenir tranquille quand un faé entrait dans son rayon d'action. Ma faé marraine, Claudine, était terrifiée à la simple idée de se trouver à proximité d'un déterré.

— Je suis capable de réprimer ma senteur, m'a révélé Niall. On me voit, mais on ne me sent pas. C'est un don très pratique. Les humains ne me remarquent même pas, comme tu as pu le constater.

À sa façon de s'exprimer, j'ai compris que mon arrière-grand-père n'était pas seulement très vieux et très puissant : son accent trahissait une immense fierté.

Un soupçon m'a soudain effleurée.

— C'est vous qui m'avez envoyé Claudine ?

— Naturellement. J'espère qu'elle s'est montrée utile. Je savais que tu aurais besoin d'elle.

— Et comment ! Elle m'a sauvé la vie. Elle a été fantastique. (Elle m'avait même emmenée faire les magasins !) Est-ce que tous les faé sont aussi adorables que Claudine et aussi magnifiques que son frère ?

Claude, strip-teaseur et, désormais, propriétaire de la boîte où il se produisait, était la beauté faite homme. Et il avait la personnalité d'une mule rustre et égocentrique.

— Mais, ma chère enfant, nous sommes tous d'une surnaturelle beauté, aux yeux des humains. Cependant, tous les faé ne sont pas bienveillants. Certains peuvent même se montrer extrêmement malveillants.

D'accord. On en arrivait au revers de la médaille. J'avais la très nette impression que, du point de vue de Niall, avoir pour arrière-grand-père une créature cent pour cent faérique était censé être une véritable bénédiction, mais qu'en réalité tout n'était pas forcément si rose. Après les avantages, j'allais donc, maintenant, avoir droit aux inconvénients.

— Tu es restée longtemps ignorée du monde des faé, a poursuivi Niall. En partie parce que telle était la volonté de Fintan.

— Il veillait sur moi ?

Ça m'a presque fait chaud au cœur.

— Mon fils se sentait coupable d'avoir condamné deux enfants innocents à cette existence d'exclu qu'il avait lui-même connue, en tant que faé qui n'était pas entièrement faé. Je crains fort que mes pairs n'aient pas été très tendres avec lui, a-t-il ajouté sans ciller. J'ai fait de mon mieux pour le protéger, mais sans y parvenir complètement. En outre, force lui a été de constater qu'il n'était pas suffisamment humain pour passer pour un homme – pas longtemps à la fois, tout au moins.

— Pourquoi ? Vous ne ressemblez pas à ça, normalement ?

— Non.

Et, pendant une fraction de seconde, j'ai eu la vision de Niall, la beauté et la perfection incarnées, au centre d'une lueur aveuglante. Je n'étais pas surprise qu'Einin ait cru voir un ange.

— Claudine m'a expliqué qu'elle essayait de gravir les échelons. Qu'est-ce que ça voulait dire ?

Je nageais un peu, mais toutes ces révélations m'étaient tombées dessus sans prévenir : j'avais la sensation de m'être pris une tonne de briques sur la tête et j'essayais tant bien que mal de me relever. Sans grand succès.

— Elle n'aurait pas dû te parler de cela, a répondu Niall, désapprobateur.

Il a semblé peser le pour et le contre avant de poursuivre :

— Les métamorphes sont des humains dotés d'une petite particularité génétique, les vampires sont des humains revenus de la mort sous la forme de créatures intrinsèquement différentes, mais les êtres d'essence faérique n'ont de commun avec les humains qu'une vague forme de base. Il existe des créatures faériques de toute sorte : des plus grotesques, comme les gobelins, aux plus belles, comme nous, a-t-il précisé avec un détachement confondant.

— Et les anges ?

— Les anges sont encore une autre sorte de créatures faériques qui ont subi une transformation quasi totale, tant physique que morale. Cela peut prendre des siècles pour devenir un ange.

Pauvre Claudine !

— Mais assez parlé de cela, a aussitôt enchaîné Niall. Je veux tout savoir de toi. Mon fils m'a tenu à l'écart de ton père et de ta tante, puis de leurs enfants. Sa mort est survenue trop tard pour que je puisse connaître ta cousine. Mais, aujourd'hui, je peux te voir, te toucher.

Ce qu'il faisait d'ailleurs d'une façon assez étrange : quand il ne me tenait pas la main, il posait la sienne à plat sur mon épaule ou bien dans mon dos. Ce n'était pas un comportement habituel, chez les humains, mais cela ne me dérangeait pas vraiment. Et j'avais déjà remarqué ce côté très tactile chez Claudine. Avec un humain, j'aurais été bombardée de pensées puisque, en touchant les gens, j'augmentais ma réceptivité. Mais, dans la mesure où je ne pouvais pas capter d'onde mentale chez les faé, ce contact physique ne risquait pas de me perturber.

— Fintan a-t-il eu d'autres enfants ?

J'aurais bien aimé avoir de la famille, des parents inconnus, quelque part.

— Nous verrons cela plus tard, m'a répondu Niall, ce qui a immédiatement déclenché chez moi un signal d'alarme. Bien, maintenant que tu me connais un peu mieux, dis-moi donc ce que je peux faire pour toi.

— Pourquoi devriez-vous faire quelque chose pour moi ?

J'avais déjà commis un faux pas avec cette histoire de génie. Je n'allais certainement pas recommencer.

— Je sais que tu n'as pas eu une vie facile. Puisque j'ai le droit de te voir, à présent, laisse-moi t'aider.

— Vous m'avez envoyé Claudine et elle m'a déjà beaucoup aidée, ai-je insisté.

Sans le secours de mon sixième sens, j'avais un peu de mal à me faire une idée de l'état psychologique et émotionnel de mon arrière-grand-père. Pleurait-il son fils ? Quel genre de relation avait-il entretenue avec lui, d'ailleurs ? Fintan avait-il cru nous rendre service en nous tenant éloignés de son père durant toutes ces années ? Et si Niall faisait justement partie de ces faé malveillants dont il avait parlé ? S'il était animé d'intentions néfastes à mon égard ? Cela dit, s'il avait vraiment voulu me nuire, il n'aurait pas eu besoin de me rencontrer, ni de m'offrir un dîner dans un restaurant chic. Pourquoi se donner cette peine ? Il aurait parfaitement pu agir à distance.

— Vous ne voudriez pas m'en dire un peu plus sur tout ça ?

Il a secoué la tête. Ses longs cheveux ont ruisselé sur ses épaules comme des fils d'or et d'argent d'une incroyable finesse.

J'ai eu une soudaine illumination.

— Pourriez-vous retrouver mon petit ami ? lui ai-je demandé d'une voix frémissante d'espoir.

— Tu as un autre homme, en plus du vampire ?

— Eric n'est pas mon petit ami. Mais, comme il m'a donné un peu de son sang à plusieurs reprises, et moi un peu du mien…

— C'est la raison pour laquelle je suis passé par lui pour te contacter. Il existe un lien puissant entre vous.

— Je le crains.

— Je connais Eric Northman depuis longtemps. J'ai pensé que tu viendrais, si c'était lui qui te le demandait. Était-ce maladroit de ma part ?

Sa candeur m'a surprise.

— Non, monsieur. Je ne pense pas que je serais venue s'il ne m'avait pas convaincue que je serais en sécurité. Et il ne m'aurait pas amenée s'il ne vous faisait pas confiance... Enfin, je crois.

— Veux-tu que je le tue ? Que je rompe le lien qui vous unit ?

— Non !

Une excitation mauvaise m'avait gagnée malgré moi.

— Non ! ai-je répété avec véhémence.

Alertés par mon agitation, quelques regards se sont même tournés vers nous, en dépit de l'effet « discrétion assurée » de mon arrière-grand-père.

— Et cet autre petit ami, qui est-il et quand a-t-il disparu ? a repris Niall, avant d'avaler une bouchée de saumon.

— Il s'appelle Quinn et c'est un tigre-garou. Il ne s'est pas manifesté depuis l'attentat de Rhodes. Il a été blessé dans l'explosion. Mais je sais qu'il est vivant parce que je l'ai vu après.

— J'ai entendu parler de ce qui s'est passé au *Pyramid*. Tu y étais ?

Je lui ai raconté l'histoire. Et mon nouvel arrière-grand-père a écouté mon récit sans jamais porter le moindre jugement. Il ne s'est montré ni horrifié, ni épouvanté, ni consterné et ne m'a ni plainte ni sermonnée. J'ai vraiment apprécié. C'était rafraîchissant. En plus, en racontant, j'ai eu le temps de me ressaisir.

— Vous savez quoi ? lui ai-je finalement dit. Ne cherchez pas Quinn pour moi. Il sait où je suis et il a mon numéro. Il se manifestera quand bon lui semblera. Ou pas.

— Voilà qui me prive de la chance de faire quelque chose pour toi, s'est désespéré mon arrière-grand-père.

— Passez me voir de temps en temps pour voir si je vais bien, lui ai-je répondu en souriant. Il va bien m'arriver quelque chose… En attendant, est-ce que je peux… parler de vous ? Juste à mes amis ? Non, j'imagine que non.

Je me voyais mal annoncer à Tara que j'avais un nouvel arrière-grand-père et que c'était un faé. Amelia, en revanche, se montrerait sans doute beaucoup plus compréhensive…

— Je tiens à garder notre relation secrète, a-t-il confirmé. Je suis ravi de pouvoir enfin te connaître, et j'entends bien te connaître encore mieux, a-t-il ajouté en posant sa main diaphane sur ma joue. Mais j'ai de très puissants ennemis et je ne voudrais pas qu'il leur vienne à l'idée de te faire du mal pour m'atteindre à travers toi.

J'ai hoché la tête en silence. Je comprenais. Mais c'était quand même un peu frustrant de se découvrir un bisaïeul tout neuf et de devoir le cacher.

Niall m'a caressé la joue, avant de reposer sa main sur la mienne.

— Et Jason ? lui ai-je tout à coup demandé. Est-ce que vous allez prendre contact avec lui aussi ?

— Jason ? a-t-il répété, une expression de dégoût assombrissant soudain son beau visage.

Apparemment, l'étincelle d'essence faérique qui t'a touchée a dédaigné Jason. Je sais que vous avez tous les deux reçu le même bagage génétique, mais, chez lui, mon sang ne s'est manifesté que dans son aptitude à attirer les femmes, ce qui ne plaide pas vraiment en sa faveur. Il ne comprendrait pas la nature de mon lien avec lui et ne saurait pas l'apprécier à sa juste valeur.

Son ton était un rien hautain. Je m'apprêtais à prendre la défense de mon frère, mais j'ai fait machine arrière. Je devais bien admettre que Niall n'avait pas vraiment tort. Tel que je le connaissais, Jason aurait tiré sur la corde et il aurait été incapable de tenir sa langue.

J'ai changé de sujet.

— Et on vous verra souvent dans le secteur ? lui ai-je demandé, en m'efforçant de prendre un ton détaché.

Je savais que c'était maladroitement formulé, mais j'ignorais comment établir une sorte de cadre pour cette toute nouvelle – et plutôt étrange – relation.

— Je vais essayer de venir te voir comme tout autre parent ordinaire le ferait, m'a-t-il répondu sans s'émouvoir.

J'ai tenté d'imaginer la chose. Niall et moi, au *Hamburger Palace*... à l'office du dimanche... Non, impossible.

— J'ai l'impression qu'il y a pas mal de choses que vous ne m'avez pas dites, ai-je lâché de but en blanc.

— Eh bien, du moins aurons-nous un sujet de conversation tout trouvé pour la prochaine fois, m'a-t-il rétorqué en m'adressant un clin d'œil.

OK, ça, j'avoue que je ne m'y attendais pas. Sur ce, il m'a donné sa carte. Encore une chose qui m'a un peu prise de court. Elle portait simplement son nom, « Niall Brigant », inscrit au milieu, avec un simple numéro de téléphone en dessous.

— Tu pourras me joindre à tout moment à ce numéro. Quelle que soit l'heure, on te répondra.

— Merci. Vous connaissez déjà le mien, j'imagine ?

Il a acquiescé d'un signe de tête. Je le croyais sur le départ, mais il ne bougeait pas. Il semblait même vouloir s'attarder. Il semblait avoir du mal à me quitter – la réciproque était vraie, en tout cas.

— Alors… euh… ai-je lancé, avant de m'éclaircir la voix, qu'est-ce que vous faites de vos journées ?

Je ne peux pas vous dire ce que ça me faisait d'être là, à papoter bien gentiment avec un membre de ma famille. C'était tellement étrange et, en même temps, tellement merveilleux. Je n'avais plus d'autre parent que Jason et nous n'étions pas très proches, lui et moi – pas du tout le genre de frère et sœur qui se racontent tout. Bien sûr, je pouvais compter sur lui en cas de coup dur. Mais passer du temps ensemble, rien que pour le plaisir ? Ça ne risquait pas d'arriver.

Mon arrière-grand-père m'a bel et bien répondu. Pourtant, plus tard, en y repensant, j'ai été incapable de me rappeler exactement quoi – il avait dû employer ses talents mystérieux de prince des faé –, sinon qu'il avait des parts dans une ou deux banques, qu'il possédait une entreprise qui fabriquait des meubles de jardin et – ce qui a piqué ma curiosité – une société qui créait et testait des médicaments expérimentaux.

Je lui ai jeté un regard incertain.

— Des médicaments pour les humains ?

— Oui. Pour la plupart. Mais certains chimistes conçoivent des produits spécifiquement pour nous.

— Pour les créatures faériques ?

Ses longs cheveux de soie sont venus encadrer son visage tandis qu'il hochait de nouveau la tête.

— Il y a tant de fer partout, à présent, a-t-il soupiré. J'ignore si tu le sais, mais nous sommes extrêmement sensibles au fer. Et, malheureusement, en portant constamment des gants, nous attirons beaucoup trop l'attention, de nos jours.

J'ai jeté un coup d'œil à sa main qui recouvrait la mienne sur la nappe immaculée. Je l'ai touchée du bout des doigts. Sa peau paraissait anormalement lisse.

— On dirait un gant invisible…

— Très précisément. Une des inventions de mes chimistes. Mais assez parlé de moi.

Juste quand cela commençait à devenir intéressant ! Je comprenais cependant très bien qu'il ne me confie pas tous ses secrets d'emblée.

Niall m'a à son tour interrogée sur mon travail, mon patron, ma vie de tous les jours, comme l'aurait fait un vrai arrière-grand-père. De toute évidence, il n'aimait pas l'idée que son arrière-petite-fille s'abaisse à travailler, mais que ce soit dans un bar n'avait pas vraiment l'air de le déranger. Au risque de me répéter, Niall n'était pas facile à cerner. Il gardait ses pensées pour lui, mais j'avais tout de même remarqué que, de temps en temps, il s'interrompait, comme s'il se retenait de parler…

Finalement, le repas terminé, j'ai consulté ma montre. J'ai été stupéfaite de voir à quelle vitesse les heures avaient passé. Il fallait que j'y aille : je travaillais le lendemain. En le priant de bien vouloir m'excuser, j'ai remercié mon arrière-grand-père pour le dîner (oui, oui, cette créature céleste était bel et bien mon arrière-grand-père. J'en avais encore des frissons rien que d'y penser) et, très timidement, je me suis penchée pour déposer un baiser sur sa joue. Il a paru retenir son souffle quand je l'ai embrassé. Sous mes lèvres, sa joue m'a semblé aussi douce et soyeuse que la peau d'une belle prune bien lustrée. Il avait beau offrir une trompeuse ressemblance avec un humain, il suffisait de le toucher pour comprendre qu'il n'en avait que l'apparence.

Il s'est levé en même temps que moi, mais il m'a regardée partir sans quitter la table – il attendait pour régler l'addition, j'imagine. J'ai traversé la salle comme dans un rêve. Eric m'attendait sur le parking. Il s'était occupé en buvant du TrueBlood et en lisant dans sa voiture, qu'il avait garée sous un lampadaire.

Je me sentais vidée.

C'était seulement maintenant, hors de sa présence, que je mesurais à quel point ce dîner avec Niall avait été éprouvant pour mes nerfs. Bien qu'étant restée assise sur une chaise très confortable pendant tout le repas, j'étais aussi fatiguée que si je lui avais fait la conversation en courant le marathon.

Si Niall était parvenu à masquer son essence faérique à l'intérieur du restaurant, à voir la façon dont les narines d'Eric se dilataient il était clair que je ne pouvais pas en faire autant : l'enivrant parfum de faé de mon arrière-grand-père devait me coller à la peau. Au bord de l'extase, Eric avait fermé les yeux. Il se léchait même les babines. J'ai eu l'impression d'être subitement changée en une côte de bœuf saignante qu'on aurait agitée sous le nez d'un molosse affamé.

— Reprends-toi ! lui ai-je ordonné.

Je n'étais pas d'humeur. Au prix d'un effort manifeste, il a réussi à se maîtriser.

— Quand tu sens comme ça, m'a-t-il confié dans un grondement rauque, je n'ai qu'une envie : te prendre, te mordre et me frotter contre toi de la tête aux pieds.

Tout un programme… Et je ne prétendrai pas que, pendant une seconde (équitablement partagée entre désir torride et peur bleue), je n'ai pas eu une vision très nette de ce que cela pourrait donner. Mais j'avais d'autres chats à fouetter.

— On se calme, lui ai-je sagement conseillé. Qu'est-ce que tu sais des faé – en dehors du fait qu'ils sont à ton goût ?

Le regard bleu de mon interlocuteur a semblé s'éclaircir un peu.

— Que ce sont de magnifiques créatures, les mâles tout autant que les femelles. Qu'ils sont incroyablement coriaces et féroces. Qu'ils ne sont pas immortels, bien qu'ils vivent très longtemps – sauf s'il leur arrive un accident funeste, comme une rencontre intempestive avec un objet en fer. Il existe d'autres façons de les tuer, mais dans ce cas, il faut s'armer de courage et de patience. Je sais aussi qu'ils préfèrent rester entre eux, en général. Qu'ils aiment les climats tempérés. J'ignore ce qu'ils mangent ou ce qu'ils boivent, quand ils sont dans leur propre environnement, mais ils ne dédaignent pas la nourriture des autres cultures – j'en ai même vu certains goûter du sang. Je sais qu'ils ont une très haute opinion d'eux-mêmes – bien supérieure à celle qu'ils sont en droit d'avoir. Qu'ils n'ont qu'une parole...

Il a réfléchi une minute, avant de poursuivre :

— Qu'ils sont dotés de certains pouvoirs, qui ne sont pas les mêmes pour tous. Que la magie fait partie de leur nature. Qu'ils n'ont d'autres dieux qu'eux-mêmes et qu'ils ont souvent été pris pour des dieux. Certains d'entre eux ont même acquis les attributs d'une divinité.

Je l'ai regardé avec des yeux ronds.

— Comment ça ?

— Eh bien, ce n'est pas qu'ils soient sacrés, mais... Je veux dire, par exemple, que les créatures faériques qui vivent dans les bois s'identifient tellement à leur élément que blesser l'une, c'est faire souffrir l'autre. D'où l'hécatombe qui les a frappées. Mais tu imagines bien que nous, les vampires, ne sommes pas les mieux placés pour être au fait des problèmes et des stratégies de survie des faé, puisque nous sommes de vrais dangers pour eux. Et tout ça simplement parce que leur odeur nous enivre.

Je n'avais jamais pensé à poser toutes ces questions à Claudine. D'abord parce qu'elle ne semblait pas raffoler du sujet, et ensuite parce que, en général, elle n'apparaissait que lorsque j'avais de sérieux ennuis et donc une furieuse tendance à me regarder le nombril. En plus, je m'étais imaginé qu'il ne devait pas rester plus d'une poignée de faé encore de ce monde. Et voilà que j'apprenais qu'il y en avait eu autant que de vampires, même si, maintenant, leur espèce était plutôt en voie d'extinction.

Pour les vampires, c'était tout le contraire – aux États-Unis, en tout cas. Il y avait déjà pas moins de trois projets de loi, qui s'acheminaient gentiment vers une ratification au Congrès, rien que pour réglementer leur immigration. Les États-Unis pouvaient en effet se targuer (tout comme le Canada, le Japon, la Norvège, la Suède, l'Allemagne et la Grande-Bretagne) d'avoir accueilli la Grande Révélation avec un calme relatif.

Cette nuit-là, lors d'un *coming out* méticuleusement préparé et orchestré de main de maître, les vampires étaient apparus sur toutes les télévisions – ou à la radio, voire en personne, en fonction des meilleurs moyens de communication en vigueur dans la région concernée – pour annoncer aux humains du monde entier : « Hé ! On existe en vrai, mais, comme les Japonais ont inventé un sang de synthèse qui satisfait nos besoins nutritionnels, on ne va pas vous manger ! » Enfin, en substance.

Les six années qui avaient suivi n'avaient été qu'un long apprentissage. Et ce soir, j'en avais appris encore plus.

— Donc, les vampires ont le dessus sur les faé, ai-je conclu.

— Nous ne sommes plus en guerre, a objecté Eric. Depuis des siècles, d'ailleurs.

— Ah ? parce que, par le passé, les vampires et les faé se sont battus ? Tu veux dire genre... batailles rangées ?

— Oui. Et si cela devait se reproduire, le premier que j'éliminerais serait Niall.

— Pourquoi ?

— Parce qu'il est extrêmement puissant. Il occupe une place importante dans le monde des créatures faériques. Et il détient d'impressionnants pouvoirs : il est en grande partie magique lui-même. S'il est sincère quand il prétend vouloir te prendre sous son aile, tu as vraiment de la chance. Et, en même temps, c'est à double tranchant.

Il a démarré et nous avons quitté le parking. Je n'avais pas vu Niall sortir. Peut-être qu'il s'était juste volatilisé au beau milieu du restaurant ? J'espérais qu'il n'était pas parti sans payer.

— Tu peux expliquer s'il te plaît ?

Pourtant, j'avais comme l'impression que je n'avais pas vraiment envie de savoir. Mais Eric s'est exécuté.

— Il y avait des faé par milliers, aux États-Unis, autrefois. Il n'en reste plus que quelques centaines, à présent. Mais ceux qui ont survécu sont les meilleurs : des battants, des durs. Et tous ne sont pas des amis du prince.

— Oh, cool. Encore un paquet de SurNat qui vont me prendre en grippe. Ça me manquait.

Nous avons rejoint l'autoroute en silence pour prendre la direction de Bon Temps. Eric semblait plongé dans d'intenses réflexions. J'avais aussi largement de quoi nourrir les miennes – plus, en tout cas, que mon estomac : ce n'était pas avec ce que j'avais mangé au dîner que j'allais exploser.

J'en ai conclu que, tout bien pesé, j'étais plutôt heureuse. Pas tout à fait rassurée, mais heureuse. C'était bon, de se découvrir un arrière-grand-père, même à vingt-sept ans. Niall semblait vraiment désireux de nouer une relation sincère avec moi. J'avais encore trois tonnes de questions à lui poser, mais cela pouvait attendre qu'on se connaisse un peu mieux.

Une Corvette a un sacré paquet de chevaux sous le capot, et celle d'Eric ne nous menait pas vraiment à un train de sénateur. Et, comme il ne respectait pas précisément les limitations de vitesse, je n'ai pas été autrement surprise quand j'ai aperçu un gyrophare dans le rétroviseur. J'ai juste été étonnée qu'une voiture de police ait réussi à nous rattraper.

— Hum hum…

Je me suis gardée de tout autre commentaire, tandis que, de son côté, Eric jurait dans une langue qui n'avait probablement plus été parlée depuis un petit millier d'années. Mais même le shérif de la Cinquième Zone devait se plier aux lois humaines, de nos jours – ou, du moins, faire semblant. Eric s'est garé sur la bande d'arrêt d'urgence.

— Avec une plaque d'immatriculation aussi fantaisiste que DU100, qu'est-ce que tu croyais ? ai-je murmuré, sans plus cacher mon hilarité.

J'ai vu la silhouette noire du policier sortir de la voiture derrière nous et marcher dans notre direction avec un objet à la main – une lampe torche ? Un calepin ?

J'ai plissé les yeux, déplié mes antennes mentales. Une masse compacte d'agressivité et de peur a percuté mon radar interne.

— Un loup-garou ! Il y a un truc qui cloche, ai-je juste eu le temps de glapir, avant que la puissante main d'Eric ne me pousse sous le tableau de bord.

Ce qui m'aurait fait une bien meilleure cachette dans une voiture normale. Mais il s'agissait d'une Corvette.

C'est alors que le policier s'est penché à la portière… et m'a tiré dessus.

CHAPITRE 5

Eric s'était tourné face à la vitre, bouchant la vue du tireur pour l'empêcher de toucher sa cible. Il s'est pris la balle dans la gorge. Il s'est s'écroulé sur son siège et, pendant un moment, il est resté inerte, plus livide que jamais, un sang épais, d'un rouge presque noir, dégoulinant dans son cou blême : l'horreur absolue. J'ai hurlé – comme si ça pouvait changer quelque chose ! – tandis que le tireur se penchait au-dessus d'Eric pour me viser.

Erreur fatale. La main d'Eric s'est refermée sur son poignet comme une tenaille et il a commencé à serrer. Le policier s'est mis à beugler encore plus fort que moi, en frappant son agresseur de sa main libre pour lui faire lâcher prise. Son arme m'est tombée dessus – une chance qu'elle ne se soit pas déchargée dans sa chute ! Je n'y connais pas grand-chose en armes de poing, mais c'était un gros calibre, qui n'avait rien d'un pistolet en plastique. Je n'ai pourtant pas hésité à l'attraper et je me suis redressée tant bien que mal pour la braquer sur le tireur.

Il s'est figé, le haut du corps à l'intérieur de la voiture, le bas en dehors. Entre-temps, Eric lui avait déjà cassé le bras, sans relâcher son emprise pour autant.

Ce n'était donc pas de la serveuse – à peine capable de se servir d'une arme – qu'il aurait dû avoir le plus peur, l'imbécile, mais du vampire qui lui avait mis le grappin dessus. C'était pourtant bel et bien l'arme en question qui monopolisait son attention.

Je crois quand même que je l'aurais su, si la police de la route s'était mise à descendre les contrevenants au lieu de leur coller une amende.

— Qui es-tu ? lui ai-je demandé – et on pouvait difficilement m'en vouloir si ma voix tremblait un peu. Qui t'envoie ?

— C'est eux qui m'ont dit de le faire, a-t-il gémi.

Maintenant que je pouvais l'examiner, je voyais bien qu'il ne portait pas l'uniforme : c'était la bonne couleur et la bonne casquette, mais le pantalon n'était pas réglementaire.

— Eux qui ? ai-je insisté.

C'est à moment-là qu'Eric a planté ses crocs dans l'épaule du type. Tout blessé qu'il était, centimètre par centimètre, mon protecteur aux dents longues était en train de tirer le faux flic à l'intérieur de la voiture. Après tout, Eric avait bien droit à une petite rasade de sang frais, vu qu'il s'était pratiquement vidé du sien. Et par la faute de sa proie, justement.

Le loup-garou s'est alors mis à pleurnicher.

— Ne le laissez pas me changer en vampire, m'a-t-il suppliée.

— Ce serait encore trop bon pour toi !

Non que, à mon sens, ce soit si merveilleux d'être un vampire, mais j'étais prête à parier qu'Eric avait d'autres projets pour notre faux policier, et de bien pires.

Je suis sortie de la voiture, car ce n'était même pas la peine d'essayer de convaincre Eric de lâcher son dîner : il ne m'écouterait pas, surtout dans l'état de frénésie où il se trouvait. Il est clair que le lien qui nous unissait, Eric et moi, a joué un rôle crucial dans ma décision. J'étais contente qu'il réussisse à se procurer le sang dont il avait besoin. J'éprouvais aussi une véritable fureur à l'idée qu'on ait voulu lui faire du mal. Comme ces deux émotions ne me ressemblaient pas vraiment, j'ai bien compris d'où elles provenaient.

Sans compter que nous commencions à être sacrément à l'étroit, dans la Corvette, Eric et moi, avec les trois quarts d'un loup-garou pour nous tenir compagnie.

Par miracle, aucune voiture n'est passée pendant que je remontais, en petites foulées, la bande d'arrêt d'urgence pour rejoindre le véhicule de notre assaillant – qui, comme par hasard, se trouvait être une simple voiture blanche illégalement équipée d'un gyrophare. J'ai éteint les phares et, en tirant et en tapant sur tous les fils et boutons que j'ai pu repérer, je suis parvenue à arrêter cette maudite lumière clignotante qui nous signalait à dix lieues à la ronde. Voilà qui nous rendait un peu moins voyants. D'autant qu'Eric avait éteint les phares de la Corvette dès l'arrivée du faux agent de police.

J'ai fait un rapide inventaire de ce qui se trouvait dans la voiture blanche, mais je n'ai vu aucune enveloppe indiquant : « Révélations sur mon commanditaire au cas où je me ferais serrer. » Je cherchais un indice, par exemple un bout de papier avec un numéro de téléphone gribouillé dessus que j'aurais pu entrer dans l'annuaire inversé (à condition de comprendre comment on s'y prenait), mais j'ai fait chou blanc. En retournant vers la Corvette, j'ai remarqué, les phares d'un semi-remorque aidant, qu'il n'y avait plus de jambes qui dépassaient par la vitre de la portière, côté conducteur. Cela paraissait déjà moins louche. Mais il valait quand même mieux que nous quittions les lieux rapidement.

J'ai jeté un coup d'œil dans le bolide, que j'ai trouvé... vide. La seule trace qui restait de ce qui venait de se passer, c'était une tache de sang sur le siège d'Eric. J'ai sorti un mouchoir de ma poche, j'ai craché dessus et je me suis penchée à l'intérieur pour enlever le sang. Sur le cuir, c'est parti facilement – d'accord, ce n'est pas très élégant, comme technique, mais ça marche.

C'est alors qu'Eric s'est subitement matérialisé à mon côté. J'ai étouffé un cri. Cette attaque inopinée l'avait manifestement excité et il m'a plaquée contre la voiture, me relevant la tête juste à la bonne hauteur pour un baiser. J'ai brusquement senti le désir m'envahir, avec une telle violence que j'ai été à deux doigts de lui dire : *Oh ! et puis, après tout, vas-y ! Prends-moi là, maintenant, espèce de grosse brute !* Et ce n'était pas seulement notre lien de sang qui parlait : j'avais gardé, de notre relation passée, quelques émouvants souvenirs – au lit, Eric était vraiment magistral. Mais j'ai pensé à Quinn et, à regret, je me suis détachée d'Eric.

Au début, j'ai cru qu'il allait insister. Mais non.

— Montre-moi ça, lui ai-je dit d'une voix mal assurée, en tirant sur son col de chemise trempé de sang pour examiner sa blessure.

Elle était déjà pratiquement guérie.

— D'où sortait-il, celui-là ? m'a-t-il alors demandé. Tu t'es encore fait des ennemis ?

— Je n'en ai pas la moindre idée.

— C'est pourtant bien toi qu'il visait, m'a-t-il expliqué patiemment, comme si j'étais légèrement attardée. C'est après toi qu'il en avait.

J'en avais tellement assez d'être toujours la cible de tout un tas de complots que j'ai répliqué :

— Et si c'était pour t'atteindre ? Et si c'était pour te faire porter le chapeau ?

J'aurais préféré cette solution. Puis un autre détail est venu me titiller.

— Mais, au fait, comment est-ce qu'il a su où nous trouver ?

— Par quelqu'un qui savait que nous rentrerions en voiture à Bon Temps, ce soir. Quelqu'un qui savait quelle voiture j'avais prise...

— Ça ne peut pas être Niall...

Mais, ma phrase à peine achevée, j'ai reconsidéré ce fervent élan de loyauté. Après tout, rien ne prouvait que mon tout nouvel arrière-grand-père, autoproclamé qui plus est, ne m'avait pas menti toute la soirée. Pourquoi lui ferais-je confiance ? Je ne pouvais pas lire dans ses pensées. C'était plutôt inconfortable comme position, d'ailleurs. Je n'y étais pas habituée.

Pourtant, non. Non, je ne croyais pas que Niall avait menti.

— Je ne pense pas non plus que ce soit lui, a dit Eric au même moment, comme en écho. Mais nous en discuterons en route. Il vaut mieux ne pas s'attarder ici.

Je ne pouvais que lui donner raison sur ce point. Je me demandais, cependant, ce qu'il avait bien pu faire du corps de notre assaillant. Puis je me suis rendu compte que je m'en moquais, finalement. Un an auparavant, cela m'aurait torturée de filer sur l'autoroute en laissant un cadavre derrière nous. Maintenant, j'étais seulement ravie de ne pas être à sa place.

Je faisais une très mauvaise chrétienne. Mais, question instinct de survie, j'avais fait des progrès.

Tandis que nous roulions tous les deux dans la nuit, j'ai considéré cet abîme qui s'ouvrait devant moi. Il aurait suffi d'un tout petit pas... J'avais de plus en plus de mal à rester du bon côté, dans le droit chemin, alors même que ce qui était le plus facile était manifestement aussi le plus sensé. *Franchement,* arguait ma raison sans pitié *tu ne comprends donc pas que Quinn t'a larguée ? Est-ce qu'il n'aurait pas repris contact avec toi, s'il vous considérait encore comme un couple ? Est-ce que tu n'as pas toujours eu un petit faible pour Eric qui fait l'amour comme un dieu ? Est-ce que tu n'as pas déjà assez de preuves comme ça que tu ne trouveras jamais meilleur protecteur ailleurs ?*

Je n'arrivais même plus à me scandaliser de penser des choses pareilles.

Cela dit, si vous commencez à choisir votre amant en fonction de son aptitude à vous défendre, on peut en déduire que vous êtes en passe de sélectionner les caractères génétiques que vous souhaitez transmettre à vos descendants... S'il y avait eu une seule chance pour que je puisse porter un enfant de lui (une pensée qui me donnait le frisson), Eric aurait été, à coup sûr, en tête de liste – une liste que j'ignorais totalement être en train de dresser, d'ailleurs. Je me voyais déjà en paonne en quête du paon avec la plus belle roue, ou en louve attendant que le chef de meute – le plus fort, le plus intelligent, le plus courageux – la monte.

Beurk ! Beurk ! Beurk ! Bon, j'avais réussi à bien m'écœurer toute seule. J'étais un être humain, une femme. Et j'essayais d'être une femme bien. Et il fallait que je retrouve Quinn parce que... parce que je m'étais engagée vis-à-vis de lui, voilà...

Enfin, en quelque sorte.

Ah, non ! On ne pinaille pas !

La voix d'Eric s'est élevée dans la nuit.

— À quoi penses-tu, Sookie ? Les émotions se sont succédé sur ton visage avec une telle rapidité que j'ai eu du mal à suivre.

Le fait qu'il puisse me voir – non seulement dans le noir, mais alors même qu'il était censé regarder la route – avait quelque chose de foncièrement exaspérant et de franchement effrayant.

— Ramène-moi chez moi, Eric, ai-je répliqué. C'est tout ce que je te demande. Émotionnellement, là, je sature.

Eric n'a plus dit un mot de tout le trajet – soit parce qu'il a estimé que c'était plus sage, soit parce que sa blessure le faisait souffrir.

— Il faudra que nous reparlions de tout cela, a-t-il finalement déclaré, en s'engageant dans mon allée.

Il s'est garé devant la maison et s'est tourné vers moi.

— Sookie, j'ai affreusement mal... Si je pouvais...

Il s'est penché, en caressant mon cou du bout des doigts.

Mon corps m'a prise en traître : à cette simple pensée, une brusque chaleur se concentrait déjà, là, en bas... Non, mais il y avait vraiment quelque chose qui n'allait pas, chez moi ! Une personne normale n'était pas excitée à l'idée d'avoir des crocs plantés dans la carotide. C'était grave, non ? J'ai serré les poings si fort que mes ongles se sont enfoncés dans mes paumes.

Maintenant que je pouvais mieux le voir, avec la lumière crue des spots extérieurs qui éclairait l'intérieur de la voiture, je me suis rendu compte qu'Eric était effectivement encore plus pâle que d'habitude. Pendant que je le regardais, la balle a commencé à s'extraire toute seule de la plaie, et Eric s'est laissé retomber sur son siège, les yeux clos. Millimètre par millimètre, la balle est sortie de sa chair, jusqu'à ce qu'elle finisse par me tomber dans la main. Je me suis alors souvenue de ce jour où Eric était parvenu à me convaincre d'aspirer une balle qu'il avait reçue dans l'épaule. Ah ! Il m'avait bien eue ! La balle n'avait absolument pas besoin de moi pour sortir. Cette bouffée d'indignation m'a brusquement fait recouvrer mes esprits.

— Je pense que tu réussiras à rentrer chez toi sans problème, lui ai-je rétorqué, en dépit de l'irrésistible envie que j'avais de lui offrir mon cou ou mon poignet.

J'ai serré les dents et je suis descendue de voiture.

— Tu pourras toujours t'arrêter au *Merlotte* prendre une bouteille de TrueBlood, si tu en as tant besoin que ça.

— Tu es cruelle, Sookie, m'a-t-il répondu.

Mais il n'avait pas vraiment l'air en colère, ni même un tant soit peu vexé.

— Je sais, ai-je acquiescé en souriant. Fais attention à toi, OK ?

— Ne t'inquiète pas. Et je ne m'arrêterai pas en chemin, surtout pas si je vois un gyrophare.

Je me suis alors forcée à marcher vers la maison sans un regard en arrière. Une fois la porte refermée derrière moi, j'ai ressenti un immense soulagement. *Merci, mon Dieu !* À chaque pas qui m'éloignait de lui, je m'étais demandé si je n'allais pas me retourner. Ce fichu lien commençait sérieusement à m'agacer. Si je n'y prenais pas garde, j'allais finir par faire des bêtises.

— Je suis une femme libre, moi ! me suis-je surprise à proclamer à haute voix.

— Diable ! Qu'est-ce qui peut bien avoir provoqué ça ?

J'ai sursauté. En chemise de nuit et peignoir assorti – soie pêche ourlée de dentelle champagne –, Amelia venait de sortir de la cuisine et remontait le couloir dans ma direction. Tout ce que porte Amelia est superbe. Elle ne se serait jamais permis de dénigrer les tenues des autres, mais elle n'aurait jamais porté le moindre article sortant d'un supermarché.

— J'ai eu une soirée difficile, ai-je résumé, avant de m'empresser de changer de sujet. Et ici, tout s'est bien passé ?

Je me suis rapidement examinée. J'avais juste une petite tache de sang sur mon tee-shirt en soie bleue. J'allais devoir le mettre à tremper.

— Octavia m'a appelée.

Elle avait beau s'efforcer de prendre un ton neutre, ma colocataire émettait des ondes d'anxiété à une lieue à la ronde.

— Ton mentor ?

Il faut m'excuser : je n'étais pas au meilleur de ma forme.

— Ouaip. Elle-même.

Elle s'est penchée pour attraper Bob – qui, curieusement, semblait toujours se trouver à proximité quand sa maîtresse avait le moral en berne. Elle l'a serré contre elle en enfouissant son visage dans sa fourrure.

— Elle est au courant, évidemment. Même après Katrina et tous les bouleversements survenus dans sa vie depuis, il a fallu qu'elle mette mon erreur sur le tapis.

C'était l'expression qu'elle employait, « mon erreur ».

— Je me demande comment Bob appelle ça, lui...

Au coup d'œil qu'elle m'a jeté par-dessus la tête de l'intéressé, j'ai compris que je venais de gaffer.

— Pardon. J'ai parlé sans réfléchir. Mais ce n'était peut-être pas très réaliste de croire que tu pourrais t'en tirer sans payer les pots cassés, hein ?

— Tu as raison.

Elle aurait sans doute préféré que j'aie tort et elle n'avait pas l'air ravie, mais, du moins, elle l'avait dit.

— J'ai mal agi. J'ai expérimenté quelque chose que je n'aurais pas dû tenter. Et c'est Bob qui en a subi les conséquences.

Waouh. Quand Amelia décidait de se confesser, elle ne faisait pas les choses à moitié.

— Je vais devoir accepter ma punition, a-elle poursuivi, résignée. Peut-être que je vais être privée de magie pendant un an. Peut-être plus.

— Ah bon. C'est plutôt sévère, non ?

Dans ma vision des choses, son mentor la grondait devant une pleine salle de magiciens, de sorcières, de mages et de je ne sais quoi encore ; puis ils rendaient forme humaine à Bob ; Bob pardonnait aussitôt à Amelia et lui déclarait sa flamme ; puisqu'il lui pardonnait, tout le monde en faisait autant, et Amelia et Bob rentraient chez moi et vivaient heureux jusqu'à la fin des… un bon moment (mon scénario n'était pas très précis sur ce point).

Amelia m'a promptement détrompée.

— C'est le châtiment le plus clément.

— Ah !

— Je préfère ne pas te raconter ce que les autres condamnations pourraient donner.

Elle a bien fait : je n'avais aucune envie de le savoir. Elle a aussi eu la bonne idée de changer de sujet.

— Bon. Et Eric, alors ? À quel mystérieux rendez-vous t'a-t-il donc emmenée ?

Amelia aurait eu un peu de mal à renseigner quelqu'un sur notre destination ou notre itinéraire : elle ignorait complètement où j'étais censée aller.

— Oh ! Euh… il voulait seulement m'inviter dans ce nouveau restaurant de Shreveport qui a un nom français… C'était très sympa.

— Ah ah ! C'était un rendez-vous galant, alors ?

Elle se demandait juste ce que devenait Quinn dans tout ça.

— Oh, non ! Non, pas galant, non.

Même moi, j'avais du mal à me croire. Et, pour arranger les choses, j'ai cru bon d'enfoncer le clou.

— Non, rien à voir avec un plan drague, vraiment pas. C'était juste histoire de faire un tour, de sortir un peu.

De s'embrasser dans les coins. De se faire tirer dessus, accessoirement…

— C'est vrai qu'Eric est quand même drôlement beau.

— Ça, il n'y a pas à dire, il est beau. Mais j'en ai rencontré d'autres pas mal non plus. Tu te souviens de Claude ?

Je lui avais montré un poster qui était arrivé par la poste, quinze jours avant. Un agrandissement de la couverture d'un roman sentimental pour laquelle Claude avait posé. Elle avait été impressionnée – quelle femme ne l'aurait pas été ?

— Euh… Je suis allée voir le spectacle de Claude, la semaine dernière…

Elle évitait mon regard.

— Et tu ne m'as pas invitée !

Claude était vraiment un type désagréable, surtout quand on le comparait à sa sœur Claudine. Mais il était absolument fabuleux. Il appartenait à la stratosphère de la beauté virile, au même rang que Brad Pitt. Bon, évidemment, il était gay. Comme par hasard…

— Tu y es allée pendant que je bossais ?

— J'ai cru que tu n'approuverais pas, a-t-elle avoué en baissant la tête. Comme tu es copine avec sa sœur, je veux dire. J'y suis allée avec Tara. JB était de service. Tu m'en veux ?

— Non. Je m'en fiche.

Mon amie Tara tenait une boutique de vêtements, et JB, son mari (ils venaient de se marier), travaillait dans un club de gym pour femmes.

— Ça ne m'aurait pas déplu de voir Claude essayer de faire croire qu'il s'éclate, ai-je repris.

— Oh, mais je pense qu'il s'éclate vraiment. Il n'y a personne qui aime autant Claude que Claude, hein ? Alors, toutes ces femmes qui le regardent béatement… Il ne mange certes pas de ce pain-là, mais il adore qu'on l'admire, non ?

— C'est vrai. Et si on allait le voir ensemble, un de ces soirs ?

— D'accord, a-t-elle acquiescé, retrouvant d'un coup tout son allant. Et, maintenant, dis-moi donc ce que tu as commandé dans ce super resto.

Je ne me suis pas fait prier. Mais, pendant tout le temps que je lui parlais, je n'ai cessé de regretter la promesse que j'avais faite à Niall de garder son existence secrète. J'aurais tellement voulu décrire à Amelia mon arrière-grand-père, lui rapporter ce qu'il m'avait révélé, lui annoncer que j'avais découvert tout un pan de ma vie que j'avais toujours ignoré. D'ailleurs, ça allait prendre un moment avant que je réussisse à intégrer ce que ma grand-mère avait dû vivre, à revoir l'image que j'avais d'elle à la lumière des faits que j'avais découverts. Et j'allais aussi devoir corriger les mauvais souvenirs que j'avais gardés de ma mère. Elle était tombée raide dingue de mon père et elle lui avait fait des enfants parce qu'elle l'aimait... pour finalement se rendre compte qu'elle ne voulait pas partager son amour avec eux, surtout pas avec moi, l'autre femme de la maison, la rivale. C'était du moins ainsi que je voyais les choses, désormais.

— Ce n'est pas le tout, mais il faut que j'aille me coucher, ai-je conclu en bâillant à m'en décrocher la mâchoire – il était vraiment tard. Personne n'a appelé pour moi ce soir ?

— Si, il y a ce loup-garou de Shreveport qui a téléphoné. Il voulait te parler. Je lui ai dit que tu étais sortie et qu'il devrait te joindre sur ton portable. Il a demandé s'il pouvait te retrouver quelque part, mais je lui ai dit que je ne savais pas où tu étais.

— Alcide. Je me demande ce qu'il me veut.

Je me suis dit que je le rappellerais le lendemain.

— Il y a aussi une fille qui a téléphoné. Elle a dit qu'elle avait été serveuse au *Merlotte* et qu'elle t'avait revue au mariage, l'autre soir.

— Tanya ?

— Ouais, c'est ça.

— Qu'est-ce qu'elle voulait ?

— Aucune idée. Elle a dit qu'elle te rappellerait demain ou qu'elle te verrait au bar.

— Et merde. J'espère que Sam ne l'a pas engagée pour faire les remplacements.

— Je croyais que c'était moi, la serveuse remplaçante.

— Oui, à moins que quelqu'un ne démissionne. Je te préviens : Sam l'aime bien.

— Pas toi ?

— C'est une sale hypocrite, une vraie garce.

— Hou ! Raconte.

— Je ne plaisante pas, Amelia. Elle s'est fait embaucher au *Merlotte* pour pouvoir m'espionner. Elle était payée par les Pelt.

— Ah ! C'est celle-là ! Eh bien, elle ne t'espionnera plus. Je m'en charge.

Cette remarque m'a inquiétée bien plus que la perspective de travailler avec Tanya. Amelia était une sorcière puissante et compétente, ne me faites pas dire ce que je n'ai pas dit, mais elle avait également tendance à tenter des choses qui dépassaient son niveau d'expérience. D'où Bob.

— Avertis-moi d'abord, s'il te plaît.

Elle a eu l'air étonnée.

— Eh bien... euh... pas de problème, a-t-elle répondu sans comprendre. Bon, je vais me coucher.

Elle a gravi l'escalier avec Bob dans les bras, et je suis allée me démaquiller et enfiler ma chemise de nuit dans ma petite salle de bains privée. Ma colocataire n'avait pas remarqué le sang sur mon tee-shirt, mais il valait mieux le mettre dès maintenant à tremper.

Quelle journée ! J'avais passé une partie de la soirée avec Eric, qui ne m'avait jamais laissée de glace ; je m'étais retrouvée avec un nouvel aïeul qui m'avait appris tout un tas de choses sur ma famille – pas reluisantes, pour la plupart ; j'avais dîné dans un restaurant chic, mais je me rappelais à peine ce que j'avais mangé ; et pour couronner le tout, je m'étais fait tirer dessus.

J'ai rampé jusqu'à mon lit et j'ai dit ma prière, en veillant à faire passer Quinn en premier. Je m'étais imaginé que le fait de me découvrir un arrière-grand-père m'empêcherait de dormir. Mais le sommeil m'est tombé dessus juste au moment où je demandais à Dieu de m'aider à me dépêtrer du bourbier moral dans lequel je pataugeais, après avoir tout de même participé à un meurtre...

Chapitre 6

On m'a volé près d'une heure de sommeil, le lendemain matin.

Je n'ai entendu frapper que parce que Bob était venu dans ma chambre et avait sauté sur mon lit – où il n'avait rien à faire – pour s'installer derrière mes genoux, dans l'espace libre que j'avais laissé en me tournant sur le côté. Il ronronnait comme un poêle. J'ai tendu la main pour le grattouiller entre les oreilles. J'adore les chats. Ce qui ne m'empêche pas d'aimer les chiens, d'ailleurs. Si j'étais plus souvent à la maison, j'en aurais pris un depuis longtemps. Terry Bellefleur m'avait bien proposé un des petits de sa superbe catahoula, mais j'avais si longtemps hésité qu'avant que je ne me décide tous les chiots avaient trouvé preneur. Je me demandais si Bob aurait aimé avoir un chaton pour compagnon. Si j'achetais une femelle, est-ce qu'Amelia serait jalouse ? Je n'ai pas pu m'empêcher de sourire à cette idée, tout en me pelotonnant plus profondément sous les couvertures.

Mais je ne dormais pas vraiment, et j'ai bel et bien entendu frapper.

J'ai grommelé, gratifiant l'importun de quelques jolis noms d'oiseau, chaussé mes mules et enfilé mon peignoir de fin coton bleu. Le fond de l'air était juste assez frais pour me rappeler qu'en dépit des journées douces et ensoleillées on était quand même en octobre. Ici, on avait des Halloween où même un simple pull était de trop, et d'autres où il fallait mettre un manteau pour aller récolter des bonbons de porte en porte.

J'ai jeté un coup d'œil par le judas. Une Afro-Américaine au visage auréolé de cheveux blancs se tenait sur le seuil. Elle avait la peau claire et des traits fins et anguleux. Ses lèvres étaient fardées de rose magenta et elle portait un tailleur-pantalon jaune canari. Mais elle ne semblait ni armée ni dangereuse. Ce qui démontre à quel point les apparences peuvent s'avérer trompeuses. Je lui ai ouvert.

— Jeune femme, je suis venue voir Amelia Broadway, m'a-t-elle déclaré avec une élocution parfaite.

— Entrez, je vous en prie.

C'était une vieille dame et on m'avait appris à respecter les personnes âgées. Je l'ai invitée d'un geste à prendre place sur le canapé.

— Asseyez-vous. Je vais la chercher.

J'avais tout de même remarqué qu'elle ne s'était pas excusée de m'avoir tirée du lit, ni de débarquer chez moi sans prévenir. J'ai gravi les marches avec un mauvais pressentiment : j'avais comme l'impression qu'Amelia n'allait pas aimer ce que je venais lui annoncer.

Je montais si rarement au premier que j'ai été surprise de voir à quel point Amelia l'avait bien arrangé. Comme les chambres du haut n'avaient été que très sommairement meublées, elle avait pu faire de la plus grande – celle de droite – sa chambre à coucher et transformer celle de gauche en salon. Elle avait pourvu ce dernier d'une télévision, d'un bon fauteuil et d'un pouf assortis, d'une chaise et d'un petit bureau pour son ordinateur et de quelques plantes vertes. Ayant été aménagée pour une génération de Stackhouse qui avait produit trois garçons d'affilée, la chambre ne contenait qu'un seul petit placard. Mais Amelia avait acheté, sur Internet, des portants à roulettes qu'elle avait montés elle-même et qu'elle avait cachés derrière un paravent, acquis lors d'une vente aux enchères et repeint de ses délicates mains. Son dessus-de-lit de couleur vive et la vieille table qu'elle avait retapée pour en faire une coiffeuse tranchaient gaiement sur le blanc des murs. Et, au milieu de toute cette gaieté, se tenait une sorcière... pour le moins renfrognée.

Amelia était assise dans son lit, les cheveux tout aplatis, hormis quelques épis de forme indéfinie.

— C'est qui en bas ? a-t-elle chuchoté.

— Femme noire, un certain âge, peau claire, l'air pas commode ?

— Nom de Dieu ! a soufflé ma colocataire en se laissant retomber sur sa bonne douzaine d'oreillers. C'est Octavia.

— Bon, eh bien, tu vas descendre lui parler parce que ce n'est pas moi qui vais lui faire la conversation.

Amelia m'a adressé un grognement de molosse, avant de se résigner à l'inévitable. Elle s'est levée, a ôté sa chemise de nuit, mis un slip et un soutien-gorge, enfilé un jean et sorti un sweater d'un tiroir.

Je suis descendue dire à Octavia Fant qu'Amelia arrivait. Ma colocataire allait être obligée de lui passer sous le nez pour aller dans la salle de bains, mais comme il n'y avait qu'un escalier, elle ne pouvait pas faire autrement.

J'ai tout de même essayé d'arrondir les angles.

— Est-ce que je peux vous offrir un café ?

La vieille dame examinait la pièce de ses petits yeux vifs.

— Si vous avez du thé, j'en prendrai volontiers, m'a-t-elle répondu.

— Oui, madame, on a ça.

Encore une chance qu'Amelia ait absolument tenu à en acheter ! J'ignorais de quel genre de thé il s'agissait et j'espérais bien qu'il était en sachet, parce que je n'avais jamais préparé de thé de ma vie.

— Parfait, a-t-elle approuvé.

Et voilà. Il n'y avait plus qu'à.

— Amelia descend, ai-je répété, tout en réfléchissant à une manière élégante de lui dire : « Et elle va devoir traverser la pièce en courant pour aller faire pipi et se brosser les dents. Alors, faites comme si de rien n'était, s'il vous plaît. »

Mais j'ai renoncé et lâchement filé dans la cuisine.

J'ai récupéré le thé d'Amelia sur une des étagères qui lui étaient réservées et, pendant que l'eau chauffait, j'ai posé deux tasses avec soucoupes assorties sur un plateau. J'ai ajouté le sucrier, un petit pot de lait et deux cuillères. *Des serviettes !* J'ai regretté de n'en avoir qu'en papier. (Voilà dans quel état Octavia Fant me mettait. Et sans même avoir besoin de la moindre magie.) J'ai entendu l'eau couler dans la salle de bains comme j'alignais une poignée de cookies sur une assiette à dessert. J'aurais bien voulu ajouter des fleurs pour parachever le tableau, mais je n'en avais pas – pas plus que de petit vase pour les présenter, de toute façon. J'ai estimé que je ne pouvais rien faire de plus. J'ai donc pris le plateau et je me suis dirigée à pas prudents vers le salon.

J'ai posé le plateau sur la table basse, en face de Mme Fant. Elle a tourné vers moi ses yeux perçants et m'a adressé un petit hochement de tête sec en guise de remerciement. C'est à ce moment-là que je m'en suis aperçu : je ne pouvais pas lire dans ses pensées. Je n'avais pas encore essayé, attendant le moment propice. Mais elle bloquait parfaitement mes tentatives d'incursion. Je n'avais encore jamais rencontré d'humain qui en soit capable. Sur le coup, je me suis sentie agacée. Puis je me suis rappelé à qui j'avais affaire et j'ai détalé sans demander mon reste. J'ai croisé Amelia dans le couloir. Elle m'a lancé un appel au secours du regard.

« Désolée, Amelia, ai-je pensé en refermant d'un geste définitif la porte de ma chambre derrière moi. Cette fois, il va falloir que tu te débrouilles toute seule. »

Je n'étais pas de service au bar avant le début de la soirée. Après un petit tour à la salle de bains, j'ai donc enfilé un vieux jean et un tee-shirt du *Fangtasia* (« le bar qui a du mordant ») que Pam m'avait donné quand Eric s'était lancé dans les produits dérivés. J'ai chaussé mes Crocs et je suis retournée dans la cuisine me préparer mon propre breuvage de prédilection : un vrai café. Je me suis fait griller deux ou trois toasts et j'ai ôté le bandeau du quotidien local que j'avais récupéré sur le pas de la porte. J'ai jeté un coup d'œil à la première page : le comité des parents d'élèves s'était réuni, le supermarché local avait fait un généreux don au centre aéré et... Tiens ! L'État avait voté une loi reconnaissant le mariage entre humains et vampires. Personne n'y avait cru.

Je suis directement allée à la rubrique nécrologique. D'abord, les décès locaux : que des inconnus au bataillon. Tant mieux. Et dans la région... Oh, non !

« Maria-Star Cooper » en gros. L'avis disait seulement : « Maria-Star Cooper, vingt-cinq ans, résidant à Shreveport, est brutalement décédée, chez elle, hier. La jeune femme, photographe de profession, laisse derrière elle un père et une mère éplorés, Matthews et Stella Cooper, de Minden, ainsi que trois frères. Les dispositions concernant les obsèques vous seront communiquées ultérieurement dans nos colonnes. »

Je me suis laissée choir sur ma chaise, le souffle coupé. Je n'arrivais pas à le croire. Maria-Star et moi n'étions pas vraiment amies, mais je l'aimais bien. Cela faisait déjà plusieurs mois qu'elle sortait avec Alcide Herveaux, une figure importante de la meute des loups-garous de Shreveport. Pauvre Alcide ! Sa première petite amie avait connu une mort violente, et voilà maintenant que Maria-Star...

La sonnerie du téléphone m'a fait sursauter. J'ai soulevé le combiné avec un épouvantable sentiment de catastrophe imminente.

— Allô ? ai-je dit d'une voix incertaine, comme si le téléphone allait me sauter à la gorge.

— Sookie.

La voix déjà grave d'Alcide était voilée de larmes.

— Je suis tellement désolée, ai-je murmuré. Je viens de lire le journal.

Les mots ne suffisaient pas. Voilà qui expliquait son appel de la veille...

— Elle a été... assassinée, a-t-il murmuré.

— Oh ! mon Dieu.

— Et ce n'est qu'un début, Sookie. Je voulais t'avertir pour que tu sois sur tes gardes, au cas où Furnan s'en prendrait à toi aussi.

— Trop tard, ai-je soupiré, une fois le choc de ces affreuses nouvelles passé. On a essayé de me tuer cette nuit.

Il a éloigné le téléphone et s'est mis à hurler. Même au téléphone, en plein jour, ça m'a glacé le sang.

L'orage couvait depuis longtemps déjà, au sein de la meute de Shreveport. Même moi, qui ne me mêlais pourtant pas des manœuvres politiciennes des loups-garous, je le savais. Patrick Furnan, actuel chef de la meute des Longues Dents, avait gagné ce titre en tuant le père d'Alcide au combat. S'il avait remporté la victoire sans franchir les limites de la légalité – enfin, de la légalité version loup-garou –, il n'y en avait pas moins eu quelques petits coups fourrés. Alcide – riche, jeune, puissant et qui, de plus, nourrissait une tenace rancune à son encontre –

avait toujours représenté, dans l'esprit de Furnan, une menace.

C'était là un dossier brûlant, et top secret de surcroît, puisque, contrairement aux vampires, les loups-garous n'existaient toujours pas pour les humains ordinaires. À un moment ou à un autre, les hybrides finiraient pourtant bien par se montrer au grand jour. Ils en parlaient, en tout cas, et de plus en plus souvent. Mais ce n'était pas encore d'actualité, et ça n'aurait pas été du meilleur effet si la première impression que les humains avaient des loups-garous se fondait sur une soudaine prolifération de cadavres à travers la région.

— Je t'envoie quelqu'un tout de suite, m'a annoncé Alcide.

— Certainement pas. Je suis de service, ce soir. Et puis, je suis quasiment sûre qu'ils ne recommenceront pas. Je n'ai rien à voir dans cette histoire, moi, ou si peu. En revanche, je voudrais bien qu'on me dise comment ce type a su où et quand me trouver.

— Je te passe Amanda. Raconte-lui tout.

Il ne parlait plus, il grondait tant il était en colère. Amanda a pris le téléphone. Quand je l'avais vue au mariage, nous étions si gaies toutes les deux. Difficile à croire aujourd'hui.

— Allez-y.

Au ton catégorique sur lequel elle m'a dit ça, j'ai compris que ce n'était pas la peine de discuter. Je lui ai fait un récit aussi concis que possible (en laissant de côté la présence de Niall, le nom d'Eric et la plupart des autres détails). À la fin, elle a gardé le silence une bonne minute.

— Comme il a été liquidé, ça en fait un de moins dont il faut s'occuper, a-t-elle commenté, manifestement soulagée. Je regrette seulement que vous n'ayez pas découvert qui c'était.

— Désolée, j'étais trop obnubilée par le flingue pour penser à lui demander ses papiers, lui ai-je répliqué, un rien caustique. Mais comment ça se fait que vous réussissiez encore à vous battre, alors que vous êtes si peu nombreux ?

C'est-à-dire trente membres à tout casser, quand la meute de Shreveport était au complet.

— On trouve des renforts dans les autres territoires.

— Et pourquoi ils s'en mêlent, les autres ?

Quel est l'intérêt d'entrer dans une guerre qui n'est pas la vôtre ? Pourquoi perdre des vies dans votre propre clan, alors que le sujet de discorde ne concerne que des factions opposées du clan d'à côté ?

— Il y a toujours des avantages, surtout quand on soutient le camp des vainqueurs, m'a fait observer Amanda. Dites-moi, vous avez toujours cette sorcière chez vous ?

— Oui.

— Alors, il y a quelque chose que vous pouvez faire pour nous aider.

Je ne me souvenais pas de l'avoir proposé.

— Mais encore ?

— Il faudrait que vous demandiez à votre copine d'aller faire un petit tour dans l'appartement de

Maria-Star pour pratiquer une sorte de... lecture de ce qui s'y est passé. C'est possible ? On veut savoir quels sont les loups-garous impliqués dans le meurtre.

— C'est possible, oui. Mais rien ne dit qu'elle acceptera de le faire.

— Demandez-le-lui tout de suite, s'il vous plaît.

— Euh... elle a de la visite, en ce moment. Je vous rappelle.

Avant d'aller voir ma colocataire dans le salon, j'avais un appel à passer. Je ne voulais pas laisser ce genre de message sur le répondeur du *Fangtasia* – évidemment fermé à cette heure matinale –, alors j'ai appelé Pam sur son portable. C'était la première fois que je m'y aventurais. Pendant que ça sonnait, j'ai tenté de visualiser la scène : est-ce qu'elle emportait son portable dans son cercueil ? C'était une vision un peu étrange. Je ne savais d'ailleurs pas si Pam dormait dans un cercueil, mais si c'était le cas... J'en ai eu des frissons. La messagerie s'est déclenchée, comme je m'y attendais.

— Pam, j'ai découvert pourquoi on s'est fait agresser, cette nuit, Eric et moi. Je crois, du moins. Ça chauffe chez les loups-garous : il y a une guerre de clans qui se prépare. Et il se pourrait bien que j'aie servi de cible. On nous a trahis. Patrick Furnan a été averti. Et je n'avais dit à personne où j'allais.

C'était là un problème que nous n'avions pas eu le temps d'aborder, Eric et moi. Nous étions bien trop secoués, sur le coup. Pourtant, quelqu'un avait découvert où nous étions et à quelle heure nous allions rentrer de Shreveport. Mais qui, et comment ?

Ma colocataire et Octavia étaient en grande conversation, mais aucune n'a semblé aussi agacée ni aussi perturbée par mon intrusion que je le craignais.

— Navrée de vous interrompre...

Deux paires d'yeux se sont braquées sur moi : ceux, marron, d'Octavia et ceux, bleus, d'Amelia. Toutes différentes qu'elles étaient, elles avaient exactement la même expression dans les prunelles.

— Oui ?

Octavia dominait manifestement la situation.

Toute sorcière digne de ce nom était forcément au courant de l'existence des métamorphes. J'ai donc résumé en quelques phrases les raisons du conflit qui opposait les loups-garous de Shreveport, je leur ai raconté l'attaque sur l'autoroute de la nuit précédente et j'ai fait part à Amelia de la requête des loups-garous.

— Est-il bien nécessaire que tu t'impliques dans cette affaire, Amelia ? a demandé Octavia, sur un ton qui ne laissait guère de doutes sur la réponse attendue.

— Eh bien, il me semble que oui, lui a cependant répondu ma colocataire, avec un grand sourire. Je ne peux tout de même pas laisser mon amie se faire tirer dessus sans réagir, si ? Tu peux dire à Amanda que je vais l'aider, a-t-elle ajouté en se tournant vers moi.

Octavia n'aurait pas été plus choquée si Amelia lui avait recraché un pépin de raisin sur les genoux.

— Amelia ! Tu veux expérimenter des choses qui dépassent tes compétences ! Tu prends là d'énormes risques qui peuvent avoir de terribles conséquences ! Il suffit de voir ce que tu as déjà fait à ce pauvre Bob Jessup.

Hou la ! Mon amitié avec Amelia était récente, mais je la connaissais déjà assez pour savoir que ce n'était pas la bonne façon de s'y prendre avec elle. Si Amelia tirait vanité de quelque chose, c'était bien de ses talents de sorcière. Il n'y avait pas de meilleur moyen de la braquer que de les minimiser – cela dit, Bob était effectivement une bourde magistrale.

— Et vous, vous pouvez lui rendre forme humaine ? ai-je lancé à la sorcière patentée.

Octavia a dardé sur moi un regard noir.

— Évidemment.

— Eh bien, pourquoi vous ne le faites pas ? Et puis, après, on en reparlera.

Octavia a eu l'air outrée. Je n'aurais pas dû lui rentrer dedans comme ça, c'est vrai. Mais bon, si elle voulait montrer à Amelia son incontestable supériorité, c'était le moment ou jamais. Assis sur les genoux de ma colocataire, Bob ne se sentait absolument pas concerné. Octavia a sorti un petit pilulier de sa poche et l'a ouvert. On l'aurait dit rempli de marijuana. Mais je suppose que toutes les plantes séchées se ressemblent et, n'ayant jamais touché à cela de ma vie, j'étais mal placée pour en juger. Toujours est-il qu'Octavia a pris une pincée de ce machin vert et s'est penchée pour en saupoudrer la fourrure du chat – qui n'a pas semblé s'en formaliser le moins du monde.

L'expression d'Amelia regardant Octavia jeter son sort valait son pesant d'or. Apparemment, le sort en question se limitait à quelques mots en latin, deux ou trois gesticulations et la pincée d'herbe mentionnée plus haut. À la fin, Octavia a prononcé ce qui devait être l'équivalent ésotérique de « abracadabra » et a pointé l'index sur le chat.

Sans résultat.

Octavia a répété la formule avec un peu plus de conviction et a désigné de nouveau le chat du doigt.

Sans plus de succès.

— Vous savez ce que je crois ? ai-je hasardé.

Personne ne semblait très curieux de le savoir, mais j'étais chez moi, non ?

— Je me demande si Bob n'a pas toujours été un chat, provisoirement transformé en humain pour une raison quelconque. Voilà pourquoi vous ne pouvez pas inverser le processus. Et s'il se trouvait sous sa vraie forme, maintenant, en fait ?

— Parfaitement ridicule ! m'a assené Octavia Fant avec un dédain de reine outragée.

De son côté, son élève avait bien du mal à réprimer un petit sourire goguenard.

— Si vous êtes toujours persuadée, après ça, qu'Amelia est incompétente – ce qu'elle n'est absolument pas, je peux vous l'assurer –, vous pourriez envisager de vous rendre avec nous dans l'appartement de Maria-Star, ai-je suggéré à notre visiteuse d'une voix sucrée. Histoire de vous assurer qu'elle ne joue pas avec le feu.

Amelia a d'abord eu l'air vexée. Puis elle a dû voir où je voulais en venir et a finalement appuyé ma proposition.

— Soit. Je viendrai, a concédé Octavia, magnanime.

Je ne pouvais pas lire dans ses pensées, mais j'avais travaillé assez longtemps dans un bar pour reconnaître une âme esseulée quand j'en voyais une.

Amanda m'a indiqué l'adresse et m'a dit que Dawson surveillerait les lieux jusqu'à notre arrivée. Je connaissais Dawson et je l'aimais bien, d'autant qu'il m'avait donné un bon coup de main il n'y avait pas si longtemps. Il tenait un atelier de réparation de motos à deux ou trois kilomètres de Bon Temps, et il remplaçait parfois Sam au *Merlotte*. Dawson était un loup solitaire, et le fait qu'il ait accepté de prêter main-forte à la faction dissidente d'Alcide Herveaux en disait déjà long.

Je ne prétendrai pas que le trajet en voiture jusqu'aux abords de Shreveport a créé des liens entre nous trois. J'en ai néanmoins profité pour expliquer à Octavia le contexte sur lequel venaient se greffer les problèmes actuels de la meute locale. Je lui ai même révélé le rôle que j'avais joué dans toute cette affaire.

— Lors de l'élection du chef de meute, lui ai-je raconté, Alcide a voulu que j'intervienne, en tant que détecteur de mensonges sur pattes, si on peut dire. Et j'ai effectivement pris l'adversaire de son père en flagrant délit de tricherie, ce qui aurait dû le pénaliser. Sauf que, résultat, de compétition, on est passé à une lutte à mort. Or, Patrick Furnan était le plus jeune et le plus fort : il a tué Jackson Herveaux.

— Ils ont maquillé sa mort, je présume.

La vieille sorcière ne semblait nullement choquée, ni même un tant soit peu étonnée.

— Oui. Ils ont transporté le corps dans une ferme isolée appartenant à la meute, sachant pertinemment que personne n'y venait jamais. Le temps qu'on le découvre, ses blessures n'avaient plus rien de compromettant.

— Et Patrick Furnan s'est-il, depuis, montré un bon chef ?

— Je n'en sais absolument rien. Alcide a toujours semblé rallier tout un tas de mécontents autour de lui et, comme ce sont les seuls membres de la meute que je connaisse, on peut dire que je suis dans son camp, j'imagine.

— N'avez-vous donc jamais songé que vous pourriez vous effacer ? Vous dire : « Je m'en lave les mains et que le meilleur gagne » ?

J'ai été honnête avec elle.

— Non. J'aurais préféré qu'Alcide ne m'appelle pas et qu'il ne me parle jamais des problèmes de la meute. Mais, maintenant que je suis impliquée, je vais faire ce que je peux pour l'aider. Oh ! Je n'ai rien d'un ange, je vous rassure tout de suite. Mais, premièrement, Patrick Furnan me déteste – il est donc normal et plus malin de ma part de prendre le parti de son ennemi. Deuxièmement, j'aimais bien Maria-Star. Et, troisièmement, j'ai failli me faire tuer cette nuit par quelqu'un qui pourrait bien avoir été engagé par Furnan, justement.

Octavia s'est contentée d'opiner du bonnet. Elle n'avait décidément rien d'une vieille dame timorée.

Maria-Star avait habité un immeuble un peu vieillot, sur la route qui reliait Benton à Shreveport. C'était une toute petite résidence qui comptait deux bâtiments contigus dominant un parking, juste au bord de la route. De l'autre côté, ils donnaient sur un champ, et les commerces environnants se limitaient à une compagnie d'assurance et un cabinet dentaire.

Chacun des deux immeubles de brique rouge était divisé en quatre appartements. J'ai aperçu un pick-up qui ne m'était pas inconnu devant celui de droite. Je me suis garée juste à côté. L'accès aux appartements se faisait par un hall d'entrée d'où partait un escalier menant à l'étage. Maria-Star avait occupé l'appartement du rez-de-chaussée à gauche de l'escalier. Ce n'était pas difficile à deviner : Dawson montait la garde devant la porte.

Je l'ai présenté aux deux sorcières sous le nom de Dawson – je ne connaissais pas son prénom. Dawson était une véritable armoire à glace – on aurait pu casser des noix sur ses biceps. Il commençait à peine à grisonner, et sa moustache impeccablement taillée était encore d'un beau brun foncé. Je savais qu'il avait bien sept ou huit ans de plus que moi et qu'il s'était marié de bonne heure. Il avait divorcé de bonne heure aussi, d'ailleurs. Son fils, qui vivait avec sa mère, était un excellent footballeur. Il jouait dans l'équipe du lycée de Clarice. Je ne savais pas si c'étaient ses yeux, très noirs, l'expression sévère de son visage ou, tout simplement, la taille de la bête, mais pour moi, il était l'archétype du dur à cuire.

En voyant en travers de la porte le ruban de plastique qu'on utilise pour circonscrire les scènes de crime, j'ai senti les larmes me monter aux yeux. Il y avait quelques heures à peine, Maria-Star était morte ici, sauvagement assassinée. Dawson a sorti un trousseau de clés (celles d'Alcide ?) et a ouvert la porte. Nous sommes passées sous le ruban pour entrer.

En découvrant l'état du salon, nous nous sommes tous figés, muets d'horreur. Un petit guéridon en bois, que balafrait une énorme entaille, avait été renversé, me barrant le passage, et des taches sombres sur les murs ont aussitôt attiré mon regard. Il a fallu quelques secondes à mes neurones pour m'indiquer que c'était du sang.

Il flottait une drôle d'odeur aussi, pas très forte, mais très désagréable. Je me suis mise à respirer par la bouche pour ne pas risquer de régurgiter mon petit déjeuner.

— Et maintenant ? a demandé Octavia. Que voulez-vous que nous fassions ?

— J'avais pensé que vous feriez une reconstitution ectoplasmique, comme celle qu'Amelia a déjà faite.

— Amelia a déjà fait une reconstitution ectoplasmique ? s'est exclamée Octavia, abandonnant son air suffisant pour exprimer une évidente surprise et une non moins manifeste admiration. Je n'en ai jamais vu !

Ma colocataire a opiné avec une feinte modestie.

— Avec Terry, Bob et Patsy, a-t-elle précisé. Ça a super bien marché. On avait pourtant une vaste zone à couvrir.

— Dans ce cas, nous pouvons assurément en pratiquer une ici, a aussitôt décrété Octavia.

Cette perspective semblait l'emballer. C'était comme si son visage s'était soudain éclairé. Celui qu'elle m'avait présenté jusqu'alors n'était, en fait, que sa tête des mauvais jours, ai-je soudain compris. J'y voyais désormais suffisamment clair dans ses pensées, maintenant qu'elle ne se concentrait plus pour m'en empêcher, pour savoir qu'après Katrina elle avait vécu un enfer : tout un mois à se demander, matin, midi et soir, comment se nourrir et, chaque nuit, où dormir. Elle était à présent hébergée dans sa famille, mais je ne parvenais pas à obtenir une image très claire de sa situation actuelle.

— J'ai apporté le matériel, nous a annoncé Amelia.

Elle rayonnait de fierté – et de soulagement, pour qui pouvait le capter : elle se disait qu'elle avait encore une petite chance de se sortir du problème Bob sans avoir à payer le prix fort.

Adossé au mur, Dawson paraissait écouter avec intérêt. J'avais plus de mal à lire dans ses pensées (ce n'est jamais évident avec un loup-garou), mais il était indubitablement détendu.

Je l'enviais. Impossible, quant à moi, de me sentir à l'aise dans ce petit appartement : il semblait encore résonner de toute la violence qui s'était déchaînée entre ses murs. J'étais bien trop nerveuse pour m'asseoir dans le petit canapé deux places ou dans le fauteuil, tous deux recouverts d'un tissu à carreaux bleus et blancs. La moquette était bleu foncé et les murs blancs. Tout était coordonné. L'ensemble était un peu trop fade à mon goût, mais l'endroit avait été arrangé avec soin, bien entretenu et, moins de vingt-quatre heures plus tôt, c'était encore un foyer.

Je pouvais apercevoir le lit défait par la porte de la chambre. C'était le seul signe de désordre, en dehors du salon, bien sûr – de toute évidence le lieu du drame.

Je ne savais pas trop où me mettre, alors, faute de mieux, je suis allée m'adosser au mur à côté de Dawson.

Quoiqu'il se soit fait tirer dessus pour me protéger, quelques mois auparavant, je n'avais jamais eu de vraie conversation avec le réparateur de motos. J'avais entendu dire que la police (à savoir, dans ce cas précis, Andy Bellefleur et son collègue, le lieutenant Alcee Beck) subodorait qu'il ne se passait pas que de simples réparations, dans son atelier. Mais ils n'avaient jamais surpris d'activité illégale chez lui. De temps en temps, en plus de son travail habituel, Dawson louait ses services comme garde du corps – ou peut-être qu'il les proposait bénévolement ? En tout cas, il était assurément taillé pour le job.

— Vous étiez amies ? a grondé Dawson, en désignant du menton l'endroit le plus sanguinolent sur la moquette : là où Maria-Star avait été assassinée.

— De simples connaissances, plutôt. Mais amicales, oui.

Je ne voulais pas non plus prétendre à plus de compassion que je n'en méritais.

— Je l'ai vue à un mariage samedi.

Je m'apprêtais à dire qu'elle allait bien, à ce moment-là. Mais ç'aurait été idiot : on ne tombe pas malade avant de se faire tuer.

— À quand remonte le dernier contact que Maria-Star ait eu avec quelqu'un ? a demandé Amelia en se tournant vers Dawson. J'ai besoin d'établir des limites temporelles pour ma reconstitution.

— À hier soir, 23 heures, a-t-il répondu. Un coup d'fil d'Alcide. Il n'était pas en ville et il a des témoins qui peuvent le jurer. La voisine a entendu du raffut dans la demi-heure qui a suivi. Elle a appelé les flics.

C'était un long discours, pour Dawson. Ma colocataire est retournée à ses préparatifs, pendant qu'Octavia lisait un petit fascicule qu'Amelia avait tiré de son sac à dos en toile.

— Vous avez déjà vu un de ces trucs avant ? m'a demandé Dawson.

— Oui. À La Nouvelle-Orléans. J'imagine que c'est plutôt rare comme expérience, et ça ne doit pas être facile à faire. Mais Amelia est très douée.

— Elle vit chez vous ?

J'ai hoché la tête.

— C'est bien ce que j'avais entendu dire.

Nous avons gardé le silence pendant un bon moment, après ça. Dawson se révélait un compagnon reposant, en plus d'une montagne de muscles serviable.

Après tout un tas de gesticulations cabalistiques et quelques chants incompréhensibles de la part des deux sorcières, Octavia suivant les instructions de son ex-élève, l'atmosphère a commencé à changer. Octavia n'avait peut-être jamais participé à une reconstitution ectoplasmique, mais, plus le rituel se prolongeait, plus la puissance de la magie se faisait sentir dans la pièce, tant et si bien que mes ongles semblaient vibrer. Dawson n'avait pas vraiment l'air effrayé, mais il m'a paru de plus en plus sur le qui-vive à mesure que la pression montait. Il a fini par décroiser les bras et par se redresser, tout comme moi.

J'avais beau savoir à quoi m'attendre, cela m'a fait un vrai choc de voir Maria-Star apparaître dans la pièce. J'ai senti Dawson sursauter, à côté de moi. Ses longs cheveux noirs remontés en une queue de cheval haut perchée, Maria-Star se vernissait les orteils. Elle était assise sur la moquette, devant la télévision, une feuille de papier journal étalée sous le pied. L'image recréée par magie avait cette même apparence liquide et ce même reflet légèrement miroitant que j'avais déjà observés sur ma cousine Hadley, au cours d'une reconstitution retraçant ses dernières heures sur terre. Cette Maria-Star-là n'était pas en noir et blanc, mais pas vraiment en couleurs non plus. On aurait dit une silhouette remplie de gel brillant. Maria-Star se tenait exactement à l'endroit où la table basse avait été renversée. Les meubles n'étant plus à leur place, l'effet produit était des plus déconcertants.

Nous n'avons pas eu longtemps à attendre. Maria-Star a fini ses orteils, puis a regardé la télévision (maintenant un écran noir et vide) pendant qu'ils séchaient. Elle a exécuté quelques battements de jambes, pédalages et autres exercices de gym pour patienter. Après, elle a récupéré le flacon de vernis et les sépare-orteils en mousse, puis elle a plié la page de journal. Elle s'est ensuite levée et est allée dans la salle de bains. La porte de la salle de bains ayant été refermée entre-temps, elle est passée carrément au travers. D'où nous étions, nous ne pouvions plus rien voir, Dawson et moi. Mais Amelia, qui gardait les mains tendues en avant, un peu comme si elle soutenait ou projetait quelque chose, a eu un petit haussement d'épaules qui paraissait dire : « Elle ne fait rien d'intéressant. » Un petit pipi ectoplasmique, peut-être ?

Quelques minutes plus tard, la jeune fille a réapparu. En chemise de nuit, cette fois. Elle est allée dans la chambre pour ouvrir le lit. C'est alors qu'elle a brusquement tourné la tête vers la porte.

J'avais l'impression d'assister à une pantomime. Il était clair qu'elle avait entendu quelque chose et que ce quelque chose était inattendu. Ce pouvait être quelqu'un qui sonnait ou qui frappait à une heure qu'elle jugeait tardive, ou même quelqu'un qui essayait de fracturer la porte.

À en juger par les expressions qui se succédaient sur son visage, il était clair que, de l'étonnement, elle passait à l'inquiétude, puis qu'elle cédait même à la panique. Elle s'est ruée dans le salon pour prendre son portable (qui s'est matérialisé dès qu'elle l'a touché) et a appuyé sur une ou deux touches : elle composait un numéro enregistré. Mais avant même que le téléphone ait eu le temps de sonner, la porte a explosé et un homme s'est jeté sur elle. Un homme-loup. Plus il était près de Maria-Star, sur qui le sort était focalisé, mieux je le distinguais. Il l'a plaquée au sol et l'a mordue profondément à l'épaule. Elle a ouvert largement la bouche : il était évident qu'elle criait. Et elle se battait comme une louve. Mais il l'avait attaquée par surprise et il lui immobilisait les bras. Des écoulements luisants indiquaient que la morsure saignait abondamment.

Dawson m'a agrippé l'épaule. Un grondement de plus en plus puissant montait dans sa gorge. Mais je n'aurais pas su dire si c'était l'agression dont était victime Maria-Star qui le mettait hors de lui, ou si c'était la bagarre et la vision du sang qui l'excitaient. Les trois à la fois ?

Un deuxième loup-garou a surgi juste derrière le premier. Il avait gardé forme humaine, celui-là, et il tenait un couteau dans sa main droite, couteau qu'il a immédiatement plongé dans la poitrine de Maria-Star. Il ne l'a retiré que pour mieux la poignarder. Le va-et-vient de la lame éclaboussait les murs de sang. On pouvait voir les gouttes se matérialiser – ce qui prouve que le sang doit contenir de l'ectoplasme, ou ce genre de substance tout du moins.

Le premier agresseur m'était totalement inconnu. Ce type-là, en revanche, je le reconnaissais : c'était Cal Myers, l'un des hommes de main de Furnan et agent des forces de l'ordre de Shreveport.

Le tout n'avait duré que quelques secondes. Une fois sûrs que Maria-Star était mortellement blessée, les deux types ont repassé la porte d'entrée. J'étais anéantie par la violence et la terrible cruauté du meurtre. J'ai senti ma respiration s'accélérer. Une Maria-Star légèrement brillante, presque transparente, gisait devant nous, au beau milieu de cette scène de carnage, dans une mare de sang. Et puis, tout à coup, elle a disparu, parce que, en cet instant précis, sa vie venait de s'éteindre comme on mouche une chandelle.

Nous étions tous pétrifiés d'horreur. Les sorcières restaient les bras ballants, telles des marionnettes dont on aurait coupé les fils. Octavia pleurait, ses larmes se déversant sur ses joues ridées, Amelia semblait se retenir de vomir et je tremblais comme une feuille. Même Dawson avait changé de couleur.

C'est pourtant lui qui a repris ses esprits le premier.

— Celui qui l'a mordue, je l'ai pas reconnu, vu qu'il n'était transformé qu'à moitié. Mais le deuxième me dit quelque chose. C'est un flic de Shreveport, non ?

— Si. Cal Myers. On ferait mieux d'appeler Alcide, ai-je décrété, dès que j'ai de nouveau été capable de parler. Et il va devoir envoyer un petit quelque chose à ces dames pour leurs services, quand il aura réglé ses problèmes.

J'imaginais bien qu'Alcide ne songerait pas à ça, avec la mort de Maria-Star. Mais les sorcières avaient procédé à la reconstitution ectoplasmique sans faire la moindre allusion à un quelconque dédommagement. Or, elles méritaient d'être récompensées de leurs efforts. Elles avaient été durement éprouvées. La preuve en était qu'elles s'étaient toutes les deux effondrées sur le canapé.

— Si vous êtes en état, mesdames, on ferait mieux de se bouger, a alors déclaré Dawson. Allez savoir quand les flics vont se repointer. La police scientifique sortait d'ici quand vous avez débarqué.

Pendant que les sorcières rassemblaient leurs forces et leur matériel, j'ai pris Dawson à part.

— Vous avez dit qu'Alcide avait un bon alibi ?

Il a hoché la tête.

— La voisine de Maria-Star l'a appelé, juste après avoir téléphoné aux flics, quand elle a entendu le boucan. C'est vrai que c'était sur son portable. Mais il a répondu tout de suite. Et elle entendait les bruits de l'hôtel dans le fond. En plus, Alcide était au bar avec des gens qu'il venait de rencontrer quand il a appris la nouvelle. Ils ont juré qu'il était avec eux. Et ils ne risquent pas d'oublier sa réaction.

— J'imagine que la police essaie de trouver un mobile.

C'était ce qu'ils font toujours, dans les séries télévisées.

— Maria Star n'avait pas d'ennemis.

— Et maintenant, qu'est-ce qu'on fait ? nous a soudain demandé Amelia.

Ma colocataire et Octavia s'étaient levées. Elles semblaient à peine tenir sur leurs jambes : elles étaient manifestement exténuées. Dawson nous a accompagnées jusqu'à la porte et l'a refermée à clé derrière nous.

Puis il s'est adressé aux deux sorcières.

— Merci d'être venues, mesdames.

Et il s'est tourné vers moi.

— Vous ne pourriez pas venir avec moi expliquer à Alcide ce qu'on vient de voir, Sookie ? Amelia ne pourrait pas reconduire Mme Fant ?

— Euh... bien sûr. Si elle n'est pas trop fatiguée.

Amelia a confirmé qu'elle saurait s'en tirer. Nous étions arrivés à ma voiture, et je lui ai lancé les clés.

— Ça va aller pour conduire ?

Je voulais juste me rassurer un peu. Elle a hoché la tête.

— On roulera doucement.

Je montais déjà dans le pick-up de Dawson quand je me suis rendu compte qu'en l'accompagnant je m'impliquais encore davantage dans la guerre des loups-garous. Mais, de toute façon, Furnan avait déjà tenté de m'assassiner. *Ça ne peut pas être pire*, ai-je songé.

Chapitre 7

Bien qu'ayant, de toute évidence, connu des jours meilleurs, intérieurement, le pick-up de Dawson était en excellent état. Il n'était pas flambant neuf, loin de là – il avait bien cinq ou six ans –, mais il avait été parfaitement entretenu et, tant sous le capot que dans la cabine, c'était un vrai petit bijou.

— Vous n'appartenez pas à la meute, vous, Dawson, si ?

— C'est Tray. Tray Dawson.

— Oh, pardon !

Il a haussé les épaules comme pour dire : « Pas de quoi fouetter un chat. »

— Je n'ai jamais été très porté sur l'esprit de corps. Je n'arrivais pas à rester dans le rang, à suivre les consignes, à respecter la hiérarchie.

— Pourquoi vous impliquer dans ce combat, alors ?

— Patrick Furnan a voulu m'obliger à mettre la clé sous la porte.

— Pourquoi il a fait ça ?

— Il n'y a pas des tonnes d'ateliers de réparation d'motos, dans l'coin, et figurez-vous que Furnan a racheté la concession Harley-Davidson de

Shreveport. Monsieur est gourmand. Monsieur ne veut pas partager le gâteau. Et il se fiche bien de mettre les autres sur la paille. Quand il a compris que je ne lâcherai pas ma part, il a envoyé deux de ses gars me rendre une petite visite. Ils m'ont tabassé et ils ont bousillé l'atelier.

— Ça ne devait pas être des débutants...

J'avais du mal à imaginer que quiconque puisse avoir le dessus sur Tray Dawson.

— Vous avez appelé les flics ?

— Non. À Bon Temps, ils ne m'ont pas à la bonne... Mais j'ai rejoint le clan d'Alcide.

Le lieutenant Cal Myers ne rechignait manifestement pas à faire le sale boulot pour Furnan. Quand ce dernier avait triché, lors de l'élection du chef de meute, c'était Myers qui lui avait servi de complice. Je n'en étais pas moins choquée qu'il soit allé jusqu'à assassiner Maria-Star, dont le seul crime était d'aimer Alcide. Je l'avais pourtant vu faire, de mes propres yeux.

— C'est quoi votre problème avec la police de Bon Temps ?

Tray s'est esclaffé.

— J'ai fait partie de la famille. Vous ne le saviez pas ?

— Non ! Sans blague ?

C'était une nouvelle totalement inattendue.

— Sans blague. À La Nouvelle-Orléans. Mais je n'aimais pas les magouilles et mon chef était un enfoiré de première – pardonnez l'expression.

J'ai opiné du bonnet avec la gravité qui s'imposait. Cela faisait bien longtemps qu'on ne s'était pas excusé d'avoir dit de gros mots en ma présence !

— Et alors ? Les choses se sont envenimées ?

— Ouais, jusqu'à ce que ça éclate. Le commissaire m'a accusé d'avoir empoché le fric que ce type qu'on avait arrêté chez lui avait laissé sur la table... J'ai été obligé de démissionner, a conclu Tray en secouant la tête d'un air dégoûté. Je l'aimais bien, ce job, pourtant.

— Qu'est-ce qui vous plaisait, au juste ?

— Ce n'était jamais la même chose. Bon, d'accord, tous les jours, on montait dans les bagnoles et on faisait nos rondes. Ça, ça ne changeait pas. Mais, chaque fois qu'on sortait, on ne savait jamais ce qui allait se passer.

J'ai acquiescé. Je pouvais comprendre ça. Au bar aussi, les jours se suivaient sans totalement se ressembler – même si ceux de Tray, dans sa voiture de patrouille devaient quand même montrer un peu plus de variété.

Ensuite, nous avons roulé un moment en silence. J'ai réussi à percevoir que Tray se demandait si Alcide avait des chances de l'emporter sur Furnan dans cette épreuve de force. Il pensait qu'Alcide était un sacré veinard de nous avoir eues comme petites amies, Maria-Star et moi, et qu'il avait plus de chance encore que cette garce de Debbie Pelt ait disparu. « Bon débarras ! » se disait-il.

D'où ce qu'il s'apprêtait à me demander...

— Maintenant, à moi de vous poser une question, m'a-t-il annoncé.

— Juste retour des choses.

— Vous avez quelque chose à voir dans la disparition de Debbie Pelt ?

J'ai respiré un bon coup.

— Oui. Légitime défense.

— Tant mieux. Fallait bien que quelqu'un se dévoue.

Les dix minutes de silence qui ont suivi m'ont permis de faire une petite mise au point. Non que je veuille trop remuer la vase, mais Alcide avait rompu avec Debbie Pelt avant que je ne le connaisse. Puis il était sorti avec moi un temps. Debbie avait décrété que j'étais la femme à abattre et elle avait essayé de me tuer. Je l'avais eue en premier. Je m'étais arrangée avec ma conscience, depuis... si tant est que ce soit possible en de telles circonstances. Quoi qu'il en soit, après ça, Alcide n'avait plus jamais pu me regarder de la même façon. Comment lui en vouloir ? Puis il avait trouvé Maria-Star, et tout aurait pu être pour le mieux dans le meilleur des mondes.

Sauf que cela s'était très mal terminé.

J'ai senti les larmes me monter aux yeux et j'ai détourné la tête pour regarder à travers la vitre. Nous avions dépassé le champ de courses et le centre commercial. Tray a fini par prendre une sortie.

Nous avons tourné un moment dans un quartier plutôt modeste. Tray regardait si souvent dans son rétroviseur que j'ai compris qu'il se croyait suivi. Il s'est engagé d'un brusque coup de volant dans une ruelle, pour aller se garer derrière l'une des maisons les plus grandes de l'allée. Nous nous sommes rangés sous un auvent, à côté d'un autre pick-up. Il y avait aussi une petite Nissan le long du trottoir et deux motos. Tray leur a jeté un coup d'œil de professionnel.

— On est chez qui ?

J'avais un peu hésité à lui poser la question, mais j'estimais avoir le droit de savoir où l'on m'emmenait.

— Chez Amanda.

Il m'a galamment laissée passer et j'ai monté les trois marches du perron pour sonner à la porte.

— Qui est là ? a demandé une voix étouffée.

— Sookie et Dawson.

La porte s'est entrebâillée sur Amanda qui barrait le passage pour nous empêcher de voir derrière elle. J'ai déjà dit que je n'y connaissais rien en armes de poing, mais je sais identifier un gros calibre quand j'en vois un et celui-ci était pointé droit sur mon cœur. C'était la deuxième fois en deux jours que cela m'arrivait. J'ai soudain senti un grand froid m'envahir et j'ai eu comme un vertige.

— OK, a conclu Amanda, après nous avoir soumis à un examen approfondi.

Alcide se tenait derrière la porte, une arme à la main. Il s'était avancé en nous voyant entrer et, après s'être à son tour assuré de notre identité, il a baissé son arme. Il l'a posée sur le plan de travail et s'est assis à la table de la cuisine.

— Je suis navrée pour Maria-Star, Alcide.

J'avais dû faire un effort pour desserrer les dents. Avoir une arme braquée sur soi a quelque chose de tétanisant. Surtout de si près.

— Je n'ai toujours pas percuté, m'a-t-il répondu d'une voix sans timbre.

— On parlait de s'installer ensemble, a-t-il poursuivi d'un ton morne. Si on l'avait fait plus tôt, ça lui aurait sauvé la vie.

Avec des « si » et des « mais »... Ça ne servait à rien de ressasser le passé, sinon à se torturer. C'était déjà assez dur comme ça. Pas la peine d'en rajouter.

— On sait qui a fait ça, lui a annoncé Dawson.

J'ai ressenti dans la maison comme un tressaillement collectif. Parce qu'il y avait d'autres loups-garous ici – je pouvais sentir leur présence, maintenant –, et ils avaient tous dressé l'oreille en entendant la déclaration de Dawson.

— Quoi ? Comment ? Qui ?

Alcide s'était déjà levé, si vite que je l'avais à peine vu bouger.

— Ses copines sorcières ont fait une reconstitution, lui a expliqué Tray en me désignant du menton. J'y étais. Ils étaient deux. Un que je n'ai jamais vu – Furnan a donc fait venir des loups de l'extérieur. Quant au deuxième, c'était Cal Myers.

Alcide a serré les poings. Il semblait ne plus savoir quoi dire, assailli qu'il était de réactions toutes plus violentes les unes que les autres.

— Furnan a engagé des mercenaires, a-t-il finalement déclaré. Nous avons donc le droit de tirer à vue. On va embarquer un de ces types et on va le faire parler. Mais on ne peut pas amener un otage ici. Les voisins s'en apercevraient. Où, Tray ?

— Au *Hair of the Dog*.

Amanda n'a pas eu l'air follement emballée par cette idée. Elle était propriétaire du bar en question, et s'en servir comme chambre de torture ou d'exécution ne l'enchantait pas plus que ça. Elle ouvrait déjà la bouche pour protester quand Alcide s'est tourné vers elle en grondant, les babines retroussées, et si défiguré par son grognement que son visage n'avait plus rien d'humain. Soumise, Amanda s'est inclinée en tremblant.

— Cal Myers est Ennemi de la meute. On le tue. À vue.

Alcide avait encore élevé la voix pour énoncer cette sentence.

— Mais Cal est un membre de la meute, a protesté Amanda. Et les membres de la meute ont le droit d'être jugés.

Mais à peine avait-elle achevé sa phrase qu'elle reculait en tremblant de nouveau, ayant fort justement prévu la réaction d'Alcide : un terrifiant grognement de rage.

— Et le type qui a tenté de me tuer, ça ne vous intéresse pas de savoir qui c'était ?

Je voulais seulement désamorcer la situation ou, du moins, essayer.

Pour furieux qu'il était, Alcide n'a tout de même pas osé me rétorquer que, si j'avais survécu, ce n'était pas le cas de Maria-Star, ni qu'il avait eu bien plus d'amour pour Maria-Star qu'il n'en avait jamais eu pour moi. Ces deux réflexions lui ont pourtant traversé l'esprit.

— C'était un loup-garou, ai-je enchaîné. Il faisait dans les un mètre quatre-vingts. La vingtaine. Il était rasé de près. Cheveux bruns, yeux bleus. Et une grosse tache de naissance dans le cou.

— Oh ! a soufflé Amanda. On dirait… Comment il s'appelle, déjà ? Le tout nouveau mécano de Furnan. Il l'a engagé la semaine dernière. Lucky Owens ! C'est ça ! Vous étiez avec qui ?

— Eric Northman.

Ma réponse a jeté un froid. Par nature, loups-garous et vampires sont rivaux – pour ne pas dire ennemis jurés.

— Donc, le type est mort ? en a déduit Tray, pragmatique.

J'ai hoché la tête.

— Comment est-il remonté jusqu'à toi ? s'est enquis Alcide d'une voix plus calme.

— En voilà une question intéressante ! J'étais sur l'autoroute entre Shreveport et Bon Temps. Eric me raccompagnait chez moi. On était allés dîner au restaurant.

— Eh bien, qui savait où vous étiez et avec qui vous étiez sortie ? a repris Amanda, tandis qu'Alcide s'abîmait dans la contemplation du carrelage, les sourcils froncés, visiblement songeur.

— Ou que vous retourneriez chez vous par l'autoroute ?

Décidément, Tray ne cessait de monter dans mon estime.

— J'avais seulement dit à ma colocataire que je sortais dîner, sans préciser où. J'ai bien retrouvé quelqu'un à Shreveport, mais cette personne est hors de cause. Eric était au courant, bien sûr, puisqu'il m'a accompagnée. Mais je suis persuadée que ni lui ni l'autre personne n'ont vendu la mèche.

— Comment vous pouvez en être si sûre ? a objecté Tray.

— Eric s'est fait tirer dessus en voulant me protéger, et l'autre personne, auprès de laquelle il m'emmenait, était un parent proche.

Amanda et Tray, qui ignoraient la taille réduite de ma famille, n'ont pas pu se rendre compte de l'énormité de l'information. Mais Alcide, qui me connaissait mieux, m'a fusillée du regard.

— Tu nous montes un bateau, m'a-t-il lancé.

J'ai soutenu son regard.

— Non, absolument pas.

Je savais que c'était une rude journée pour Alcide et je compatissais. Mais je n'avais pas non plus à lui raconter ma vie. Puis j'ai eu une subite inspiration.

— Vous savez quoi ? Le serveur du resto était un loup-garou…

Ça pouvait expliquer bien des choses…

— Quel était le nom du restaurant ?

— *Les Deux Poissons*.

Je n'avais pas un très bon accent français, mais ils ont tous hoché la tête.

— Kendall travaille là-bas, a maugréé Alcide, Kendall Kent. Il avait de longs cheveux roux ?

J'ai acquiescé.

— J'avais pensé que Kendall rejoindrait nos rangs, a soupiré Alcide d'un air déçu. On a pris une bière ensemble, une ou deux fois.

— C'est l'aîné de Jack Kent, a précisé Amanda. On a dû juste lui demander de passer un coup de fil. Peut-être qu'il ne savait pas…

— Ce n'est pas une raison, lui a rétorqué Tray, sa voix de basse résonnant profondément dans la petite pièce. Sookie était là à l'élection du chef de meute, donc Kendall savait forcément qui elle était. C'est une alliée de la meute. Au lieu de prévenir Alcide qu'elle était sur notre territoire et qu'on devait la protéger, il a appelé Furnan pour lui dire où elle était et peut-être même qu'il l'a rappelé quand elle est partie du resto. Pas bien difficile pour Lucky, après ça, de l'attendre au tournant.

J'ai failli protester : rien ne prouvait que les choses se soient passées comme ça. Mais, à bien y réfléchir, tout collait. Juste pour être sûre de ne pas me tromper, j'ai téléphoné à Amelia et je lui ai demandé si elle avait eu des coups de fil et si elle avait dit à qui que ce soit où je me trouvais la nuit précédente.

— Non, m'a-t-elle assuré. J'ai eu Octavia, qui, à ce moment-là, ne te connaissait pas. J'ai eu un appel du panthère-garou que j'ai rencontré au mariage de ton frère et, crois-moi, on n'a vraiment pas parlé de toi. Alcide a appelé. Il était dans tous ses états. Il y a eu Tanya aussi, mais je ne lui ai rien dit.

— Merci, colocataire. Tu te remets de tes émotions ?

— Ouais, je me sens mieux. Et Octavia est retournée à Monroe, dans la famille qui l'héberge depuis Katrina.

— OK. On se voit quand je rentre.

— Tu vas réussir à être à l'heure au boulot ?

— Mais oui. J'ai intérêt.

Depuis que j'avais passé cette semaine à Rhodes, je veillais à respecter scrupuleusement les horaires, sinon les autres serveuses ne m'auraient pas ratée. Elles auraient accusé Sam de favoritisme. J'ai raccroché.

— Elle n'en a parlé à personne, ai-je confirmé.

— Donc, tu es allée dîner dans un restaurant chic – en compagnie d'Eric – avec un autre homme...

J'ai lancé à Alcide un regard incrédule. Cela venait comme un cheveu sur la soupe. Je me suis concentrée pour comprendre de quoi il retournait. Je n'avais jamais plongé mes capteurs dans une telle pagaille mentale. Alcide éprouvait, tout à la fois, de la douleur et du chagrin d'avoir perdu Maria-Star ; de la culpabilité parce qu'il n'avait pas su la protéger ; de la colère parce que je m'étais retrouvée impliquée dans ce conflit et, surtout, une furieuse envie de broyer des crânes. Et, cerise sur le gâteau, Alcide, de façon complètement irrationnelle, ne supportait pas que je sois sortie avec Eric.

J'ai essayé de me taire. Par respect. À cause de son deuil. Après tout, moi aussi, je savais ce que c'était que de ressentir des émotions contradictoires. Puis je me suis rendu compte, tout à coup, qu'il me fatiguait. Purement et simplement. Alors, je lui ai tout lancé à la figure.

— Très bien. Tu as des problèmes ? Résous-les tout seul. Quand tu m'as demandé de venir, je suis venue. Quand tu m'as demandé de t'aider, je l'ai fait. Tant pour l'élection du chef de meute qu'aujourd'hui. Et j'en ai payé le prix. Va te faire foutre, Alcide Herveaux. Peut-être que c'est Furnan le meilleur, finalement.

Sur ces bonnes paroles, j'ai tourné les talons. J'ai surpris le regard que Tray Dawson lançait à Alcide au moment où je franchissais la porte de la cuisine, puis je suis sortie de la maison, j'ai descendu les marches du perron et regagné le parking. S'il y avait eu une canette à proximité, j'aurais donné un coup de pied dedans.

— Je vous ramène, m'a proposé Tray en me rejoignant.

J'ai donc continué en direction de son pick-up. Je lui étais reconnaissante : en me procurant un moyen de locomotion, il m'évitait de rater ma sortie. Quand j'étais partie, plantant Alcide avec hauteur, je n'avais pas réfléchi une seconde à la suite des événements. Rien de mieux, pour vous gâcher votre petit effet, que d'être obligé de revenir pour chercher le numéro d'un taxi.

Je m'étais imaginé qu'Alcide me détestait, après la déplorable conclusion de l'affaire Debbie Pelt. Apparemment, pas tant que ça...

— Ça ne manque pas de sel, hein ? ai-je ironisé, après un temps mort. J'ai failli me faire tuer, la nuit dernière, parce que Furnan pensait que ça affecterait Alcide et, il y a encore dix minutes, j'aurais juré qu'il se plantait.

À voir son expression, Tray aurait encore préféré hacher des oignons plutôt que d'avoir cette conversation. Au bout d'un moment, il a pourtant marmonné :

— Alcide se conduit comme un imbécile. Mais il a des problèmes par-dessus la tête.

— J'entends bien.

Et je me suis tue avant de dire des choses désagréables.

Je suis effectivement arrivée à l'heure au boulot, ce soir-là. J'étais tellement énervée que, quand je suis passée chez moi me changer, j'ai failli déchirer mon pantalon noir en tirant dessus comme une brute pour l'enfiler. Et je me suis brossé les cheveux avec une telle énergie qu'ils crépitaient d'électricité.

— Les mecs sont vraiment des connards finis et je ne les comprends pas.

— Sans blague ? a répliqué Amelia. En cherchant Bob, cet après-midi, je suis tombée sur une femelle et ses chatons dans les bois. Et tu sais quoi ? Ils étaient tous noirs et blancs.

Je n'ai pas su quoi lui répondre.

— Alors, la promesse que je lui ai faite, il peut s'asseoir dessus ! À mon tour de m'amuser. Il peut aller coucher ailleurs ? Eh bien, moi aussi. Et s'il vomit encore sur mon dessus-de-lit, je lui ferai tâter du balai, c'est moi qui te le dis !

— Ce n'est pas moi qui te blâmerai, lui ai-je assuré, en essayant de garder mon sérieux.

C'était bon, d'avoir envie de rire plutôt que de frapper quelqu'un. J'ai attrapé mon sac, vérifié, dans la glace de la salle de bains du couloir, que ma queue de cheval était bien centrée, et je suis sortie prendre ma voiture.

Je n'avais pas franchi la porte des employés que j'étais déjà fatiguée : ce ne sont pas les meilleures conditions pour prendre son service.

Sam n'était pas là quand je suis allée déposer mon sac dans le tiroir de son bureau, comme d'habitude. Lorsque je suis sortie du couloir qui mène aux deux toilettes réservées à la clientèle, au bureau de Sam, à la réserve et aux cuisines (en fait, la porte de l'office était fermée de l'intérieur, la plupart du temps), je l'ai trouvé derrière le bar. Je lui ai fait un signe, avant de nouer le tablier blanc que je venais de tirer de la pile, près du comptoir. J'ai glissé mon calepin et un crayon dans ma poche, jeté un regard circulaire pour voir où était Arlene – que je remplaçais – et passé mes tables en revue.

Mon moral est encore descendu d'un cran. Pas de petite soirée tranquille pour moi, aujourd'hui. Deux pauvres types arborant le tee-shirt de la Confrérie du Soleil étaient attablés dans mon secteur. La Confrérie était une organisation d'extrémistes qui pensaient que : a) les vampires étaient foncièrement maléfiques, voire démoniaques, et que b) on devrait tous les exécuter. Évidemment, jamais les « pasteurs » de la Confrérie n'auraient dit cela en public, mais la Confrérie prônait l'extermination pure et simple des morts-vivants. Le bruit courait que ses membres disposaient d'un petit précis dans le style « Comment liquider un vampire en dix leçons ». Après l'attentat de Rhodes, ils étaient devenus encore plus virulents et cachaient de moins en moins la haine viscérale qu'ils portaient aux vampires. Leur succès leur avait donné de l'assurance.

La Confrérie voyait grossir ses rangs, cependant que des millions d'Américains se débattaient pour se réconcilier avec une situation qui leur échappait... et que des centaines de vampires déferlaient sur le pays qui leur avait réservé le meilleur accueil de toute la planète. Depuis que certaines nations catholiques et musulmanes intégristes avaient adopté une politique de « nettoyage des suceurs de sang », les États-Unis avaient commencé à reconnaître à ces derniers le statut de réfugiés fuyant les persécutions politiques ou religieuses, une décision à laquelle l'opinion publique avait très violemment réagi. J'avais même vu récemment, sur une voiture, un autocollant pour le moins éloquent : « Un bon vamp' est un vamp' mort. »

Je considérais les FotS – les membres de la Confrérie du Soleil, *Fellowship of the Sun* – comme un ramassis de crétins bornés et méprisais ceux qui y adhéraient. Mais, au bar, j'avais pour habitude de garder mes opinions pour moi, tout comme j'évitais les discussions sur l'avortement, la réglementation du port d'armes ou les homosexuels dans l'armée.

Ils étaient probablement des amis d'Arlene, pour tout arranger. Avec la faiblesse de caractère qui la caractérisait, mon ex-amie était tombée dans le panneau, buvant comme du petit-lait tout ce que les faux prophètes de cette prétendue Église racontaient.

Tout en se dirigeant vers la porte de service, le visage fermé et l'air rancunier, Arlene m'a fait un rapide exposé des commandes en cours. Je l'ai regardée partir en me demandant ce que devenaient ses enfants. Je leur avais souvent servi de baby-sitter. Ils devaient me détester, à présent, s'ils écoutaient ce que leur disait leur mère.

Je me suis empressée de chasser ce petit coup de blues. Sam ne me payait pas pour avoir des états d'âme. J'ai fait le tour de mes tables, renouvelé les consommations, veillé à ce que tout le monde ait assez à manger, apporté une fourchette propre à une dame qui venait de faire tomber la sienne, rempli le distributeur de serviettes en papier à la table où Catfish Hennessey se débattait avec ses nuggets de poulet et échangé quelques paroles aimables avec les clients assis au comptoir. Je traitais les FotS comme les autres et ils ne semblaient pas s'intéresser particulièrement à moi, ce qui me convenait parfaitement. J'avais toutes les raisons de croire qu'ils s'en iraient sans faire d'histoires… jusqu'à ce que Pam fasse son entrée.

Pam est blanche comme un linge et ressemble à une Alice au Pays des Merveilles qui aurait grandi, avant de devenir vampire. Le fait est que, ce soir-là, elle avait même mis un bandeau bleu ciel pour retenir ses longs cheveux blonds bien lisses et une robe à petites manches ballon et à col Claudine gansés de blanc, ce qui changeait un peu de ses éternels ensembles pantalons. Elle était ravissante – à ceci près qu'elle avait tout d'une erreur de casting, comme si un vampire s'était fourvoyé dans un épisode de *La Petite Maison dans la prairie*. Les minuscules boutons qui ornaient le haut de sa robe, sur le devant, étaient blancs, pour rappeler les petits pois blancs de la jupe. Elle ne portait pas de collants. Mais, à la réflexion, ça aurait fait bizarre, sur une peau aussi pâle.

— Salut, Pam ! l'ai-je saluée, comme elle se dirigeait droit sur moi.

— Bonsoir, Sookie, m'a-t-elle répondu d'un ton chaleureux, avant d'effleurer ma joue de ses lèvres fraîches, aussi légères qu'un flocon de neige.

— Qu'est-ce qui se passe ?

En temps normal, Pam travaillait au *Fangtasia*, à cette heure-ci.

— J'ai un rendez-vous. Comment me trouves-tu ? m'a-t-elle demandé, en tournant sur elle-même.

— Superbe, comme d'habitude.

C'était la plus stricte vérité. Quoique les tenues de Pam soient souvent très classiques et un peu démodées, cela ne voulait pas dire pour autant qu'elles ne lui allaient pas. Elle avait un charme certain – adorable mais... mortelle.

— Et qui est le petit veinard ?

Elle m'a jeté un regard supérieur, aussi condescendant que peut l'être celui d'un vampire de plus de deux siècles.

— Qui a dit que c'était un homme ?

— Ah ! D'accord. Qui est la petite veinarde, alors ? ai-je aussitôt corrigé, en jetant un coup d'œil alentour, à l'instant précis où ma colocataire faisait son entrée.

Amelia portait un superbe pantalon de lin noir avec escarpins assortis et un haut blanc cassé. Elle avait mis des boucles d'oreilles incrustées d'ambre et d'écaille. Elle arborait un style très conservateur, elle aussi, mais en un peu plus moderne. Elle est venue vers nous et a demandé à Pam, radieuse :

— Tu as déjà commandé ?

Pam lui a adressé un sourire timide que je ne lui avais encore jamais vu.

— Non, je t'attendais.

Elles se sont installées au bar et Sam les a servies. Elles n'ont pas tardé à papoter comme de vieilles copines de lycée et, une fois leurs verres vides, se sont levées pour s'en aller.

— On se verra quand je rentrerai, m'a lancé Amelia au passage.

Sa façon à elle de me faire comprendre qu'elle n'était pas sûre de dormir chez moi.

— OK. Amusez-vous bien.

Plus d'une paire d'yeux masculine les a suivies quand elles sont sorties. Si la cornée s'embuait comme les verres, tous les clients du bar auraient vu trouble.

J'ai refait le tour de mes tables, allant chercher une nouvelle tournée de bières pour l'une, apportant l'addition à l'autre, jusqu'à ce que j'arrive à la table des deux types en tee-shirt à l'effigie des FotS. Ils avaient toujours le regard rivé sur la porte, comme s'ils s'attendaient à voir Pam resurgir d'un bond en criant : « Bouh ! »

— Est-ce que j'ai vraiment vu ce que je viens de voir ? m'a demandé l'un des types.

La trentaine, rasé de frais, brun, quelconque, c'était Monsieur Tout le Monde. En revanche, son voisin était le genre de type que j'aurais eu à l'œil, si je m'étais trouvée seule avec lui dans un ascenseur. Mince et doté d'un fin collier de barbe, il arborait quelques tatouages qui paraissaient faits maison – un petit souvenir de prison ? – et il avait un poignard sanglé à la cheville que je n'avais pas eu trop de mal à repérer, une fois que j'avais pêché ce détail dans ses pensées.

— Et qu'est-ce que vous venez de voir ? lui ai-je très gentiment demandé.

Le type brun s'est dit que je devais être un peu demeurée. Mais c'était un bon camouflage, et cela signifiait aussi qu'Arlene n'était pas allée jusqu'à crier sur les toits que j'avais certaines petites particularités. Si vous le leur demandez à la sortie de l'office du dimanche, aucun habitant de Bon Temps n'admettra que la télépathie existe. Maintenant, si vous le leur demandez à la sortie du *Merlotte* un samedi soir, ils vous répondront qu'il y a peut-être du vrai dans ce qu'on raconte.

— Il me semble avoir vu une vamp' entrer ici comme si elle en avait le droit. Et il me semble avoir vu une femme parader en sa compagnie et ne pas avoir honte de sortir avec elle. Ma parole ! je n'arrive pas à le croire !

Il m'a invitée du regard à partager sa légitime indignation. Le tatoué a hoché la tête avec conviction.

— Attendez... excusez-moi, mais vous avez vu deux femmes quitter le bar ensemble et ça vous choque ? Je ne comprends pas votre problème, là.

Bien sûr que si, je comprenais très bien. Mais parfois, il faut s'exprimer.

— Sookie !

— Est-ce que je peux vous servir autre chose, messieurs ? ai-je aussitôt enchaîné, comprenant que Sam tentait vraisemblablement de me rappeler à la raison.

Ils me regardaient tous les deux de travers, à présent, ayant fort justement déduit de ma réflexion que je n'étais pas précisément de leur bord.

— Pas la peine, on s'en va, m'a répondu le tatoué, en espérant manifestement que j'allais payer pour avoir fait fuir la clientèle. Vous avez l'addition ?

Je l'avais même dans ma poche et je l'ai posée sur la table, bien au milieu. Ils y ont jeté un bref coup d'œil, avant de coller chacun un billet de dix par-dessus, puis ils ont repoussé bruyamment leurs chaises.

— Je reviens avec la monnaie, leur ai-je annoncé, avant de me retourner.

— Gardez tout, a grommelé le type brun.

Son ton revêche laissait pourtant à penser qu'il n'était pas particulièrement emballé par mon service. Allez savoir pourquoi...

— Pauvres mecs ! ai-je marmonné en me dirigeant vers la caisse.

— Sookie, il faut que tu apprennes à la boucler.

J'étais tellement surprise que je suis restée à regarder Sam sans comprendre. Nous étions tous les deux derrière le bar et Sam préparait une vodka collins. Il a posément continué, sans jamais quitter son verre des yeux :

— Tu dois les servir comme n'importe qui.

Ce n'était pas souvent que Sam me traitait comme une simple employée et non comme une personne de confiance, presque son associée. J'ai eu mal. Et plus encore quand je me suis rendu compte qu'il avait raison. Je ne m'étais certes pas montrée impolie, mais j'aurais dû encaisser les réflexions de ces deux abrutis sans faire de commentaires – et c'est ce que j'aurais fait s'ils n'avaient pas porté ces tee-shirts FotS. Le *Merlotte* n'était pas mon commerce, mais celui de Sam. Si les clients ne revenaient pas, c'était lui qui paierait les pots cassés. Et si, en définitive, il devait virer des serveuses, eh bien, je trinquerais aussi.

— Je suis désolée, ai-je murmuré.

Mais ça m'a coûté.

J'ai adressé à Sam un grand sourire et je suis retournée faire le tour de mes tables, un tour de trop sans doute, celui qui franchit la limite entre « attentionné » et « envahissant ». Mais si jamais je me réfugiais dans les toilettes réservées au personnel ou dans les toilettes des dames, j'allais fondre en larmes. Parce que ce n'est jamais très agréable de se faire remonter les bretelles et parce que ce n'est jamais très agréable de reconnaître qu'on a eu tort. Mais, surtout, ce n'est jamais très agréable de se faire remettre à sa place.

À la fermeture, je me suis sauvée comme une voleuse. Il allait bien falloir que je m'en remette, mais je préférais régler ça à la maison. Je n'avais aucune envie d'avoir « une petite discussion » avec Sam – ni avec personne d'autre, d'ailleurs. Holly me regardait déjà avec assez de curiosité comme ça.

J'ai donc filé vers le parking avec mon sac à la main, sans même prendre le temps d'enlever mon tablier. Tray était accoudé à ma voiture. J'ai fait un bond de deux mètres.

— Il y a quelque chose qui vous fait peur, pour que vous partiez en courant comme ça ? m'a-t-il lancé.

— Non, il y a quelque chose qui me… contrarie. Qu'est-ce que vous faites là ?

— Je vais vous raccompagner chez vous. Amelia est là ?

— Non, elle avait un rendez-vous.

— Alors, pas question que vous rentriez chez vous avant que j'aie jeté un œil à l'intérieur, a décrété l'armoire à glace de service, en montant dans son pick-up pour me suivre.

Je ne voyais aucune raison de m'y opposer. À vrai dire, cela me réconfortait d'avoir quelqu'un avec moi, quelqu'un qui semblait digne de confiance.

Ma maison était exactement telle que je l'avais quittée – enfin, telle qu'Amelia l'avait quittée. Les spots extérieurs s'étaient déclenchés automatiquement, et ma colocataire avait laissé allumées la lampe au-dessus de l'évier de la cuisine ainsi que celle de l'entrée de derrière. Les clés à la main, j'ai traversé la véranda pour ouvrir la porte de la cuisine.

La grosse main de Tray m'a saisi le poignet à la minute où je tournais la poignée.

— Il n'y a personne, lui ai-je assuré, après avoir procédé à une petite vérification à ma façon. Et Amelia a posé des sorts de protection sur la maison.

— Vous allez rester bien gentiment ici pendant que je fais un petit tour d'inspection, m'a-t-il conseillé avec douceur.

J'ai sagement obéi. Au bout de quelques secondes, il a ouvert la porte pour me dire que je pouvais entrer. J'étais sur le point de le suivre à l'intérieur pour faire, avec lui, le tour du propriétaire, mais il m'a lancé :

— J'aimerais rudement bien boire un verre de Coca, si vous en avez.

Ou comment se débarrasser de moi en faisant appel à mon sens de l'hospitalité. Ma grand-mère m'aurait tapé sur les doigts avec sa cuillère en bois, si je n'avais pas donné à Tray son Coca sur-le-champ.

Quand il est revenu, en déclarant qu'il n'y avait aucun intrus dans la maison, un verre de Coca glacé l'attendait sur la table de la cuisine avec un sandwich. Et une serviette pliée à côté.

Sans un mot, Tray s'est assis, a posé la serviette sur ses genoux et a mangé son sandwich et bu son Coca. J'avais pris place en face de lui avec une tasse de café.

— Il paraît que votre homme a disparu, m'a dit Tray, après s'être tapoté les lèvres avec sa serviette.

J'ai opiné du bonnet.

— Qu'est-ce qui lui est arrivé, à votre avis ?

Je lui ai expliqué ce qui s'était passé.

— Et je n'ai plus jamais entendu parler de lui depuis, ai-je conclu au terme de mon histoire, qui commençait à prendre un ton mécanique et répétitif.

— Pas bon, ça.

C'est tout ce qu'il a dit. Le fait de pouvoir discuter d'une manière aussi neutre et dépassionnée de ce sujet sensible m'a réconfortée. Après un long silence songeur, Tray a ajouté :

— J'espère que vous le retrouverez bientôt.

— Merci. J'ai vraiment hâte de savoir comment il va.

C'était peu de le dire.

— Bon, eh bien, je ferais mieux d'y aller, a déclaré Tray. Si vous n'êtes pas tranquille, cette nuit, appelez-moi. Je peux être là en dix minutes. Ce n'est pas bien que vous soyez toute seule ici avec cette déclaration de guerre.

J'ai eu une vision de chars d'assaut remontant mon allée gravillonnée.

— Jusqu'où croyez-vous que ça puisse aller ?

— Mon père m'a raconté que, pendant la dernière guerre, qui remonte à l'époque où mon grand-père était encore tout môme, la meute de Shreveport et celle de Monroe se sont affrontées. La meute de Shreveport se montait à une quarantaine, en ce temps-là, en comptant les parvenus.

« Les parvenus » était l'expression qu'employaient les loups-garous pure souche pour désigner ceux qui avaient accédé à leur état par morsure. Les parvenus ne pouvaient se changer qu'en hommes-loups : ils n'atteignaient donc jamais la perfection de la forme intégrale, ce qui leur valait le mépris des pure souche.

— Mais ceux de Monroe ont rameuté tous leurs jeunes et, du coup, ça les a mis à quarante, quarante-cinq, eux aussi. À la fin, les deux meutes avaient perdu la moitié de leurs effectifs.

J'ai pensé à tous les loups-garous que je connaissais.

— Je voudrais bien que ça s'arrête maintenant.

— Aucune chance, a tout de suite répliqué Tray – d'un imparable pragmatisme, comme toujours. Ils ont encore le goût du sang sur les crocs. Et puis, c'était plutôt lâche de tuer la copine d'Alcide, au lieu de s'en prendre directement à lui, pour lancer les hostilités. S'attaquer à vous aussi. Surtout que vous n'avez pas une goutte de sang de loup dans les veines. Vous êtes une alliée de la meute. Ça aurait dû vous rendre intouchable au lieu de faire de vous une cible. En plus, cet après-midi, Alcide a trouvé le cadavre de Christine Larrabee.

J'ai accusé le coup. Christine Larrabee était la veuve d'un des anciens chefs de meute de Shreveport. Elle occupait une position éminente au sein de la communauté des loups-garous, et elle s'était trouvée plus ou moins obligée de soutenir Jackson Herveaux lors de la dernière élection du chef de meute. Elle venait d'en payer le prix.

— Il ne s'attaque donc qu'aux femmes ? ai-je demandé d'une voix étranglée.

Le visage fermé de Tray n'était plus qu'un masque de mépris.

— Ouais. Je ne vois qu'une seule explication : Furnan veut pousser Alcide à bout, lui coller la rage. Il veut mettre tout le monde sur les dents, pendant que lui reste bien tranquille et en pleine possession de ses moyens. Il n'est pas loin d'y arriver, d'ailleurs. Entre la douleur de la mort de Maria-Star et la fureur de l'insulte personnelle, Alcide est à deux doigts de partir tout seul, comme une grenade dégoupillée, alors qu'il vaudrait mieux qu'il soit comme le silencieux d'un tireur embusqué.

— Mais est-ce que la stratégie de Furnan n'est pas un peu… bizarre ?

— Si. Je ne sais pas ce qui lui prend. Apparemment, il ne veut pas affronter Alcide en combat singulier. Il n'essaie pas seulement de le battre : il cherche à le tuer, lui et tous les siens, d'après ce que j'vois. Certains d'entre nous – ceux qui ont des petits – ont déjà retourné leur veste pour se rallier à Furnan. Ils ont trop peur de ce qu'il risque de faire à leurs gosses, maintenant qu'il s'en est pris aux femmes.

Tray s'est brusquement levé.

— Merci pour le sandwich, mais faut que je rentre nourrir mes chiens. Vous vous enfermez bien derrière moi, compris ? Et il est où votre portable ?

Je le lui ai tendu et, avec des gestes étonnamment vifs et précis pour d'aussi grosses mains, il a entré son numéro dans mon répertoire. Puis il m'a fait un petit signe et il est parti. Il habitait une jolie petite maison accolée à son garage, et j'étais vraiment soulagée qu'il ait estimé la durée du trajet, entre ici et là-bas, à dix minutes maximum. J'ai verrouillé la porte derrière lui et j'ai vérifié que les fenêtres de la cuisine étaient bien fermées. Évidemment, Amelia en avait laissé une ouverte pour profiter de la douceur de l'après-midi. Du coup, j'ai vérifié toutes les fenêtres de la maison, même à l'étage.

Après ça, et sachant que j'avais fait le maximum pour me sentir en sécurité, j'ai allumé la télévision et je me suis assise sur le canapé pour la regarder. Mais je ne voyais pas vraiment ce qui se passait sur l'écran. J'avais trop de choses en tête.

Plusieurs mois auparavant, j'étais allée assister à l'élection du chef de meute de Shreveport, à la demande d'Alcide, pour prévenir toute tentative de fraude. J'avais eu la malchance de me faire remarquer, puisque j'avais découvert et rendu publique la tricherie de Furnan. Cela m'écœurait de me retrouver impliquée dans une guerre qui n'était pas la mienne. En fait, la conclusion de l'histoire, c'était que ma relation avec Alcide ne m'avait apporté que des ennuis.

Je me suis sentie presque soulagée de sentir la colère m'envahir devant tant d'injustice. Mais mon bon côté a vite repris le dessus, m'intimant d'étouffer immédiatement dans l'œuf cet accès de révolte. Ce n'était tout de même pas la faute d'Alcide si Debbie Pelt avait été une garce de première, dotée d'instincts meurtriers qui plus est. Et ce n'était pas sa faute non plus si Patrick Furnan avait décidé de tricher pendant la compétition. Alcide n'était pas non plus responsable de la tactique sanguinaire, si peu orthodoxe chez les loups-garous, que Furnan avait choisie pour consolider sa position dominante. J'en venais à me demander si ce comportement sanguinaire, proprement inhumain, avait même quoi que ce soit de commun avec celui des loups.

Probablement pas. C'était sans doute typique de Furnan, tout simplement.

C'est à ce moment-là que le téléphone a sonné. J'étais tellement plongée dans mes pensées que j'ai sursauté violemment.

— Allô ? ai-je répondu d'un ton apeuré qui me faisait un peu honte.

— Le loup-garou Herveaux m'a appelé, m'a annoncé Eric. Il m'a confirmé qu'il était en guerre avec son chef de meute.

— Ben oui. Tu avais besoin qu'il te le confirme ? Mon message ne t'avait pas suffi ?

— J'avais envisagé d'autres causes à l'agression de lundi soir. Niall a dû mentionner qu'il avait des ennemis, non ?

— Effectivement.

— Je me demandais si l'un d'entre eux n'avait pas fait preuve d'une remarquable réactivité. Les loups-garous ne sont pas les seuls à avoir des espions…

J'ai pris le temps de méditer cette hypothèse.

— Donc, en voulant me rencontrer, Niall aurait signé mon arrêt de mort, à peu de chose près.

— Oui. Mais il a eu la sagesse de me demander de t'escorter, à l'aller et au retour.

— Donc, il m'a sauvé la vie. Une vie qu'il avait lui-même mise en danger.

Silence.

— À ce propos, ai-je repris, me réfugiant sur un terrain plus stable, tu m'as vraiment sauvé la vie et je t'en suis reconnaissante.

Je m'attendais presque qu'il me demande jusqu'où exactement allait ma gratitude, qu'il fasse référence au baiser qui avait suivi… Mais il ne disait toujours rien.

À l'instant précis où j'allais dire n'importe quoi pour briser ce silence qui commençait sérieusement à me peser, le vampire a déclaré :

— Je n'interviendrai dans la guerre des loups-garous que pour défendre nos intérêts. Ou pour te défendre.

À mon tour, j'ai observé une pause.

— OK, ai-je murmuré.

— Si tu vois que l'orage gronde, s'ils essaient de t'impliquer plus avant dans leur conflit, appelle-moi séance tenante, m'a-t-il ordonné. Je crois que notre agresseur a vraiment été envoyé par le chef de meute de Shreveport. En tout cas, c'était bel et bien un loup-garou.

— Une alliée d'Alcide l'a identifié d'après ma description. Le type, un certain Lucky je ne sais quoi, venait de se faire engager comme mécanicien chez Furnan.

— Curieux que Furnan ait confié une telle mission à quelqu'un qu'il connaissait à peine.

— Surtout quand on sait comment le type s'en est sorti...

Eric a eu un petit reniflement sarcastique.

— En tout cas, je ne parlerai plus à Niall de ce problème, a-t-il repris. Parce que, bien entendu, je lui ai tout raconté.

Pendant un moment, mon cœur s'est bêtement serré à l'idée que Niall ne s'était pas rué à mon secours. Il n'avait même pas appelé pour savoir comment j'allais. Je ne l'avais vu qu'une fois, et voilà que j'étais déçue parce qu'il ne jouait pas les infirmières à mon chevet...

— OK, Eric, merci.

Et j'ai raccroché. J'aurais dû revenir à l'attaque, à propos de cet argent que la reine me devait. Mais j'étais trop déprimée. Et puis, ce n'était pas le problème d'Eric.

J'étais sur les nerfs, et ça a duré jusqu'à ce que j'aille me coucher. Il ne s'est rien passé de nouveau qui ait pu justifier cette nervosité, mais j'ai dû me rappeler au moins cinquante fois qu'Amelia avait protégé la maison et que ces boucliers magiques étaient activés qu'elle soit là ou pas – enfin, je le croyais, en tout cas... Et puis, j'avais mis de gros verrous sur toutes les portes.

J'étais épuisée, et j'ai fini par m'endormir. Mais je me suis réveillée plus d'une fois, l'oreille aux aguets, à l'écoute d'un éventuel assassin...

CHAPITRE 8

J'avais les paupières lourdes, en émergeant, le lendemain matin. Je me sentais vaseuse et j'avais mal à la tête : je souffrais de ce qui revenait, en fait, à une gueule de bois émotionnelle carabinée. Ça ne pouvait plus durer. Hors de question de passer une autre nuit comme ça ! Et si j'appelais Alcide pour savoir si ses troupes et lui s'étaient installé un Q.G. sûr et bien protégé ? Peut-être qu'ils me feraient une petite place... Penser que je devais en arriver là pour me sentir en sécurité me donnait envie de mordre.

Je n'ai pas pu m'empêcher de penser : « Si Quinn était là, je pourrais rester sans crainte chez moi. » Et, pendant un moment, je n'ai plus été seulement inquiète pour mon petit ami : je lui en ai voulu à mort.

Dans mon état, il fallait bien que j'en veuille à quelqu'un. J'étais saturée d'émotions violentes et contradictoires.

Voilà une journée qui commençait bien, non ?

Pas d'Amelia en vue. J'en ai donc déduit qu'elle avait passé la nuit avec Pam. Non que j'aie le moindre problème avec ça. J'avais juste envie qu'elle soit là parce que je me sentais seule et que j'avais peur. Son absence créait comme un vide dans mon petit train-train quotidien.

Ah ! au moins, l'air est un peu plus frais, ce matin ! ai-je songé. On sentait vraiment que l'automne arrivait, qu'il était déjà là, sous nos pieds, prêt à bondir pour s'approprier les feuilles, l'herbe, les fleurs. J'ai passé un pull par-dessus ma chemise de nuit et je suis sortie sur la véranda savourer mon premier café de la journée. J'écoutais les oiseaux chanter. Ils n'étaient pas aussi bavards qu'au printemps, mais leurs trilles et leurs pépiements suffisaient à me rassurer : il ne se passait rien d'anormal dans la forêt. J'ai vidé ma tasse et j'ai essayé d'établir mon programme du jour. Mais je butais constamment contre un mur : il n'est pas facile de faire des projets quand vous soupçonnez fortement qu'on cherche à vous supprimer. Si je parvenais à m'arracher assez longtemps au problème de ma mort probablement imminente, je passerais l'aspirateur en bas, je trierais le linge à laver et j'irais à la bibliothèque. Et, si j'étais encore en vie après ces corvées, il faudrait encore que j'aille bosser.

Je me demandais où était Quinn.

Je me demandais quand j'aurais des nouvelles de mon arrière-grand-père tout neuf.

Je me demandais si d'autres loups-garous avaient été tués pendant la nuit.

Je me demandais quand le téléphone allait sonner.

Comme il ne se passait rien dehors, je me suis traînée à l'intérieur pour me plier au rituel de ma préparation matinale. Quand je me suis vue dans la glace, j'ai regretté ma nuit agitée : je n'avais l'air ni fraîche ni dispose. J'avais l'air d'une fille qui se rongeait les sangs et qui n'avait pas fermé l'œil de la nuit. Je me suis mis de l'anticernes et j'ai un peu forcé sur l'ombre à paupières et sur le blush. Puis j'ai trouvé que j'avais une tête de clown et j'ai quasiment tout enlevé. Après avoir donné à manger à Bob et lui avoir fait la leçon pour la portée de chatons, j'ai revérifié tous mes verrous, et hop ! en voiture pour la bibliothèque.

Simple annexe de la bibliothèque régionale, la bibliothèque de Bon Temps n'occupe qu'un petit bâtiment. Notre bibliothécaire n'en est pas moins diplômée de l'université de Ruston. C'est une grande dame, une femme géniale du nom de Barbara Beck. Son mari, Alcee, est un lieutenant de la police du comté, et j'espère vraiment que Barbara ignore ce qu'il trafique. Alcee Beck est un mec solide capable de bonnes actions... parfois. Il en fait aussi pas mal de mauvaises. Alcee a eu une sacrée veine que Barbara accepte de l'épouser, et il le sait.

Barbara est la seule employée à plein temps de la bibliothèque municipale. Je n'ai donc pas été autrement surprise de la trouver seule quand j'ai poussé la lourde porte d'entrée. Elle rangeait des livres sur les étagères. À l'approche de la quarantaine, Barbara s'habillait dans un style que je qualifierais de chic décontracté, ce qui signifiait que, à une base sombre, elle associait un haut de couleur vive et une paire d'escarpins assortis. Elle privilégiait également les bijoux plutôt massifs et originaux.

— Bonjour, Sookie ! m'a-t-elle lancé, avec son grand sourire habituel.

Je l'ai saluée en m'efforçant de lui rendre son sourire. Elle a bien remarqué que je n'avais pas l'air dans mon assiette, mais elle a gardé ça pour elle. Enfin, pas vraiment, évidemment, ma petite particularité aidant, mais elle n'a fait aucun commentaire à haute voix. J'ai posé les livres que je rapportais sur le comptoir des retours et j'ai commencé à parcourir des yeux les étagères des nouveautés, des bouquins de développement personnel, pour la plupart. Étant donné la popularité dont ces ouvrages bénéficiaient et la fréquence à laquelle ils étaient empruntés, tous les habitants du cru devaient avoir atteint la perfection, depuis le temps.

J'ai attrapé deux romans sentimentaux qui venaient de sortir, deux policiers et même un bouquin de science-fiction – il m'arrivait rarement d'en lire, sans doute parce que ma réalité dépassait largement tout ce qu'un écrivain de science-fiction pourrait jamais imaginer. Je regardais la couverture d'un livre écrit par un auteur que je n'avais jamais lu quand j'ai entendu un bruit sourd dans le fond de la salle : quelqu'un venait de franchir la porte de service. Je n'ai pas fait très attention, car certains avaient pris l'habitude de passer par là.

Puis Barbara a émis un drôle de bruit, et j'ai levé les yeux. L'homme qui se tenait derrière elle était immense – plus de deux mètres – et mince comme un fil. Il avait un grand couteau, aussi, et il l'appuyait contre la gorge de Barbara. Sur le coup, j'ai pensé que c'était un voleur et je me suis demandé pourquoi diable il braquait une bibliothèque. Pour récupérer les amendes de retard ?

— Ne criez pas, a-t-il sifflé entre ses dents, que j'ai trouvées singulièrement pointues.

Je me suis figée. Barbara avait dépassé le stade de la peur. Elle était en proie à la terreur. Cependant, je percevais une autre activité cérébrale dans le bâtiment. Quelqu'un s'approchait à pas feutrés de la porte de service.

— Le lieutenant Beck va te tuer pour avoir osé toucher à sa femme, me suis-je époumonée – et je savais de quoi je parlais. Tu peux dire adieu à la vie.

— Je ne sais pas qui c'est et je m'en fous, m'a rétorqué le grand échalas.

— Pourtant, tu ferais mieux, enfoiré, lui a balancé Alcee Beck, qui s'était discrètement faufilé dans son dos et lui collait le canon de son arme sur la tempe. Maintenant, tu vas lâcher ma femme et jeter ce couteau.

Mais le grand échalas ne l'entendait pas de cette oreille. Il a fait volte-face, poussant Barbara dans les bras de son mari, et s'est rué sur moi en brandissant son couteau.

Je lui ai balancé un Nora Roberts relié à la tête et j'ai tendu la jambe. Il s'est pris le bouquin en pleine figure et, aveuglé, a trébuché sur mon pied, exactement comme je l'avais prévu.

Puis il s'est empalé sur son propre couteau, ce que je n'avais pas du tout prévu.

Un silence de mort a alors envahi la bibliothèque. On n'entendait plus que les halètements de Barbara, tandis qu'Alcee et moi regardions la mare de sang qui s'étendait sous le corps du type.

— Oh oh, me suis-je étranglée.

— Merde alors ! a lâché Alcee Beck. Où avez-vous appris à lancer comme ça, Sookie Stackhouse ?

— Au softball.

Ce qui était la plus stricte vérité.

Bien évidemment, je suis arrivée en retard au travail. Et encore plus épuisée qu'en partant de chez moi. Mais je me disais que j'allais peut-être réussir à rester en vie jusqu'au soir. Après tout, la Providence était déjà intervenue deux fois en ma faveur : j'avais, par miracle, échappé à deux tentatives d'assassinat – comment ne pas présumer, en effet, que, tout comme le faux policier de l'autoroute, le grand type de la bibliothèque avait été envoyé pour m'éliminer et avait raté son coup ? Jamais deux sans trois. Ma bonne étoile serait-elle encore au rendez-vous, la prochaine fois ? Quelles chances y avait-il qu'un vampire se prenne une balle à ma place ou que, par pure coïncidence, Alcee Beck vienne apporter à sa femme son déjeuner qu'elle avait oublié sur la table de la cuisine ? Pas beaucoup. J'avais pourtant fait mentir la loi des probabilités par deux fois déjà.

Quelles que soient les présomptions officielles de la police (après tout, je ne connaissais pas le type de la bibliothèque – personne n'aurait pu dire le contraire – et c'était Barbara qu'il avait attaquée, pas moi), Alcee Beck m'avait désormais dans le collimateur. C'était un bon policier et il avait parfaitement analysé la situation : il avait bien vu que le grand échalas en avait après moi, qu'il ne s'en était pris à Barbara que pour attirer mon attention. Même si je n'y étais pour rien, Alcee ne me le pardonnerait jamais. Sans compter que j'avais lancé ce livre avec trop de force et de précision pour ne pas éveiller ses soupçons.

À sa place, j'aurais probablement eu la même réaction.

Et, maintenant, j'étais au *Merlotte*, à jouer avec lassitude la serveuse automate, tout en me demandant où je pourrais bien aller, ce que je pourrais bien faire et quelle mouche avait bien pu piquer Patrick Furnan. Mais d'où sortaient-ils donc, tous ces étrangers ? Je ne connaissais pas le loup-garou qui avait forcé la porte de Maria-Star ; Eric s'était fait tirer dessus par un loup-garou qui ne travaillait dans le garage de Patrick Furnan que depuis quelques jours, et je n'avais jamais vu le grand échalas de la bibliothèque – j'en étais sûre et certaine : c'était le genre qu'on n'oublie pas.

Bon sang ! Cette histoire n'avait aucun sens.

Puis j'ai eu une illumination. Les choses étant plutôt calmes dans mon secteur, j'ai demandé à Sam si je pouvais passer un coup de fil. Il a hoché la tête. Il ne cessait de me lancer des regards en coin, des regards qui signifiaient qu'il n'allait pas tarder à me coincer pour me parler. Mais, pour le moment, j'avais encore un peu de répit. J'en ai profité pour filer dans son bureau. J'ai jeté un coup d'œil dans l'annuaire de Shreveport pour trouver le numéro personnel de Patrick Furnan et je l'ai appelé.

— Allô ?

J'ai tout de suite reconnu sa voix, mais j'ai préféré demander :

— Patrick Furnan ?

— Lui-même.

— Pourquoi essayez-vous de me tuer ?

— Quoi ? Qui est à l'appareil ?

— Oh ! ça va, hein ! C'est Sookie Stackhouse. Pourquoi vous acharnez-vous sur moi ?

Long silence.

— Vous essayez de me piéger, là ?

Il se méfiait.

— Comment ? Vous croyez peut-être que j'ai mis votre ligne sur écoute ? Je veux comprendre. Je ne vous ai jamais rien fait. Je ne sors même plus avec Alcide. Vous essayez de me supprimer comme si j'avais la moindre influence sur qui que ce soit ! Vous avez tué la malheureuse Maria-Star. Vous avez tué Christine Larrabee. À quoi ça rime ? Je ne suis pas quelqu'un d'important, moi.

— Vous pensez vraiment que c'est moi qui suis responsable de tout ça ? m'a répondu Patrick Furnan avec lenteur. Que c'est moi qui tue les femelles de la meute ? Moi qui essaie de vous tuer ?

— J'en suis même sûre.

— Vous vous trompez. J'ai appris pour Maria-Star par la presse. Mais... Christine Larrabee est morte ?

Il avait l'air atterré.

— Oui, ai-je confirmé d'une voix aussi incertaine que la sienne, tout à coup. Et on a tenté de me tuer par deux fois. J'ai peur que quelqu'un de totalement innocent ne se retrouve pris dans la mêlée. Et, évidemment, je n'ai aucune envie de mourir.

— Ma femme a disparu hier, m'a alors annoncé Furnan d'une voix déformée par l'angoisse et le chagrin. Herveaux l'a enlevée et ce salaud va payer, a-t-il ajouté, grondant de colère.

— Alcide ne ferait jamais ça. (Enfin, j'étais à peu près sûre qu'Alcide ne ferait jamais ça.) Vous voulez dire que ce n'est pas vous qui avez commandité les assassinats de Maria-Star et de Christine ? Ni les attaques contre moi ?

— Non. Pourquoi est-ce que je m'en prendrais aux femmes ? Les femelles pur-sang sont trop rares pour qu'on élimine celles qui assurent la pérennité de l'espèce. On ne s'en prendrait pas à une femme. Sauf peut-être à Amanda, a-t-il corrigé. (Au temps pour le tact !) Si on devait vraiment liquider certains de nos semblables, c'est aux hommes qu'on s'attaquerait.

— Je crois qu'Alcide et vous avez besoin de parler. Il n'a pas enlevé votre épouse. De son côté, il pense que vous êtes devenu complètement fou et que vous vous en prenez aux femmes.

Il y a eu un temps mort au bout du fil. Puis Furnan a dit :

— Je pense que vous avez raison pour la discussion. À moins que vous n'ayez tout manigancé pour me placer dans une situation où Herveaux pourrait me tuer.

— Je veux juste vivre assez longtemps pour voir le prochain week-end.

— Je suis d'accord pour rencontrer Herveaux, à condition que vous soyez présente et que vous juriez de dire à chacun ce que l'autre pense. Vous êtes une alliée de la meute, de toute la meute. C'est le moment de le prouver.

Furnan voulait tellement retrouver sa femme qu'il était prêt à me faire confiance.

J'ai songé aux victimes que cette histoire avait déjà faites, à celles qu'elle allait encore faire – dont moi, peut-être. La situation prenait un tour totalement incompréhensible.

— Je le ferai si Alcide et vous acceptez de venir sans arme, ai-je déclaré. Si ce que je soupçonne est vrai, vous avez un ennemi commun qui essaie de vous pousser tous les deux à vous entre-tuer.

— Si cette ordure de Herveaux est d'accord, je veux bien tenter le coup. S'il retient ma femme en otage, j'espère pour lui qu'il n'a pas touché à un seul de ses cheveux, et il a intérêt à venir avec elle. Sinon, je jure devant Dieu que je l'étripe.

— Je comprends. Je vais m'assurer qu'il comprend aussi. On reprendra contact avec vous, lui ai-je promis.

Et j'espérais de tout mon cœur que je disais vrai.

Chapitre 9

Même jour, quelques heures plus tard – au beau milieu de la nuit. J'étais sur le point de me jeter dans la gueule du loup (des loups, en l'occurrence), et je ne pouvais m'en prendre qu'à moi-même. Après une série de coups de fil, Alcide et Furnan étaient parvenus à s'entendre sur un lieu de rendez-vous. Je les avais imaginés assis face à face à une table, leurs bras droits respectifs en faction derrière eux, prêts à tirer toute cette affaire au clair. Mme Furnan arriverait, le couple serait de nouveau réuni et tout le monde serait content – plus détendu, du moins. Et je ne serais pas sur la photo souvenir. Je ne ferais même pas partie du décor.

Et pourtant, je me retrouvais dans une zone industrielle désaffectée de Shreveport, celle-là même qui avait servi de cadre à la dernière élection du chef de meute. Enfin, Sam était avec moi, c'était déjà ça. Il faisait noir et froid. Le vent malmenait mes cheveux. Je dansais d'un pied sur l'autre, pressée d'en finir. Quoiqu'il ne soit pas aussi fébrile que moi, je savais que Sam était lui aussi sur des charbons ardents.

C'était ma faute s'il était là. Il brûlait tellement de savoir ce qui se passait chez les loups-garous que j'avais fini par le lui dire. Après tout, si quelqu'un passait la porte du *Merlotte* avec l'intention de me descendre, Sam avait bien le droit de savoir pourquoi son bar se trouvait transformé en passoire. J'avais bataillé ferme, quand il m'avait annoncé qu'il comptait m'accompagner. Mais le résultat était là : lui et moi, dans le noir et le froid, au milieu de nulle part.

Peut-être que je me racontais des histoires. Peut-être que je ne m'étais pas opposée si fermement que ça à sa venue. Peut-être que je voulais avoir le soutien d'une présence amicale, quelqu'un sur qui compter à mes côtés. Peut-être que j'avais tout simplement la trouille – d'accord, le dernier « peut-être » était franchement superflu.

L'air était vif, et nous avions tous les deux opté pour le ciré à capuche. Nous n'avions pas vraiment besoin des capuches, mais, si le froid s'accentuait, nous serions sans doute bien contents de les avoir. La zone industrielle désaffectée, plongée dans un silence lugubre, s'étendait tout autour de nous. Nous avions atterri dans l'aire de chargement d'une ancienne société de transport routier qui avait dû faire dans le lourd. Dans la lumière glauque des quelques lampadaires qui s'allumaient encore, les grandes portes métalliques coulissantes devant lesquelles se rangeaient les camions pour être déchargés ressemblaient à de gros yeux brillants.

À dire vrai, il y avait un paquet d'yeux brillants, dans les environs, cette nuit-là. On se serait cru dans *West Side Story* : les Sharks et les Jets s'apprêtaient à négocier. Euh… pardon, les loups-garous de la bande de Furnan et les loups-garous de la bande de Herveaux. Les deux clans de la meute allaient peut-être trouver un terrain d'entente. Ou pas. Et, au beau milieu de la mêlée se tenaient Sam le Métamorphe et Sookie la Télépathe.

En sentant approcher cette espèce de vibration rougeâtre qu'émettaient, pour moi, les cerveaux des loups-garous, je me suis tournée vers Sam et je lui ai dit que je regrettais du fond du cœur de l'avoir laissé venir avec moi.

— J'aurais mieux fait de me taire, ai-je déploré.

— Tu as pris l'habitude de me cacher des choses, Sookie. Mais je veux que tu me dises ce qui t'arrive. Surtout si c'est dangereux.

La méchante petite brise qui s'insinuait entre les bâtiments chahutait sa crinière blonde aux reflets cuivrés. C'était la première fois que je sentais aussi fortement sa différence : Sam est un vrai métamorphe, un spécimen plutôt rare dans la communauté des SurNat. Il peut prendre n'importe quelle forme. Il préfère celle du chien parce que c'est un animal familier généralement amical et qu'on tire rarement sur un chien. J'ai plongé dans l'azur de ses yeux. Il y avait quelque chose de sauvage dans son regard.

— Ils sont là, m'a-t-il annoncé, le nez levé comme s'il humait l'air.

Bientôt, les deux clans se sont retrouvés à trois mètres de nous, un de chaque côté. Les choses sérieuses allaient commencer.

J'ai reconnu plusieurs visages, parmi les loups-garous du clan Furnan – les plus nombreux. Le lieutenant Cal Myers en faisait partie. Furnan ne manquait pas de culot de venir avec Cal, alors même qu'il clamait son innocence. J'ai aussi reconnu l'adolescente que Furnan avait prise pour célébrer sa victoire sur Jackson Herveaux – une sorte de récompense, en somme. Elle semblait avoir vieilli de mille ans.

La bande d'Alcide comprenait la rousse Amanda – qui m'a saluée de la tête, la mine fermée – et quelques autres loups-garous que j'avais vus au *Hair of the Dog*, le soir où j'y étais allée avec Quinn. La serveuse filiforme qui portait ce jour-là un corselet de faux cuir rouge se trouvait juste derrière Alcide. Elle était à la fois surexcitée et morte de peur. À ma grande surprise, Dawson était là aussi. Il faut croire qu'il n'était pas aussi « loup solitaire » qu'il voulait bien le laisser penser.

S'écartant de leurs partisans, Alcide et Furnan se sont alors avancés.

Voici comment les pourparlers – ou la rencontre au sommet, appelez ça comme vous voulez – devaient se dérouler : je devais prendre place entre Alcide et Furnan, chacun d'eux me tenant la main, et j'étais censée jouer les détecteurs de mensonges sur pattes pendant qu'ils discuteraient. J'avais juré de dire à chacun si l'autre mentait – pour autant que mon don me le permette, du moins. Je suis certes capable de lire dans l'esprit d'autrui, mais on peut orienter ses pensées, les modifier ou même les cacher. Je ne m'étais encore jamais prêtée à ce genre d'exercice et j'espérais me montrer à la hauteur de l'enjeu.

Peut-être que, grâce à ma modeste contribution, je pourrais indirectement mettre un terme à ce jeu de massacre.

Alcide s'est approché de moi avec raideur, la dureté de ses traits encore accentuée par la lumière crue des lampadaires. C'est seulement à ce moment-là que j'ai remarqué à quel point il avait maigri, et vieilli aussi. Il commençait à grisonner légèrement, lui qui avait auparavant une belle crinière noire, quand son père était encore en vie. Patrick Furnan n'avait pas l'air d'aller mieux. Il avait toujours eu une certaine tendance à l'embonpoint, mais, là, il semblait bien avoir pris neuf ou dix kilos. L'exercice du pouvoir ne lui avait pas réussi. Et le choc causé par l'enlèvement de sa femme avait laissé des traces.

J'ai alors fait quelque chose que je n'aurais jamais cru faire un jour : je lui ai tendu la main. Il l'a prise et j'ai immédiatement été assaillie par le déferlement de ses pensées. J'avais du mal, d'habitude, à pénétrer l'esprit des SurNat. Mais il était tellement concentré que je parvenais à me faufiler sans difficulté dans son tortueux cerveau de loup-garou. J'ai tendu ma main gauche à Alcide. Il l'a serrée si fort que, sur le coup, j'ai été submergée. Au prix d'un effort colossal, j'ai réussi à canaliser leurs pensées pour ne pas me laisser déborder. Il leur serait assurément facile de mentir de vive voix, mais ce le serait beaucoup moins mentalement. Pas en continu, du moins, et pas de façon cohérente. J'ai fermé les yeux. Ils avaient tiré à pile ou face. C'est Alcide que le sort avait choisi pour poser la première question.

— Pourquoi avez-vous tué ma femme, Furnan ? C'était une pur-sang et elle était aussi douce qu'un loup-garou peut l'être.

Prononcer ces mots semblait lui arracher la gorge.

— Je n'ai jamais ordonné à aucun des miens de tuer l'un des vôtres, a affirmé Furnan, avec une telle lassitude qu'on en venait à se demander comment il tenait encore debout.

Et, côté mental, c'était à peu près la même chose : ses pensées s'enchaînaient lentement, péniblement, suivant le chemin qu'elles avaient fini par creuser à force d'être ressassées. Elles étaient plus faciles à lire que celles d'Alcide. Il était sincère.

Alcide était tout ouïe, lui aussi. Il s'est empressé de préciser sa pensée.

— Avez-vous commandité, auprès de quelqu'un d'extérieur à la meute, le meurtre de Maria-Star, de Sookie et de Mme Larrabee ?

— Je n'ai jamais donné l'ordre à qui que ce soit de tuer l'un des vôtres, a répondu Furnan. Jamais.

J'ai confirmé :

— Il pense ce qu'il dit.

Malheureusement, Furnan n'en avait pas fini.

— Je vous déteste, a-t-il poursuivi de cette même voix morne. Et je serais ravi que vous vous fassiez écraser. Mais je n'ai tué personne.

— Ça aussi, il le pense, ai-je maugréé.

— Comment pouvez-vous prétendre être innocent alors que Cal Myers est là, à vos côtés, et qu'il a poignardé Maria-Star à mort ? a fulminé Alcide.

Furnan a eu l'air troublé.

— Cal n'a rien à voir là-dedans, a-t-il protesté.

— Il pense ce qu'il dit, ai-je assuré à Alcide.

Puis je me suis tournée vers Furnan.

— C'est Cal qui a assassiné Maria-Star.

Bien qu'extrêmement concentrée, j'ai parfaitement perçu les murmures qui commençaient à se faire entendre autour de Cal Myers et j'ai vu les autres partisans de Furnan s'écarter de lui comme s'il avait la peste.

C'était au tour de Furnan de poser une question.

— Ma femme, a-t-il murmuré d'une voix enrouée. Pourquoi elle ?

— Je n'ai pas enlevé Libby, a affirmé Alcide. Je ne m'en prendrais jamais à une femme, encore moins à une pur-sang avec des petits. Et je n'ordonnerais jamais à personne de le faire.

Il était sincère.

— Alcide ne l'a pas fait et n'en a pas donné l'ordre, ai-je confirmé.

Mais Alcide vouait une haine farouche à Patrick Furnan. Rien n'obligeait Furnan à tuer Jackson Herveaux, à la fin de la dernière épreuve de la compétition qui les avait opposés pour l'élection du chef de meute. Pourtant, il l'avait fait. Il avait préféré commencer son règne en éliminant son rival. Autrement dit, en s'ôtant une belle épine du pied : Jackson Herveaux ne se serait jamais soumis à son autorité. Il l'aurait constamment remise en cause, et ce, pendant des années. Je recevais des ondes des deux côtés, des bribes d'idées si violentes que ma tête me semblait sur le point d'exploser.

— Calmez-vous, tous les deux, leur ai-je ordonné.

Derrière moi, je sentais Sam, sa chaleur, le contact de son esprit en alerte.

— Ne me touche pas, Sam, d'accord ? lui ai-je soufflé.

Il a compris et a reculé.

— Aucun de vous deux n'a tué celles qui ont été assassinées. Et aucun de vous deux n'a commandité leur meurtre. Pour autant que je sache, ai-je ajouté par précaution.

— Livrez-nous Cal Myers, qu'on l'interroge, a lancé Alcide.

— Mais alors, où est ma femme ? a grondé Furnan au même moment.

— Morte, a répondu une voix claire et forte. Et je suis prête à la remplacer. Quant à Cal, il est à moi.

Nous avons tous levé la tête, parce que la voix provenait du toit d'un des bâtiments. Il y avait quatre loups-garous là-haut, et la petite brune qui venait de parler était la plus près du bord. Elle avait un vrai sens de la mise en scène, il faut le reconnaître. Les femmes, chez les loups-garous, peuvent avoir une certaine position et un certain pouvoir, mais elles ne peuvent jamais accéder au statut de chef de meute. Jamais. Pourtant, du haut de son mètre soixante, cette femme-là était manifestement puissante et obéie. Elle s'était préparée à changer de forme, ce qui signifie qu'elle était nue. À moins qu'elle n'ait voulu montrer à Furnan ce qu'elle avait à lui offrir. Autrement dit : beaucoup, tant en quantité qu'en qualité.

— Priscilla ! s'est exclamé Furnan.

C'était un nom si improbable, pour un loup-garou, que je n'ai pas pu retenir le sourire que je sentais se dessiner sur mes lèvres. Ce n'était pourtant pas le moment.

— Vous la connaissez ! a aussitôt accusé Alcide en fusillant Furnan du regard. Elle fait partie de votre plan, c'est ça ?

J'ai répondu à la place de Furnan. C'est sorti tout seul.

— Non.

J'ai tenté de faire le tri parmi toutes les pensées qui m'assaillaient, pour en trouver une à laquelle me raccrocher.

— Furnan, Cal est sous la coupe de Priscilla. Il vous a trahi.

— Je me suis dit que si je liquidais trois ou quatre femelles clés, vous vous entre-tueriez, a repris Priscilla dans un ricanement. Dommage que ça n'ait pas marché !

— Qui est-elle ? a grondé Alcide en s'adressant toujours à Furnan.

— C'est la femelle d'Arthur Hebert, un chef de meute du comté St. Catherine.

St. Catherine était à des lieues d'ici, dans le Sud, juste à l'est de La Nouvelle-Orléans, la région qui avait pris Katrina de plein fouet.

— Arthur est mort, a déclaré Priscilla Hebert. Nous n'avons plus de territoire. Il nous faut le vôtre.

Eh bien, ça avait le mérite d'être clair.

— Cal, pourquoi as-tu fait ça ? a demandé Furnan en se tournant vers son bras droit.

Cal aurait dû sauter sur le toit pendant qu'il en était encore temps. Les alliés de Furnan et ceux d'Alcide formaient désormais un cercle autour de lui.

— Cal est mon frère, a annoncé Priscilla. Et vous n'avez pas intérêt à toucher à un cheveu de sa tête ni même à un seul poil de sa fourrure.

Mais sa voix recelait maintenant comme une petite pointe de désarroi. Cal a levé les yeux vers sa sœur. Il avait parfaitement réalisé dans quel pétrin il se trouvait, et je lisais dans son esprit qu'il aurait préféré qu'elle se taise.

Ce devait être sa dernière pensée.

Le bras de Furnan, soudain couvert de poils, a semblé jaillir de sa manche. Il a frappé son ex-lieutenant au ventre, avec une telle force qu'il l'a carrément éviscéré d'un coup. Les griffes d'Alcide ont emporté l'arrière de la tête de Cal alors que, déjà, son corps s'écroulait. Le sang du traître a giclé au-dessus de moi en décrivant un arc parfait. Dans mon dos, je sentais Sam vibrer de cette énergie annonciatrice d'une métamorphose prochaine, déclenchée par la tension palpable, l'odeur du sang et le petit cri qui m'avait échappé.

Priscilla Hebert a poussé un rugissement de rage et de douleur et, avec une grâce surhumaine, a bondi du toit sur le parking, à la tête de ses troupes.

La guerre était déclarée.

Nous nous étions mêlés aux loups de Shreveport, Sam et moi. Comme la meute de Priscilla commençait à se refermer en tenaille sur nous, Sam m'a annoncé :

— Je vais me changer, Sookie.

Je ne voyais pas vraiment ce qu'un colley allait bien pouvoir faire dans une telle situation, mais j'ai acquiescé :

— OK, boss.

Il m'a regardée avec un petit sourire en coin, s'est déshabillé en deux temps, trois mouvements et s'est accroupi. L'air frais de la nuit s'est soudain empli de bruits bizarres, ces frottements visqueux qui évoquent des cailloux remués dans un magma épais et accompagnent la métamorphose de l'homme en animal. D'énormes loups se redressaient et s'ébrouaient tout autour de moi. J'ai reconnu sans peine Alcide et Furnan parmi eux. J'ai essayé de compter les membres de la meute de Shreveport – qui, tout à coup, faisaient bloc face à l'ennemi commun –, mais ils se déplaçaient, prenant position pour se préparer à l'attaque, et il était impossible de les dénombrer.

Je me suis retournée pour caresser Sam et je me suis retrouvée nez à nez avec un lion.

— Sam ? ai-je soufflé, la gorge soudain nouée.

Le rugissement qu'il a poussé en réponse a semblé arrêter le temps : tout s'est figé pendant un moment. Au début, les loups de Shreveport ont paru tout aussi terrifiés que ceux de St. Catherine. Mais ils ont apparemment fini par comprendre que Sam était de leur côté, et de petits jappements d'excitation se sont élevés entre les bâtiments abandonnés.

Puis la bataille a commencé.

Sam tournait autour de moi, essayant de me protéger partout à la fois. Vainement, évidemment – bel effort, cependant. Il faut dire qu'en tant qu'être humain, désarmée qui plus est, j'étais complètement sans défense, dans cette mêlée. Ce n'était pas une sensation très agréable – c'était même absolument terrifiant.

J'étais ce qui se faisait de plus vulnérable dans la place.

Sam était magnifique. Ses énormes pattes fendaient l'air et, quand il frappait un loup de plein fouet, le loup tombait et ne se relevait pas. Quant à moi, je sautais partout, bondissant comme un elfe fou, faisant de mon mieux pour ne pas me trouver dans les pattes des combattants. Je ne parvenais pas à avoir une vue d'ensemble de la bataille. Mais j'ai quand même compris que des groupes de loups de St. Catherine se dirigeaient vers Furnan, vers Alcide et vers Sam. Ces petits commandos avaient visiblement été chargés d'éliminer les leaders. Autant dire que tout cela avait été bien orchestré. Priscilla Hebert n'avait pas réussi à sortir son frère à temps du guêpier dans lequel elle l'avait fourré, mais ça ne l'empêchait pas de mettre son plan à exécution.

Comme je ne représentais pas une menace, personne ne semblait faire attention à moi. Mais avec ma chance habituelle, j'allais bien finir par me faire assommer par un de ces combattants acharnés et par me retrouver dans un tout aussi sale état que si j'avais été visée. Priscilla, qui s'était changée en louve grise, avait, quant à elle, choisi Sam comme adversaire. Sans doute voulait-elle prouver que c'était elle qui avait le plus de cran, puisqu'elle s'attaquait à la plus grosse et à la plus dangereuse de toutes les cibles. Mais, tandis qu'elle se frayait un chemin vers le lion,

Amanda ne cessait de lui mordre les pattes postérieures. Priscilla s'est d'abord contentée de tourner la tête vers l'importune – plus petite qu'elle et donc sans doute indigne de son intérêt – en retroussant les babines. Amanda s'écartait immédiatement, esquivant sa rivale avec souplesse. Mais, à peine Priscilla reprenait-elle sa progression vers le lion qu'Amanda repartait à l'attaque. Ses morsures étaient assez puissantes pour pulvériser un os et Priscilla est passée de la simple irritation à la fureur. Galvanisée par sa rage, elle s'est retournée d'un bloc pour fondre sur Amanda. Avant même que j'aie le temps de souffler un « Oh, non ! » épouvanté, elle avait refermé ses mâchoires d'acier sur le cou d'Amanda et lui avait brisé la nuque.

Alors que je restais là à la regarder, pétrifiée d'horreur, la féroce louve grise a laissé choir la dépouille de sa victime pour faire aussitôt volte-face et se ruer sur Sam. Elle lui a sauté sur le dos et lui a planté ses crocs dans le cou. Il a eu beau se secouer dans tous les sens, impossible de la déloger.

C'est alors que quelque chose en moi a craqué, aussi sûrement que les vertèbres dans la nuque d'Amanda. J'ai complètement perdu la tête et j'ai bondi sur la louve, comme si j'en étais une, moi aussi. Pour éviter de glisser, j'ai noué les bras autour du cou de Priscilla et j'ai plaqué mes cuisses contre ses flancs. Puis je me suis mise à serrer jusqu'à avoir pratiquement l'impression de m'enlacer moi-même. Cependant, Priscilla refusait toujours de lâcher prise. Elle se jetait en tous sens pour essayer de me faire tomber. Mais je m'agrippais à elle comme un singe atteint de démence meurtrière.

Elle a fini par relâcher son emprise sur Sam pour s'occuper de moi. Je serrais, je serrais, je serrais de toutes mes forces. Elle a voulu me mordre, mais, vu ma position, elle ne parvenait pas à m'atteindre. Elle ne réussissait qu'à m'égratigner les mollets de la pointe de ses crocs, en se tordant le cou. Je sentais à peine la douleur, et cela ne m'empêchait pas de resserrer mon étreinte. Je commençais à avoir horriblement mal aux bras, mais, si jamais je flanchais, je savais que j'étais bonne pour rejoindre Amanda.

Tout cela n'a duré qu'un instant, mais j'ai eu l'impression d'essayer d'étrangler cette maudite louve durant une éternité. Je ne souhaitais pas vraiment la tuer ; je voulais juste qu'elle arrête de faire ce qu'elle faisait. Et elle n'arrêtait pas, bon sang ! Et puis, soudain, il y a eu un autre rugissement assourdissant, et d'énormes crocs ont étincelé à moins de trois centimètres de mon bras. J'ai compris qu'il était temps pour moi de passer le relais. À la seconde où j'ai lâché prise, je suis tombée de mon perchoir et j'ai roulé à terre avant de m'arrêter quelques mètres plus loin.

Il y a alors eu une sorte de petit *pop !* et Claudine est subitement apparue au-dessus de moi. Elle était en débardeur et en pantalon de pyjama et sortait visiblement de son lit. Entre ses jambes rayées, j'ai vu le lion arracher la tête de la louve d'un coup de dents, la recracher délicatement, puis se redresser pour surveiller les alentours et évaluer la prochaine menace.

Un des loups a soudain sauté à la gorge de Claudine. J'ai alors eu la preuve qu'elle était finalement bien réveillée. Elle l'a attrapé par les oreilles et l'a envoyé valser, profitant de l'élan qu'il avait pris pour le projeter au loin comme un vulgaire paquet de linge sale. Elle s'était débarrassée de l'énorme bête en un clin d'œil, avec une facilité déconcertante. Le loup s'est écrasé sur le quai de déchargement avec un craquement sinistre qui avait quelque chose de définitif. La vitesse à laquelle ce petit problème avait été réglé m'a laissée sans voix.

Et Claudine n'avait même pas bougé ! Un pied de chaque côté de mon torse, elle montait la garde, fidèle au poste. Quant à moi, pas si bête, je me tenais tranquille. En fait, j'étais surtout morte de fatigue et de peur, et quelque peu ensanglantée, par-dessus le marché – quoique seul le sang qui maculait mes jambes m'ait semblé être le mien. Un combat dure si peu de temps ; pourtant, en un éclair, toutes vos ressources sont épuisées. Enfin, chez les humains, du moins. Claudine paraissait plutôt en forme, pour sa part.

— Allez ! Amène ton cul poilu par ici ! a-t-elle hurlé à un loup-garou en lui faisant signe d'approcher des deux mains, alors qu'il tentait de se faufiler derrière elle.

Elle s'était retournée – en réalité, seul son torse avait pivoté : une manœuvre absolument impossible à exécuter pour un humain ordinaire. Le loup a bondi. Même faute, même punition : il a n'a pas tardé à rejoindre son congénère. Et Claudine n'était même pas essoufflée. Ses yeux étaient plus grands que d'habitude, son regard plus résolu, et elle s'était ramassée sur ses jambes, en position de combat, manifestement prête à en découdre.

Rugissements, grondements, aboiements et hurlements de douleur n'avaient cessé de monter en puissance – ainsi que des bruits immondes de corps déchirés sur lesquels je préférais ne pas m'attarder. Cependant, au bout de cinq ou six minutes de lutte acharnée, le silence est peu à peu retombé.

Claudine ne m'avait pas accordé un regard jusque-là, trop occupée à assurer ma défense pour cela. Quand elle a enfin baissé les yeux vers moi, je l'ai vue grimacer. Je devais être en piteux état.

— Je suis arrivée un peu tard, s'est-elle excusée, en m'enjambant pour venir se placer sur le côté.

Elle s'est penchée pour me tendre la main. En un clin d'œil, je me suis retrouvée debout. Je l'ai serrée dans mes bras, non seulement parce que j'en avais envie, mais aussi parce que j'en avais besoin. Claudine sent toujours divinement bon, et son corps semble curieusement plus ferme que celui d'un humain. Elle a paru ravie de me rendre mon étreinte et nous sommes restées dans les bras l'une de l'autre un long moment, le temps que je me remette de mes émotions.

J'ai ensuite relevé la tête pour jeter un regard circulaire. J'appréhendais ce que j'allais voir. Les vaincus gisaient pêle-mêle autour de nous, sur le sol maculé de taches sombres. Ici et là, un loup mal en point fouillait du museau les tas de cadavres, à la recherche d'un compagnon. Le lion était couché à quelques mètres de nous. Il haletait et sa fourrure était ensanglantée. Il avait une plaie ouverte à l'épaule – la blessure causée par Priscilla – et une autre morsure au niveau de l'échine.

Je ne savais pas par où commencer.

— Merci, Claudine, ai-je murmuré en l'embrassant sur la joue.

— Je n'arriverai pas toujours à temps, m'a-t-elle avertie. Ne crois pas que tu puisses compter sur un sauvetage systématique.

— On m'a équipée d'un système d'alarme ? Un truc relié au commissariat central des faé ? Comment as-tu su que j'avais besoin de toi ?

J'ai bien vu qu'elle ne me répondrait pas.

— Quoi qu'il en soit, je te dois une fière chandelle. Au fait, tu sais que j'ai rencontré mon arrière-grand-père, j'imagine ?

Je me sentais d'humeur loquace, subitement. Le bonheur d'être encore en vie, j'imagine.

Elle a hoché la tête avec une certaine révérence.

— Le prince est mon grand-père, m'a-t-elle expliqué.

— Oh ! Alors, on est un peu cousines ?

Elle a baissé les yeux vers moi. Son regard noir était profond et serein. Elle n'avait vraiment rien d'une femme qui venait juste de tuer deux loups en moins de temps qu'il n'en faut pour le dire.

— Oui, je suppose.

— Et alors, comment tu l'appelles ? Grand-papa ? Papy ?

— Je l'appelle « sire ».

— Ah bon...

Elle s'est éloignée pour examiner de plus près les deux loups-garous dont elle s'était si prestement débarrassée (j'étais certaine qu'ils étaient toujours morts). J'en ai profité pour aller voir le lion. Je me suis accroupie à côté de lui et je lui ai passé le bras autour du cou. Il a émis une sorte de grondement sourd. Machinalement, je lui ai grattouillé le front et l'arrière des oreilles, comme je le faisais avec Bob. Le grondement s'est amplifié.

— Je te remercie du fond du cœur, Sam, lui ai-je dit. Tu m'as sauvé la vie. Es-tu grièvement blessé ? Est-ce que je peux te soigner ?

Le lion a poussé un gros soupir et a posé la tête par terre.

— Tu es fatigué ?

L'air autour de lui a commencé à vibrer, et je me suis écartée. Je savais ce qui allait arriver. Quelques instants plus tard, le corps couché à côté de moi n'était plus celui d'un félin mais celui d'un homme. Je l'ai examiné avec anxiété. Il avait toujours des plaies, mais elles étaient beaucoup plus petites que celles du lion qu'il avait été. Tous les métamorphes sont dotés de capacités d'autoguérison stupéfiantes. Je ne me suis même pas formalisée de voir mon boss nu comme un ver. C'est dire à quel point ma vie avait changé. J'avais largement dépassé ça, maintenant – encore une chance, parce que j'étais littéralement entourée de corps nus. Les cadavres recouvraient forme humaine, de même que les loups blessés.

Le spectacle était moins difficile à supporter, quand tous ces corps étaient encore sous leur forme animale.

Cal Myers et sa sœur Priscilla étaient morts – rien d'étonnant –, tout comme les deux loups-garous dont Claudine s'était occupée. Amanda était morte. La fille filiforme que j'avais vue au *Hair of the Dog* avait survécu, malgré de graves blessures à la cuisse. J'ai aussi reconnu le serveur d'Amanda. Il semblait indemne. À la manière dont il se tenait, Tray Dawson avait vraisemblablement le bras cassé.

Patrick Furnan gisait au centre d'un cercle de cadavres et de blessés, tous du clan de Priscilla. J'ai réussi non sans difficulté à me frayer un chemin jusqu'à lui. Je sentais tous les yeux posés sur moi, tant ceux des humains que ceux des loups-garous encore sous leur apparence de bête. J'ai cherché sa carotide : rien. J'ai tâté son pouls : rien. J'ai même posé la main sur son cœur : rien.

— C'est fini, leur ai-je annoncé.

Tous les loups survivants se sont alors mis à hurler à la mort. Mais le plus impressionnant, c'étaient encore les hurlements des loups-garous qui avaient repris forme humaine.

Alcide s'est avancé vers moi d'un pas chancelant. En dépit des grandes traînées de sang coagulé qui recouvraient son torse, il ne semblait pas sérieusement blessé. Il a enjambé le cadavre de Priscilla, lui donnant un coup de pied au passage. Puis il est venu s'agenouiller auprès de Patrick Furnan, tête baissée comme s'il lui rendait un dernier hommage. Quand il s'est relevé, il avait le regard sombre, une expression féroce et résolue dans les prunelles.

— Je suis le chef de cette meute ! a-t-il alors proclamé avec force.

Un étrange silence a envahi le champ de bataille tandis que les survivants digéraient cette évolution de la situation.

— Il vaut mieux que tu partes, maintenant, m'a conseillé Claudine, derrière moi.

J'ai sursauté. J'étais restée figée, fascinée par la beauté d'Alcide, par cette sorte de sauvagerie primitive qui émanait de lui.

— Hein ? Pourquoi ?

— Ils vont célébrer leur victoire, m'a-t-elle expliqué. Et l'accession au statut de chef de meute de leur nouveau leader.

Joignant les poings, la serveuse filiforme les a brusquement abattus sur le crâne d'un ennemi tombé à terre, mais toujours vivant jusqu'alors. Les os se sont brisés avec un craquement sinistre. Tout autour de moi, les vaincus étaient exécutés – les plus grièvement blessés, du moins.

Un petit groupe de trois d'entre eux, deux femmes et un adolescent, se sont traînés aux pieds d'Alcide pour s'agenouiller devant lui, la tête rejetée en arrière. Ils lui offraient leur gorge en signe de soumission. Alcide était dans un état d'extrême – et manifeste – excitation. Je me suis souvenue de la façon dont Patrick Furnan avait célébré sa propre victoire, lors de l'élection du chef de meute. Je me suis demandé si Alcide allait tuer ses otages ou les violer. J'ai voulu protester. Mais avant que j'aie ouvert la bouche – sans bien savoir ce que j'allais dire, d'ailleurs –, la main de Sam m'avait déjà bâillonnée. J'étais folle de rage et d'indignation. Mais j'ai eu beau lui faire les gros yeux, il n'a rien voulu savoir. Il s'est contenté de secouer la tête avec fermeté. Il a soutenu mon regard furibond pendant un long moment, pour s'assurer que j'allais me tenir tranquille, puis il a ôté sa main. Il m'a alors prise par la taille pour m'entraîner brusquement à l'écart. Claudine nous a emboîté le pas tandis que nous nous éloignions tous les deux à grandes enjambées. Je regardais obstinément devant moi.

J'ai essayé de ne pas prêter attention aux bruits qui s'élevaient derrière moi.

CHAPITRE 10

Sam a enfilé les vêtements de rechange qu'il avait dans son pick-up avec une déconcertante décontraction.

— Il faut que je retourne me coucher, nous a annoncé Claudine, comme si elle s'était juste levée pour faire sortir le chat ou aller aux toilettes.

Et *pop !* elle a disparu.

Comme Sam était blessé, je lui ai proposé de prendre le volant. Il m'a tendu les clés sans discuter. Nous avons démarré en silence. J'ai eu un peu de mal à retrouver l'autoroute pour rentrer à Bon Temps : j'étais encore sous le choc.

— C'est une réaction normale, quand on vient de se battre, a murmuré Sam. Cette brusque excitation sexuelle.

Je me suis bien gardée de vérifier si ce genre de réaction affectait également mon passager.

— Oui, je sais. J'ai quelques combats à mon actif, moi aussi – dont je me serais bien passée, d'ailleurs.

— Sans compter qu'Alcide vient d'accéder au titre de chef de meute : raison de plus pour… manifester sa joie.

— Oui, mais s'il a fait tout ce grabuge, c'était quand même pour venger la mort de Maria-Star.

Selon moi, il n'aurait donc pas dû être d'humeur à célébrer quoi que ce soit.

— Il a « fait tout ce grabuge » parce qu'il se sentait menacé, a rectifié Sam. C'est vraiment bête de la part de Furnan et Alcide. Ils auraient dû s'asseoir à une table avant que les choses ne tournent au vinaigre. Ils auraient pu comprendre ce qui se passait bien plus tôt. Si tu ne les y avais pas poussés, ils auraient continué à se faire tuer un par un, et ils auraient fini par déclencher une véritable guerre ouverte au sein de la meute. Priscilla Hebert n'aurait pas eu grand-chose de plus à faire : ils auraient fait une bonne partie de son boulot à sa place.

Oui, eh bien, moi, j'en avais marre des loups-garous, de leur agressivité et de leur fierté imbécile.

— C'est pour moi que tu as fait tout ça, Sam. C'est ma faute si tu es blessé. Ça me rend malade. Sans toi, je serais morte, à l'heure qu'il est. J'ai une énorme dette envers toi. Et je suis affreusement désolée.

— Ta vie compte beaucoup pour moi, Sookie.

Sur ce, il a fermé les yeux et il s'est endormi. Il a dormi pendant tout le trajet jusqu'au bar. Il boitait, lorsqu'il a monté les marches de son mobile home, et il a fermé la porte derrière lui sans se retourner. Je me suis sentie un peu abandonnée et franchement déprimée, quand j'ai pris ma voiture. Je suis rentrée chez moi, en me demandant sous quelle rubrique j'allais bien pouvoir consigner ce nouvel épisode dans le journal de ma petite vie pas si tranquille que ça.

J'ai trouvé Amelia et Pam assises dans la cuisine. Amelia sirotait une tisane et Pam faisait de la broderie. Ses mains voltigeaient tandis que l'aiguille criblait le tissu, trop vite pour qu'un œil humain puisse suivre. Je ne sais pas ce qu'il y avait de plus stupéfiant : sa virtuosité ou le choix de son passe-temps.

— Qu'est-ce que vous avez fabriqué, Sam et toi ? m'a demandé ma colocataire avec un sourire entendu. On dirait qu'il ne t'a pas ménagée...

Puis elle m'a regardée plus attentivement, et son sourire s'est évanoui.

— Qu'est-ce qui t'est arrivé, Sookie ?

Pam a même posé sa broderie pour me fixer d'un regard empreint de gravité :

— Tu empestes le sang et la guerre, Sookie.

C'est alors que je me suis examinée, remarquant mon état pour la première fois. Mes vêtements étaient sales, déchirés de partout et couverts de sang. Ma jambe me faisait un mal de chien. Il était temps qu'on me soigne. Et quelles meilleures infirmières aurais-je pu trouver qu'Amelia la Sorcière et Pam la Vampire ? Pam était bien un peu excitée à la vue de ma plaie ouverte au mollet, mais elle s'est contrôlée, comme la gentille vampire bien élevée qu'elle était. Je savais qu'elle irait tout raconter à Eric, mais je m'en moquais éperdument.

Amelia a jeté un sort de guérison sur ma blessure.

— La magie curative n'est pas vraiment mon fort, s'est-elle excusée avec modestie.

Mais le sort a quand même dû faire de l'effet, parce que mes élancements ont cessé.

— Tu n'as pas peur ? m'a-t-elle alors demandé. C'est une morsure de loup-garou. Et si tu l'avais attrapée ?

— La lycanthropie, tu veux dire ? C'est bien moins facile à attraper que la plupart des maladies transmissibles, lui ai-je assuré.

Je le savais pour avoir posé la question à quasiment tous les hybrides que j'avais rencontrés. Ils étaient bien renseignés : eux aussi avaient des médecins et des chercheurs, après tout.

— Il faut se faire mordre plusieurs fois et un peu partout sur le corps pour être contaminé, en général. Et encore, même avec tout ça, ce n'est pas sûr que ça marche.

Ce n'est pas comme la grippe ou un banal rhume. En plus, il suffit de nettoyer la morsure juste après pour que les risques de contagion plongent d'un coup. J'avais vidé une bouteille d'eau sur ma jambe avant de monter dans ma voiture.

— Donc, ça ne me préoccupe pas plus que ça, ai-je conclu. Mais j'ai mal, et j'ai bien peur de garder une belle cicatrice.

— Eric ne sera pas content, a commenté Pam avec un sourire réjoui. Tu as mis ta vie en danger pour des loups-garous et tu sais en quelle piètre estime il les tient, a-t-elle renchéri.

— Ouais, ai-je marmonné, pas plus impressionnée que ça. Eh bien, qu'il aille se faire voir.

Le sourire de Pam s'est encore élargi.

— Ce sera répété, amplifié et déformé, a-t-elle répondu, ravie.

— Pourquoi ça t'amuse tellement de l'asticoter comme ça ? lui ai-je demandé d'une voix pâteuse.

Je sentais la fatigue me tomber dessus brusquement : le contrecoup, sans doute.

— Je n'ai jamais eu autant de munitions pour le faire. Je trouverais dommage de m'en priver, a-t-elle jubilé.

Amelia et elle ont quitté ma chambre et je me suis retrouvée seule, dans mon lit et en vie. C'était le paradis. Je me suis endormie comme une masse.

La douche que j'ai prise le lendemain matin tenait de la jouissance pure. Dans la liste de mes meilleures douches de tous les temps, elle arrivait bien en quatrième position. (La première étant celle que j'avais partagée avec Eric. Rien que d'y penser, j'en avais des frissons partout.) Je me suis récurée de la tête aux pieds. Ma jambe n'avait pas l'air trop abîmée et, bien que je sois percluse de courbatures pour avoir forcé sur des muscles qui n'étaient pas habitués à ce genre de traitement, j'avais le sentiment que, si on avait frôlé la catastrophe, le pire avait été évité et le mal vaincu. Une victoire toutefois exempte de toute joie.

Pendant que je me rinçais les cheveux, j'ai repensé à Priscilla Hebert. Je n'avais eu qu'un bref aperçu de sa réalité. Elle avait seulement voulu sauver sa meute privée de son territoire, et elle avait recherché une zone suffisamment affaiblie pour l'y installer. Peut-être que si elle était venue trouver Patrick Furnan en lui expliquant son problème, il les aurait volontiers accueillis, elle et les siens. Mais il n'aurait jamais renoncé à son autorité. Il avait tué Jackson Herveaux pour l'obtenir, alors il n'aurait sûrement pas accepté de la partager avec Priscilla – pour peu que les lois des loups-garous l'aient permis, ce qui semblait peu probable, à plus forte raison si l'on considérait le statut tout à fait exceptionnel que s'était adjugé Priscilla : chef de meute au féminin.

Enfin, elle n'était plus rien du tout, maintenant.

Sur le principe, je l'admirais d'avoir pris tant de risques pour trouver à sa meute un nouveau territoire. Mais, pour l'avoir vue en chair et en os, je ne pouvais que me féliciter de son échec.

Propre et ragaillardie par ma douche, je me suis séché les cheveux et je me suis maquillée. J'étais de service pour le déjeuner, ce qui signifiait que je devais être au *Merlotte* à 11 heures. J'ai enfilé mon uniforme de serveuse – pantalon noir et sweat-shirt blanc –, lacé mes Reebok et finalement décidé de ne pas m'attacher les cheveux, pour changer.

Étant donné les circonstances, je trouvais que j'allais plutôt bien.

Il y avait eu beaucoup de morts et les événements de la nuit laisseraient de profondes séquelles, mais du moins la meute ennemie avait-elle été vaincue : la région de Shreveport était tranquille pour un moment. La guerre avait été expédiée et le secret des loups-garous n'avait pas été éventé – quoique ce ne soit que partie remise : ils allaient bien devoir se décider un jour à dévoiler leur existence au reste du monde. Et le plus tôt serait sans doute le mieux. Car, les vampires étant « sortis du cercueil », le risque que quelqu'un vende la mèche devenait chaque jour de plus en plus grand.

J'ai rangé cette considération au rayon « pas mon problème » et je suis passée à autre chose.

Que ce soit parce que la blessure était bénigne ou grâce aux bons soins de ma sorcière de colocataire, ma plaie au mollet n'était déjà plus qu'une égratignure. J'avais bien des meurtrissures sur les bras et sur les jambes, mais ça ne se verrait pas, sous mon uniforme. Et, comme il faisait plutôt frais, personne ne s'étonnerait de me voir en manches longues. À dire vrai, une veste n'aurait pas été de trop et j'ai regretté de ne pas en avoir jeté une sur mes épaules avant de partir. Amelia ne s'étant pas manifestée, j'ignorais si Pam dormait ou non dans ma cachette à vampires, dans l'armoire de la chambre d'amis. Hé ! Encore un détail qui n'était pas mon problème.

Tout en conduisant, j'ai continué à ajouter des alinéas à la liste des choses qui ne me concernaient pas et n'auraient pas dû me préoccuper. Mais, en arrivant au travail, je me suis arrêtée net. À la vue de mon patron, tout un tas de pensées que je n'avais pas vues venir se sont bousculées au portillon. Non que Sam ait eu l'air en piteux état. Il m'a semblé normal, en tout cas fidèle à lui-même, quand je suis entrée dans son bureau pour y déposer mon sac, comme d'habitude. En fait, cette petite bagarre paraissait même l'avoir ragaillardi. Peut-être que cela lui avait fait du bien de se changer en quelque chose de plus agressif qu'un colley… Peut-être que cela ne lui avait pas déplu de casser du loup-garou, d'ouvrir quelques panses velues, de briser quelques échines…

Bon, d'accord, mais à qui avait-il sauvé la vie en ouvrant les panses et en brisant les échines en question ? Je me suis secouée mentalement et, sans réfléchir, je me suis penchée pour déposer un baiser sur sa joue. Ah ! l'odeur de Sam ! Ce mélange d'après-rasage et de parfum boisé, à la fois un peu sauvage et si familier…

— Comment tu te sens ? m'a-t-il demandé, comme si je l'embrassais tous les jours.

— Mieux que je n'aurais osé l'espérer. Et toi ?

— Un peu mal partout, mais on fera avec.

Holly a passé la tête par l'entrebâillement de la porte.

— Hé ! Salut, Sam, Sookie !

Elle est entrée pour déposer son sac.

— Dis donc, Holly, j'ai entendu dire que vous étiez ensemble, Hoyt et toi, lui ai-je lancé, en m'efforçant de sourire et d'avoir l'air réjoui.

— Ouais, on s'entend pas trop mal, m'a-t-elle répondu, en essayant de la jouer décontractée. Il est vraiment gentil avec Cody et sa famille est super sympa.

En dépit de sa crête de cheveux teints en noir corbeau et de sa tonne de maquillage un rien agressif, il y avait quelque chose de triste et de vulnérable chez Holly.

C'est tout naturellement que je lui ai dit :

— J'espère que ça va marcher entre vous.

Holly a eu l'air ravie. Consciente des liens très étroits qui unissaient Hoyt à Jason, elle savait pertinemment que, si elle épousait Hoyt, elle deviendrait pratiquement ma belle-sœur.

Puis Sam s'est mis à nous raconter ses problèmes avec un de ses fournisseurs de bière, nous avons noué nos tabliers et notre journée de travail a commencé. J'ai passé la tête par le passe-plat pour saluer le personnel en cuisine. Le cuistot du moment était un ancien militaire du nom de Carson. Les cuisiniers de snack, ça va, ça vient. Carson était l'un des meilleurs. Il avait très vite attrapé le coup de main pour faire les hamburgers Lafayette (des hamburgers marinés dans une sauce spéciale inventée par un de nos précédents cuisiniers) ; il faisait les beignets de poulet et les frites dorés à point ; il ne piquait pas de colères en plein service et il ne martyrisait pas le nouveau garçon de salle. Il arrivait à l'heure et laissait les cuisines propres quand il partait : un tel miracle que Sam était prêt à lui pardonner bien des choses.

Les clients ne se bousculaient pas en salle, si bien que c'étaient Holly et moi qui buvions un verre pendant que Sam était pendu au téléphone dans son bureau lorsque Tanya Grissom a franchi la porte. Pas très grande mais dotée de rondeurs voluptueuses, la fille était aussi fraîche et appétissante qu'une crémière.

— Où est Sam ? a-t-elle demandé, avec cette belle assurance qu'elle affichait en toute circonstance.

Sa petite bouche pulpeuse s'est incurvée en un charmant sourire. Celui que je lui ai rendu était à peu près aussi sincère. Garce !

— Bureau, ai-je laconiquement répondu, comme si je savais toujours précisément où se trouvait mon boss.

— Cette fille, là, m'a murmuré Holly en se dirigeant vers le passe-plat, c'est un vrai mystère ambulant.

— Pourquoi tu dis ça ?

— Elle vit à Hotshot, en colocation avec des femmes de là-bas…

De tous les habitants standards de Bon Temps, Holly était l'une des rares à être au courant de l'existence de créatures telles que les loups-garous et les métamorphes. J'ignorais si elle avait découvert que Hotshot était une communauté de panthères-garous, mais elle savait, comme tout le monde dans le comté, que les gens qui vivaient là-bas étaient bizarres et qu'ils étaient victimes d'une consanguinité généralisée. Tanya (elle-même une renarde-garou) avait donc de quoi lui paraître suspecte.

J'ai soudain été saisie d'une grosse bouffée d'angoisse. Je me disais : *Ce serait le rêve, pour Sam, une fille capable de se changer en animal comme lui. Lui et Tanya pourraient se métamorphoser ensemble. Il pourrait même se changer en renard aussi, s'il voulait.*

J'ai eu un mal de chien à garder le sourire, après ça. En même temps, j'avais honte de moi. J'aurais dû me réjouir que Sam ait trouvé quelqu'un qui pourrait l'apprécier pour ce qu'il était vraiment… Or, cela ne m'enchantait pas du tout. Cette fille n'était pas assez bien pour lui, et je l'avais mis en garde contre elle.

Tanya est sortie du couloir qui desservait le bureau de Sam pour filer directement vers la porte. Elle semblait nettement moins sûre d'elle au retour qu'à l'aller. J'ai retrouvé le sourire, tout à coup. Ah, et voilà que Sam reprenait son poste derrière les pompes à bière. Il n'avait pas l'air joyeux du tout.

Mon sourire a aussitôt disparu. Tout en servant leur déjeuner au shérif Bud Dearborn et à son collègue Alcee Beck – lequel m'a fusillée du regard tout du long –, je me suis interrogée. Qu'est-ce qui avait bien pu se passer ? J'ai décidé d'aller faire un petit tour dans la tête de Sam. J'avais fait de gros progrès dans la maîtrise de mon talent et je parvenais à mieux diriger mes antennes. Il était aussi plus facile pour moi de bloquer les émissions parasites afin de pouvoir me consacrer, sans interférences, à mes activités quotidiennes. Un changement qui, il me fallait l'avouer, datait du moment où le lien de sang qui m'unissait à Eric s'était resserré. Ce n'est pas bien d'aller se promener dans la tête des gens, je sais. Mais je le fais depuis toujours, et c'est devenu une seconde nature, chez moi.

D'accord, d'accord, ce n'est pas une raison. Mais je suis habituée à avoir déjà les réponses, moi, pas à me poser des questions. Les pensées des métamorphes ne sont pas aussi faciles à décrypter que celles des humains de base, mais, même pour un métamorphe, Sam est particulièrement difficile à déchiffrer. J'ai tout de même réussi à capter son état d'esprit : il était énervé, troublé et contrarié.

Puis j'ai brusquement pris conscience de mon sans-gêne, et j'ai été horrifiée par mon égoïsme et mon indiscrétion. Cette nuit même, Sam avait risqué sa peau pour moi. Il m'avait sauvé la vie. Et, en guise de remerciement, je fouillais dans ses pensées comme un gosse dans un coffre à jouets ! Le rouge m'est monté aux joues, et j'ai perdu le fil de ce que ma cliente me disait jusqu'à ce qu'elle finisse par me demander gentiment si je me sentais bien. Je me suis ressaisie d'un coup et je me suis secouée pour me concentrer. J'ai pris sa commande, un chili accompagné de crackers et un verre de thé glacé sucré, ainsi que celle de son amie, une femme dans la cinquantaine qui voulait un hamburger Lafayette avec une salade verte. J'ai pris note de la sauce et de la consommation qu'elle avait choisies, et je me suis précipitée vers les cuisines. D'un signe, j'ai indiqué à Sam qu'il me fallait une bière. En une seconde, il me l'avait servie. J'étais trop mal à l'aise pour oser lui parler. Il a bien froncé les sourcils en me regardant, mais il n'a rien dit.

J'avais hâte d'arriver à la fin de mon service. Holly et moi avons passé le relais à Arlene et Danielle, avant d'aller chercher nos sacs dans le bureau. Quand nous sommes sorties, il faisait presque nuit. Les lampadaires étaient déjà allumés. La pluie menaçait et les nuages cachaient les étoiles. On pouvait entendre Carrie Underwood chanter en sourdine dans le juke-box. Elle voulait que Jésus prenne la barre. Ce qui me paraissait une excellente idée.

Nous sommes restées un petit moment à bavarder sur le parking du personnel. Le vent soufflait, et il faisait un froid de canard.

— Je sais que Jason est le meilleur ami de Hoyt…

Il y avait quelque chose d'hésitant dans la voix de Holly. Elle craignait que je n'apprécie pas ce qu'elle avait à me dire. Non que je puisse le voir à son expression, mais je n'avais pas besoin de ça : je le savais.

— J'ai toujours eu un petit penchant pour Hoyt. Déjà au lycée, je trouvais que c'était un gentil garçon. Je crois… J'espère que tu ne vas pas le prendre mal, mais je crois que ce qui m'a empêchée de sortir avec lui avant… c'est le fait qu'il soit si proche de Jason.

Je ne savais pas vraiment comment réagir.

— Tu n'aimes pas Jason, ai-je finalement lâché.

— Oh si ! Évidemment que j'aime bien Jason. Qui ne l'aime pas ? Mais… est-ce qu'il a une bonne influence sur Hoyt ? Est-ce que Hoyt peut être heureux si cette corde qui les relie se détend ? Parce que pour envisager de vivre avec Hoyt, il faut que je sois sûre qu'il restera avec moi comme il l'a toujours fait avec Jason. Tu vois ce que je veux dire ?

— Oui. J'aime mon frère. Mais je sais qu'en général Jason ne se préoccupe pas beaucoup des autres.

Un véritable euphémisme.

— Je t'aime bien, Sookie. Et je ne veux pas te faire de peine, m'a alors murmuré ma collègue. Mais je suppose que tu connaissais déjà le fond de ma pensée, de toute façon.

— Oui, plus ou moins. Moi aussi, je t'aime bien, Holly. Tu es une chic fille. Tu as travaillé dur pour t'occuper de ton fils. Et puis tu es restée en bons termes avec ton ex. Mais Danielle, qu'est-ce qu'elle en dit ? Je croyais que tu étais aussi proche d'elle que Hoyt l'est de Jason.

Comme Holly, Danielle était une jeune maman divorcée. Holly et elle étaient comme les deux doigts de la main depuis le primaire. Danielle bénéficiait, cependant, de plus de soutien que Holly : ses parents avaient toujours bon pied bon œil et ils ne demandaient pas mieux que de les aider, elle et ses deux gamins. Danielle avait un homme dans sa vie depuis quelque temps, elle aussi.

— Tu sais, Sookie, je n'aurais jamais pensé que quelque chose puisse nous séparer, Danielle et moi...

Holly a enfilé son coupe-vent et s'est mise à chercher ses clés dans le fond de son sac.

— Mais elle et moi... ce n'est plus ce que c'était. On déjeune encore toutes les deux de temps en temps, et nos gosses jouent encore ensemble. Mais je ne sais pas, a-t-elle soupiré. Quand j'ai commencé à m'intéresser à autre chose qu'à ce qui se passe à Bon Temps, à vouloir sortir un peu de ce petit monde dans lequel on a grandi, elle et moi, Danielle a trouvé ça bizarre, cette curiosité... C'était presque malsain pour elle. Lorsque j'ai décidé de me convertir à la Wicca, ça l'a horrifiée. Et elle en est encore là. Alors, si elle savait, pour les métamorphes... Si elle savait ce qui m'est arrivé...

Une sorcière-loup-garou avait essayé de forcer Eric à lui céder une partie de son empire financier. Elle avait contraint toutes les sorcières locales qu'elle avait pu rallier à lui prêter main-forte, y compris une récalcitrante Holly.

— Je n'ai plus jamais été pareille, après, a conclu ma collègue au même moment.

— Ça fait ça, hein ? Quand on a affaire aux SurNat.

— Ouais. Mais elles font partie de notre univers. Un jour, plus personne ne pourra l'ignorer. Un jour… la face du monde en sera changée.

J'ai froncé les sourcils. C'était pour le moins inattendu, venant de Holly.

— De quoi est-ce que tu parles ?

— Eh bien, de leur *coming out*, m'a répondu Holly, manifestement étonnée par mon manque de perspicacité. Quand ils auront tous révélé leur existence, tout le monde, d'un bout à l'autre de la planète, sera bien obligé de s'adapter à cette nouvelle donne. Mais certains ne voudront pas. Il y aura peut-être un mouvement de révolte, des conflits. Peut-être que les loups-garous s'attaqueront aux autres hybrides, ou peut-être que les humains déclareront la guerre aux loups-garous et aux vampires. Peut-être que les vampires… Tu sais qu'ils ne peuvent pas sentir les loups-garous… Peut-être qu'ils attendront leur heure et que, par une belle nuit, ils les massacreront jusqu'au dernier et s'arrangeront pour que les humains leur disent merci.

Elle ne faisait pas dans la dentelle, quand elle s'y mettait, Holly. Et elle se révélait une sacrée visionnaire, dans le genre pessimiste. Je ne l'aurais jamais imaginée aussi réfléchie. Une fois encore, j'ai eu honte de moi. Sans compter qu'une télépathe n'aurait pas dû se laisser prendre ainsi au dépourvu. J'avais fait tellement d'efforts pour respecter l'intimité des gens que j'en étais arrivée à rater des indices importants.

— Tout est possible, ai-je admis, mais peut-être aussi que, mis devant le fait accompli, les gens se rendront tout bonnement à l'évidence. Pas partout, évidemment. Quand on pense à ce qui est arrivé aux vampires en Europe de l'Est ou dans certains pays d'Amérique latine...

— Une belle épine dans le pied du pape. Il n'a jamais pu s'en débarrasser, de celle-là ! a commenté Holly.

J'ai hoché la tête.

— Pas facile de savoir quoi dire, dans ces cas-là, j'imagine.

La plupart des différentes Églises chrétiennes avaient eu un mal de chien à faire coïncider les Écritures et leurs dogmes respectifs avec l'existence des morts-vivants. L'annonce de l'existence des loups-garous n'arrangerait rien. Car ces créatures-là étaient bien vivantes, elles – mais presque trop, comparativement aux vampires qui, eux, posaient problème parce qu'ils étaient déjà morts.

Je dansais d'un pied sur l'autre. Je n'avais pas franchement envie de rester sur le parking à refaire le monde ou, du moins, à spéculer sur l'avenir de notre bonne vieille planète. Et puis, je ne m'étais pas encore tout à fait remise de mes émotions de la veille.

— Je ne vais pas m'attarder, Holly. À plus tard, OK ? Peut-être qu'on pourrait se faire un ciné à Clarice, un de ces soirs, avec Amelia ?

— Euh… pourquoi pas ? a-t-elle acquiescé, un peu étonnée. Ton Amelia, là, elle ne pense pas beaucoup de bien des wiccans, mais, au moins, on parle plus ou moins le même langage.

Quelque chose me disait que nous trois, ça ne marcherait pas vraiment. Trop tard. Oh ! Et puis, après tout, on pouvait toujours essayer.

Je suis rentrée à la maison en me demandant si je trouverais encore quelqu'un chez moi en arrivant. La réponse ne s'est pas fait attendre : la voiture de Pam était garée dans l'arrière-cour. Je m'attendais presque à un monospace, mais Pam conduisait une berline, très classique bien évidemment – une Toyota avec un autocollant *Fangtasia* sur son pare-chocs.

Pam et Amelia regardaient un DVD dans le salon. Elles étaient assises sur le canapé, pas vraiment à trois mètres l'une de l'autre, mais pas enlacées non plus. Bob était roulé en boule sur mon fauteuil. Amelia avait un saladier de pop-corn sur les genoux, et Pam une bouteille de TrueBlood à la main. Je me suis retournée pour voir ce qu'elles regardaient : *Underworld*. Tiens donc !

— Elle est canon, cette Kate Beckinsale, a lâché ma colocataire. Hé ! Comment c'était, le boulot ?

— Bien. Pam, comment ça se fait que tu aies deux soirées libres d'affilée ?

— Parce que j'y ai droit. Ça fait deux ans que je n'ai pas pris de vacances. Eric a reconnu qu'il me les devait. À quoi crois-tu que je ressemblerais dans cette combinaison de cuir noir ?

— Oh ! Tu serais aussi canon que Beckinsale, a affirmé Amelia en adressant à sa voisine un sourire rayonnant.

Elles en étaient encore au stade fusionnel. Vu l'absence totale de fusion dans ma vie en ce moment, j'ai préféré ne pas m'attarder.

— Est-ce qu'Eric a trouvé quelque chose sur le fameux Jonathan ? ai-je néanmoins lancé à Pam, en allant poser mon sac.

— Je ne sais pas. Tu n'as qu'à l'appeler toi-même, m'a rétorqué Pam, qui, de toute évidence, s'en moquait éperdument.

— Évidemment, puisque madame est en vacances, ai-je marmonné entre mes dents, avant de foncer au pas de charge dans ma chambre.

J'ai composé le numéro du *Fangtasia* sans même consulter mon répertoire – pas bien, ça. Pas bien du tout. Et il était enregistré sur mon portable. Fichtre !

La sonnerie a retenti, et j'ai remisé mes mornes réflexions au placard. On a intérêt à être cent pour cent opérationnel avec Eric.

— « Le *Fangtasia*, le bar qui a du mordant », bonsoir. Lizbet à l'appareil.

Une fangbanger. J'ai fouillé dans ma mémoire, en raclant bien les fonds de tiroir, pour essayer de mettre un visage sur ce nom. OK. Grande brune, bien en chair et fière de l'être, une bouille toute ronde et une chevelure somptueuse.

— Bonsoir, Lizbet. C'est Sookie Stackhouse.

— Oh ! Salut !

À son intonation, elle avait l'air surprise et impressionnée.

— Hum… Salut. Je voudrais parler à Eric, s'il te plaît.

— Je vais voir si le maître est disponible, a-t-elle soufflé, faisant tout à la fois dans la déférence exacerbée et le mystère enténébré – du moins, c'était l'idée.

« Maître », mon cul.

Les fangbangers sont des hommes et des femmes qui vouent un véritable culte aux vampires, à tel point qu'ils ne veulent pas les quitter d'une semelle. Alors, un job dans un bar à vampires comme *le Fangtasia*, c'est le paradis. Ils en sont à considérer « la chance » d'être mordu comme un véritable sacrement. Plus même qu'une chance, c'est un honneur, pour eux, lorsqu'un suceur de sang condescend à leur faire la grâce de les goûter. Et s'ils en meurent, eh bien, c'est un honneur également. Derrière tout le pathos et la sexualité torturée du fangbanger type se cache toujours l'espoir sous-jacent qu'un jour, une de leurs idoles les trouve enfin dignes d'être changés en vampires. Comme s'il fallait passer un entretien pour le job !

— Merci, Lizbet.

Lizbet est partie à la recherche de son seigneur et maître. Je n'aurais pas pu lui faire plus beau cadeau.

— Oui, a dit Eric au bout de quatre ou cinq minutes.

— Tu étais occupé, non ?

— Je… dînais.

J'ai froncé le nez.

— Eh bien, j'espère que tu n'es pas resté sur ta faim, ai-je ironisé. Dis-moi, est-ce que tu as trouvé quelque chose à propos du fameux Jonathan ?

— Tu l'as revu ?

Le ton était sec ; la voix, tendue.

— Euh... non. Ça me travaillait un peu, c'est tout.

— Si jamais tu le vois, préviens-moi immédiatement.

— OK, enregistré. Qu'est-ce que tu as découvert ?

— Il a été aperçu dans plusieurs endroits différents. Il est même venu ici, un soir où je n'étais pas là. Pam est chez toi, non ?

J'ai eu comme un nœud à l'estomac. Peut-être Pam ne couchait-elle pas avec Amelia que pour le plaisir... Peut-être qu'elle alliait l'utile à l'agréable et jouait les infiltrés... Autrement dit : peut-être qu'elle sortait avec Amelia pour m'avoir à l'œil. *Maudits vampires !* Ce scénario ne me rappelait que trop une mésaventure assez similaire que j'avais vécue par le passé – un passé relativement proche – et qui m'avait fait très très mal.

Mais je préférais ne pas lui poser la question. La confirmation serait encore pire que les soupçons.

— Oui, ai-je répondu, les dents serrées. Elle est ici.

— Bien, a dit Eric, visiblement satisfait. Si jamais il se montre, elle saura s'occuper de lui... Non que ce soit la raison pour laquelle elle est chez toi, a-t-il ajouté après coup, d'un ton peu convaincant, ce commentaire étant sa façon à lui d'essayer de me tranquilliser – il avait bien sûr senti mon inquiétude – et non la manifestation d'un quelconque sentiment de culpabilité, on s'en serait douté.

J'ai fusillé mon placard du regard.

— Vas-tu enfin m'expliquer pourquoi ce type te rend si chatouilleux ?

— Tu n'as pas revu la reine depuis Rhodes ?

Je la sentais mal, cette conversation, décidément.

— Non. Comment ça se passe avec ses jambes ?

— Elles repoussent, m'a-t-il répondu après une brève hésitation.

Je me suis demandé si ses pieds repoussaient directement sur ses moignons ou si ses jambes repoussaient d'abord, les pieds n'apparaissant qu'à la fin du processus.

— C'est plutôt bien, non ?

Récupérer ses jambes, ça ne pouvait qu'être positif.

— C'est très douloureux, quand il y a régénération du membre amputé après amputation. Et cela prend du temps. Elle est très... Elle est... handicapée.

Il avait dit ça très lentement, comme si c'était un mot qu'il connaissait mais n'avait encore jamais prononcé à haute voix.

J'ai médité ces réflexions – les conversations se passent rarement au premier degré, avec Eric.

— Elle n'est pas en état de tenir les rênes, en ai-je conclu. Donc, si ce n'est pas elle, qui dirige l'État ?

— Les différents shérifs ont pris les choses en main. Gervaise étant mort dans l'explosion, il ne reste plus que Cleo, Arla Yvonne et moi. Tout aurait été plus simple si André avait survécu.

Un mélange de panique et de culpabilité m'a soudain assaillie. J'aurais pu sauver André. Mais il me terrorisait et je le haïssais, alors je ne l'avais pas fait. Je l'avais laissé se faire tuer sans broncher.

Eric a marqué une pause. Je me demandais s'il percevait ma peur et ma culpabilité. Si jamais il apprenait que Quinn avait tué André pour moi…

— André était unanimement reconnu comme le bras droit de la reine et son autorité n'aurait pas été contestée, poursuivait Eric. S'il fallait vraiment qu'un de ses sous-fifres disparaisse, j'aurais préféré que ce soit Sigebert, qui est tout en muscles et n'a rien dans la tête. Cela dit, il est tout de même là pour protéger physiquement la reine. Il n'en demeure pas moins qu'André aurait pu garantir tout à la fois sa sécurité et celle de l'État.

Je n'avais jamais vu Eric si loquace. Encore moins sur les affaires des vampires… J'ai commencé à avoir un funeste pressentiment. Je craignais de trop bien comprendre où il voulait en venir.

— Tu t'attends à une sorte de coup d'État, ai-je hasardé, la peur au ventre (oh non, encore un ?). Tu crois que Jonathan n'était qu'un éclaireur…

— Prends garde, ou je vais finir par croire que tu peux lire dans mes pensées.

Son ton aussi léger qu'un chamallow aurait presque pu faire oublier la menace sous-jacente, aiguisée comme une lame de rasoir.

— Tu sais bien que je ne peux pas.

S'il en doutait, il n'a pas protesté. Il semblait toutefois regretter de m'en avoir trop dit : il a subitement écourté la conversation, se contentant de me répéter de l'appeler au moindre signe que j'aurais de

Jonathan. Je lui ai assuré que je n'y manquerais pas et j'ai raccroché.

Je n'avais plus tellement envie de dormir, après ça. Comme le temps s'était rafraîchi, j'ai sorti un pantalon de pyjama en pilou – blanc avec de petits moutons roses – et un large tee-shirt blanc. J'ai ensuite exhumé d'un de mes tiroirs une carte de Louisiane, j'ai pris un crayon et j'ai commencé à délimiter les zones que je connaissais. Je ne faisais, en réalité, que mettre bout à bout toutes les informations tirées de conversations que j'avais surprises ou qui s'étaient déroulées en ma présence sans que l'on ait vraiment prêté attention à moi. Eric dirigeait la Cinquième Zone, et la reine, la Première – qui correspondait à La Nouvelle-Orléans et à ses environs. Cela semblait logique. Mais, entre les deux, c'était le bazar. Feu Gervaise (je parle de sa mort définitive, évidemment) était le shérif de la zone qui englobait Baton Rouge – où la reine avait pris ses quartiers après le passage de Katrina, qui avait si gravement endommagé les résidences royales de La Nouvelle-Orléans. Par ordre d'importance, cette zone dut donc être la Deuxième. Eh bien, non ! Pas de chance ! C'était la Quatrième. J'ai tracé une ligne, sans trop appuyer pour pouvoir l'effacer facilement, le cas échéant.

Je me suis creusé la tête en quête d'autres pièces pour compléter le puzzle. La Cinquième Zone, au nord de l'État, s'étendait pratiquement d'une frontière à l'autre, d'est en ouest. Eric était beaucoup plus riche et puissant que je ne l'avais présumé. En dessous de lui, et dotées toutes les deux de territoires à peu près équivalents, on trouvait Cleo Babbitt, shérif de la Troisième Zone, et Arla Yvonne, shérif de la Deuxième Zone. Une plongée vers le golfe du Mexique, en partant de l'angle sud-ouest du Mississippi, délimitait les vastes territoires qu'avaient détenus Gervaise et Sophie-Anne, autrement dit la Quatrième et la Première Zone. J'osais à peine imaginer les contorsions géopolitiques auxquelles les vampires avaient dû se livrer pour aboutir à un tel découpage et à une telle répartition.

J'ai étudié la carte encore un bon moment, avant d'effacer les lignes que j'avais tracées. Puis j'ai regardé mon réveil. Ça faisait pratiquement une heure que j'y étais. D'humeur morose, je suis allée me brosser les dents et me démaquiller. Après m'être couchée et avoir fait ma prière, je suis restée longtemps éveillée dans le noir. Je ne pouvais que me rendre à cette incontournable évidence : pour l'heure, le vampire le plus puissant de Louisiane n'était autre qu'Eric Northman. Le même Eric Northman auquel me liait un indestructible lien de sang et qui avait été un temps mon amant. Eric avait dit, en ma présence, que la couronne ne l'intéressait pas et qu'il n'envisageait pas de conquérir de nouveaux territoires. Maintenant que j'avais pris la mesure du sien, je voulais bien le croire !

Je pensais tout de même connaître un peu Eric – autant qu'un humain puisse connaître un vampire, du moins, ce qui ne revenait certes pas à grand-chose. Pourtant, je ne croyais pas qu'il veuille s'arroger la Louisiane. Sinon, il l'aurait déjà fait. Ce qui n'empêchait pas les jalousies : avec le pouvoir qu'il possédait, autant se promener avec une cible géante accrochée dans le dos. Bon, il fallait vraiment que j'essaie de dormir. J'ai jeté un nouveau coup d'œil au réveil. Cela faisait une heure et demie que j'avais eu Eric au téléphone.

Une ombre s'est glissée en silence dans ma chambre. J'ai sursauté. Bill.

— Qu'est-ce qui se passe ? lui ai-je demandé tout bas, en m'exhortant au calme, alors même que tous mes nerfs s'étaient brusquement vrillés, comme une alarme qui se serait mise à hurler.

— Je ne suis pas tranquille, m'a-t-il répondu de sa voix fraîche. Pam a dû aller au *Fangtasia*. Elle m'a appelé pour que je la remplace, a-t-il poursuivi.

— Pourquoi ?

Il s'est assis sur la chaise, dans l'angle de la pièce. Il faisait très sombre dans ma chambre, mais les rideaux n'étaient pas complètement fermés et un filet de lumière, provenant des spots extérieurs, s'infiltrait dans l'obscurité. Il y avait aussi la veilleuse de la salle de bains qui me permettait de discerner la silhouette de Bill et les contours de son visage. Comme c'est le cas pour tous les vampires à mes yeux, sa peau blême luisait légèrement dans le noir.

— Pam n'a pas réussi à avoir Cleo au téléphone. Eric a dû quitter le club pour faire une course et Pam n'a pas pu le joindre non plus. Mais je lui ai laissé un message et je ne doute pas qu'il rappelle. C'est plutôt le silence de Cleo qui est inquiétant.

— Pam et Cleo sont amies ?

— Non. Non, pas du tout. Mais Pam aurait dû pouvoir la joindre à son épicerie de nuit. Cleo répond toujours.

— Pourquoi Pam a-t-elle essayé de la joindre ?

— Elles s'appellent toutes les nuits. Ensuite, Cleo appelle Arla Yvonne. Elles forment une chaîne qui ne doit être brisée sous aucun prétexte. Surtout par les temps qui courent…

Bill s'est subitement levé, à une telle vitesse que je n'ai même pas pu suivre le mouvement.

— Écoute ! a-t-il chuchoté, d'une voix aussi légère à mon oreille qu'une aile de papillon. Tu entends ?

Tu parles ! Je n'entendais rien du tout, oui ! J'étais juste tétanisée sous les draps, à prier pour que tout cela s'arrête enfin : les loups-garous, les vampires, les ennuis, les embrouilles…

On peut toujours rêver.

— Qu'est-ce que tu entends ? lui ai-je demandé, en essayant d'être aussi silencieuse que lui – peine perdue.

— On vient, a-t-il soufflé.

C'est alors qu'on a frappé à ma porte. Un petit coup très discret.

J'ai repoussé les couvertures et je me suis levée. J'étais tellement affolée que je n'ai pas réussi à trouver mes mules et que je me suis dirigée pieds nus vers la porte de ma chambre. Je n'avais pas encore allumé le chauffage, et le plancher m'a paru glacé.

— Je vais ouvrir, a décrété Bill.

Je ne l'avais même pas vu bouger qu'il m'avait déjà doublée.

— Nom d'un chien de nom d'un chien ! ai-je grommelé entre mes dents.

Et je l'ai suivi. Je me demandais où était Amelia : dormait-elle en haut ou s'était-elle endormie sur le canapé ? J'espérais qu'elle n'était qu'endormie – j'avais tellement peur, à présent, que je la voyais déjà morte.

Bill se faufilait en silence à travers la maison plongée dans le noir. Je l'ai suivi dans le couloir et le salon (qui sentait encore le pop-corn) jusqu'à la porte. Il a jeté un coup d'œil par le judas, ce qui, allez savoir pourquoi, m'a semblé comique. J'ai même dû me plaquer la main sur la bouche pour ne pas pouffer.

Bill ne s'est pas fait tirer dessus à travers le judas. La porte n'a pas explosé. Personne n'a hurlé.

Ce silence me donnait la chair de poule. Cette fois non plus, je n'ai pas vu Bill bouger, mais j'ai entendu sa voix glacée à mon oreille.

— C'est une humaine, a-t-il chuchoté. Une jeune fille. Elle a les cheveux très courts, teints en blanc ou en blond et noirs à la racine. Elle est maigre. Elle a peur.

Elle n'était pas la seule.

Je me suis torturé les méninges pour savoir qui ma visiteuse nocturne pouvait bien être. Puis, tout à coup, j'ai eu une illumination.

— Peut-être Frannie, ai-je murmuré. La sœur de Quinn.

— Laissez-moi entrer ! a alors supplié une voix féminine. Oh ! je vous en prie, laissez-moi entrer !

C'était exactement comme dans une histoire de fantôme que j'avais lue. J'avais tous les poils hérissés.

— Il faut que je vous dise ce qui arrivé à Quinn, a insisté Frannie.

L'argument qui tue.

— Ouvre-lui, ai-je dit à Bill à haute voix.

— Ce n'est qu'une humaine, m'a répondu Bill, comme pour dire : « On ne risque pas grand-chose, de toute façon. »

Il s'est aussitôt exécuté.

Je ne dirai pas que Frannie s'est ruée à l'intérieur, mais elle n'a assurément pas perdu de temps pour franchir la porte et la claquer derrière elle. Frannie ne m'avait pas fait une très bonne impression, de prime abord : elle avait de l'agressivité et de la morgue à revendre et manquait totalement de charme et d'amabilité. J'avais pourtant appris à la connaître un peu mieux, après l'attentat, alors qu'elle jouait les gardes-malades pour Quinn à l'hôpital. Elle n'avait pas eu une vie facile et elle aimait profondément son frère.

Elle s'est précipitée vers la chaise la plus proche et s'y est effondrée.

— Alors ? Que s'est-il passé ? lui ai-je demandé brusquement.

— Forcément, il faut en plus que vous ayez un vampire chez vous ! a-t-elle lâché, le souffle court. Je peux avoir un verre d'eau ? Après, j'essaierai de faire ce que Quinn m'a demandé.

Je suis aussitôt allée lui chercher à boire. J'ai allumé la lumière de la cuisine, mais, même quand je suis revenue dans le salon, nous sommes restés dans le noir.

— Où est votre voiture ? s'est enquis Bill.

— Elle est tombée en panne à environ un kilomètre d'ici, lui a répondu Frannie. Mais je ne pouvais pas attendre. Alors, j'ai appelé un dépanneur et j'ai laissé les clés dessus. Pourvu qu'ils l'aient enlevée ! Il ne manquerait plus qu'on la voie sur le bord de la route !

— Allez-vous finir par me dire ce qui se passe ? ai-je insisté.

— Je vous la fais courte ou vous préférez la version longue ?

— Courte.

— Les vampires de Vegas vont débarquer pour envahir la Louisiane.

Ça calme.

Chapitre 11

— Où ? Quand ? Combien ?

La voix de Bill n'était que férocité.

— Ils envoient de petits commandos liquider les moins puissants des shérifs, pendant que le gros de leurs troupes converge vers *le Fangtasia* pour s'occuper d'Eric.

À en croire la petite pointe de jubilation perceptible dans sa voix, Frannie était presque ravie d'être porteuse d'aussi fracassantes nouvelles.

Elle n'avait pas achevé sa phrase que Bill dégainait son portable. Quant à moi, je ne pouvais que le regarder faire, bouche bée. J'avais mis tellement de temps à prendre conscience de la situation critique dans laquelle se trouvait la Louisiane que, pendant une seconde, j'ai bien cru que c'était moi qui avais provoqué tout ça rien que d'y penser.

Je me suis retournée vers Frannie.

— Comment c'est arrivé ? Comment Quinn s'est-il retrouvé impliqué là-dedans ? Comment va-t-il ? C'est lui qui vous a envoyée ?

— Évidemment que c'est lui ! m'a-t-elle rétorqué, comme si j'étais la fille la plus idiote qu'elle ait jamais rencontrée. Il sait qu'il y a quelque chose entre vous et ce vampire, là… Eric. Alors, forcément, les vamp' de Vegas vous ont dans le collimateur, vous aussi. Ils ont même envoyé quelqu'un pour voir à quoi vous ressemblez.

Jonathan.

— Ils voulaient se faire une petite idée des richesses d'Eric. On a estimé que vous en faisiez partie…

— Mais en quoi est-ce que ça regardait Quinn ?

Ce n'était peut-être pas la façon la plus claire de formuler la chose, mais elle a compris où je voulais en venir.

— C'est à cause de notre mère, notre tarée de fouteuse de merde de mère, a craché Frannie, acerbe. Vous savez qu'elle s'est fait enlever et violer par des chasseurs, dans le Colorado, y a de ça genre mille ans…

En réalité, cela faisait plutôt dix-neuf ans. L'âge de Frannie.

— … et que Quinn l'a sauvée et les a tous tués jusqu'au dernier, alors qu'il n'était encore qu'un gamin. C'est pour ça qu'il s'est retrouvé avec une dette envers les vampires du coin, parce qu'il leur avait demandé de jouer les nettoyeurs et d'emmener notre mère.

Je connaissais cette triste histoire. Et je hochais la tête frénétiquement parce que j'avais hâte d'apprendre des choses que je ne savais pas déjà.

— Bon. Eh bien, ma mère s'est retrouvée enceinte de moi après le viol, a lâché Frannie, avec un regard de défi. Donc, elle m'a eue. Mais elle n'a plus jamais été bien dans sa tête, après ça. Et grandir avec elle, ça n'a vraiment pas été de la tarte. Quinn était en train de payer sa dette dans l'arène, pendant ce temps-là.

Vous voyez *Gladiator* ? Le même, mais avec des hybrides.

— Elle n'a plus jamais été bien dans sa tête, a répété Frannie, les yeux dans le vague. Et c'était de pire en pire.

— Je vois, ai-je simplement répondu, en essayant de garder mon calme.

Bill semblait pour sa part sur le point de lui taper sur le crâne pour l'inciter à accélérer le débit mais j'ai secoué la tête.

— Donc, elle a été placée dans cette belle résidence que Quinn payait pour elle, dans la banlieue de Las Vegas, le seul centre de tous les États-Unis où on peut envoyer des gens comme elle.

La Maison des Tigres-Garous Aliénés ?

— Mais elle s'est barrée. Elle a tué une touriste, lui a piqué ses fringues, a fait du stop jusqu'à Vegas et a levé un mec. Elle l'a liquidé aussi. Elle lui a volé son fric et elle est allée tout claquer au jeu, jusqu'à ce qu'on finisse par la rattraper.

Frannie s'est interrompue pour prendre une grande bouffée d'air, avant de poursuivre :

— Quinn n'était pas encore remis de l'attentat de Rhodes. Ça a bien failli l'achever.

— Oh, non !

Pourtant, j'avais comme l'impression que le plus dur restait à venir…

— Ouais. On en vient à se demander ce qu'il y a de pire, hein ? Qu'elle puisse se barrer sans prévenir ou qu'elle trucide tout ce qui bouge…

Sans doute les touristes auraient-ils eu un avis sur la question…

J'ai vaguement perçu la présence d'Amelia dans la pièce et je me suis aussi rendu compte qu'elle ne semblait pas autrement surprise de voir Bill. Elle n'était donc toujours pas couchée quand Bill était venu relayer Pam. Amelia n'avait encore jamais rencontré Frannie, mais elle n'a pas voulu l'interrompre en si bon chemin.

— Enfin, bref. Il y a un sacré paquet de vampires à Vegas, vu tout le blé qui circule là-bas, a repris Frannie. Ils ont rattrapé maman avant que la police ne puisse lui mettre le grappin dessus. Et ils ont nettoyé derrière elle, une fois de plus. Il s'est trouvé que le centre dont elle s'était échappée avait alerté tous les vamp's et tous les SurNat des environs. Avant que je n'arrive au casino où ils avaient récupéré maman, les vamp's avaient déjà dit à Quinn que, comme ils s'étaient encore occupés de tout, il avait une nouvelle dette envers eux. Il leur a répondu qu'il se remettait à peine d'une grave blessure et qu'il ne pouvait pas retourner dans l'arène. Y en a un qui a proposé de me prendre à sa place comme donneuse volontaire ou comme pute pour vampires de passage. J'ai bien cru qu'il allait le bouffer, celui qui a dit ça.

J'ai échangé un coup d'œil avec Bill. La proposition d'« employer » Frannie avait été faite à dessein pour rendre n'importe quelle autre solution préférable. Tout sauf ça, n'est-ce pas ?

— Puis ils lui ont dit qu'ils connaissaient un royaume en si mauvaise posture qu'il ne restait pratiquement plus qu'à le cueillir. Ils voulaient parler de la Louisiane, bien sûr. Quinn leur a répondu qu'ils pouvaient l'avoir pour rien, qu'il suffisait que le roi du Nevada épouse Sophie-Anne, qu'elle n'était vraiment pas en position de discuter. Mais le roi du Nevada, qui se trouvait justement là, a craché qu'il détestait les infirmes et que, de toute façon, si tentant que soit son royaume, il n'était pas question qu'il épouse une reine qui avait tué son premier mari, pas même avec l'Arkansas dans la corbeille de mariage.

Sophie-Anne régnait en effet légalement tant sur l'Arkansas que sur la Louisiane, puisqu'elle avait été déclarée innocente du meurtre de son époux – le roi de l'Arkansas – par ses pairs devant une Cour de justice. Elle n'avait pas encore eu le temps de faire valoir ses droits sur l'Arkansas, à cause de l'attentat, mais j'étais persuadée que cela figurait en bonne place sur sa liste des choses à faire dès que ses jambes auraient repoussé.

Bill a de nouveau sorti son portable. J'ignorais qui il essayait d'appeler, mais il ne l'a pas trouvé. Ses yeux noirs flamboyaient dans la pénombre : il était aux cent coups. Il s'est penché pour attraper une épée qu'il avait calée contre le canapé – oui, mon voisin était venu armé. Ce n'est pas vraiment le genre de joujou que je range dans ma cabane à outils.

— Ils vont vouloir nous éliminer aussi rapidement et discrètement que possible pour que les médias n'aient pas le temps de comprendre ce qui se passe.

Il leur suffira, ensuite, d'inventer une histoire pour expliquer la subite apparition de têtes inconnues à la place des visages habituels et le tour sera joué, a fulminé Bill. Mais dites-moi, a-t-il enchaîné en se tournant vers Frannie, quel est exactement le rôle de votre frère dans cette affaire ?

— Ils l'ont forcé à leur communiquer des informations – combien vous êtes, qui vous êtes… – et à leur révéler tout ce qu'il savait de la situation en Louisiane, lui a répondu Frannie.

Pour tout arranger, elle s'est mise à pleurer.

— Il ne voulait pas, a-t-elle larmoyé. Il a essayé de négocier, mais ils le tenaient.

La malheureuse paraissait avoir pris dix ans d'un coup.

— Il voulait appeler Sookie, mais ils le surveillaient et il avait peur de les conduire droit jusqu'à elle. Quand il a eu vent de leur plan, il a pris un risque énorme – un risque pour nous deux – et il m'a envoyée vous prévenir. Encore une chance que j'aie eu une copine pour récupérer ma bagnole chez vous !

— L'un de vous aurait dû m'appeler, m'écrire, tenter quelque chose, n'importe quoi ! me suis-je exclamée avec amertume.

— Il ne voulait pas que vous sachiez dans quel pétrin il était. Il disait que, d'une façon ou d'une autre, vous essaieriez de le sortir de là, il en était sûr. Mais il n'y avait pas moyen de le tirer d'affaire, il le savait.

— Eh bien, oui, évidemment que j'aurais essayé de le sortir de là, ai-je grommelé. C'est ce qu'on fait quand un ami a des ennuis, non ?

Bill n'a rien dit, mais j'ai senti son regard posé sur moi. Je l'avais sauvé, quand il avait eu des ennuis – de sérieux ennuis. Il m'arrivait parfois de le regretter…

— Mais pourquoi votre frère est-il toujours avec eux, maintenant ? s'est étonné Bill. Il leur a donné les renseignements qu'ils demandaient. Ce sont des vampires ; quel besoin ont-ils d'un tigre ?

— Ils l'amènent avec eux pour qu'il puisse négocier avec la communauté des SurNat – avec les loups-garous, plus particulièrement, lui a répondu Frannie, sur un ton de parfaite petite secrétaire de direction.

Elle me faisait presque de la peine. Née de l'union d'un humain et d'un tigre-garou, elle n'avait aucun don particulier, rien qui puisse lui procurer un avantage ou un argument quelconque pour traiter avec l'ennemi. Son mascara avait coulé et elle s'était rongé les ongles jusqu'au sang : elle était vraiment dans un sale état.

Mais j'avais bien d'autres soucis que la pauvre Frannie parce que, pendant ce temps-là, les vampires de Las Vegas étaient en train de s'emparer de la Louisiane.

— Que faut-il qu'on fasse ? ai-je demandé à la cantonade. Amelia, tu as vérifié les sorts de protection de la maison ? Est-ce qu'ils couvrent nos voitures ?

Ma colocataire a eu un hochement de tête martial.

— Bill, tu as appelé le *Fangtasia* et les autres shérifs ?

Il a acquiescé.

— Pas de réponse de Cleo. En revanche, Arla Yvonne a décroché. Elle avait déjà eu vent de l'attaque. Elle m'a dit qu'elle allait rentrer sous terre et essayer de gagner Shreveport par ses propres moyens. Elle a six frères et sœurs de son nid avec elle. Gervaise n'étant plus de ce monde, ses vampires ont rejoint la reine et s'occupent d'elle, avec Booth Crimmons à leur tête. Booth m'a dit qu'il était sorti, cette nuit, et qu'Audrey, dont il est le créateur et qu'il avait laissée auprès de la reine avec Sigebert, ne répondait pas. Même le représentant que Sophie-Anne a dépêché à Little Rock n'est pas joignable non plus.

Nous sommes restés à nous regarder sans rien dire pendant un instant. L'idée que Sophie-Anne, après tout ce à quoi elle avait échappé, puisse être définitivement morte était inconcevable.

Bill a fait un effort manifeste pour se ressaisir.

— Donc, a-t-il enchaîné, soit vous restez ici toutes les trois, soit je vous trouve un autre endroit. Quand je vous saurai en sécurité, il me faudra coûte que coûte rejoindre Eric au plus vite : il aura besoin de toutes les bonnes volontés, cette nuit, s'il veut rester en vie.

Parmi les autres shérifs, certains étaient sûrement morts. Eric lui-même pouvait très bien mourir, cette nuit. J'ai reçu cette brusque révélation comme un monumental coup de poing en pleine figure. J'ai pris une profonde inspiration – un peu saccadée, l'inspiration – parce que je me sentais partir. Ce n'était vraiment pas le moment de flancher. Eric, mourir ? Cette simple idée m'était absolument intolérable.

— On va se débrouiller, a affirmé Amelia, jouant les vaillants petits soldats. Je ne doute pas que vous soyez un combattant hors pair, Bill, mais nous ne sommes pas sans défense.

Avec tout le respect que j'avais pour Amelia et pour ses compétences de sorcière, j'étais désolée de devoir la contredire : face à des vampires, nous étions complètement démunies.

C'est alors que Bill s'est brusquement retourné vers le couloir. Il avait entendu du côté de l'arrière-cour quelque chose que nos oreilles humaines n'avaient pas perçu. Une seconde plus tard, une voix familière s'élevait :

— Laisse-moi entrer, Bill. Et le plus tôt sera le mieux.

— C'est Eric ! s'est exclamé Bill avec un soulagement manifeste.

Vif comme l'éclair, il a rejoint la porte de la cuisine – à peine une traînée sombre zébrant ma rétine. Et, effectivement, Eric se trouvait dehors. Quelque chose s'est dénoué en moi. Il était vivant ! Vivant, certes, mais pas sans mal, apparemment : son tee-shirt était tout déchiré et il était pieds nus.

— Je n'ai pas pu retourner au club, disait-il, tandis que Bill et lui remontaient le couloir pour nous rejoindre. Chez moi, il ne fallait pas y songer. Pas seul, en tout cas. Je n'ai pu contacter personne d'autre. Mais j'ai eu ton message, Bill. Alors voilà, Sookie, je suis venu te demander l'hospitalité.

— Bien sûr, Eric, lui ai-je machinalement répondu.

J'aurais dû y réfléchir à deux fois avant de parler.

— Mais peut-être qu'on devrait...

J'allais proposer qu'on traverse le cimetière pour aller chez Bill – sa maison était plus grande et mieux équipée pour loger des vampires – quand les ennuis ont commencé. Et pas du tout là où on les attendait. Plus personne n'avait prêté attention à Frannie, depuis qu'elle avait achevé son récit, et le moment d'abattement qu'elle avait eu, après avoir délivré son terrible message, lui avait laissé le temps de prendre la pleine mesure du désastre auquel nous allions tous nous trouver confrontés.

— Il faut que je fiche le camp d'ici ! s'est-elle écriée. Quinn m'avait dit de rester, mais vous êtes des…

Sa voix montait dans les aigus. Elle s'est levée d'un bond, les muscles de son cou saillant comme des cordes, tandis qu'elle tournait la tête de tous côtés, en proie à la plus vive agitation.

— Frannie, lui a lancé Bill.

Il s'est planté devant elle et a placé ses grandes mains blêmes de part et d'autre de son visage pour l'obliger à le regarder. Il a plongé ses yeux dans les siens. Frannie s'est calmée d'un coup.

— Tu vas rester ici, espèce d'idiote, lui a-t-il ordonné. Et tu vas faire ce que Sookie te dit.

— D'accord, a posément répondu Frannie.

J'ai remercié Bill de son intervention pour le moins efficace. Quant à Amelia, manifestement choquée, elle dévisageait Bill avec stupeur. Elle n'avait sans doute encore jamais vu un vampire faire usage de sa petite magie à lui.

— Je vais chercher mon fusil, ai-je brusquement déclaré.

Mais avant que j'aie eu le temps de faire un geste, Eric s'était tourné vers le placard, à droite de la porte d'entrée, l'avait ouvert et en avait sorti le Benelli que mon frère m'avait donné. Troublé, il me l'a tendu avec une expression d'étonnement dans les prunelles. Nos regards se sont croisés.

Il s'était souvenu de l'endroit où se trouvait le fusil. Or, il m'avait vue le cacher alors qu'il séjournait chez moi, c'est-à-dire lorsqu'il était sous l'emprise d'un sort d'amnésie.

Quand j'ai enfin pu m'arracher à l'irrésistible aimant de ses yeux bleus, je me suis aperçue qu'Amelia semblait extrêmement songeuse. J'avais appris à mes dépens que c'était le genre de regard que je n'aimais pas chez elle. Il signifiait qu'elle avait une remarque à faire, et une remarque qui risquait de ne pas me plaire.

— Est-ce que nous ne serions pas en train de nous alarmer pour rien ? a-t-elle lancé d'un ton doctoral. Est-ce que nous ne succomberions pas à la panique sans raison ?

À voir le coup d'œil que Bill lui a lancé, on aurait pu croire qu'elle venait subitement de se changer en babouin. Quant à Frannie, son visage était dénué de toute expression.

— Après tout, a commencé à argumenter ma colocataire, un petit sourire supérieur aux lèvres, pourquoi viendrait-on s'attaquer à nous, je vous le demande ? Ou, plus précisément, à toi, Sookie ? Parce que je présume qu'une bande de vampires ne feraient pas exprès le déplacement pour s'attaquer à moi. Je pose donc la question : pourquoi viendraient-ils ici ? Tu ne représentes pas une pièce maîtresse du système de défense des vampires de Louisiane, que je sache. Qu'est-ce qui pourrait bien leur fournir un motif suffisant pour vouloir te tuer ou te capturer ?

Eric achevait sa tournée d'inspection de toutes les portes et fenêtres de la maison quand Amelia a conclu son analyse par cette ultime question.

— J'ai raté quelque chose ? s'est-il enquis.

— Amelia était en train de m'expliquer gentiment qu'il n'y avait aucune raison logique pour que les vampires de Vegas viennent s'attaquer à moi, que je n'avais rien à voir avec leur tentative de coup d'État.

— Bien sûr qu'ils vont venir ! m'a répondu Eric, sans un regard pour ma colocataire.

Il a examiné Frannie, puis a hoché la tête avec satisfaction et s'est posté à droite d'une des fenêtres du salon.

— Sookie a un lien de sang avec moi, a-t-il ajouté. Et puis, maintenant, je suis là aussi.

— Ouais, a soupiré Amelia. Merci beaucoup, Eric. Trop aimable à vous d'être venu directement chez nous.

— Amelia, n'êtes-vous pas une puissante sorcière ?

— Euh… si, lui a prudemment répondu ma colocataire.

— Votre père n'est-il pas un homme riche et très influent ? N'avez-vous pas pour mentor une très grande sorcière ?

Et qui avait fait sa petite enquête, cette fois ? Eric et Copley Carmichael avaient donc quelques points communs.

— Si, a acquiescé Amelia. OK, ils seraient peut-être ravis de tous nous coincer. Mais, n'empêche, si vous n'aviez pas foncé tout droit ici, je ne crois pas que Sookie et moi aurions à nous inquiéter d'être blessées.

— Tu te demandes si on est vraiment en danger ? me suis-je exclamée, incrédule. Des vampires en guerre ? Excitation du combat, sang frais, soif dévorante… ça n'évoque rien pour toi ?

— On ne leur servira plus à grand-chose, une fois mortes.

— C'est vrai, mais un accident est si vite arrivé…

En m'entendant, Bill a émis une sorte de petit ricanement sarcastique. C'était la première fois que j'entendais une réaction si humaine de sa part et je me suis tournée vers lui. Ses crocs s'étaient allongés, ses yeux luisaient. En fait, il se frottait déjà les mains à la perspective d'une bonne vieille bagarre. Frannie le regardait fixement, avec toujours la même indifférence, le même détachement. S'il y avait eu la moindre chance pour qu'elle reste calme et coopérative, j'aurais demandé à Bill de la sortir de sa transe hypnotique. Mais j'appréciais vraiment trop la tranquillité que son état nous garantissait – ce qui ne m'empêchait pas de détester l'idée qu'on lui avait ôté toute volonté.

— Pourquoi Pam est-elle partie ? me suis-je étonnée.

— Elle est plus utile au *Fangtasia*. Les autres ont tous convergé vers le club, et s'ils sont assiégés, elle pourra me tenir au courant. C'était stupide de ma part de leur ordonner de se rassembler. J'aurais dû leur conseiller de se disperser, au contraire.

D'après son expression, c'était une erreur qu'Eric n'était pas près de recommencer.

Bill s'est à son tour approché de la fenêtre, tous les sens aux aguets. Il a consulté Eric du regard et secoué la tête : rien à signaler. Pour le moment…

Le portable d'Eric a sonné. Il a pris l'appel, écouté une minute en silence, répondu : « Bonne chance à vous » et raccroché.

— La plupart des autres sont au club, nous a-t-il annoncé.

Bill a acquiescé d'un petit signe de tête.

— Où est Claudine ? m'a-t-il demandé.

— Aucune idée.

Pourquoi Claudine se manifestait-elle certaines fois, quand j'avais des ennuis, et d'autres pas ? Est-ce que j'avais fini par l'épuiser ?

— De toute façon, je ne pense pas qu'elle se montrera, vu que vous êtes là, messieurs, leur ai-je fait observer. À quoi est-ce que ça servirait qu'elle vienne à la rescousse, si vous ne pouvez pas vous empêcher de lui sauter sur la carotide ?

Bill s'est brusquement raidi. Son ouïe extraordinairement fine avait une nouvelle fois perçu quelque chose d'inaudible aux humains. Il a échangé un long regard avec Eric.

— Pas le genre de compagnie que j'aurais choisie, a-t-il commenté de sa voix glaciale. Mais on va leur donner du fil à retordre. Je n'aurai qu'un seul regret : les femmes.

Il s'est tourné vers moi, une intense émotion dans ses grands yeux noirs. Amour ? Chagrin ? Sans la plus volatile pensée pour me mettre sur la voie, je n'en avais pas la moindre idée.

— Nous ne sommes pas encore dans la tombe, lui a tout aussi froidement répliqué Eric.

Je pouvais percevoir le crissement de pneus sur le gravier de l'allée, à présent. Amelia a laissé échapper un petit cri étouffé et les yeux de Frannie se sont subitement agrandis, sans qu'elle manifeste cependant d'autre réaction. Elle est restée clouée sur sa chaise, comme tétanisée. Quant aux vampires, ils se sont absorbés en eux-mêmes pour se concentrer.

Les véhicules se sont garés devant la maison. Il y a eu des claquements de portière et le pas de quelqu'un qui se dirigeait vers les marches de la véranda.

Toc toc toc ! On a frappé fermement, non à la porte, mais sur un des piliers de soutènement de la véranda.

Je me suis avancée lentement vers l'entrée. Bill m'a alors brusquement agrippée par le bras et s'est posté devant moi.

— Qui est là ? a-t-il crié, avant de reculer en me propulsant deux mètres en arrière.

Il avait eu peur que quelqu'un ne tire à travers la porte.

Il s'était inquiété sans raison, apparemment.

— C'est moi, Victor Madden, le vampire, a répondu une voix enjouée.

D'accord. Très inattendu. Surtout pour Eric, qui a fermé les yeux, comme accablé. Le nom et la présence de Victor Madden semblaient lui en dire long sur ce qui se passait. J'ignorais quoi, mais ce n'était vraisemblablement pas positif.

J'ai chuchoté à Bill :

— Tu le connais ?

— Oui, je l'ai déjà rencontré.

Mais il ne m'a pas donné de détails et il est resté planté là, comme en proie à un dilemme intérieur. Je n'ai jamais autant souhaité savoir ce que quelqu'un pensait qu'à ce moment-là. Ce silence me tapait sur les nerfs.

N'y tenant plus, j'ai lancé :

— Ami ou ennemi ?

Un grand rire m'a répondu. C'était un rire franc, chaleureux, complice, du style « je ris avec vous, pas de vous ».

— Excellente question, a tout de même reconnu Victor. Question à laquelle vous êtes la seule à pouvoir répondre, d'ailleurs. Aurais-je l'honneur et l'avantage de parler à la fameuse Sookie Stackhouse, télépathe de renom ?

— Vous avez l'honneur de parler à Sookie Stackhouse, serveuse, point barre, ai-je riposté, glaciale.

C'est alors que s'est élevé, au-dehors, une sorte de grondement rauque provenant d'une gorge qui n'avait rien d'humain. C'était plutôt le grognement d'un animal. Un gros animal.

Mon cœur s'est arrêté. J'en ai eu l'estomac retourné.

— Les sorts de protection tiendront, psalmodiait Amelia en sourdine. Les sorts de protection tiendront. Les sorts de protection tiendront…

Bill gardait ses yeux noirs rivés sur moi, tandis que je voyais ses pensées défiler à toute allure sur son visage sans pouvoir en déchiffrer une seule. Frannie affichait toujours le même parfait détachement, mais son regard ne quittait pas la porte. Elle aussi avait entendu.

— Quinn est avec eux, ai-je murmuré à ma colocataire, puisque c'était la seule d'entre nous qui ne l'avait pas encore compris.

— Il est de leur côté ? s'est-elle indignée.

— Ils tiennent sa mère, lui ai-je rappelé, même si ça me rendait malade de savoir Quinn dans les rangs ennemis.

— Oui, mais on tient sa sœur, m'a fait remarquer Amelia.

Eric semblait aussi songeur que Bill. Ils se consultaient du regard, à présent, et j'aurais parié qu'ils se disaient tout un tas de trucs sans avoir besoin de se parler.

Et toute cette discussion silencieuse ne me disait rien qui vaille. Il fallait bien en conclure qu'ils n'avaient pas encore décidé de quel côté ils allaient sauter.

— Pouvons-nous entrer ? a demandé la charmante voix avec amabilité. Ou pouvons-nous parlementer avec l'un d'entre vous face à face ? Vous semblez avoir quelques puissants sorts de garde sur cette maison.

— Yes ! a exulté Amelia à mi-voix, en levant un poing victorieux.

Elle m'a adressé un grand sourire.

Cela ne nuit à personne, un peu d'autosatisfaction, de temps en temps, quand on l'a bien mérité

– quoique le moment ait peut-être été mal choisi. Mais je me suis forcée à lui rendre son sourire.

Eric a paru rassembler ses forces. Après avoir échangé un dernier coup d'œil appuyé, les deux vampires ont semblé se détendre. Eric s'est tourné vers moi et a déposé un léger baiser sur mes lèvres, puis il m'a dévisagée une longue minute.

— Il t'épargnera, a-t-il alors déclaré, comme s'il se parlait à lui-même. Tu es unique, il ne te gaspillera pas.

Puis il a ouvert la porte.

Chapitre 12

Le salon étant toujours plongé dans la pénombre et les spots extérieurs allumés, on voyait très bien dehors, de l'intérieur. Le vampire qui se tenait devant la maison était apparemment seul. Quoique de taille moyenne, il ne passait assurément pas inaperçu. Sanglé dans un superbe costume trois pièces, le cheveu court, bouclé et sombre, il avait pris la pose, style mannequin en couverture de *GQ*.

Eric occupant pratiquement tout l'encadrement de la porte, je ne pouvais pas en dire beaucoup plus. Il n'aurait pas été très poli d'aller à la fenêtre pour le détailler.

— Eric Northman ! s'est exclamé Victor Madden, jovial. Cela fait quelques dizaines d'années que nous ne nous sommes vus.

— Toi et tes frères de nid avez fait du beau travail dans le désert, a déclaré Eric d'un ton détaché.

— Oui, les affaires marchent bien, merci. J'aimerais m'entretenir de certaines choses avec toi. Des choses… assez urgentes, je le crains. Puis-je entrer ?

— Combien sont venus avec toi ?

— Dix, ai-je chuchoté dans le dos d'Eric. Neuf vampires et Quinn.

Si un cerveau humain en activité émettait pour moi une sorte de vibration, celui d'un vampire, au contraire, s'inscrivait en creux dans mon esprit, créant une espèce de vide. Il me suffisait de compter les trous.

— J'ai quatre compagnons avec moi, a affirmé Victor innocemment.

La franchise incarnée.

— J'ai bien peur que tu n'aies désappris à compter, avec les années, lui a rétorqué Eric, avec le même calme olympien. Je crois plutôt que tu en as amené neuf, sans parler de l'hybride.

Légère crispation de la main du mannequin aux dents longues, qui s'est redressé pour compenser.

— Pas la peine d'essayer de jouer au plus fin avec toi, à ce que je vois, mon vieux.

— « Mon vieux » ? a murmuré Amelia avec une grimace.

— Fais-les sortir du bois, que je les compte, a lancé Eric.

Tant pis pour les bonnes manières ! Nous nous sommes précipités à la fenêtre pour regarder. Les vampires de Las Vegas ont émergé un à un du rideau d'arbres. Comme ils se tenaient juste à la limite du cercle de lumière, je ne pouvais pas bien les distinguer. Mais j'ai tout de même remarqué une femme sculpturale avec une masse de cheveux bruns et un homme pas beaucoup plus grand que moi qui arborait une barbe bien taillée et une boucle d'oreille.

Le tigre a été le dernier à sortir du bois. J'étais sûre que Quinn avait adopté sa forme animale pour éviter de se retrouver face à moi. Ça m'a fait de la peine pour lui. Si j'étais déjà déchirée intérieurement, j'imaginais que c'était encore pire pour lui : il devait avoir le ventre en charpie.

— Je reconnais quelques visages familiers, a constaté Eric. Sont-ils tous sous ton autorité ?

— Oui, a répondu Victor avec fermeté.

L'information semblait d'importance pour Eric. Il a reculé, et nous nous sommes tous tournés vers lui.

— Sookie, ce n'est pas à moi de l'inviter à entrer, m'a-t-il fait remarquer. Tu es chez toi, ici.

Il s'est ensuite adressé à ma colocataire :

— Vos sorts de protection sont-ils sélectifs ? Peuvent-ils ne laisser passer qu'une personne précise ?

— Oui.

J'aurais préféré qu'elle y mette un peu plus de conviction.

— Il faut que la personne soit invitée par quelqu'un que les sorts reconnaissent, a-t-elle précisé. Comme Sookie.

C'est à ce moment-là que Bob est apparu dans le salon et s'est dirigé à pas feutrés vers la porte d'entrée. Il s'est assis au beau milieu du seuil, la queue enroulée autour des pattes, et s'est mis à examiner le nouveau venu avec insistance. Victor a d'abord semblé amusé par cette apparition impromptue, mais son rire s'est vite étranglé dans sa gorge.

— Ce n'est pas un simple chat, a-t-il constaté.

— Non, lui ai-je répondu en m'avançant. Pas plus que celui qui se trouve derrière vous.

Le tigre a soufflé par petits à-coups. J'avais entendu dire qu'il s'agissait là d'un son amical. Je me suis dit que c'était le mieux que Quinn pouvait faire pour me dire qu'il était désolé – ou peut-être pas. Je suis allée me planter juste derrière Bob. Le chat a levé la tête vers moi, m'a regardée, puis s'en est allé aussi nonchalamment qu'il était venu. Ah, ces chats !

Victor Madden s'est rapproché de la véranda. Évidemment, les sorts de protection l'empêchaient de monter et il a été obligé d'attendre au pied des marches. Amelia a allumé la véranda et Victor a cligné des yeux, ébloui. C'était un homme très séduisant, sans qu'on puisse le dire vraiment beau. Il avait de grands yeux noisette, une mâchoire carrée qui lui donnait un air décidé, et une denture parfaite qu'il ne se privait pas de faire admirer en souriant jusqu'aux oreilles. Il m'a examinée avec attention.

— Ceux qui vantent vos appas sont en dessous de la vérité, m'a-t-il lancé.

J'ai mis un petit moment à comprendre ce qu'il entendait par là. La peur tétanise les neurones, et j'étais trop terrifiée pour faire correctement fonctionner les miens. J'ai aperçu Jonathan parmi les vampires, à l'orée du bois.

— Mouais, ai-je marmonné, nullement impressionnée. Vous seul pouvez entrer.

— J'en suis enchanté, m'a-t-il répondu, en se fendant d'une courbette.

Il a avancé un pied hésitant, puis, voyant qu'il ne se passait rien, a paru soulagé. Du coup, il a traversé la véranda si rapidement qu'il s'est retrouvé juste en face de moi sans que je l'aie vu bouger, sa pochette

– si si, il portait un petit carré de soie blanche dans la poche de poitrine de son complet – touchant pratiquement mon tee-shirt. J'ai dû me retenir à quatre pour ne pas sursauter, mais j'ai réussi à conserver mon sang-froid. J'ai croisé son regard et senti la pression qu'il tentait d'exercer sur moi : il essayait ses pouvoirs hypnotiques pour voir s'il parviendrait à me contrôler.

Aucune chance. Après lui avoir laissé le temps de s'en apercevoir, je me suis écartée pour le laisser passer.

Victor s'est immobilisé sur le seuil et, d'un regard scrutateur, a passé en revue toutes les personnes présentes dans le salon, sans se départir pour autant de son sourire dentifrice. Quand ses yeux se sont posés sur Bill, son sourire s'est même élargi.

— Ah ! Compton ! s'est-il exclamé.

Je m'attendais à une remarque qui m'aurait éclairée sur la nature de sa réaction, mais il n'a rien ajouté. Il a ensuite soumis Amelia à un examen minutieux.

— La source de la magie, a-t-il commenté en s'inclinant légèrement devant elle.

Frannie n'a, en revanche, eu droit qu'à un rapide coup d'œil, suffisant cependant pour allumer dans les prunelles du vampire une étincelle de colère : il l'avait reconnue. J'aurais dû la cacher. Je n'y avais tout bonnement pas pensé. Maintenant, les vampires de Las Vegas savaient que Quinn avait envoyé sa sœur nous prévenir. Je me suis demandé si cette erreur nous serait fatale.

Si nous survivions jusqu'à l'aube, nous pourrions prendre une des voitures pour déguerpir, Amelia,

Frannie et moi. Et si les voitures avaient été trafiquées, nous aurions toujours nos portables pour appeler à l'aide. Il était toutefois impossible de savoir de quels renforts diurnes les vampires de Las Vegas bénéficiaient… en dehors de Quinn. En ce qui concernait Eric et Bill, eh bien, ils pourraient assurément se battre cette nuit pour franchir la ligne des vampires qui les attendaient à l'extérieur. Enfin, essayer, du moins. Mais quant à savoir jusqu'où ils iraient…

— Asseyez-vous, je vous en prie, ai-je dit à Madden avec un geste de la main, probablement aussi accueillante qu'une porte de prison.

Tout le monde s'est dirigé vers les sièges du salon. Nous avons laissé Frannie sur sa chaise, pour plus de tranquillité : la tension dans la pièce était presque palpable. J'ai allumé deux ou trois lampes et demandé aux vampires s'ils voulaient boire quelque chose. Ils ont tous eu l'air surpris. Seul Victor a accepté. Comme ma colocataire m'interrogeait du regard, j'ai hoché la tête et elle est allée réchauffer une bouteille de TrueBlood dans la cuisine. Eric et Bill avaient pris place sur le canapé, Victor dans un fauteuil et je m'étais perchée sur le bord du relax, les mains croisées sur les genoux.

Victor a mis un certain temps à choisir son entrée en matière.

Silence…

— Ta reine est morte, Viking, a-t-il finalement déclaré.

Eric a relevé brusquement la tête et Amelia, qui revenait avec le verre de sang de synthèse du vampire, a marqué un temps d'arrêt, avant d'aller le servir. Victor l'a remerciée en la gratifiant d'une nouvelle inclination du buste. Amelia le regardait avec une surprenante fixité et j'ai remarqué qu'elle gardait la main cachée dans les plis de sa robe. Au moment même où j'allais lui dire de ne pas faire de bêtises, elle s'est écartée du vampire pour se poster à la droite de mon fauteuil.

— Je m'y attendais, a répondu Eric. Et les shérifs ? Combien ?

Ça, je devais bien le reconnaître, son ton ne trahissait pas la moindre émotion.

Victor a fait tout un cinéma, feignant de fouiller dans les recoins de sa mémoire.

— Voyons, laisse-moi réfléchir… Ah, oui ! Tous.

J'ai serré les dents, histoire de réprimer toute réaction un peu trop bruyante, et j'ai dégluti en silence. Amelia a tiré la chaise placée à côté de la cheminée et s'est laissée tomber dessus comme une masse. Telle qu'elle était placée là, je pouvais maintenant voir ce qu'elle tenait dans son poing fermé : le couteau à émincer de la cuisine. Il avait une lame parfaitement aiguisée et il était très, très pointu…

— Et les leurs ? s'est enquis Bill, qui nous jouait sa propre version du masque de pierre, lui aussi.

— Il en reste quelques-uns : un jeune ténébreux dénommé Rasul, plusieurs des serviteurs d'Arla Yvonne… Le clan de Cleo Babbitt a préféré une mort définitive avec elle à une très honnête offre de capitulation sans condition, et Sigebert semble avoir péri avec Sophie-Anne.

— Le *Fangtasia* ?

Eric avait gardé ça pour la fin, sans doute parce qu'il redoutait trop la réponse. J'aurais voulu pouvoir le prendre dans mes bras, le réconforter, mais je me disais qu'il n'aurait pas du tout apprécié que je le fasse apparaître comme un être faible.

Victor a pris le temps d'avaler une rasade de TrueBlood avant de répondre :

— Tous les tiens sont à l'intérieur, Eric. Ils ont refusé de se rendre. Ils ont dit qu'ils ne bougeraient pas tant qu'ils n'auraient pas de nouvelles de toi. Quant à nous, nous nous tenons prêts à incendier le club. Un de tes fidèles a cependant réussi à s'échapper, et elle – nous pensons qu'il s'agit d'une femelle – prend un malin plaisir à éliminer tous ceux d'entre nous qui sont assez bêtes pour se retrouver, fort imprudemment, séparés des autres.

Bravo, Pam ! J'ai baissé la tête pour cacher le sourire qui m'était, malgré moi, monté aux lèvres, et Amelia m'a adressé un petit clin d'œil pétillant. Eric lui-même a paru exulter... pendant un quart de seconde. Bill est demeuré de marbre.

— Dans ce cas, pourquoi suis-je encore en vie ? a demandé Eric.

La question à mille dollars.

— Parce que, de tous les shérifs, tu es le plus compétent, le plus productif, et que tu as le sens des affaires et des réalités, lui a répondu Victor, qui avait manifestement bien préparé sa prestation avant de venir. Et que tu as sur ton territoire l'un des plus brillants businessmen de ce temps, a-t-il ajouté en désignant Bill du menton. Notre roi ne verrait aucun inconvénient à te laisser à ton poste. Sous réserve que tu lui prêtes allégeance, évidemment.

— Je n'ai aucun mal à imaginer ce qui se passera si je refuse.

— Mes vampires postés à Shreveport ont déjà la torche à la main, a confirmé Victor avec un sourire satisfait. En fait, ils sont dotés de systèmes de mise à feu un peu plus modernes, mais tu vois ce que je veux dire. Et, bien sûr, nous saurons nous occuper de tes amis ici présents. Tu fais assurément preuve d'éclectisme dans tes relations, Eric. Je me lance sur ta piste en pensant te trouver en compagnie de tes guerriers d'élite, et voici que je te trouve en cette étrange compagnie…

Je n'ai même pas pensé à me vexer. Victor avait raison : nous formions un groupe on ne peut plus hétéroclite. J'ai aussi remarqué qu'aucun d'entre nous n'avait voix au chapitre. Tout dépendait d'Eric et du prix qu'il accordait à sa fierté.

Dans le silence qui se prolongeait, je me suis demandé combien de temps Eric allait peser sa décision. S'il ne pliait pas, nous allions tous y passer. Parce que c'était bel et bien la façon dont Victor entendait « s'occuper » de nous, si irremplaçable qu'Eric ait prétendu me trouver. Pour Victor, je n'avais certainement pas la moindre valeur, et Amelia encore moins. Même si nous parvenions à le maîtriser (ce qui, avec Bill d'un côté et Eric de l'autre, était faisable), ses petits copains, dehors, n'auraient qu'à mettre le feu à la maison pour que notre sort soit réglé. Ils ne pouvaient peut-être pas entrer sans y être invités, mais, nous, nous serions bien obligés de sortir, à un moment donné.

J'ai tourné les yeux vers Amelia. Nos regards se sont rivés l'un à l'autre. Elle avait beau faire un suprême effort pour garder la tête haute et le dos bien droit, sous son crâne, c'était l'horreur absolue. Si elle appelait son père, il négocierait sa vie. Et il avait les moyens de faire pencher la balance dans son sens. Si les vampires de Las Vegas étaient assez cupides pour envahir la Louisiane, ils le seraient sans doute assez aussi pour accepter une rançon en échange de la vie de la fille de Copley Carmichael. Et Frannie s'en sortirait probablement aussi, puisque son frère se trouvait juste de l'autre côté de la porte. Ils épargneraient sûrement la sœur de Quinn pour le garder dans de bonnes dispositions, non ? Victor avait déjà indiqué que Bill avait des compétences qui les intéressaient – sa base de données s'était révélée si lucrative… Il ne restait donc plus qu'Eric et moi : les deux pièces les plus faciles à sacrifier sur l'échiquier.

J'ai eu une pensée pour Sam, une envie irraisonnée de l'appeler, juste pour lui parler, rien qu'une minute. Mais je n'aurais pas voulu l'entraîner là-dedans, même pour tout l'or du monde : j'aurais signé son arrêt de mort. J'ai fermé les yeux et je lui ai dit adieu.

Un bruit soudain, derrière la porte, m'a arrachée à mes sinistres pensées. J'ai mis un petit moment avant de l'identifier : Quinn voulait entrer.

Eric m'a jeté un coup d'œil interrogateur. J'ai secoué la tête. C'était déjà assez compliqué comme ça sans que Quinn se jette dans la mêlée.

— Sookie, a chuchoté Amelia dans un souffle.

J'ai senti la pression de sa main contre moi. C'était la main qui tenait le couteau.

— Non, lui ai-je murmuré. Ça ne servirait à rien.

J'espérais que Victor ne s'était pas aperçu de son petit manège.

Le regard tourné vers l'avenir, Eric avait les yeux grands ouverts, les pupilles dilatées. Dans le silence pesant qui se prolongeait, ses iris ont viré au bleu électrique.

C'est alors que quelque chose d'inattendu s'est produit : Frannie est subitement sortie de sa transe et s'est mise à hurler. Au premier cri qu'elle a poussé, ma porte a commencé à trembler. En moins de cinq secondes, de toute la puissance de ses deux cent vingt-cinq kilos de muscles et de rage animale, Quinn avait fait voler le lourd battant de bois en éclats. Avant que Victor n'ait eu le temps de l'attraper, Frannie avait déjà sauté de sa chaise pour se ruer vers la sortie. Il ne l'a ratée que d'un cheveu.

Quinn a bondi dans la maison si précipitamment qu'il a renversé sa sœur dans l'élan. Il s'est campé au-dessus d'elle, en nous menaçant d'un rugissement assourdissant.

Victor n'a pas manifesté la moindre peur, ce qui était tout à son honneur.

— Quinn, écoute-moi, a-t-il lancé au tigre en furie.

Contre toute attente, le tigre a obéi. Difficile de dire quelle part d'humanité conserve un métamorphe sous sa forme animale. J'avais eu plusieurs fois la preuve que les loups-garous me comprenaient parfaitement, et j'avais déjà communiqué avec Quinn quand il s'était changé en félin. Il m'avait assurément compris, lui aussi. Mais les hurlements de Frannie avaient libéré brutalement sa colère, et il semblait ne pas bien savoir sur qui la passer. J'ai profité de ce que Victor était occupé avec Quinn pour fouiller dans ma poche.

Je détestais l'idée de sortir si tôt le joker que m'avait fourni mon arrière-grand-père (je t'adore, Papy – au fait, viens donc me sauver !) et plus encore celle de le jeter, sans prévenir, dans une maison remplie et cernée de vampires. Mais s'il y avait un moment pour requérir l'intervention d'un faé, on pouvait difficilement imaginer meilleur que celui-là. Et je m'y prenais peut-être même un peu tard.

J'avais mon portable dans la poche de mon pyjama. Je l'ai discrètement sorti et j'ai baissé les yeux pour consulter la carte de visite et composer le numéro, tout en regrettant amèrement de ne pas l'avoir enregistré. Victor parlait toujours avec Quinn pour tenter de le persuader que personne n'avait fait le moindre mal à sa petite sœur.

Maintenant, dites-moi : est-ce que je n'avais pas tout fait bien comme il faut ? Est-ce que je n'avais pas attendu d'avoir vraiment besoin de lui pour l'appeler ? Est-ce que je n'avais pas eu l'intelligence d'avoir sa carte sur moi et la présence d'esprit de prendre mon portable ?

Parfois, pourtant, alors que vous avez vraiment tout fait bien comme il faut, il arrive que les choses tournent mal.

Juste au moment où la sonnerie retentissait, vif comme l'éclair, un bras s'est détendu pour m'arracher le portable des mains et le projeter contre le mur.

— Nous ne pouvons pas le faire intervenir dans cette affaire, m'a murmuré Eric à l'oreille, sans déclencher une guerre dévastatrice qui nous anéantira tous.

J'imagine qu'il voulait parler de lui parce que, quant à moi, j'étais bien sûre que je resterais en vie, si mon arrière-grand-père déclenchait une guerre pour moi. Mais il était trop tard, maintenant. J'ai regardé mon ancien amant avec, dans les yeux, quelque chose qui ne devait pas être loin de la haine.

— Il n'y a personne que vous puissiez appeler pour vous sortir d'une situation pareille, a affirmé Victor d'un air suffisant.

Mais il a subitement perdu de sa superbe, comme s'il avait un doute, tout à coup.

— À moins qu'il n'y ait des choses que j'ignore à votre propos, a-t-il ajouté d'un ton soupçonneux.

— Il y a bien des choses au sujet de Sookie que vous ignorez, est alors intervenu Bill. Sachez du moins ceci, a-t-il poursuivi. Je me sacrifierais pour elle. Si vous touchez à un seul de ses cheveux, je vous tue.

Il s'est ensuite tourné vers Eric et a ajouté :

— Peux-tu en dire autant ?

Il était clair que non, ce qui plaçait Eric derrière son subalterne dans la course à « Qui aime le plus Sookie ? ». Mais, étant donné les circonstances, ça n'avait plus grande importance.

— Plus pertinent encore, tu dois aussi savoir ceci : s'il lui arrive quoi que ce soit, des forces que tu ne peux même pas imaginer seront libérées, a renchéri Eric, s'adressant à Victor.

Ce dernier est demeuré un instant songeur.

— Ce ne sont peut-être que des menaces en l'air, évidemment, a-t-il posément répondu. Mais, sans trop savoir pourquoi, je te crois sérieux. Si tu fais allusion au tigre ici présent, cependant, je ne pense pas qu'il nous tuerait tous pour elle : nous tenons sa mère… et sa sœur, maintenant. D'autre part, je constate qu'il vous a envoyé sa sœur. Il devra répondre de ses actes.

Amelia était allée passer un bras réconfortant autour des épaules de Frannie, tant pour la rassurer que pour se mettre sous la protection du tigre. Elle m'a interrogée du regard, en pensant très clairement : *Est-ce que je dois tenter quelque chose ? Un sort de stase magique, peut-être ?*

C'était très malin de sa part de recourir à ce moyen pour communiquer avec moi. J'ai réfléchi à sa proposition à toute vitesse. Jeter un sort de stase magique, ce serait figer les choses exactement dans l'état dans lequel elles étaient. Mais je ne savais pas si le sort d'Amelia engloberait les vampires qui attendaient dehors, et je ne voyais pas en quoi cela améliorerait la situation si elle nous paralysait tous sauf elle. Pouvait-elle choisir précisément qui le sort affecterait ? J'aurais bien aimé que ma colocataire soit télépathe, elle aussi. Et c'était bien la première fois que je souhaitais une chose pareille à quelqu'un. Mais, les choses étant ce qu'elles étaient, il y avait tout bonnement trop de facteurs que j'ignorais. J'ai secoué la tête à regret.

— C'est ridicule, s'est exclamé Victor, feignant l'exaspération. Eric, c'est notre meilleure proposition et mon dernier mot. Reconnais-tu l'hégémonie de mon roi sur la Louisiane et l'Arkansas ou préfères-tu une lutte à mort ?

Nouvelle pause. Plus brève.

— Je reconnais la souveraineté de ton roi, a déclaré Eric d'une voix sans timbre.

— Bill Compton ?

Bill m'a dévisagée un long moment.

— Je reconnais votre roi.

Et voilà ! Le temps d'un claquement de doigts, l'ancien régime était mort et la Louisiane avait un nouveau roi.

Chapitre 13

J'ai senti ma tension se relâcher comme l'air s'échappe d'un pneu crevé.

— Rappelle tes troupes, maintenant, Victor, a calmement déclaré Eric. Et je veux te l'entendre dire, a-t-il ajouté, méfiant.

Plus rayonnant que jamais, Victor s'est fait un plaisir de s'exécuter. Il a dégainé un minuscule portable pour appeler une certaine Delilah et lui transmettre ses ordres. Eric a fait de même au *Fangtasia* et a informé Clancy du changement de direction.

— Et n'oublie pas de prévenir Pam, a-t-il ajouté en élevant sciemment la voix, qu'elle cesse de décimer les rangs de Victor Madden…

Puis le silence est retombé, pesant. Tout le monde semblait s'interroger sur la suite des événements.

Pour ma part, maintenant que j'étais à peu près sûre de rester en vie, j'espérais que Quinn allait bientôt reprendre forme humaine, pour que nous puissions enfin discuter. J'avais énormément de choses à lui dire. Je n'étais pas tout à fait persuadée d'en avoir le droit, mais je me sentais flouée.

Je ne me prends pas pour le nombril du monde. Et je comprenais parfaitement qu'on lui avait forcé la main, qu'il s'était retrouvé dans cette situation malgré lui.

Ce genre de pression s'accroît toujours dangereusement quand on commence à frayer avec les vampires.

À mes yeux, c'était la deuxième fois que la mère de Quinn s'était débrouillée – même involontairement – pour que ce soit lui qui assume ses problèmes avec les vampires. J'étais tout à fait consciente que ce n'était pas vraiment sa faute. Elle n'avait pas choisi de se faire violer ni de perdre la tête. Je ne l'avais jamais rencontrée, mais je voyais bien qu'elle était totalement irresponsable. Quinn avait fait ce qu'il avait pu en envoyant sa sœur nous prévenir – quoique je ne sois pas convaincue que le résultat ait été très probant.

Mais il avait essayé, il fallait lui reconnaître ça.

En regardant le tigre frotter son museau contre Frannie, j'ai compris que je m'étais mis le doigt dans l'œil jusqu'au coude avec Quinn, et j'ai senti le fer de la trahison me brûler. J'avais beau me raisonner, voir mon petit ami dans le camp de l'ennemi (parce que c'était quand même bien ainsi qu'on devait considérer les vampires d'en face) me donnait la nausée. Je me suis secouée pour tenter de me reprendre et j'ai jeté un regard circulaire.

Dès qu'elle avait décemment pu lâcher Frannie, qui était en larmes, Amelia avait filé comme une flèche dans le couloir. Je m'étais dit que la tension avait dû être trop forte pour elle. À entendre les bruits qui me parvenaient de la salle de bains, je ne m'étais manifestement pas trompée. Eric était toujours au téléphone avec Clancy, probablement pour donner le change pendant qu'il s'efforçait de digérer tout ce que ce revirement de situation impliquait. Même si je ne pouvais pas lire dans ses pensées, je le savais. Le portable toujours collé à l'oreille, il s'est éloigné dans le couloir. Sans doute avait-il besoin de s'isoler pour procéder à quelques réajustements quant à ses perspectives d'avenir.

Victor est sorti parler à ses recrues. J'en ai entendu une lâcher une exclamation triomphante, comme si son équipe venait de marquer le but de la victoire – ce qui était probablement le cas.

Quant à moi, je me sentais un peu molle du genou et j'avais le cerveau en ébullition, à tel point que je pouvais à peine aligner deux pensées cohérentes. Bill m'a passé un bras autour des épaules et m'a fait asseoir sur la chaise qu'Eric venait de quitter. J'ai senti la caresse de ses lèvres glacées sur ma joue. Il aurait fallu avoir un cœur de pierre pour ne pas être touché par le discours qu'il avait tenu à Victor – ses mots s'étaient imprimés dans mon esprit, en dépit des circonstances –, et je n'ai pas un cœur de pierre.

Bill s'est agenouillé à mes pieds et a levé vers moi ce visage blême que j'avais tant aimé.

— J'espère qu'un jour, c'est vers moi que tu te tourneras, Sookie. Jamais je ne t'imposerai ma présence.

Puis il s'est relevé et il est sorti faire la connaissance de ses nouveaux « frères ».

Bien bien bien.

Mais – pitié, Seigneur ! – la nuit n'était pas encore finie.

J'ai regagné ma chambre à pas lourds avec l'intention de me passer de l'eau sur le visage, de me laver les dents ou de me brosser les cheveux. Peut-être que ça m'aiderait à me sentir un peu moins mal.

Quand j'ai poussé la porte, j'ai trouvé Eric assis sur mon lit, le visage dans les mains.

Il a redressé la tête en m'entendant entrer. Il semblait en état de choc. Ce qui n'était pas franchement étonnant après un coup d'État et une relève de la garde aussi radicale et, pour le moins, brutale.

— Être là, sur ton lit… sentir ton odeur… a-t-il soufflé, si bas que j'ai dû tendre l'oreille. Oh ! Sookie… je me souviens de tout !

— Oh, non ! ai-je lâché, avant d'aller m'enfermer dans ma salle de bains.

Je me suis peignée, brossé les dents, lavé le visage et les mains. Mais je ne pouvais pas rester éternellement barricadée derrière cette porte. Il allait bien falloir que je sorte. J'aurais été aussi lâche que Quinn si j'avais fui ce vampire.

Je n'avais pas franchi le seuil qu'Eric reprenait :

— Je ne parviens pas à croire que…

— Oui, oui, je sais, que tu aies pu tomber amoureux d'une humaine, que tu m'aies fait toutes ces promesses, que tu aies été doux comme un agneau et que tu aies voulu vivre avec moi « jusqu'à ce que la mort nous sépare », chabadabada, chabadabada…

Il devait bien exister un moyen d'échapper à cette mauvaise scène de série B.

— Je ne parviens pas à croire que j'aie pu éprouver quelque chose d'aussi fort et que, pour la première fois depuis des siècles, j'aie connu un tel bonheur, a corrigé Eric, non sans une certaine solennité. Accorde-moi quand même le bénéfice du doute.

Je me suis frotté le front. La nuit était déjà sérieusement entamée ; j'avais bien failli y rester ; l'homme que je considérais, la veille encore, comme mon petit ami s'était tout à coup transformé en ennemi mortel, changeant du tout au tout l'idée que je me faisais de lui... Parce que, même si « mes » vamp's étaient désormais du côté de « ses » vamp's j'avais suivi mes émotions et pris le parti des vampires de Louisiane, si terrifiants que certains aient pu être – et Dieu sait qu'il y en avait parmi eux qui m'avaient complètement terrifiée. Cela dit, Victor Madden et sa bande le seraient-ils moins ? C'était peu probable. N'avaient-ils pas assassiné, cette nuit même, bon nombre de leurs congénères, dont certains que je connaissais et qui me manqueraient ?

Avec tout cela, je ne pensais pas être à même de gérer la crise existentielle d'un Eric qui venait d'avoir une révélation.

— Est-ce qu'on ne pourrait pas parler de ça une autre fois – s'il faut vraiment qu'on en parle ?

— Si, a-t-il répondu après un long silence. Si, si. Ce n'est sûrement pas le bon moment.

— Je doute qu'il y ait jamais de bon moment pour parler de ce genre de chose.

— Nous le trouverons pourtant.

— Écoute, Eric... Oh ! Et puis, d'accord, ai-je cédé, balayant le sujet d'un revers de la main. Je suis contente que le nouveau régime veuille bien te garder en place.

— Cela t'aurait fait de la peine si j'avais été tué.

— Forcément : on a un lien de sang et tout ça.

— Pas à cause du lien de sang.

— OK, tu as raison : ça m'aurait fait de la peine si on t'avait tué. Sauf que si on t'avait tué, on m'aurait probablement tuée aussi, alors je n'aurais pas souffert très longtemps. Maintenant, tu veux bien dégager, s'il te plaît ?

— Oh, mais oui, je vais dégager, comme tu dis, a-t-il articulé d'une voix métallique, jugulant manifestement une de ses colères froides légendaires : le véritable Eric était de retour. Mais tu ne vas pas tarder à me revoir. Et sois sûre d'une chose, mon aimée : nous trouverons un terrain d'entente. Quant aux vampires de Las Vegas, ils sauront parfaitement gérer un royaume qui, comme le leur, vit essentiellement du tourisme. Le roi du Nevada est puissant et Victor n'est pas de ceux que l'on doit prendre à la légère. C'est un être sans pitié et sans scrupules. Mais jamais il ne détruirait quelque chose dont il peut tirer profit. Il sait parfaitement se maîtriser et se montrer, en toutes circonstances, d'un sang-froid exemplaire.

— Finalement, tu n'es pas si mécontent que ça de ce coup d'État, si je comprends bien ?

Je n'avais pas réussi à cacher mon incrédulité : j'étais choquée.

— Ce qui est fait est fait, m'a-t-il posément répondu. À quoi cela servirait-il d'être mécontent maintenant ? Je ne peux ramener personne à la vie et je ne peux pas battre le Nevada à moi tout seul. Et je ne demanderai certainement pas aux miens de se sacrifier pour une cause perdue d'avance.

Un tel pragmatisme forçait l'admiration. Mais j'aurais été bien incapable de l'imiter. Je comprenais son point de vue, et peut-être même qu'à tête reposée je finirais par tomber d'accord avec lui. Mais pas maintenant, non. Là, il me paraissait d'une froideur effroyable. Bien sûr, il avait eu quelques centaines d'années pour se blinder, et qui sait, il était sans doute déjà passé par là plusieurs dizaines de fois.

Quelle tristesse !

En se dirigeant vers la porte, Eric s'est arrêté pour déposer un baiser sur ma joue. Encore une soirée propice aux baisers inattendus, apparemment.

— Je suis désolé pour le tigre, m'a-t-il glissé à l'oreille avant de s'en aller.

Ça m'a achevée. Je suis restée prostrée sur la petite chaise, dans le coin de ma chambre, jusqu'à ce que je sois sûre que tout le monde était parti. Quand je n'ai plus rien détecté d'autre que le cerveau d'Amelia, j'ai pointé le nez dans le couloir pour m'assurer que mes sens ne m'avaient pas trompée. Plus d'intrus. Ouf.

— Amelia ?

— Oui.

Je suis allée la rejoindre dans le salon. Elle était à peu près dans le même état que moi : exténuée.

— Tu crois que tu vas réussir à dormir ?

— Je ne sais pas. Je vais essayer.

Elle a secoué la tête, avant d'ajouter :

— Ça change tout.

— Ça quoi ?

— La prise de pouvoir des vampires de Vegas. Mon père avait conclu de nombreux accords avec ceux de La Nouvelle-Orléans. Il devait travailler pour Sophie-Anne Leclerq, remettre son quartier général en état là-bas, et toutes ses autres propriétés aussi. Je ferais mieux de lui passer un coup de fil pour l'avertir. Il va vouloir prendre les devants, se placer auprès du nouveau.

À sa façon, Amelia se montrait aussi pragmatique qu'Eric. Je me suis sentie complètement déphasée, tout à coup, en décalage avec la terre entière. Y avait-il seulement quelqu'un pour pleurer la perte de Sophie-Anne, d'Arla Yvonne, de Cleo et de tant d'autres ? La liste était sans doute encore plus longue que je ne l'imaginais. J'en suis arrivée à me demander, pour la première fois, si, à force, les vampires ne devenaient pas insensibles à la mort des autres, avec toutes ces vies qu'ils croisaient et qui s'éteignaient alors qu'eux restaient en vie. Génération après génération, les êtres autour d'eux partaient dans la tombe. Et eux continuaient à vivre, encore et encore…

Eh bien, la pauvre petite humaine que j'étais – et qui finirait bien par s'éteindre un jour, elle aussi – était, pour l'heure, morte de fatigue. S'il y avait un autre coup d'État, cette nuit, il se ferait sans moi. J'ai reverrouillé toutes les portes, interpellé Amelia du bas de l'escalier pour lui souhaiter une bonne nuit et je suis retournée me coucher. J'ai rampé jusqu'à mon lit, mais il m'a fallu une bonne demi-heure avant de réussir à trouver le sommeil. Chaque fois que je m'assoupissais, tous mes muscles se contractaient et je sursautais, persuadée que quelqu'un venait d'entrer dans ma chambre pour m'annoncer une nouvelle catastrophe imminente.

Pourtant, au bout d'un moment, même mes soubresauts ne pouvaient plus me tenir éveillée et j'ai sombré dans l'oubli. Quand je me suis réveillée, le soleil brillait au-dehors et Quinn était assis sur la chaise dans l'angle, celle sur laquelle je m'étais écroulée en essayant de gérer la crise existentielle d'Eric.

Cette mode commençait à devenir désagréable. J'en avais assez de tous ces types qui apparaissaient sans prévenir dans ma chambre puis disparaissaient. Moi, ce que je voulais, c'en était un qui y resterait.

— Qui t'a laissé entrer ? ai-je grommelé en me redressant sur un coude.

Il avait bonne mine pour quelqu'un qui avait eu une si petite nuit. Quinn était un homme très grand, au crâne rasé et aux immenses yeux violets. J'avais toujours adoré le regarder.

— Amelia, m'a-t-il répondu. Je sais que je n'aurais pas dû m'inviter, que j'aurais dû attendre que tu sois réveillée. Mais tu n'aurais peut-être pas voulu de moi chez toi.

Je suis allée dans la salle de bains pour me donner un peu de temps – une technique qui, elle aussi, commençait à devenir une habitude. Quand j'en suis ressortie, un peu plus présentable et mieux réveillée que je n'y étais entrée, Quinn m'avait apporté une tasse de café. J'en ai bu une gorgée et je me suis tout de suite sentie mieux. Assez bien, du moins, pour être à même de gérer ce qui allait arriver. Mais pas dans ma chambre.

— Cuisine, ai-je marmonné.

Nous nous sommes tous les deux retrouvés dans la pièce qui avait toujours été le cœur de cette maison. Elle avait déjà plus d'un siècle au compteur quand le feu l'avait ravagée. Maintenant, j'avais une cuisine toute neuve. Mais l'ancienne me manquait. La vieille table, autour de laquelle ma famille s'était réunie pendant des années, avait été remplacée par une plus moderne et les nouvelles chaises étaient nettement plus confortables que les anciennes. Mais, de temps à autre, mes souvenirs me rattrapaient, et je me prenais à regretter ce que l'incendie avait emporté.

En y entrant ce matin-là, j'avais le funeste pressentiment que les regrets allaient être à l'ordre du jour, justement. Durant mon sommeil agité, j'avais dû assimiler une dose de ce pragmatisme qui m'avait tant attristée, la veille encore. Pour retarder au maximum cette conversation qu'il allait bien falloir que j'aie avec Quinn, je suis allée jeter un coup d'œil dans l'arrière-cour. La voiture d'Amelia n'était plus là : nous serions tranquilles. C'était déjà ça.

J'ai pris place face à l'homme sur qui j'avais fondé tant d'espoirs, l'homme que j'avais cru pouvoir aimer.

— À te voir, on pourrait penser qu'on vient de t'annoncer ma mort, bébé, a-t-il lâché d'un ton léger, histoire de détendre l'atmosphère, sans doute.

— Ça revient à peu près au même, lui ai-je froidement répondu – il valait mieux aller droit au but.

Il n'a pas pu réprimer une grimace.

— Mais qu'est-ce que tu voulais que je fasse d'autre, Sookie ? a-t-il aussitôt protesté d'une voix dans laquelle perçait la colère. Qu'est-ce que tu voulais que je fasse, hein ?

— Et moi, qu'est-ce que je peux y faire ? lui ai-je rétorqué, parce que je n'avais pas de meilleure réponse à lui donner.

— Je t'ai envoyé Frannie ! J'ai essayé de te prévenir !

— Trop tard, lui ai-je assené, stoïque. Peut mieux faire.

Puis je me suis tue et j'ai réfléchi. Est-ce que je n'étais pas injuste, ingrate, trop dure avec lui ?

— Si tu m'avais appelée avant, ne serait-ce qu'une seule fois, il y a des semaines de ça, je le prendrais peut-être autrement aujourd'hui, ai-je repris. Mais tu étais trop occupé à essayer de retrouver ta mère, je suppose.

— Alors, tu me quittes à cause de ma mère ?

Et s'il y avait de l'amertume dans sa voix, je ne pouvais pas vraiment lui en vouloir.

— Oui, ai-je déclaré, après avoir pris le temps de tester la fermeté de ma résolution. Je crois bien que oui. Ce n'est pas tant ta mère que ta situation familiale dans son ensemble. Aussi longtemps qu'elle vivra, ta mère restera ta priorité parce qu'elle n'est pas en état de s'assumer. Elle a pris trop de coups pour ça. Je la plains sincèrement, crois-moi. Et je suis vraiment désolée que Frannie et toi ayez un tel fardeau à porter. Je sais ce que c'est.

Défiguré par la colère et la fatigue, Quinn gardait les yeux obstinément rivés au fond de sa tasse. Je n'aurais probablement pas pu choisir pire moment pour lui imposer pareille épreuve. Il fallait pourtant qu'on en passe par là. J'avais trop mal pour supporter ça plus longtemps.

— Tu sais cela, et tu sais aussi que je tiens à toi. Et, malgré tout, tu ne veux plus me voir ? a-t-il répliqué, les dents serrées. Tu tires un trait sur notre relation ? Tu ne veux même pas essayer ?

— Moi aussi, je tiens à toi. Et j'espérais qu'on aurait encore plein de choses à faire ensemble, lui ai-je avoué. Mais ce qui s'est passé cette nuit... ça dépasse les bornes. C'est par quelqu'un d'autre que j'ai appris la vérité sur ton passé, tu te rappelles ? Peut-être que tu ne me l'avais pas dit parce que tu savais déjà que ce serait un problème entre nous. Je ne parle pas du fait que tu aies combattu dans les arènes – je m'en fiche –, mais de ta mère et de Frannie. C'est ta famille, Quinn, et elles sont... dépendantes. Elles ont besoin de toi. Et elles passeront toujours avant moi.

J'ai repris mon souffle et rassemblé mon courage pour la suite. Déjà, je me mordillais l'intérieur de la joue. Le pire était encore à venir.

— Je veux passer en premier, Quinn. Je sais, c'est égoïste de ma part, sans doute lamentable et peut-être illusoire. Mais je veux juste passer en premier pour quelqu'un. Si c'est moi qui débloque, eh bien, tant pis. J'assume. Mais c'est ce que je ressens.

Il a semblé réfléchir. En tout cas, il est resté silencieux un long moment.

— Dans ce cas, ce n'est même plus la peine de discuter, a-t-il finalement décrété.

Je ne pouvais pas le contredire.

Il m'a regardée tristement, puis il a posé ses grandes mains bien à plat sur la table pour se lever et il est parti.

J'avais honte. Je me sentais affreusement malheureuse et vide. Je me disais que je n'étais qu'une sale garce égocentrique.

Mais je n'ai rien fait pour le retenir.

CHAPITRE 14

Je me préparais pour aller au travail – eh oui, même après une nuit pareille, il fallait que j'aille travailler – quand on a frappé. Comme j'avais entendu un gros véhicule remonter l'allée, j'avais enfilé mes chaussettes et lacé mes tennis en deux temps, trois mouvements.

Ce n'était pas tous les jours que je voyais un camion FedEx se garer devant chez moi. J'ai eu un peu de mal à ouvrir ce qu'il restait de ma porte d'entrée. Elle ne ressemblait plus à grand-chose, depuis cette nuit. Je me suis promis d'appeler le menuisier de Clarice pour la faire remplacer. Peut-être que Jason pourrait me donner un coup de main pour la poser ? Quand je suis finalement parvenue à ouvrir la porte, la fille de FedEx a jeté un regard appuyé au battant déchiqueté, mais elle m'a tendu mon colis, se retenant avec tact de faire tout commentaire.

— Vous voulez bien signer ça ?

— Pas de problème.

Avec une certaine perplexité, j'ai pris le paquet. Il venait du *Fangtasia*. Allons bon ! Le camion n'avait pas fait demi-tour que je l'avais ouvert. C'était un téléphone portable. Rouge. Et il était programmé avec mon numéro. Un petit mot disant : « Désolé pour l'autre, ma belle amante » l'accompagnait et il était signé d'un grand « E ». Il y avait aussi un chargeur, un chargeur de voiture, ainsi qu'une feuille attestant que le forfait était payé pour six mois.

C'est alors qu'avec une certaine incrédulité j'ai entendu un second camion arriver. Je n'avais même pas eu le temps de rentrer. Il venait du Home Depot de Shreveport, celui-là. C'était une nouvelle porte, très jolie, d'ailleurs, et les deux types venus me la livrer étaient aussi chargés de l'installer. Tous les frais avaient été réglés.

Je me suis demandé ce qu'Eric allait entreprendre de plus, comme mission domestique.

Je suis arrivée en avance au *Merlotte*. Je voulais voir Sam pour lui parler. Mais la porte de son bureau était fermée et des voix s'élevaient à l'intérieur. Il était plutôt rare que sa porte soit fermée. Ce détail a immédiatement éveillé ma curiosité – et mon inquiétude. Je percevais la signature mentale de Sam, mais également une autre que j'avais déjà croisée quelque part… Au premier bruit de chaises, je me suis précipitée dans la réserve.

Tanya Grissom est sortie de la pièce.

J'ai patienté deux ou trois secondes, puis je me suis dit que l'affaire était trop importante et trop urgente pour que je puisse attendre plus longtemps. Et tant pis si Sam n'était pas d'humeur. Quand je suis entrée, mon patron était toujours assis dans son fauteuil à roulettes, les pieds croisés sur son bureau. Sa crinière lui faisait comme une auréole de feu au-dessus du crâne. Elle était encore plus en bataille que d'habitude. Il avait l'air préoccupé, aussi. Mais quand je lui ai annoncé que j'avais à lui parler, il a hoché la tête et m'a fait signe de fermer la porte.

— Tu sais ce qui s'est passé cette nuit ? lui ai-je aussitôt demandé.

— J'ai cru comprendre qu'il y avait eu un putsch...

Il s'est calé contre le dossier de son fauteuil, dont les ressorts se sont mis à grincer. Je n'étais vraiment pas à prendre avec des pincettes et j'ai dû me mordre la lèvre pour m'empêcher d'aboyer – ce grincement m'énervait au plus haut point.

— On peut dire ça comme ça.

« Un putsch » : l'expression résumait parfaitement la situation. Je lui ai fait un petit résumé des événements de la nuit.

Sam a semblé troublé.

— Je ne me mêle jamais des affaires des vampires, a-t-il grommelé. Vamp's et hybrides ne font pas bon ménage. Je suis vraiment désolé que tu te sois retrouvée embringuée dans cette histoire, Sookie. Ce fumier d'Eric...

Il paraissait sur le point d'en dire plus, mais il a préféré se taire.

— Tu sais quelque chose sur le roi du Nevada ?

— Je sais que c'est un magnat des médias et qu'il possède au moins un casino et plusieurs restaurants. Il est aussi à la tête d'une société de production de spectacles qui gère plusieurs artistes et quelques troupes de danse. Des vampires exclusivement, bien entendu. Tu connais *La Revue de l'Éternel Elvis*, avec tous ces chanteurs qui lui rendent hommage – plutôt marrant, quand on y pense, non ?

Nous savions tous les deux que le véritable Elvis était toujours de ce monde. Il était hélas rarement en état de monter sur scène.

— Quant à entreprendre une prise de contrôle sur un état aussi touristique que la Louisiane, autant que ce soit un vampire comme Felipe de Castro qui s'y colle, poursuivait Sam. On n'aurait pas pu trouver mieux pour le job. Il veillera à ce que La Nouvelle-Orléans soit reconstruite dans les règles de l'art, pour la bonne et simple raison qu'il a bien l'intention d'en faire son nouveau fonds de commerce.

— Felipe de Castro... Ça fait carrément exotique.

— Je ne l'ai jamais vu, mais j'ai entendu dire qu'il était très... euh... charismatique. Je me demande s'il viendra s'installer en Louisiane ou si c'est Victor Madden qui le représentera. Dans un cas comme dans l'autre, ça ne changera pas grand-chose pour nous au bar. Mais ça risque de changer pas mal de choses pour toi, Sookie.

Il a décroisé les jambes et s'est redressé. Son fauteuil a émis un couinement sonore en guise de protestation.

— Si seulement je connaissais le moyen de t'arracher aux griffes de ces fichus vampires ! a-t-il soupiré.

— Si j'avais su ce que je sais maintenant la nuit où j'ai rencontré Bill, je me demande si j'aurais agi autrement... ai-je monologué, songeuse. Peut-être que j'aurais laissé les Rattray le saigner.

J'avais sauvé Bill d'un couple de déséquilibrés qui, non contents d'être complètement désaxés, s'étaient aussi révélés de redoutables meurtriers. En réalité, ces gens-là étaient ce qu'on appelle des dealers : des humains qui attirent les vampires dans des endroits isolés où ils peuvent les paralyser, en les ligotant avec des chaînes d'argent, et les vider de leur sang, qu'ils vendent ensuite à prix d'or au marché noir. Les dealers vivent dangereusement. Les Rattray avaient payé pour le savoir.

— Tu ne penses pas ce que tu dis, Sookie, a raillé Sam en se balançant sur son fauteuil (couic ! couic !). Tu aurais été incapable de laisser faire une chose pareille.

Il s'est levé.

Le compliment m'a réchauffé le cœur, surtout après la conversation que j'avais eue avec Quinn. J'ai été tentée d'en parler aussi à Sam, mais il se dirigeait déjà vers la porte : il était temps de reprendre le collier. Nous sommes sortis tous les deux du bureau pour regagner nos postes respectifs et nous avons repris le travail comme si de rien n'était. Je n'avais pourtant pas la tête à ça.

Pour me remonter le moral, j'ai essayé de penser à quelque chose de gai, un projet quelconque qui aurait ensoleillé mon présent et m'aurait aidée à envisager l'avenir avec optimisme. Sans résultat. Pendant un long et pénible moment, je suis restée plantée là, devant le comptoir, mon calepin à la main, en me retenant de répondre à l'appel du vide, figée au bord du gouffre qui s'ouvrait devant moi. Puis je me suis donné une bonne claque virtuelle. *Imbécile heureuse ! Tu as une maison, des amis, un bon job. Tu as plus de chance que des millions de gens sur cette planète. Et tu oses encore te plaindre ?*

Ça a fonctionné. Un temps. J'ai recommencé à distribuer des sourires à la ronde – des sourires certes crispés, mais des sourires malgré tout.

Une ou deux heures plus tard, Jason est passé au bar avec sa femme. Crystal avait l'air renfrogné et des rondeurs soulignant sa grossesse. Quant à mon frère, il avait l'air… eh bien, cet air buté et ce regard mauvais qu'il prenait parfois quand quelque chose lui était resté en travers de la gorge.

— Quoi de neuf ? lui ai-je demandé.

— Oh, pas grand-chose, m'a-t-il répondu avec un enthousiasme délirant. Tu nous sers deux bières ?

— Sans problème.

C'était la première fois qu'il commandait sans demander son avis à Crystal. Jolie fille, avec plusieurs années de moins que lui, Crystal était aussi une panthère-garou. Mais elle avait du mal à se transformer, même les nuits de pleine lune, et elle avait déjà fait deux fausses couches. Je la plaignais sincèrement, à ce niveau-là, d'autant que je la savais mal vue à Hotshot. On n'avait aucune pitié pour les « faibles », dans la communauté – même si c'était probablement à la consanguinité qui faisait rage dans la communauté qu'elle devait cette « faiblesse ». Et voilà que Crystal était enceinte pour la troisième fois. C'était bien la seule raison qui avait pu pousser Calvin à consentir à son mariage avec Jason, qui n'était qu'un parvenu, lui, pas un pur-sang : il n'était devenu un hybride que parce qu'il avait été mordu à répétition – par un mâle fou de jalousie qui voulait posséder Crystal. Jason ne pouvait pas vraiment se changer en panthère, cependant, seulement en une sorte de créature mi-homme mi-bête. Mais il adorait ça.

Je leur ai apporté leurs bières avec deux chopes rafraîchies et j'ai attendu de voir s'ils allaient commander à dîner. Je me suis tout de même étonnée que Crystal boive de l'alcool. Mais finalement, j'ai estimé que cela ne me regardait pas.

— Je vais prendre un cheeseburger avec des frites, m'a annoncé Jason.

Jusque-là, rien de surprenant.

— Et toi, Crystal ? ai-je demandé à sa voisine, en m'efforçant d'adopter un ton amical.

C'était ma belle-sœur, après tout.

— Oh ! Je n'ai pas de quoi me payer à manger, moi.

Sidérée, je n'ai rien trouvé à répondre. J'ai jeté un coup d'œil interrogateur à mon frère, qui s'est contenté de hausser les épaules. Ce qui voulait dire (pour sa sœur qui le connaissait par cœur) : « J'ai fait une erreur, un truc bête et méchant. Mais je ne céderai pas parce que je ne suis qu'un connard arrogant et borné. »

— Je serais ravie de t'offrir à déjeuner, Crystal, ai-je murmuré. Qu'est-ce qui te ferait plaisir ?

Elle a fusillé son mari du regard.

— La même chose, Sookie.

J'ai inscrit sa commande sur une feuille séparée et je me suis dirigée vers le passe-plat. J'étais déjà à deux doigts d'exploser, et voilà que Jason venait de craquer une allumette et de la jeter pile sur la mèche qui ne demandait qu'à s'enflammer. Je n'ai pas eu à chercher bien loin. Toute l'histoire était là, écrite dans leurs têtes, noir sur blanc. Et quand j'ai compris de quoi il retournait, j'ai vraiment été écœurée. Ces deux-là commençaient à me fatiguer sérieusement.

Jason avait installé sa femme dans la maison où nous avions vécu avec nos parents et où mon frère avait depuis longtemps pris ses quartiers, ce qui n'empêchait pas Crystal de se rendre pratiquement tous les jours à Hotshot. Elle n'avait pas à jouer le jeu de la normalité, là-bas. Et puis, elle retrouvait ses marques. Elle y avait toujours vécu entourée des siens : sa sœur et ses neveux lui manquaient. Tanya Grissom louait justement une chambre chez la sœur de Crystal – celle que Crystal avait occupée avant d'épouser Jason. Crystal et Tanya s'étaient plu tout de suite. Et comme Tanya adorait faire les magasins – son passe-temps favori –, elle n'avait pas tardé à entraîner Crystal dans ses virées au centre commercial, tant et si bien que cette dernière avait fini par dilapider tout l'argent que Jason lui avait donné pour les dépenses du ménage. En dépit des nombreuses scènes que Jason lui avait faites et des engagements qu'elle avait pris envers lui, elle avait mis leur compte à sec deux fois de suite.

Depuis, Jason refusait de lui donner le moindre cent. C'était lui qui faisait les courses, qui allait chez le teinturier et qui payait toutes les factures. Il avait dit à Crystal que, si elle voulait de l'argent, elle n'avait qu'à travailler. Sans l'ombre d'un diplôme en poche et enceinte pour tout arranger, Crystal n'avait rien trouvé. Elle n'avait donc pas un sou.

Il était clair que Jason voulait lui faire la leçon. Mais ce n'était certainement pas en humiliant publiquement sa femme qu'il allait y arriver. Quel abruti.

Et que pouvais-je y faire, moi ? Eh bien... rien. Ils devaient absolument régler leurs problèmes tout seuls. J'avais devant moi deux personnes totalement immatures, et je n'étais pas très optimiste quant à leurs chances de grandir.

C'est alors qu'avec une petite crispation à l'estomac je me suis souvenue de leurs étranges serments, lors de leur mariage – enfin, étranges pour moi, car ils n'avaient probablement rien d'inhabituel pour les habitants de Hotshot. En tant que plus proche parente de Jason, je m'étais portée garante pour lui, tout comme Calvin l'avait fait pour Crystal. Ce qui signifiait que, s'ils se comportaient mal l'un envers l'autre et que, pour une raison impérieuse – s'ils étaient chargés de famille ou en passe de l'être, par exemple –, ils ne pouvaient pas subir le châtiment mérité, Calvin et moi devrions payer à leur place. Il fallait que je sois complètement inconsciente pour avoir pris un engagement pareil !

Quand je leur ai apporté leurs plats, j'ai pu constater qu'ils en étaient au stade je-ne-desserre-pas-les-dents et je-regarde-tout-et-n'importe-quoi-sauf-toi. J'ai posé délicatement leurs assiettes devant eux, je suis allée leur chercher une bouteille de ketchup et j'ai décampé vite fait. J'avais déjà suffisamment mis mon grain de sel dans leurs histoires en payant le déjeuner de Crystal.

Mais il y avait une autre personne qui était partie prenante dans cette affaire, une personne que je n'allais certainement pas fuir. Ma colère s'est immédiatement redirigée sur Tanya Grissom. J'avais vraiment envie de lui en faire baver, à cette garce. Quel besoin avait-elle de venir tourner autour de Sam ? À quoi jouait-elle avec Crystal ? Qu'est-ce que cela lui apportait de l'entraîner dans cette spirale infernale d'achats compulsifs ? Car je ne pensais pas une seule seconde que Tanya était devenue la meilleure amie de ma belle-sœur par hasard. Que cherchait-elle ? À me rendre hystérique ? C'était comme si j'avais une mouche bourdonnante qui me tournait autour et se posait parfois, mais jamais assez près pour que je puisse l'écraser. Tout en continuant mon travail – j'étais passée en pilote automatique –, je me suis demandé ce que je pourrais bien faire pour ne plus l'avoir dans les jambes. Pour la première fois de ma vie, j'essayais d'imaginer comment m'y prendre pour coincer quelqu'un, avec la ferme intention de lire dans ses pensées et de savoir enfin ce qu'il avait derrière la tête. Ce ne serait pas facile, Tanya étant une hybride, mais je me faisais fort de découvrir où elle voulait en venir. Et j'étais persuadée que cette information m'éviterait pas mal d'ennuis.

Tandis que je pestais, fourbissais mes armes et préparais ma vengeance, Crystal et Jason mangeaient en silence. Jason a mis un point d'honneur à payer sa propre addition, pendant que je réglais celle de Crystal. En les voyant franchir la porte, je me suis demandé à quoi allait ressembler leur soirée. J'étais bien contente de ne pas être invitée.

Depuis son poste d'observation, derrière le comptoir, Sam n'avait pas perdu une miette du spectacle.

— Qu'est-ce qu'ils ont, ces deux-là ? m'a-t-il murmuré, au moment où je rapportais mon plateau.

— Le blues des jeunes mariés : de gros problèmes d'ajustement.

Il a semblé contrarié.

— Ne les laisse pas t'entraîner dans leurs histoires.

Il s'est alors mordu la lèvre, comme s'il regrettait ce qu'il venait de dire.

— Pardon, je ne voulais pas me mêler de ce qui ne me regarde pas, encore moins te donner des conseils que tu n'as pas demandés.

J'ai senti comme un picotement au coin des yeux. Sam me donnait des conseils parce qu'il se faisait du souci pour moi. Fragilisée à l'extrême, j'étais tellement touchée que sa remarque a failli déclencher un raz de marée lacrymal.

— Pas de problème, patron ! lui ai-je lancé, en m'efforçant de paraître enjouée et insouciante.

Sur ces bonnes paroles, j'ai tourné les talons pour aller patrouiller du côté de mes tables. Le shérif Bud Dearborn s'était installé dans mon secteur, ce qui était plutôt inhabituel. Normalement, il choisissait systématiquement une place ailleurs, lorsque j'étais de service. Une pleine assiette de beignets à l'oignon nageant dans le ketchup devant lui, Bud lisait le quotidien de Shreveport. Le gros titre en première page disait : « *Six disparus. La police enquête.* » Je me suis arrêtée pour lui demander si je pourrais avoir son journal quand il aurait fini.

Il a levé vers moi un regard soupçonneux. Ses petits yeux enfoncés dans sa tête de pékinois m'ont dévisagée comme s'il s'attendait à trouver un couperet ensanglanté pendu à ma ceinture.

— Bien sûr, Sookie, m'a-t-il répondu après un long silence. Tu n'aurais pas planqué un de ces disparus dans ton placard, des fois ?

Je lui ai adressé un sourire radieux – que l'anxiété transformait sans doute en rictus de cinglée.

— Non, Bud. Je veux juste savoir ce qui se passe dans le monde. Je ne me suis pas tenue au courant des nouvelles depuis un bon bout de temps.

— Je le laisserai sur la table en partant, m'a-t-il assuré, avant de se replonger dans sa lecture.

Je crois bien qu'il m'aurait collé un panneau « Attention, danger ! » dans le dos, s'il avait su comment l'accrocher. Non pas qu'il m'ait nécessairement prise pour une tueuse en série, mais il trouvait qu'il y avait quelque chose de louche chez moi et se disait que je devais être impliquée dans le genre de choses qu'il ne voulait pas voir arriver dans sa circonscription. Bud Dearborn et Alcee Beck partageaient cette même conviction, surtout depuis la mort de l'homme à la bibliothèque. Par chance, le type avait un casier judiciaire long comme le bras. Et pas pour vol à l'étalage : il s'agissait de meurtres. Mais Alcee avait beau savoir que j'avais agi en état de légitime défense, il ne me ferait jamais confiance. Bud Dearborn non plus.

Quand, sa bière et ses beignets avalés, le shérif est reparti traquer les méchants dans tout le comté, j'ai ramassé son journal et je suis allée m'accouder au comptoir pour prendre connaissance du fameux article, en même temps que Sam, qui lisait par-dessus mon épaule. J'avais délibérément boycotté le journal télévisé, après le bain de sang de mercredi soir. J'étais persuadée que les loups-garous ne parviendraient jamais à étouffer une affaire d'une telle ampleur. Tout juste pourraient-ils brouiller les pistes que la police ne manquerait pas de suivre.

Apparemment, je ne m'étais pas trompée.

Après plus de vingt-quatre heures de recherches, la police n'a toujours pas le moindre indice sur la disparition de six habitants de Shreveport. Personne ne semble les avoir vus depuis mercredi dernier, 22 heures, et l'enquête piétine.

« Ils n'avaient rien en commun qu'on ait pu découvrir », nous a confié le lieutenant Willie Cromwell.

Au nombre des disparus se trouvent un lieutenant de la police locale, Cal Myers ; Amanda Whatley, propriétaire d'un bar du centre de Shreveport ; Patrick Furnan, concessionnaire Harley-Davidson du comté, et sa femme, Libby ; Christine Larrabee, veuve de John Larrabee, directrice d'école à la retraite, et Julio Martinez, soldat de l'Armée de l'air basé à Barksdale. Les voisins des Furnan disent ne pas avoir vu Libby Furnan de toute la journée, la veille de la disparition de son mari, et la cousine de Christine Larrabee affirme ne pas avoir pu joindre celle-ci au téléphone depuis trois jours. La police suppose donc que les deux femmes pourraient avoir connu un sort funeste avant la disparition des quatre autres.

La disparition de Cal Myers a mis toute la police locale sur les dents. « Myers venait d'être promu et on n'avait pas eu le temps de se connaître beaucoup, a déclaré son collègue, le lieutenant Mike Loughlin. Quant à savoir ce qui a pu lui arriver, je n'en ai absolument aucune idée. » Myers, vingt-neuf ans, célibataire, faisait partie de la police de Shreveport depuis sept ans.

« S'ils étaient tous morts, au moins un des corps aurait dû être retrouvé, à l'heure qu'il est, disait déjà hier le lieutenant Cromwell. On a passé leurs domiciles et leurs lieux de travail au peigne fin. Sans résultat, pour l'instant. »

Et, pour épaissir encore le mystère, lundi dernier, c'est une autre habitante des alentours de Shreveport qui a été assassinée. Maria-Star Cooper, assistante photographe, a été poignardée chez elle, dans une petite résidence en bordure de l'autoroute A3. « Une vraie boucherie », a commenté son propriétaire, l'un des premiers à arriver sur les lieux du crime. Aucun suspect n'a encore été interrogé. « Tout le monde aimait Maria-Star, pleure sa mère, Anita Cooper. Elle était si jolie, si brillante ! »

La police ignore s'il existe une quelconque relation entre la mort de Cooper et les disparitions.

Des confrères ont également rapporté que Don Dominica, propriétaire du Don CC Park, avait signalé l'absence des occupants de trois camping-cars garés sur son terrain depuis une semaine.

« Je ne suis pas bien sûr du nombre de personnes qu'il y avait dans chaque, a-t-il dit. Ils sont tous arrivés ensemble et ils ont loué les emplacements pour un mois. Mais il n'y a qu'un nom sur le registre : Priscilla Hebert. Je crois qu'ils étaient au moins six par camping-car. J'ai rien remarqué d'anormal. »

Comme on lui demandait si leurs affaires étaient toujours à leur place, Dominica a répondu : « Je ne sais pas. Je n'ai pas vérifié. Je n'ai pas que ça à faire. Tout ce que je peux vous dire, c'est que ça fait un sacré bout de temps que je n'en ai pas vu la queue d'un. »

Les nouveaux venus n'étaient pas connus des autres résidents du camping. « Ils restaient entre eux », selon un voisin.

« Je suis sûr que nous allons résoudre ces affaires, affirme le commissaire divisionnaire Parfit Graham. À un moment ou à un autre, un indice nous mettra sur la bonne voie. En attendant, si quelqu'un a le moindre renseignement à nous fournir sur les faits et gestes de n'importe laquelle de ces personnes, appelez notre numéro vert. »

J'ai réfléchi à cette proposition. J'imaginais d'ici le coup de fil : « Tous ces gens étaient des loups-garous et ils sont morts dans une guerre entre meutes rivales. Une meute de Louisiane du Sud, jetée à la rue par Katrina, avait décidé de semer la zizanie dans les rangs de celle de Shreveport pour tenter de s'imposer. »

Je ne pensais pas qu'on m'aurait écoutée.

— Donc, ils n'ont pas encore trouvé le champ de bataille, en a conclu Sam à mi-voix.

— C'était vraiment une bonne idée de choisir cet endroit.

— Pourtant, tôt ou tard...

— Oui. Je me demande ce qu'ils trouveront.

— Oh, sans doute pas grand-chose. Alcide et ses équipes ont eu tout le temps qu'il leur fallait. Ils ont dû brûler les corps en pleine cambrousse ou les enterrer dans la propriété de l'un d'entre eux.

Je n'ai pas pu réprimer un frisson. Dieu merci, je n'avais eu aucun rôle à jouer dans cette partie de l'affaire ! Et je pouvais vraiment dire que je ne savais pas ce qu'étaient devenus les corps.

Après avoir fait le tour de mes tables et renouvelé quelques consommations, je suis retournée lire le journal. En l'ouvrant à la rubrique nécrologique, j'ai eu un choc.

Sophie-Anne Leclerq, éminente femme d'affaires, domiciliée à Baton Rouge depuis Katrina, est décédée, cette nuit, du sino-sida, chez elle. Leclerq, vampire de son état, était à la tête de nombreuses holdings basées à La Nouvelle-Orléans et dans tout l'état. D'après ses proches, elle vivait en Louisiane depuis plus d'un siècle.

C'était le premier avis de décès de vampire que je voyais. Et c'était un tissu de mensonges. Sophie-Anne n'avait jamais eu le sino-sida, la seule maladie qui pouvait se transmettre de l'homme aux vampires. Elle avait plus probablement été victime d'un coup au cœur fatal, en recevant la visite d'un joli petit pieu bien affûté qui avait dû s'incruster. Quoiqu'il ne s'attrape pas facilement, on craignait le sino-sida, chez les vampires. Enfin, au moins fournissait-il aux yeux des humains une explication acceptable au brutal changement de personnel à la tête des sociétés de Sophie-Anne. Et une explication que nul ne s'aviserait de remettre en cause, d'autant qu'il n'y avait pas de corps permettant de la réfuter. Puisque l'avis était paru dans le journal d'aujourd'hui, cela signifiait que quelqu'un avait appelé dès sa mort, et peut-être même avant. Argh ! Je frémissais rien que d'y penser.

Je me demandais ce qui était arrivé à Sigebert, son dévoué garde du corps. Victor nous avait laissé entendre qu'il avait disparu en même temps que la reine, mais il ne nous avait pas dit comment. Je ne parvenais cependant pas à croire que le barbare puisse être encore vivant. Il n'aurait jamais laissé quiconque approcher assez près de sa reine bien-aimée pour la tuer. Il avait été à ses côtés pendant si longtemps, des centaines et des centaines d'années, que je n'imaginais pas qu'il ait pu lui survivre.

J'ai laissé le journal ouvert à la rubrique nécrologique et je suis allée le poser sur le bureau de Sam. Ce n'était pas au bar que nous pouvions en parler – à supposer que nous en ayons trouvé le temps : il y avait une telle affluence, tout à coup, que je devais courir partout. J'ai récolté au passage quelques jolis petits pourboires. Pourtant, après la semaine que j'avais eue, j'avais non seulement du mal à me féliciter de cet apport d'argent frais – bien mérité –, mais il m'était absolument impossible de prendre le moindre plaisir à ce que je faisais. Je me contentais de donner le change, souriant et répondant aimablement lorsqu'on me parlait, mais il ne fallait pas m'en demander plus.

Quand l'heure de la délivrance a sonné, je ne voulais plus parler à qui que ce soit, de quoi que ce soit, sous aucun prétexte que ce soit.

Mais, évidemment, on ne m'a pas demandé mon avis.

Lorsque je suis arrivée chez moi, il y avait deux femmes devant la maison. Et elles dégageaient des ondes de colère à des lieues à la ronde. J'en connaissais une : Frannie, la sœur de Quinn. La femme qui l'accompagnait devait donc être sa mère. À la lumière des spots extérieurs, j'ai pris le temps de bien examiner cette pauvre femme dont la vie avait été un vrai calvaire. Je me suis alors rendu compte que personne ne m'avait jamais dit son nom. Elle était encore jolie, mais dans un style gothique qui n'était plus vraiment de son âge. Elle avait la quarantaine, le visage émacié et les yeux cernés. Ses cheveux sombres grisonnaient très nettement. Elle était très grande et très mince. Frannie portait un débardeur qui laissait dépasser ses bretelles de soutien-gorge, un jean moulant et des boots. Sa mère arborait à peu près la même tenue, dans des couleurs différentes. Frannie devait être chargée d'habiller sa mère.

Je me suis garée à côté d'elles – je n'avais pas l'intention de les inviter à entrer – et je suis descendue de voiture à contrecœur.

— Espèce de garce ! m'a aussitôt lancé Frannie, folle de rage. Comment avez-vous pu jeter mon frère comme ça, lui qui a tellement fait pour vous ?

C'était une façon de voir les choses.

— Frannie, ce qui s'est passé entre Quinn et moi ne vous regarde absolument pas, lui ai-je répliqué, en m'efforçant de prendre une voix égale et un ton aussi calme que possible.

La porte d'entrée s'est alors ouverte, et Amelia est apparue sur la véranda.

— Besoin de moi, Sookie ?

J'ai senti la magie qui émanait d'elle.

— J'arrive dans une seconde, lui ai-je assuré.

Mais je ne lui ai pas dit de rentrer. La mère de Quinn était un tigre-garou pur souche et Frannie avait aussi du sang de tigre dans les veines : elles étaient toutes les deux beaucoup plus fortes que moi.

La mère de Quinn s'est avancée vers moi et m'a dévisagée d'un air perplexe.

— Vous êtes la femme dont Quinn est amoureux ? s'est-elle étonnée. Vous êtes celle qui a rompu avec lui ?

— Oui, madame. Ça n'aurait pas marché entre nous.

— Ils disent que je dois retourner dans cette maison, dans le désert, a-t-elle poursuivi. Là où ils enferment tous les garous fous.

Sans blague ?

— Ah ? C'est ce qu'ils disent ?

Je préférais jouer l'innocente, le tout étant de bien lui faire comprendre que je n'y étais pour rien.

— Oui.

Et elle s'est subitement murée dans un profond mutisme – ce qui était plutôt un soulagement, de mon point de vue.

Cependant, Frannie n'en avait pas fini.

— Je vous ai prêté ma voiture, m'a-t-elle rappelé. Je suis venue vous prévenir.

— Et je vous en remercie.

Ça me crevait le cœur. Et je ne connaissais aucune formule magique pour apaiser toute cette douleur.

— J'aurais vraiment aimé que les choses se passent autrement, croyez-moi, ai-je ajouté avec tristesse.

Sans doute maladroit, mais sincère.

— Qu'est-ce que vous lui reprochez, à mon frère ? Il est beau, il est riche, il vous aime ; c'est un mec génial. Et vous n'en voulez pas ? C'est quoi votre problème ?

Lui répondre la vérité, à savoir que j'avais vraiment la plus vive admiration pour Quinn, mais que je ne voulais pas être la cinquième roue du carrosse, autrement dit : passer derrière sa famille qui avait décidément trop besoin de lui, était tout simplement inenvisageable. Et ce pour deux raisons : premièrement, ça ne pouvait que leur faire une peine inutile et, deuxièmement, cela risquait de m'envoyer directement à l'hôpital. La mère de Quinn n'avait peut-être pas toute sa tête, mais elle nous écoutait en manifestant une agitation croissante. Si jamais elle se changeait en tigresse, je n'osais pas imaginer ce qui se passerait. Elle pouvait tout aussi bien filer dans les bois qu'attaquer. Toutes ces réflexions m'ont traversé l'esprit comme un film en accéléré. Je ne pouvais pas laisser le silence se prolonger.

— Vous savez, Frannie... ai-je commencé, en parlant très lentement et très posément parce que je n'avais pas la moindre idée de ce que j'allais bien pouvoir dire après ça. Je ne vois pas ce que je pourrais reprocher à votre frère. Je pense vraiment que c'est un mec exceptionnel. Mais il y a tout simplement trop d'obstacles qui se dresseraient contre nous, si on était ensemble. Je préfère lui laisser la liberté de trouver une autre fille avec laquelle il formera un couple heureux. Et, croyez-moi, je l'envie, la fille qui tombera sur lui, parce qu'elle aura bien de la chance. N'imaginez pas que je l'aie quitté de gaieté de cœur. Ce n'est pas facile pour moi non plus, et je souffre autant que lui.

Pour l'essentiel, ce n'était pas faux, ce qui me réconfortait un peu. J'espérais malgré tout qu'Amelia avait un bon sort tout crépitant au bout des doigts. Et j'espérais qu'elle ne se tromperait pas dans la formule, cette fois. Par sécurité, j'ai commencé à m'écarter discrètement de Frannie et de sa mère.

La première était à deux doigts de passer à l'action, et la seconde avait l'air de plus en plus agitée. Amelia s'est avancée jusqu'en haut des marches. La vibration de la magie s'est intensifiée. Pendant un instant, la nuit a semblé retenir son souffle.

Puis, brusquement, Frannie a tourné les talons.

— Viens, maman.

Et les deux femmes sont montées dans sa voiture. J'en ai profité pour me ruer sur la véranda. Nous sommes restées côte à côte, épaule contre épaule, sans rien dire, Amelia et moi, jusqu'à ce que Frannie ait démarré et remonté l'allée.

— Eh bien ! a soupiré ma colocataire. Donc, si je comprends bien, tu as rompu.

— Oui, ai-je soufflé, à bout de forces. Il traînait trop de casseroles.

Puis j'ai fait la grimace.

— Seigneur ! je n'aurais jamais cru dire ça un jour ! Surtout avec celles que je me trimbale.

— Il avait sa mère, a murmuré Amelia, qui était branchée sur la bonne longueur d'ondes, cette nuit, décidément.

— Oui, il avait sa mère. En tout cas, merci d'être venue à mon secours et d'avoir pris le risque d'affronter une tigresse enragée, Amelia.

— À quoi ça servirait d'avoir une coloc, sinon ? m'a-t-elle rétorqué, en m'étreignant chaleureusement. Dis donc, tu m'as tout l'air de quelqu'un qui a besoin d'un grand bol de soupe et d'un bon dodo.

— Ça me semble pas mal comme idée.

CHAPITRE 15

Cette nuit-là, j'ai dormi comme un loir. Je n'ai pas rêvé. Je ne me suis pas agitée dans mon sommeil. Je ne me suis pas retournée. Je ne me suis même pas levée pour aller faire pipi. Et quand je me suis réveillée, il était presque midi. Encore une chance que je ne sois pas de service au *Merlotte* avant 17 heures !

Des voix me parvenaient du salon. C'est ça l'inconvénient d'avoir une colocataire : il y a quelqu'un chez vous quand vous vous réveillez. Et il arrive même que ce quelqu'un ait de la compagnie. Cela dit, Amelia avait souvent la bonne idée de me faire du café, lorsqu'elle se levait avant moi. Cette alléchante perspective a réussi à me tirer du lit.

Puisque nous avions de la visite, j'ai décidé de m'habiller avant de sortir de ma chambre. D'autant que la voix, dans le salon, était indéniablement masculine. Je me suis débarbouillée rapidement et j'ai troqué ma chemise de nuit contre un soutien-gorge, un tee-shirt et un pantalon de toile. Bon. Ça irait comme ça. J'ai foncé dans la cuisine, où j'ai constaté avec plaisir que ma colocataire avait effectivement mis la cafetière en route. Et elle avait même posé une tasse et une petite cuillère pour moi sur la table. Génial ! Je me suis servie et j'ai fait griller deux tranches de pain complet. C'est alors que la porte de la véranda a claqué. Je me suis retournée d'un bond et j'ai vu Tyrese Marley qui franchissait le seuil, une énorme pile de bûches dans les bras.

— Où vous mettez votre bois quand vous le rentrez ? m'a-t-il demandé sans préambule.

— Dans le gros panier, à côté de la cheminée du salon.

Il avait débité le bois que Jason avait coupé et remisé dans la cabane à outils, au printemps précédent.

— C'est très gentil à vous, ai-je bredouillé. Euh... Avez-vous déjà pris votre café ? Un toast, peut-être ? Ou...

J'ai jeté un coup d'œil à la pendule.

— Qu'est-ce que vous diriez d'un sandwich au jambon ou au pâté ?

— Ça me paraît bien, le sandwich, m'a-t-il répondu d'un ton bourru, en se dirigeant dans le couloir à grandes enjambées comme si son fardeau ne pesait pas plus lourd qu'une plume.

Donc, l'invité du salon n'était autre que Copley Carmichael. Qu'est-ce que le père d'Amelia venait faire ici ? Je n'en avais pas la moindre idée. Je me suis dépêchée de préparer deux sandwichs, que j'ai mis sur une assiette, j'ai rempli un grand verre d'eau et ajouté deux variétés de chips – un paquet de chaque côté – pour que Marley puisse choisir celles qu'il préférait. Puis je me suis assise à table et j'ai enfin pu boire tranquillement mon café et déguster mes toasts. Il me restait encore de la confiture de prunes de ma grand-mère. J'essayais de ne pas trop me laisser aller à la mélancolie, chaque fois que j'en étalais sur mon pain grillé. Pourquoi perdre de la bonne confiture maison ? J'étais sûre que Gran n'aurait pas vu les choses autrement.

En revenant, Marley s'est tout naturellement assis en face de moi et je me suis détendue.

— Beau boulot. J'apprécie, ai-je déclaré, après l'avoir regardé avaler sa première bouchée.

— Je n'avais rien d'autre à faire, pendant que le patron parlait avec Amelia, m'a-t-il répondu. Et puis, si elle reste là tout l'hiver, il sera bien content qu'elle puisse se faire du feu. Qui vous a coupé du bois et ne l'a pas fendu ?

— Mon frère.

— Humpf !

Il n'a pas fait d'autre commentaire et s'est concentré sur son déjeuner. J'ai fini mes toasts, je me suis servi une deuxième tasse de café et j'ai demandé à Marley s'il avait besoin de quoi que ce soit.

— J'ai tout ce qu'il faut, merci, a-t-il dit en ouvrant le paquet de chips barbecue.

Je me suis excusée pour aller prendre une douche. La température s'était nettement refroidie : un vrai temps de Halloween. Il était toutefois un peu tard pour acheter une citrouille et des confiseries – non que je risque beaucoup d'être assaillie par des gamins hurlant le traditionnel : « Des bonbons ou le bâton ! » dans ma clairière perdue au milieu de nulle part. J'ai ouvert un tiroir que je n'avais pas ouvert depuis des mois : celui des hauts à manches longues. J'en ai sorti un en coton bleu. C'était la première fois depuis des jours que je me sentais… normale. À peu près en paix avec moi-même et le monde. Il y avait un certain nombre de choses dont j'allais devoir faire le deuil, pourtant, et je le ferais, mais je ne m'attendais plus à chaque seconde à me prendre une catastrophe sur le coin du nez. C'était déjà un progrès.

Évidemment, il a suffi que je me dise ça pour commencer à broyer du noir. Je me suis notamment fait la réflexion que je n'avais eu aucune nouvelle des vampires de Shreveport. Puis je me suis demandé ce qui me permettait de penser que j'aurais pu ou dû en avoir. Cette période de transition entre deux règnes impliquait forcément de multiples ajustements, adaptations, négociations, générateurs d'autant de frictions et de tensions. Mieux valait ne pas m'en mêler. Je n'avais pas eu de nouvelles des loups-garous de Shreveport non plus. Mais puisque l'enquête sur cette mystérieuse disparition collective était toujours en cours, ce n'était pas plus mal.

Comme je venais juste de rompre avec mon petit ami, cela signifiait (en théorie) que j'étais libre comme l'air. Pour marquer symboliquement mon retour au célibat, je me suis mis un peu de fard à paupières. Et j'ai ajouté du rouge à lèvres. J'avais du mal à me sentir prête à séduire et partir dans de nouvelles aventures. Je n'avais pas vraiment demandé à être une femme libérée.

J'achevais de faire mon lit quand Amelia a frappé à la porte de ma chambre. Tout en pliant ma chemise de nuit pour la ranger sous l'oreiller, je l'ai invitée à entrer.

— Quoi de neuf ?

— Eh bien… mon père a une faveur à te demander, a-t-elle lâché d'une traite.

J'ai senti mon visage se crisper. Forcément, il fallait que Copley ait quelque chose à demander pour faire la route depuis La Nouvelle-Orléans. Et j'imaginais déjà ce que c'était.

— Vas-y, ai-je dit en croisant les bras.

— Oh, Sookie ! Rien qu'à voir l'attitude que tu prends, c'est déjà non.

— Oublie mon attitude et crache le morceau.

Elle a poussé un gros soupir, histoire de bien me faire sentir à quel point elle regrettait de devoir m'embarquer dans les affaires de son père. Je pouvais pourtant capter qu'elle jubilait : elle était ravie que ce dernier soit venu la solliciter.

— Eh bien, comme je lui ai parlé de la prise de pouvoir par les vampires de Vegas, il veut renouer des relations commerciales avec les nouveaux vampires en place. Il aimerait leur être présenté. Il espérait que tu pourrais… le pistonner, en quelque sorte.

— Je ne connais même pas Felipe de Castro.

— Non, mais tu connais ce Victor, là. Et comme il serait bien du genre à avoir les dents qui rayent le plancher…

— Tu le connais aussi bien que moi, lui ai-je fait remarquer.

— Peut-être. Mais la différence, c'est que lui te connaît, toi, alors que moi, je ne suis que l'autre fille du fond de la pièce.

Cela me déplaisait souverainement, mais je ne pouvais que me rendre à cet argument.

— Il sait qui je suis, je veux dire, a-t-elle cru bon de souligner. Il sait qui est mon père. Mais c'est toi qu'il a remarquée.

— Oh, Amelia ! ai-je gémi.

L'espace d'une seconde, j'ai eu une folle envie de lui taper dessus.

— Je sais que tu ne vas pas aimer, mais... il est prêt à payer. Une sorte de... de commission, a-t-elle marmonné, l'air gêné.

J'ai agité les mains pour chasser cette idée. Je n'allais certainement pas accepter que le père de mon amie me paie pour passer un coup de fil ou... faire ce qu'il faudrait que je fasse. Car, déjà, ma décision était prise : je devais le faire pour Amelia.

Nous sommes allées dans le salon pour en discuter directement avec l'intéressé.

Copley Carmichael m'a saluée avec beaucoup plus d'enthousiasme qu'il n'en avait manifesté lors de notre première rencontre. Puis il a rivé les yeux sur moi et m'a sorti le grand jeu, du genre « je ne suis là que pour vous ». Je lui ai jeté un regard sceptique. Comme ce n'est pas un imbécile, il a tout de suite corrigé le tir.

— Vous me voyez désolé, mademoiselle Stackhouse, de devoir vous imposer ma présence si peu de temps après ma précédente visite, a-t-il déclaré, tout sucre tout miel. Mais La Nouvelle-Orléans est dans un état tellement désespéré ! Nous essayons de reconstruire, de recréer des emplois. Ce contact est vraiment très important pour moi et je fais travailler beaucoup de monde.

Premièrement, je ne pensais pas que Copley Carmichael soit en mal de chantiers, même sans les contrats signés avec les vampires pour la reconstruction de leurs propriétés. Deuxièmement, je ne croyais pas une seule seconde que son unique motivation soit de redonner vie à la ville dévastée. Pourtant, après avoir mené vite fait ma petite enquête dans sa tête, j'ai bien dû admettre que ça entrait tout de même en partie – une toute petite partie – dans son empressement à entreprendre cette démarche.

Et puis, Marley avait débité du bois pour l'hiver et en avait rempli un plein panier. Cela comptait plus pour moi que n'importe quel plaidoyer censé faire vibrer ma corde sensible.

— J'appellerai le *Fangtasia* ce soir, lui ai-je promis. Je verrai bien ce qu'ils disent. Mais je n'irai pas plus loin.

— Je vous en suis infiniment reconnaissant, mademoiselle Stackhouse, sincèrement. Y a-t-il quoi que ce soit que je puisse faire pour vous ?

— Votre chauffeur s'en est déjà chargé. S'il pouvait finir de fendre le bois qui reste, ça me rendrait vraiment service.

Je ne suis pas très douée pour fendre le bois. Je le sais parce que j'ai essayé. Deux ou trois bûches, et je suis lessivée.

— C'est à ça qu'il s'occupe ?

Copley jouait la stupeur avec un naturel confondant. Je n'étais même pas sûre qu'elle soit feinte, d'ailleurs.

— Quel esprit d'initiative, ce Marley ! a-t-il renchéri.

Amelia avait un petit sourire en coin qu'elle s'efforçait de cacher à son père.

— Bon. Alors, c'est réglé, a-t-elle brusquement décrété. Est-ce que je peux te faire un sandwich ou une soupe, papa ? On a aussi des chips et de la salade de pommes de terre.

— Voilà qui me semble parfait, a affirmé Copley, collant toujours à son personnage d'homme de la rue aux goûts simples.

— Marley et moi avons déjà mangé, ai-je annoncé d'un air détaché, avant d'ajouter : Il faut que je file en ville, Amelia. Tu as besoin de quelque chose ?

— Il me faudrait des timbres. Tu passes par la poste ?

J'ai haussé les épaules.

— C'est sur mon chemin. Au revoir, monsieur Carmichael.

— Appelez-moi Cope, je vous en prie.

J'en étais sûre ! Et maintenant, il allait me faire son numéro de charme. Ça n'a pas raté. Il m'a souri avec juste ce qu'il fallait d'admiration mâtinée de respect.

J'ai pris mon sac et je suis sortie par la porte de derrière. En bras de chemise, Marley débitait toujours la pile de bois dans la cour. J'espérais vraiment que c'était son idée. Et que Copley allait l'augmenter.

Je n'avais rien de particulier à faire en ville, j'avais juste voulu écourter la discussion avec le père d'Amelia. Je me suis garée devant l'épicerie et j'ai acheté des serviettes en papier, du pain et du thon, puis je me suis arrêtée au *Sonic* pour me payer un Oreo Blast – Oh ! la vilaine, vilaine fille ! J'étais assise dans ma voiture, tout à mon milk-shake hyper calorique, quand il m'a semblé apercevoir un couple très intéressant, deux voitures plus loin : Tanya et Arlene, en grande conversation dans la Mustang de Tanya. Elles ne m'avaient pas repérée, apparemment. Arlene venait manifestement de refaire sa teinture : ses cheveux, attachés avec une pince, étaient d'un rouge plus flamboyant que jamais, des pointes à la racine. Mon ex-amie portait un haut à rayures de tigre, et Tanya un joli chemisier vert clair sous un pull marron. Tanya semblait tout ouïe.

J'ai essayé de me persuader qu'elles parlaient de tout sauf de moi. J'essaie vraiment de ne pas donner dans le délire paranoïaque. Mais, quand vous voyez votre ex-grande copine discuter fiévreusement avec votre ennemie jurée, il est inévitable d'envisager la possibilité qu'elles aient parlé de vous, à un moment donné. Et pas dans les termes les plus flatteurs.

Ce n'était pas tant le fait qu'elles ne m'aimaient pas qui me gênait. Toute ma vie, j'ai eu des gens qui ne m'aimaient pas autour de moi. Et je savais pertinemment pourquoi et à quel point ils ne m'aimaient pas. Et ça n'a rien d'agréable, comme vous pouvez vous en douter. Non, ce qui me contrariait, c'était qu'elles aient pu en arriver au stade des représailles. Car c'était exactement mon pressentiment.

Je me demandais si je ne pouvais pas trouver le moyen de m'en assurer. Si je me rapprochais trop, elles ne manqueraient pas de me remarquer. Mais je n'étais pas sûre de parvenir à capter leurs pensées d'où j'étais. Je me suis penchée comme si je bricolais mon lecteur CD, et j'ai orienté mes sens dans leur direction. Il fallait que je réussisse à passer mentalement par-dessus les pensées des gens assis dans les voitures qui nous séparaient, voire au travers. Ce n'était pas gagné.

Au bout d'un moment, j'ai fini par localiser la signature mentale d'Arlene – je la connaissais par cœur. J'ai d'abord perçu une sensation de plaisir. Arlene jouissait de la pleine attention d'un nouvel auditoire et elle s'apprêtait à lui faire part des convictions de son nouveau petit ami, selon qui il fallait tuer tous les vampires et peut-être même tous ceux qui collaboraient avec eux : elle jubilait. Arlene était bien incapable de se former la moindre opinion personnelle, mais elle était très douée pour adopter celles des autres lorsqu'elles lui convenaient.

Un pic d'exaspération particulièrement violente, chez Tanya, m'a permis de me focaliser sur son schéma mental. Voilà, j'y étais. J'avais conservé ma position, embusquée derrière mon tableau de bord, presque pliée en deux, la main parcourant machinalement mon petit range-CD, tandis que j'essayais d'intercepter toutes les pensées que je pouvais.

Tanya était toujours à la solde des Pelt. De Sandra Pelt, plus précisément. Et, peu à peu, j'ai fini par comprendre qu'elle avait été payée pour me rendre la vie impossible.

Sandra était la sœur de Debbie Pelt, que j'avais abattue dans ma cuisine, après qu'elle avait elle-même tenté de me tuer. Et plusieurs fois, je tiens à le préciser.

Bon sang ! J'en avais plus que marre de cette histoire. Sandra avait de qui tenir. Les deux sœurs étaient aussi cruelles et hargneuses l'une que l'autre. Debbie Pelt m'avait empoisonné la vie – une teigne – et j'avais expié son meurtre : j'avais été rongée de remords, bourrelée de culpabilité ; j'avais eu l'impression de me promener avec le C infamant de Caïn sur le front. Tuer un vampire est déjà assez dur. Cependant, le corps se désintègre et il est comme… effacé. Mais tuer un autre être humain… On en reste changé à jamais.

Et c'est normal.

Mais on peut néanmoins finir par se fatiguer de ce sentiment de culpabilité qui pèse comme un boulet. Et moi, j'en avais par-dessus la tête de Debbie Pelt. Après sa mort, ses parents et sa sœur m'avaient harcelée. Ils m'avaient même fait enlever. Mais il y avait eu un renversement de situation, et c'était moi qui avais eu leur sort entre les mains. Et je les avais relâchés. En échange de quoi, ils avaient juré de ne plus me chercher noise. Sandra avait promis de tenir parole aussi longtemps que ses parents seraient en vie. J'en venais à me demander si les parents Pelt étaient toujours de ce monde…

J'ai démarré et j'ai commencé à tourner dans Bon Temps, faisant des signes aux visages familiers que j'apercevais dans presque chaque véhicule que je croisais. Je ne savais pas quoi faire. Finalement, je me suis garée devant le petit jardin public et je suis descendue de voiture. Je me suis mise à marcher sans but dans le parc, les mains dans les poches, l'esprit envahi de confusion.

J'ai repensé à cette nuit où j'avais avoué à Bill, mon premier amant, que mon grand-oncle avait abusé de moi quand j'étais enfant. Bill avait été tellement touché par cette histoire qu'il s'était aussitôt arrangé pour que mon grand-oncle reçoive une petite visite. Et ce jour-là, comme par hasard, mon grand-oncle avait fait une chute mortelle dans l'escalier. J'en avais voulu à Bill de s'être mêlé de mes affaires. Mais cela m'avait fait un bien fou de savoir que cette ordure était morte, je ne pouvais pas le nier. Cependant, à mes yeux, cet immense soulagement suffisait à me rendre coupable de complicité de meurtre.

Alors que je participais aux recherches pour trouver des survivants, dans les décombres du *Pyramid of Gizeh*, j'avais découvert un blessé, un vampire qui voulait me garder sous sa coupe et contrôler ma vie pour la mettre au service de sa reine. André était très grièvement atteint, mais il aurait survécu si, malgré ses blessures, Quinn n'avait rampé jusqu'à lui pour lui planter un bout de bois bien pointu dans le cœur. Je n'avais rien fait pour arrêter Quinn, je n'avais pas levé le petit doigt pour sauver André. J'étais encore plus coupable du meurtre d'André que de celui de mon grand-oncle.

J'ai traversé le parc désert, en donnant des coups de pied dans les tas de feuilles mortes qui se trouvaient sur mon chemin. Je luttais contre une terrible tentation. Je n'avais qu'un mot à dire, auprès de n'importe quel SurNat, pour que Tanya passe de vie à trépas. Ou je pouvais aussi frapper à la source et faire éliminer Sandra. Là encore, quel soulagement ce serait de savoir le monde enfin débarrassé de cette plaie !

Non, j'en étais tout bonnement incapable.

Mais je ne pouvais pas davantage accepter de vivre avec Tanya constamment sur les talons. Elle avait déjà tout fait pour détruire le couple de mon frère. Ça ne pouvait pas durer.

Puis, finalement, j'ai trouvé à qui m'adresser. Et cette personne habitait chez moi. Parfait.

Quand je suis rentrée, le père d'Amelia et son chauffeur si serviable étaient partis. Amelia était dans la cuisine et faisait la vaisselle.

— Amelia…

Elle a fait un bond de deux mètres.

— Pardon. J'aurais dû faire plus de bruit.

— Je croyais que mon père et moi avions des choses à partager, mais je me suis trompée, m'a-t-elle confié – elle devait en avoir gros sur le cœur pour lâcher ça d'entrée. Il a juste besoin d'un petit service, de temps en temps. Il se sert de moi.

— Peut-être, mais, au moins, on a du bois pour l'hiver.

Ça l'a fait rire. Elle s'est essuyé les mains, puis elle m'a dévisagée en murmurant :

— Toi, tu as l'air de quelqu'un qui a un paquet de trucs à déballer…

— Avant que je te raconte toute l'histoire, je veux que ce soit bien clair entre nous : c'est à ton père que je rends service, mais c'est pour toi que je le fais. Quoi qu'il arrive, j'appellerai le *Fangtasia* pour ton père, parce que tu es ma coloc et que tu me l'as demandé. D'accord ? Et maintenant, je vais te parler d'une chose terrible que j'ai faite.

Amelia s'est assise à la table de la cuisine et j'ai pris place en face d'elle, exactement comme avec Marley un peu plus tôt.

— Ça promet, a-t-elle commenté, dévorée de curiosité. Tu peux y aller. Je t'écoute.

Je lui ai tout raconté : Debbie Pelt, Alcide, Sandra et ses parents, leur promesse selon laquelle Sandra me laisserait en paix tant qu'ils vivraient, ce qu'ils avaient contre moi et ce que je ressentais à ce niveau-là, et, enfin, Tanya Grissom, qu'ils avaient envoyée pour m'espionner, qui revenait continuellement fourrer son nez dans mes affaires et qui, aujourd'hui, sabotait le mariage de mon frère.

Quand je me suis tue, Amelia a marqué un temps d'arrêt. Puis elle a lâché un « Waouh ! » à mi-voix. Elle a réfléchi une minute et elle a dit :

— Bon. Priorité des priorités : vérifier ce que sont devenus les parents Pelt.

Nous sommes allées dans le salon pour allumer l'ordinateur – celui que j'avais rapporté de La Nouvelle-Orléans lorsque j'avais vidé l'appartement de Hadley. Il ne nous a pas fallu plus de cinq minutes pour découvrir que Gordon et Barbara Pelt étaient décédés quinze jours auparavant : alors qu'ils essayaient de tourner à gauche en direction d'une station-service, un semi-remorque les avait percutés de plein fouet.

On s'est regardées en fronçant les sourcils.

— Violente, la sortie, a commenté ma colocataire.

— Je me demande si Sandra a seulement attendu qu'ils soient enterrés pour lancer l'opération « Pourrir la vie de Sookie », ai-je maugréé.

— Cette garce n'abandonnera jamais. Tu es sûre que Debbie Pelt avait été adoptée ? Parce que ça a vraiment l'air d'être de famille, cette manie de la vendetta.

— Elles devaient être très liées. En fait, j'ai eu l'impression que Debbie était plus proche de Sandra que de ses propres parents.

— Mmm, un truc qui ferait le bonheur d'un psy, si tu veux mon avis, a déclaré ma colocataire d'un ton songeur. Bon. Laisse-moi voir ce que je peux faire. Je ne donne pas dans la magie noire, et de toute façon, tu as dit que tu ne voulais pas leur mort. Je te crois donc sur parole...

— Tu as bien compris, ai-je confirmé. Et... J'entends bien régler la note, évidemment.

— Peuh ! Tu m'as ouvert ta porte quand j'ai eu besoin de quitter La Nouvelle-Orléans, et tu m'héberges depuis.

— Eh bien, mais... tu paies un loyer, lui ai-je fait observer.

— C'est ça, oui ! Juste de quoi couvrir ma part des frais de fonctionnement. Mais tu me supportes. Et tu ne pousses pas les hauts cris à propos du problème Bob. Alors, crois-moi, je suis vraiment ravie de faire ça pour toi. Il faut juste que je réussisse à trouver le meilleur moyen de m'y prendre. Ça t'ennuierait, si je consultais Octavia ?

— Non. Non, pas du tout, ai-je affirmé, en m'efforçant de ne pas lui montrer à quel point j'étais rassurée qu'elle fasse appel à l'expérience de son aînée. Tu as vu qu'elle était paumée, toi aussi, hein ? Qu'elle n'avait pas un sou ?

— Oui. Et je ne savais pas comment lui donner d'argent sans la vexer, justement. C'est l'occasion rêvée. J'ai cru comprendre qu'on l'avait collée dans un coin du salon, là où elle vit en ce moment – chez sa nièce, il me semble. C'est ce qu'elle m'a laissé entendre, en tout cas. Mais je ne vois pas ce que je peux y changer.

— Je vais y réfléchir, lui ai-je promis. S'il faut à tout prix qu'elle déménage, elle pourrait s'installer dans la chambre d'amis pendant un temps.

Cette perspective ne me réjouissait pas outre mesure. Mais la vieille sorcière m'avait paru tellement malheureuse ! Même cette petite virée dans l'appartement de Maria-Star avait suffi à la distraire, malgré l'horreur ambiante.

— On va essayer de trouver une solution sur le long terme, m'a assuré Amelia. Je vais l'appeler.

— OK. Tu me diras ce que ça a donné. Il faut que je me change pour aller au boulot.

Les maisons de chez moi au bar n'étaient pas nombreuses, mais toutes avaient des fantômes pendus dans les arbres, de gros ballons en forme de citrouille dans leur jardin et une ou deux vraies citrouilles évidées sur les rebords de fenêtre. Les Prescott avaient artistiquement disposé sur leur pelouse une gerbe d'épis de maïs, une botte de foin, plusieurs citrouilles et quelques courges décoratives. Je me suis promis de complimenter Lorinda Prescott, la prochaine fois que je la croiserais au supermarché ou à la poste.

Il faisait nuit quand je suis arrivée au *Merlotte*. J'ai décidé d'appeler le *Fangtasia* sur mon portable avant de prendre mon service.

— « Le *Fangtasia*, le bar qui a du mordant ». Rendez-vous au bar à vampires le plus branché de Shreveport, là où les morts-vivants viennent boire tous les soirs, m'a annoncé une voix enregistrée. Pour les horaires, tapez un. Pour organiser une soirée privée, tapez deux. Pour parler à un être humain vivant ou à un vampire mort, tapez trois. Et tenez-vous-le pour dit, nous ne tolérons pas les mauvaises plaisanteries. Avis aux amateurs : nous vous retrouverons.

Une voix aussi lasse, exprimant un ennui aussi abyssal ? Ce ne pouvait être que Pam. J'ai appuyé sur le trois.

— Le *Fangtasia*, là où vos fantasmes les plus mortels prennent vie, m'a dit l'une des fangbangers de service. Elvira. Que puis-je pour vous ?

« Elvira » ? N'importe quoi.

— Ici Sookie Stackhouse. Passez-moi Eric, s'il vous plaît.

— Clancy ne pourrait-il pas vous aider ?

— Non.

Manifestement, j'avais déstabilisé Elvira.

— Le maître est très occupé, a-t-elle argué sur un ton lourd de reproches, comme si c'était difficile à comprendre pour une simple humaine comme moi.

Elvira était manifestement une petite nouvelle. Ou alors, peut-être que je devenais un peu arrogante. Mais le fait est qu'elle m'agaçait particulièrement.

— Écoutez, lui ai-je répondu, en m'efforçant de prendre un ton aimable, soit vous me passez Eric dans les deux minutes, soit il vous le fera regretter.

— Boooon, a soupiré Elvira. Pas besoin de faire votre garce pour ça.

— Apparemment, si.

— Je vous mets en attente, a-t-elle craché avec rage.

J'ai jeté un coup d'œil à la porte de service. Je n'étais pas en avance.

— Eric à l'appareil. Serait-ce mon ancienne amante ?

Aïe. Rien que ces mots-là, et j'étais déjà dans tous mes états.

— Mais bien sûr, ai-je marmonné, fière de mon ton blasé. Écoute, Eric, tu en feras ce que tu voudras, mais j'ai eu la visite d'un gros bonnet de La Nouvelle-Orléans aujourd'hui, un certain Copley Carmichael. Il s'était mis en relation avec Sophie-Anne pour se charger de la reconstruction de son Q.G., si j'ai bien compris, et il voudrait reprendre les négociations avec le nouveau régime.

J'ai pris une profonde inspiration avant de lui demander : « Et toi, ça va ? », anéantissant ainsi tous mes efforts pour jouer l'indifférence hautaine.

— Oui, m'a-t-il répondu d'un ton très... intime. Oui, je... je gère la situation. Nous avons eu beaucoup, beaucoup de chance de nous trouver en position de... Nous avons beaucoup de chance.

J'ai expiré le plus discrètement possible – mais c'était idiot de penser qu'il ne m'entendrait pas. Je ne peux pas dire que je me rongeais les sangs en attendant des nouvelles des vampires de Shreveport. Non, quand même pas. Mais je ne dormais pas sur mes deux oreilles non plus.

Je me suis empressée de clore le sujet.

— OK. Super. Pour en revenir à Carmichael, est-ce qu'il y aurait quelqu'un qui voudrait bien prendre contact avec lui à propos de cette histoire de travaux ?

— Il est dans les environs ?

— Je ne sais pas. Il était ici tout à l'heure. Je peux me renseigner.

— Ma nouvelle... collaboratrice serait probablement l'interlocutrice idéale pour une première approche. Elle pourrait le retrouver au *Merlotte* ou au *Fangtasia*.

— D'accord. Je suis sûre que les deux conviendraient parfaitement à Carmichael.

— Tiens-moi au courant. Il faut qu'il appelle ici pour prendre rendez-vous avec elle, de toute façon. Dis-lui de demander Sandy.

— Sandy, hein ?

Un vampire qui s'appelle Sandy ?

— Oui, a-t-il répliqué.

Le ton qu'il employait m'a coupé toute envie de rire.

— Elle n'a absolument rien d'amusant, Sookie.

— OK, OK, pigé. Je vais appeler ma colocataire. Elle contactera son père, qui appellera le *Fangtasia*. Ils s'arrangeront entre eux et l'affaire sera réglée. J'aurai tenu parole et accompli ma mission.

— C'est le père d'Amelia ?

— Oui. C'est un pauvre type. Mais j'imagine qu'il connaît son métier.

— Nous avons discuté, allongés côte à côte devant ta cheminée, m'a-t-il murmuré tout à coup.

Ah.

— Euh… oui. On a fait ça, oui.

— Je me souviens de cette douche que nous avons prise ensemble.

— On a fait ça aussi, oui.

— Et tellement d'autres choses.

— Euh… oui.

— Pour tout dire, si je n'avais pas tant de travail à Shreveport, je serais tenté de venir te rendre une petite visite, tout seul, pour te rappeler à quel point tu as aimé faire tout cela avec moi.

— Pour mémoire, ai-je rétorqué sèchement, tu ne t'es pas ennuyé non plus.

— Oh, non.

— Eric, je dois vraiment filer. Il faut que j'aille bosser.

Avant de me consumer sur place, ai-je ajouté pour moi-même. En l'état actuel des choses, je risquais la combustion spontanée.

Et ce n'était certainement pas avec son « au revoir » torride que ça allait s'arranger.

— Au revoir, ai-je répondu simplement.

Le mien n'était pas torride.

Il m'a fallu un petit moment pour me ressaisir. J'étais assaillie de souvenirs que j'avais tout fait pour oublier. Durant les quelques jours qu'Eric avait passés chez moi – enfin, les quelques nuits, en l'occurrence –, nous avions beaucoup parlé et beaucoup fait l'amour. La parenthèse avait été fabuleuse. La complicité. Le sexe. Les fous rires. Le sexe. Les discussions. Le… Enfin, bref !

Tout à coup, rentrer dans ce bar pour servir des demis m'a paru particulièrement terne…

Mais c'était mon job et, ne fût-ce que par respect pour Sam, je ne pouvais pas ne pas y aller. J'ai donc franchi le seuil et remonté le couloir à pas lourds, rangé mon sac dans le bureau et fait signe à Sam, en donnant une petite tape à Holly sur l'épaule pour lui indiquer que je prenais le relais. Nous échangions régulièrement nos tranches horaires, non seulement pour varier les plaisirs et se rendre mutuellement service, mais surtout parce que c'était le soir que les clients laissaient de plus gros pourboires. Holly était contente de me voir arriver parce qu'elle avait rendez-vous avec Hoyt. Ils avaient prévu d'aller au cinéma et de dîner à Shreveport. Elle avait trouvé une étudiante pour garder Cody. Elle me racontait tout ça alors même que je le lisais dans son esprit tout heureux, et j'avais du mal à me concentrer pour ne pas tout mélanger – ce qui prouvait à quel point ma conversation avec Eric m'avait perturbée.

J'ai été sur les dents pendant une petite demi-heure, puis, quand tout le monde a eu à boire et à manger, j'ai pris deux minutes pour téléphoner à Amelia et lui transmettre le message d'Eric. Elle m'a répondu qu'elle appellerait son père dès que nous aurions raccroché.

— Merci, Sookie, a-t-elle répété. Tu es vraiment une super copine. Je ne le dirai jamais assez.

J'espérais qu'elle garderait cela en tête, lorsqu'elle discuterait avec Octavia de mon problème avec Tanya.

Claudine est venue au *Merlotte*, ce soir-là, provoquant un pic de tension généralisé dans la clientèle masculine. Elle s'est avancée de sa démarche nonchalante vers le comptoir, bottée de cuir noir, dans une tunique de soie émeraude portée sur un pantalon noir. Elle devait bien faire un mètre quatre-vingt-cinq, avec ses talons. À ma grande surprise, son frère lui emboîtait le pas. La crise de palpitations s'est propagée à la gent féminine comme une traînée de poudre. À côté de Claude, qui avait les cheveux aussi noirs que Claudine – quoique moins longs –, les plus beaux mannequins Calvin Klein passaient pour des horreurs. Claude portait une version masculine de la tenue de sa sœur et il avait les cheveux retenus par une lanière de cuir. Comme monsieur se déshabillait dans un club de Monroe pour le plus grand plaisir de ces dames, il savait très exactement comment sourire aux femmes, bien que ces dernières ne l'intéressent absolument pas. Euh ! Je retire ce que j'ai dit. Il ne s'intéressait peut-être pas aux femmes, mais il était très intéressé par ce qu'elles avaient dans leur porte-monnaie.

Les jumeaux n'étaient jamais venus ensemble au bar. À la réflexion, je ne me rappelais pas avoir vu Claude une seule fois au *Merlotte*. Il avait sa propre boîte à faire tourner et ses propres pigeons à plumer.

Je suis bien sûr allée leur dire bonjour et j'ai eu droit à un chaleureux accueil de la part de Claudine, qui m'a serrée dans ses bras. Contre toute attente, Claude en a fait autant. J'ai présumé que c'était pour la galerie, autant dire : le bar au grand complet. Même Sam ouvrait des yeux comme des soucoupes. À eux deux, les jumeaux étaient à couper le souffle.

Nous nous sommes installés au bar, moi prise en sandwich entre le frère et la sœur, le bras de Claudine autour de la taille et celui de Claude autour des épaules. J'ai senti les cerveaux qui se mettaient alors à crépiter dans tous les coins de la salle, projetant leurs petits fantasmes à des lieues à la ronde. Certains ont même réussi à me choquer. Dieu sait pourtant que j'ai vu les choses les plus inimaginables. Et oui, je vois tout ça aussi !

— Nous venons te transmettre les salutations de notre grand-père, m'a annoncé Claude.

Il avait parlé d'une voix si mélodieuse et si douce que, dans le brouhaha ambiant, personne n'avait pu l'entendre, j'en étais persuadée. Sauf Sam, peut-être. Mais Sam se montrait toujours d'une discrétion exemplaire.

— Il s'étonne que tu ne l'aies pas appelé, a poursuivi Claudine. Surtout si l'on pense aux événements survenus récemment à Shreveport.

— L'appeler quand ? C'était déjà fini avant de commencer, lui ai-je fait remarquer, un peu déroutée. Et pour lui dire quoi ? Que tout s'était bien terminé ? Et puis, tu étais là, toi. En revanche, j'ai bel et bien essayé de le joindre l'autre nuit.

— Une seule sonnerie, a murmuré Claudine.

— Une certaine personne a cassé mon téléphone pour qu'il ne puisse pas sonner plus longtemps. Il m'a dit que ce n'était pas la chose à faire, que ce serait le meilleur moyen de déclencher une guerre. Et puis, je me suis sortie de ça aussi, de toute façon. Alors, je ne vois pas où est le problème.

— Il faut que tu parles à Niall, que tu lui racontes ce qui s'est passé, a insisté Claudine.

Sur ce, elle a souri, à travers le bar, à Catfish Hennessey, qui a reposé son verre de bière si violemment qu'il en a renversé la moitié à côté.

— Maintenant que Niall t'a révélé son existence, il veut que tu lui confies tous tes soucis, m'a-t-elle expliqué.

— Et pourquoi est-ce qu'il ne prend pas le téléphone pour me le dire, comme n'importe qui d'autre ?

— Il ne passe pas tant de temps que ça dans ce monde, est intervenu Claude. Fort heureusement, il reste encore quelques endroits qui nous sont exclusivement réservés.

— Si peu, et si petits... a ajouté Claudine d'un ton chargé de regret. Mais tellement magiques !

J'étais vraiment contente d'avoir de la famille et j'étais toujours ravie de voir Claudine – qui était ma bonne fée, au sens propre du terme. Mais elle et son frère d'un seul coup, c'était un peu trop pour moi. Et, quand ils me serraient de si près (même Sam en avait des fantasmes), leur parfum, cette ensorcelante odeur qui rendait les faé si appétissants aux yeux des vampires, m'étourdissait.

— Tiens, tiens ! a remarqué Claude, d'un ton amusé. On va avoir de la compagnie, on dirait.

Arlene se faufilait jusqu'à nous. À la voir dévorer Claude des yeux, on aurait pu imaginer qu'elle venait de découvrir la caverne d'Ali Baba.

— Tu ne me présentes pas ton nouvel ami, Sookie ? a-t-elle minaudé, à peine arrivée à notre hauteur.

Je me suis dûment exécutée.

— Arlene, je te présente Claude, un cousin éloigné.

— Eh bien, Claude, enchantée de vous connaître, a-t-elle roucoulé.

Elle ne manquait pas d'air, vu ce qu'elle pensait de moi et la façon dont elle me traitait depuis qu'elle s'était mise à assister aux offices de la Confrérie.

C'est à peine si Claude lui a accordé un regard. Il s'est contenté d'un hochement de tête protocolaire.

Arlene avait espéré mieux. Après un moment de silence plutôt embarrassant, elle a prétendu avoir entendu quelqu'un l'appeler dans son secteur.

— J'ai des demis à servir ! s'est-elle exclamée, avant de déguerpir sans demander son reste.

Elle s'est arrêtée à une table pour parler, avec des mines de conspiratrice, à deux types que je n'avais jamais vus.

— Ça me fait toujours plaisir de vous voir, mais on ne me paie pas pour bavarder, ai-je alors aimablement rappelé aux jumeaux. Vous ne comptez quand même pas me faire croire que vous vous êtes déplacés jusqu'ici juste pour me dire que mon… que Niall voulait savoir pourquoi son téléphone n'avait sonné qu'une fois ?

— Et n'a jamais plus sonné depuis, m'a fait remarquer Claudine, en se penchant pour m'embrasser. Je t'en prie, appelle-le ce soir, en sortant de ton travail.

— D'accord, ai-je promis. N'empêche que je préférerais nettement que ce soit lui qui m'appelle pour me demander des explications, s'il y tient tant que ça.

Les messagers, c'était bien beau, mais le téléphone, ça allait quand même plus vite. Et puis, j'aurais bien aimé entendre le son de sa voix. Où qu'il soit, mon arrière-grand-père pouvait facilement venir faire un saut dans mon monde pour m'appeler, s'il était si inquiet que ça pour ma sécurité.

Enfin, je le supposais, du moins.

Mais finalement, je ne savais rien des exigences du rôle d'un prince – à inscrire sur la liste intitulée « Problèmes auxquels je ne serai jamais confrontée ».

Après une deuxième tournée d'embrassades, les jumeaux ont traversé le bar en sens inverse, avec plus d'un regard rêveur attaché à leurs pas.

— Hé ! Dis donc, Sookie, tu en as des amis sexy ! m'a lancé Catfish Hennessey.

Vague générale d'assentiment dans la salle.

— J'ai déjà vu ce type dans un club, à Monroe. Est-ce qu'il ne serait pas strip-teaseur ? m'a demandé Debi Murray, une infirmière qui bossait à l'hôpital de Clarice.

Elle était attablée dans mon secteur, en compagnie de deux de ses collègues.

— Oui. Et il est aussi propriétaire du club.

— Waouh ! Beau gosse et beau parti, s'est extasiée une de ses voisines, Beverly quelque chose. Il faut que j'emmène ma fille à la prochaine *ladies' night*. Elle vient de rompre avec un raté de première.

— Eh bien…

J'ai hésité à lui expliquer qu'il n'y avait aucune chance pour que Claude s'intéresse à la fille de qui que ce soit. Puis je me suis dit que cela ne me regardait pas.

— ... j'espère que vous passerez une bonne soirée, lui ai-je finalement lancé.

Étant donné que j'avais pris sur mon temps de travail pour papoter avec mes « cousins », j'ai mis les bouchées doubles pour me rattraper et m'occuper de tout le monde. Cependant, bien que je ne leur aie pas accordé toute l'attention voulue pendant la visite des jumeaux, les clients avaient eu le plaisir de les admirer, et personne ne s'est plaint.

La fin de mon service approchait quand Copley Carmichael est passé – seul. J'en ai déduit que Marley l'attendait dans la limousine.

Avec sa coupe de cheveux haute coiffure et son beau costume sur mesure, il détonnait un peu, au *Merlotte*. Mais, je dois lui reconnaître ça, loin de la jouer star, il affichait une telle décontraction qu'à le voir on aurait pu croire qu'il fréquentait ce genre de snack-bar tous les soirs. Quand il a fait son entrée, je me trouvais à côté de Sam, qui préparait un whisky-Coca pour un de mes clients. Je lui ai expliqué qui était l'élégant étranger.

Tout en allant servir mon client, j'ai désigné d'un signe de tête une table libre au nouveau venu, qui s'est docilement installé à la place indiquée.

— Bonjour ! l'ai-je salué en m'approchant. Qu'est-ce qui vous ferait plaisir, monsieur Carmichael ?

— Un scotch pur malt, s'il vous plaît. Celui que vous avez, ce sera parfait. J'ai rendez-vous ici grâce à vous, Sookie : un effet de votre coup de fil. Si vous avez besoin de quoi que ce soit, faites-le-moi savoir. Je ferai tout ce qui est en mon pouvoir pour que vous l'obteniez.

— Pas la peine, monsieur Carmichael.

— Je vous en prie, appelez-moi Cope.

— Euh... Bien. Et si j'allais vous chercher ce verre ?

Je n'aurais pas su faire la différence entre un scotch pur malt et un quinze-tonnes, mais, pour Sam, c'était l'enfance de l'art. Après l'avoir soigneusement astiqué, il m'a tendu un beau verre étincelant rempli d'une honnête dose de liquide ambré. Je sers de l'alcool, mais je n'en bois quasiment jamais. La plupart des gens, ici, font dans le basique : bière, bourbon-Coca, gin tonic, Jack Daniel's.

J'ai d'abord posé le verre avec une petite serviette en papier devant lui, avant d'aller chercher une coupelle d'amuse-gueules. Puis je suis retournée m'occuper de mes autres tables. Mais je suis restée branchée sur sa fréquence. J'ai remarqué que Sam le gardait à l'œil, lui aussi. Les autres clients étaient trop accaparés par leurs conversations et leurs propres consommations pour s'intéresser à Carmichael. Il faut dire qu'avec Claude et Claudine, ils avaient eu leur content d'attractions pour la soirée.

À un moment donné, Carmichael a été rejoint par une femme. Je ne crois pas qu'à part moi quelqu'un ait remarqué l'éloquente pâleur de la dame. C'était une petite jeune, chez les vampires – je veux dire par là qu'elle n'avait même pas un demi-siècle au compteur. Elle avait les cheveux prématurément gris et sagement coupés au carré. Elle n'était pas très grande – un mètre soixante-cinq, peut-être – et elle était joliment ronde et harmonieusement galbée juste là où il fallait. Elle portait de petites lunettes à monture argentée – pure coquetterie de sa part, puisque tous les vampires sont dotés d'une excellente vue, beaucoup plus perçante que celle de n'importe quel humain.

— Un verre de sang, peut-être ? lui ai-je aimablement proposé.

Elle a braqué sur moi des yeux semblables à des rayons laser. De quoi me faire amèrement regretter d'avoir réussi à capter son attention.

— Vous êtes l'humaine qu'on appelle Sookie.

Je n'ai pas vu la nécessité de lui confirmer ce qu'elle savait déjà. J'ai attendu la suite.

— Un TrueBlood, s'il vous plaît, a-t-elle immédiatement enchaîné. À 37 °C. Et j'aimerais rencontrer votre employeur, si vous voulez bien aller le chercher.

Allez, va chercher, mon chien ! Comme si Sam était un os. Cela dit, c'était une cliente, et je n'étais qu'une simple serveuse. Je lui ai donc gentiment fait chauffer son TrueBlood et j'ai dit à Sam qu'on le demandait.

— J'arrive dans deux minutes, m'a-t-il assuré, parce qu'il était en train de préparer des consommations pour Arlene.

J'ai hoché la tête et j'ai servi son sang de synthèse à la vampire à lunettes, qui m'a poliment remerciée, avant de se présenter :

— Sandy Sechrest, nouvelle chef de zone. Je suis chargée de représenter le roi de Louisiane dans la région.

Je n'avais pas la moindre idée de l'endroit où Sandy avait grandi, mais c'était aux États-Unis et pas dans le Sud.

— Enchantée de vous connaître, lui ai-je répondu, tout aussi poliment, mais sans enthousiasme délirant.

« Chef de zone » ? Est-ce que ce n'était pas la même chose que shérif ? Que devenait Eric, dans tout ça ?

Sam est arrivé à ce moment-là et, comme je ne voulais pas paraître indiscrète, je lui ai cédé la place. De toute façon, même si Sam décidait de ne pas m'en parler, je pourrais toujours lire dans ses pensées ce que Sandy voulait. Certes, c'était moins facile que pour un humain standard et Sam était doué pour brouiller ses émissions mentales, mais seulement s'il s'en donnait la peine.

Ils se sont mis à discuter. Moins de cinq minutes plus tard, Sam s'excusait déjà pour retourner derrière son comptoir.

De temps à autre, je jetais un coup d'œil au nabab et à sa voisine aux dents longues, au cas où ils auraient voulu renouveler leur consommation. Mais aucun des deux n'en a manifesté le désir. Ils semblaient en grande conversation, et comme « Cope », en fin négociateur qu'il était, maîtrisait aussi bien qu'un vampire l'art d'afficher une parfaite impassibilité, il était difficile de dire où ils en étaient. D'ailleurs, cela ne me passionnait pas au point de me frayer un chemin dans les pensées de Carmichael. Et bien sûr, pour moi, l'esprit de Sandy Sechrest demeurait une page blanche.

Le reste de la soirée s'est déroulé tranquillement : la routine. Je n'ai même pas vu Carmichael et l'ambassadrice du Nevada s'en aller. Puis est arrivée l'heure de la fermeture et de ranger mes tables pour que Terry Bellefleur puisse faire le ménage le lendemain matin. Quand j'ai enfin eu deux secondes pour regarder autour de moi, nous n'étions plus que deux en salle : Sam et moi.

— Tu as fini ? m'a-t-il demandé.

— Oui.

J'ai jeté un dernier regard alentour pour m'en assurer.

— Tu as une minute ?

J'ai toujours une minute pour Sam.

Chapitre 16

Sam s'est assis dans son fauteuil de bureau en se penchant en arrière, à la limite du déséquilibre, comme d'habitude. J'ai pris place sur l'une des chaises qui lui faisaient face, – celle à laquelle il restait un semblant de rembourrage au milieu. La plupart des lumières étaient éteintes, à l'exception de celle qui restait allumée au-dessus du comptoir et de celle de son bureau. Le bar sonnait bizarrement creux, surtout après la cacophonie des gens qui braillaient pour se faire entendre par-dessus la musique du juke-box, le cliquetis des verres, les bruits de la cuisine, du lave-vaisselle et des pas sur le sol.

— Cette Sandy Sechrest, là, a-t-il lancé, elle s'est dégoté un sacré job.

— Ah, oui ? Et qu'est-ce qu'elle est censée faire, exactement ?

— Eh bien, d'après ce que j'ai compris, elle va passer son temps à parcourir l'État pour s'assurer qu'aucun citoyen de Louisiane ne rencontre le moindre problème avec ses petits copains d'outre-tombe, que tout est en ordre dans chaque zone et que les shérifs ont tout bien sous contrôle dans leurs fiefs respectifs, pour en rendre compte au roi. C'est une sorte de médiateur ou d'expert, version vampire.

— Ah.

J'ai pris le temps de digérer cette information. Je n'avais pas l'impression que ce poste empiéterait sur celui d'Eric. Or, si Eric s'en sortait bien, ce serait pareil pour toute son équipe. Cela me suffisait largement. Pour le reste, les affaires des vampires m'indifféraient totalement.

Mais pas celles de Sam...

— Et pourquoi voulait-elle te rencontrer ?

— Elle avait entendu dire que j'étais en relation avec la communauté des SurNat du secteur. Elle tenait à me faire savoir qu'elle était à ma disposition « en cas de problème », m'a-t-il expliqué, d'un ton un rien sarcastique. Elle m'a laissé sa carte.

Il m'a tendu l'objet en question. Je ne sais pas à quoi je m'attendais exactement – qu'elle dégouline de sang ? – mais c'était juste une carte de visite tout ce qu'il y a d'ordinaire.

— D'accord.

J'ai haussé les épaules.

— Et Claudine et son frère, qu'est-ce qu'ils voulaient ?

J'étais très embêtée de devoir cacher à Sam l'existence de mon arrière-grand-père. Mais Niall m'avait demandé de garder le secret...

— Elle n'avait pas eu de nouvelles de moi depuis la bataille rangée de Shreveport, lui ai-je répondu, et elle tenait à s'assurer que j'allais bien. Quant à Claude, il accompagnait sa sœur.

Sam m'a dévisagée d'un œil sceptique, mais il n'a rien dit.

Il a préféré changer de sujet.

— Peut-être qu'une longue période de paix s'ouvre devant nous, qui sait ? Si ça se trouve, on va pouvoir bosser tranquilles au bar, sans plus avoir à se préoccuper de ce qui se passe dans le monde surnaturel. Je l'espère, parce que quand les loups sortiront du bois...

— Tu penses que c'est pour bientôt ?

Je n'avais pas la moindre idée de la façon dont l'Amérique allait réagir, en apprenant que les vampires n'étaient pas les seules créatures de contes de faé – ou de films d'horreur – à se balader dans la réalité.

— Tu crois que tous les hybrides vont sortir du placard en même temps ? ai-je enchaîné sans lui laisser le temps de respirer.

— Probablement. On ne parle plus que de ça sur notre site Internet.

Sam avait donc une vie en dehors du bar. Une vie dont j'ignorais tout. Ce qui m'a fait penser à quelque chose. J'ai d'abord hésité, puis je me suis lancée. Je me posais déjà bien assez de questions comme ça. Pour une fois que je pouvais avoir une réponse !

— Comment se fait-il que tu sois venu t'installer ici ? lui ai-je demandé.

— J'étais passé dans le coin, à l'époque où j'étais dans l'armée... J'ai été militaire quatre ans.

— Vraiment ?

Et c'était seulement maintenant que je l'apprenais ?

— Oui. Je ne savais pas quoi faire de ma vie. Alors, à dix-huit ans, je me suis engagé. Ma mère a eu beau pleurer toutes les larmes de son corps et mon père jurer tout ce qu'il pouvait – d'autant que j'étais accepté à l'université –, je n'ai rien voulu entendre. J'avais pris ma décision et je refusais de revenir dessus. Difficile de trouver plus têtu que moi, à cette époque-là.

— Tu as grandi où ?

— En grande partie à Wright, au Texas, dans les environs de Fort Worth. Les très lointains environs de Fort Worth. C'était un bled paumé, pas plus grand que Bon Temps. Mais, toute mon enfance, j'avais été transbahuté d'une région à l'autre. Mon père était militaire, lui aussi. Il a quitté l'armée quand j'avais quatorze ans. Et comme la famille de ma mère vivait à Wright, c'est là qu'on est allés.

— Ça n'a pas été trop dur de vous fixer, après avoir autant bourlingué ?

Dire que je n'avais jamais vécu ailleurs qu'à Bon Temps !

— Tu parles ! C'était génial. Je n'attendais que ça. Je n'avais pas deviné à quel point ce serait difficile de faire mon trou dans un endroit où les gamins de mon âge avaient tous grandi ensemble. Mais je savais me débrouiller tout seul. Et puis, je jouais au baseball et au basket : j'ai réussi à trouver ma place. Après, eh bien... j'ai rejoint les rangs de l'armée. Va comprendre.

J'étais fascinée. Comme Sam semblait enclin aux confidences, j'ai décidé de pousser mon avantage.

— Est-ce que tes parents sont toujours à Wright ? Ça n'a pas dû être facile, pour ton père, dans l'armée. En tant que métamorphe, je veux dire.

Sam étant un métamorphe, je savais sans qu'il ait besoin de me le dire qu'il était le premier-né d'un couple de métamorphes pure souche.

— Ouais, il en a bavé. C'était l'enfer, pour lui, les nuits de pleine lune. Heureusement, il avait cette potion à base de plantes que faisait sa grand-mère irlandaise. Elle lui en avait donné la recette. Un truc carrément infect. Mais il le buvait, quand il était de garde et qu'il ne pouvait pas bouger. Ça l'aidait à garder forme humaine. Mais il valait mieux ne pas être dans ses pattes le lendemain ! Papa est mort il y a six ans. Il m'a laissé une jolie petite somme. Comme j'avais toujours aimé le coin et que le bar était à vendre... Ça m'a semblé une bonne façon d'investir mon argent.

— Et ta mère ?

— Elle vit toujours à Wright. Elle s'est remariée un peu plus de deux ans après le décès de mon père. Son nouveau mari est un brave type. Mais il est standard, alors je ne peux pas dire que je sois vraiment proche de lui...

Ce n'était donc pas un métamorphe, ni un SurNat de quelque nature que ce soit.

— Mais ta mère est une hybride pur sang. Il doit bien se douter de quelque chose.

— Je crois qu'il préfère ne pas savoir. Elle lui dit qu'elle sort faire son footing du soir, qu'elle va dormir chez sa sœur, qu'elle vient me rendre visite, ou une autre excuse de ce genre.

— Ça ne doit pas être évident.

— Personnellement, je n'essaierais même pas. J'ai failli me marier avec une fille standard, quand j'étais encore dans l'armée. Mais comment épouser une femme, vivre avec elle et lui cacher un pareil secret ? Je deviendrais fou, si je n'avais pas quelqu'un à qui en parler, Sookie, m'a-t-il avoué avec un sourire.

Belle preuve de confiance de sa part. J'étais heureuse de cette complicité que créait entre nous ce secret partagé.

— Si les loups-garous sortent de la clandestinité, a-t-il enchaîné, tous les autres suivront. Ce sera un immense poids en moins, pour moi. Une véritable délivrance.

Nous savions tous les deux qu'il ne serait pourtant pas au bout de ses peines. Mais à quoi bon soulever des problèmes qui n'étaient pas encore apparus ? Ils arriveraient bien assez tôt.

— Tu as des frères et sœurs ?

— Un de chaque. Ma sœur est mariée et mère de deux enfants, et mon frère est encore célibataire. C'est un mec bien.

Sam avait le sourire et un visage serein. Je crois bien que je ne l'avais jamais vu aussi détendu.

— Craig va se marier au printemps prochain, d'après ce qu'il m'a dit, a-t-il ajouté tandis que je le dévisageais en silence. Peut-être que tu pourrais venir avec moi au mariage ?

J'étais si surprise que, sur le coup, je n'ai pas su quoi répondre. Mais j'étais contente et je trouvais sa proposition très flatteuse.

— Ça me paraît une bonne idée, ai-je finalement acquiescé. Préviens-moi quand tu sauras la date.

Nous étions sortis ensemble un soir, Sam et moi. J'avais passé un bon moment, mais c'était à l'époque de ma brouille avec Bill et nous n'avions jamais renouvelé l'expérience.

Sam a hoché la tête le plus naturellement du monde, et la légère tension qui m'avait saisie s'est évanouie comme par enchantement. Après tout, c'était Sam. Sam, mon patron, et maintenant que j'y pensais, mon ami. Un des meilleurs, même.

Je me suis levée pour récupérer mon sac et j'ai enfilé ma veste.

— Tu as eu une invitation pour la fête de Halloween du *Fangtasia*, cette année ? s'est-il enquis, sautant du coq à l'âne.

— Non. Après la dernière petite sauterie à laquelle ils m'ont invitée, il se peut bien qu'ils préfèrent éviter. Et puis, avec toutes les pertes qu'ils ont subies récemment, je ne sais pas si Eric a vraiment le cœur à la fête.

— Tu crois qu'on devrait en organiser une au bar ?

Décidément, j'allais de surprise en surprise.

— Eh bien, peut-être pas dans le style bonbons, citrouilles et tout le bazar...

J'ai réfléchi sérieusement à la question.

— Mais pourquoi pas un petit sachet cadeau pour chaque client, avec des cacahuètes grillées dedans ? Ou une coupelle de pop-corn orange sur chaque table ? On pourrait aussi accrocher quelques décorations...

Sam a regardé en direction du bar, comme s'il pouvait voir à travers les murs.

— Oui, ça me paraît pas mal. Histoire de marquer le coup.

D'habitude, nous ne décorions le bar que pour Noël. Et encore, seulement après Thanksgiving et parce que Sam y tenait.

Je lui ai fait un petit signe de la main et je suis sortie, lui laissant le soin de vérifier que tout était bien fermé.

L'air s'était rafraîchi avec la nuit : un vrai temps d'automne. Cet Halloween s'annonçait à la hauteur des descriptions de mes livres d'enfant.

Au beau milieu du parking, parfaitement immobile, la tête levée vers le ciel et les yeux clos, se tenait mon arrière-grand-père. Au clair de lune, ses longs cheveux ruisselaient dans son dos comme un rideau d'argent, et la myriade d'infimes ridules qui marquaient son visage étaient invisibles dans la pénombre – à moins qu'il ne les ait fait disparaître ? Il avait sa canne à la main et, comme la première fois, il était en costume, un costume noir. Il portait une lourde bague à la main droite, celle qui reposait sur le pommeau doré.

Jamais il ne m'avait été donné de voir un être d'une telle beauté. Une beauté… irréelle.

Il n'avait absolument rien d'un grand-père humain ordinaire. Chez nous, les grands-pères ordinaires portent des casquettes publicitaires et des bleus de travail. Ils vous emmènent pêcher. Ils vous laissent monter sur leur tracteur. Ils ronchonnent parce qu'ils vous trouvent trop gâtés, puis ils s'empressent de vous acheter des bonbons. Quant aux arrière-grands-pères ordinaires, peu d'entre nous ont la chance d'apprendre à les connaître.

Je me suis soudain rendu compte que Sam était à côté de moi.

— Qui est-ce ? a-t-il lâché dans un souffle.

— C'est mon… euh… mon arrière-grand-père.

Il était juste devant moi : je ne pouvais quand même pas faire comme s'il n'était pas là !

— Oh !

Il y avait de la stupeur dans sa voix, de la stupeur et de l'émerveillement.

— Je viens d'apprendre son existence, ai-je ajouté pour me justifier.

Niall a interrompu son bain de lune et a ouvert les yeux.

— Mon arrière-petite-fille ! s'est-il exclamé, comme si ma présence sur le parking du *Merlotte* était une grande surprise. Et ton ami est…

Je me suis empressée de faire les présentations.

— Niall, voici Sam Merlotte, le propriétaire de ce bar.

Sam lui a tendu une main hésitante. Après l'avoir longuement examinée, Niall a fini par la serrer dans la sienne. J'ai senti Sam sursauter, comme si mon arrière-grand-père cachait un vibreur dans sa paume.

— Ma chère arrière-petite-fille, a repris Niall en se tournant vers moi, j'ai entendu dire que tu avais été en danger dans une rixe qui a opposé deux meutes de loups-garous.

— Eh bien… euh… oui. Mais Sam était avec moi. Et après, Claudine est arrivée, ai-je argué, sur la défensive, tout à coup. En plus, je ne savais pas qu'il allait y avoir une rixe, comme vous dites. Je voulais juste tenter de calmer le jeu. Mais on nous avait tendu un piège.

— Oui, c'est ce que Claudine m'a rapporté. J'ai cru comprendre que cette chienne était morte.

Il voulait manifestement parler de Priscilla.

— Oui, monsieur. Elle est morte.

— Et ta vie a de nouveau été menacée la nuit suivante ?

Je commençais à me sentir vraiment coupable.

— Eh bien… euh… en temps normal… enfin, ce n'est pas dans mes habitudes. Il s'est simplement trouvé que les vampires de Louisiane ont été attaqués par les vampires du Nevada.

Le sujet n'a pas eu l'air de le passionner.

— Tu es tout de même allée jusqu'à composer le numéro que je t'avais donné.

— Euh… oui, monsieur. Je n'étais pas très rassurée. Mais Eric m'a arraché mon portable des mains parce qu'il pensait que si vous étiez impliqué dans cette histoire, ça déclencherait une guerre épouvantable. En définitive, ce n'était pas plus mal, puisqu'il s'est rendu à Victor Madden.

Quand bien même il m'avait offert un autre téléphone, je dois avouer que je n'avais toujours pas vraiment digéré ce petit accès d'autoritarisme de la part d'Eric.

— Ahhhh.

Je ne savais que déduire de cette expression pour le moins évasive. C'est sans doute l'inconvénient d'avoir un arrière-grand-père. J'étais sur la sellette, une sensation que je n'avais plus éprouvée depuis le jour où Gran avait découvert que je n'avais pas sorti les poubelles et que j'avais « oublié » de plier le linge. Je devais avoir douze ans, à l'époque. Je n'aimais pas plus ça maintenant qu'avant.

— J'admire ton courage, m'a alors félicitée Niall – compliment pour le moins inattendu. Mais tu es très fragile : tu es mortelle, on pourrait te briser, et la vie est courte, pour un être humain. Je ne veux pas te perdre alors que je viens juste de faire ta connaissance.

— Je ne sais pas quoi vous répondre, ai-je marmonné, mal à l'aise.

— Tu ne veux visiblement pas que je t'empêche de faire comme tu l'entends et tu ne changeras pas. Comment te protéger, dans ces conditions ?

— Je ne crois pas que ce soit possible. Pas à cent pour cent, je veux dire.

— Dans ce cas, en quoi puis-je t'être utile ?

— Mais vous n'avez pas à m'être utile, ai-je rétorqué, étonnée.

Il ne semblait pas avoir le même schéma émotionnel que moi. Comment lui expliquer ?

— C'est déjà bien assez, pour moi – c'est même fabuleux –, de savoir que vous existez. Que vous vous faites du souci pour moi. Que j'ai de la famille, quelque part, même si c'est très loin. Et puis, vous ne me trouvez pas bizarre, ni cinglée ; je ne vous fais pas honte…

— Honte ? a-t-il répété, perplexe. Mais tu es beaucoup plus intéressante que la majorité des humains.

— ... et vous ne pensez pas que je suis défectueuse. Pour ça aussi, je dois vous remercier.

— Parce que les autres humains pensent que tu es défectueuse ?

Cette fois, il avait l'air carrément offusqué.

— Ça les met mal à l'aise de savoir qu'elle peut lire dans leurs pensées, est alors intervenu Sam.

— Mais toi, métamorphe, qu'en penses-tu ?

— Moi ? Je la trouve géniale, a répondu Sam.

De toute évidence, il était d'une parfaite sincérité.

Je me suis redressée, rougissante de fierté. Dans l'enthousiasme du moment, j'ai bien failli parler à mon arrière-grand-père de mon gros problème de la journée, rien que pour lui prouver que je savais partager mes soucis. Mais j'avais la très nette impression que la solution qu'il y apporterait risquait d'être assez définitive et qu'avec lui l'Axe du Mal Sandra Pelt-Tanya Grissom serait éliminé d'une façon non seulement radicale mais macabre. Claudine s'efforçait peut-être de devenir un ange – un être que j'associais aux valeurs chrétiennes –, mais Niall Brigant obéissait assurément à une tout autre éthique. Je le soupçonnais d'être du style « je préfère t'arracher l'œil d'avance, au cas où tu voudrais m'arracher le mien ». Enfin, peut-être pas aussi radical, dans ses méthodes de prévention, mais presque.

— Il n'y a vraiment rien que je puisse faire pour toi ? a-t-il insisté.

C'était pratiquement une supplique.

— Ce que j'aimerais vraiment, c'est que vous veniez me rendre visite, un jour, quand vous aurez le temps. J'aimerais vous faire à dîner. Si ça vous tente, évidemment.

Je me sentais un peu intimidée, de lui proposer quelque chose qui n'avait peut-être aucune valeur à ses yeux.

Il m'a dévisagée avec un étrange regard dans les prunelles. Je ne parvenais pas à déchiffrer son expression. Il avait beau prendre l'apparence d'un humain, il n'en était pas un. Il était même un vrai mystère, pour moi. Est-ce que je l'exaspérais ? Est-ce que je l'ennuyais ? Est-ce que je le dégoûtais avec ma proposition culinaire ?

— Oui, a-t-il finalement répondu. Oui, je viendrai. Je t'avertirai suffisamment à l'avance, bien sûr. En attendant, si tu as besoin de quoi que ce soit, appelle-moi. Et ne laisse personne t'en dissuader, si tu crois que je peux t'aider. Je vais mettre les choses au point avec Eric. Il m'a bien servi, par le passé, mais il ne doit pas remettre en question les décisions que je prends à ton sujet.

— Ça fait longtemps qu'il connaît notre lien de parenté ?

J'ai retenu mon souffle, craignant presque sa réponse.

Niall s'était détourné pour partir. Il a légèrement pivoté, afin que je puisse le voir de profil.

— Non. Je voulais d'abord m'assurer de sa discrétion. Je ne le lui ai dit que le jour où il t'a amenée pour me rencontrer. Il a refusé de m'aider tant que je ne lui aurais pas expliqué pourquoi je voulais te voir.

Puis il a disparu, comme s'il avait franchi une porte invisible. À bien y réfléchir, pour ce que j'en savais, c'était probablement exactement ce qu'il avait fait.

— Eh bien… a soufflé Sam au bout d'un long silence. Eh bien, c'était vraiment… inattendu.

— Ça ne te… dérange pas, tout ça ?

J'agitais la main vers l'endroit où Niall s'était tenu – sans doute. Sauf si nous n'avions été en présence que d'une projection astrale.

— Ça n'a pas à me déranger ou pas, Sookie. C'est ta vie.

— Je voudrais bien l'aimer. Il est si beau et il semble tenir sincèrement à moi, mais il est… il est vraiment…

— Terrifiant.

— Carrément.

— Et il est passé par Eric pour prendre contact avec toi ?

Comme, apparemment, mon arrière-grand-père était d'accord, j'ai raconté à Sam notre première rencontre dans ce grand restaurant de Shreveport.

— Mmm… Je ne sais pas trop quoi en penser. Les vampires et les faé sont comme chiens et chats, normalement. Enfin, les vampires aiment beaucoup les faé, mais ils ont une furieuse tendance à les dévorer.

— Niall peut masquer son odeur, lui ai-je confié, non sans une certaine fierté.

Sam semblait dépassé par les événements.

— Encore un truc dont je n'avais jamais entendu parler. J'espère que Jason n'est pas au courant.

— Mon Dieu, non !

— Il serait jaloux, tu sais, et il t'en voudrait.

— Parce que je connais Niall et pas lui ?

— Évidemment ! Ça le boufferait.

— Je sais que Jason n'est pas l'homme le plus généreux du monde…

Sam a salué ce doux euphémisme d'un reniflement sarcastique.

— OK, c'est un égoïste, ai-je concédé. Mais c'est quand même mon frère. Pourtant, tu as raison… il vaut mieux que je ne lui dise rien. N'empêche, Niall n'a pas fait d'histoires pour se montrer devant toi, alors qu'il m'avait demandé de garder le secret.

— Il a dû se renseigner avant, j'imagine.

Sur ces mots, il m'a serrée dans ses bras. Je ne m'y attendais pas, mais c'était plutôt une bonne surprise. Je crois que j'avais besoin d'un peu de réconfort, après la petite visite éclair de mon arrière-grand-père. Je lui ai rendu son étreinte. Ça m'a fait du bien. Enfin un peu de chaleur humaine !

Sauf que ni Sam ni moi n'étions entièrement humains…

« Oui, mais, fondamentalement, on l'est », me suis-je dit aussitôt après. Nous avions plus en commun avec les humains qu'avec cette partie de notre être qui nous en différenciait : nous vivions comme des êtres humains, et un jour, nous mourrions comme des êtres humains. Je connaissais suffisamment Sam pour savoir qu'il souhaitait fonder une famille, trouver quelqu'un à aimer et construire un avenir qui lui offrirait tout ce dont un humain lambda pouvait rêver : santé, prospérité, moments de bonheur, rires d'enfants et de petits-enfants. Sam ne voulait être chef d'aucune meute et je ne voulais être la princesse de personne – non que, pour tout faé pure souche, je puisse jamais être autre chose qu'un méprisable sous-produit de sa propre magnificence. C'était l'une des grandes différences entre Jason et moi. Jason passerait sa vie à vouloir être moins humain qu'il ne l'était. Alors que j'aurais tout donné pour l'être davantage – à supposer que ma télépathie soit d'origine surnaturelle.

Sam m'a embrassée sur la joue, puis, après un moment d'hésitation, il a tourné les talons. Il a franchi la barrière encastrée dans sa belle haie bien taillée et a monté les marches de la terrasse en bois qu'il avait construite sur le pas de sa porte. Après avoir introduit sa clé dans la serrure, il s'est retourné, le sourire aux lèvres.

— Sacrée soirée, hein ?

— Oui. Sacrée soirée.

Sam m'a regardée monter dans ma voiture, m'a incitée, d'un geste, à verrouiller les portières et a attendu que je l'aie fait avant de rentrer chez lui.

J'ai roulé jusque chez moi en retournant tout un tas de questions dans ma tête. Des questions graves et des questions bêtes.

Encore une chance qu'il n'y ait pas eu trop de circulation sur la route !

Chapitre 17

Quand je suis sortie en titubant de ma chambre, le lendemain matin, j'ai trouvé Amelia et Octavia attablées dans la cuisine. Amelia avait fini le café, mais, comme elle avait quand même pris soin de laver la cafetière, il ne m'a fallu que quelques minutes pour me faire une bonne tasse de café bien serré. J'en avais besoin. Amelia et son mentor se sont sagement contentés de parler de la pluie et du beau temps pendant que je me débattais avec mes céréales, mon lait, mon sucre et ma cuillère. Je me suis penchée au-dessus du bol parce que je ne voulais pas tacher mon débardeur. D'ailleurs, il faisait trop froid dans la maison pour rester dans cette tenue. Je suis donc allée enfiler un gilet en coton molletonné pour terminer confortablement mon petit-déjeuner.

— Quoi de neuf, vous deux ? ai-je finalement lancé, signe que j'étais désormais prête à me connecter au reste du monde.

— Amelia m'a parlé de votre problème, m'a répondu Octavia. Et de votre aimable proposition.

Ah, oui ? Euh… quelle proposition ?

J'ai hoché la tête d'un air entendu, comme si je savais parfaitement de quoi il était question.

— Vous ne pouvez pas imaginer à quel point je serai contente de quitter l'appartement de ma nièce ! s'est alors exclamée Octavia avec ferveur.

On sentait que ça venait du cœur.

— Janesha a trois enfants en bas âge, dont un nourrisson, et un petit ami qui va et vient à sa guise, a-t-elle poursuivi. Je dors sur le canapé du salon et, quand les gosses se lèvent le matin, ils viennent allumer la télé pour regarder les dessins animés, que je sois réveillée ou pas. Ils sont chez eux, c'est vrai. Et puis, je vis avec eux depuis des semaines, alors je fais un peu partie du décor.

J'en ai déduit qu'Octavia allait dormir dans l'une des chambres d'amis, celle du bas ou celle du haut. Je votais sans hésitation pour la deuxième solution.

— Et puis, vous comprenez, à mon âge, j'ai besoin d'accéder plus rapidement au petit coin, m'a-t-elle confié, avec cette modestie teintée d'autodérision dont font preuve les gens quand ils se voient contraints d'admettre les outrages du temps. Alors, au rez-de-chaussée, ce serait parfait. D'autant que j'ai de l'arthrose aux genoux. Vous ai-je dit que l'appartement de Janesha était à l'étage ?

— Non, suis-je péniblement parvenue à articuler, malgré mes mâchoires soudées.

Fichtre ! C'était arrivé si vite !

— Maintenant, venons-en à votre problème. Je vous préviens : je ne pratique pas la magie noire. Mais il est clair que, d'une façon ou d'une autre, ces deux jeunes femmes doivent sortir de votre existence, tant Mlle Pelt que son agent.

J'ai hoché la tête avec conviction.

— Donc, est intervenue Amelia, incapable de tenir sa langue plus longtemps, on a un plan.

— Je suis tout ouïe, lui ai-je assuré, en me versant une deuxième tasse de café, encore plus nécessaire que la première.

— Le plus simple, pour vous débarrasser de Tanya, serait de dévoiler son petit jeu à Calvin Norris, a déclaré Octavia.

J'en suis restée bouche bée.

— Euh... ça risque d'avoir des conséquences assez dramatiques pour elle.

— Et... ce n'est pas ce que vous voulez ? m'a fait innocemment remarquer Octavia, une indéniable étincelle de malice machiavélique dans les prunelles.

— Eh bien... euh... si, mais je ne souhaite pas sa mort. Je n'ai pas envie qu'il lui arrive quelque chose d'irréversible, j'entends. Tout ce que je veux, c'est qu'elle disparaisse et qu'elle ne revienne pas.

— Qu'elle disparaisse et qu'elle ne revienne pas ? Ça me semble plutôt définitif, à moi, a persiflé Amelia.

Elle avait raison.

— Attendez, je me suis mal exprimée. Je veux qu'elle aille faire sa vie ailleurs, aussi loin de moi que possible. C'est clair ?

Je n'avais pas eu l'intention de me montrer cassante. Je tenais juste à dissiper tout malentendu.

— Oui, mademoiselle, je crois que nous avons les facultés intellectuelles nécessaires pour comprendre votre propos, a rétorqué Octavia froidement.

— Je ne veux pas qu'il y ait maldonne, lui ai-je expliqué. On risque gros. Je crois bien que Calvin a un petit penchant pour Tanya. Mais il serait capable de lui faire très, très peur.

— Assez pour qu'elle plie bagage ?

— Il faudra que tu prouves qu'elle est payée pour te pourrir la vie, m'a avertie Amelia.

— Qu'est-ce que vous avez en tête ? leur ai-je demandé, n'y tenant plus.

— OK. Voilà ce que nous nous sommes dit...

Et c'est comme ça, en trois secondes, que la phase numéro un de l'Opération Tanya a été lancée et que l'engrenage s'est enclenché. La solution était si simple que j'aurais dû y penser toute seule. Mais avoir l'aide des sorcières, c'était comme mettre de l'huile dans les rouages : le mécanisme tournait beaucoup plus facilement.

J'ai appelé Calvin et je lui ai demandé de passer quand il aurait une minute, vers l'heure du déjeuner. Il a semblé surpris de m'entendre, mais il a accepté.

Il a été encore plus étonné de trouver Amelia et Octavia dans la cuisine en arrivant. Le chef des panthères-garous de Hotshot avait rencontré ma colocataire à plusieurs reprises, par le passé, mais il n'avait jamais vu Octavia. Il a cependant immédiatement senti la magie qui émanait d'elle et, à défaut de connaître la personne, a d'emblée respecté la sorcière. C'était déjà un bon point pour nous.

Calvin avait une quarantaine d'années. Fort, robuste, c'était un homme solide, assis et sûr de lui. Il grisonnait depuis quelques années, mais il se tenait toujours droit comme un I et le calme absolu dont il faisait preuve en toutes circonstances ne manquait jamais d'impressionner ses interlocuteurs. Il s'était intéressé à moi, un temps, mais je n'avais jamais pu partager ses sentiments. Dommage, c'était un type bien.

— Qu'est-ce qui se passe, Sookie ? m'a-t-il demandé, après avoir refusé les cookies, le thé ou le Coca que je lui offrais.

J'ai respiré un grand coup.

— Je n'aime pas cafarder, Calvin. Mais là, on a un problème.

— Tanya, a-t-il tout de suite deviné.

— Oui, ai-je soupiré, soulagée.

— C'est une petite maligne, a-t-il reconnu, non sans une certaine admiration – aïe.

— C'est une espionne, oui, a lâché Amelia.

Elle ne tournait jamais autour du pot.

— Pour le compte de qui ?

Calvin avait penché la tête de côté, pas plus choqué que ça, mais manifestement curieux. Je lui ai servi une version édulcorée de l'histoire – une histoire qui, à force de la ressasser, commençait à me sortir par les yeux. Mais il fallait que Calvin sache l'essentiel : que les Pelt avaient une grosse dent contre moi, que Sandra s'acharnerait sur moi jusqu'à ce que mort s'ensuive et que Tanya avait été engagée pour jouer la mouche du coche.

Les bras croisés, Calvin a étiré ses jambes. Il ne perdait pas une miette de ce que je lui disais. Il portait un jean neuf, une chemise de laine à carreaux, et il sentait le bois fraîchement coupé.

— Vous avez l'intention de lui jeter un sort ? a-t-il demandé en se tournant vers ma colocataire.

— Absolument. Mais pour ça, il faut que vous nous l'ameniez ici.

— Mais quel effet ça aurait sur elle ? Est-ce que ça la ferait souffrir ?

— Non. Elle se désintéresserait de Sookie et de sa famille. Elle refuserait d'obéir à Sandra Pelt. Physiquement, elle ne ressentirait strictement rien.

— Et mentalement ? Est-ce que ça la changerait ?

— Non, a affirmé Octavia. Mais ce n'est pas un sort aussi fiable que celui de non-retour. Si on lui jetait celui-ci, elle n'aurait plus qu'une hâte : quitter la région, et elle ne voudrait plus jamais y remettre les pieds.

Cette alternative a semblé faire réfléchir Calvin.

— Je l'aime bien, moi, cette fille, a-t-il fini par admettre. Elle croque la vie à pleines dents. Le moins qu'on puisse dire, c'est qu'on ne s'ennuie pas avec elle. Mais je suis quand même bougrement contrarié par les soucis qu'elle cause à Crystal et Jason. Je me suis demandé comment faire passer à Crystal cette manie de dépenser sans compter. J'imagine qu'un sort résoudrait le problème...

— Elle vous plaît ? lui ai-je demandé.

Je voulais que toutes les cartes soient bien en vue.

— C'est ce que j'ai dit.

— Non, vous ne m'avez pas bien comprise. Est-ce que vous l'aimez, vraiment ?

— Eh bien, elle et moi, on a pris un peu de bon temps...

— Vous ne voulez pas qu'elle s'en aille. Vous préférez l'autre solution.

— Quelque chose dans ce goût-là. Vous avez raison : elle ne peut pas rester si elle continue comme ça. Soit elle change, soit elle s'en va.

Mais il n'avait vraiment pas l'air ravi en disant ça.

— Vous travaillez aujourd'hui, Sookie ? s'est-il enquis.

J'ai jeté un coup d'œil à mon calendrier.

— Non, c'est mon jour de repos.

J'allais avoir deux jours de congé d'affilée.

— Je vais la coincer et l'amener ici ce soir. Ça vous laisse assez de temps, mesdames ?

Les deux sorcières se sont consultées du regard.

— Oui, ce serait parfait, a répondu Octavia.

— Je l'amènerai vers 19 heures.

Tout se déroulait avec une facilité déconcertante.

Je me suis empressée de remercier Calvin :

— C'est un sacré coup de main que vous nous donnez là.

— C'est faire d'une pierre bien plus de deux coups, a-t-il répondu. Si ça marche. Évidemment, si ça ne marche pas, vous ne ferez pas partie de mes meilleurs amis, mesdames.

Sa conclusion n'avait rien de menaçant. Il s'agissait d'une simple déduction logique – pour le moins alarmante, cependant, à voir l'expression des deux sorcières.

— Salut, mon frère, s'est soudain exclamé Calvin en voyant Bob pénétrer dans la pièce.

Plissant les yeux, il a alors posé sur Amelia un regard perçant.

— On dirait que votre magie ne marche pas à tous les coups… a-t-il commenté.

Ma colocataire a eu l'air à la fois coupable et horriblement vexée.

— On fera ce qu'il faut pour que ça marche, lui a-t-elle répliqué, les lèvres pincées. Vous verrez.

— J'y compte bien.

J'ai passé le reste de la journée à laver mon linge, à me refaire les ongles, à changer les draps de mon lit : toutes ces charmantes petites corvées qu'on garde pour les jours de congé. Je suis passée à la bibliothèque changer mes livres et, miracle ! il ne s'est strictement rien passé. C'était un des assistants de Barbara Beck qui était de service, ce jour-là. Je préférais ça. Je n'avais aucune envie de revivre mentalement l'horreur de la tentative d'assassinat. Or, ça ne manquerait pas d'arriver, chaque fois que je croiserais Barbara – et pendant encore longtemps, probablement. J'ai tout de même remarqué que la tache de sang par terre avait disparu.

Ensuite, je suis allée à l'épicerie. Aucun loup-garou n'a sauté du toit. Aucun vampire n'a surgi de terre juste devant moi. Personne n'a essayé de me trucider, ni de massacrer quelqu'un que je connaissais. Aucun mystérieux parent caché ne s'est manifesté et aucun être vivant – ou mort-vivant – n'a tenté de m'impliquer dans ses problèmes, conjugaux ou autres.

Quand je suis rentrée, je rayonnais de normalité.

C'était à moi de faire à dîner, ce soir-là, et j'avais décidé de préparer des côtes de porc à ma façon. J'ai ma propre recette maison : un mélange de chapelure et d'épices que je prépare en quantité industrielle. Il ne me restait plus qu'à plonger les côtes de porc dans du lait, puis à les tremper dans le mélange. J'ai préparé des pommes au four en les farcissant de raisins secs, de cannelle et de beurre avant de les mettre à cuire, et j'ai assaisonné des petits pois et du maïs en boîte que j'ai fait chauffer à feu doux. J'ai attendu un peu avant d'enfourner la viande. J'ai bien pensé à faire des petits pains au lait, mais j'ai estimé qu'il y avait déjà bien assez de calories comme ça au menu.

Pendant que je cuisinais, les sorcières faisaient leurs petites affaires dans le salon. Elles avaient l'air de bien s'amuser. J'entendais la voix d'Octavia, qui donnait plutôt dans le ton doctoral, et, de temps à autre, celle d'Amelia qui posait une question.

Je marmonnais toute seule en m'activant devant les fourneaux. J'espérais que leur magie allait fonctionner, et je leur étais reconnaissante de l'empressement qu'elles avaient mis à m'aider. Mais j'avais quand même un peu l'impression d'avoir été prise au piège, sur le plan domestique. En proposant qu'Octavia reste avec nous quelque temps si ça l'arrangeait, j'avais parlé sur un coup de tête – et je savais maintenant que j'aurais intérêt à faire attention à ce que je disais, avec ma colocataire. Octavia n'avait pas dit qu'elle venait passer le week-end ou la semaine à la maison, non. Elle n'avait fixé aucune date limite. Et cela m'angoissait sérieusement.

J'aurais pu coincer Amelia et lui dire : « Tu ne m'as pas demandé si Octavia pouvait venir, là, maintenant, tout de suite, et je suis encore chez moi, ici. » Enfin, j'imagine. Mais j'avais effectivement une chambre de libre et Octavia avait effectivement besoin d'un endroit où habiter. Il était un peu tard pour me rendre compte que ça ne m'enchantait pas d'avoir une troisième personne sous mon toit – une troisième personne que je connaissais à peine.

« Peut-être que je pourrais lui trouver un job », ai-je songé. Des revenus réguliers lui procureraient l'indépendance qui lui manquait et, une fois indépendante, il y avait fort à parier qu'elle déménagerait. Je me suis demandé dans quel état était sa maison à La Nouvelle-Orléans. Inhabitable, sans doute. Toute puissante sorcière qu'elle était, Octavia ne pouvait pas défaire ce qu'un ouragan avait fait. Après ses allusions aux escaliers et à la proximité de la salle de bains, j'avais revu son âge à la hausse. Mais elle ne devait tout de même pas avoir plus de... soixante-trois ans, disons. Ça faisait d'elle pratiquement une jeunette, de nos jours.

Il était 18 heures quand j'ai appelé Octavia et Amelia pour passer à table. J'avais mis le couvert et rempli les verres de thé glacé, mais je les ai laissées se servir directement dans les casseroles. Pas très élégant, je sais, mais c'était autant de vaisselle en moins à laver.

Le dîner n'a pas été très animé, chacune étant perdue dans ses pensées – que la soirée à venir occupait largement, à n'en pas douter. J'avais beau ne pas la porter dans mon cœur, j'étais quand même un peu inquiète pour Tanya.

Je n'étais pas très à l'aise à l'idée de modifier la mentalité de quelqu'un. Mais il s'agissait d'obliger Tanya à me lâcher et à disparaître à jamais de mon écran radar. Du mien et de celui de mon entourage. Je ne voyais pas d'autre solution. Mon tout nouveau pragmatisme aidant, j'avais parfaitement conscience que, si je devais choisir entre continuer à vivre avec la Tanya actuelle sur le dos ou supporter l'idée d'une Tanya remaniée, je n'hésiterais pas une seconde. La seconde solution l'emporterait.

J'ai débarrassé la table. Normalement, quand l'une de nous cuisinait, l'autre faisait la vaisselle. Mais comme les deux sorcières n'avaient pas encore achevé leurs préparatifs magiques... Ce n'était pas plus mal, d'ailleurs : j'avais besoin de me tenir occupée.

Quand nous avons entendu le gravier crisser, il était tout juste 19 h 05.

Lorsque j'avais demandé à Calvin de nous amener Tanya, je n'avais pas pensé qu'il nous l'apporterait comme un paquet, pieds et poings liés. Or, il portait Tanya sur l'épaule comme il l'aurait fait d'un tapis. Tanya était certes un petit format, mais elle n'avait rien d'un poids plume. La respiration de Calvin n'en était pas moins parfaitement régulière, et aucune goutte de sueur ne perlait à son front. Tanya était bel et bien ligotée, mais j'ai remarqué qu'il avait glissé un foulard sous la corde pour qu'elle ne l'irrite pas. Et (Dieu merci !) il l'avait bâillonnée. Mais avec un joli bandana rouge. Le chef des panthères-garous de Hotshot avait assurément un faible pour sa captive.

Évidemment, Tanya était aussi enragée qu'un serpent à sonnette sur la queue duquel on vient de marcher : elle se débattait, se tortillait, et ses yeux lançaient des éclairs. Comme elle essayait de lui donner un coup de pied, Calvin lui a administré une bonne claque sur les fesses.

— C'est fini, oui ? l'a-t-il sermonnée, plus amusé que réellement furieux, semblait-il. Tu t'es mal comportée : tu dois payer.

Et, sur ces bonnes paroles, il l'a jetée sur le canapé.

Les sorcières avaient couvert le plancher de mystérieux dessins à la craie, procédure que je n'avais pas franchement appréciée. Amelia m'ayant toutefois assuré qu'elle nettoierait et ma colocataire étant la championne incontestée du ménage, je les avais laissées continuer.

Il y avait aussi de petits tas de choses diverses et variées (je n'avais pas vraiment envie d'aller y regarder de trop près) dans des bols disposés tout autour de nous. Octavia a approché une allumette enflammée du contenu d'une des coupelles, qu'elle est ensuite allée placer sous le nez de Tanya, en remuant la main pour faire monter la fumée. J'ai reculé d'un pas et Calvin, qui se tenait derrière le canapé pour maintenir Tanya par les épaules, a détourné la tête. Tanya a retenu sa respiration aussi longtemps qu'elle l'a pu. Quand elle a fini par inhaler la fumée, elle s'est calmée immédiatement.

— Il faut l'asseoir ici, a indiqué Octavia, en pointant l'index vers le cercle que décrivait toute une série de symboles cabalistiques sur le plancher.

Calvin a balancé Tanya sur une chaise au milieu. Probable effet de la mystérieuse fumée, Tanya n'a pas bronché.

Octavia s'est alors mise à psalmodier dans une langue que je ne connaissais pas. Les sorts d'Amelia avaient toujours été en latin – ou, du moins, une forme très primitive de latin (d'après ce qu'elle m'avait dit) –, mais les sonorités qu'émettait Octavia me semblaient plus variées. En fait, elle paraissait parler un langage complètement différent de tout ce que j'avais entendu jusqu'à présent.

J'avais terriblement appréhendé ce rituel, mais, pour tout dire, il se révélait ennuyeux à mourir – à part pour ceux qui y prenaient une part active, j'imagine. J'aurais voulu pouvoir ouvrir les fenêtres pour aérer, et j'étais bien contente qu'Amelia ait pensé à enlever les piles des détecteurs de fumée. Tanya ressentait manifestement quelque chose, mais je n'étais pas sûre que ce soit bien l'annulation de l'effet Pelt.

— Tanya Grissom, a soudain commandé Octavia d'une voix de stentor, extirpe le mal enraciné dans ton âme et arrache-toi à l'influence de ceux qui veulent se servir de toi pour accomplir leurs noirs desseins !

La sorcière a fait tout un tas de gestes bizarres au-dessus de Tanya avec, dans les mains, un objet qui ressemblait furieusement à un os humain entortillé dans une liane. J'ai essayé de ne pas penser à la façon dont elle s'était procuré l'os en question.

Tanya a couiné sous son bâillon, et s'est brusquement cambrée, le torse tendu comme un arc bandé. Puis, tout aussi brutalement, elle s'est détendue.

Sur un signe d'Amelia, Calvin s'est alors penché pour dénouer le bandana qui donnait à Tanya des allures de minuscule bandit de grand chemin. Il lui a également retiré de la bouche un mouchoir immaculé. Notre prisonnière avait visiblement bénéficié d'un traitement de faveur : elle avait certes été kidnappée, mais avec affection et considération.

— Je n'arrive pas à y croire ! Me faire un truc pareil, à moi ! s'est écriée Tanya, à la seconde où elle a pu parler. Je ne peux pas croire que tu m'aies enlevée comme un vulgaire homme des cavernes, espèce de grosse brute ! Pauvre mec !

Si elle avait eu les mains libres, nul doute que Calvin se serait pris une raclée.

— Et qu'est-ce que c'est que toute cette fumée ? a-t-elle enchaîné sur sa lancée. Tu veux faire brûler ta maison, Sookie ? Hé ! La vieille, tu ne peux pas virer cette saloperie de ma figure ? s'est-elle exclamée en repoussant l'os ensorcelé de ses deux mains liées.

— Je m'appelle Octavia Fant, a rétorqué la sorcière d'un air pincé.

— Ouais, super, Octavia Fant ! Et maintenant, débarrassez-moi donc de ces fichues cordes !

Octavia et Amelia ont échangé un regard entendu.

Tanya en a alors appelé à la maîtresse de maison.

— Sookie, dis à ces deux dingues de me laisser partir ! Calvin, tu commençais à m'intéresser à moitié, avant que tu me saucissonnes et que tu me jettes sur ce canapé comme un paquet de linge sale ! Non, mais à quoi tu joues, là ?

— À te sauver la vie, a répondu Calvin d'un ton posé. Tu ne vas pas t'enfuir, hein ? Parce qu'on a à parler.

— Euh… bon… d'accord, a fini par dire Tanya.

Elle hésitait, tout à coup, comme si elle avait soudain compris qu'il se passait quelque chose de grave – je pouvais le lire dans ses pensées.

— C'est quoi le problème ? a-t-elle grommelé.

— Sandra Pelt, ai-je lâché.

— Ouais, je connais Sandra. Et alors ?

— Quelle est la nature de ta relation avec Sandra ? lui a demandé Amelia.

— En quoi ça te concerne, Amy ? a rétorqué Tanya du tac au tac.

— Amelia, ai-je corrigé en m'asseyant sur le gros pouf en face d'elle. Et il vaudrait mieux pour toi que tu répondes à cette question.

Tanya m'a lancé un regard mauvais – elle en avait toute une collection.

— J'avais une cousine que les Pelt avaient adoptée. Sandra est la sœur adoptive de ma cousine.

— Es-tu très proche de Sandra ?

— Non, pas spécialement. Ça fait un bail que je ne l'ai pas vue.

— Tu n'aurais pas eu affaire à elle récemment ?

— Non. On ne se voit pas tant que ça, Sandra et moi.

Octavia a pris le relais.

— Que pensez-vous d'elle ?

— Que c'est une sacrée garce. Mais j'avoue que j'ai une certaine admiration pour elle. Quand elle veut quelque chose, elle fait tout pour l'obtenir. Elle est tout de même un peu trop extrémiste, pour moi, si vous voulez savoir, a ajouté Tanya en haussant les épaules.

— Donc, si elle vous demandait de détruire la vie de quelqu'un, vous ne le feriez pas ?

Octavia dévisageait Tanya avec intensité.

— Je n'ai pas que ça à faire. Elle n'a qu'à aller pourrir la vie des autres toute seule, si ça la branche tant que ça.

— Vous refuseriez de prendre part à une telle entreprise ?

— Je veux !

Elle était sincère. Je le lisais dans son esprit. À vrai dire, vu la direction que prenait notre petit interrogatoire, Tanya commençait même à s'inquiéter.

— Euh... est-ce que j'ai fait des crasses à quelqu'un ?

— Je crois que tu t'es laissé un peu dépasser par les événements, est intervenu Calvin. Mais ces charmantes dames ont fait ce qu'il fallait. Amelia et Mlle Octavia sont... des femmes de bon conseil. Et tu connais déjà Sookie.

— Ouais, je connais Sookie, a maugréé Tanya en me coulant un regard rancunier. Elle m'a prise en grippe sans même que je sache pourquoi.

Eh bien, je préférerais que tu ne t'approches pas trop de moi, de peur de me retrouver avec un couteau dans le dos, lui ai-je répondu intérieurement. Mais j'ai tenu ma langue.

— Tanya, tu as emmené ma belle-sœur faire les magasins un peu trop souvent, ces derniers temps, lui ai-je tout de même aimablement rappelé.

Elle a éclaté de rire.

— Trop de shopping-thérapie pour la future maman ? a-t-elle lancé.

Puis elle s'est brusquement calmée. Elle semblait troublée.

— Oui, c'est vrai que mon chéquier a fait une sacrée cure d'amaigrissement, au centre commercial de Monroe, dernièrement. Mais je le sortais d'où, ce fric ? Ce n'est même pas trop mon truc, en plus, le lèche-vitrines. Qu'est-ce qui m'a pris ?

— Tu ne recommenceras plus, OK ? lui a ordonné Calvin.

— Personne ne me dit ce que je dois faire, Calvin Norris ! s'est-elle aussitôt écriée. Je ne retournerai pas faire les magasins parce que je n'en ai pas envie, pas parce que tu me le dis, compris ?

Calvin a eu l'air soulagé. Amelia et Octavia ont poussé un gros soupir.

Nous avons tous hoché la tête en chœur. C'était Tanya tout craché. La même, mais sans l'influence nocive de Sandra Pelt. Je ne savais pas si Sandra avait concocté quelque sortilège de son cru, ou si elle avait juste offert un paquet de fric à Tanya en lui faisant croire que Debbie était morte à cause de moi, mais les sorcières semblaient bel et bien avoir réussi à extirper du caractère de Tanya la partie gangrenée par Sandra.

Bizarrement, j'étais un peu déçue. On m'avait certes ôté une belle épine du pied, mais la manœuvre avait presque été trop facile – facile pour moi, j'entends. Je me suis prise à souhaiter qu'on puisse aussi kidnapper Sandra Pelt et la reprogrammer à son tour. Je ne pensais pas qu'elle se laisserait si aisément transformer. Chez les Pelt, la malveillance tenait de la pathologie lourde.

Les sorcières étaient satisfaites, Calvin était content, et moi, j'étais rassurée. Calvin a annoncé à Tanya qu'il allait la ramener à Hotshot. La Tanya quelque peu perplexe qui a quitté la maison a fait une sortie nettement plus digne que son entrée. Elle ne comprenait pas vraiment ce qu'elle était venue faire chez moi et elle ne semblait garder aucun souvenir du petit tour de passe-passe des sorcières. Le plus curieux, c'est qu'elle ne paraissait pas autrement contrariée par les soudains caprices de sa mémoire.

Tout était bien qui finissait bien.

Jason et Crystal allaient peut-être réussir à s'en sortir, maintenant que la pernicieuse influence de Tanya ne viendrait plus saper leur mariage. Après tout, Crystal avait vraiment voulu épouser Jason et elle avait paru sincèrement enchantée de sa future – et très hypothétique – maternité. Alors, pourquoi était-elle si insatisfaite, à présent ? Mystère. J'allais ajouter son nom à la longue liste des gens que je ne comprenais pas.

Pendant que les sorcières nettoyaient le salon, toutes fenêtres ouvertes – il avait beau faire un peu frisquet, je voulais débarrasser la maison de cette persistante odeur de plantes –, je me suis confortablement installée sur mon lit avec un bon bouquin. Mais je me suis vite rendu compte que je ne parvenais pas à me concentrer sur ce que je lisais, alors j'ai décidé d'aller faire un tour dehors. J'ai enfilé mon vieux sweat à capuche et j'ai hélé Amelia pour la prévenir que je sortais. Je me suis assise sur une des chaises en bois que nous avions achetées à la liquidation de fin d'été, au supermarché, et j'ai admiré, toujours avec la même fierté, la table et le parasol assortis. Je me suis promis d'enlever le parasol et de couvrir les meubles de jardin pour l'hiver. Puis je me suis calée contre mon dossier et j'ai laissé dériver mes pensées.

L'instant aurait pu être un moment de pur bonheur – le bonheur d'être simplement là, dehors, avec l'odeur des arbres et de la terre et l'étrange cri d'un engoulevent s'élevant dans les bois alentour. La lumière des spots extérieurs me donnait une agréable sensation de sécurité – parfaitement illusoire, d'ailleurs. Elle permet juste d'identifier un peu plus facilement ce qui vient vous tuer.

Puis Bill est sorti du rideau d'arbres et s'est avancé vers moi sans bruit. Il s'est assis sur une des chaises voisines de la mienne.

Pendant un long moment, nous n'avons pas échangé un mot. Je n'éprouvais plus cette bouffée d'angoisse qui me saisissait, ces derniers mois, dès que Bill m'approchait. C'était à peine si je sentais sa présence, tant il se fondait dans la nuit.

— Selah a quitté Clarice pour aller vivre à Little Rock, a-t-il soudain lâché.

— Comment ça se fait ?

— On lui a offert un poste dans une grosse société immobilière. C'était exactement ce qu'elle voulait, m'a-t-elle dit. C'est une agence spécialisée dans les propriétés pour vampires.

— Elle est accro aux vamp's ?

— Apparemment. Je n'y suis pour rien.

— Tu n'étais pas son premier ?

Peut-être qu'il y avait un peu d'amertume dans ma voix. Bill avait été mon premier, dans tous les sens du terme.

— Ne commence pas.

Il a tourné vers moi son beau visage dont la pâleur luisait dans l'obscurité.

— Non, m'a-t-il finalement répondu. Je n'étais pas son premier. Et j'ai toujours su que c'était le vampire en moi qui l'attirait, pas la personne qui était un vampire.

Je comprenais parfaitement ce qu'il entendait par là. Quand j'avais appris qu'il avait reçu l'ordre de se concilier mes faveurs, j'avais été convaincue que c'était la télépathe en moi qui l'intéressait, pas la femme qui était télépathe.

— Tel est pris qui croyait prendre.

— La différence, c'est que je n'ai jamais tenu à elle, a-t-il souligné. Ou si peu.

Il a haussé les épaules, avant d'ajouter d'un ton las :

— J'en ai connu tant comme elle...

— Je ne suis pas certaine de bien savoir ce que tu veux me faire ressentir en disant ça.

— Je dis seulement la vérité. Toi, tu es unique.

Et, sur cette déclaration, il s'est levé et est retourné dans la forêt, du pas lent d'un humain, pour bien me laisser le temps de le regarder partir.

Apparemment, Bill menait une sorte de campagne de réhabilitation pour tenter de me récupérer.

Qu'espérait-il ? Que je pourrais encore l'aimer ? Il me suffisait de repenser à cette nuit où j'avais découvert sa trahison pour que la douleur se réveille. Mon estime, oui, c'était bien tout ce qu'il pourrait encore regagner. Mais ma confiance ? Mon amour ? J'en doutais. Ce n'était pas pour demain, en tout cas.

Je suis restée dehors encore un moment, à me repasser le film de la soirée. Un agent ennemi en moins. Il ne me restait plus qu'à gérer l'ennemie elle-même. Puis j'ai repensé à l'enquête sur les disparus de Shreveport (tous des loups-garous), et je me suis demandé quand la police allait abandonner les recherches.

J'espérais ne pas avoir à me mêler des affaires des loups-garous avant longtemps et que les survivants seraient trop occupés à remettre un peu d'ordre chez eux.

J'espérais qu'Alcide s'épanouissait dans son rôle de chef de meute et je me demandais s'il avait réussi à engendrer un nouveau loup-garou pur sang, la nuit de son intronisation. Je me demandais aussi qui avait recueilli les enfants des Furnan, dont cette stupide guerre avait fait des orphelins.

Pendant que j'y étais, je me suis demandé si Felipe de Castro avait établi son Q.G. en Louisiane ou s'il était resté à Las Vegas. Je me suis demandé si quelqu'un avait pensé à avertir Bubba du changement à la tête de l'État, et si je le reverrais un jour. Il avait l'un des visages les plus célèbres du monde, mais il avait été vampirisé à la dernière seconde, alors que son cerveau était très endommagé par les abus de substances diverses, et il n'avait plus vraiment toute sa tête. Il avait certes survécu à Katrina, mais il s'était trouvé coupé de toute la communauté des vampires de La Nouvelle-Orléans et il avait été obligé de se nourrir de rats et de petits animaux (des chats abandonnés après l'ouragan, je suppose) pour subsister, jusqu'à ce qu'il soit finalement récupéré par une équipe de sauveteurs composés de vampires de Baton Rouge. Aux dernières nouvelles, ils l'avaient mis au vert, hors de nos frontières. Peut-être qu'il finirait à Vegas. Il avait toujours fait un tabac, là-bas.

Je me suis soudain aperçue que j'étais tout ankylosée et que la température avait considérablement chuté. Mon sweat, tout molletonné qu'il était, n'était pas de taille à lutter contre le froid. Il était temps de rentrer me coucher. La maison était plongée dans l'obscurité. J'en ai déduit qu'épuisées par leurs efforts, Octavia et Amelia avaient déjà rejoint les bras de Morphée.

Prenant appui des deux mains sur le siège, je me suis péniblement relevée. J'ai enlevé le parasol et je suis allée le ranger dans la cabane à outils, calé contre l'établi sur lequel l'homme que j'avais pris pour mon grand-père avait tant de fois bricolé. Puis j'ai repoussé la porte derrière moi avec la sensation d'enfermer l'été.

CHAPITRE 18

Après un paisible lundi de repos, j'ai repris mon service le mardi midi. Quand je suis partie, Amelia était en train de repeindre une commode qu'elle avait trouvée à la brocante locale et Octavia étêtait les rosiers. Il fallait les tailler pour l'hiver, avait-elle dit. Je lui avais donné carte blanche. C'était Gran, la spécialiste ès roses de la famille, et elle ne m'aurait jamais laissée y toucher, ou alors à bonne distance et armée d'un pulvérisateur d'insecticide. D'ailleurs, elle m'avait souvent confié cette tâche.

Jason est venu au *Merlotte* pour déjeuner avec des collègues. Ils ont rapproché deux tables pour former une joyeuse bande. La température baissait ? Pas de tempêtes à l'horizon ? Pour les équipes de voirie, c'était le bonheur assuré. Jason semblait même s'échauffer à l'excès, sautant d'une idée à l'autre dans cet imbroglio qui lui tenait lieu de cerveau. J'ai dû me retenir pour ne pas aller faire un petit tour dans sa tête – c'était mon frère, après tout.

Quand j'ai apporté un plein plateau de Coca et de thés à sa table, il m'a lancé :

— Crystal te passe le bonjour.

— Comment va-t-elle aujourd'hui ?

Il s'agissait de faire preuve d'un minimum d'intérêt pour le sujet. C'était quand même ma belle-sœur. Pour toute réponse, Jason s'est contenté de former un cercle avec son pouce et son index. J'ai posé la dernière tasse de thé, en veillant à ne pas en renverser, et j'ai demandé à Dove Beck – le cousin d'Alcee – s'il voulait plus de citron.

— Non, merci, m'a-t-il poliment répondu.

Dove, qui s'était marié à peine le bac en poche, n'avait vraiment rien à voir avec Alcee. À trente ans, il était beaucoup plus jeune d'esprit que son cousin et, pour autant que je le sache – et j'étais bien placée pour le savoir –, il n'était pas rongé par cette colère intérieure qui habitait le lieutenant. J'étais allée à l'école avec une de ses sœurs.

— Comment va Angela ? lui ai-je demandé.

Il m'a souri.

— Elle a épousé Maurice Kershaw et ils ont eu un petit garçon : le plus beau gosse de la terre. Angela n'est plus la même. Elle ne fume plus, elle ne boit plus et elle est à l'église dès l'ouverture des portes.

— Je suis vraiment contente d'entendre ça. Passe-lui le bonjour de ma part, d'accord ?

Sur ce, j'ai commencé à prendre les commandes. J'ai bien entendu Jason parler à ses copains de la clôture qu'il allait installer, mais j'étais trop occupée pour faire très attention.

Après le déjeuner, Jason s'est attardé, pendant que les autres regagnaient leurs véhicules.

— Dis, Sook, tu ne pourrais pas passer voir Crystal, quand tu sors ?

— Si, bien sûr. Pourquoi ? Tu n'auras pas déjà fini le boulot, à cette heure-là ?

— Si, mais faut que j'aille à Clarice chercher du grillage. Crystal veut qu'on clôture une partie du jardin pour le petit, histoire qu'il ait un endroit sûr où jouer.

Ça m'étonnait un peu que Crystal se montre si prévoyante et fasse preuve d'un tel instinct maternel. *Peut-être que la maternité va la changer ?* me suis-je prise à espérer, en repensant à Angela Kershaw et à son petit garçon.

Il était préférable que je ne fasse pas le compte du nombre de filles plus jeunes que moi qui étaient maintenant mariées depuis des années et avaient déjà fondé une famille – ou qui avaient eu des enfants sans se marier, d'ailleurs. Puis je me suis rappelée à l'ordre – *la jalousie est un péché capital, Sookie Stackhouse* – et j'ai mis les bouchées doubles, distribuant sourires et petits signes de tête à la ronde. Par chance, le travail ne manquait pas : c'était jour d'affluence.

Pendant l'accalmie de l'après-midi, Sam m'a demandé de l'aider à faire l'inventaire de la réserve, pendant que Holly s'occuperait de la salle. Nous n'avions que nos deux piliers de bar accrochés au comptoir : elle ne risquait pas d'être débordée. Comme je n'étais pas à l'aise avec le Blackberry de Sam, c'est lui qui entrait les totaux pendant que je faisais le décompte. J'ai été obligée de monter et de descendre de l'escabeau une bonne cinquantaine de fois, le chiffon à la main, pour dénombrer les bouteilles et les épousseter par la même occasion.

Nous achetions nos produits d'entretien en gros et il a fallu les compter aussi. Sam était pris d'une crise de calculite aiguë, ce mardi !

La réserve n'avait pas de fenêtre et il a commencé à faire très chaud : quand Sam s'est enfin déclaré satisfait, je n'ai pas été fâchée de quitter cette atmosphère confinée. Je lui ai enlevé une toile d'araignée dans les cheveux, en me rendant aux toilettes pour me récurer les mains et m'essuyer soigneusement le visage. J'en ai profité pour m'assurer, du mieux que je le pouvais, que je n'avais pas moi aussi une ou deux toiles accrochées dans ma queue de cheval.

En quittant le bar, j'avais tellement hâte de prendre une douche que j'ai failli tourner à gauche pour rentrer chez moi. Je me suis souvenue *in extremis* que j'avais promis à Jason de passer voir Crystal. J'ai pris à droite.

Jason habitait l'ancienne maison de mes parents, et il faut reconnaître qu'il l'entretenait méticuleusement. Mon frère faisait partie de ces gens qui tirent fierté de leur maison. Il passait volontiers son temps libre à refaire les peintures, à tondre la pelouse et à effectuer de menus travaux de réfection – un aspect de sa personnalité qui ne laissait pas de m'étonner. Il avait récemment refait la façade dans une teinte ocre. Avec tous les encadrements de fenêtres et de portes d'un blanc étincelant, la petite maison avait une certaine allure. Une allée en U menait à la porte d'entrée, côté rue. Il avait ajouté un embranchement qui conduisait au parking couvert, à l'arrière du bâtiment, mais je me suis garée devant. J'ai fourré mes clés dans ma poche en montant les marches et j'ai tourné la poignée sans prendre la peine de sonner. Je comptais juste passer la tête à l'intérieur pour appeler Crystal. Après tout, j'étais de la famille... La porte n'était pas verrouillée, comme partout chez nous dans la journée.

Personne dans le salon.

— Coucou, Crystal ! C'est Sookie ! ai-je lancé – pas trop fort, pour ne pas la réveiller en sursaut, au cas où elle aurait été en train de faire la sieste.

C'est alors que j'ai entendu un bruit étouffé, une sorte de gémissement qui provenait de la grande chambre, celle qu'avaient occupée mes parents et qui se trouvait de l'autre côté de la pièce, sur ma droite.

Je me suis aussitôt dit : *Oh, merde ! elle refait une fausse couche !* et je me suis ruée vers la porte de la chambre. Je l'ai ouverte à la volée, si brusquement qu'elle a rebondi contre le mur. Mais je n'y ai pas prêté attention parce que, là, rebondissant aussi mais sur le lit, se trouvaient... Crystal et Dove Beck.

Ils avaient à peine eu le temps de cesser de faire ce qu'ils faisaient pour me regarder, effarés, que, sous le coup de la colère, choquée et écœurée comme je l'étais, j'ai craché ce que je pouvais dire de pire :

— Pas étonnant que tu les perdes tous, tes bébés !

Et, sans un mot de plus, j'ai tourné les talons pour quitter la maison. Mais j'étais dans une telle rage que j'ai préféré attendre avant de prendre le volant. Je bouillais.

Comble de l'horreur, Calvin est venu se garer derrière moi, juste à ce moment-là. Il a sauté de son pick-up à peine le moteur arrêté.

— Mon Dieu ! Qu'est-ce qui se passe ? s'est-il exclamé en voyant ma tête. Crystal va bien ?

— Va lui demander ! lui ai-je rétorqué, fielleuse.

Puis je suis montée dans ma voiture, mais je n'ai rien pu faire d'autre que rester pétrifiée sur mon siège. Je tremblais de partout.

Calvin s'est précipité dans la maison tel un pompier courant éteindre un incendie.

J'ai hurlé en tapant du poing sur le volant :

— Jason, *nom de Dieu* !

Et dire que j'avais eu des scrupules à lire dans les pensées de mon frère ! J'aurais dû. Parce que Jason savait pertinemment que Crystal et Dove profiteraient de sa virée à Clarice, qu'ils sauteraient même sur l'occasion pour s'offrir un petit cinq à sept. Il avait compté sur la loyauté fraternelle : sa petite sœur se ferait un devoir de passer chez lui comme promis. Et c'était vraiment trop incroyable que Calvin ait accouru chez sa nièce, pile au pire moment, pour que ce soit une pure coïncidence. Jason s'était arrangé pour qu'il n'y ait aucun démenti possible : impossible d'étouffer l'affaire avec deux témoins oculaires, surtout quand ces deux témoins n'étaient autres que Calvin et moi. J'avais eu raison de m'inquiéter des engagements pris lors de son mariage, et à cet égard, j'avais encore bien du souci à me faire…

En plus, j'avais honte, honte de la façon dont les gens impliqués dans cette histoire s'étaient comportés.

Je ne suis pas une très bonne chrétienne mais, d'après mon code de conduite personnel, ce qu'une personne célibataire fait de sa vie affective et sentimentale, ou simplement physique, ne regarde qu'elle. Du moment qu'on reste dans le respect mutuel. En revanche, pour moi, ceux qui se sont unis par les liens du mariage, qui se sont juré fidélité, qui ont prêté publiquement serment, sont assujettis à de tout autres règles.

Pas pour Crystal, ni pour Dove, apparemment.

Quand Calvin a redescendu les marches du perron, il avait tout d'un vieillard ployant sous le poids des ans. Il s'est arrêté à hauteur de ma voiture. Il avait, sur le visage, une expression qui devait refléter la mienne : désillusion, déception, dégoût. Ça faisait beaucoup de « dé » pour un seul homme.

— Je vous appelle, m'a-t-il lancé. On va être obligés d'organiser la cérémonie. On ne peut pas y couper, après ça.

Crystal est sortie sur le perron, enveloppée dans un peignoir à imprimé panthère. Plutôt que de devoir écouter ce qu'elle avait à me dire, j'ai mis le contact et j'ai démarré en trombe. J'ai roulé jusque chez moi dans une sorte de brouillard. Quand je suis rentrée, Amelia hachait quelque chose sur la vieille planche à découper, celle qui avait survécu à l'incendie et n'en était ressortie qu'avec quelques traces de brûlures. Elle s'est retournée pour me parler. Elle ouvrait déjà la bouche quand elle a vu ma tête. D'un geste, je lui ai ordonné de se taire et je suis allée directement dans ma chambre.

C'était le genre de journée où j'aurais apprécié de me retrouver toute seule chez moi.

Je me suis assise sur la petite chaise, dans l'angle, celle qui avait accueilli tant de visiteurs, ces derniers temps. Bob était couché en boule sur mon lit, ce qui lui était formellement interdit. Quelqu'un avait donc ouvert la porte de ma chambre dans l'après-midi. J'ai bien eu envie d'aller passer un savon à ma colocataire, mais en voyant la pile de linge propre plié sur ma commode, je me suis ravisée.

— Bob.

Le chat s'est déplié et relevé d'un bond avec une fluidité toute féline. Il est resté campé sur mon lit, à me défier de ses grands yeux d'or.

— Fiche le camp d'ici.

Bob a sauté à terre et s'est dirigé vers la porte avec une dignité de roi. Je lui ai ouvert et il est sorti en parvenant à donner l'impression qu'il me faisait une faveur. J'ai refermé derrière lui.

J'adore les chats. Mais j'avais vraiment besoin d'être seule.

Quand le téléphone a sonné, j'ai immédiatement décroché.

— Demain soir, 19 heures, m'a annoncé Calvin. Mettez quelque chose de confortable.

Il y avait de la tristesse et de la lassitude dans sa voix.

— OK.

Et on a tous les deux raccroché. Je me suis rassise et je suis restée un bon moment sans bouger. J'ignorais tout de la façon dont cette cérémonie allait se dérouler. Allais-je devoir y participer activement ?

Oui, forcément. Contrairement à Crystal, je respectais mes engagements. En tant que plus proche parente de Jason, je m'étais portée garante pour lui à son mariage, m'engageant à subir son châtiment s'il donnait un coup de canif dans le contrat. Calvin s'était porté garant pour Crystal. Voilà où cela nous avait menés.

Je ne savais pas ce qui allait se passer, mais je me doutais que ce ne serait pas une partie de plaisir. Quoiqu'elles admettent la nécessité d'un accouplement entre mâle et femelle pure souche pour assurer la pérennité de l'espèce (la seule façon d'engendrer de petits pur-sang), les panthères-garous pensaient également qu'une fois cette obligation remplie, toute relation se devait d'être monogame et que, si vous n'étiez pas prêt à faire vœu de fidélité, ce n'était pas la peine de vous engager dans une telle relation et encore moins de vous marier. C'était sur de tels principes qu'était fondée leur communauté. Crystal devait les avoir assimilés dès son plus jeune âge et Calvin les avait enseignés à Jason avant son mariage.

Jason ne m'a pas téléphoné. Tant mieux. Je me suis bien demandé comment se passait la soirée chez lui, mais seulement très vaguement. Quand Crystal avait-elle rencontré Dove Beck ? Et la femme de Dove, était-elle au courant ? Non que ça m'étonne vraiment que Crystal ait trompé Jason. Mais je n'en revenais pas qu'elle ait choisi Dove.

J'en ai finalement déduit que Crystal avait voulu frapper un grand coup et faire le plus de mal possible. C'était sa façon à elle de dire : *Je vais coucher avec un autre alors que je porte ton enfant. Et il sera plus vieux que toi, d'une race différente et, en plus, il travaillera pour toi !* Dans son schéma mental bien personnel, c'était retourner le couteau dans la plaie, et un petit peu plus profondément à chaque fois. S'il s'agissait là d'une vengeance pour l'épisode du cheeseburger, elle était largement disproportionnée.

Comme je ne voulais pas avoir l'air de faire la tête, j'ai quitté mon camp retranché pour le dîner – un simple et roboratif plat de pâtes au thon accompagnées de petits pois et d'oignons. Après avoir empilé les assiettes pour Octavia, qui était de corvée de vaisselle, je suis retournée me réfugier dans ma chambre. Les deux sorcières en étaient presque à marcher sur la pointe des pieds pour ne pas me déranger, bien qu'elles soient dévorées de curiosité, naturellement, et qu'elles brûlent, l'une comme l'autre, de me demander ce qui se passait.

Mais, bénies soient-elles, elles ont résisté. J'étais bien trop mortifiée pour pouvoir le leur expliquer.

J'ai bien dû faire un million de prières avant de m'endormir, mais aucune ne m'a rendu le sommeil plus léger.

Je suis allée travailler le lendemain – je n'avais pas le choix, et rester à la maison n'aurait rien arrangé, de toute façon. J'ai été profondément soulagée que Jason ne vienne pas au *Merlotte*, ce jour-là, parce que s'il avait eu le malheur de mettre un pied au bar, il se serait pris une chope en pleine figure.

Après m'avoir dévisagée avec curiosité plusieurs fois, Sam a fini par me coincer derrière le comptoir.

— Qu'est-ce qui ne va pas, Sookie ? s'est-il enquis, soucieux.

J'ai senti mes yeux s'embuer. J'étais à deux doigts de la crise de larmes. Je me suis immédiatement accroupie, comme si j'avais laissé tomber quelque chose.

— Ne me demande rien, Sam, s'il te plaît. Je suis encore trop secouée pour en parler.

Puis, tout à coup, j'ai compris à quel point cela m'aurait fait du bien de tout raconter à Sam. Mais ce n'était pas possible, pas dans un bar bondé.

— Tu sais que je suis là, si tu as besoin de moi, a-t-il déclaré, la mine grave, en me tapotant l'épaule.

J'avais tellement de chance de l'avoir pour patron ! Ce geste de compassion m'a rappelé qu'il n'était pas mon seul ami. J'en avais d'autres, qui ne se seraient jamais déshonorés comme Crystal, et ne se seraient jamais avilis comme l'avait fait Jason en nous forçant, Calvin et moi, à être témoins de cette scène lamentable. Ironie du destin, la seule personne qui était capable d'une telle bassesse, parmi ceux que j'aimais, c'était mon frère. Mais j'avais tant d'amis qui n'auraient jamais fait une chose pareille !

Cette idée m'a un peu requinquée. Je me suis tout de suite sentie mieux, plus forte.

En arrivant chez moi, j'avais même réussi à recouvrer un minimum de dignité. La maison était vide. J'ai hésité. Et si j'appelais Tara ? Ou Sam, en le suppliant de se libérer une heure ? Ou même Bill, pour lui demander de venir avec moi à Hotshot ? Non, je n'étais quand même pas si lâche. C'était quelque chose que je devais faire toute seule.

Calvin m'avait recommandé de porter une tenue confortable et de ne pas m'apprêter. Mon uniforme de serveuse aurait certainement fait l'affaire, mais il n'aurait pas été très correct de porter mes vêtements de travail pour une telle cérémonie. Peut-être qu'il y aurait du sang. Je n'avais aucune idée de ce qui m'attendait, après tout. J'ai enfilé un pantalon de yoga et un vieux sweat-shirt gris. J'ai refait ma queue de cheval. À me voir, on aurait pu penser que je me préparais à attaquer le rangement du grenier.

Sur le trajet, j'ai mis la radio à fond et j'ai chanté à tue-tête pour m'empêcher de penser. J'ai accompagné Evanescence et j'ai affirmé avec les Dixie Chicks que je « n'allais pas céder » : la chanson idéale pour se donner du courage.

Je suis arrivée à Hotshot bien avant 19 heures. Je n'y étais pas retournée depuis le mariage de Jason et de Crystal, auquel je m'étais rendue avec Quinn. J'avais même dansé avec lui après la cérémonie. C'était durant cette visite de Quinn à la maison que nous avions passé la nuit ensemble pour la première fois, lui et moi. La seule fois. Avec le recul, je regrettais d'être allée aussi loin avec lui. C'était une erreur. J'avais péché par excès d'optimisme, je m'étais emballée. J'avais cru en un avenir qui n'avait jamais existé que dans mon imagination. J'espérais qu'on ne m'y reprendrait plus.

Je me suis garée le long de la route, à l'extérieur du village. Il y avait moins de voitures que pour le mariage de Jason, et, contrairement à ce soir-là, en dehors du pick-up de Jason, que j'ai immédiatement repéré, les autres véhicules appartenaient à des panthères-garous qui ne vivaient pas à Hotshot.

Un petit groupe s'était déjà formé dans la cour, derrière chez Calvin. Les gens se sont écartés pour me laisser passer jusqu'à ce que je parvienne au milieu, là où Crystal, Jason et Calvin se tenaient tous les trois : il ne manquait plus que moi. J'ai reconnu quelques visages familiers. Une panthère-garou d'une cinquantaine d'années m'a fait un signe de tête. Je me souvenais d'elle. Elle s'appelait Maryelizabeth. J'ai aperçu sa fille près d'elle. L'adolescente – dont j'avais oublié le nom – n'était pas la seule mineure présente à la cérémonie, loin de là. J'en ai eu la chair de poule, comme chaque fois que j'essayais d'imaginer la vie quotidienne dans cette étrange communauté.

Calvin semblait perdu dans la contemplation de ses bottes. Il n'a pas relevé la tête à mon approche. Jason ne m'a pas regardée non plus. Seule Crystal se tenait bien droite, campée dans une attitude arrogante. Ses prunelles se sont rivées aux miennes, comme pour me mettre au défi de lui faire baisser les yeux. J'ai relevé le gant, et au bout d'un moment, c'est elle qui a cédé, semblant préférer admirer l'horizon, quelque part loin derrière moi.

Maryelizabeth tenait un vieux livre fatigué à la main. Elle l'a ouvert à la page qu'elle avait marquée avec un morceau de journal arraché. L'assemblée s'est tue et a cessé de s'agiter. L'heure du jugement avait sonné.

— Nous, peuple de la griffe et du croc, sommes ici parce que l'un d'entre nous a rompu son serment, a lu Maryelizabeth. Au mariage de Crystal et Jason, tous deux panthères-garous de cette communauté, chacun d'eux s'est engagé à respecter les liens du mariage, tant en accord avec la tradition des panthères qu'avec celle des humains. Le témoin de Crystal était son oncle Calvin et celui de Jason, sa sœur, Sookie.

J'ai senti tous les regards se porter sur Calvin et sur moi. Nombre de ces yeux-là étaient d'un étrange jaune doré. Les unions consanguines, à Hotshot, avaient eu certaines conséquences quelque peu alarmantes.

— Crystal ayant rompu son serment de fidélité – un fait que les deux témoins peuvent attester – et ne pouvant, étant enceinte, subir le châtiment correspondant, son oncle a proposé de la remplacer.

Ça promettait d'être encore pire que je ne l'avais imaginé.

— Puisque Calvin prend la place de Crystal, allez-vous prendre la place de Jason, Sookie ?

Oh, merde ! Je me suis tournée vers Calvin, en sachant que tout, dans mon regard, dans mon visage même, lui demandait s'il n'existait pas un moyen d'éviter ça. Et tout, dans son regard et dans son visage, me disait que non. Il avait l'air désolé pour moi.

Jamais je ne pourrais pardonner à mon frère – ni à Crystal – de m'avoir obligée à commettre une telle abomination.

— Sookie ? a insisté Maryelizabeth.

— Si j'accepte, qu'est-ce que je devrai faire ?

Et s'il y avait de la colère et de la rancœur dans ma voix, j'estimais avoir de bonnes raisons pour ça.

Maryelizabeth a ouvert le vieux livre à une autre page pour me lire la réponse.

— La survie de notre communauté n'est assurée que par notre engagement à la défendre. Et c'est par nos griffes que nous la défendons. Par conséquent, si la confiance est brisée, une griffe est brisée.

Je l'ai regardée sans comprendre.

— Soit Jason soit vous devez briser un des doigts de Calvin, m'a-t-elle posément expliqué. À dire vrai, puisque Crystal a même complètement renié son serment, vous devez même lui en briser au moins deux. Plus, ce serait encore mieux. Cela dit, c'est à Jason de décider, je suppose.

« Plus, ce serait encore mieux. » Jésus Marie Joseph ! Je me suis efforcée d'être objective. De mon frère ou de moi, qui ferait le plus de mal à Calvin ? Mon frère, sans nul doute. Donc, si j'étais vraiment l'amie de Calvin, il fallait que ce soit moi qui le fasse. Est-ce que je parviendrais à m'y résoudre ? Mais je n'ai même pas eu voix au chapitre.

— Je ne pensais pas que ça finirait comme ça, Sook, a soupiré Jason.

Il semblait tout à la fois furieux, confus et franchement sur la défensive.

— Si Calvin remplace Crystal, a-t-il poursuivi en se tournant vers Maryelizabeth, je veux que Sookie me remplace aussi.

Je n'aurais jamais cru pouvoir dire cela un jour. Mais, à ce moment-là, j'ai haï mon propre frère.

— Qu'il en soit ainsi, a tranché Maryelizabeth.

J'ai essayé de me raisonner. Après tout, ce n'était pas aussi terrible que je l'avais craint. J'avais imaginé

Calvin roué de coups de fouet ou que je serais obligée de fouetter sa nièce. Nous aurions pu devoir faire des choses monstrueuses avec des couteaux. Des hypothèses qui me semblaient encore plus effroyables.

J'ai tenté de me persuader que ce ne serait pas si horrible que ça… jusqu'à ce que deux types viennent poser un gros bloc de béton sur une table de camping.

Puis Maryelizabeth m'a présenté une brique.

Je me suis mise à secouer machinalement la tête et j'ai senti mon estomac se retourner. J'avais le ventre noué et de violentes nausées. En voyant cette banale brique rouge, j'ai commencé à me faire une petite idée de ce que tout cela allait me coûter.

Calvin s'est avancé et m'a pris la main. Il s'est penché vers moi pour me parler à l'oreille.

— Vous n'avez pas le choix, mon ange, m'a-t-il dit. J'ai accepté de subir ça quand je me suis porté garant pour Crystal à son mariage. Je savais comment elle était. Et vous connaissez Jason. Ç'aurait facilement pu être le contraire. J'aurais pu être à votre place, obligé de vous faire subir ça. Moi, je guéris plus facilement que vous. C'est mieux comme ça. C'est une nécessité. C'est la loi de notre peuple.

Il s'est redressé et a plongé ses yeux dorés si étranges directement dans les miens. Il ne cillait même pas.

J'ai serré les dents et je me suis forcée à hocher la tête. Calvin m'a encouragée du regard et a pris place devant la table. Il a posé sa main sur le parpaing. Sans plus de cérémonie, Maryelizabeth m'a remis la brique. Les autres panthères attendaient patiemment que j'exécute la sentence. En de telles circonstances, les vampires auraient fait toute une mise en scène, avec des costumes spécialement confectionnés pour l'occasion. Et ils auraient probablement substitué à la brique quelque précieuse relique, comme une pierre appartenant à un temple d'un autre âge. Mais pas les panthères. C'était juste une brique ordinaire. Une brique que j'ai empoignée à deux mains dans le sens de la longueur.

Après l'avoir examinée un long moment en silence, je me suis tournée vers mon frère.

— Je ne veux plus jamais que tu m'adresses la parole. Plus jamais de ta vie, ai-je déclaré d'une voix forte.

Je me suis ensuite tournée vers Crystal.

— J'espère que tu en as bien profité, espèce de garce.

Puis j'ai pivoté d'un bloc et j'ai abattu la brique sur la main de Calvin.

Chapitre 19

Amelia et Octavia m'ont tourné autour pendant deux jours, avant de finir par comprendre qu'il valait mieux me laisser tranquille. L'anxiété que je captais dans leurs esprits suffisait à m'exaspérer. Je ne voulais pas qu'on me réconforte. Je devais payer pour ce que j'avais fait ; je ne méritais aucune consolation. De personne. Alors, je broyais du noir, je boudais, je ruminais dans mon coin et je promenais mon humeur de chien à travers toute la maison, l'inondant d'ondes négatives.

Mon frère s'est montré au bar une fois. Je l'ai ignoré. Dove Beck n'étant pas un pilier du *Merlotte*, il n'a pas cru bon de changer ses habitudes. Bien lui en a pris. Quoiqu'il ait été le moins coupable du lot, à mon avis – ce qui n'en faisait pas un ange pour autant : il n'était pas blanc comme neige non plus, dans cette affaire. Quand Alcee Beck s'est attablé pour déjeuner, il était clair que son cousin lui avait parlé. Il avait l'air plus en colère que jamais et il faisait exprès de chercher mon regard, pour me défier.

Dieu merci ! Calvin n'est pas venu. Je ne l'aurais pas supporté. J'entendais déjà assez ses collègues de

Norcross parler du « sale accident » qu'il avait eu en réparant son camion chez lui…

À ma grande surprise, en revanche, Eric a passé la porte du *Merlotte*. Il m'a suffi de le voir pour sentir ma gorge se dénouer et les larmes me monter aux yeux. Mais, loin de venir me consoler, il a traversé la salle pour filer droit dans le bureau de Sam, comme s'il était chez lui. Quelques instants plus tard, mon patron passait la tête dans le couloir et me faisait signe de les rejoindre.

En franchissant le seuil, je ne m'attendais pas à voir Sam refermer la porte derrière moi.

— C'est quoi le problème ? m'a-t-il demandé sans préambule.

Cela faisait trois jours qu'il essayait de me tirer les vers du nez et trois jours que j'éludais ses questions bien intentionnées.

Eric se tenait à l'écart, les bras croisés. Il a fait un geste de la main qui signifiait : « Allez, accouche ! On attend. » Il avait beau me brusquer, sa seule présence me détendait. Le gros nœud que j'avais dans l'estomac – celui qui empêchait les mots de sortir – s'est miraculeusement desserré.

— J'ai broyé la main de Calvin Norris, ai-je lâché d'une traite. Avec une brique.

— Tu veux dire que… Il était le témoin de sa nièce au mariage de ton frère, en a immédiatement déduit Sam.

Eric me regardait sans comprendre. Les vampires savent certaines choses à propos des hybrides – par nécessité –, mais ils se croient tellement supérieurs qu'ils ne se donnent pas la peine d'apprendre quoi que ce soit de spécifique à leur sujet, comme leurs rituels ou ce qui rythme leur existence par exemple.

— Elle a été obligée de lui briser les doigts, qui représentent les griffes de la panthère quand Calvin est sous sa forme animale, a expliqué Sam à Eric, d'une voix où perçait l'agacement. Elle s'était portée garante pour Jason : elle a donc pris sa place.

Sam et Eric ont alors échangé un regard qui m'a terrifiée tant il scellait le sort de mon frère : Jason ferait mieux de ne jamais se trouver sur leur route…

Puis Sam a jeté un coup d'œil à Eric en me désignant du menton, comme s'il pensait qu'Eric n'avait qu'un mot à dire pour me réconforter.

— Je ne suis pas sa chose ! ai-je protesté, ulcérée de me sentir ainsi manipulée. Tu croyais donc qu'Eric n'avait qu'à paraître pour que tous mes ennuis s'envolent et que je nage dans le bonheur ?

— Non, a maugréé Sam, manifestement gagné à son tour par la colère. Mais j'espérais que ça t'aiderait à parler de ce qui ne va pas.

— Ce qui ne va pas ? ai-je répété avec un calme alarmant. D'accord. Ce qui ne va pas, c'est que, prétextant l'état de Crystal, enceinte de quatre mois, mon frère s'est débrouillé pour qu'on passe chez lui et qu'on arrive pratiquement à la même heure, Calvin et moi – c'est-à-dire l'heure à laquelle Crystal s'envoyait en l'air avec Dove Beck – et qu'on les prenne tous les deux en flagrant délit.

— Et c'est pour cela que tu as dû briser les doigts de la panthère ?

À l'entendre, on aurait pu croire qu'Eric me demandait si on m'avait badigeonné le front de sang de poulet et contrainte à tourner trois fois sur moi-même en hululant, tant il était évident qu'il considérait cette pratique comme quelque étrange coutume primitive.

— Oui, Eric, c'est ce qu'on m'a forcée à faire, lui ai-je répondu, revêche. J'ai été obligée de torturer un ami avec une brique devant tout le monde.

Eric s'est enfin rendu compte qu'il ne s'y était peut-être pas pris comme il fallait.

Exaspéré, Sam le fusillait du regard.

— Et moi qui croyais que vous m'aideriez !

— J'ai deux ou trois petites choses sur le feu, à Shreveport, en ce moment, lui a fait remarquer Eric, comme s'il cherchait à se disculper. Notamment une tête couronnée à héberger.

Sam a marmonné quelque chose qui ressemblait furieusement à « Putains de vampires ! ».

C'était tellement injuste ! Je m'étais attendue à crouler sous des tonnes de compassion quand je révélerais enfin les raisons qui m'avaient poussée à faire une tête d'enterrement trois jours durant, mais pour ces deux-là, c'était tout juste si j'existais ! Eric et Sam avaient tant et si bien réussi à s'énerver mutuellement qu'obnubilés par leur combat de coqs, ils ne m'accordaient plus la moindre attention.

— Eh bien, merci, les gars, leur ai-je lancé, caustique. C'était drôlement sympa. Eric, bravo pour ton soutien. Tu as su trouver les mots, j'apprécie.

Et, sur ces bonnes paroles, j'ai quitté la pièce d'un pas martial pour regagner le bar. Ruminant ma rancœur, je me suis mise à servir les clients avec une telle amabilité qu'ils avaient peur de m'appeler pour renouveler leurs consommations.

Ensuite, Sam étant toujours dans son bureau avec Eric – à moins que ce dernier ne soit parti par la porte de service –, j'ai décidé de nettoyer les étagères derrière le comptoir. J'ai récuré, lustré, tiré quelques pressions pour Holly et tout bien rangé, si soigneusement même que Sam allait peut-être avoir un petit peu de mal à s'y retrouver. Pendant une ou deux semaines peut-être.

Puis Sam est revenu à son poste. Il a examiné le comptoir d'un air réprobateur et, d'un hochement de tête, m'a fait signe de déguerpir. Ma mauvaise humeur était contagieuse.

Vous savez comment c'est, quand quelqu'un essaie coûte que coûte de vous remonter le moral, alors que vous avez décrété que, nom d'un chien de nom d'un chien ! rien ni personne n'y parviendrait. Sam m'avait envoyé Eric en croyant me procurer la pilule du bonheur, et il était furieux parce que j'avais refusé de l'avaler. En outre, au lieu de lui être reconnaissante de m'aimer assez pour appeler Eric à la rescousse, je lui en voulais d'avoir seulement osé présumer une chose pareille.

J'étais totalement et incurablement de mauvais poil : je voyais tout en noir.

Pour commencer, Quinn était sorti de ma vie. C'était moi qui l'en avais chassé. Erreur fatale ou sage décision ? Le jury délibérait toujours.

Ensuite, tout un tas de loups-garous étaient morts à cause de Priscilla, dont pas mal sous mes yeux. Croyez-moi, ça marque.

Les vampires avaient donné, eux aussi : nombre d'entre eux, dont certains que je connaissais plutôt bien, avaient définitivement quitté ce monde.

Mon frère n'était qu'un salopard manipulateur et sournois.

Mon arrière-grand-père ne m'emmènerait jamais à la pêche...

Bien. Là, je commençais sérieusement à friser le ridicule. Tout à coup, j'ai senti un sourire se dessiner sur mes lèvres. J'imaginais le prince des faé en vieille salopette de jean, une casquette de l'équipe de baseball locale vissée sur le crâne, une boîte de conserve remplie de vers dans une main et une paire de gaules dans l'autre.

En débarrassant une de mes tables, j'ai croisé le regard de Sam. Je lui ai fait un clin d'œil.

Il s'est détourné en secouant la tête, mais j'ai bien vu son petit sourire en coin.

Et voilà ! En deux secondes, ma mauvaise humeur venait officiellement de déclarer forfait. Un éclair de bon sens n'a pas tardé à l'achever : à quoi bon me torturer avec cette histoire de Hotshot ? J'avais fait ce que j'avais à faire. Calvin comprenait ça mieux que personne. Mon frère était un pauvre type et Crystal une traînée. C'étaient là des vérités que je devais accepter. Certes, c'étaient aussi des gens malheureux qui faisaient n'importe quoi parce qu'ils avaient choisi le mauvais conjoint. Mais ils étaient également tous deux majeurs et vaccinés, et je ne pouvais pas plus régler leurs problèmes conjugaux que je n'avais été capable de les empêcher de convoler.

Les loups-garous avaient géré leurs propres problèmes à leur manière et j'avais fait ce que je pouvais pour les y aider. Idem pour les vampires... à peu de chose près.

Bon. Tout n'allait pas encore pour *le* mieux, mais il y avait *du* mieux.

En sortant du bar, je n'ai pas été particulièrement contrariée de trouver Eric sur le parking du personnel. Il m'attendait près de ma voiture et semblait savourer ce moment de solitude nocturne. Quant à moi, je frissonnais parce que je n'avais pas pris de veste. Mon coupe-vent ne suffisait pas à me prémunir de la fraîcheur de la nuit.

— Quel bonheur de se retrouver enfin seul un instant ! a tout à coup murmuré Eric.

Pour le moins inattendu, comme commentaire.

— J'imagine que tu as toujours du monde autour de toi, au *Fangtasia*.

— Toujours du monde qui veut toujours quelque chose, a-t-il soupiré.

— Oui, mais tu aimes ça, non ? Jouer les grands manitous ?

Il a eu l'air de réfléchir à la question.

— Oui, j'aime être le patron. Je déteste être... supervisé. Ça se dit ? Je serai bien content quand Felipe de Castro et Sandy prendront le large. Victor restera, cependant, pour s'occuper de La Nouvelle-Orléans.

Ça alors ! Eric se confiait à moi. Sort d'amnésie mis à part, c'était sans précédent. Cela ressemblait à un échange normal entre deux personnes normales, discutant sur un pied d'égalité. On croyait rêver.

— Et il est comment, le nouveau roi ?

Même transie de froid, je ne pouvais pas résister au plaisir de jouer les prolongations.

— Il est beau, sans scrupules et intelligent.

— Comme toi, quoi.

Je me serais giflée.

Pourtant, après avoir marqué un temps, Eric a fini par hocher la tête.

— Oui, mais encore plus, a-t-il renchéri d'un air sombre. Je devrai me montrer particulièrement vigilant, pour anticiper sur ses actions.

— Comme il est gratifiant de vous l'entendre dire ! a soudain lancé une voix avec un accent très prononcé.

Un homme sublime a alors émergé du rideau d'arbres. J'ai cligné des yeux en le regardant approcher, presque éblouie par ce que je voyais. Pendant qu'Eric s'inclinait en une profonde révérence, j'ai passé Felipe de Castro aux rayons X, de la pointe de ses rutilantes chaussures à son visage plein d'assurance. Tout en m'inclinant à mon tour – avec un temps de retard, je l'avoue –, je me suis dit qu'Eric n'avait en rien exagéré la beauté du nouveau souverain de Louisiane. Felipe de Castro était en effet un beau ténébreux qui éclipsait sans conteste Jimmy Smits – dont je suis pourtant une fervente admiratrice. Quoique ne dépassant pas le mètre soixante-quinze, Castro avait un tel maintien, un port de tête si altier et se tenait si droit qu'on ne pouvait pas le qualifier de « petit » : à côté de lui, c'étaient plutôt les autres qui paraissaient trop grands. La peau couleur caramel et le regard sombre, il avait des sourcils parfaitement dessinés, un nez aquilin, d'épais cheveux noirs coupés presque ras, et il arborait une fine moustache à laquelle s'ajoutait une ligne de barbe verticale sous sa lèvre inférieure. Le roi portait une cape – si si, une vraie cape noire de vampire, comme dans les films. Mais il était tellement impressionnant que je n'avais pas la moindre envie de rire. En dehors de la cape, il semblait habillé pour une soirée flamenco : chemise immaculée, spencer et pantalon de smoking noirs, très large ceinture de satin rouge marquant la taille. Il avait une oreille percée, aussi. Une pierre en ornait le lobe. La lumière des lampadaires ne me permettait pas de savoir ce que c'était. Un rubis ? Une émeraude ?

Je ne pouvais pas m'empêcher de le regarder. Quand j'ai jeté un coup d'œil vers Eric, je me suis aperçue qu'il ne s'était toujours pas redressé. Ah. Eh bien, quant à moi, je n'étais pas un sujet de Castro, et je n'avais nullement l'intention de m'aplatir une seconde fois. J'avais déjà bafoué ma nature d'Américaine en m'inclinant une première fois.

Le silence commençait à devenir gênant.

— Bonjour, je suis Sookie Stackhouse, ai-je lancé, genre décontracté.

Je lui ai machinalement tendu la main, avant de me souvenir que les vampires ne sont pas adeptes de la poignée de main.

— Hum ! Excusez-moi.

Sa Majesté m'a galamment saluée d'un respectueux hochement de tête.

— Mademoiselle Stackhouse, a-t-il chantonné d'une profonde voix de basse à l'accent tout simplement étourdissant.

J'ai néanmoins préféré écourter l'entretien.

— Monsieur, je suis désolée de devoir vous quitter si vite après vous avoir rencontré, mais il fait vraiment trop froid et je dois rentrer chez moi.

J'ai ponctué cette sortie d'un sourire radieux – le sourire de cinglée qui s'affiche quand je suis nerveuse. Puis je me suis tournée vers mon voisin.

— Au revoir, Eric, ai-je bredouillé, avant de me dresser sur la pointe des pieds pour l'embrasser sur la joue. Appelle-moi quand tu auras deux minutes. À moins que tu n'aies besoin de moi maintenant ? Quoique j'aie du mal à imaginer en quoi…

— Non, mon aimée, tu dois effectivement rentrer chez toi pour ne pas prendre froid, m'a-t-il répondu, en enfermant mes mains dans les siennes. Je t'appellerai dès que mon travail m'en laissera le temps.

Quand il m'a lâchée, j'ai exécuté une vague petite courbette en direction du roi (je suis américaine, moi, monsieur, je n'ai pas l'habitude de courber l'échine !) et j'ai sauté dans ma voiture, avant que l'un d'eux ne change d'avis et ne décide de ne pas me laisser partir. En faisant marche arrière pour quitter ma place de parking, je me sentais un peu lâche… mais terriblement soulagée de pouvoir décamper. Je ne m'étais pas engagée dans Hummingbird Road que j'avais déjà des scrupules.

Je me faisais du souci pour Eric. C'était nouveau, et ça me perturbait. Ça remontait à la nuit du coup d'État. Mais se faire du souci pour Eric, c'était un peu comme s'inquiéter pour une falaise ou un cyclone. Quand avais-je jamais eu à me faire du souci pour lui auparavant ? Il était l'un des vampires les plus puissants que je connaisse. Cela dit, Sophie-Anne était encore plus puissante et, toute protégée par son barbare de Sigebert qu'elle était, elle était morte malgré tout. J'ai été subitement saisie d'un terrible coup de blues, une tristesse poignante, presque douloureuse. Mais qu'est-ce qui me prenait ?

J'ai alors eu une idée, une idée terrifiante : et si j'étais malheureuse tout simplement parce que Eric était malheureux ? Et si je souffrais parce que Eric souffrait ? Est-ce que je pouvais ressentir ses émotions à une telle distance ? Et avec une telle violence ? N'aurait-il pas mieux valu que je fasse demi-tour pour aller voir sur place ce qui se passait ? Mais si le roi torturait Eric, je ne pourrais jamais l'aider. J'ai été obligée de me garer sur le bas-côté tellement j'étais perturbée. Il m'était impossible de tenir le volant plus longtemps.

Je n'avais jamais eu de crise de panique auparavant, mais c'était bel et bien ce qui était en train de m'arriver, apparemment. L'indécision me paralysait. Encore un comportement qui ne me ressemblait absolument pas. J'ai eu beau tergiverser, tenter de raisonner de façon logique et rationnelle, je me suis finalement rendu compte que je n'avais pas le choix : je devais retourner au bar, que je le veuille ou non. C'était un devoir que j'avais envers Eric, non à cause du lien de sang qui nous unissait, mais parce qu'il comptait pour moi.

J'ai braqué à fond et fait demi-tour au beau milieu de la route – vu que je n'avais croisé que deux voitures depuis que j'avais quitté le bar, je ne risquais pas grand-chose. Et je n'ai pas précisément respecté les limitations de vitesse : le trajet a été beaucoup plus court au retour qu'à l'aller. Quand je suis arrivée au *Merlotte*, le parking réservé à la clientèle était désert. Je me suis garée devant l'entrée principale et j'ai sorti ma vieille batte de softball dissimulée sous le siège du conducteur. Ma grand-mère me l'avait offerte pour mon seizième anniversaire. Elle avait certes connu des jours meilleurs, mais c'était un vrai modèle de compétition. J'ai longé le bâtiment en rasant les murs, dissimulée derrière les arbustes qui poussaient le long des fondations. Des nandinas. J'ai horreur des nandinas. Ça pousse dans tous les sens, c'est moche, et j'y suis allergique. À la seconde où j'ai mis le pied sous un de ces maudits arbustes, mon nez a commencé à couler comme un robinet.

Au moment de tourner l'angle du bar, j'ai jeté un coup d'œil à la dérobée sur le parking du personnel.

Le choc m'a atteinte comme un coup de poing. J'ai eu du mal à en croire mes yeux.

Sigebert, le garde du corps saxon de la reine, n'avait pas été tué pendant le coup d'État, en fin de compte. Il était encore bel et bien vivant (enfin, mort-vivant), et il était là, sur le parking des employés du *Merlotte*, où il s'amusait follement avec le nouveau roi, Felipe de Castro, Eric et Sam – qui avait dû se trouver pris au piège parce qu'il avait eu tout simplement le malheur de sortir du bar pour regagner sa caravane au mauvais moment.

J'ai respiré un grand coup – très profondément, mais très discrètement – et je me suis efforcée d'analyser calmement la situation. Sigebert était une vraie montagne de muscles et il avait défendu la reine pendant des siècles. Son frère, Wybert, était mort les armes à la main, au service de Sa Majesté, et je ne doutais pas une seule seconde que Sigebert ait été une cible de choix pour les vampires du Nevada. Ils lui avaient d'ailleurs laissé un petit souvenir de ce très vif intérêt qu'ils lui avaient porté. Les vampires guérissent vite, mais Sigebert avait subi de telles blessures que, même des jours après, il en gardait encore de terribles séquelles. Une énorme entaille lui balafrait le front et une horrible marque creusait sa poitrine juste au-dessus du cœur (s'il en avait un). Ses vêtements étaient sales et déchirés. Les vampires du Nevada avaient dû croire qu'il s'était désintégré, alors qu'il avait réussi à survivre et à se cacher.

« Détails sans importance », me suis-je dit.

L'important, c'était qu'il avait réussi à ligoter tant Eric que Felipe de Castro avec des chaînes d'argent. Comment ? « Aucune importance », me suis-je répété. J'avais une fâcheuse tendance à me perdre dans les détails, apparemment. Mais peut-être que ça me venait d'Eric, ça aussi ? Il faut dire que le Viking semblait encore en plus mauvais état que le roi. Évidemment, pour Sigebert, le shérif de la Cinquième Zone avait commis le pire des crimes : il avait trahi la reine, *sa* reine, en prêtant allégeance à un autre souverain.

Eric était blessé à la tête et avait manifestement le bras cassé. Castro avait la bouche en sang, comme si le Saxon la lui avait écrasée à coups de pied. Tous deux couchés par terre, Eric et son nouveau roi paraissaient plus pâles que jamais dans la lumière crue des lampadaires. Sam avait été attaché au pare-chocs de son propre pick-up et il était indemne – pour l'instant. Dieu merci !

J'ai essayé d'imaginer un moyen de neutraliser Sigebert avec ma batte de softball en aluminium. Sans succès. Si je me jetais sur lui, il éclaterait de rire. Même grièvement blessé comme il l'était, il n'en demeurait pas moins un vampire et, à moins de trouver une idée de génie, je ne faisais absolument pas le poids. Je suis donc restée sans bouger à observer la scène et à attendre l'illumination. Mais j'ai fini par ne plus supporter de voir Eric se faire massacrer sous mes yeux. Croyez-moi, quand un vampire vous frappe, il ne fait pas dans la dentelle. Sans compter que Sigebert s'était armé d'un grand couteau, avec lequel il avait l'air de bien s'amuser.

Et moi, quelle était la plus grosse arme dont je disposais ? Eh bien, voyons... ma voiture. Je n'ai pas pu m'empêcher de ressentir un petit pincement au cœur. C'était la plus belle voiture que j'aie jamais eue, et Tara me l'avait vendue pour un dollar symbolique quand elle en avait eu une neuve. Je ne voyais pourtant rien d'autre qui puisse ne serait-ce qu'entamer un tant soit peu un géant comme Sigebert.

J'ai donc fait demi-tour en rampant, et en priant pour que le Saxon soit trop absorbé par sa séance de torture pour entendre le claquement de ma portière. J'ai posé ma tête sur le volant, et là, j'ai réfléchi plus intensément que je n'avais réfléchi de toute ma vie.

J'ai étudié le parking et me suis mentalement représenté sa topographie. J'ai visualisé l'endroit précis où les vampires ligotés étaient couchés. Finalement, j'ai pris une profonde inspiration et j'ai tourné la clé de contact. J'ai fait le tour du bâtiment en décrivant un large virage pour prendre de l'élan. Puis Sigebert est apparu dans la lumière de mes phares et j'ai foncé sur lui, pied au plancher. Il a tenté de m'éviter, mais comme il n'avait pas inventé la poudre et que je l'avais pris au dépourvu, je l'ai heurté de plein fouet. J'ai hurlé quand il a rebondi sur le toit de la voiture dans un terrible fracas de tôle défoncée.

Puis j'ai pilé parce que… eh bien, mon plan n'allait pas plus loin. Il a glissé le long du hayon, en laissant une horrible traînée de sang noir sur la vitre arrière, et il a disparu de mon champ de vision. Affolée à l'idée de le voir réapparaître dans mon rétroviseur, j'ai passé la marche arrière et j'ai écrasé la pédale d'accélérateur de plus belle. *Bump bump*. J'ai serré le frein à main et j'ai bondi hors de la voiture, ma batte à la main. Les jambes du Saxon et une partie de son torse étaient coincés sous le châssis. Je me suis ruée sur Eric et j'ai commencé à me battre avec la chaîne d'argent qui lui entravait les poignets. Il me fixait, les yeux exorbités. Castro jurait en espagnol, avec une fluidité déconcertante. Quant à Sam, il me lançait des « Dépêche-toi, Sookie, dépêche-toi ! » qui ne m'aidaient pas franchement à me concentrer sur ce que je faisais.

J'ai laissé tomber ces maudites chaînes pour aller récupérer le grand couteau de Sigebert. Si je libérais Sam, il pourrait me donner un coup de main, au moins. La lame l'a frôlé à plusieurs reprises, d'assez près pour qu'il laisse échapper deux ou trois petits jappements de panique. Je faisais vraiment de mon mieux, pourtant et je ne l'ai même pas égratigné. Il faut reconnaître, et c'est tout à son honneur, qu'à peine ses liens ôtés Sam s'est précipité sur Castro pour le délivrer. Quant à moi, je me suis empressée de retourner auprès d'Eric. J'ai posé le couteau à mes pieds et j'ai recommencé à me bagarrer avec les chaînes. Maintenant que j'avais un allié à mes côtés, j'avais moins de mal à me concentrer. J'ai détaché les jambes d'Eric en premier (comme ça, il pourrait toujours se sauver. Du moins, j'imagine que c'est ce que j'ai pensé). Puis, avec plus de précaution, je me suis occupée de ses poignets et de ses bras. Sigebert avait fait plusieurs tours avec la chaîne et il avait bien pris soin de ligoter ses mains. Elles étaient affreusement endommagées. Castro avait encore plus souffert, parce que le Saxon l'avait partiellement dévêtu et qu'au niveau du torse l'argent touchait sa peau nue.

Je déroulais le dernier tour de chaîne quand Eric m'a brusquement repoussée pour s'emparer du couteau. Il s'est redressé d'un bond, si vite que j'ai juste eu le temps de voir une vague traînée zébrer l'espace. Déjà, il se ruait sur Sigebert, qui avait carrément soulevé ma voiture pour libérer ses jambes coincées. Il avait commencé à se dégager. Une minute de plus, et il aurait été debout.

Je vous ai déjà dit que c'était un grand couteau ? Il devait être aussi drôlement bien aiguisé parce que, quand Eric s'est jeté sur le Saxon en criant : « Va rejoindre ta reine ! », il l'a carrément décapité.

— Oh ! ai-je soufflé en voyant la tête rouler.

Et je suis tombée comme une masse sur le gravier.

— Oh, merde ! ai-je cru bon d'ajouter.

Nous sommes tous restés figés pendant cinq bonnes minutes. Puis Sam s'est redressé et a tendu la main à Castro pour l'aider à se relever. Le vampire l'a saisie sans hésiter et, à peine debout, s'est présenté courtoisement à son sauveur, lequel en a machinalement fait autant.

— Mademoiselle Stackhouse, m'a alors lancé le roi. Je suis votre obligé.

Et comment !

— Pas de souci, ai-je vaguement bredouillé, d'une voix nettement moins assurée que je ne l'aurais voulu.

— Si, si, je tiens à vous remercier, a-t-il insisté. Et si votre voiture est trop endommagée pour être réparée, je serais heureux de vous la remplacer.

— Oh, merci !

Le cri du cœur. J'ai enfin réussi à me relever.

— J'essaierai de la ramener à la maison, ce soir, ai-je divagué. Je ne sais pas comment je vais bien pouvoir expliquer de tels dégâts à l'assurance, par contre. Vous pensez qu'on me croira, si je dis que j'ai roulé sur un alligator ?

Cela arrivait, dans le coin. Mais je devais quand même être bien chamboulée pour me préoccuper de mon assurance voiture en un moment pareil.

— Dawson y jettera un œil pour toi, est intervenu Sam.

Sa voix était aussi incertaine que la mienne : lui aussi avait cru sa dernière heure arrivée.

— Je sais que c'est un réparateur de motos, a-t-il poursuivi, mais je suis sûr qu'il pourra t'arranger ça. Il passe son temps à trafiquer son pick-up.

— Faites le nécessaire. Je paierai, a promis Castro avec magnanimité, avant de se tourner vers son hôte. Eric, auriez-vous l'amabilité de m'expliquer ce qui vient de se passer ? lui a-t-il demandé d'un ton nettement plus acerbe.

— C'est à vos hommes que vous devriez vous adresser, lui a, à juste titre, rétorqué Eric. Ne vous avaient-ils pas dit que Sigebert, le garde du corps de la reine, était définitivement mort ? Il faut croire qu'ils se sont trompés.

— Un argument de poids, assurément, a reconnu Castro, en examinant le corps qui commençait à se désagréger. Voici donc le légendaire Sigebert. Eh bien, il a désormais rejoint Wybert.

Sa Majesté en semblait enchantée.

J'ignorais que les deux frères étaient aussi célèbres, chez les vampires. Ils étaient certes uniques en leur genre, avec leur physique de colosse, leur anglais approximatif, leur accent rocailleux, la véritable dévotion qu'ils éprouvaient pour la femme qui les avait fait passer de l'autre côté, des siècles auparavant… Il y avait là largement de quoi fasciner plus d'un vampire. Mais la conversation s'éternisait, et je ne tenais plus sur mes jambes. Je me serais effondrée si, plus vif que l'éclair, Eric ne s'était porté à mon secours pour me soulever de terre. C'était un moment très *Autant en emporte le vent*. Malheureusement pour

Scarlett et Rhett, il se trouvait deux autres types sur la scène, nous nous tenions dans un morne parking au beau milieu de nulle part, je m'inquiétais des dommages causés à ma malheureuse voiture, et j'étais en état de choc.

— Mais comment trois grands types costauds comme vous ont-ils bien pu se laisser surprendre ? me suis-je étonnée.

Ça ne me gênait pas qu'Eric me porte dans ses bras. Ça me donnait l'impression d'être toute petite, ce qui ne m'arrive pas souvent.

Il y a eu un moment de flottement.

— Je tournais le dos à la forêt, m'a expliqué Castro. Et il avait enroulé les chaînes pour former un… Vous avez presque le même mot dans votre langue. *Lazo* ?

— Un lasso, a traduit Sam.

— Ah ! Lasso, oui. Il a lancé le premier sur moi. Le choc a été horrible, comme vous pouvez l'imaginer. La douleur de l'argent… Et, avant qu'Eric n'ait pu sauter sur lui, il l'avait déjà attrapé au lasso aussi. En un clin d'œil, il nous avait ligotés. Quand celui-ci (il désignait Sam du menton) est venu à notre secours, Sigebert l'a assommé. Il s'est ensuite servi de la corde qu'il a trouvée dans le camion de Sam pour le ligoter à son tour.

— Nous étions trop… absorbés par notre discussion pour nous méfier, a ajouté Eric.

Et s'il disait ça d'un air mauvais, ce n'était pas moi qui allais l'en blâmer.

— Amusant, non, que nous ayons eu besoin d'une petite humaine pour nous sauver ? a fait remarquer le roi d'un ton enjoué.

Exactement la réflexion que je m'étais faite – et que je m'étais juré de garder pour moi.

— Oui, très amusant, a répondu Eric d'une voix qui n'était nullement amusée. Au fait, pourquoi es-tu revenue, Sookie ?

— J'ai senti ton… euh… ta colère quand on t'a attaqué.

À la place de « colère », lire « désarroi ».

Le nouveau roi a immédiatement dressé l'oreille.

— Un lien de sang. Comme c'est intéressant !

Je me suis empressée de le détromper.

— Non, non, pas tant que ça. Sam, ça t'ennuierait de me raccompagner ? Je ne sais pas où vous avez laissé vos voitures, messieurs. À moins que vous ne soyez venus en volant ? Je me demande vraiment comment Sigebert a su où vous trouver, d'ailleurs.

La même expression d'intense réflexion s'était peinte sur les visages de Felipe de Castro et de son hôte.

— Nous n'allons pas tarder à le savoir, a murmuré ce dernier, avant de me reposer à terre. Et alors, les têtes vont tomber.

Eric était très doué pour faire tomber les têtes. C'était même une de ses occupations favorites. Et j'étais prête à parier que Castro partageait cette passion pour le jeu de massacre : le roi semblait déjà tout guilleret.

Sam a tiré ses clés de sa poche sans piper mot, et j'ai grimpé dans son pick-up à ses côtés. Nous avons laissé les deux vampires en grande conversation. Le cadavre de Sigebert, toujours à moitié coincé sous ma voiture, était presque entièrement désintégré. Il ne resterait bientôt plus de lui qu'une traînée sombre et grasse sur le gravier. Les vampires avaient ça de bien : pas besoin de se débarrasser du corps du délit, avec eux.

— J'appellerai Dawson demain, a brusquement lâché Sam.

— Oh, merci, Sam ! Je suis tellement contente que tu aies été là.

— C'est le parking de mon propre bar, m'a-t-il rappelé.

C'était peut-être un effet de mon propre sentiment de culpabilité, mais j'ai cru déceler une pointe de reproche dans son intonation. J'ai alors pris conscience qu'en sortant dans sa cour Sam s'était retrouvé mêlé à une histoire qui ne le concernait absolument pas et que, pour couronner le tout, il avait bien failli se faire tuer dans la foulée. Et que faisait Eric sur le parking du *Merlotte* ? Il était venu me parler. Et Felipe de Castro ? Il était venu parler à Eric – quant à savoir pourquoi, je ne voyais pas vraiment. Mais là n'était pas le problème. Le problème, c'était qu'ils s'étaient trouvés là à cause de moi.

— Oh, Sam ! me suis-je lamentée, au bord des larmes. Je suis tellement désolée. Je ne savais pas qu'Eric m'attendrait et je ne pouvais certainement pas deviner que le roi le rejoindrait. Je me demande toujours ce qu'il faisait là. Je suis tellement désolée...

Je l'aurais bien répété cent fois, rien que pour ôter ce ton de reproche de sa voix.

— Ce n'est pas ta faute, a-t-il affirmé. C'est moi qui ai demandé à Eric de venir. C'est leur faute à eux. Si seulement je savais comment t'arracher à leurs griffes !

— C'était vraiment affreux, ce qui s'est passé. Mais tu ne réagis pas comme je l'aurais cru.

— Je veux juste qu'on me fiche la paix, a-t-il tout à coup soupiré. Je ne veux pas me retrouver impliqué dans les histoires des SurNat. Je ne veux pas avoir à prendre parti pour l'un ou l'autre camp dans une foutue guerre de loups-garous. Je ne suis pas un loup-garou, moi. Je suis un métamorphe, et les métamorphes sont solitaires par nature. On est trop différents. Et s'il y a un truc que je déteste encore plus que les histoires de loups-garous, ce sont bien les histoires de vampires !

— Tu m'en veux.

— Mais non !

Il semblait avoir du mal à exprimer ce qu'il ressentait.

— C'est juste que je ne tiens pas à ce que tu te retrouves embringuée là-dedans non plus. Tu n'étais pas plus heureuse avant ?

— Avant de connaître les vampires, tu veux dire ? Avant que je ne découvre qu'il existe une autre réalité au-delà des frontières habituelles ?

Il a hoché la tête.

— Si, en un sens, ai-je répondu. C'était rassurant d'avoir un chemin tout tracé devant moi. C'est vrai qu'ils me rendent malade avec leurs manigances, leurs complots et leurs guéguerres. Mais ma vie n'était pas si rose que ça non plus, Sam. Tous les jours, il fallait que je me batte rien que pour réussir à me faire passer pour une humaine ordinaire, pour me comporter comme si je ne savais pas tout ce que je sais sur les autres : le mensonge, les infidélités, les petites entourloupes, la méchanceté latente, la sévérité avec laquelle ils se jugent les uns les autres, leur manque de compassion... Quand on sait tout ça, ce n'est pas évident de continuer à se lever chaque matin. Savoir qu'il y a un autre monde permet de prendre du recul et de considérer tout ça sous un autre angle. Je ne sais pas pourquoi. Les humains ne sont ni mieux ni pires que les SurNat. Mais il n'y a pas qu'eux sur terre non plus...

— Je crois que je comprends, a murmuré Sam, quoiqu'il n'en ait pas vraiment l'air convaincu.

— Et puis, ai-je ajouté tout bas, c'est quand même agréable d'être appréciée précisément pour ce qui fait que les gens normaux me prennent pour une cinglée.

— Ça, je le comprends parfaitement. Mais ça a un prix.

— Oh, sans aucun doute.

— Tu es prête à le payer ?

— Pour l'instant, oui.

On a remonté mon allée au ralenti. La maison était plongée dans la pénombre : les deux sorcières étaient déjà couchées. À moins qu'elles ne soient sorties jeter des sorts ou faire la fête.

— Demain matin, j'appellerai Dawson, m'a répété Sam. Il jettera un coup d'œil à ta voiture. Il s'assurera qu'elle est encore en état de rouler ou il la remorquera chez lui. Tu crois que tu pourras te faire conduire au bar ?

— J'en suis sûre. Je demanderai à Amelia.

Sam m'a raccompagnée jusqu'à la porte de derrière, comme s'il me ramenait chez moi après un rendez-vous galant. La lumière de la véranda était allumée – un bon point pour Amelia. Sam, à ma grande surprise, m'a enlacée, mais il s'est contenté de blottir sa tête contre la mienne. Nous sommes restés un long moment comme ça, sans bouger, savourant simplement ce moment d'intimité, de chaleur humaine partagée.

— On a survécu à la guerre des loups-garous, a-t-il soudain déclaré. Tu t'es tirée sans dommage du coup d'État des vampires. On vient de sortir vivants de l'attaque d'un Saxon enragé… J'espère qu'on tiendra la distance.

— Arrête, tu me fais peur, lui ai-je répondu, en repensant à toutes les autres épreuves auxquelles j'avais survécu.

J'aurais dû être morte depuis longtemps, assurément.

Ses lèvres chaudes ont effleuré ma joue.

— Ce n'est peut-être pas plus mal, a-t-il murmuré, avant de se détourner pour regagner son pick-up.

Je l'ai regardé monter dans la cabine et faire marche arrière. Puis j'ai déverrouillé la porte et je suis allée dans ma chambre. Après le carnage qui venait d'avoir lieu sur le parking du *Merlotte*, ma petite chambre, calme, propre, sûre, m'a semblé un véritable havre de paix. J'avais tout fait pour tuer quelqu'un, ce soir – ce n'était qu'un effet du hasard si Sigebert avait survécu à ma tentative d'homicide par véhicule interposé. Une double tentative d'ailleurs. Je n'ai pas pu m'empêcher de remarquer que je n'éprouvais aucun remords. Ma moralité semblait présenter quelques défauts. Mais, sur le moment, je m'en moquais éperdument. Il existait certainement dans ma personnalité des aspects peu reluisants, et peut-être qu'il y avait des moments où je ne m'aimais pas beaucoup. Mais je prenais chaque jour comme il venait et, jusqu'alors, j'avais survécu à tout ce que la vie avait balancé en travers de ma route. Il ne me restait plus qu'à espérer que cette survie vaille le prix que je l'avais payée.

CHAPITRE 20

À mon grand soulagement, je me suis réveillée dans une maison vide. Aucune vibration sous mon toit, ni du cerveau d'Amelia ni de celui d'Octavia. Je me suis prélassée dans mon lit, savourant ce bonheur suprême. La prochaine fois que j'aurais une vraie journée de congé, peut-être que je pourrais la passer toute seule... Il y avait peu de chances que ça se produise, mais on peut toujours rêver.

Après avoir établi mon programme de la journée (appeler Sam pour lui demander des nouvelles de ma voiture, payer quelques factures, aller au travail), je suis allée prendre une bonne douche. Je me suis récurée à fond, en utilisant toute l'eau chaude que je voulais, puis je me suis verni les ongles des mains *et* des pieds. J'ai enfilé un pantalon de jogging et un tee-shirt et je suis allée me faire un bon petit café. La cuisine étincelait de propreté : merci Amelia, que Dieu te bénisse.

Le café était délicieux, et le toast tartiné de confiture de myrtilles, exquis. Même mes papilles gustatives nageaient dans la félicité. Une fois la table débarrassée et la vaisselle du petit déjeuner rangée, j'en étais presque à chanter un hymne à la joie de la solitude retrouvée. Je suis retournée dans ma chambre faire mon lit. J'ai commencé à me maquiller et… forcément, c'est à ce moment-là qu'on a frappé. J'ai enfilé la première paire de chaussures venue et je suis allée ouvrir.

Tray Dawson se tenait sur le seuil, et il souriait.

— Votre bagnole tourne impec, Sookie, m'a-t-il annoncé. Il a fallu redresser un peu de tôle, resserrer quelques boulons et c'est bien la première fois que je dois gratter du vampire sous un châssis, mais vous pouvez rouler avec sans problème.

— Oh, merci ! Vous avez le temps d'entrer boire quelque chose ?

— Juste une minute, alors. Vous avez du Coca au frais ?

— Bien sûr.

Je lui ai apporté son verre de Coca et je lui ai proposé des cookies ou un sandwich au beurre de cacahuète pour aller avec. Après qu'il eut décliné mon offre, je lui ai demandé de m'excuser, le temps que je finisse de me maquiller. J'avais cru qu'il m'accompagnerait à ma voiture, mais, en fait, il était venu avec. Il fallait donc, à l'inverse, que ce soit moi qui le raccompagne chez lui.

J'avais mon chéquier et un stylo à la main quand je me suis assise en face de lui pour lui demander combien je lui devais.

— Pas un sou, m'a-t-il répondu. Le nouveau a réglé la note.

— Le nouveau roi ?

— Ouais. M'a appelé à pas d'heure, la nuit dernière. M'a raconté toute l'histoire, en gros, et m'a demandé si je pouvais jeter un œil à votre voiture à la première heure ce matin. J'étais réveillé quand il a téléphoné, alors ça ne m'a pas pris la tête plus que ça. Je suis allé direct au *Merlotte* dès l'ouverture. J'ai dit à Sam qu'il avait économisé un coup de fil, vu que j'étais déjà au courant. Je l'ai suivi pendant qu'il conduisait la bagnole jusqu'au garage. On l'a mise sur le pont et on l'a regardée sous toutes les coutures.

C'était un sacré discours pour Dawson. J'ai rangé mon chéquier dans mon sac et je l'ai écouté en silence, désignant son verre de l'index pour savoir s'il voulait encore du Coca. Il a secoué la tête.

— J'ai été obligé de remplacer deux ou trois petites choses ici ou là, mais je savais où trouver une Malibu comme la vôtre. Y en avait justement une à la casse, chez Rusty's Salvage. Ça n'a pas mis longtemps : en moins de deux, c'était fait.

Je n'ai pu que lui renouveler mes remerciements et je l'ai reconduit à son garage, que jouxtait sa maison, un joli petit bâtiment tout en bois, modeste mais parfaitement entretenu. Depuis la dernière fois que j'avais aperçu sa cour en passant en voiture, il avait rangé toutes les pièces et autres carcasses de moto qui traînaient, au lieu de les laisser éparpillées un peu partout – pratique, mais pas très décoratif. Et son pick-up était propre, pour une fois.

— Je vous suis vraiment reconnaissante, ai-je répété, tandis qu'il s'extrayait non sans mal de la Malibu. Je sais que les voitures ne sont pas votre spécialité et j'apprécie d'autant plus le boulot que vous avez fait sur la mienne.

Tray Dawson : carrossier officiel du monde surnaturel.

— Eh bien, je l'ai fait parce que je le voulais bien, m'a-t-il assuré.

Il a observé une pause avant d'enchaîner :

— Mais si vous pouviez trouver le moyen, j'aimerais bien que vous disiez un petit mot pour moi à votre copine Amelia.

— Je n'ai pas beaucoup d'influence sur elle, vous savez, lui ai-je répondu. Mais je me ferai un plaisir de lui dire quel homme en or vous êtes.

Il a souri. Et sans la moindre retenue, cette fois. Un sourire jusqu'aux oreilles. Je ne croyais pas avoir jamais vu Dawson sourire comme ça.

— C'est une fille saine, cette Amelia. Y a qu'à la regarder : ça se voit, a-t-il ajouté.

Je n'avais aucune idée des critères de Dawson, mais c'était déjà un indice.

— Appelez-la. Moi, je vous ferai une recommandation.

— Marché conclu.

Nous nous sommes séparés bons amis, et il a traversé d'un pas souple sa cour récemment dégagée pour rejoindre son atelier. J'ignorais si Dawson serait au goût d'Amelia, mais je me promettais de faire de mon mieux pour la persuader de lui laisser une chance.

Sur le chemin du retour, j'ai tendu l'oreille, à l'affût du moindre bruit suspect, mais le moteur de la Malibu tournait comme une horloge.

Je m'apprêtais à partir travailler quand mes deux colocataires ont débarqué.

— Alors ? Comment ça va ? m'a lancé Amelia d'un air entendu.

— Bien.

Puis j'ai croisé son regard et j'ai compris : elle croyait que je n'étais pas rentrée de la nuit et en avait déduit que j'étais allée m'amuser ailleurs...

J'ai préféré lui donner un autre os à ronger.

— Dis, tu te souviens de Tray Dawson ? Tu l'as vu à l'appartement de Maria-Star.

— Tout à fait.

— Il va t'appeler. Alors, sois gentille.

Elle avait le sourire aux lèvres quand je l'ai quittée.

Pour une fois, j'ai passé une journée de travail normale. Barbante, mais normale. Terry remplaçait Sam, qui déteste travailler le dimanche. C'était un jour calme, au *Merlotte*. On ouvrait tard et on fermait tôt. Du coup, à 19 heures, j'avais plié bagage. Personne ne m'attendait sur le parking et j'ai pu marcher d'une traite jusqu'à ma voiture sans qu'un importun m'accoste pour m'entraîner dans une longue et étrange conversation, sans qu'on m'attaque ni rien.

Le lendemain matin, j'avais des courses à faire en ville. Je n'avais plus beaucoup de liquide. Je me suis donc rendue au distributeur, en faisant signe à Tara au passage. La toute nouvelle Mme du Rone m'a souri, en répondant à mon salut. Le mariage lui allait bien. J'espérais que ça se passait mieux entre elle et JB qu'entre mon frère et sa femme, en tout cas. Je venais de quitter la banque quand j'ai aperçu Alcide Herveaux qui sortait du cabinet de Sid Matt Lancaster, un vieux maître du barreau doté d'une solide réputation dans la région. Comme je me garais sur le parking du cabinet, Alcide s'est dirigé vers ma voiture pour me parler.

Je regrettais déjà de m'être arrêtée. J'aurais dû passer sans ralentir, en priant pour qu'il ne m'ait pas vue...

Il risquait d'y avoir un certain malaise entre nous. Il fallait reconnaître, en toute honnêteté, qu'Alcide en avait vu de dures, ces derniers temps : sa petite amie était morte, atrocement assassinée ; plusieurs de ses partisans avaient également été tués dans un combat sanglant ; il avait eu une énorme opération de nettoyage sur les bras... Mais il était désormais chef de meute et il avait pu célébrer sa victoire comme le voulait la tradition, même s'il avait été affreusement gêné de devoir s'accoupler avec une toute jeune femme en public, surtout si peu de temps après le décès de la fille qu'il aimait. Un véritable flot d'émotions se bousculait dans sa tête. Je lui ai trouvé les joues un peu rouges, quand il s'est penché à ma portière.

— Sookie, je n'ai pas encore trouvé l'occasion de te remercier de tout ce que tu as fait pour nous, cette nuit-là. Et on a vraiment eu de la chance que ton boss ait décidé de t'accompagner.

Vu que tu n'aurais pas levé le petit doigt pour moi et qu'il m'a sauvé la vie, moi aussi, je suis bien contente qu'il soit venu !

Je lui ai répondu avec un calme olympien :

— Pas de souci, Alcide.

Rien ne parviendrait à me gâcher cette journée, nom d'un chien !

— Les choses se sont arrangées à Shreveport ? ai-je enchaîné, changeant de sujet.

— Apparemment, les flics n'ont pas le moindre indice, s'est-il félicité, en jetant un coup d'œil alentour pour s'assurer que personne n'était à portée de voix. Ils n'ont pas encore trouvé le site et il a beaucoup plu… On espère bien qu'ils vont finir par classer l'affaire. Le plus tôt sera le mieux…

— Vous préparez toujours votre *coming out* ?

— L'heure est proche, m'a-t-il affirmé, soudain grave. Les chefs des autres meutes de la région sont entrés en contact avec moi. Nous n'organisons pas de réunions au sommet, comme les vampires. Essentiellement parce que, s'ils ont un leader pour chaque état, nous, nous avons des chefs de meute à la pelle. Il semblerait qu'on se dirige vers l'élection d'un représentant de tous les chefs de meute d'un même état. Les représentants de tous les états se réuniraient ensuite en assemblée nationale.

— C'est un pas dans la bonne direction, on dirait.

— Il se pourrait aussi qu'on demande à d'autres hybrides s'ils veulent participer. Par exemple, quoiqu'il ne soit pas des nôtres, Sam pourrait faire partie de ma meute à titre auxiliaire. Et ce serait bien si les loups solitaires comme Dawson assistaient à certaines assemblées… s'ils venaient hurler à la lune avec nous ou quelque chose comme ça.

— Dawson a l'air de se trouver très bien comme il est, lui ai-je fait remarquer. Et ce sera à toi de demander à Sam s'il veut s'associer de façon officielle avec vous. Pas à moi.

— Bien entendu. Mais, vu que tu sembles avoir pas mal d'influence sur lui, je me suis dit que je pouvais t'en toucher un mot.

Je ne voyais pas vraiment les choses comme ça. Sam avait une grande influence sur moi. Quant à savoir si j'en avais sur lui...

Alcide avait commencé à danser d'un pied sur l'autre, comportement qui m'annonçait, aussi clairement que ses pensées, qu'il n'allait pas tarder à prendre congé.

— Alcide lui ai-je alors lancé, sur une impulsion, j'ai une question à te poser.

— Je t'écoute.

— Qui s'occupe des enfants Furnan ?

Il m'a jeté un regard incertain, puis il a détourné les yeux.

— La sœur de Libby. Elle a déjà trois enfants, mais elle a affirmé qu'elle serait heureuse de les accueillir chez elle. Financièrement, il y a ce qu'il faut pour leur assurer une bonne éducation. Et, quand il sera temps de les envoyer à l'université, on verra ce qu'on peut faire pour le garçon.

— Pour le garçon ?

— Il fait partie de la meute.

Si j'avais eu une brique sous la main, à ce moment-là, je n'aurais eu aucun scrupule à m'en servir. Dieu du ciel ! J'ai pris une profonde inspiration. Il faut dire, à la décharge d'Alcide, que le sexe de l'enfant n'avait rien à voir dans l'histoire. C'était une question de pérennité de l'espèce : le garçon était un loup-garou pur sang.

— Il n'est pas impossible que l'argent de l'assurance soit suffisant pour envoyer également la fille à l'université, s'est empressé d'ajouter Alcide. Leur tante n'a pas été très claire à ce sujet. Mais elle sait qu'elle pourra compter sur nous.

— Et elle sait aussi qui se cache derrière le « nous » en question ?

Il a secoué la tête.

— On a lui a dit que c'était une société secrète à laquelle Furnan appartenait, comme la franc-maçonnerie.

Il ne semblait pas y avoir grand-chose à ajouter.

— Eh bien, bonne chance, lui ai-je néanmoins souhaité.

Il en avait pourtant déjà eu plus que sa part, quoi que l'on puisse penser des deux femmes, maintenant décédées, qu'il avait aimées. Après tout, il avait survécu, lui, et il avait réalisé le rêve de son père.

— Merci. Et merci d'avoir été là pour moi. Tu es toujours une alliée de la meute, a-t-il renchéri avec gravité.

Ses beaux yeux verts se sont attardés sur mon visage.

— Et tu es l'une des femmes que je préfère au monde, a-t-il murmuré.

Flatteur, mais pour le moins inattendu.

— C'est vraiment un grand compliment, Alcide, ai-je répondu en m'empressant de redémarrer.

J'étais contente, finalement, de lui avoir parlé. Il avait énormément mûri, au cours de ces dernières semaines. Tout bien considéré, il était en train de devenir un homme qui forçait mon admiration, nettement plus, en tout cas, que celui qui l'avait précédé.

Je n'étais pas près d'oublier le sang et les hurlements de cette horrible nuit, dans cette zone industrielle désaffectée de Shreveport. Mais je commençais à croire qu'en définitive, quelque chose de positif était sorti de ce cauchemar.

Quand je suis rentrée, j'ai trouvé Octavia et Amelia en train de ratisser le jardin. Découverte délicieuse ! S'il y a bien une chose que je déteste, c'est ratisser. Mais si je ne le fais pas deux ou trois fois, durant l'automne, les aiguilles de pin s'amoncellent de façon insupportable...

Décidément, c'était la journée des remerciements. Je me suis garée dans l'arrière-cour et j'ai fait le tour de la maison.

— Tu les jettes ou tu les brûles ? m'a lancé Amelia, en désignant le tas devant elle.

— Oh ! Je les brûle, quand ce n'est pas interdit. C'est vraiment adorable d'y avoir pensé.

Je n'exagérais pas : c'était un vrai bonheur de découvrir qu'on m'avait déchargée de la corvée que je détestais le plus.

— J'ai besoin d'exercice, a prétexté Octavia. Nous sommes allées au centre commercial de Monroe hier, alors j'ai fait un peu de marche à pied, ça m'a servi d'échauffement.

Amelia traitait plus Octavia comme une grand-mère que comme son mentor, à mon avis.

— Est-ce que Tray a appelé ? lui ai-je demandé.

— Absolument, m'a-t-elle répondu, un large sourire aux lèvres.

— Il te trouve très à son goût.

Octavia s'est esclaffée.

— Quelle femme fatale, cette Amelia !

— Je pense que c'est un type intéressant, a avoué la femme fatale en question, radieuse.

— Un peu plus âgé que toi quand même, lui ai-je fait remarquer.

Elle a haussé les épaules.

— Ça m'est égal. Je me sens prête pour une nouvelle relation. Je crois que c'est plus de l'amitié qu'autre chose entre Pam et moi. Et puis, depuis que j'ai découvert cette portée de chatons, je suis... ouverte à toute éventualité.

— Tu crois vraiment que c'était délibéré de sa part ? Tu ne penses pas que ce serait plutôt une question d'instinct ?

Quand on parle du loup... Bob a justement choisi ce moment pour venir se balader dans le jardin, sans doute curieux de voir pourquoi nous restions bêtement dehors, alors qu'il y avait un canapé si confortable et des lits disponibles dans la maison.

Octavia l'a suivi des yeux sans mot dire, puis elle a poussé un profond soupir.

— Oh ! et puis zut ! a-t-elle marmonné.

Elle s'est redressée et a projeté la main en avant.

— *Potestas mea te in formam veram tuam commutabit natura ipsa reaffirmet. Incantationes praeviae deletae sunt*, a-t-elle déclamé.

Le chat l'a regardée en clignant des yeux. Puis il a émis un drôle de bruit, un cri que je n'avais jamais entendu sortir de la gorge d'un chat. Autour de lui, l'air est tout à coup devenu plus dense, plus opaque, avec de petites volutes grisées, et s'est mis à crépiter d'étincelles. Le chat a de nouveau poussé une sorte de feulement bizarre, devant les yeux écarquillés d'une Amelia bouche bée. Quant à Octavia, elle avait un air résigné et un peu triste.

Le chat s'est roulé sur l'herbe et, brusquement, s'est retrouvé avec une jambe.

J'ai laissé échapper un juron sonore, en me plaquant la main sur la bouche.

Et voilà, à présent, qu'il en avait deux ! Deux jambes velues indéniablement masculines et – confirmation inutile – un pénis ! Puis il a commencé à se transformer complètement, sans cesser de pousser des hurlements épouvantables. Deux horribles minutes plus tard, le sorcier Bob Jessup gisait sur la pelouse, tremblant de tout son corps mais indubitablement humain, de la racine des cheveux à la pointe des pieds. Au terme de la troisième minute, il a cessé de crier et s'est contenté de s'agiter de soubresauts : un net progrès, en tout cas pour nos tympans.

Enfin, il s'est levé d'un bond et s'est rué sur Amelia pour l'étrangler.

Je l'ai agrippé par les épaules pour l'en empêcher, tandis qu'Octavia lui lançait :

— Vous ne souhaitez pas que je vous jette un autre sort, si ?

La menace s'est révélée efficace. Bob a immédiatement lâché Amelia, puis s'est campé devant elle, haletant.

— Je n'arrive pas à croire que tu m'aies fait un truc pareil ! s'est-il écrié. Je n'arrive pas à croire que j'aie passé des mois dans la peau d'un chat !

— Comment vous sentez-vous ? lui ai-je demandé. Pas trop affaibli ? Avez-vous besoin de quelque chose ? Voulez-vous qu'on vous apporte des vêtements ?

La nuit commençait à tomber et la température n'allait pas tarder à chuter.

Il a baissé les yeux pour se regarder. Il n'avait pas eu l'occasion de s'habiller depuis longtemps, et il ne s'était manifestement pas aperçu qu'il était nu. Il s'est brusquement empourpré. Quasiment de la tête aux pieds.

— Oui, a-t-il répondu avec raideur. Oui, j'aimerais bien des vêtements.

— Venez avec moi.

Bob n'était pas très grand, et je me suis dit qu'un de mes sweats devrait lui aller. Puis je me suis ravisée : Amelia était un peu plus grande que moi et un don de sa part me paraissait plus approprié. Juste retour des choses, non ? J'ai repéré le panier de linge propre posé sur une des marches de l'escalier, prêt à être monté. Et, miracle ! Il y avait là un vieux sweat bleu et un pantalon de jogging noir. Je les ai tendus à Bob, sans broncher. Il s'est habillé d'une main tremblante. Pendant ce temps, j'ai continué à fouiller pour lui trouver des chaussettes. Parfait ! Une paire en coton d'un blanc éclatant. Il s'est assis sur le canapé pour les enfiler. C'était tout ce que je pouvais faire pour lui, en la matière. Il avait de trop grands pieds pour qu'aucune de nous puisse lui prêter de quoi se chausser.

Les cheveux plaqués sur le crâne, Bob se tenait prostré, les bras enroulés autour du torse, comme s'il craignait de se volatiliser. En le voyant cligner constamment des yeux, je me suis demandé ce qu'étaient devenues ses lunettes. J'espérais qu'Amelia les avait gardées et rangées quelque part.

— Est-ce que je peux vous offrir quelque chose à boire, Bob ? lui ai-je proposé.

— Oui, merci.

Il paraissait avoir du mal à former les mots. Il a levé la main vers sa bouche, dans un drôle de geste un peu gauche, et j'ai cru revoir ma chatte Tina se lécher la patte avant de procéder à sa toilette. Bob s'est subitement aperçu de ce qu'il faisait et a baissé le bras.

J'ai bien pensé à lui apporter un bol de lait, mais je me suis dit qu'il risquait de mal le prendre. Je lui ai donc servi un verre de thé glacé à la place. Il l'a bu, mais il a fait la grimace.

— Désolé, me suis-je excusée. J'aurais dû vous demander si vous aimiez le thé.

— Mais j'aime le thé ! s'est-il exclamé en examinant le verre d'un air incrédule, comme s'il venait juste de faire le lien entre le mot « thé » et le liquide qu'il avait dans la bouche. C'est sans doute parce que j'ai perdu l'habitude.

D'accord, d'accord, je sais que c'est terrible, mais j'ai vraiment ouvert la bouche pour lui demander s'il voulait des croquettes. Amelia en avait un sac plein sur l'étagère de la véranda. Je me suis mordu l'intérieur de la joue et j'ai opté pour :

— Qu'est-ce que vous diriez d'un petit sandwich ?

Je ne savais pas de quoi lui parler. De la vie des souris ?

— Avec plaisir.

Lui non plus ne semblait pas savoir quoi faire de sa peau.

Je lui ai donc confectionné deux sandwichs de pain complet, un au beurre de cacahuète avec de la confiture et l'autre au jambon avec des cornichons et de la moutarde. Il a tout mangé, en mâchant lentement, avec précaution. Puis il s'est levé d'un bond en marmonnant un vague « pardon » et il s'est précipité vers les toilettes. Il y est resté enfermé un bon moment.

Il n'en était pas encore ressorti lorsque mes deux colocataires sont rentrées dans le salon.

— Je suis désolée, a murmuré Amelia.

— Moi aussi, a dit Octavia.

Elle paraissait toute vieille et toute ratatinée, brusquement.

— Vous saviez depuis le début comment lui rendre forme humaine ? lui ai-je demandé en m'efforçant de prendre un ton parfaitement neutre. Vous n'avez pas vraiment raté votre coup, quand vous avez essayé, la dernière fois ?

Elle a secoué lentement la tête.

— Non. J'ai eu peur. Je me disais que si vous n'aviez plus besoin de moi, je n'aurais plus aucune raison de venir ici, que je serais obligée de rester enfermée à longueur de journée chez ma nièce. Je suis tellement mieux chez vous, Sookie. Mais j'aurais bientôt fini par tout vous avouer. J'avais tellement mauvaise conscience. Surtout depuis que je vis ici.

Elle a secoué la tête de plus belle.

— J'ai laissé Bob vivre dans la peau d'un chat quelques jours de trop. Je suis impardonnable.

De toute évidence, Amelia était profondément choquée. À ses yeux, la chute que son mentor venait de faire dans son estime éclipsait largement sa propre culpabilité – même si c'était bel et bien à cause d'elle que tout avait commencé. Amelia était indéniablement de ces gens qui vivent dans l'instant présent.

Bob a fini par sortir des toilettes et s'est dirigé droit sur nous.

— Je veux rentrer chez moi. Je veux retourner à La Nouvelle-Orléans, a-t-il déclaré. On est où, ici ? Comment je suis arrivé là ?

Le visage d'Amelia s'est décomposé. Celui d'Octavia s'est encore assombri. Quant à moi, j'ai filé sans demander mon reste. Mes deux colocataires allaient devoir apprendre à Bob qu'un ouragan avait dévasté La Nouvelle-Orléans. Je préférais ne pas être là quand il tenterait d'assimiler ces terribles nouvelles, en plus de tout ce qu'il avait déjà à surmonter.

Je me suis demandé où Bob avait vécu, si sa maison ou son appartement était encore debout, s'il restait quelque chose de ses meubles, de ses affaires... si sa famille était toujours en vie...

J'ai entendu la voix d'Octavia s'élever, devenir de plus en plus grave, de plus en plus sourde. Puis je n'ai plus rien entendu qu'un lourd silence.

Chapitre 21

Dès le lendemain, j'ai emmené Bob s'acheter des vêtements au supermarché. Amelia lui avait discrètement glissé des billets dans la main et il avait accepté parce qu'il ne pouvait pas faire autrement. Il n'avait manifestement qu'une hâte : s'éloigner d'elle au plus vite. Ce n'était pas moi qui allais l'en blâmer.

Pendant tout le trajet, Bob n'a cessé de regarder autour de lui en clignant des yeux comme une chouette et, quand nous sommes entrés dans le magasin, il est allé se frotter la tête sur le coin de la première gondole venue. J'ai adressé un sourire radieux à Marcia Albanese, une notable locale – âge mûr, compte en banque bien rempli, siège au conseil d'administration de l'école. Je ne l'avais pas revue depuis qu'elle m'avait accueillie chez elle pour l'après-midi cadeaux de Halleigh.

— Qui est donc ton ami, Sookie ? m'a-t-elle aussitôt demandé.

Très sociable, Marcia était d'un naturel curieux. Elle n'a pourtant pas mentionné le frottement de tête, ce qui me l'a rendue infiniment sympathique : mon estime lui resterait à jamais acquise.

— Marcia, voici Bob Jessup, qui est en visite chez nous. Bob n'est pas de la région, ai-je ajouté, en regrettant de ne pas avoir une histoire toute prête à lui raconter.

Bob a salué Marcia d'un petit signe de tête, sans cependant se départir de son regard halluciné. Mais il a fini par lui tendre la main. Encore une chance qu'il ne soit pas venu la frôler en réclamant des caresses ! Marcia lui a serré la main en déclarant qu'elle était enchantée de le connaître. Jusque-là, tout allait bien.

— Merci, content de vous connaître aussi, a répondu Bob.

Soulagement. Il paraissait tout à fait normal.

— Comptez-vous vous attarder un peu à Bon Temps, Bob ? a demandé Marcia.

— Oh ! mon Dieu, non ! s'est exclamé Bob. Excusez-moi, il faut que j'achète des chaussures.

Et, sans autre commentaire, il s'est dirigé d'un pas feutré et d'une démarche étonnamment souple et zigzagante vers le rayon des chaussures pour hommes. Remarquant qu'il portait des tongs vert fluo trop petites pour lui, Marcia a eu l'air surprise. Comme je ne voyais absolument pas quelle explication invoquer, je lui ai lancé un « À plus tard ! » expéditif, avant d'emboîter le pas à Bob.

Bob s'est refait une garde-robe : baskets, chaussettes, deux pantalons, deux tee-shirts, une veste et quelques sous-vêtements. Je l'ai interrogé sur ce qu'il aimerait manger et il m'a demandé si je pouvais lui faire des beignets de saumon.

— Rien de plus facile, lui ai-je répondu, soulagée que son souhait soit si aisé à exaucer.

J'ai donc pris quelques boîtes de saumon. Il voulait aussi du gâteau au chocolat. Ce n'était pas trop compliqué non plus.

Nous avons dîné de bonne heure, ce jour-là : nous avions terminé avant que je ne parte travailler. Bob a eu l'air ravi de ses beignets et de son gâteau.Il avait bien meilleure allure depuis qu'il avait pris une douche et mis ses nouveaux vêtements. Il adressait même la parole à Amelia. D'après ce que j'ai pu entendre de leur conversation, Amelia semblait lui avoir fait faire le tour des sites Internet traitant de Katrina et de ses survivants et il avait pu contacter la Croix-Rouge. Les tantes qui l'avaient élevé vivaient à Bay Saint Louis, dans le sud du Mississippi, là où s'était trouvé l'œil du cyclone. Il s'en était fallu de peu que Bay Saint Louis soit rayée de la carte.

— Qu'est-ce que vous allez faire, maintenant ? lui ai-je demandé, estimant qu'il avait dû avoir eu le temps d'y réfléchir un peu.

— Il faut que j'aille me rendre compte par moi-même. Je voudrais bien essayer de voir ce qu'est devenu mon appartement à La Nouvelle-Orléans, mais ma famille passe avant tout. Et il faut que je trouve une excuse à donner à mes tantes pour leur expliquer où j'étais et pourquoi je ne les ai pas contactées.

Silence dans les rangs. Question épineuse en effet.

— Tu pourrais leur dire qu'une méchante sorcière t'a jeté un mauvais sort, a suggéré Amelia.

Elle ne plaisantait pas. Bob a ricané doucement.

— Oh ! Elles pourraient le croire : elles savent que je ne suis pas comme tout le monde. Mais que ça ait duré si longtemps... Non, ça, ça ne passera pas. Je pourrais peut-être leur dire que j'ai perdu la mémoire. Ou que je suis allé me marier à Las Vegas...

— Vous les appeliez régulièrement, avant Katrina ? ai-je demandé.

Il a haussé les épaules.

— Tous les quinze jours, peut-être. Non pas qu'on soit très proches. Mais j'aurais certainement essayé de les contacter après Katrina. J'ai une profonde affection pour elles.

Il a détourné précipitamment les yeux et il a regardé dans le vide un bon moment.

Nous avons tourné et retourné le problème dans tous les sens, mais il n'y avait vraiment aucune raison crédible pour que Bob n'ait pas donné de nouvelles pendant si longtemps. Amelia a alors annoncé à Bob qu'elle allait lui payer le trajet en car jusqu'à Hattiesburg. Une fois là-bas, il pourrait toujours dégoter un moyen de rejoindre la zone la plus dévastée pour tenter de retrouver la trace de ses tantes.

Amelia cherchait à se donner bonne conscience en dépensant de l'argent pour Bob. Je n'avais aucun problème avec ça. C'était même la moindre des choses, à mon sens. Et j'espérais que Bob retrouverait ses tantes ou, du moins, qu'il découvrirait ce qui leur était arrivé.

En partant travailler, je me suis arrêtée une minute sur le seuil de la cuisine pour les regarder, tous les trois. J'ai essayé de voir ce qu'Amelia avait vu en

Bob, ce fameux soir, ce qui avait bien pu l'attirer chez lui. Brun et pâlichon, avec une tête de premier de la classe, Bob était très mince et pas très grand. Il avait toujours les cheveux plaqués sur le crâne. Amelia avait fini par exhumer ses lunettes, et c'étaient de véritables culs de bouteille à stricte monture noire. J'avais eu droit à un panorama complet de son anatomie et pu constater que Dame Nature l'avait plutôt gâté, question virilité, mais cela ne suffisait tout de même pas à expliquer les fiévreux ébats d'Amelia avec ce type.

Puis Bob s'est esclaffé. C'était la première fois qu'il riait depuis qu'il était redevenu humain. Et j'ai compris. Bob avait de belles dents blanches régulières, parfaitement alignées, et des lèvres sensuelles. Quand il souriait, il avait à la fois quelque chose de sardonique, d'intello et de sexy...

Énigme résolue.

Comme il serait déjà parti, à mon retour, je lui ai fait mes adieux. Selon toute vraisemblance, je ne le reverrais pas de sitôt – à moins qu'il ne décide de revenir à Bon Temps pour assouvir sa vengeance...

Tout en roulant vers le bar, je me suis demandé si je ne pourrais pas avoir un vrai chat à la maison. Nous avions déjà la litière et les croquettes, après tout. Je me suis dit que je poserais la question à mes colocataires dans deux ou trois jours. D'ici là, elles ne seraient peut-être plus aussi chatouilleuses sur la question de Bob et de la vie de chat qu'elles lui avaient fait mener.

Quand je suis entrée dans la salle du bar pour prendre mon service, Alcide Herveaux parlait avec

Sam au comptoir. Décidément… J'ai marqué un temps d'arrêt – une seconde, pas plus –, puis j'ai continué mon chemin comme si de rien n'était. Je l'ai salué d'un vague hochement de tête, avant de faire signe à Holly que je prenais le relais. Elle m'a indiqué, en levant l'index, qu'il lui restait une dernière addition à apporter avant de filer. Une cliente m'a dit bonjour ; un habitué m'a lancé : « Salut, Sookie, ça va ? », et je me suis tout de suite sentie à ma place. C'était chez moi, ici, un peu comme ma deuxième maison.

Jasper Voss voulait un autre rhum-Coca ; Catfish, un pichet de bière pour sa femme, lui et un couple de leurs amis, et Jane Bodehouse, une de nos alcooliques chroniques, de quoi manger. Quoi ? Elle s'en moquait. Alors, je lui ai apporté un poulet-frites. Réussir à faire avaler quelque chose à Jane relevait déjà de l'exploit. J'espérais qu'elle n'en laisserait pas plus de la moitié. Jane était assise à un bout du comptoir, et Alcide à l'autre. Sam m'a invitée d'un geste à les rejoindre. J'ai transmis la commande de Jane au cuistot et je me suis dirigée vers eux. Mais j'y allais vraiment à reculons. Je me suis accoudée au comptoir.

— Sookie, m'a dit Alcide en me saluant de la tête. Je suis venu remercier Sam.

— C'est bien, ai-je répondu d'un ton abrupt.

Il a opiné sans me regarder. Au bout d'un moment, le nouveau chef de meute a ajouté :

— Maintenant, plus personne n'osera venir marcher sur nos plates-bandes. Si Priscilla ne nous avait pas attaqués à ce moment-là, alors qu'on était tous rassemblés, conscients du danger qui menaçait la meute, et donc prêts à l'affronter tous ensemble, elle aurait pu continuer à nous monter les uns contre les autres et à nous éliminer un par un jusqu'à ce qu'on s'entre-tue.

— Eh oui ! Elle a perdu les pédales, et toi, tu as eu de la chance.

— C'est toi, Sookie, qui as fait en sorte qu'on se réunisse, avec Furnan. C'est grâce à ton don qu'on s'en est sortis, a poursuivi Alcide. Comme je te l'ai dit, tu seras toujours une alliée de la meute. Et Sam aussi. Vous pouvez nous demander n'importe quel service, n'importe où, n'importe quand, nous serons là.

Sur cette belle tirade, il s'est levé, a salué Sam, a laissé un billet sur le bar, et il est parti.

— C'est cool, hein, d'avoir ce genre de petite faveur dans la colonne des crédits ? a commenté Sam à mi-voix.

Je n'ai pas pu m'empêcher de sourire.

— Oui, ce n'est pas désagréable comme impression.

À vrai dire, je me sentais même pleine d'enthousiasme, tout à coup. Mais, quand je me suis tournée vers la porte, j'ai compris pourquoi. Ça n'avait rien à voir avec la reconnaissance tardive d'Alcide : Eric venait de faire son entrée dans le bar. Pam était à ses côtés. Ils se sont installés à l'une de mes tables. Je me suis empressée de les rejoindre, dévorée de curiosité – et assez exaspérée aussi : ils ne pouvaient donc pas me laisser tranquille ?

Ils ont tous les deux commandé un TrueBlood. Après avoir servi son poulet à Jane et reçu, des mains de Sam, les bouteilles de sang synthétique réchauffé, je suis retournée à la table des vampires. Leur présence n'aurait sans doute pas fait de vagues si Arlene et ses petits copains n'avaient pas été au bar, ce soir-là. Ils ont commencé à ricaner en se poussant du coude alors que je posais les bouteilles devant Eric et Pam. J'ai eu un peu de mal à conserver mon calme de serveuse aguerrie tandis que je demandais aux deux vampires s'ils voulaient des verres.

— Juste la bouteille, ce sera parfait, m'a répondu Eric. Je pourrais en avoir besoin. Il y a ici, semble-t-il, quelques crânes qui mériteraient d'en tâter.

Si je ressentais les bonnes vibrations d'Eric, il ressentait mon anxiété, forcément.

— Non, non, ai-je murmuré.

C'était presque un souffle, mais je savais qu'il m'entendrait.

— On garde son sang-froid, ai-je insisté. On a déjà eu assez de guerres et de meurtres comme ça.

— C'est vrai, a acquiescé Pam. On peut toujours garder les meurtres pour plus tard.

— Je suis ravie de vous voir, tous les deux, mais je suis un peu bousculée, ce soir, leur ai-je expliqué. Est-ce que je peux faire quelque chose de spécial pour vous ?

— C'est nous qui pouvons faire quelque chose pour toi, a corrigé Pam.

Elle a souri aux deux types qui arboraient un tee-shirt de la Confrérie du Soleil. Comme elle était un tout petit peu agacée, ses crocs étaient de sortie. J'avais espéré que ce spectacle les inciterait à la prudence. Mais ils n'étaient que des crétins finis qui n'avaient rien dans le crâne et ce détail n'a fait que décupler leur ferveur fanatique. Pam a vidé sa bouteille d'un trait et s'est pourléché les babines.

— Pour l'amour du Ciel, Pam ! l'ai-je suppliée entre mes dents. Arrête de jeter de l'huile sur le feu.

Pam m'a adressé un sourire aguicheur. Elle n'en ratait pas une !

— Pam.

Un seul mot d'Eric a suffi. Quoique manifestement déçue, Pam a immédiatement changé d'attitude. Le loup s'est fait agneau. Elle s'est redressée sur sa chaise et a posé bien sagement les mains sur ses genoux en serrant les jambes : la réserve et l'innocence personnifiées.

— Merci, lui a dit son créateur. Mon ange – c'est à toi que je m'adresse, Sookie –, tu as fait si forte impression sur Felipe de Castro qu'il nous a autorisés à t'offrir officiellement notre protection. C'est là une décision que seul le souverain peut prendre et c'est un engagement formel. Tu lui as rendu un tel service qu'il t'a estimée digne de ce privilège. C'était, à ses yeux, la seule façon de payer sa dette envers toi.

— Alors c'est un grand privilège ?

— Oui, mon aimée, c'est un très grand privilège. Cela signifie que, si tu nous appelles au secours, nous sommes obligés de venir, où que nous soyons, et de risquer notre vie pour sauver la tienne. Ce n'est pas le genre de promesse qu'un vampire fait à la légère. D'autant que, plus longtemps nous vivons, plus nous tenons à la vie. On pourrait penser le contraire, n'est-ce pas ?

— De temps en temps, il s'en trouve un qui décide de s'offrir au soleil au terme d'une trop longue existence, a tempéré Pam, comme si elle voulait rétablir l'équilibre.

— Certes, a reconnu Eric en fronçant imperceptiblement les sourcils. De temps en temps. Mais le roi te fait un immense honneur, Sookie.

Je les ai dûment remerciés.

— Je suis vraiment flattée que vous ayez fait personnellement le déplacement pour m'apporter la nouvelle.

— Évidemment, j'avais un peu espéré trouver ta colocataire au bar, ce soir, a avoué Pam, en m'adressant un petit sourire canaille.

Ce n'était peut-être pas pour obéir aux ordres d'Eric qu'elle avait tourné autour d'Amelia, finalement. Du moins, pas seulement.

J'ai éclaté de rire.

— Eh bien, elle a beaucoup de choses en tête, ce soir...

Absorbée par cette histoire de protection gracieusement accordée par Sa Majesté, je n'avais même pas remarqué que le plus petit des FotS approchait. Il m'a bousculée en passant : un grand coup d'épaule qui m'a déstabilisée. J'ai retrouvé l'équilibre après quelques secondes, et ce serait presque passé inaperçu si quelques clients ne s'en étaient pas rendu compte. Et ils n'étaient pas les seuls : en un éclair, Sam avait fait le tour du comptoir. Eric était déjà debout quand je me suis retournée pour flanquer à ce minable un grand coup de plateau sur la tête. Et je n'y suis pas allée de main morte.

À son tour de chanceler un peu, maintenant.

Ceux qui avaient suivi la scène ont applaudi.

— Bravo, Sookie ! a braillé Catfish. Hé ! Ducon, tu laisses les serveuses tranquilles, t'entends ?

Arlene était dans une telle colère qu'elle était presque aussi écarlate que ses cheveux. J'ai bien cru qu'elle allait exploser. Mais Sam l'a attrapée par le bras pour lui chuchoter quelque chose à l'oreille. Elle s'est empourprée de plus belle et l'a fusillé du regard. Elle a néanmoins réussi à tenir sa langue. Le plus grand des FotS est venu à la rescousse de son comparse. Il lui a passé un bras sous les aisselles pour le soutenir et ils ont quitté le bar en tanguant. Aucun des deux n'avait ouvert la bouche – « Ducon » n'était peut-être même pas en état de le faire. Mais le message « Ça ne se passera pas comme ça » était pour ainsi dire tatoué sur leur front.

Je voyais déjà comment la protection rapprochée des vampires et mon statut d'alliée de la meute allaient pouvoir me servir.

Eric et Pam sont restés assez longtemps pour prouver qu'ils ne se sauvaient pas parce qu'ils se sentaient de trop, et qu'ils ne se précipitaient pas à la poursuite des deux adeptes de la Confrérie. Eric m'a laissé un pourboire de vingt dollars et m'a envoyé un baiser en se dirigeant vers la porte, salut que Pam s'est aussitôt empressée d'imiter – ce qui m'a valu un regard assassin de la part de mon ancienne meilleure amie.

J'ai trop galopé, le reste de la soirée, pour repenser à tous les passionnants événements qui avaient jalonné cette journée. Une fois tous les clients partis – y compris Jane Bodehouse, que son fils était venu chercher, comme d'habitude –, nous nous sommes occupés des décorations de Halloween. Sam avait acheté des petites citrouilles, une pour chaque table, qu'il avait peintes pour représenter un visage. J'étais vraiment impressionnée parce que certaines caricatures étaient franchement bien vues. Quelques-unes ressemblaient furieusement à certains de nos clients. L'une d'entre elles avait même les traits de mon cher frère...

— Je ne savais pas que tu étais un artiste à tes heures perdues, ai-je dit à Sam, admirative.

Il a eu l'air flatté.

— Ça m'a amusé, a-t-il modestement répondu, tout en accrochant une longue guirlande de feuilles mortes en tissu autour du miroir du bar, avant de la faire zigzaguer entre les bouteilles, sur une étagère.

De mon côté, je fixais un squelette de carton articulé au mur avec des punaises. Il était de taille humaine et très réaliste. Je l'ai disposé de sorte qu'il ait l'air de danser : il ne s'agissait pas de créer un décor macabre, mais bel et bien une ambiance de fête.

Arlene ainsi a daigné participer, parce que ça changeait un peu et que c'était plutôt sympa à faire – même si nous étions obligées de rester un peu plus tard.

Quand j'ai enfin dit au revoir à Sam et à Arlene, je n'avais plus qu'une envie : me mettre au lit. Arlene ne m'a pas répondu, mais elle ne m'a pas non plus lancé ce regard dégoûté qu'elle me réservait désormais.

Mais, naturellement, ma journée n'était pas finie.

Quand je suis arrivée chez moi, mon arrière-grand-père était assis sur la véranda. C'était vraiment bizarre de le voir là, dans cette étrange atmosphère entre chien et loup que créait la lumière des spots extérieurs perçant la nuit. Pendant une seconde, je me suis prise à regretter de ne pas être aussi belle que lui. Puis j'ai souri.

Je me suis garée devant la maison et je suis descendue de voiture. J'ai essayé de ne pas faire de bruit en montant les marches pour ne pas réveiller Amelia, dont la chambre donnait sur le jardin. La maison étant plongée dans le noir, j'étais sûre qu'Octavia et elle étaient couchées. À moins qu'elles ne se soient attardées à la gare routière en accompagnant Bob.

— Je suis contente de vous voir, arrière-grand-père, ai-je chuchoté.

— Tu es fatiguée, Sookie.

— Eh bien, je sors du boulot.

Je me suis demandé si ça lui arrivait d'être fatigué. J'avais du mal à imaginer un prince des faé en train de couper du bois ou de réparer une fuite sous l'évier.

— Je voulais te voir, m'a-t-il déclaré. As-tu réfléchi à ce que je pourrais faire pour toi ?

Il semblait avoir bon espoir.

Décidément, les gens ne me voulaient que du bien, cette nuit ! Pourquoi n'y en avait-il pas plus souvent, des nuits comme ça ?

J'ai réfléchi deux minutes. Les loups-garous avaient fait la paix – à leur façon ; on avait retrouvé Quinn ; les vampires avaient accepté, bon gré mal gré, leur nouveau souverain ; les extrémistes de la Confrérie du Soleil avaient quitté le bar sans faire trop d'histoires ; Bob était de nouveau un homme… Je doutais que Niall veuille héberger Octavia chez lui, où que ce puisse être – pour ce que j'en savais, il pouvait tout aussi bien loger dans le lit d'un ruisseau chantant que sous un chêne vert, quelque part dans les bois.

— Oui, il y a quelque chose que vous pourriez faire, lui ai-je répondu, étonnée de ne pas y avoir pensé plus tôt.

— De quoi s'agit-il ?

Il avait l'air ravi.

— J'aimerais savoir ce qu'est devenu un certain Remy Savoy. Il se pourrait bien qu'il ait quitté La Nouvelle-Orléans à cause de Katrina. Il n'est pas impossible non plus qu'il y ait un enfant avec lui.

J'ai donné à mon arrière-grand-père la dernière adresse connue de l'intéressé.

— Je trouverai cet humain pour toi, Sookie, a-t-il affirmé d'un ton convaincu.

— Je vous en serais vraiment reconnaissante.

— Rien d'autre ? Rien de plus ?

— Je dois avouer que… Désolée si je vous parais impolie, mais… je ne peux pas m'empêcher de me demander pourquoi vous tenez tellement à faire quelque chose pour moi.

— Et pourquoi pas ? Tu es ma seule famille, désormais.

— Apparemment, vous avez bien réussi à vous passer de moi pendant ces vingt-sept dernières années, non ?

— Mon fils ne voulait pas que je t'approche.

— Vous m'avez déjà dit ça, mais je ne comprends pas. Pourquoi ? Votre fils ne s'est jamais manifesté pour me faire savoir qu'il tenait à moi, ni même que j'avais une quelconque importance pour lui. Il ne s'est jamais montré, n'a jamais…

… Jamais joué au Scrabble avec moi, ne m'a jamais envoyé de félicitations pour mon bac, ne m'a pas acheté de jolie robe pour aller au bal de fin d'année, ne m'a jamais prise dans ses bras quand je pleurais – car la vie n'est pas toujours rose, pour une petite télépathe… Il n'avait pas empêché mon grand-oncle d'abuser de moi, ni sauvé mes parents – dont l'un était pourtant son propre fils – quand ils avaient été emportés par la crue, ni empêché un vampire de mettre le feu à ma maison alors que je dormais à l'intérieur. Toute cette supposée surveillance et cette supposée protection dont mon supposé grand-père Fintan était censé m'avoir fait bénéficier n'avaient jamais donné de résultats tangibles, pour moi. Et si ça m'avait apporté quelque chose d'intangible, désolée, mais je n'étais pas au courant.

Est-ce qu'il aurait pu m'arriver des choses encore plus graves, s'il n'avait pas été là ? J'avais du mal à le croire.

Rien ne disait que mon grand-père n'avait pas combattu des hordes de démons écumants, juste devant la fenêtre de ma chambre, toutes les nuits, des années durant. Mais puisque je n'en savais rien, il m'était difficile d'en éprouver de la reconnaissance.

Niall semblait contrarié, expression que je n'avais encore jamais vue sur son visage auparavant.

— Il est des choses dont je ne peux te parler, a-t-il finalement déclaré. Lorsque je le pourrai, je le ferai.

— Très bien, ai-je répliqué, ironique. Mais je dois avouer que ce n'est pas vraiment le genre de relation que j'aurais aimé avoir avec mon arrière-grand-père. Je l'imaginais basée sur un échange réciproque. Alors que, là, c'est moi qui dis tout, tandis que vous, vous ne dites rien.

— Ce n'est peut-être pas ce que tu veux, mais c'est ce que j'ai à t'offrir, a rétorqué Niall avec une certaine hauteur. Je t'aime sincèrement et j'avais espéré que ce serait tout ce qui t'importerait.

— Les paroles, c'est bien…

Je parlais très lentement, parce que je ne voulais pas prendre le risque de le voir planter là Sookie l'Éternelle Insatisfaite.

— Les actes, c'est mieux.

— Mes actes ne sont pas de nature à te prouver mon affection ?

— Vous apparaissez et vous disparaissez quand ça vous chante. Et lorsque vous m'offrez de l'aide, ce n'est jamais rien de très concret, contrairement à ce que font la plupart des grands-pères – et c'est aussi valable pour les arrière-grands-pères, j'imagine. Ils réparent la voiture de leur petite-fille en mettant les mains dans le cambouis, ou ils lui proposent de payer une partie de ses frais de scolarité, ou ils tondent sa pelouse pour lui épargner une corvée, ou ils l'emmènent à la chasse… Mais vous, vous ne ferez jamais ça.

— Non, a-t-il reconnu. Non, je ne ferai pas ça.

L'esquisse d'un sourire a fugitivement éclairé son visage.

— Ça ne te plairait pas, de venir chasser avec moi, crois-moi.

D'accord. Je préférais ne pas trop creuser de ce côté-là.

— Alors, je n'ai pas la moindre idée de la façon dont nous sommes censés nous comporter l'un avec l'autre. Vous sortez du cadre de ce que je connais.

— Je comprends, a-t-il répondu avec gravité. Tous les arrière-grands-pères que tu as rencontrés sont humains. Ce qu'assurément je ne suis pas. Toi non plus, tu ne ressembles pas à ce que j'avais imaginé.

— Ça, j'avais compris.

Est-ce que je connaissais d'autres arrière-grands-pères ? J'ai pensé aux gens de mon âge. Peu d'entre eux avaient encore des grands-parents, et encore moins un arrière-grand-père. Mais tous ceux que j'avais rencontrés étaient cent pour cent humains, c'était certain.

— J'espère que je ne vous déçois pas trop, ai-je murmuré.

— Non. Tu me… surprends. Mais tu ne me déçois pas. Je suis aussi peu doué pour prévoir tes actions et tes réactions que tu l'es pour prévoir les miennes. Nous allons devoir avancer progressivement, construire cette relation pas à pas…

Je me suis encore une fois demandé pourquoi il ne s'intéressait pas plutôt à Jason – dont la seule évocation suffisait, désormais, à déclencher une douleur sourde au plus profond de moi. Un de ces jours, il allait falloir que j'aie une petite conversation avec mon frère. Mais l'idée même de lui parler m'était insupportable, pour l'instant. J'ai failli demander à Niall de garder un œil sur Jason, mais je me suis ravisée.

Niall me dévisageait.

— Il y a quelque chose que tu ne veux pas me dire, Sookie. C'est un comportement qui m'inquiète, tu sais. Mais l'amour que je te porte est sincère et très profond. Et je te promets que je trouverai Remy Savoy pour toi.

Il a déposé un baiser léger sur ma joue.

— Tu as notre odeur. L'odeur des miens, a-t-il remarqué d'un ton approbateur.

Et pouf ! il s'est évanoui dans la nature.

Encore une conversation avec mon mystérieux arrière-grand-père qui se terminait à sa façon : quand il le voulait et comme il le voulait. J'ai poussé un gros soupir et j'ai sorti mes clés de mon sac pour ouvrir la porte d'entrée. La maison était silencieuse et plongée dans l'obscurité. J'ai traversé le salon et remonté le couloir aussi discrètement que possible. Une fois dans ma chambre, j'ai allumé ma lampe de chevet et sacrifié au rituel du coucher quotidien, fermant bien les rideaux pour ne pas me faire réveiller par le soleil qui allait se lever dans quelques heures à peine.

Est-ce que je n'étais qu'une sale ingrate ? En repensant à ce que j'avais dit à mon arrière-grand-père, je me suis demandé si je ne m'étais pas comportée en enfant gâtée, exigeante et geignarde. Cela dit, si je me plaçais dans une perspective plus optimiste, je pouvais estimer que je m'étais comportée en femme de tête, le genre de femme avec laquelle il ne faut pas plaisanter, le genre de femme qui sait ce qu'elle veut et le fait comprendre.

J'ai allumé le chauffage avant de me mettre au lit. Mes colocataires ne s'étaient pas plaintes jusqu'alors, mais il faisait de plus en plus frais, le matin. L'odeur de renfermé qui va de pair avec le début de la saison fraîche, quand on branche le chauffage pour la première fois, a empli l'atmosphère et j'ai froncé le nez en me pelotonnant sous les couvertures. Puis, bercée par le ronflement du radiateur, je me suis endormie.

J'ai mis un certain temps à m'en rendre compte, mais les voix que j'entendais depuis un bon moment déjà s'élevaient juste derrière ma porte. J'ai cligné des yeux, me suis aperçue qu'il faisait jour et les ai refermés, décidée à me rendormir. Mais les voix ne se taisaient pas, et je pouvais même dire que leurs propriétaires se disputaient. J'ai soulevé une paupière pour jeter un coup d'œil au réveil, sur ma table de chevet. 9 h 30. Argh ! Les voix refusant obstinément de se taire ou de s'éloigner, j'ai fini par me résigner à ouvrir les deux yeux en même temps. J'ai remarqué qu'il ne faisait pas beau et je me suis assise dans mon lit en repoussant les couvertures. Je me suis levée pour aller à la fenêtre. C'était bien ce que je craignais : il faisait gris et le ciel était couvert. Comme je restais plantée là, encore à moitié endormie, les premières gouttes ont frappé la vitre. Sale journée en perspective !

Je suis allée dans ma salle de bains et les voix, dehors, ont brusquement baissé d'un ton. Maintenant que j'étais manifestement réveillée et levée, elles se décidaient enfin à respecter ma tranquillité ! En sortant, j'ai trouvé mes deux colocataires plantées sur le pas de ma porte. Pas vraiment étonnant.

— Nous ne savions pas si nous devions vous réveiller, a aussitôt dit Octavia.

Elle avait l'air anxieuse.

— Moi, je pensais que oui, parce qu'un message d'origine magique est forcément important, a argué Amelia.

À en juger par l'expression excédée d'Octavia, elle avait bien dû entendre ça une bonne centaine de fois au cours des dix dernières minutes.

— Quel message ? leur ai-je demandé, préférant couper court au débat.

— Celui-ci, a répondu Octavia en me tendant une grande enveloppe couleur chamois.

Elle avait été confectionnée dans un beau papier épais, de ceux qu'on utilise pour les faire-part de mariage huppé. Mon nom était inscrit dessus. Pas d'adresse, juste mon nom. Pour faire bonne mesure, elle était scellée à la cire et le sceau représentait une tête de licorne.

— D'accord... ai-je soufflé.

Voilà une lettre qui ne s'annonçait pas ordinaire.

Je suis allée dans la cuisine me préparer du café et récupérer un couteau – dans cet ordre. (Avec moi en chemise de nuit, un couteau à la main, et mes deux colocataires pendues à mes basques dans le rôle des chœurs, ça faisait très tragédie grecque.) Après m'être servi ma tasse de café, j'ai tiré une chaise et je me suis assise. J'ai glissé la lame effilée sous le sceau, que j'ai soigneusement décollé, puis j'ai ouvert l'enveloppe et sorti la carte qui se trouvait à l'intérieur. Sur l'épais papier de luxe était écrite une adresse calligraphiée avec soin : « 1245 Bienville, Red Ditch, Louisiane. » C'était tout.

— Qu'est-ce que ça veut dire ? s'est étonnée Octavia.

Debout juste derrière moi, mes deux colocataires brûlaient de curiosité.

— C'est l'endroit où habite une personne que je cherche à localiser.

Ce n'était pas tout à fait la vérité, mais ce n'était pas faux non plus.

— Où est-ce, Red Ditch ? a demandé Octavia. Je n'en ai jamais entendu parler.

Amelia était déjà en train de sortir la carte de Louisiane rangée dans le tiroir, sous le téléphone. Elle a cherché le nom de la ville, faisant glisser son index du haut en bas de la liste.

— Ce n'est pas très loin, a-t-elle annoncé. Regardez.

Elle pointait le doigt sur un tout petit point, à environ une heure et demie de route au sud-est de Bon Temps.

Après avoir avalé mon café, j'ai sauté dans un jean, je me suis rapidement maquillée et coiffée, puis j'ai filé vers la porte d'entrée, carte en main.

Impatientes de savoir ce que j'allais faire et quel sens donner à ce message, Octavia et Amelia m'ont suivie jusqu'à ma voiture. Mais elles allaient devoir se contenter de conjectures. Pour l'heure, en tout cas. Je me suis demandé pourquoi j'étais soudainement si pressée. Après tout, ce n'était pas comme si Remy Savoy allait se volatiliser. À moins qu'il ne soit un faé, lui aussi, ce dont je doutais.

Il fallait juste que je sois rentrée pour prendre mon service à 17 heures. J'avais donc du temps devant moi.

J'ai conduit avec la radio allumée. Ce matin-là, j'étais d'humeur *country*. Travis Tritt et Carrie Underwood m'ont donc tenu compagnie et, en arrivant à Red Ditch, je « sentais mes racines ». Red Ditch était un trou encore plus perdu que Bon Temps, ce qui n'est pas peu dire.

Vu la taille de la ville, je me suis dit que ce ne devrait pas être trop difficile de trouver Bienville Street. Je ne me suis pas trompée. C'était le genre de rue que vous pouvez trouver n'importe où aux États-Unis. Le long de la chaussée s'alignaient des maisons toutes semblables, de taille modeste, propres, carrées, avec une place de parking couvert et un petit jardin. Dans le cas du 1245, le jardin, situé derrière la maison, était clôturé par un grillage et gardé par un tout petit chien noir qui courait partout. Il n'y avait pas de niche. Le chiot devait donc dormir dans la maison : un membre de la famille, en quelque sorte. Tout était en bon état et bien rangé, mais sans maniaquerie non plus. Les buissons qui entouraient la maison avaient été taillés et la pelouse ratissée. Je suis passée devant au ralenti. Une fois, deux fois. *Et maintenant ? Tu fais quoi ?* Comment m'y prendre pour découvrir ce que je voulais savoir ?

Il y avait un pick-up sur la place de parking. Savoy devait donc être chez lui. J'ai respiré un grand coup ; je me suis garée le long du trottoir d'en face et j'ai déployé mes sens pour tenter de repérer ce que je cherchais. Pas facile, avec toutes les pensées des gens du quartier. Il m'a semblé capter deux signatures mentales, dans la maison que je regardais, mais c'était difficile à affirmer.

— Et puis merde !

Je suis sortie de la voiture, j'ai glissé mes clés dans la poche de ma veste et j'ai remonté l'allée qui menait à la porte d'entrée. J'ai frappé.

— Attends, fiston ! a lancé une voix masculine à l'intérieur.

— Moi, papa ! Moi ! a braillé un enfant.

— Non, Hunter, a répondu l'homme en ouvrant la porte.

Il me regardait à travers le fin grillage d'une porte-moustiquaire, qu'il a ouverte en voyant qu'il avait affaire à une femme.

— Bonjour. Je peux vous aider ?

J'ai baissé les yeux vers l'enfant qui se tortillait pour forcer le passage et parvenir à me voir. Il avait peut-être quatre ans. Les yeux et les cheveux noirs, il était le portrait craché de Hadley. J'ai relevé les yeux vers l'homme qui me faisait face. Quelque chose, dans son visage, avait changé durant ma petite inspection silencieuse.

— Qui êtes-vous ? s'est-il enquis sur un tout autre ton, subitement.

— Je suis Sookie Stackhouse.

Je ne voyais pas vraiment comment lui présenter la chose avec tact. Alors, je suis allée droit au but.

— Je suis la cousine de Hadley. Je viens juste de découvrir votre adresse.

— Vous n'avez aucun droit sur lui, a-t-il décrété, attaquant bille en tête.

Il faisait un visible effort pour se contenir.

— Bien sûr que non, ai-je reconnu, un peu surprise. Je voulais seulement le voir : je n'ai pas beaucoup de famille.

Nouveau lourd silence. Il pesait mes paroles et étudiait mon attitude. Il hésitait entre me claquer la porte au nez et me laisser entrer.

— Elle est jolie, papa, a dit le petit garçon, ce qui a semblé faire pencher la balance en ma faveur.

— Eh bien, entrez, a finalement dit l'ex-mari de Hadley.

J'ai jeté un coup d'œil au petit salon. Il était meublé d'un canapé, d'une table basse et d'un fauteuil. Il y avait aussi un poste de télévision, des étagères remplies de DVD et de livres pour enfants et des jouets éparpillés dans toute la pièce.

— Je travaille le samedi. Alors, je suis de congé aujourd'hui, m'a annoncé mon hôte, comme s'il craignait que je ne le prenne pour un chômeur. Oh ! Au fait, je suis Remy Savoy. Mais je suppose que vous le saviez.

J'ai opiné du bonnet.

— Et voici Hunter, a-t-il ajouté pour achever les présentations.

Le gosse a aussitôt commencé à faire son timide et s'est caché derrière les jambes de son père, en me jetant des petits coups d'œil furtifs.

— Je vous en prie, asseyez-vous.

J'ai poussé un journal à un bout du canapé pour pouvoir m'installer, en essayant de ne pas les regarder trop fixement. Hadley avait été de ces femmes sur lesquelles tout le monde se retourne et elle avait épousé un bel homme. Difficile de mettre le doigt sur ce qui permettait de dire ça, d'ailleurs. Il avait un grand nez, une mâchoire légèrement proéminente, des yeux singulièrement écartés et une petite fossette au menton. Mais le tout faisait de lui un homme que la plupart des femmes devaient remarquer. Il avait d'épais cheveux dégradés, entre le blond et le châtain clair, un peu longs sur la nuque. Il portait une chemise de flanelle ouverte sur un tee-shirt blanc et il était pieds nus.

Hunter était, quant à lui, vêtu d'un pantalon en velours côtelé et d'un sweat-shirt avec un gros ballon de foot sur le devant. Contrairement à son père, il était habillé de neuf.

J'avais terminé mon examen avant que Remy n'ait achevé le sien. Il trouvait que, de visage, je n'avais pas la moindre ressemblance avec Hadley. J'étais aussi plus ronde ; j'avais le teint plus clair et je n'étais pas aussi dure. Il pensait qu'à voir mon allure, je ne devais pas rouler sur l'or. Comme son fils, il me trouvait jolie. Mais je ne lui inspirais pas confiance.

— Ça fait longtemps que vous n'avez pas eu de nouvelles de Hadley ? lui ai-je demandé.

— La dernière fois, le petit avait à peine quelques mois.

Il s'était fait à cette idée. Du moins, il le croyait. Mais il y avait aussi de la tristesse dans ses pensées.

Assis par terre, Hunter jouait aux petites voitures. Il a chargé plusieurs Duplo à l'arrière d'un véhicule de chantier que, de ses petites mains potelées, il a fait reculer vers un camion de pompiers. Le conducteur de ce dernier n'a pas cillé quand le tombereau a déversé son chargement sur son rutilant camion, pour la plus grande joie de Hunter.

— Regarde, papa, regarde ! s'est-il écrié, tout excité.

— Je vois, fiston, a répondu Remy, avant de relever les yeux vers moi.

Il m'a dévisagée intensément.

— Qu'est-ce que vous êtes venue faire ici ? m'a-t-il alors demandé, ayant pris la décision d'aller droit au but.

— Je n'ai appris l'éventuelle existence d'un bébé qu'il y a une quinzaine de jours, lui ai-je expliqué. Avant de découvrir ça, je n'avais aucune raison de chercher à vous retrouver.

— Hadley ne m'a jamais présenté à sa famille. Comment avez-vous su qu'elle s'était mariée ? C'est elle qui vous l'a dit ?

Puis il a ajouté, comme à regret :

— Elle va bien ?

— Non, ai-je murmuré, pour ne pas attirer l'attention du gamin. Elle était déjà morte avant Katrina.

Ces mots lui ont fait l'effet d'une petite bombe qui aurait explosé dans sa tête.

— Elle était devenue vampire, d'après ce que j'ai entendu dire, a-t-il répondu d'une voix mal assurée. C'est de cette mort-là que vous voulez parler ?

— Non. Je veux dire qu'elle est morte pour de bon. Définitivement.

— Qu'est-ce qui s'est passé ?

— Elle a été attaquée par un autre vampire. Il était jaloux d'elle, de la relation qu'elle entretenait avec sa... euh... sa...

— Petite amie ?

Aigreur manifeste, là. Tant dans sa voix que dans ses pensées.

— Oui.

— Ça m'a fait un choc, a-t-il avoué.

Mais, dans son esprit, l'effet du choc s'était atténué. Il ne restait plus à présent qu'une détermination résignée, assortie d'un amour-propre bafoué.

— Je n'ai découvert tout ça qu'après sa disparition.

— Vous êtes sa cousine ? Je me souviens qu'elle m'avait parlé de deux... Vous avez un frère, non ?

— Oui.

— Vous saviez qu'elle m'avait épousé ?

— Je l'ai appris en vidant son coffre à la banque après sa mort. Mais j'ignorais alors que vous aviez eu un enfant. Je vous dois des excuses à ce sujet.

Je n'étais pas tout à fait certaine de savoir pourquoi je lui faisais des excuses, ni comment j'aurais pu être au courant. Mais je m'en voulais de ne pas avoir seulement envisagé l'hypothèse que Hadley et son mari aient pu avoir un enfant. Après tout, Hadley n'avait que quelques années de plus que moi et Remy n'avait pas plus de la trentaine.

— Vous avez l'air d'une fille bien, a-t-il tout à coup décidé.

J'ai piqué un fard. Je comprenais parfaitement ce qu'il entendait par là.

— Hadley a dû vous dire que j'avais un handicap.

J'ai détourné les yeux pour regarder le petit garçon, qui s'était levé d'un bond en déclarant qu'il avait besoin d'aller aux toilettes et détalait déjà comme un lapin. Je n'ai pas pu m'empêcher de sourire.

— Oui, elle m'avait parlé de... Elle disait que ça n'avait pas été facile pour vous, à l'école.

Il ne manquait pas de tact, l'ex-mari de ma cousine. En fait, Hadley lui avait affirmé que j'étais complètement cinglée. Je ne lui donnais pas l'impression de l'être, et il se demandait comment Hadley avait bien pu penser une chose pareille. Mais il a quand même jeté un coup d'œil en direction de l'enfant. Il se disait qu'il devait se montrer prudent, avec Hunter à la maison, qu'il devait rester vigilant pour déceler à temps tout signe d'instabilité – Hadley n'avait jamais précisé de quelle sorte de folie j'étais atteinte.

— C'est exact. J'en ai bavé. Et on ne peut pas dire que Hadley m'ait vraiment facilité les choses. Mais sa mère, tante Linda, était une femme extraordinaire – avant que le cancer ne finisse par avoir le dernier mot. Elle a vraiment été formidable avec moi, toujours. Et puis, on a tout de même eu de bons moments, Hadley et moi.

— Je pourrais en dire autant. Nous aussi, on a eu de bons moments, a admis Remy.

Il avait posé ses avant-bras sur ses cuisses, laissant pendre ses grandes mains entre ses genoux, des mains usées, pleines de cicatrices, les mains d'un homme qui sait ce que travailler dur veut dire.

C'est alors qu'un bruit de porte s'est fait entendre et qu'une femme est entrée dans la pièce. Elle ne s'était pas donné la peine de frapper.

— Salut, trésor, a-t-elle dit en souriant à Remy.

Puis elle m'a aperçue et son sourire s'est évanoui.

— C'est une cousine de mon ex-femme, Kristen, lui a-t-il expliqué, sans qu'il y ait, cependant, la moindre trace de malaise ou de culpabilité dans sa voix.

Kristen avait de longs cheveux bruns et de grands yeux marron. Elle devait avoir environ vingt-cinq ans. Elle portait un pantalon de toile et un polo avec un logo sur la poitrine, un canard hilare.

— Ravie de vous connaître, a-t-elle déclaré – elle n'en pensait pas un traître mot. Je suis Kristen Duchesne, l'amie de Remy.

— Enchantée, lui ai-je répondu, plus sincèrement. Sookie Stackhouse.

— Remy ! Tu n'as rien proposé à boire à ton invitée ! Puis-je vous servir un Coca ou un Sprite, Sookie ?

Elle savait ce qu'il y avait dans le frigo. Est-ce qu'elle vivait là ? Bon, ça ne me regardait pas… tant qu'elle ne faisait pas de mal au fils de Hadley.

— Non, merci. Je vais bientôt filer.

J'ai consulté ostensiblement ma montre.

— Je travaille, ce soir, ai-je précisé.

— Oh ! Où ça ?

Kristen semblait plus détendue, tout à coup.

— Au *Merlotte*. C'est un bar, à Bon Temps. À environ cent trente kilomètres d'ici.

— Mais oui ! C'est de là que ton ex-femme est originaire, a dit Kristen en se tournant vers son compagnon.

— Sookie est venue m'annoncer une triste nouvelle, lui a dit Remy.

Il se tordait inconsciemment les mains, mais sa voix était ferme.

— Hadley est morte.

Kristen a pris une brusque inspiration, mais s'est gardée de tout commentaire parce que Hunter venait de débouler comme une fusée dans le salon.

— Je me suis lavé les mains, papa ! s'est-il écrié.

Son père lui a souri.

— C'est bien, fiston, l'a-t-il félicité, en lui ébouriffant les cheveux. Dis bonjour à Kristen.

Hunter s'est exécuté sans grand enthousiasme.

— B'jour, Kristen.

Je me suis levée. J'aurais aimé avoir une carte de visite à leur laisser. Ça me paraissait bizarre et un peu impoli de partir comme j'étais venue. Mais, curieusement, la présence de Kristen me bloquait un peu. Elle a soulevé Hunter pour le balancer sur sa hanche. Il n'avait rien d'un poids plume, mais elle a mis un point d'honneur à faire passer ce manifeste effort pour un geste machinal et familier, ce qui n'était absolument pas le cas. Mais elle aimait bien le gamin. Je pouvais le lire dans ses pensées.

— Kristen m'aime bien, a dit Hunter au même moment.

J'ai brusquement baissé les yeux vers lui.

— Bien sûr, a fait Kristen en s'esclaffant.

Mais Remy, lui, nous regardait attentivement, Hunter et moi. Il semblait troublé. La confusion qui se lisait sur son visage a même viré à l'inquiétude, brusquement.

Quant à moi, je me demandais comment expliquer notre parenté à Hunter. J'étais pratiquement une tante pour lui. Chez nous, c'est ce qu'on aurait dit en tout cas. Comment un gamin de quatre ans pourrait-il comprendre ce qu'est une cousine au deuxième degré ?

— Tan... tatie Sookie ? a justement ânonné Hunter, comme s'il essayait de répéter un mot qu'il venait d'entendre. J'ai une tatie ?

J'ai retenu mon souffle.

Oui, Hunter, je suis ta tante, ai-je pensé.

— J'en avais jamais eu avant.

— Tu en as une maintenant, lui ai-je confirmé, en tournant les yeux vers son père.

Il y avait de la peur dans ces prunelles-là. Il n'avait pas encore voulu mettre de mots dessus, mais, déjà, il savait.

Kristen ou pas, j'avais quelque chose d'important à lui dire. Quant à elle, je sentais son anxiété monter et le malaise s'insinuer en elle : elle avait l'impression qu'il se passait quelque chose derrière son dos.

Mais je n'avais pas le temps de m'occuper d'elle. Seul Hunter comptait.

— Vous allez avoir besoin de moi, ai-je annoncé à Remy. Quand il sera un peu plus grand, vous allez avoir besoin de me parler. Mon numéro est dans l'annuaire et je n'ai pas l'intention de déménager. Vous comprenez ce que je vous dis ?

— Que se passe-t-il ? s'est alarmée Kristen. Pourquoi tout le monde a-t-il l'air si sérieux, tout à coup ?

— Ne t'inquiète pas, a dit Remy d'une voix caressante destinée à la tranquilliser. Il n'y a rien de grave. Des histoires de famille.

Kristen a reposé un Hunter gesticulant sur le tapis.

— Ouais, a-t-elle marmonné, du ton de qui sait pertinemment qu'on est en train de l'embobiner.

— Stackhouse, ai-je rappelé à Remy. Ne tardez pas trop. N'attendez pas qu'il soit trop tard, quand il aura commencé à en souffrir.

— Je comprends, a affirmé Remy.

Quant à lui, il avait déjà l'air d'en souffrir. Je ne pouvais que compatir.

— Je dois y aller, ai-je répété à l'intention de Kristen.

— Tu t'en vas, tatie Sookie ? m'a demandé Hunter.

Il n'en était pas encore à me sauter au cou, mais pas loin. Il y pensait, du moins. Il m'aimait bien.

— Tu reviendras ? a-t-il insisté.

— Un jour, Hunter. Peut-être que tu viendras me rendre visite avec ton papa, dans quelque temps.

J'ai serré la main de Kristen, puis celle de Remy – ce qui leur a semblé bizarre à tous les deux – et je me suis dirigée vers la porte.

Comme je posais le pied sur la première marche du perron, j'ai entendu Hunter me dire en pensée : *Au revoir, tatie Sookie*.

Je lui ai répondu aussitôt : *Au revoir, Hunter.*

Composition et mise en pages réalisées
par IND - 39100 Brevans

Achevé d'imprimer par N.I.I.A.G.
en avril 2011
pour le compte de France Loisirs, Paris

N° d'éditeur : 63304
Dépôt légal : mai 2011

Imprimé en Italie